KNAUR

Über die Autorin:
Anja Berger wurde im April 1983 in der Schweiz geboren, wo sie in der Nähe von Basel mit ihrer Mutter und zwei älteren Schwestern aufwuchs. Im Alter von acht Jahren verlor sie ihren Vater – ein wegweisendes Ereignis, das Anja Berger schlussendlich zum Schreiben gebracht hat und vor allem in ihren zweiten Roman mit einfloss. Anläufe zum Schreiben nahm die Schweizerin bereits in ihrer frühen Jugend. Bis aber alle Faktoren stimmten, damit aus einer Idee ein fertiger Roman wurde, vergingen noch über zehn Jahre. Mittlerweile hat Anja Berger sechs Romane geschrieben und ihre schriftstellerischen Tätigkeiten mit diversen Medienauftritten und Lesungen über den Status eines Hobbys hinausgebracht. Sie arbeitet in einer Basler Anwaltskanzlei und ist glücklich liiert mit einem Winterthurer, weshalb ihre Romane hauptsächlich während ihrer Pendlerfahrten im Zug entstehen.

Anja Berger

Der Menschen-Präparator

Kriminalroman

KNAUR

Bitte besuchen Sie uns im Internet:
www.facebook.de/droemerknaur

FSC
www.fsc.org
MIX
Papier aus verantwortungsvollen Quellen
FSC® C083411

Redaktion: Stefanie Röder
Covergestaltung: ZERO Werbeagentur, München
Coverabbildung: © FinePic®, München
Druck und Bindung: CPI books GmbH, Leck
ISBN 978-3-426-21658-3

Memoiren eines Künstlers
Sonntag, 13. Februar 2005

»Bist du kitzlig, mein Püppchen?« Ich halte in der Bewegung inne und sehe zu ihr auf. Ihr Kopf sackt zur Seite, ihre weit geöffneten milchig wirkenden Augen schauen mich an.

Sie ist wunderschön. Sie ist mir so gut gelungen. Dieses Porzellangesicht mit den Pausbäckchen und dem immerwährenden Kussmündchen, diese Augen mit den leuchtend blauen Linsen – ein einziges Meisterwerk, von mir gefertigt.

Doch etwas fehlt.

Ich stehe auf, packe den knallroten Lack weg, mit dem ich eben noch ihre Fußnägel verschönert habe. Kritisch betrachte ich mein Püppchen, meine Schöpfung.

Da fällt es mir endlich auf. Ihre Wangen sind viel zu blass. Sie braucht Rouge.

Ich hole eine silberne Dose aus meinem Utensiliengürtel. Auf dem Deckel ist eine Rose eingraviert.

»Na, erkennst du sie? Natürlich tust du das. Sie gehört dir.«

Sie hat eine schöne Farbe gewählt. Ein sattes Rot, passend zu dem Lippenstift. Die Farbe der Sünde. Ob sie das bewusst so ausgesucht hat? Wie dem auch sei, sie ist nicht hier, weil sie eine Sünderin ist. Sie ist einfach nur wunderschön. Das ist alles. Ein Fehler der Natur, weiter nichts. So läuft das eben: Ein Gesicht wie das ihre muss herausgeputzt werden!

Es gibt aber auch andere Gesichter. Bei denen kann keine Schminke mehr etwas ausrichten. Bei denen hilft nur eins: Das Gesicht abziehen und durch eine neues ersetzen.

Ich prüfe das Ergebnis meiner Arbeit. Die Kontur ihres linken Wangenknochens ist noch nicht perfekt betont. Ich set-

ze den Pinsel erneut an, lasse meine Gedanken weiter schweifen.

Will man ein Gesicht entfernen, schneidet man am Rand des Haaransatzes mit einem scharfen Messer die Haut auf. Besonders viel Spaß macht das bei lebendigen Objekten. Die veranstalten aber einen immensen Lärm. Da muss man sich schon gut mit den Nachbarn verstehen, will man keine unangenehmen Überraschungen erleben.

Mein Püppchen hat geschrien wie am Spieß. Ihretwegen habe ich beinahe meinen gesamten Betäubungsmittelvorrat aufgebraucht, sonst hätte ich ihre Beine und Arme nicht präparieren können. Aber ich bin ihr nicht böse deswegen. Sie war toll. Eines der besten Spielzeuge bisher, wirklich. Die Fotos, die ich von ihr geschossen habe, sind auch richtig gut geworden. Ich werde sie später in meine Sammlung aufnehmen.

Grinsend trete ich erneut einen Schritt zurück, betrachte kritisch mein Kunstwerk. Ihre Wangen leuchten mit den Lippen um die Wette.

Ich bin zufrieden. Mein Püppchen ist ein farbenfroher Kontrast zu der sonst grauen Umgebung.

Als ich sie hergebracht habe und sie zu sich kam, konnte ich in ihren Augen sehen, dass sie sich den Ort, an dem sie sterben würde, anders vorgestellt hatte. Wärmer. Liebevoller. Nicht so einsam und kalt. Ihre letzten Stunden hätten in ihrer Vorstellung nicht in einer übelriechenden Folterkammer stattfinden sollen. Aber so war es nunmal.

In dem Zimmer, in dem sie wohnt, bis ich mit ihr fertig bin, riecht es nicht nach frischer Wäsche. Es riecht nach Schweiß. Blut. Urin. Erbrochenem. Tod.

Sieht man aber über die fleckige Wand und die menschlichen Ausscheidungen hinweg, entdeckt man Kunst. Denn das ist es, was meine menschlichen Präparate sind: Kunst. Und diese gilt es nun, der Öffentlichkeit zu präsentieren.

Ich gehe zum Schrank und betrachte die Larven, die dort lagern. Ich hole den Waggis heraus – ein aus Pappmaschee gefertigter Kopf mit einer überdimensionalen Nase und langem, rotgelbem Basthaar, das wild wippt, wenn man sich bewegt. Diese Basler Fasnachtsfigur Waggis ist dem Elsässer Gemüsebauern nachempfunden. Ich mag diese Kostümierung. Die Figuren dürfen sich während der Fasnacht beinahe alles erlauben. Sie sind wild und ungehobelt.

»So darfst du auch bald sein, Püppchen. Aber nicht heute. Heute ist der Auftakt der Fasnacht, und für diese besondere Nacht habe ich ein ganz besonderes Menschenpräparat angefertigt.«

Sonntag, 13. Februar 2005
In Basel/Fünf Stunden vor dem Morgenstreich

Es war kurz vor dem Auftakt der Basler Fasnacht. Waldi und Colin waren für den Dienst eingeteilt. Die beiden waren zusammen auf der Polizeischule gewesen, wo sie sich kennengelernt hatten. Auch Carolina, Waldis Schwester, ließ sich gleichzeitig zur Polizistin ausbilden. Sie war zwar ein Jahr jünger als ihr Bruder, doch im Gegensatz zu ihm war sie in ihrer schulischen Laufbahn kein einziges Mal sitzen geblieben. Die drei freundeten sich rasch an, wobei aus Colin und Carolina bald ein Paar wurde. Um nicht getrennt zu werden, bewarben sie sich alle drei nach der Ausbildung erfolgreich bei der Basler Polizei, wo sie, mit Ende zwanzig, ihre Karrieren begannen. Dass Colin und Waldi Partner wurden, war hingegen reiner Zufall.

Auch wenn Colin und Waldi in dieser besonderen Nacht lieber nicht gearbeitet hätten, so hatten die Kollegen mit Familie, vor allem die mit Kindern, bei der Ferieneinteilung Vorrang.

Zumindest entging ihnen beiden der große Moment nicht, wenn um Punkt vier Uhr morgens sämtliche Lichter in der Innenstadt erloschen. Auf Befehl des Tambourmajors setzten sich dann die Cliquen in Bewegung. Dabei spielten alle ein und denselben Marsch: den Morgestraich.

Dass Colin Dienst hatte, war also eigentlich die Garantie dafür, den Morgenstreich live mitzuerleben, genauso wie seine Kollegen, die mit ihren Freunden und Familien in der Stadt unterwegs waren. Obwohl oder eher, weil er arbeitete, würde er auch die kommenden Fasnachtstage nicht verpassen. Auf Streife konnte er mit ansehen, wie die Waggiswagen ihre Gaben an die Zuschauer verteilten oder sie mit den bunten Papierschnipseln, die die Basler beinahe liebevoll als *Räppli* bezeichneten, bewarfen. Er konnte die strammen Schläge der Tambouren und die grellen Klänge der Piccolos hören. Er konnte die in liebevoller Handarbeit angefertigten Larven und Kostüme bestaunen, genauso wie die aufwendig gestalteten Laternen.

Colin war also einigermaßen enthusiastisch, als er an diesem Abend seinen Dienst aufnahm.

Waldi und er patrouillierten zu Fuß. Die Lichter der Straßenlaternen schimmerten in verzerrten Flecken auf dem regennassen Asphalt. Inzwischen hatte der Regen aufgehört, und wenn der Wetterbericht Wort hielt, würde er bis Donnerstagmorgen auch nicht mehr einsetzen.

Es waren bereits viele Leute unterwegs, vor allem die Nachtschwärmer. Die Fasnächtler dösten größtenteils noch in ihren Betten oder bereiteten sich in diesem Moment auf ihren großen Einsatz vor. Der eine oder andere Passant zeigte in eindeutigen Gesten oder Ausrufen, was er von der Polizei hielt. Doch Colin hatte keine Lust, sich darüber zu ärgern.

Sie passierten gerade die Mittlere Brücke, die mit ihren massiven Steinbögen den Rhein überspannt, als der Funk knisterte: ein Notruf aus der Zentrale im Spiegelhof. Es wurde polizeiliche Unterstützung im Hotel *Les Trois Rois* verlangt. Eine traditionsreiche Unterkunft am Rheinufer, die ihren Namen den drei Statuen verdankte, die auf einem Sockel an der Fassade thronten. Während der Fasnacht war es allerdings schlicht das *Drei Waggis* – eine beliebte Location mit überteuerten Getränkepreisen.

Die beiden Männer wechselten einen bedeutungsschweren

Blick. Das war eindeutig ein Einsatz für sie, denn das Grand Hotel stand direkt vor ihnen. Waldi ließ die Zentrale sofort wissen, dass er und Colin sich um den Notruf kümmern würden.

Waldi, erpicht darauf, sich dem Problem zu stellen, übernahm die Führung. Aus tiefer Überzeugung, die anstehende Aufgabe in jedem Fall zu meistern, grinste er bereits jetzt triumphierend.

Ehe Colin sich richtig wappnen konnte, blieb Waldi vor dem Zielort stehen, eine Hand zur Faust geballt in die Hüfte gestemmt, mit der anderen kratzte er sich seinen kahlen Schädel. »Sie sagten, der Mann, der den Notruf abgesetzt habe, würde uns in Empfang nehmen, aber da ist niemand.«

Colin ließ seine dunklen Augen über den ausladenden Eingang die elegante Front hinauf zum Sockel und den drei Figuren wandern. Wie zur Fasnacht üblich, waren über ihre Roben einfache weiße Hosen sowie blaue Hemden und über ihre Kronen Waggislarven gezogen worden. Colins Blick blieb an der linken Figur hängen. Sie wirkte irgendwie unordentlich eingekleidet. Das Hemd war nicht richtig in die Hose gesteckt worden, die Larve saß schief. Die Schultern waren breiter, dafür wirkte die Figur insgesamt kleiner als die anderen.

»Sieh mal, ich denke, das dort drüben ist unser Empfangskomitee«, riss Waldi Colin aus seinen Betrachtungen. Colin löste den Blick von der Figur und folgte Waldi.

Vor einem Nebeneingang stand ein Mann. Er blickte unruhig hin und her, wartete offensichtlich auf die gerade angekommenen Polizisten. »Kommen Sie, bitte«, drängte der Mann die Polizisten ins Innere des Gebäudes, vorbei an fleißigem Personal, das letzte Hand vor dem großen Showdown anlegte. »Mein Name ist Joseph, ich trage hier die Verantwortung während der kommenden Tage.«

»Haben Sie den Notruf abgegeben?«, fragte Colin routiniert.

Joseph, der gut zwei Köpfe kleiner war, als der 1,95 Meter große Colin, sah zu seinem Gegenüber auf. »Ja, bitte folgen Sie mir. Es ist einfach entsetzlich!«

»Sie haben zu Protokoll gegeben, dass Sie einen Toten entdeckt haben. Zeigen Sie uns doch bitte, weshalb wir hier sind.«

»Es ist unaussprechlich. Und das gerade heute! Sie müssen das so unauffällig und schnell wie möglich beseitigen, bitte. Die Hotelgäste dürfen von alledem nichts mitkriegen. Es ist schon beunruhigend genug, dass die Polizei im Haus ist.«

»Zeigen Sie uns einfach erst einmal, was Sie gefunden haben.« Colin hatte nicht vor, sich durch die Nervosität des Mannes anstecken zu lassen. Er hatte seinen Job zu erledigen, ob es Joseph gefiel oder nicht.

»Okay«, Joseph nickte einmal so heftig, dass sich eine Strähne seiner pechschwarzen Haare aus seinem säuberlich zurechtgemachten Seitenscheitel löste. Er ging den beiden Uniformierten voraus und führte sie über die gepflegten Treppen weiter nach oben.

Als er einen Raum betrat, der dem Rhein abgewandt zur Straße hin lag, konnte Colin Josephs Widerwillen deutlich spüren.

Waldi sah sich in dem Raum um. »Wo ist sie?«, fragte er, als er das Erwartete nicht entdecken konnte. Colin stutzte ebenfalls. Eine Leiche hatte man ihnen angekündigt, doch davon war hier drinnen nichts zu sehen.

Joseph rang seine zittrigen Hände. »Kommen Sie näher, bitte.« Er trat ans Fenster am gegenüberliegenden Ende des Raumes, umschloss den Griff, als kostete es ihn enorme Überwindung. Er zögerte, dann öffnete er endlich den Flügel des Fensters.

Colin hatte, ohne es zu merken, den Atem angehalten, den er jetzt langsam entweichen ließ. Er gab Waldi den Vortritt. Dieser richtete arglos den Blick nach draußen, suchte dann den Rahmen ab. Colin erkannte, wie Waldis Augenbraue sich fragend hochzog. Eine Geste die auch dem nervösen Joseph nicht entging, der sogleich helfend einsprang. »Links von Ihnen.« Josephs Stimme zitterte inzwischen beinahe so sehr wie seine Hände.

»Ich kann nichts sehen, außer die Statue …« Waldi brach ab. Sein Körper erstarrte, seine Nackenmuskeln über dem Kragen seiner Uniform spannten sich an.

»Heilige Scheiße …«, stieß er hervor und trat vom Fenster zurück. Colin drängte sich an seinem Partner vorbei, der sich am Funk zu schaffen machte.

Er streckte den Kopf aus dem Fenster und wandte ihn nach links. Colin fand sich direkt neben einer der drei namensgebenden Figuren, die die Fassade des Hotels zierten. Das blaue Hemd, das die Figur traditionsgemäß während der kommenden Tage trug, bauschte sich im Wind auf. Die steife Brise trug Colin einen süßlich-fauligen Geruch entgegen. Spontan setzte sein Würgereflex ein. Colin erschauderte. Das Hemd flatterte kurz und gab Colin einen Blick auf das frei, was darunterlag. Rötlich weiß marmoriert schimmerte die Oberfläche der Figur unter der Kleidung im diffusen Licht der Fassadenbeleuchtung.

Mit einem Mal wurde Colin klar, woran er sich zuvor gestört hatte, als er sich die drei Figuren an der Fassade angesehen hatte: Das, was er hier vor sich hatte, war keine Statue. Der dritte König war ein Mann. Ein toter Mann. Gehäutet. Verkleidet. Ausgestellt.

Memoiren eines Künstlers

Dienstag, 15. Februar 2005

Der Umzug ist bunt und fröhlich. Eine Menge Räppli wirbeln durch die Luft, und ich bin zusammen mit meinem Püppchen mittendrin.

Ich springe wild durch die Gassen, dass mein Basthaar nur so wippt. Die Schubkarre, in die ich mein Püppchen gesetzt habe, schiebe ich vor mir her.

Hier und da erschrecke ich den einen oder anderen Passanten, indem ich einfach auf ihn zurenne. Aufgescheucht wie Rehe packen die Leute in solchen Momenten ihre Kragen, ziehen sie um ihren Hals fest zu, aus Angst, eine Ladung Räppli abzubekommen. Dabei habe ich kaum welche dabei. Kichernd sehen sie mir nach, wenn ich unverrichteter Dinge weiterziehe.

»Na, Püppchen, gefällt dir die Fasnacht? Habe ich dir zu viel versprochen?«

Ein kleines Kind mit weißer Zipfelmütze kommt mit ausgestreckter Hand auf mich zu. Aber ich habe nichts, was ich ihm geben kann, und biege scharf nach rechts in die nächste Gasse ab. Die Altstadt von Basel ist wunderschön, zur Fasnachtszeit sowieso. Ich genieße das trockene Wetter, lasse mich von der ausgelassenen Stimmung weiter antreiben. Vor einem Cliquenkeller am Nadelberg mache ich halt. Ich habe gute Lust auf ein kühles Bier, aber ich kann mein Püppchen nicht zurücklassen.

Ich steuere die Karre weiter, am Fasnachtskeller vorbei, ratternd die nächsten Stufen hinunter, durch ein dichtes Gewühl gut gelaunter, staunender und faszinierter Menschen.

Am Marktplatz angekommen, fahren große Wagen an mir vorüber, die kostümierten Menschen darauf brüllen mich an, intrigieren. Einer pöbelt, ob meine Begleitung zu betrunken sei, um etwas sagen zu können, was ich mit tiefer Stimme bestätige. Dafür bekommt sie ein Redbull und ich ein Bier, weil ich so schwer schieben muss. Sehr nett, diese Herren in ihren schwarzen Kostümen.

Nach einer Weile finde ich mich unterhalb der Martinskirche wieder. Ich schaue sie mir an. Nach kurzem Überlegen beschließe ich, dass das der richtige Ort ist. Ich schiebe die Karre zwischen den Sevogelbrunnen und die Umfassungsmauer mit dem niedrigen Gitter, die das Staatsarchiv einrahmt. Den Blick auf die Kirche gerichtet, setze ich mich vor die Schubkarre und öffne mein Bier. Ich krame einen Strohhalm hervor, ohne die Handschuhe auszuziehen, und stecke ihn in die schmale Öffnung der Flasche. Ich proste dem Krieger auf dem Brunnstock zu. Er hütet seine Säule in etwa so starr wie mein Püppchen ihre Karre. Ich sauge an dem Strohhalm. Das Bier ist etwas zu warm. In einer anderen Situation hätte mich das geärgert. Hier und heute nehme ich es hin. Denn es gibt im Augenblick etwas Wichtigeres als warmes Bier. Durch die kleinen Augenöffnungen in der Larve beobachte ich die Menschen, die meinen Weg kreuzen. Die wenigen, die sich hierher verirren, beachten mich kaum. Sie sind alle mit sich selbst beschäftigt.

Im Staatsarchiv ist voraussichtlich niemand zugegen, immerhin ist Fasnacht.

Ich werde etwas wehmütig, als ich meinen schwerer werdenden Kopf meinem Püppchen zudrehe. Es ist Zeit. Zeit, sich zu verabschieden.

Dienstag, 15. Februar 2005
Auf der Polizeiwache

Eine seltsame Nervosität lag in der Luft. Die Polizei arbeitete bereits auf Hochtouren daran, zu rekonstruieren, was geschehen war und wer für den Toten an der Hotelfassade verantwortlich ist. Was Colin am meisten beschäftigte, war die Frage nach dem Warum. Was musste dem Täter widerfahren sein, um sich solche Grausamkeiten auszudenken und sie dann auch noch umzusetzen?

Am Nachmittag war wieder ein Anruf in der Notrufzentrale eingegangen. Ein älteres Ehepaar hatte eine leblose Frau in einer Schubkarre hinter dem Sevogelbrunnen gefunden. Wie sich herausstellte, war die Frau bis zu den Knien zu einer Art Strohpuppe umgewandelt worden.

»Denkst du, es wird eine Dritte geben?« Carolina saß Colin in dem kleinen Café gleich um die Ecke der Wache gegenüber, rührte gedankenverloren in ihrem Kaffee. Sie verbrachten ihre Pausen oft gemeinsam hier, denn egal, wie wild es draußen zuging, hier drinnen war es ruhig und gemütlich. Der Geruch nach frischem Kaffee sorgte für eine wohlige Atmosphäre. Das Café lebte von der Theke mit frischem Gebäck und dem Angebot verschiedenster Kaffeekreationen zum Mitnehmen im vorderen Teil des Lokals. Neben Colin und Carolina waren nur zwei weitere Gäste anwesend. Sie waren ebenfalls Polizisten, die für einen kurzen Moment Abstand von der Aufregung suchten.

Colin sah zu Carolina auf. Wie jedes Mal, wenn er sich innerlich nicht wappnete, verschlug ihm ihr Anblick kurz die Sprache, ließ ihn alles rundherum vergessen. Diese faszinierenden dunklen Augen luden ein, darin zu versinken und nie wieder aufzutauchen. Wie sehr wünschte er, er könnte das jetzt tun. Einfach mit ihr verschwinden und dieses entsetzliche Chaos hinter sich lassen. Aber das war unmöglich. Er hatte Polizist werden wollen. Das brachte Verantwortung mit sich. Er konnte nicht einfach abhauen, nur weil es schwierig wurde. Jetzt war die Zeit, herauszufinden, ob er wirklich für diesen Job geschaffen war.

»Ich hoffe nicht. Aber die Anzeichen sprechen dafür. Am Morgenstreich die erste, am Fasnachtsdienstag die zweite. Da müssen wir darauf gefasst sein, am Mittwoch eine dritte Leiche aufzufinden. Es bleibt nur zu hoffen, dass wir die Kollegen nicht umsonst aus den Ferien zurückgeholt haben und den Täter tatsächlich auf frischer Tat ertappen. Es kann doch wirklich nicht sein, dass er ungesehen einfach tote Menschen in der Stadt verteilen kann! Er ist nicht unsichtbar!«

Colin schlug frustriert mit der Faust auf den Tisch. Rufus, Carolinas Diensthund, der darunter sein Nickerchen hielt, kläffte einmal kurz, ließ sich aber nicht wirklich aus der Ruhe bringen. Ein Ton, ähnlich dem Quietschen eines ungeölten Scharniers zeigte an, dass er gähnte. Dann war es wieder ruhig unter dem Tisch.

Carolina griff nach Colins Hand, fixierte seinen Blick. Sie strahlte eine Ruhe aus, die geradezu hypnotisch wirkte. »Nein, er ist nicht unsichtbar. Wenn er jedoch wirklich kostümiert unterwegs ist, wie wir denken, dann kann er sich sehr wohl unauffällig zwischen den Menschen bewegen. Wir werden ihn kriegen. Aber du darfst dich nicht so in die Sache hineinziehen lassen. Das gilt auch für meinen Bruder. Waldi nimmt das Ganze zu persönlich, agiert zu aggressiv. Das schadet mehr, als es nützt. Ihr müsst euch konzentrieren, sonst passieren Fehler, die nicht passieren dürfen. Wir arbeiten an der Sache. Wir haben die Kollegen kurzfristig aus den Ferien zurückgepfiffen. Wir alle wollen Antworten, und vor allem wollen wir dieses miese Schwein haben, das so etwas tut. Hab Vertrauen!«

Colin fuhr mit dem Daumen über ihre Knöchel, hielt an dem schmalen goldenen Ring an ihrem Zeigefinger inne, den er ihr geschenkt hatte. Ein Symbol ihrer Liebe.

Er wollte ihr glauben. Ihre Zuversicht teilen. Doch eine unheilvolle Vorahnung hielt ihn davon ab. Irgendetwas sagte ihm, dass es nicht besser, sondern nur noch schlimmer werden würde.

Memoiren eines Künstlers
Mittwoch, 16. Februar 2005

Heute pfeift der Wind scharf um die Hausecken. Die Temperaturen sind seit gestern merklich gesunken. Mir macht das nichts aus. Ich weiß Kälte zu schätzen. Ihr verdanke ich es, dass meine Toten schön frisch bleiben.

Tag drei ist angebrochen. Die Fasnacht ist fast vorbei. Zum letzten Mal mische ich mich unter das feiernde Volk. Selten hört man die Basler ihren Dialekt in diesem ausgeprägten Maß benutzen wie während der Fasnacht. Ob es daran liegt, dass nur zu dieser Zeit so viele gesellig miteinander plaudern, oder daran, dass sie ihre Sprache in den drei Tagen richtiggehend zelebrieren, weiß ich nicht – aber es nervt. Nein, es widert mich geradezu an. Diese falsche Kontaktfreudigkeit, diese gespielte gute Laune, diese übertriebene Ausgelassenheit. Alles nur Schein. Morgen ist der Spuk vorbei, und alle kriechen sie wieder in ihre Höhlen, sehen sich gegenseitig nicht mehr in die Augen, agieren als Einzelmasken, kehren als die Arschlöcher in ihre Büros zurück, die sie die restlichen 362 Tage sind. Diese Scheinheiligkeit hat es nicht besser verdient, als mit einem Schock aufgemischt zu werden. Die grausame Realität verschwindet nicht einfach unter dem Berg dieser farbigen Räppli!

Seit drei Tagen verseuchen sie die Stadt nun schon mit dieser Heile-Welt-Atmosphäre, dieser aufgesetzten Freude. Drei Tage zu viel. Ich tue so, als sei ich wie sie. Ich imitiere sie, mische mich unter die Heuchler. Gebe mich fröhlich, ausgelassen. Vor allem aber: unecht. Sie merken es nicht einmal. Sie merken auch jetzt nicht, wie dämlich sie sind, wie verachtungswürdig. Armselige Affenärsche.

Das alles kotzt mich nur noch an. Ich habe keinen Bock mehr.

Es ist an der Zeit, dieses affektierte Getue einer ganzen Stadt noch ein letztes Mal in diesem Jahr mit etwas Realität zu würzen.

Für mein Vorhaben brauche ich einen passenden Fasnachtswagen. Er muss während der Nacht abseits geparkt sein, es dürfen ihn nicht allzu viele Leute passieren, dennoch muss er gut zugänglich sein. Manche Wagen dienen nach dem Umzug, pardon, Cortège, gut und gerne noch als Bar für die Wagenclique und deren Familien, Freunde und Eroberungen. So einer darf es nicht sein.

Während ich mit meinem Lastenfahrrad, eines der Sorte, bei der der Transportkasten vorne und nicht hinten montiert ist, durch die Gassen radelte, habe ich Ausschau gehalten und bin fündig geworden. Nun mache ich mich auf den Weg dorthin.

Ich falle nicht auf. Wie schon die vergangenen beiden Tage trage ich mein Kostüm. Während der Fasnacht wundert sich niemand über einen Typen mit Fahrrad und Verkleidung. Sie würden staunen, wenn sie wüssten, was ich in meiner Transportbox in der Gegend herumfahre. Jeder vermutet unter dem hölzernen Deckel, den ich mit Scharnieren auf der Kiste befestigt habe, sowieso nur Räppli, Bonbons, Plüschtiere, Gemüse, Alkohol oder sonst was, das mit der aktuellen Veranstaltung zu tun hat. Aber bestimmt keine Leiche.

Es ist nicht immer einfach, Frauen zu finden, die für meine Ideen geeignet sind. Für meine Kochkünste darf es eine fülligere Person sein. Für meine anderen Künste hingegen brau-

che ich leichte, filigrane Figuren. So wie die in meiner Kiste. Eigentlich hätte ich an der Kiste noch einen Drehgriff anschrauben sollen, damit sie aussieht wie ein überdimensionierter Jack in the Box. Dieser Gedanke bringt mich unter meiner Larve zum Lächeln. Eigentlich eine gute Idee. Eins meiner Opfer zu Jack in the Box umzufunktionieren. Das ist bestimmt machbar. Mal sehen. Aber ehe der Spieltrieb ganz mit mir durchgeht, muss ich mich auf die aktuelle Aufgabe zurückbesinnen.

Ich kurve weiter durch die Gassen, überquere letztendlich die Mittlere Brücke. Dort, auf offener Fläche, den Fluss direkt unter mir, erwischt mich ein eisiger Windstoß derart unvorbereitet, dass ich fröstelnd meinen Kopf einziehe. Das Wetter dürfte morgen ziemlich garstig werden. Wenn ich mich hier weiter herumtreiben will, und das will ich, dann muss ich mehr anziehen. Ich weiche einer großen Guggenmusik aus, die in beinahe militärischem Gleichschritt über die Brücke in Richtung Kleinbasel marschiert.

In Grossbasel angekommen, schlängle ich mich durch die Menge. Je weiter ich vom Zentrum wegkomme, desto ruhiger wird es, desto mehr lichten sich die Menschenmassen. Hier in diesen Gassen und Straßen steht, was ich suche. Es gibt eine Wagenclique, die ihren Wagen immer hier abstellt, ehe die vergnügungssüchtige Truppe weiterzieht. Auftauchen würden sie erst nach Sonnenaufgang wieder.

Der Standort entspricht meinen Anforderungen. Mein Fahrrad passt gerade so neben den Wagen, wo ich es abstelle. Voller Vorfreude entriegele ich den Deckel der Box und klappe ihn auf.

Sie liegt aufgerollt wie ein Schneckenhaus oder ein Roula-

dengebäck in der Kiste. Sie lebt nicht mehr. Ich habe wohl etwas zu wild mit ihr gespielt. Schade. Aber Zeit für Bedauern habe ich nicht. Ich klappe den Deckel wieder zu und schleiche zum Kopf des Fasnachtswagens. Die Wagenclique enttäuscht mich nicht. Der Waggis, der stets ihre Galionsfigur ist, hängt an Ort und Stelle. Unter dem Kostüm versteckt sich eine Schaufensterpuppe.

Ich klettere auf den Wagen und sehe mir die Aufhängung an. Die Puppe ist an zwei Punkten an einem mittig am Bug des Wagens angebrachten Balken befestigt. Sie haben sie am Hals und um die Taille festgezurrt. Aufgehängt ist sie an einer simplen Schlaufe, die man über einen stabilen Haken gelegt hat. Ich löse die Seile, hole die Puppe herunter, trage sie zu meinem Fahrrad und setze sie daneben ab. Ich bin auf der Hut, lausche stets auf ungewöhnliche Geräusche. Doch es gibt keine Überraschungen, auch nicht, während ich sicherheitshalber noch um die Ecken spähe, ehe ich meine Jackie aus der Box hole und neben die Puppe setze. Ich ziehe meiner Jackie die weite Bluse der Puppe und die einfache Hose mit Gummizug über. Dann positioniere ich sie an der Stelle auf dem Wagen, an der zuvor die Puppe gehangen hat. Ich ziehe ihr die Larve über und hauche ihr zum Abschied einen Handkuss zu.

Als der Morgen graut, sich die kalte Luft mit dem Tageslicht verändert, kauere ich in der Kiste meines Fahrrades, das ich mit Blick auf den Fasnachtswagen an einem Laternenmast abgestellt und angekettet habe. Angekettet, weil man nie weiß, was diesen Fasnächtlern alles in den Sinn kommt. Die Abdeckung der Box habe ich geschlossen. Neben meinen angewinkelten Füßen liegt meine Larve. Meine Gliedmaßen fühlen sich allmählich steif an. Trotz der Decke, die ich über mir ausgebreitet habe, sind meine Finger und Zehen kalt. In der Box riecht es noch nach meinem Mädchen. Ein Duft, der Sehnsüchte weckt. Sie ist nicht weit von mir entfernt und doch unerreichbar. Nun, sie hat eine Aufgabe, und die wird sie perfekt erfüllen. Meine Bedürfnisse, sie zurückzuholen und bei mir zu behalten, muss ich zurückstellen. Bald werde ich eine neue Spielgefährtin haben. Dieser Gedanke tröstet mich ein wenig.

Draußen werden auf einmal Geräusche laut. Ich vernehme die für Holzschuhe typische Abfolge von Schlurfen und Klackern. Heisere Männerstimmen lassen mich aufhorchen. Ich spähe durch den Spalt und warte. Es dauert eine gefühlte Ewigkeit, bis sie in meinem Blickfeld auftauchen. Ich schaue mir ihre Kostüme an und spüre, wie sich mein Magen nervös zusammenzieht. Das sind sie. Das ist die Truppe zum Wagen, den ich etwas umgestaltet habe. Ich lausche den Sticheleien, die sie austauschen. Anscheinend haben sie eine erfüllte Partynacht hinter sich gebracht und nur kurz geschlafen, wenn überhaupt.

Einfältiges Pack!

Mit trockenem Mund beobachte ich, wie der Erste auf den Wagen steigt. Anfangs noch arglos, bleibt er auf einmal stehen. Mit gefurchter Stirn dreht er sich zu seinen Kumpanen um. »Sagt mal, ist hier was anders?«, fragt er verwirrt.

Einer der anderen lacht laut auf, während ein Dritter nachhakt. »Was soll anders sein?«

Der vierte im Bunde besteigt den Wagen. Er scheint der mit Abstand ausgeschlafenste zu sein. Er klopft seinem Kumpel auf die Schultern. »Alter, nichts ist anders. Du bist einfach noch betrunken, und selbst das ist normal.«

Den Misstrauischen scheint die erhaltene Antwort noch nicht ganz zufriedenzustellen. Er schaut sich um, wirkt, als würde er darüber nachdenken, ob er sein ungutes Gefühl ignorieren oder ihm auf den Grund gehen soll. »Ach verdammt«, murmelt er dann kopfschüttelnd, »du hast wahrscheinlich recht. Ich habe gestern wirklich über die Stränge geschlagen.«

»Zum Glück hast du eine Larve, dann sieht wenigstens niemand die kleinen, roten Knöpfe, die du Augen nennst«, sagt der Dritte, während er sich zu den anderen auf den Wagen gesellt.

Amüsiert verfolge ich die Szene. Der Vierte folgt seinen Vorgängern. »Wann kommen die anderen?«, fragt er, während er einen leeren Plastikbeutel aufnimmt und aus dem Wagen wirft.

Anscheinend ist das die Vorhut, die mit der Vorbereitung des Wagens für den Umzug betraut ist.

»Keine Ahnung«, kommt die Antwort aus dem Innern des Wagenaufbaus. Damit ist die Frage, ob etwas nicht stimmt, endgültig vom Tisch.

Ich warte noch einen Moment, spähe aus meiner Box. Lauere. Als alle vier von meinem Fahrrad abgewandt mit sich selbst und ihrer Aufgabe beschäftigt sind, krieche ich aus meiner Kiste und radle unbemerkt davon.

Mittwoch, 16. Februar 2005
Basler Fasnacht

Je länger Tom mit den Händen fuchtelnd die Leute am Straßenrand zu Reaktionen provozierte, desto wärmer wurde ihm. Es war temperaturmäßig nicht die ideale Fasnacht, aber der angekündigte Regen war bisher ausgeblieben, teilweise zeigte sich sogar die Sonne. Zum Glück. Denn nass und kalt war ihm definitiv das verhassteste Wetter von allen, auch wenn er, wie alle Fasnächtler, gut eingekleidet und auf alle Eventualitäten vorbereitet war. Tom hatte seine Trommelschlägel längst an den Nagel gehängt. Dennoch erinnerte er sich gut an die Momente, in denen es ihm und seinen Kollegen aus der Clique zu eisig wurde. Die fleißig klappendrückenden Finger der pfeifenden Damen und Herren versteiften sich allmählich, und die Lippen wurden taub. Dann nutzten die Aktiven ihre Pausen, um sich bei heißem Wasser vermengt mit Zucker und Schnaps aufzuwärmen – nur eine der diversen Möglichkeiten, das gefrorene Blut wieder in Wallung zu bringen und die Energie für die nächste Runde zu sammeln. Den Schnaps lehnte Tom heute noch nicht ab. Auch wenn an Tagen wie diesem die Keller überquollen, weil sich Aktive und Passive gleichermaßen ein warmes Plätzchen suchten. Das bedeutete vor allem für das Servicepersonal und die zahlreichen Helfer Stress, aber auch locker sitzende Portemonnaies.

Tom schwang das Bein über den Rand des Fasnachtswagens und klopfte mit seinen Holzzoggeli gegen die Wand. Seine Larve wog langsam schwer, aber das war ihm eigentlich egal. Heute war der letzte Fasnachtstag, und seine Gefühle waren wie immer gemischt. Noch einmal so richtig auf den Putz hauen, alles aus den Leuten rausholen, gleichzeitig aber mit Wehmut die letzte Ware an williges Publikum loswerden. Das Kostüm, das in der heißen Phase vor der Fasnacht noch letzte Anpassungen erfahren hatte, war inzwischen ein Teil von ihm, die Larve, die er in stundenlanger, minutiöser Handarbeit selbst gefertigt hatte, fühlte sich an, als wäre sie angewachsen, auch wenn sie den Nacken allmählich zusammenzudrücken schien. So federleicht, wie sie sich am Montag noch angefühlt hatte, war sie heute nicht mehr. Es waren drei intensive Tage gewesen, er war müde, wollte aus den Sachen raus und sie doch nicht loslassen. Fast wie bei seiner Exfrau. Er hatte aus der Beziehung rausgewollt und konnte sie dennoch nicht loslassen. »Himmel, es reicht mit dieser Trübsalblaserei«, wies er sich selbst zurecht. »Das ist der Schlafmangel, nichts weiter.«

Tom durchkämmte mit Kennerblick die wartende Menge. Er griff gedankenverloren in den Sack neben sich, warf die Bonbons vorsichtig den Leuten entgegen, während er diejenigen, die direkt vor dem Wagen standen und etwas zu ergattern versuchten, mit einer Ladung Räppli bedachte.

Weiter vorne entdeckte Tom ein hübsches kleines Mädchen am Straßenrand, das sich scheu ans Bein einer ebenso hübschen Frau klammerte. Ob das die Mutter war? Als hätte die Kleine etwas gespürt, nahm sie Tom mit ihren großen braunen Augen ins Visier, ansonsten rührte sie sich nicht. Erst als Sigi den Wagen weiter in ihre Richtung lenkte, zog die Kleine die Frau am Rock. Was stellte die Blonde dar? Schürze, Rock, Bluse. Eine Marktfrau? Er wusste es nicht, aber sie hatte etwas, vor allem, als sie die Kleine hochhob und dann Tom ansah.

»Sieht auch etwas abgekämpft aus, die Gute. Vielleicht hilft ein Schnäpschen«, überlegte er sich und entdeckte gleichzeitig den Becher um ihren Hals. Sigi bremste ab, der Wagen fuhr langsamer. Vorne auf der Route war einiges los.

»Ideal«, dachte Tom laut und zog einen Plüschhasen und eine Flasche Williams aus seinem Fundus. Er streckte der Kleinen den Hasen noch nicht entgegen, sondern wartete ab. Sie sah ihn an. Normalerweise ließen sich die Leute von den gemalten Augen seines Waggiskopfes ablenken und fanden den direkten Blickkontakt nicht. Die Kleine war da anders. Sie entdeckte die Löcher in der Larve, knapp oberhalb der Pappmascheelippen, hinter denen seine Augen lagen. Obwohl sie ihn direkt ansah, erkannte er in ihrem Blick eine scheue Zurückhaltung. Sie würde ihn nie direkt nach einer Gabe fragen, dazu reichte ihr Mut noch nicht aus, ihre Augen hingegen sprachen Bände.

Tom musste lächeln. Er wackelte hinter der Wagenwand mit dem Hasen, sodass die Kleine einen Blick darauf erhaschen konnte. Als sie das Plüschtier entdeckte, wurden ihre Augen größer und leuchteten auf einmal, als hätte jemand ein Licht angezündet. Vorsichtig streckte sie den Arm. Tom legte den Plüschhasen in ihre kleinen Hände. Kleinlaut bedankte sich das Mädchen.

Die Kleine war zuckersüß, und das Beste: Er hatte bisher kein einziges Wort sagen müssen. Seine Stimme, die längst einem heiseren Krächzen gewichen war, würde es ihm danken. Nun war die Frau an der Reihe. Er sah ihr in die Augen. Die Blondine lächelte, verlagerte das Gewicht der Kleinen auf ihrer Hüfte und reichte ihm ihren leeren Zinnbecher. Er füllte ihn gut und prostete ihr mit der Flasche zu. Er war so angetan von der Blondine und diesem süßen Mädchen mit seinem Hoppelhasen, dass er kaum wahrnahm, wie hinter ihm Bewegung in den Wagen kam.

»Verfluchte Scheiße!«, rief Eugene aus und riss sich die Larve vom Kopf. Erst jetzt reagierte Tom. Er stellte die Flasche weg und drehte sich um.

»Was ist …?« Der Rest des Satzes blieb ihm im Hals stecken.

Cédric hatte sich wie so oft am Kopf des Wagens postiert, wo er auf den Rand kletterte und sich am mittleren Pfosten festhielt. Dort posierte er gerne zusammen mit der Galionsfigur.

Normalerweise legte er den Arm um sie, gab ihr Küsschen, stellte sich hinter den Pfosten, an dem sie festgemacht war, sodass man ihn von vorne nicht sofort entdeckte. Dann steckte er seine Arme durch das Kostüm der Puppe und bewegte sie. Das sah urkomisch aus und erregte die Aufmerksamkeit der Passanten. Aber heute nicht. Heute weckte etwas ganz anderes das Interesse der Zuschauer.

Der Galionsfigur war der Kopf nach vorne gekippt, ihre Larve darüber hinweggerutscht und auf die Straße gefallen.

Tom schluckte schwer. Das konnte nicht gehen, denn sie war nur eine Schaufensterpuppe. Ihre Gliedmaßen waren gelenkig, damit Cédric seine Spielchen treiben konnte. Nur der Kopf, der saß steif auf dem Nacken.

Ein unangenehmes Kribbeln machte sich in Toms Fingerspitzen breit. Er schwang sein Bein über den Rand zurück in den Wagen und stand auf. Die Menschen rundherum blendete er ganz automatisch aus. Wie in Zeitlupe ging er auf den Kopf des Wagens zu, zog sich zu der Galionsfigur hoch. Tom hielt sich am Pfosten fest und lehnte sich weit nach vorn, um der Figur, der stillen Anführerin der Truppe, ins Gesicht sehen zu können. Aber was ausdruckslos zurückstarrte, war nicht das in Blautönen aufgemalte Augenpaar.

Es waren die braunen Augen einer Frau. Einer realen Frau. Der Blick war ähnlich ausdruckslos. Keine Regung ging von ihrem Gesicht aus, kein Blinzeln, kein Zucken der Mundwinkel.

Tom hielt ihr seine vor Aufregung zitternden Finger unter die Nase. Doch es war kein noch so geringes Lüftchen zu spüren. Das Kribbeln wurde beinahe unerträglich. Ohne den Blick abzuwenden, erteilte er Anweisungen, denen Cédric ohne zu zögern Folge leistete. »Die Polizei. Sofort.«

Als hätten diese Worte den Effekt einer Nadel, zerplatzte die Blase, in der Tom sich in den letzten Minuten befunden hatte. Plötzlich hörte er die aufgeregte Menge, die entsetzten Schreie, das verwirrte Gerede. Vor allem aber nahm er die Blitzlichter wahr. Diverse Kameras waren auf ihn und die falsche Puppe gerichtet.

»Verfluchte Scheiße«, murmelte er. Über den Lärm des Traktormotors und der Menschen hinweg bellte er Sigi zu, den Wagen sofort an den Rand zu fahren. Sigi, der längst nicht mehr auf die Straße vor sich, sondern auf Toms Akrobatikeinlage sah, wirkte wie gelähmt. »Sigi!«, ermahnte Tom ihn streng.

Endlich blinzelte Sigi, erwachte aus seiner Starre. »Ja, ja, natürlich!«, rief er zurück, wandte sich wieder seinem Lenkrad zu und steuerte das Ungetüm vorsichtig durch die Leute, bis er in einer vernünftigen Parkposition ankam. Den Wagen verstecken zu wollen, hatte keinen Sinn. Es gab kurz vor dem Barfüsserplatz keine Möglichkeit, sich einfach in Luft aufzulösen. Aber dieses Gesicht …

»Dieses Gesicht muss weg«, überlegte Tom, während er

seine eigene Larve abnahm und sie der Unbekannten über den Kopf stülpte. Er hoffte inständig, dass ihm das nicht während der polizeilichen Ermittlungen, die es zweifelsohne geben würde, zum Verhängnis werden würde, genauso, wie er hoffte, keine Beweise oder was auch immer der Polizei nützlich sein könnte, zu zerstören.

Tom schluckte schwer, als er das Gesicht vorsichtig unter der gemalten Fratze seines riesigen Kopfes verschwinden ließ. »Oh, Gott, wenn es dich gibt, dann flehe ich dich an, lass das einen entsetzlichen Albtraum sein. Bitte!«

Jetzt setzte auch noch sintflutartiger Regen ein. Die Menschen stoben erschrocken kreischend auseinander. Tom hob den Kopf in Richtung Himmel und akzeptierte das Unvermeidliche: Ob es ihn gab oder nicht, Gott konnte hier nichts für ihn tun. Denn dieses Grauen war kein Albtraum.

Mit stoischer Ruhe hatte Colin den Schilderungen des Mannes vor sich gelauscht. Sein Name war Thomas Aufwind, kurz Tom. Ein gestandener Mann. Dreiunddreißig, minimal größer als Colin, mit breiten Schultern, etwas Übergewicht, dunklem, an den Schläfen ergrauendem Haar. In Haltung und Ausstrahlung erkannte man ein gesundes Selbstbewusstsein und eine gewisse Autorität. In seinen Bewegungen lag eine kühle Ruhe. Ein angenehmer Mensch, der sympathisch wirkte, auch wenn er angesichts der Umstände aschfahl war und seine Hände zitterten. Das war zumindest Colins erster Eindruck.

Colin hatte sich bemüht, sich nicht von dem Treiben hinter Tom ablenken zu lassen. Nicht auf die tote Frau zu starren, die gerade von dem Fasnachtswagen runtergenommen wurde. Nicht dem Brechreiz nachzugeben, den diese elende Situation bei ihm auslöste.

»Cédric stieg heute Morgen auf den Wagen mit der Bemerkung, dass etwas nicht stimmte. Wir haben ihm nicht geglaubt. Wir haben nicht auf ihn gehört. Wir haben sein seltsames Gefühl auf den Restalkohol in seinem Blut geschoben. Hätten wir ihm doch bloß mehr Aufmerksamkeit geschenkt!« Der große, stattliche Tom ging vor Colin in die Knie. Die Stirn auf die Handballen gestützt, die Finger im dunklen Haar festgekrallt.

Colins Puls raste, seine Uniform wog in diesem Augenblick tonnenschwer. Dennoch gab er sich ruhig. »Stehen Sie bitte auf und kommen Sie mit, damit wir Ihre Aussage aufnehmen können. Okay?«, fragte Colin noch, obwohl Tom eigentlich nicht wirklich eine Wahl hatte.

Es dauerte einen Moment, bis Tom sich regte, aber dann hob er den Kopf. In seinen Augen glänzten Tränen, doch sein Nicken wirkte entschlossen. Er erhob sich, straffte die Schultern und wischte sich Nase und Augen mit den weiß behandschuhten Händen ab. Colins Blick blieb an den Handschuhen hängen. Er wusste, dass diese Teil des Kostüms waren, dennoch notierte er sich in Gedanken, dass Tom danach gefragt werden muss, ob er die Handschuhe einmal abgelegt hatte. Sei es, um den Puls der Toten zu überprüfen, um ihr die Larve über den Kopf zu stülpen oder wusste der Teufel, warum.

Colin sah sich am Tatort um. Blickte in die Augen der Neugierigen, die sich um den abgesperrten Bereich versammelt hatten. Viele wichen einem direkten Augenkontakt aus, andere erwiderten ihn unverhohlen.

Colin schaute seinen Kollegen zu. Es wurden Spuren gesichert, Polizisten kamen und gingen. Es fanden sich Reporter ein, der Lokalsender bezog mit seiner Fernsehkamera Stellung, die Moderatorin hielt das Mikrofon bereit. Sie wirkte nervös. Sie war für die Fasnachtsberichterstattung abgestellt worden und fand sich in einem Krimi wieder. Das war ihre Chance, groß rauszukommen, wenn sie den Auftritt vor laufender Kamera nicht vermasselte.

Es war ein Desaster. Viel zu viele Passanten und Schaulustige hatten Fotos gemacht und Videos von den Vorgängen gedreht. Derzeit war noch keine offizielle Erklärung seitens der Behörden abgegeben worden, was bedeutete, dass die Gerüchteküche brodelte. Das Internet war bestimmt schon voll von Spekulationen, verwackelten Filmchen und unscharfen Fotos. Nun, das war nicht mehr Colins Problem. Er musste sicher bald zu seinem nächsten Einsatz. Zu seiner nächsten Leiche? Hoffentlich nicht. Das hier war die dritte. In drei Tagen. Die drei schönsten Tage, wie es die Basler nannten. Er hatte sich darauf gefreut, Teil des Trubels zu werden. Er hatte sich höchstens auf Prügeleien, Zankereien und Diebstähle eingestellt, die seiner Fasnachtsstimmung aber nicht wirklich einen Abbruch tun konnten. Bekommen hatte er drei grauenhaft zugerichtete Leichen.

Montag, 21. März 2005
Bei der Staatsanwaltschaft

Die Fasnacht war seit knapp einem Monat vorbei. Zum Glück. Denn bisher hatten sich keine neuen Leichen gefunden. Doch die eigentliche Arbeit hatte erst begonnen.

Colin und Waldi hatten bald nach den Leichenfunden darum ersucht, bei den Ermittlungen mitarbeiten zu dürfen. Da man die Toten fand, während sie Dienst hatten und auch sie jedes Mal die Ersten vor Ort gewesen waren, nahmen sie die Taten persönlich. Rick Vossmann, ihr Vorgesetzter, stimmte ihrer Bitte zu. Er war dankbar um jede helfende Hand, in der Hoffnung, die Fälle möglichst bald klären zu können.

Die Ermittler waren unter Hochdruck dabei, Spuren auszuwerten. Berichte wurden geschrieben, Untersuchungen getätigt. Alle Angehörigen der Clique, auf deren Wagen die Galionsfigur entdeckt worden war, wurden befragt. Die Gäste des Hotels *Les Trois Rois* wurden unter die Lupe genommen, genauso wie die Handwerker, die Restauratoren und deren Umfeld. Im Restaurationsbetrieb selber stellte man Nachforschungen an. Aber das Einzige, was bisher festgestellt werden konnte, war, dass die aufwendig zurechtgemachten Statuen der drei Könige, die eigentlich über den Eingang des gleichnamigen Hotels gehörten, nicht pünktlich hatten geliefert werden können, deshalb hatte man kurzfristig für Ersatz gesorgt. Allem Anschein nach war es immer wieder zu mysteriösen Zwischenfällen gekommen, die die Auslieferung verzögert hatten. Werkzeuge, die verschwanden, Farbe, die abblätterte, und so weiter. Die Angestellten sprachen allesamt von Sabotage an den zu restaurierenden

Figuren. Das mochte schon sein, schloss aber noch lange nicht aus, dass einer von ihnen die Hand im Spiel hatte.

Eine Spur, die zum Täter führte, fand man nicht. Auch das Durchleuchten der Vergangenheit der Opfer ergab nichts Brauchbares.

Das Mädchen in der Schubkarre, Moira Celeki, war eine Touristin. Sie reiste alleine. Ihre Eltern konnten zwar von ihren Plänen berichten, Hinweise auf einen Tatverdächtigen ergaben sich daraus aber keine.

Der ersetzte König, Vladimir Belekin, war Mitte vierzig und alleinstehend gewesen. Er lebte zurückgezogen, war aber in seinem Beruf, Bildhauer, eine Koryphäe. Nahe Verwandte? Fehlanzeige. Die Adoptiveltern waren zwar über die Art und Weise des Todes ihres Sohnes erschrocken, aber nicht überrascht. Sie rechneten schon länger damit, dass sie das nächste Mal von ihm hören würden, wenn sie seine Beerdigung organisieren mussten – die Worte seiner Mutter. Er hatte vor geraumer Zeit den Kontakt zu seinen Eltern abgebrochen. Auf die Gründe gingen sie erst auf wiederholtes Drängen näher ein. Angeblich hatte ihr Sohn eine Affäre mit seiner Schwester gehabt, die zwar nicht blutsverwandt war, auf dem Papier jedoch zur Familie gehörte. Das kam in seinem Umfeld nicht besonders gut an.

Die Galionsfigur war unter den drei Opfern am besten in Basel verwurzelt gewesen. Ihr Vater war bei einer großen Versicherung angestellt, ihre Mutter arbeitete Teilzeit bei einer Gemeindeverwaltung. Die Familie war finanziell abgesichert, besaß ein Einfamilienhaus in Bettingen, das Familienleben verlief harmonisch. Unauffällige Jugend, einige Nebenjobs als Kellnerin, gesundes Umfeld. Da sie an einer Arbeit für die Uni schrieb, setzte sie sich immer mal wieder alleine in eine angemietete Hütte ab, um für sich zu sein. Es war nicht ungewöhnlich, dass man in solchen Phasen länger nichts von ihr hörte. In eben eine solche Hütte war sie eine Woche vor Beginn der Basler Fasnacht geflohen. Mutterseelenallein, abgeschieden in einem Fünfseelendorf. Sie wollte zur Fasnacht zurück sein. Das war geglückt, nur nicht ganz so, wie erwartet.

Es war erstaunlich gewesen, wie die Polizei es fertiggebracht hatte, die Berichterstattung auf ein Minimum zu reduzieren. Es war bis heute kaum privates Bildmaterial im Internet aufgetaucht. Zwar wurde spekuliert, aber der Rummel um den Vorfall hielt sich im Grunde in Grenzen. Beinahe so, als hätten alle Anwesenden verleugnet, dass die Unbeschwertheit der Fasnacht durch entsetzliche Geschehnisse getrübt worden war. Wahrscheinlich war das dem Polizisten zu verdanken, der die Angelegenheit gegenüber der anwesenden Reporterin geistesgegenwärtig heruntergespielt hatte. Er hatte den Kommentar nicht verweigert, wie man es eigentlich erwartet hätte. Stattdessen hatte er ein kurzes Interview gegeben, bei dem er genau die richtigen Worte gefunden hatte.

Aber was nicht war, konnte ja noch werden. Es galt abzuwarten, ob im Lauf der Zeit nicht doch noch mehr Berichte und Bilder über den Zwischenfall auf dem Fasnachtswagen kursieren würden.

In seine Gedanken versunken, spielte Colin mit einem silbernen Schlüssel. Er saß an einem Schreibtisch in der Staatsanwaltschaft, wo er und Waldi, seit sie zu den Ermittlungen zugelassen wurden, öfter anzutreffen waren. Die Akten stapelten sich neben ihm, eine lag offen vor ihm. Colin rieb sich die müden Augen. Egal, wie oft er die Akten wälzte, die

Aussagen studierte, sich mit Waldi und den anderen besprach, der nötige Durchbruch blieb aus. Colin überlegte sich, was er noch tun könnte. Er legte den Schlüssel weg. Nahm ihn wieder auf. Auf einmal wurde ihm bewusst, womit er seine Hände beschäftigte. Es war der Wohnungsschlüssel der Galionsfigur Esther Müller. Das war der einzige Ort, den er noch nicht gesehen hatte. Colin griff zum Telefon und wählte Waldis Nummer. »Waldi? Ich will mir Esther Müllers Wohnung ansehen, bist du dabei?«
Colin war klar gewesen, dass sein Partner sofort einwilligen würde. Deshalb fanden sie sich eine halbe Stunde später vor Esthers Wohnung ein.

Obwohl ihre Kollegen von der Spurensicherung bereits alles gründlich untersucht hatten, hatte Colin das Bedürfnis, sich Esthers Zuhause selbst anzusehen. Er wollte auf diese Weise ein besseres Gefühl für das Opfer erhalten. Ihm war zwar nicht ganz klar, wie ihn das der Lösung des Falles näherbringen sollte, aber wenn er besser verstehen konnte, wer sie war, eröffnete ihm das vielleicht neue Perspektiven, die ihn dann möglicherweise bei den Ermittlungen weiterbringen konnten.

»Wonach suchen wir?«, fragte Waldi, während er sich in der Mitte des Wohnzimmers hinstellte und den Blick über die Unordnung schweifen ließ, die Esther als ihr Zuhause bezeichnet hatte.

»Ich habe keine Ahnung.« Colin drückte sich an Waldi vorbei, wobei er gegen einen Stapel Zeitschriften stieß. Die Hefte rutschten weg.

»Mist.« Colin ging in die Hocke, um die Magazine wieder zusammenzuschieben. Da streifte sein Blick etwas, das aus einem der Kataloge herauslugte. Er streckte seine Hand danach aus, hob es auf. Es war eine Visitenkarte.

»A–Z Tourenplanung, die etwas andere Art, Ihre Umgebung zu entdecken. Ein Erlebnis, nicht nur für Touristen. Unsere Geistertouren durch den städtischen Untergrund sind besonders beliebt!«, warb die Kartenvorderseite, und auf der Rückseite war eine Telefonnummer abgedruckt.

In Colins Erinnerung regte sich etwas. Er wusste aus den Polizeiakten, dass Moira Celeki, die Schubkarrenleiche, laut ihrer Familie etwas von einer geplanten Stadtführung erzählt hatte. Auf Details war sie angeblich aber nicht eingegangen. Auch bei Vladimir Belekin, der als Statue des dritten Königs inszeniert worden war, fand sich ein ganzer Stapel mit Katalogen und Reiseführern über Basel und Umgebung. Genau diese Visitenkarte war zwar in den Unterlagen der Polizei nicht dabei gewesen, aber Belekin war anscheinend wild entschlossen gewesen, seine neue Heimat zu erkunden. Das passte, war er doch erst kürzlich aus Russland nach Basel gekommen. Er war in seiner Heimat Spezialist für besondere Restaurationsarbeiten gewesen, weshalb er auch kürzlich von dem Betrieb angeworben worden war, der die drei Königsstatuen des Hotels restaurierte. Doch die Prüfung seiner Aufenthaltsgenehmigung war noch nicht einmal abgeschlossen gewesen, da war er bereits tot.

Von einer plötzlichen Aufregung erfasst, streckte Colin die Karte wortlos Waldi hin, während er selbst nach seinem Handy griff und die *A–Z Tourenplanung* googelte. Viel gab das Internet nicht her. Es gab eine Homepage und einen Haufen positiver Bewertungen auf gängigen Reiseportalen. Das Unternehmen war zwar nicht im Handelsregister eingetragen, doch das musste nichts heißen. Einzelfirmen zum

Beispiel mussten nur unter bestimmten Voraussetzungen eingetragen werden.

Da ihn das nicht weiterbrachte, wählte Colin, ohne weiter darüber nachzudenken, die Nummer, die auf der Karte aufgedruckt war. Sein Anruf wurde auf einen Anrufbeantworter umgeleitet. Die Ansage verlangte von ihm, seine Telefonnummer zu hinterlassen. Colin tat, wie geheißen, und sprach seine private Handynummer auf das Band.

Waldi beobachtete seinen Partner aufmerksam. »Willst du mir erklären, was es mit dieser Tourenplanung auf sich hat und wieso du denen deine Nummer gegeben hast?«

»Unsere beiden anderen Leichen hatten geplant, die Stadt zu erkunden, und ausgerechnet bei einer Einheimischen finde ich diese Visitenkarte von einem Unternehmen, das Stadttouren anbietet. Es ist weniger als ein Strohhalm, ich weiß, aber es ist mal was Neues und besser als nichts.«

»Also möchtest du eine Tour buchen?«

»Genau. Kommst du mit?«, fragte Colin und verließ das Haus, ohne eine Antwort abzuwarten.

Eine Straße weiter hatte Colin seinen alten Jeep geparkt.

Er hatte kaum die Autotür geöffnet, da klingelte sein Handy. Colin zog es aus der Tasche. Die Nummer des Reisebüros leuchtete auf dem Display auf.

»Das ist das Reisebüro«, klärte Colin Waldi auf und nahm den Anruf unter Nennung eines falschen Namens entgegen.

»Guten Tag«, meldete sich eine vertrauenswürdig klingende männliche Person. »Hier spricht Cornelius. Ich bin der Geschäftsführer der A–Z Tourenplanung. Wie kann ich Ihnen helfen?«

»Ich bin neu in der Stadt und würde gerne eine Tour bei

Ihnen buchen, da ich schon viel Gutes von Ihnen gelesen habe«, gab Colin so locker, wie es ihm möglich war, zurück.

»Verstehe. Haben Sie denn schon eine Vorstellung, was Sie gerne sehen würden? Ich könnte Ihnen zum Beispiel ein sehr interessantes Angebot für die Tour ›Industrielles Basel‹ machen.«

»Industrielles Basel«, Colin gab sich nachdenklich, »doch, das klingt interessant. Wann fände die denn statt?«

»Wie flexibel sind Sie?«

»Ziemlich flexibel.«

»Wunderbar! Wie wäre es gleich am Donnerstag?«

»Donnerstag passt. Wann und wo?«, fragte Colin.

»17 Uhr. Den Treffpunkt werde ich Ihnen noch nennen.«

Colin legte auf. »Waldi? Wir sind da möglicherweise auf etwas gestoßen …«

Donnerstag, 24. März 2005
Bei der A–Z Tourenplanung

Colin fuhr den dunklen Škoda schweigend. Seinen Ellbogen stützte er auf dem Fensterrahmen der Fahrertür ab, mit dem Zeigefinger fuhr er sich grübelnd über die Stirn. Carolina saß auf dem Rücksitz, ihr dänischer Schäferhund Rufus lag in der Hundebox im Kofferraum.

Colin warf einen Blick in den Rückspiegel, den Carolina prompt auffing. Der Anblick der dunklen Augen und das Gefühl, ertappt worden zu sein, jagte ein heißes Kribbeln durch seinen Magen. Sie trug ihr Haar zu einem strengen Pferdeschwanz zurückgebunden – wie immer, wenn sie arbeitete. Nur wenn sie sich zwischendurch zu einem Drink oder einem Abendessen alleine trafen, trug sie ihre Haare offen. Sie fielen ihr dann locker auf die Schultern. Meistens strich sie sie hinter die Ohren. Dort blieben sie, bis sich diese eine widerspenstige Strähne löste und ihr ins Gesicht fiel. Sie hatte schönes Haar. Haar, in das man seine Finger versenken wollte.

Ihre Gegenwart fühlte sich richtig an, machte regelrecht süchtig. So kam es ihm jedenfalls vor, denn immer, wenn sie nicht in seiner Nähe war, wünschte er, sie wäre es. Wenn er sie nicht berühren konnte, wie jetzt, konnte er an kaum etwas anderes denken. Ohne sie kam er sich vor wie ein Alkoholiker auf dem Trockenen.

»Wenn du deine Augen nicht sofort weg von meiner Schwester und zurück auf die Straße richtest, kannst du was erleben!«

Colin errötete prompt und riss sich von dem spontanen

Lächeln, das Carolina ihm im Spiegel schenkte, los. »Schon gut, Waldi. Ich habe alles im Griff. Keine Sorge.«

»Es wäre mir lieber, du hättest Carolina etwas weniger im Griff und das Lenkrad etwas mehr. Wir sind gleich da, also konzentrier dich.«

Waldi hatte recht. Colin musste sich auf das konzentrieren, was vor ihm lag. Er wusste, er hätte die neuen Informationen seinem Vorgesetzten übergeben müssen. Das wollte er im Grunde auch, aber zuerst wollte er sicher sein, dass die Verbindung zwischen den Opfern tatsächlich existierte und nicht nur ein Hirngespinst von ihm war. Waldi kam nach kurzem Überlegen zum selben Schluss. Er sagte Colin seine Unterstützung ohne zu zögern zu. Zusätzlich holten sie Carolina mit ins Boot, da ihnen Rufus' Spezialgebiet, fliehende Personen zu stellen, nützlich werden konnte.

Und da saßen sie nun. In Carolinas Dienstwagen. Sie hatte darauf bestanden, der Hundebox wegen ihren Wagen zu nehmen.

Colin wurde beinahe übel, wenn er daran dachte, dass sie nur hier war, weil er sie eiskalt angelogen hatte. Er hatte Carolina gegenüber behauptet, die Sache wäre von ganz oben abgesegnet worden.

Wie tief war er gesunken. Zu jung, zu ehrgeizig, zu dumm.

Er müsste ihr die Wahrheit sagen, sie selbst entscheiden lassen. Umdrehen, anonym bei der Polizei anrufen und den Tipp durchgeben. Dann würden die sich darum kümmern.

»Worüber grübelst du nach?«, fragte Waldi von der Seite, als ahnte er die Zweifel, die Colin plagten.

Erneut ertappt, räusperte der sich. »Nichts. Wir sind da«, lenkte er ab und bog in eine dunkle Straße am Rande eines stillgelegten Industriegebiets ein.

Erstaunlicherweise war der Ort nicht so abgelegen, wie Colin erwartet hätte. Nur zwei Straßen weiter begann ein neu angelegtes Wohngebiet mit ausladenden Grünflächen zwischen den Bauten.

»Ich gehe alleine. Er erwartet nur mich«, sagte Colin an die anderen gewandt, als er rechts ranfuhr.

Carolina wirkte verwirrt. »Alleine? Wohin?« Suchend spähte sie aus dem Seitenfenster.

»Ich steige hier aus und gehe den Rest zu Fuß. Irgendwo an dieser Häuserreihe müsste dieses ominöse Reisebüro doch angeschrieben sein. Oder *er* wird auf sich aufmerksam machen. Er hat mich schließlich hierherbestellt.«

Colin verließ den Wagen und ging zu der Adresse, die ihm der Eventmanager durchgegeben hatte. Es war die Adresse, die er bereits auf der Homepage als Sitz des Unternehmens gefunden hatte, was Colin stutzig machte.

Er sah sich auf dem alten Fabrikgelände um. Zum Thema der gebuchten Tour passend, ging es ihm durch den Kopf. Bisher also alles stimmig. Sein Bauchgefühl sagte ihm aber etwas anderes. Irgendwo unter dieser Verbissenheit, den grausamen Killer endlich dingfest zu machen, meldete sich eine leise Stimme, die ihn zur Vorsicht mahnte. Es war eben diese Stimme, die Colin zuversichtlich stimmte. Zuversichtlich, dass er auf dem richtigen Weg war, der richtigen Fährte folgte.

Am Treffpunkt besah sich Colin von außen das leer stehende Gebäude. Es war eine große Halle, gemauert aus dunkelroten Backsteinen. Die Fenster lagen hoch über dem Eingang. Er konnte sich vorstellen, wie es innen aussah. Stahlträger, stabile Installationen, Reste von Seilzügen und Maschinen aus längst vergangenen Zeiten, als hier noch gearbeitet wurde. Alte Zuggleise waren in den grauen Betonboden eingelassen und verschwanden unter der Torschwelle. Allem Anschein nach wurde hier damals etwas auf Züge verladen und weitertransportiert. Das Tor war für einen Güterzug jedenfalls groß genug. Entschlossen drückte Colin die mannshohe Tür auf, die in dem riesigen Tor eingelassen war.

Quietschend und schwerfällig öffnete sich die Tür. Sie wirkte, als wäre sie schon eine ganze Weile nicht mehr bedient worden, was überhaupt nicht zu dem Bild eines gut laufenden Geschäfts mit Stadtführungen passen wollte.

Colin trat vorsichtig ein. Die Tür hinter ihm schlug von alleine zu. Nun stand er in einer riesigen Fabrikhalle. Das Grau des schwindenden Tages, das sich durch die schmutzigen Scheiben über ihm stahl, war seine einzige Lichtquelle. Alles wirkte verlassen. Aber er ahnte, dass er nicht alleine war.

Colin wartete. Bis sich etwas rührte, bis jemand in sein Blickfeld trat, bis man das Wort an ihn richtete. Doch nichts dergleichen geschah. Also ging er in die Offensive. »Okay, wenn das so eine Führung mit Schreckeffekt sein soll, dann muss ich gratulieren. Mir ist nicht mehr wohl in meiner Haut!«, rief Colin in den Raum. Er setzte ein verunsichertes Lächeln auf, spielte den Unschuldigen und hoffte, dass er in seiner Rolle überzeugte.

Im nächsten Moment fuhr Colin erschrocken zusammen. Irgendetwas fiel so unerwartet laut scheppernd zu Boden, dass er im Affekt beinahe an die Stelle seiner Hüfte gegriffen hätte, an der seine Dienstwaffe saß. Ein Griff, der ihn verraten hätte. Er konnte sich gerade noch beherrschen. Stattdessen legte er beide Hände auf seinen Bauch. »Uff, jetzt wäre mir beinahe mein Herz in die Hose gerutscht! Ich muss schon sagen, im Inszenieren sind Sie verdammt gut! Das werde ich in meiner Bewertung berücksichtigen!« Suchend sah er sich in der immer dunkler werdenden Umgebung um. Es gab viele Schatten, in denen sich jemand verbergen konnte, und es wurden immer mehr …

»Ich bekomme was für mein Geld geliefert, das muss ich schon sagen. Aber nun ist es gut, meinen Sie nicht?« Colin horchte. Nichts. »Na, kommen Sie schon, zeigen Sie sich!« Immer noch nichts. »Gut, wenn das alles war …«, sagte er schließlich und tat, als würde er den Rückzug antreten. Er streckte den Arm nach der Tür aus, ohne sich nach ihr umzudrehen. Colin wagte es nicht, der Halle den Rücken zu kehren.

Da. Rechts über ihm nahm er eine Bewegung wahr. Hinter einem breiten Stahlträger auf einem Zwischenboden einer Metalltreppe, rührte sich etwas. »Colin, Colin, Colin«, tadelte eine irgendwie leiernd klingende Stimme.

Colin kniff die Augen zusammen, konnte aber außer einem halben Umriss nichts erkennen.

»Das mit der Schauspielerei hättest du besser üben sollen.«

»Ich verstehe nicht …«, sagte Colin, doch er wusste, dass er seinen Atem verschwendete. Er saß in der Falle und war eine wunderbare Zielscheibe in dem offenen Raum.

»Lass den Mist. Weißt du, ich überprüfe sehr genau, wen ich zu meinen Touren einlade und wen nicht. Einmal ausgesucht, hefte ich mich an ihre Fersen, beobachte sie. Befinde ich sie als geeignet, schlage ich zu. Weißt du, ich habe dich schon eine ganze Weile im Visier, Colin, und du hast nichts davon bemerkt. Genauso wenig wie all die anderen. Das ist auch wichtig, wenn ich nicht erwischt werden will, denn meine Kunden überstehen die Ausflüge in der Regel nicht lebendig.«

Colin legte seine ohnehin aufgeflogene Tarnung ab. »Dann hast du gewusst, wer ich bin, und trotzdem hast du einem Treffen zugestimmt? Weshalb?«

»Neugierde. Spaß am Spiel.«

»Das ist alles?«, fragte Colin, ohne zu verhehlen, dass er ihm kein Wort glaubte.

»Imponieren. Konkurrenz aus dem Weg schaffen. Unfähig hättest du wirken sollen, nicht clever genug. Unwürdig.« Ehe Colin nachfragen konnte, was die kryptischen Aussagen zu bedeuten hatten, ruckte der Kopf des Schattens hoch. Er stieß ein zischendes Geräusch aus. »Du hast sie mitgebracht?«, fauchte er aufgebracht.

Colin verstand den plötzlichen Stimmungswechsel nicht. Er sah sich um, konnte aber nicht erkennen, was den Schatten auf einmal so aus der Fassung brachte.

»Du Hurensohn! Ihn hätte ich erwartet, aber nicht sie! Nicht sie!«, schrie er beinahe hysterisch.

Im nächsten Moment ging draußen ein Licht an, das durch die schmutzigen Scheiben ins Innere drang. Es wurde kaum hell genug, um den Unbekannten zu erkennen, aber es reichte aus, um zu sehen, was er in der ausgestreckten Hand hielt: Das Licht brach sich im blank polierten Lauf einer silbernen Pistole.

Colin reagierte prompt, doch der Schütze war schneller. Ehe Colin seine eigene Waffe ziehen und sich ducken konnte, hallte der Schuss bereits ohrenbetäubend durch die Halle. Colin verspürte ein scharfes Stechen in der Schulter, musste durch die Wucht des Aufpralls einen Schritt zurück machen. Zeit, überhaupt nur einen Gedanken an seine Verletzung zu verschwenden, hatte er keine. Ein kehliges Kläffen irgendwo über ihm zog seine Aufmerksamkeit auf sich. Er ahnte, was das bedeutete, hoffte aber inständig, dass er sich täuschte.

Zeitgleich mit dem Bellen löste sich der Schatten aus seiner Deckung. Geduckt rannte er los. Weiter die Treppe hinauf, über eine Metallbrücke, zur nächsten Treppe.

Wo willst du Scheißkerl hin?

Dann entdeckte er es: Eine Scheibe des teilweise verglasten Daches war zerbrochen. Sie lag knapp oberhalb einer weiteren Plattform. Die Öffnung war für einen erwachsenen Mann gut erreichbar. Schaffte er es bis dorthin, konnte er über die Dächer fliehen. Das durfte Colin nicht zulassen.

Er rannte los, ehe er den Gedanken zu Ende gebracht hatte. Er erklomm die Stufen, nahm zwei auf einmal. Als er die Höhe erreichte, auf der zuvor der Schatten gestanden hatte, entdeckte Colin, was den Flüchtigen in Aufruhr versetzt hatte. Hinter den verschmutzten Fenstern erkannte er das angrenzende Gebäude. Er traute seinen Augen nicht, als er die elegante Silhouette des belgischen Schäferhundes Rufus erkannte. Dann hatte er das Bellen doch richtig eingeordnet …

In weichen Bewegungen sprintete Rufus zur Kante des Daches und setzte zum Sprung an. Er überwand problemlos die Kluft, die die beiden Bauten trennte.

Wo Rufus war, war Carolina nicht weit. Er hoffte inständig, dass sie Rufus nicht auf die Dächer gefolgt war. Er wurde enttäuscht. Just in dem Augenblick, in dem er an sie dachte, schob sie sich in sein Blickfeld. Auch sie rannte in geschmeidigen Bewegungen auf die Lücke zu und hechtete darüber. Die Rolle, mit der sie den Aufprall abfing, war formvollendet. Carolina kam auf die Füße, warf einen Blick ins Gebäudeinnere. Ob sie ihn auch sah, wusste er nicht, doch er hatte das Gefühl, dass sie ihm direkt in die Augen blickte. Dann drehte sie ab und sprintete ihrem Hund hinterher auf das Loch im Fenster zu.

Der Schatten hievte sich am Rand hoch, kam sogleich wieder auf die Füße. Für den Bruchteil einer Sekunde hielt er inne.

Er muss Rufus, dicht gefolgt von Carolina, ebenfalls entdeckt haben, schoss es Colin durch den Kopf.

Colin zog seine Waffe.

Der Typ drehte den Kopf in Colins Richtung.

Er hatte einen schwarzen Strumpf übergezogen, der bis auf zwei kleine Aussparungen das gesamte Gesicht verhüllte. Colin konnte an dem Mann nichts ausmachen, das Rückschlüsse auf seine Identität gegeben hätte. Bis auf die Augen, die ihn fixierten. Der Blick des anderen wirkte wie ein Versprechen.

Colin zielte.

Ergriffen von einer dunklen Ahnung sah er noch einmal durch die Scheibe zurück zu Carolina, dann wieder zu dem Mann. Dieser nickte unmerklich, als würde er etwas bestätigen …

Colin drückte ab. Gleichzeitig sprintete sein Gegner erneut los.

Die Kugel ging ins Leere.

Sofort war sein Beschützerinstinkt geweckt. Der Mistkerl hatte eine Pistole, und er würde sie auch benutzen. Carolina durfte nicht in die Schusslinie geraten!

»Du verfluchter Bastard!« Colin preschte voran, weiter die Treppen hoch.

Rufus und Carolina hefteten sich an die Fersen des Flüchtigen.

Colin erreichte die Öffnung. Seine pochende Schulter ignorierend, stemmte er sich auf das Dach. Dort angekommen verschwand Carolina aus seinem Blickfeld.

»Dieser Mann bewegt sich erstaunlich zielstrebig«, schoss es Colin durch den Kopf. So zielstrebig, dass seine Alarmglocken noch lauter zu schrillen begannen. Doch ehe er nach Carolina rufen, sie warnen konnte, hallte ein Schuss durch die Nacht. Ein herzzerreißendes Jaulen folgte und gleich darauf noch ein Schuss, und noch einer. Dann nichts mehr.

Colin erstarrte. Sein Herz setzte aus.

»Nein, nein, nein!«, war das Einzige, was er denken konnte.

Die Starre war nicht von Dauer. Sein Körper reagierte instinktiv. Rannte weiter. Kam zu einer Art Feuerleiter, sah nach unten. Er erkannte eine Plattform und eine Öffnung, wahrscheinlich zu einer anderen Etage im Gebäude. Dort stand Carolina, die Hand auf ihren Hals gepresst. Die gezogene Waffe rutschte ihr aus den Fingern. Scheppernd schlug sie auf dem Gitter auf. Carolinas Beine gaben nach. Sie sackte auf die Knie und kippte zur Seite. Regungslos blieb sie liegen. Direkt neben Rufus' zusammengekrümmtem Körper. Blut rann durch den vergitterten Boden, tropfte auf die Straße. Direkt vor Waldis Füße.

Colin sah von oben auf seinen Partner hinunter.

Waldi hob den Blick, erkannte, was auch Colin sah.

In seinen Augen spiegelten sich Entsetzen und Ungläubigkeit. Dieselben Emotionen, die Colin durchfluteten, während er wie im Traum die Feuertreppe hinunterstürzte. Auf Knien kam er bei Carolina an, schloss die blutende Frau in seine Arme, brabbelte Entschuldigungen, flehte sie an, ihm zu verzeihen, bat sie, bei ihm zu bleiben, flüsterte, dass alles gut werden würde.

Er drückte die Hand auf ihren blutenden Hals. Versuchte,

ihr irgendwie zu helfen. Aber er wusste, dass es zu spät war. Carolina hatte ihren letzten Atemzug längst getan, genauso wie ihr treuer Partner.

Den Kopf ganz nah an ihrem Ohr flüsterte er: »Hoffentlich hast du diesen miesen Schweinehund erwischt. Hoffentlich hast du ihm eine Kugel in seine Innereien verpasst und er krepiert irgendwo da drin elendig!«

Doch er ahnte bereits, dass dieser tief empfundene Wunsch nicht wahr war …

Memoiren eines Künstlers
Mittwoch, 30. März 2005

Meine Lungen brennen, als hätte ich Feuer eingeatmet. Die Schmerzen in meinem Kopf fühlen sich an, als dehne sich mein Gehirn aus und sprenge die Schädeldecke. Meine Hände zittern. Ich balle die Hände zu Fäusten, löse sie wieder. Diesen Vorgang wiederhole ich immer und immer wieder, doch das Zittern hört nicht auf, die Kopfschmerzen weichen nicht.

Ich kann Mutters Stimme in meinem Kopf hören: »Dieses Mädchen war nichts für dich. Du kannst froh sein, dass sie weg ist. Benimm dich wie ein Mann und hör auf, ihr nachzuheulen wie ein schwächliches Weibsbild!«

Bewegung kommt in die Gruppe Trauernder. Rosen werden auf den hölzernen Sarg gelegt. Noch einmal aufs Neue wird kräftig in Taschentücher geschnäuzt, geschluchzt und gejammert.

Sie sollen verschwinden. Sie gehört mir. Nur mir alleine!

Der Sarg wird in das Erdloch gelassen, eine durchnässte Flötistin spielt das Ave Maria.

Ein beschissenes Lied.

Letzte Rosen werden auf den Sarg geworfen, jeder kippt noch eine Handvoll Erde in die Grube. Dann, endlich, entfernt sich die Trauergemeinde mit gesenkten Köpfen vom Friedhof. Ich klappe den Kragen meines Mantels hoch, ziehe meinen Hut tief ins Gesicht.

Ich gehe ihnen entgegen, an ihnen vorbei. Sie sind zu vertieft in ihre Trauer, um mich zu bemerken.

Ignorante Vollidioten. Fieberhaft suchen sie einen Mörder, einen Verantwortlichen. Dann geht er direkt an ihnen vorbei, und sie haben nicht die leiseste Ahnung.

Die langen Schöße meines schwarzen Mantels streifen die Grabsteine, während ich immer schneller werdend den Hügel hinuntergehe, bis ich vor den frischen Blumenkränzen ankomme. Ich bleibe nicht stehen. Wenn ich stehen bleibe, falle ich vielleicht auf. »Ich komme dich holen, keine Sorge, meine Liebste«, flüstere ich im Vorbeigehen. Dann verlasse ich den Friedhof.

Erst um Mitternacht kehre ich zurück. Der Regen hat aufgehört, doch Donnergrollen kündigt bereits ein neues Gewitter an. Ich lege den Mantel ab, unter dem meine Schaufel verborgen ist, und beginne zu graben.

Die frisch zugeschüttete Erde ist nass und schwer.

Ein Blitz zuckt über den Himmel. Für den Bruchteil einer Sekunde leuchten die Grabsteine rund um mich herum auf, werfen noch schwärzere, noch tiefere Schatten.

Laut zähle ich jeden Hieb der Schaufel in die Erde. »Siebenundneunzig, achtundneunzig, neunundneunzig …«

Endlich pralle ich auf Holz. Erfüllt mit Vorfreude lege ich den Sarg weiter frei, breche sorgfältig den Deckel auf. Über ihr stehend betrachte ich sie. Wie sie mit auf dem Bauch verschränkten Händen daliegt, die Augen geschlossen, zum Verwesen zurückgelassen.

»Komm, Schatz, gehen wir nach Hause.«

SECHS JAHRE SPÄTER
Anfang 2011

Oh, mein Gott. Ich bekomme keine Luft. Ich kann nicht atmen. Ich kann nicht atmen! Wo bin ich? Warum ist es hier so dunkel? Habe ich die Augen überhaupt offen? Ich muss die Augen öffnen. Unbedingt. Aber es geht nicht!

Was ist hier los?

Mein Herz rast. Ich kann die nervösen Schläge von Kopf bis Fuß spüren. Wenn ich weiter so schnell atme, kollabiere ich. Komm runter. Alles ist gut. Das ist ein Traum, weiter nichts. Du wirst gleich aufwachen. Gemütlich in deinem Bett liegen. Neben dir dieser unglaubliche Typ, der dein Leben innerhalb kürzester Zeit aus den Angeln gehoben hat. Oder du bist sonst wo eingeschlafen. Am Küchentisch? Brütend über einem Rezept?

Okay, über Banales nachdenken hilft. Das Bedürfnis, zu japsen, flacht ab. Gut so. Denk weiter darüber nach, wo du eingeschlafen sein könntest, was dir einen solch beängstigenden Traum beschert haben könnte – der so real ist, als wär's überhaupt kein Traum.

Falscher Gedanke. Die Panik kocht wieder hoch. Mehr Luft! Bitte! Ich ersticke! Ich will den Mund aufreißen, um einzusaugen, was da ist. Aber ich kann nicht.

Warum kann ich meinen Mund nicht öffnen?

Danach tasten, taste nach deinem Mund. Hebe die Finger! Es geht nicht. Nichts gehorcht mir. Ich denke, aber ich reagiere nicht. Was ist das für ein kranker Streich, den mir meine Sinne spielen?

Plötzlich zucken meine Augenlider. Ich habe mich er-

schreckt. Aber weshalb? Ich lausche. Nichts. Doch. Ein Schaben? Nein. Das bilde ich mir ein.

Beweg dich! Verdammt noch mal, beweg dich! Taste die Umgebung ab! Liegst du?

Ja. Ich liege.

Dann steh auf!

Geht nicht.

Meine Wange wird nass. Eine feuchte Spur. Wasser. Woher? Von mir. Ich weine. Das sind meine Tränen. Sie laufen runter.

Also liege ich doch nicht. Ich stehe. Wie das? Gott, es soll aufhören! Ich schreie, bis mir die Lunge brennt. Aber es kommt kein Ton heraus. Nur ein schrilles Quietschen dringt irgendwie aus meiner Kehle. Schnaubend ringe ich nach Atem. Mir wird ganz komisch, irgendwie schwindlig. Meine Gedanken verblassen, mein Bewusstsein mit ihnen. Ich kann es spüren. Und mit dem letzten Hauch eines wachen Moments flackern Bilder vor meinem inneren Auge auf.

Ein dunkler Umriss, der sich aus den Schatten löst und sich auf mich stürzt. Ein Stuhl, auf dem ich sitze. Ein Messer, das meine Haut aufschneidet. Vom Knöchel bis zum Knie. Es sieht zumindest aus wie mein Bein. Es fühlt sich aber nicht so an. Schlanke Finger arbeiten flink mit scharfem Werkzeug. Es gleitet geradezu durch das Gewebe.

Mein Gewebe.

Ich bin nur ein Stück Speck, dem die Schwarte vom saftigen Fleisch gelöst wird, und das Fleisch vom Knochen …

Ich fühle nichts. Aber ich kann hören. Eine Stimme. Ein einlullender Singsang, der jeden Schritt erklärt. Und eine Melodie. Eine wundervolle klassische Komposition. Ich kenne sie. Ich durfte ihr schon einmal lauschen. Aber wo war das noch gleich?

Eine Antwort ist mir nicht vergönnt. Ich verliere die Bilder, sie versinken in alles verhüllender Dunkelheit.

Oder doch nicht?

Ein Erinnerungsfetzen nistet sich ein. Es folgt noch einer. Wie Schneeflocken in einer stürmischen Winternacht wirbeln sie mir aus dem finsteren Nichts entgegen. Der gefallene Schnee wird auf einmal durch Wortfetzen aufgewirbelt. Er ist zurück. Seine Stimme dringt von draußen zu mir herein.

Die erneute Panikwelle lähmt mich dieses Mal nicht. Sie holt mich ins Bewusstsein zurück. Meine Gedanken kann ich nicht kontrollieren. In meinem Kopf schreit etwas lautstark: Ihr müsst lesen! Bitte! Denn mein Leben hängt davon ab …

Die Worte hallen noch nach, aber ich kann ihre Bedeutung nicht verstehen.

Darüber nachdenken kann ich auch nicht, denn ich werde abgelenkt von den Geräuschen außerhalb meines finsteren Gefängnisses. Er muss ganz nahe sein, ich kann jetzt deutlich jedes seiner Worte hören. Er erzählt etwas. Mit seiner singenden Stimme klingt es wie eine Geschichte. Ich lausche. Ist das seine Geschichte?

Je länger ich ihm zuhöre, desto mehr formen sich die Erinnerungsbestandteile von vorhin zu einem ganzen Bild. Seine Worte vermischen sich mit meinen Gedanken. Irgendwo in der Ferne glaube ich die hellen Klänge von Piccolos zu hören. Ich weiß, dass ich sie mir einbilde, aber ich verscheuche sie nicht. Die wogenden Klänge tragen mich fort. Und während er seine Geschichte erzählt, erzähle ich mir meine: Alles begann mit einem Buch, das es noch nicht gab …

Sonntag, 27. Februar 2011
Auf dem Weg zu Jürgen/15 Tage bis zur Fasnacht

»Ein psychopathischer Killer treibt sein Unwesen.« Mit diesem Satz könnte ihr Buch beginnen. Tessa trat auf die Bremse, als die roten Lichter des voranfahrenden Fahrzeugs aufleuchteten. Im Radio hatte sie gehört, dass sich weiter vorne in der anderen Fahrtrichtung ein Unfall ereignet hatte. Das war wohl auch der Grund, weshalb der Verkehr stockte. Jeder Gaffer musste noch sein Foto schießen. Dabei sollten sie einfach dankbar sein, dass ihnen nichts dergleichen zugestoßen war, und weiterfahren.

»Mein Buch!«, rief sie voller Spott ihrer Windschutzscheibe entgegen. Sie war alleine im Auto. Ihr einziger Zuhörer war das Plüschschaf am Schaltknüppel, das sie immer als Glücksbringer auf Autofahrten bei sich hatte. Ein Buch, das sie, Theresia Lisa Spreu schreiben muss. Ausgerechnet sie, die im Fernsehen bekannt war als Köchin Betty LaCook! Vielen Dank auch, Jürgen! Er hatte ja unbedingt diese verblödete Wette mit Carlos, ihrem größten Widersacher, eingehen müssen!

Tessa pustete sich eine Haarsträhne aus der Stirn, die sich aus ihrer Frisur gelöst hatte, und lenkte ihre Gedanken zurück auf den Einleitungssatz ihres Buches.

»Es könnte der Titel sein, der einem von sämtlichen Zeitungen entgegenspringt«, überlegte sie laut weiter, während sie sich den Rest in Gedanken ausmalte. Der Titel, der auf den Zeitungen in den Regalen und Gestellen der Kioske stand oder jener, der die aufgeschlagene Zeitung des Gegenübers im Zug zierte. Alle würden sich für diesen Killer interessieren.

Was hatte er getan? Gibt es einen Verdacht, wer es war? Wie viele Leichen hatte er auf dem Gewissen? Und dann die Siegerfrage in den Köpfen der sensationslüsternen Menschen: Wie blutig, krank und grausam war die Tat?

Man wollte es sich nicht eingestehen, denn es gehörte sich nicht. Sich am Leid anderer Menschen zu ergötzen, davon angezogen zu werden, den Blick nicht abwenden zu können, gehörte nicht zum guten Ton, aber zum Wesen der Spezies Mensch.

Wie war Jürgen nur auf die dämliche Idee gekommen? Ihre Sendung war in zwei Teile aufgeteilt. Einen Literaturteil, in dem über ein Buch diskutiert wurde. Und einen Teil, in dem sie vor laufender Kamera für diese Diskussionsrunde kochte. So hatte alles angefangen. Inzwischen waren die Einschaltquoten für den Buchklub im Keller. Ihr Teil der Sendung gewann stattdessen mehr und mehr Zuschauer. Das war Tessa bewusst. Ihr war auch klar, dass Jürgen die Sendung retten wollte. Denn wenn der Literaturteil abgesetzt wurde, wurde auch Tessas Show eingestampft. Das hatte die Sendeleitung klargemacht, auch wenn Tessa nicht nachvollziehen konnte, weshalb.

Jürgen war dann plötzlich mit der Idee angekommen, die Sendeteile übergreifend zu gestalten. Die Köchin sollte aktiv beim Buchklub mitwirken. Indem sie eine Herausforderung annahm: Sie sollte ein eigenes Buch schreiben. Als wäre das nicht schon schwierig genug, mischte sich auf einmal Carlos ein, der Wind von der Geschichte bekommen und sofort eine Wette daraus gemacht hatte. Alle fanden das natürlich ganz toll. Bis auf Tessa. Aber sie wurde nicht nach ihrer Meinung gefragt.

Tessa sah, wie der Verkehr weiter vorne wieder floss, während sie durch das Auto vor sich nach wie vor an der Weiterfahrt gehindert wurde. Sie hätte am liebsten gehupt, damit er endlich seinen Fuß aufs Gas setzte.

»Hast du denn nichts Besseres zu tun, du Arschloch?! Jetzt fahr endlich!«, wetterte sie lautstark. Es hörten aber nur ihr Schaf und das Plüschschwein auf dem Armaturenbrett zu.

Das Fahrzeug vor ihr nahm endlich an Fahrt auf.

Er wechselte auf die rechte Spur. Tessa trat aufs Gas, überholte ihn. Auf Höhe des überdimensionierten weißen Porsches warf sie einen kurzen Blick in das Seitenfenster.

Grauhaarig, Halbglatze, verkniffener Mund, dünnrandige Brille, die beinahe auf den Schweinchenwangen und nicht auf der kurzen Nase zu liegen kam.

»So sieht also ein Arschloch aus.«

Sie schüttelte den Kopf und ließ das Schweinegesicht hinter sich zurück.

Wo war sie eben noch mit den Gedanken gewesen? Ah ja, beim Satz, der der Anfang ihres Buches sein sollte: Ein psychopathischer Killer treibt sein Unwesen.

Memoiren eines Künstlers

Sonntag, 27. Februar 2011

Ausgesucht habe ich sie mir schon vor einiger Zeit. Ich lernte sie kennen, sie lernte mir zu vertrauen. Wir verabredeten uns von Treffen zu Treffen neu. Es gab bei unseren Dates keine moderne Technik. Das war unser persönliches kleines Spiel. Sie fand es aufregend »Oldschool«, wie sie einmal sagte. Was sie als alte Schule bezeichnete, war für mich die Garantie, keine Spuren zu hinterlassen.

Sie hat bezaubernde Augen. Von einem warmen Braun wie flüssiger Honig. Darin finden sich grüne Punkte, als hätte sich in dem Honig noch etwas der saftig blühenden Natur verfangen. Sie sprüht vor Energie, wenn die weichen Locken ihrer feinen Haare im Wind wehen. Sie ist so sexy, wenn sie sich verirrte Strähnen mit dem kleinen Finger aus dem Gesicht streicht. Ich habe sie fotografiert, die Kamera hat sie geliebt. So auch ich. Nur auf eine etwas andere Weise. Auf eine ursprünglichere, reinere. So sehr, dass ich sie behalten will, erhalten will – für die Ewigkeit.

Zuerst stelle ich mir nur vor, wie ich ihre Haut aufschneide, das frisch geschärfte Fleischermesser mit der Spitze in ihrer Kniekehle ansetze, absenke und quälend langsam nach unten in Richtung Achillessehne ziehe …

Noch während sie lächelnd mit der Kamera flirtet, nähere ich mich ihr. Wir stehen alleine auf dem hoch über dem Wasser aufragenden, steil zum finsteren Urnersee abfallenden Felsvorsprung. Sie vertraut mir.

Ich bringe es irgendwie fertig, ihrem weiblichen Geruch nach Sonne und Blumen zu widerstehen, ich schaffe es, die

Fotosession zu beenden. Erst im Auto falle ich über sie her. Gleich nachdem sie mich gefragt hat, weshalb ich eigentlich die Sitze meines Wagens mit diesen hässlichen, knisternden Plastikhüllen überzogen habe. Während ich ihr erkläre, dass nicht jeder meiner Kunden so reinlich ist wie sie, greife ich mit entschuldigendem Gesichtsausdruck über sie hinweg zum Handschuhfach. Mein Arm streift sie, ich spüre, wie sie sich versteift, als das Handschuhfach aufspringt und sie einen Blick auf den Inhalt erhascht.

»Keine Sorge, ist nur eine Betäubungspistole. Sie dient zu meinem Schutz, weil ich viel alleine draußen in der Natur unterwegs bin. Im Moment ist sie nicht geladen.«

Ganz beiläufig hole ich die Pistole raus, tue, als würde ich Vertrauen schaffen wollen. Als ich ihren Blick auffange, wirkt sie skeptisch. Gut so. Ich erkläre ihr die Pistole, zeige mit einem Lächeln, wie ich die Waffe entsichern und zielen würde, wenn ich mich in Gefahr befände.

Sie beobachtet mich genau, wie jede andere rechnet sie aber trotz aller Vorsicht dennoch nicht wirklich mit dem, was dann kommt. Ich lenke meine Aufmerksamkeit von meinem imaginären Ziel hinter dem Autofenster in ihre Richtung und drücke ab. Erschrocken weicht sie zurück, als der Lauf der Waffe auf einmal auf sie und nicht auf das Seitenfenster gerichtet ist.

Allerdings hat sich der Gedanke, dass die Waffe nicht geladen ist, in ihrem Unterbewusstsein festgesetzt, denn sie lächelt mich direkt nach dem Schreckmoment ganz kurz erleichtert an, ehe die bittere Erkenntnis das lebendige Leuchten ihrer Augen trübt. Das ist der Moment, in dem sie den Betäubungspfeil an ihrem Hals spürt. Es ist alles so schnell vorüber, als hätte jemand ein Daumenkino durchgeblättert.

Sie hebt noch die Hand in Richtung des Pfeils, aus ihrem Blick sprechen Unverständnis und Entsetzen. Dann ist es vorbei. Ihre Muskeln geben nach, ihr Körper erschlafft. Der Kopf kippt schlapp nach vorne, das Kinn ruht auf dem Brustbein. Sie hängt im Sicherheitsgurt, wie ein Sack Kartoffeln.

Kartoffeln. Mit Käse. Das wäre für heute das richtige Abendessen. Ich nehme mir vor, noch an der Tankstelle vorbeizufahren, nachdem ich meine Perle hier abgeladen habe.

Ich fahr den Minibus mit den getönten Scheiben von dem Forstweg zurück auf die Straße und lenke ihn auf die Autobahn. Wie immer fahr ich darauf bedacht, die Geschwindigkeitsbeschränkung brav einzuhalten. Obwohl es so aussieht, als würde meine Beifahrerin ein harmloses Nickerchen machen, ist es besser, keine unnötige Aufmerksamkeit zu erregen, denn spätestens, wenn jemand aus irgendeinem Grund meine Mitfahrerin anspricht und diese dann noch immer friedlich weiterschlummert, wäre die Skepsis geweckt, das Misstrauen gesät, und das war gefährlich.

Während ich entspannt heimwärts fahre, friedlich Alice Coopers »Poison« summend, ein Song, der mir immer wieder in den Sinn kommt, wenn ich jemanden betäube, überlege ich, was ich nebst der Messerattacke auf ihre hübschen Schenkel noch mit ihr anstellen sollte. Ich will so viel tun und ausprobieren. Die Wirkung mittelalterlicher Foltermethoden erkunden ist mir heute etwas zu wissenschaftlich. Irgendwie ist mir mehr nach etwas Spielerischem.

Ich verlasse die Autobahn und holpere über den Schotterweg zum Eingang meiner ganz persönlichen Spielwiese.

Das Haus befindet sich seit Generationen in Familienbesitz, und so sieht es auch aus. Es ist grau, düster, kalt und alt. Seit Jahren hat niemand mehr etwas daran gemacht. Irgend-

wie erinnert es mich immer an ein Kinderheim aus diesen gruseligen Filmen. Die morgendlichen Nebelschwaden und die hohen dunklen Bäume, die dicht um das Grundstück herumstehen, schaffen diesem Eindruck nicht gerade Abhilfe.

Das Beste an dem allmählich zerfallenden Kasten ist der Keller. Dort liegt die alte Bierbrauerei meines Vaters. Die Mikrobrauerei hat einst eine Lizenz gehabt, aber die ist längst abgelaufen. Seit langer Zeit wird in den Kesseln kein Bier mehr gebraut. Schade eigentlich, denn das Bier ist nicht einmal schlecht gewesen.

»Wir brauen hier wie die alten Mönche«, hat mein Vater immer gesagt. Ich habe ihm geglaubt. Die Ausrüstung hat auch einen äußerst rudimentären Eindruck gemacht. Die drei Kupferkessel hat er selbst gefertigt. Sie sind immerhin mannshoch, und bis heute halten sie dicht.

Wenn Paps wüsste, wozu seine Kessel inzwischen verwendet werden …

Als gelernter Küfer hat er auch keine Probleme gehabt, die Holzfässer herzustellen, in denen er das fertige Bier anschließend gelagert hat. Er ist ein guter Mann gewesen und handwerklich begabt. Gesetzestreu. Anständig. Gutbürgerlich. Und ein Waschlappen. Ohne Mutters führende Hand bekam er nichts in den Griff.

Einfach zum Kotzen.

Ich schlucke die Säure, die sich bereits durch die Speiseröhre in meinen Mund hocharbeitet, hinunter, steige aus dem Minibus aus und gehe zum verlotterten Holzgatter, das zwischen der baufälligen Backsteinmauer den einzigen Zugang zu meinem Grundstück darstellt.

Der Bus passt knapp zwischen den Torpfosten hindurch.

Sobald ich den Motor abgestellt und das Gatter wieder zugezogen habe, steigt die Vorfreude beinahe ins Unermessliche.

Meine Fingerspitzen kribbeln, als ich die Beifahrertür öffne, über meine Perle hinwegfasse, um den Sicherheitsgurt zu lösen. Ihr schlanker, schlaffer Körper sinkt mir in die Arme – einer Geliebten gleich, die sich ihrem Angebeteten hingibt. In gewisser Weise ist dieser Vergleich zutreffend. Wenngleich sie sich mir genau genommen nicht ganz freiwillig in die Arme wirft. Aber wer hält sich schon gerne mit Details auf.

Sie ist ein Fliegengewicht. Ganz wunderbar geeignet für mein Vorhaben. Ich trage sie mit Leichtigkeit in das Haus und hinunter in die Brauerei. Wie es sich gehört, grüße ich meine Mutter, die treu wie eh und je in ihrer Lieblingsvitrine sitzt und auf mich wartet. Ich gehe zur Pritsche in der Ecke und bette meine Perle darauf.

Ich taste nach ihrem Puls. Zufrieden mit dem, was ich fühle, wende ich mich an eines meiner Lieblingsspielzeuge. Ich habe es an der Rückwand der Brauerei zwischen zweien der Kessel aufgebaut. Meine Finger kralle ich in den schwarzen Schutzüberwurf und ziehe schwungvoll daran. Das Tuch lüftet sich, und die Drehscheibe mit einem Durchmesser von zwei Metern kommt zum Vorschein.

Ankunft bei Jürgen

Nachdem sie den Verkehrsstau endlich überwunden hatte, fuhr Tessa vor dem grauen Betonblock mit den unregelmäßig gestalteten Fenstern vor.

Tessa trat auf die Tür des Wohnhauses zu. So oft, wie sie in den letzten Jahren hierhergekommen war, musste sie die Klingel längst nicht mehr suchen, die fand sie inzwischen mit verbundenen Augen. Meistens musste sie sie noch nicht einmal bedienen, da surrte der Türöffner bereits.

Heute war das anders. Dreimal musste sie läuten, ehe jemand öffnete. Tessa begann bereits zu zweifeln, ob sie sich den Termin korrekt eingetragen hatte, als endlich die Gegensprechanlage zu rauschen begann und sich eine abgehackte Stimme meldete.

»Ja? Hallo?«

»Jürgen?«, fragte Tessa unnötigerweise.

»Oh, Mist!«, sagte die Stimme aus der Sprechanlage. Es folgte eine kurze Pause. Dann: »Ähm, ja, Tessa, einen Augenblick noch. Ich bin noch nicht angezogen.« Jürgen nahm offensichtlich den Finger nicht schnell genug vom Knopf der Gegensprechanlage, denn Tessa konnte hören, wie er jemand anderem etwas zuzischte, das irgendwie nach »Zieh dich an« klang.

Tessa hatte keinen Nerv für so etwas. Sie war müde, hatte letzte Nacht nicht besonders gut geschlafen. Das Käsefondue, von dem sie abends zuvor viel zu viel gegessen hatte, hatte sie wachgehalten. Ihr Vater hatte natürlich wie immer zu viel Wein und Kirschwasser aufgetischt – die Ursache für das fiese Pochen in ihren Schläfen. Und sie hatte Durst. Die kleine

Wasserflasche, die sie sich heute in der Früh an der Tankstelle besorgt hatte, ehe sie losgefahren war, hatte kaum zehn Kilometer überstanden. Und jetzt hatte Jürgen sie auch noch vergessen. Der Jürgen, der ihr immer erfolglos den Hof machte, schien so einnehmenden Frauenbesuch zu haben, dass sie, Tessa, keine Rolle mehr spielte.

Tessa lehnte sich an die Briefkästen und überlegte kurz, ob es nicht besser war, einfach wieder nach Hause zu fahren, die Beine hochzulegen und sich bei ungesundem Knabberzeug irgendetwas im Fernsehen anzuschauen. Aber sie blieb an Ort und Stelle. Nach einer Weile klapperten Absätze im Treppenhaus.

Platinblond, war der erste Gedanke, den Tessa bei dem Anblick der Frau fassen konnte, die in schwarzen Wildlederstiefeln die Treppe hinuntergeeilt kam. Irgendwie kam sie ihr bekannt vor, aber sie kam nicht darauf, wo sie sie gesehen hatte.

Die Haustür flog auf. Die Frau lächelte etwas verkrampft und grüßte Tessa im Vorbeigehen. Hatte sie sie wirklich gerade mit Namen angesprochen? Tessa sah der wippenden Kunsthaarmähne perplex nach, schnappte sich die Tür, ehe sie zurück ins Schloss fiel und schlüpfte in den Korridor.

Was für ein seltsamer Morgen.

Memoiren eines Künstlers
Sonntag, 27. Februar 2011

Ich packe den hölzernen Stuhl an den Armlehnen und schiebe ihn zurück. Die Füße verursachen ein scharrendes Geräusch auf dem Dielenboden, das alte Holz knarzt.

Ich erhebe mich, nehme das Buch vom Tisch und gehe gemächlich zu meinem Regal, um es wegzustellen. Ich schiebe es in die Lücke zwischen den beiden anderen Büchern, trete dann einen Schritt zurück und betrachte mir meine Sammlung.

Vor allem die, die in dunklem Leder eingebunden sind, wecken einen gewissen Stolz in mir. Sie tragen keine Namen. Das brauchen sie nicht, denn ich weiß, was darin steht. Sie sind eine Sammlung meiner Erlebnisse in Bildern und Texten. Meine Memoiren. Romane über mein Leben.

Seit meinem dreizehnten Lebensjahr schreibe ich fortlaufend an meinen Memoiren. Eine Lehrerin hat mir aufgrund meines auffälligen Verhaltens den Vorschlag gemacht, niederzuschreiben, was mich beschäftigt, um mich davon zu befreien. Ich bin ihr nicht wegen meiner Aufsässigkeit aufgefallen wie so manch anderer in der Klasse, sondern wegen meiner Verschlossenheit.

Ich beherzigte ihren Rat und begann, alles, was mich beschäftigte, zu notieren. Erstaunt musste ich feststellen, wie viel Spaß es mir machte, meine Gedanken niederzuschreiben. Bald schon zeichneten sich dank dieser Therapieform die ersten Erfolge ab. Dadurch, dass ich fixe Zeiten hatte, während derer ich allen Träumereien nachhängen konnte, konnte ich mich die restliche Zeit auf mein Umfeld konzentrieren. Im

Grunde brauchte ich das Umfeld zu Beginn, um meine Fantasien weiterzuspinnen, die ich später niederschreiben wollte, doch aus dieser Aufmerksamkeit meinen Mitmenschen gegenüber entwickelte sich das, was andere ein normales soziales Verhalten nannten. Wahnsinnig beliebt war ich nie, das wollte ich aber auch nicht. Ich blieb lieber für mich alleine. Doch ich wurde akzeptiert. Das vereinfachte einiges, wie ich feststellen musste. Auf einmal führte ich eine Art Doppelleben. Tagsüber mimte ich den angepassten Bürger, um abends mit den gesammelten Eindrücken in eine von mir geschaffene Welt abzutauchen, die die meine war, die aber niemand sonst verstehen würde. Ich weiß, dass die Allgemeinheit mich als Psychopathen abstempeln würde.

Es hat eine Weile gedauert, bis mir das Schreiben nicht mehr ausreichte. Ich wollte irgendwann sehen, ob ich das, was ich aufschrieb, auch in die Tat umsetzen konnte. Ich versuchte es zuerst bei meiner Lehrerin. Schließlich hatte sie mich auf diese Sache mit dem Schreiben gebracht.

Verführen ließ sie sich von mir nicht. Sie versuchte mir zu erklären, weshalb das ganz und gar absurd und unmöglich war. Der Altersunterschied war eines der Argumente gewesen. Nun, das hatte ich nicht gelten lassen. Ich hatte sie unsittlich angefasst, und sie hatte diese neue Auffälligkeit in meinem Verhalten gemeldet. Meinen Frust darüber hielt ich in meinem Buch fest. Diesmal half das Schreiben aber nicht. Ich wollte ihr unbedingt antun, was ich in meiner Fantasie ausgeheckt hatte. Aus der Emotion handeln war jedoch nicht klug. Das Risiko, erwischt zu werden, wäre zu groß gewesen. Also wartete ich. Ob in der Hoffnung, dass sich das Bedürfnis, sie zu töten, legen würde, oder einfach, um den richtigen Moment abzupassen, war mir anfangs nicht ganz klar. Erst als ich eine Woche später noch immer ihren feinen Hals zwischen meinen Fingern spüren wollte, während ich ihr die Kehle zudrückte, ihre Knochen brechen hören wollte, während ich auf sie eindrosch, und ihr Blut sehen wollte, während ihre Haut unter dem scharfen Messer nachgab, begriff ich, dass dieser Drang, sie zu töten, nicht einfach verschwinden würde. Ich musste tun, wonach ich mich sehnte. Aber nicht ohne einen Plan, und der begann mit der Analyse der Gründe für mein drängendes Bedürfnis. Das war nicht schwer. Sie sollte die Meine sein. Kompromisslos. Für immer. Mit diesem Wissen wurde mir klar, dass ich nicht einfach ein Gemetzel veranstalten konnte. Sterben musste sie in jedem Fall. Wenn ich ihre Leiche behalten wollte, erachtete ich es als sinnvoll, wenn sie nicht allzu sehr entstellt wäre.

Dank Tante Aurelias ausgestopften Mopses spielte ich bereits zu der Zeit mit dem Gedanken, sie zu präparieren. Die Fertigkeit dazu fehlte mir damals, das Vorstellungsvermögen alleine war nicht ausreichend. Aber, was nicht war, konnte ja noch werden.

Außerdem wäre es von Vorteil, wenn sie im wahrsten Sinn des Wortes spurlos verschwinden würde. Es war eine schicksalhafte Fügung gewesen, dass sie kurz darauf ihre Stelle gekündigt hatte. Sie hatte mit ihrer Familie das Land verlassen wollen. Im Ausland kam sie jedoch nie an. Ich holte sie vorher zu mir. Ihren Sohn und ihren Ehemann ließ ich im Glauben aufwachsen, von der liebenden Ehefrau und der fürsorglichen Mutter verlassen worden zu sein. Dabei hatte sie lediglich eine neue Aufgabe erhalten: Sie wurde zu meiner Mutter.

Sie war etwas ganz Besonderes. Sie war meine Erste gewesen. Aber nicht meine Letzte.

Mit dem warmen Gefühl, das mir diese Erinnerung gibt, trete ich zum Fernseher, schalte ihn ein und klicke mich durch die Aufnahmen, bis ich zu der Aufzeichnung der Sendung von Theresia Lisa Spreu, alias Betty LaCook, komme.

»Okay, Mädchen, dann lass mal sehen, ob du meine Idee für die Buchwette diesmal verkündet hast. Ich will endlich mit der Umsetzung meines Planes beginnen. Mutter Lehrerin soll ihre letzte Reise antreten …«

»Wir müssen die Wette publik machen. Das wäre der Sprung in eine neue Karriere, glaub mir!« Jürgen wirbelte in seinem Bademantel durch die offene Wohnküche, dass die unteren Ecken des dünnen Stoffes nur so flatterten.

»Jürgen, bitte, bevor wir über das Geschäftliche sprechen, zieh dir was über, das weniger von deinen, ähm …« Tessa versuchte die richtigen Worte dafür zu finden, was sie von Jürgens Körper definitiv nicht näher sehen wollte, wurde aber durch den Anblick, der sich ihr bereits bot, erheblich abgelenkt. »… deinen stattlichen Körperteilen preisgibt, ja?«

Derart beflügelt, wie sich Jürgen heute gab, war ihm sein Aufzug allem Anschein nach bis jetzt nicht bewusst gewesen. Peinlich berührt schlug Jürgen die Schöße des Mantels zusammen und zurrte den schmalen Gurt etwas fester.

»Bin gleich wieder da. Nimm dir aus den Schränken, was du willst, du weißt ja, wo alles steht.« Ein schelmisches Lächeln, ein entschuldigendes Schulterzucken und die Aufziehversion von dem Jürgen, den Tessa kannte, tänzelte in Richtung seines Schlafzimmers.

Tessa kratzte sich verwundert am Kopf und ging in die Küche, um sich Kaffee zu machen.

»Vielleicht hätte ich doch etwas mit ihm anfangen sollen, Sex lockert ihn anscheinend«, murmelte Tessa, während sie den Hängeschrank über der Kaffeemaschine öffnete und eine Tasse herausholte, die sie unter den Auslauf der Maschine stellte.

Der Kaffee war gerade durchgelaufen, als Jürgen, in Bundfaltenhose und Poloshirt, zu ihr in die Küche trat. Es war

Sonntag, und noch nicht einmal heute konnte er sich etwas Einfacheres überziehen, ging es Tessa durch den Kopf.

Während er sich an der Maschine zu schaffen machte, zog sie sich aus der weiß gefliesten Küche zurück. Sie beobachtete Jürgen eine Weile schweigend.

Er hatte ihr einst erzählt, dass er sie als perfekte Lebenspartnerin sah. Sie war erfolgreich und gut in der Küche, er konnte sie beraten, sie kritisieren, sie zu Höchstleistungen antreiben, an ihr feilen und sie in ein gutes Licht rücken, um mit ihr zu prahlen. Im Berufsleben. Aber privat? Da würde sie sich das von ihm niemals gefallen lassen.

Zugegeben, er sah schon gut aus. Stattlich, breite Schwimmerschultern, schmale Taille. Er hielt sich mit Radfahren und dem Abspulen von unzähligen Kilometern im Schwimmbecken fit. Sein dichtes blondes Haar saß in einem perfekt nach hinten gekämmten Seitenscheitel. Es war beängstigend, dass er sein Haar besser im Griff hatte als sie ihre lange Mähne. Ohne eine Handvoll Stylisten sah sie meist aus, als hätte sie sich direkt unter einen Wasserfall gestellt und anschließend in die Steckdose gefasst. Seine strahlend blauen Augen lagen hinter einer großen Brille mit breiten Rändern. Der Rahmen war aus echtem Holz gefertigt. Sah gut aus, war aber schweineteuer. Abgesehen davon, dass er die Brille überhaupt nicht brauchte. Sie diente lediglich als schickes Accessoire. Auch am Sonntag.

»Terrasse?«, riss Jürgen Tessa erneut aus ihren Gedanken.

»Ähm, ja, klar.«

Jürgen ging ihr voraus in den oberen Stock der Wohnung.

Lichtdurchflutet präsentierte sich eine Art Atelier, mit einem frei stehenden Kamin in der Mitte, über dem ein Flachbildfernseher hing. Davor stand eine gemütliche Eckpolstergruppe. Weiter hinten hatte sich Jürgen seine Arbeitsecke eingerichtet, von der aus er jederzeit durch die Schiebetüren, mit der man die gesamte Front des Raumes ausgestattet hatte, nach draußen auf eine immense Terrasse treten konnte. Natürlich stand auf der Terrasse eine mit einem weißen Sonnensegel überspannte hellgraue Lounge mit beigen Kissen auf einem Teakholzboden. Das war die Marbella-Ecke, wie Jürgen es nannte. Auf der anderen Seite hatte bodenständiges mediterranes Flair Einzug gehalten. Verzierte Terrakottatöpfe mit Olivenbäumchen, die wegen des anhaltenden Winters noch mit einem schützenden Vlies umhüllt waren, umrahmten einen großen Tisch, dessen Tischplatte mit einem Mosaik verziert war, das durch eine robuste und wetterfeste Glasplatte geschützt wurde. Die Stühle wirkten mit ihren schmiedeeisernen Lehnen und runden Sitzflächen zwar mediterran, da die Originale aber meist ziemlich unbequem und entsprechend für längeres Sitzen ungeeignet waren, hatte Jürgen optische Kopien anfertigen lassen, die aber das Bedürfnis nach Sitzkomfort erfüllten.

Tessa wurde von der Flut an Eindrücken und der Erinnerungen an Erklärungen, die der Anblick der Terrasse auslöste, ganz schwindlig. Halt suchend setzte sie sich auf einen dieser komfortablen Stühle. Wie immer, wenn sie die Beine unter dem Mosaiktisch übereinanderschlug, sich zurücklehnte, die Sonne genoss, die mit ihren wärmenden Strahlen die kühle spätwinterliche Luft erwärmte, den leichten Geruch nach den Olivenbäumchen einatmete und den Kaffee schlürfte, bekam sie trotz flauen Fondue-Magens Appetit auf eingelegte Antipasti und getrocknete Tomaten.

»Traumhaft«, entschlüpfte es Tessa.

»So könntest du es jeden Morgen haben«, reagierte Jürgen prompt, und Tessa biss sich auf ihre verräterische Zunge.

»Dieses Thema hatten wir schon tausendmal. Was wir aber noch nicht hatten, war dein Plan mit der Wette. Eine Wette, der ich niemals zugestimmt hätte, wärst du nicht gewesen«, wendete Tessa das Gespräch an den gefährlichen Stromschnellen vorbei in ruhigere Gewässer.

»Du wartest schon seit geraumer Zeit auf die Gelegenheit, Carlos das Maul zu stopfen, um es mal auf Deutsch zu sagen. Das *ist* die Gelegenheit.«

»Indem er mich dazu herausforderte, ein Buch zu schreiben und ich diese Herausforderung annahm?«

»Na, na, es ist wichtig, die Dinge wiederzugeben, wie sie wirklich waren, sonst wird das nichts. Er hat dich beleidigt.«

»Nicht das erste Mal«, unterbrach Tessa Jürgen, was dieser nicht schätzte, wie sie wusste und an seinem tadelnden Blick deutlich erkennen konnte. Sie hob beschwichtigend die Hände und presste die Lippen zusammen, um ihm zu signalisieren, dass sie ihm nicht mehr dazwischenfunken würde.

»Carlos hat dich verspottet, als er nicht zu dir, aber in deiner Hörweite sagte, dass jeder Kochbücher schreiben könne, das mache noch niemanden zu einem Starautor, auch wenn sich manche so aufführten. Dann hat er dir über die Schulter hinweg einen herablassenden Blick zugeworfen, und ich kam auf die Idee.«

»Du kamst auf die Idee? Das ist wohl die Untertreibung des Jahrhunderts. Du hast mich in eine Wette hineingeritten, die ich nie und nimmer gewinnen kann.«

»Großschnauze Carlos ist wohl der Letzte, der weiß, wie man Bücher schreibt, er tippt Kolumnen und noch dazu schlechte.«

»Kein Grund, ihm zu sagen, dass ich einen Roman verfassen werde!« Obwohl sie im Auto auf dem Weg hierher versucht hatte, sich mit dem Gedanken anzufreunden, war sie doch trotz des einen Satzes, der ihr seither im Kopf umhergeisterte, der da lautete »ein psychopathischer Killer treibt sein Unwesen«, nicht wirklich mit der Idee warm geworden.

»Und ob. Ich stelle mir das so vor: Betty LaCook, die Showköchin und Verfasserin diverser Kochbücher, stellt sich einer neuen Herausforderung. Kann jemand, der für das breite TV-Publikum den Kochlöffel schwingt, auch einen Roman verfassen? Diese Frage gilt es zu klären, und Sie, liebes Publikum, können nicht nur Zeugen dieses Spektakels werden, Sie können Teil davon sein!«

Jürgen stand referierend zwischen zwei Olivenbäumchen auf seiner Terrasse. Er hatte die wärmende Sonne im Genick, und Tessa konnte sich bereits lebhaft vorstellen, wie sich seine empfindliche Haut unter dem feinen Haar am Nacken allmählich rötete. Jürgen gab sich gerne perfekt, aber das bedeutete noch lange nicht, dass er es auch war.

»Teil davon?«, hakte sie nach.

»Ganz genau.« Seine blauen Augen leuchteten vor Begeisterung, während er einen der eleganten Stühle an der Lehne packte und zurückzog. »Du wirst das Buch nicht wirklich selbst schreiben. Kannst du dir vorstellen, wie viele Hobbyautoren es da draußen gibt, die nur auf eine Chance warten, sich aus der Masse hervorzutun?«

»Genauso viele, wie es ausgebildete Confiseure, Bäcker und Köche gibt, die tausendmal besser sind als ich und es dennoch nie zu einer eigenen Kochshow schafften?«

»Glückliche Umstände, meine liebe Tessa. Solche Umstände könntest du jetzt jemand anderem bieten. Außerdem ist es nicht so unpassend, wie es sich anhört. Vergiss nicht, dass ein Literaturkreis Teil deiner Sendung ist, und dem mangelt es an Einschaltquoten. Die Zahlen sinken, wenn der Buchklub diskutiert, die Zahlen steigen, wenn du mit dem Kochen beginnst. Die Zuschauer lieben dich. Darauf lässt sich aufbauen, um die Sendung zu retten.«

»Nerv getroffen«, sagte Tessa verächtlich. »Könnte man dann nicht meine Sequenzen zu unterschiedlichen Zeiten zwischen der Diskussionsrunde einspielen, damit die Leute nicht mehr wissen, wann sie einschalten müssen, und einfach dranbleiben?«

»Mit den Zuschauern Spielchen treiben ist riskant. Ich will nicht, dass sie gezwungen werden, abzuwägen, ob sie lieber auf deine Show verzichten, um dem Buchklub aus dem Weg zu gehen, oder ob sie die ganze Sendung gucken sollen, nur um dich irgendwann kochen zu sehen.«

Sie sog die Unterlippe ein und dachte nach. Jürgen hatte recht. Wie so oft.

Da sie die Verantwortung dafür, einen Roman zustande bringen zu müssen, nicht mehr alleine trug oder sie gar vollständig abwälzen konnte, fand Tessa den Gedanken, sich auf das Experiment einzulassen, eigentlich auch nicht mehr ganz so unerträglich. Geblendet vom Sonnenlicht kniff sie die Augen zusammen, als sie zu Jürgen aufsah. »Gut. Wie stellst du dir das weitere Vorgehen bezüglich dieser Wette vor?«

Memoiren eines Künstlers
Sonntag, 27. Februar 2011

Ich bin wütend. Betty LaCook hat wieder kein Wort darüber gesagt, dass sie ein Buch zu schreiben hat. Dabei muss sie diesen lausigen Sendemix aus Literaturteil und Kochshow retten, und ich bin es, der die passende Idee dazu geliefert hat! Ich habe sie den Leuten gesteckt, die am meisten Einfluss haben, vorneweg diesem Schleim scheißenden Arschloch Carlos. Sie wollen meine Idee umsetzen, ich weiß es! Sie müssen es einfach tun! Worauf warten die denn noch?

Ich will jetzt loslegen! Ich will endlich meine Kunstwerke unter die Leute bringen! Der Zeitplan ist sehr eng. Jede Sendung von Betty LaCook, die verstreicht, ohne dass sie die Wette publik macht, bedeutet enormen Zeitverlust. Wenn sie in der nächsten Sendung nichts kundgibt, musste ich auf Plan B ausweichen, und das will ich nicht!

Ich atme tief durch, mahne mich, Geduld zu haben. Soll ich mich abreagieren oder einfach ablenken?

Manchmal lese ich Mutter aus meinen Büchern vor. So weiß sie stets Bescheid, was in mir vorgeht und was ich tue. Das kann ich auch jetzt tun, um auf andere Gedanken zu kommen. Ich schlendere zum Regal, um mir eines der Bücher auszusuchen. Mir erscheint das passend, in dem ich niedergeschrieben habe, wie ich während der Fasnacht vor sechs Jahren die Stadt auf Trab hielt. Da höre ich ein leises Geräusch.

Zuerst ignoriere ich es, hänge meinen Gedanken nach. Damals, vor sechs Jahren … Ich habe alles nur aus einem einzigen Grund gemacht. Nicht, um die Polizei zum Narren zu halten, nicht, um Macht zu beweisen, nicht, um mein Ego zu füttern. Nein. Es ging einzig darum, eine Frau zu beeindrucken: Carolina Waldner.

Sie wäre eine wundervolle Mutter meiner Kinder geworden. Sie brachte alles mit, was es brauchte: Güte, Wärme und Humor. Ich war bereit, Mutters Schoß zu verlassen und in Carolinas Armen ein neues Zuhause zu finden. Ich wollte ihre Aufmerksamkeit. Ihre volle Aufmerksamkeit. Außerdem schrieb sie ihr Leben in Tagebüchern nieder. Ähnlich wie ich. Ich unterstützte sie, verhalf ihr zu beruflichen Erfolgen, gab ihr zu verstehen, dass wir zusammengehörten. Doch sie wollte einen anderen.

Während der Basler Fasnacht inszenierte ich dann eine riesige Show für sie. Ich wollte sie beeindrucken, sie umstimmen. Doch sie fiel mir in den Rücken.

Ich habe es versucht. Aber sie wollte nicht hören. Also musste sie sterben, damit sie für immer bei mir sein konnte.

Ich sehe auf, werfe einen kurzen Blick zur Vitrine.

Während ich der stummen Figur hinter dem Glas zunicke, vernehme ich das Geräusch erneut.

Dieses leise Wimmern aus der alten Speisekammer.

Die Hand noch in der Luft zögere ich.

Langsam lasse ich den Arm sinken und wende mich der Speisekammer zu.

Als ich mich am Türschloss zu schaffen mache, kann ich hören, wie das Wimmern in ein panisches Japsen übergeht.

Ich schiebe die Tür auf. Ein Lichtstreifen fällt in den Raum und bescheint schwach die silbern schimmernde Verstrebung der Rollbahre darin. Der Streifen gibt mehr Preis, je weiter ich die Tür aufschiebe. Zuerst beleuchtet er einen Zeh. Dann einen Fuß. Es folgt ein Knöchel, um den dicke Stricke gebunden sind. Als Nächstes sehe ich ihr Bein, die fein säuberlich zugenähte Wunde, die niemals mehr bluten wird. Denn das, was unter der gespannten Haut liegt, sind keine Blutbahnen mehr, kein Muskel hüllt mehr menschliches Fleisch ein. Über den Waden- und Schienbeinknochen liegt einfach nur noch eine dicke Schicht Stroh.

Teil eins der Verwandlung einer lebenden Frau in eine tote Puppe.

»Ich sei berühmt und beliebt bei den Zuschauern, umso mehr, seit ich Werbegesicht für die Haushaltsgeräte geworden bin, von denen du hier übrigens mächtig viele verbaut hast, merke ich gerade.« Tessa sah sich in der Küche ihrer besten Freundin um. Der Backofen, der Herd, die Geschirrspülmaschine, der Kühlschrank, sogar die Dunstabzugshaube stammten von ihrem neuen Werbepartner. Aber eigentlich sollte sie sich darüber nicht wundern, schließlich war er omnipräsent in Schweizer Küchen, und das aus gutem Grund. Qualität überzeugt eben. Mit ein Grund, weshalb sie den Auftrag angenommen hatte, als das Unternehmen bei ihr angeklopft hatte und sie oder eher Betty LaCook als Werbegesicht engagieren wollte.

»Könnte Betty LaCook bitte die Tomatensoße mit Oregano abschmecken?«, holte Nathalie ihre Freundin aus ihren Gedanken. »Dass du berühmt bist, wissen wir jetzt. Dass ich als deine Visagistin Bestandteil deines Erfolgsrezepts bin, ist längst klar, aber ich verstehe immer noch nicht, *was* sich Jürgen bei dieser Büchersache und *wie* er sich das gedacht hat. Köchin und Buchautorin sind sich etwa so ähnlich wie Kaugummi und Kieselstein.«

Tessa holte den Oregano aus dem Schrank. Sie hätte lieber frischen verarbeitet, musste aber nehmen, was da war. »Weißt du eigentlich, dass das Wort Oregano aus dem Griechischen kommt? Oros sind die Berge, Gonos der Schmuck oder Glanz. Also eigentlich bedeutet Oregano *Schmuck der Berge* und wurde als Heilpflanze verwendet. Schade eigentlich, dass er heute hauptsächlich auf Pizzas und in Spaghettisoßen gestreut wird.« Sie tauchte Zeigefinger und Daumen in die große Öffnung des Gewürzglases und ließ die getrockneten Flocken in die köchelnde rote Soße rieseln.

»Du lenkst ab«, stellte Nathalie tadelnd fest.

Tessa pustete sich eine verirrte Haarsträhne aus der Stirn. »Es ist so: Er will in der kommenden Sendung am Ende einige Minuten einbauen, in denen ich von der Wette erzähle. Dabei soll ich mich auf charmant-witzige Art unbeholfen geben und das Publikum dazu auffordern, mir zu helfen. Ob ich das Thema vorgebe, weiß ich noch nicht. Einen Rahmen schaffen, wie Ort, Darsteller und eben das Thema, werden wir aber wohl müssen, damit die Einsendungen auch kombinierbar und nicht zu verzettelt sind. Ich hätte gerne eine Liebesgeschichte, das erscheint mir noch am einfachsten.

Jedenfalls dürfen die Leute dann Ideen oder gleich einen Text einsenden, der einen Umfang von rund fünf Seiten nicht überschreiten sollte. Die Einsendungen werden ausgewertet, und ich gebe am Ende meiner Sendungen bekannt, in welche Richtung sich das Buch bewegt, und fordere gestützt darauf jeweils auf, eine Fortsetzung zu kreieren. Man darf eben nicht vergessen, dass die Sendung nicht nur meine Kochshow ist, sondern auch eigentlich ein Buchklub, der vom Publikum …«

»… vorgeschlagene Bücher liest und in der nächsten Sendung diskutiert, während du für die Diskussionsrunde etwas Leckeres zubereitest. Ich kenne das Konzept der Sendung, und ich weiß, wie schlecht es um die Einschaltquoten bestellt ist«, beendete Nathalie Tessas Ansprache.

»Es hat ja niemand damit gerechnet, dass ich als anfänglicher Randbestandteil dem Buchklub den Rang ablaufen würde.«

»Aber so ist es nun mal, und nun sollst du ihn retten. Denn ohne Buchklub keine Sendung. Das hat die Sendeleitung klargemacht. Ohne Sendung kein Job für mich, und das wäre echt schade. Aber ein Schreibwettbewerb?«

»Ich soll mich in die Lesegruppe einbringen, indem ich Herausforderungen annehme. Um die Wirkung auf die Einschaltquoten zu testen, beginnen wir mit dieser Buchsache.« Tessa stellte das Glas Oregano zurück in den Schrank.

Nathalie lehnte an der Küchenzeile, die Stirn nachdenklich in Falten gelegt. »Ganz ehrlich, es klingt tatsächlich interessant, aber klappt das auch?«

»Es ist Jürgens Idee.«

Nathalie nickte, als würde das ihre Frage beantworten. Streng genommen war es auch so. Was Jürgen anpackte, wurde in der Regel zu Gold.

Tessa selbst war das lebende Beispiel, mitunter dank der optischen Veränderung. Inzwischen war die langweilige, schulterlange Mähne einer Frisur mit blonden Highlights gewichen, die in einem wilden Stufenschnitt bis unter die Schulterblätter reichte, zumindest, solange die Profis ihre Hände im Spiel hatten. Man hatte ihr beigebracht, dass das vermeintlich langweilige Gesicht gar nicht so öde war, sowieso nicht, wenn man sich richtig schminkte. Ihrer Meinung nach war sie unter dem ganzen Styling zwar immer noch nicht die auffallend natürliche Schönheit, die sie gerne wäre, so wie etwa Nati mit ihren wilden dunklen Löckchen und dem Karamellteint, aber sie glaubte inzwischen ihrem Umfeld, wenn jenes ihr Komplimente für ihr Aussehen machte.

Wie es dazu kam, dass sie nun mit Mitte dreißig karrieremäßig war, wo sie eben war, erschien allerdings nach wie vor wie ein Traum. Nicht immer war der Traum gleich süß. Manchmal war er auch wirklich beschissen.

Als sie Jürgen kennengelernt hatte, hatte sie in einer Kantinenküche gearbeitet. Bei der Essensausgabe waren sie sich begegnet und ins Gespräch gekommen. Sie verstanden sich gut, und Jürgen hatte für ihr Leben Pläne, die über die Kantinentheke hinausgingen. Er schlug ihr ein Experiment vor, sein Kerngeschäft, wie sich herausstellte. Er wollte sie von der Kantinen- zur Starköchin machen. Sie lechzte geradezu nach neuen Perspektiven, also willigte sie gegen jede Vernunft ein.

Sie hatte ihren Job behalten können, vorerst. Nebst der Arbeit in der Kantine hatte Tessa eine Lehre als Confiseurin absolviert, hegte den Traum, eines Tages ein eigenes Café zu führen, doch sie hatte es nie über die Leitung von Backkursen in der Migros Klubschule hinausgebracht. Auf dieser Basis baute Jürgen sein Konzept auf. Zuerst begannen sie mit einem Blog, in dem sie darüber berichteten, wie Tessa ihre ersten wackligen Schritte weg vom Backen hin zur vollwertigen Köchin wagte. Sie hatte sich reichlich ungeschickt angestellt und wohl auch dadurch schnell Fans gewonnen. Mit Jürgens Überredungskünsten erhielt sie bald ihren jetzigen Sendeplatz im Fernsehen.

»Denkst du wieder darüber nach, dass du der fleischgewordene Beweis dafür bist, dass man mit ein wenig Glück und dem richtigen Timing alles schaffen kann, wenn man es nur will?« Nathalie drückte Tessa ein Glas Rotwein in die Hand.

»Ja, tut mir leid. Ich bin wohl ein wenig abwesend. Irgendwie ist diese Autorensache wie eine Zeitreise. Es weckt Erinnerungen an die Anfänge.«

Während Tessa die Pfannen auftischte, trug Nathalie ihr das Geschirr hinterher. »Du warst heute also wieder bei Jürgen, und diesmal hatte er Frauenbesuch?«

»Oh, ja! Er war vollkommen durch den Wind. Er hatte sogar vergessen, dass wir verabredet waren.«

»Und, wie fühlt sich das an?«

Tessa setzte die Pfanne mit der Soße auf den Untersetzer und horchte in sich hinein. Dann zuckte sie mit den Schultern.

»Nichts? Keine Eifersucht oder so was in der Art?«, fragte Nathalie sicherheitshalber nach.

»Nein, keine Spur.«

»Gut!« Nathalie schöpfte Spaghetti und setzte sich mit einem zufriedenen Grinsen ihrer Freundin gegenüber.

Tessa beobachtete Nathalie. Sie kannte sie lange genug, um zu wissen, dass hinter diesem Lächeln ein Plan steckte, der Tessa in der Regel nicht gefiel. »Was?«

»Es gibt da so einen Kerl …«, setzte sie mit vollem Mund zum Sprechen an.

»Nein, Nati, nicht schon wieder!«, protestierte Tessa sofort, ehe ihre Freundin weitersprechen konnte.

»Er ist wirklich nett, Tessa.«

»Nett. Nett? Nathalie, nett ist langweilig! Du musst mich nicht immer verkuppeln, du weißt, dass das nicht klappt.«

»Er ist nicht langweilig. Er ist in Ordnung, wirklich in Ordnung. Er ist ziemlich groß, kräftiger Rücken, gut gebaut, dennoch nicht wirklich versessen auf seine äußere Erscheinung … Irgendwie so ein Kerl, der gerne in der Natur unterwegs ist.«

»Alles, was ich nicht bin«, sagte Tessa und klopfte auf ihre hartnäckige Speckrolle an ihrem Bauch, die seit der Ausstrahlung ihrer Kochsendung dem Fernsehteam und Jürgen ein Dorn im Auge war. Sie war schlank, aber eben nicht perfekt in Form. Das eine oder andere Kilo hatte sie zu viel, und das Fernsehen mogelte gleich noch mal ein paar Kilo dazu. »Er ist bestimmt eitel und ichbezogen.«

»Nein, und das ist der Punkt: Er ist ganz und gar nicht dein Typ. Er ist perfekt, weil er nicht eines dieser Arschlöcher ist, die du dir sonst so zulegst.«

Tessa legte ihre Gabel, die sie gerade zum Mund führte, zurück auf den Teller und wechselte zum Wein.

»Welch treffende Zusammenfassung meiner bisherigen Ausflüge in die Beziehungswelt. Na gut, wer ist er und woher kennst du ihn?«

»Sein Name ist Colin.«

»Ein Schotte?«

»Ein halber.«

»Dann rennt er mit karottenrotem Haar und Kilt in der Gegend herum?«

»Klar. Und er hat stets einen Baumstamm zum Werfen und einen Whisky zum Saufen dabei. Im Ernst, er ist in Ordnung. Und irgendwo in ihm drin schlummert schottisches Blut, das hat mir Jean einmal erzählt. Abgesehen davon hat er einen ziemlich strammen Body.«

Jean. Daher kannte Nathalie diesen Colin also. Jean, Nathalies Lebens-, aber nicht Ehepartner, kannte eine Menge Männer, von berufswegen, und genau dieser Beruf war es, der Tessa nun das Weinglas sorgfältig abstellen ließ. »Er ist Polizist?«

»Wer? Jean? Ja, der ist Polizist.«

»Nati!«

»Schon gut. Hundestaffel, Colin bildet mitunter Hunde für den Polizeidienst aus.«

»Hunde?« Tessa blieben die Spaghetti beinahe im Hals hängen. Sie würgte sie hinunter und spülte mit Wein nach, den sie jetzt direkt aus der Flasche trank. »Das kann doch nicht dein Ernst sein! Du weißt, wie ich zu Hunden stehe! Haben diese Typen in der Regel nicht noch solche Köter zu Hause?«

»Erstens: Das sind keine Köter. Zweitens: Ja, ich weiß, wie du zu Hunden stehst. Seit dich als Kind einer gebissen hat, kannst du mit diesen Vierbeinern nicht mehr viel anfangen. Colin hat keine Biester zu Hause. Er hat eine belgische Schäferhündin namens Chiara. Sie ist clever, gut erzogen und bestens geeignet, um sich die Angst vor Hunden abzutrainieren.«

»Schönfärberei.«

»Ich sagte doch, er ist ganz anders als alle deine bisherigen Bekanntschaften. Versuch es. Ein Essen, mehr will ich nicht.«

Nathalie saß ihr erwartungsvoll gegenüber. »Es fällt dir kein Zacken aus deiner Köchinnenkrone, wenn du dich mit ihm triffst. Machst du's?«

Tessa schüttelte den Kopf, als könnte sie selbst nicht glauben, was sie im Begriff war zu sagen: »Aber ich bestimme Ort und Zeitpunkt.«

Memoiren eines Künstlers
Sonntag, 27. Februar 2011

»Ich habe dir ja erzählt, was ich in den nächsten Tagen tun werde.« Ich stehe neben ihr in der dunklen Kammer, lächle sie an. Sie hängt noch immer an dem Rad fixiert, aber ich habe es zurückgeklappt, sodass sie nun im Grunde an einem runden Tisch befestigt ist. Wenn ich an ihr arbeiten will, sie weiter präparieren will, klappe ich einfach die abgerundeten Seiten des Tisches hinunter, damit ich besser an sie herankomme. Ein rundum durchdachtes Spielzeug, Marke Eigenbau.

Nur eine einzige Kerze wirft ihr gespenstisches Licht aus tanzenden Schatten auf ihr Antlitz. Es ist gerade ausreichend, damit sie mein Gesicht sehen kann. Mit fiebrigem Blick fixiert sie mich.

»Du weißt es noch?«, frage ich sie erwartungsvoll. Sie reagiert nicht, starrt mich nur ängstlich an. Das macht aber nichts. »Natürlich weißt du es noch. Nun, ich tue das nicht zum ersten Mal. Ich habe mir über die Jahre schon so manche Spielgefährten geholt, um mich bei Laune zu halten. Je nach Exemplar entsorge ich sie nach ihrem Versterben, oder ich behalte sie und beende mein Werk. Manche brauche ich auch nur, um meine Fertigkeiten zu trainieren. Ich weiß noch nicht, ob ich dich beenden werde. Ich habe in den nächsten Tagen viel zu tun, daher komme ich nicht so oft dazu, mit dir zu arbeiten, wie ich gerne würde. Der Vorteil ist, du wirst mir eine Weile erhalten bleiben.« Ich gehe einmal um den Tisch herum. Ihre Augen folgen mir.

»Es ist übrigens normal, dass du deine Beine nicht mehr spüren kannst. Ich habe die Nerven weitestgehend durch-

trennt. Das gehört zum Prozedere dazu.« Ich sehe an ihrem nackten Körper hinunter, bis zu ihren Beinen oder dem, was ich davon übrig gelassen habe. Ich spüre, wie ich ruhiger werde, während ich mit ihr spreche.

Heute muss ich ihr nicht wehtun. Sie leidet schon genug, weil sie weiß, was ich weiter mit ihr anstellen werde. Unter der Haut an ihrem Hals kann ich sehen, wie ihr Herz rast.

»Vertrau mir, ich verstehe etwas von meiner Arbeit. Wenn ich mir so ansehe, was ich bisher geschafft habe, bin ich guter Dinge. Ich bin sehr zuversichtlich, dass du ein wunderbares Präparat werden wirst.«

Sie heult erstickt auf, ihre Augenlider flattern panisch. »Liebchen, was soll denn das? Freu dich doch! Du wirst wunderschön werden!« Ich spiele mit ihren Emotionen, ehe ich fortfahre: »Jetzt bin ich aber nicht hier, um dich weiter auszustopfen. Ich möchte dir viel lieber etwas vorlesen.« Ich drehe mich weg, gehe zurück zum Bücherregal. Dort ziehe ich ein Buch hervor. Während ich zurück in die Kammer gehe, blättere ich mich zu der richtigen Stelle durch. »Ich schreibe nämlich täglich meine eigene Geschichte nieder. Das ist etwas sehr Persönliches, und genau deswegen möchte ich dir daraus vorlesen. So werden wir noch stärker miteinander verbunden, verstehst du? Nun denn, es ist der Eintrag, den ich verfasste, nachdem ich dich hergebracht habe. Er handelt von dir, unserem Ausflug an den Urnersee und was danach geschah. Du warst die meiste Zeit bewusstlos, hast also nicht so viel davon mitbekommen. Da ist es nur fair, wenn ich dir erzähle, was war, damit keine Fragen offenbleiben. Zum Beispiel hast du dir sicher schon Gedanken darüber gemacht, ob ich dich vergewaltigt habe, oder?«

Sie reißt ihre Augen noch etwas weiter auf. »Habe ich nicht.

Siehst du? Es ist hilfreich, zu wissen, was vor sich ging. Darum sage ich es dir.« Ich räuspere mich, hebe das Buch an, und dann beginne ich zu lesen: *»Memoiren eines Künstlers, Sonntag, 27. Februar 2011. Sie hat bezaubernde Augen …«*

Montag, 28. Februar 2011
Auf der Polizeiwache/14 Tage bis zur Fasnacht

Colin sah auf die Uhr. Ernüchtert stellte er fest, dass er zu spät zu seiner Verabredung kommen würde. Er stand von seinem Stuhl auf, legte den Kopf abwechselnd in den Nacken und dann das Kinn auf die Brust, um die verspannten Muskeln zu dehnen. Chiara lag wie stets auf ihrer Decke und wartete auf seine nächsten Anweisungen. Colin klappte die Akte vor sich zu. Seine Finger ruhten noch einen Moment auf dem Umschlag.

»Wo bist du bloß?«, murmelte Colin, als könnte er dem stummen Papier eine Antwort entlocken. In den Dokumenten ging es um eine Frau. Loredana Isliker, vierundzwanzig Jahre alt, 1,65 Meter groß, dunkelbraunes Haar, braune Augen, und seit drei Tagen verschwunden. Mit allen zur Verfügung stehenden Mitteln würde man versuchen, sie zu finden. Auch die Kollegen aus anderen Kantonen wurden mit ihren Diensthunden eingespannt, genauso wie die Mitglieder freiwilliger Organisationen. Den Suchradius abzustecken war eine Herausforderung. Es gab keine Hinweise auf ihren Verbleib. Sie könnte in den Zug gestiegen und einfach weggefahren sein. Sie hatte ein Generalabonnement. Damit konnte sie ohne Ticketkauf in der ganzen Schweiz unterwegs sein und sich somit überall befinden. Ihre Kreditkarte war in den vergangenen sieben Tagen nicht eingesetzt worden. Ihr Handy war vor drei Tagen zuletzt benutzt worden. Die Auswertung der Daten des Mobilfunkanbieters hatte ergeben, dass sie in Dornach, in der Nähe des Bahnhofs, letztmals eine Textnachricht verschickt hatte. Es war eine SMS an ihre Mutter, um ihr mitzuteilen, dass sie mit einem Freund zwei Tage wegfahren würde. Sie wollte sich am Samstag wieder melden, was sie nicht getan hatte. Am Sonntag hatte die Mutter ihre Tochter bei der Polizei als vermisst gemeldet.

Weder die Nachrichten auf ihrem Handy noch die getätigten Anrufe ließen bisher Rückschlüsse auf ihren Verbleib zu. Die Auswertung lief aber noch. Keiner kannte diesen ominösen Freund aus der SMS. Glaubte man den Aussagen von Freunden und Familie, so hatte sie nicht vor, einfach abzutauchen. Die diesbezüglichen Befragungen waren jedoch ebenfalls noch nicht abgeschlossen.

Während die Kollegen daran arbeiteten, musste Colin zusammen mit Chiara an anderer Front kämpfen. Sie hatten früh am Morgen an der Suche in der Region Gempen teilgenommen. Leider ohne Erfolg. Der nächste Trupp war am Nachmittag losgezogen, diesmal ohne Colin und Chiara. Die beiden hatten seit Mittag dienstfrei.

Auch Colin glaubte nicht daran, dass Loredana wahllos aufgebrochen war. Sie galt als äußerst zuverlässig und pflichtbewusst, und genau das war das Alarmierende. Sein Gefühl sagte ihm, dass sie nicht freiwillig verschwunden war, und das bereitete ihm mächtige Bauchschmerzen. Noch wollte er nicht wahrhaben, dass sie einem Gewaltverbrechen zum Opfer gefallen sein könnte. Vielleicht hielt sie sich nach einem traumatischen Erlebnis wie einer versuchten Entführung, einer Vergewaltigung oder einem Überfall aus Scham versteckt. Oder sie war von einem Auto angefahren worden und lag verletzt in irgendeinem Graben, den sie noch nicht gefunden hatten. Oder sie hatte ihr Gedächtnis verloren. Wer wusste das schon? Es gab viele Möglichkeiten, manche realistischer als andere.

Colin hatte die Akte bestellt, um mehr zu erfahren, um nach Hinweisen auf den möglichen Verbleib zu stöbern. Je mehr er über sie erfuhr, desto eher kam er vielleicht darauf, was mit ihr geschehen war. Nicht, dass er die Fähigkeiten seiner Kollegen anzweifelte, aber zwei helfende Augen mehr konnten auch nicht schaden. Dafür war jetzt allerdings keine Zeit mehr. Er war zu einem Abendessen eingeladen.

»Chiara, Platz.« Der Befehl war kurz und knapp, verfehlte aber seine Wirkung nicht. Die belgische Schäferhündin legte sich an Ort und Stelle hin, bettete die schwarze Schnauze auf ihre braunen Pfoten und blickte zu dem Menschen vor sich auf. Chiaras Fell war vermehrt schwarz. Ihre Augen wirkten treu, ihr Gehorsam ergeben. Dennoch war der Hund im Grunde ein wildes Tier, das einen sehr starken Eigenwillen entwickeln konnte, ließ man ihm zu viel durchgehen.

Chiara war einfach zu erziehen gewesen. Sie hatte schnell und motiviert gelernt und war Colin rasch ans Herz gewachsen. Sie war seine Partnerin, sein Schutz, seine Gefährtin. So war das nun mal mit den Hunden und den Herrchen, die sich dem Polizeidienst verpflichtet hatten.

»Sie ist eine Schönheit, ich denke es immer wieder, wenn ich sie mir ansehe. Ich bin ganz vernarrt in den weißen Fleck hinter ihrem Ohr.« Nathalie reichte Colin eine Bierflasche, die sie bereits geöffnet hatte, und hielt ihm ihre Flasche zum Anstoßen hin.

Colin nahm das kalte Bier dankend entgegen. Mit einem leisen Klirren trafen sich die Flaschenhälse, als er Nathalie zuprostete.

Als wäre das ein Kommando gewesen, tauchte Jean neben den beiden auf. »Geht es nach Nati, wird Chiara aber nicht die einzige Schönheit in deinem Leben bleiben.«

Als Chiara ihren Namen hörte, horchte sie auf. Während die Hündin fragend dreinblickte, schaute Nathalie tadelnd aus der Wäsche. Sie wirkte, als hätte sie Jean am liebsten einen Seitenhieb verpasst.

»Ach komm schon, Nati, du wolltest Colin doch einen Vorschlag unterbreiten, also raus mit der Sprache.«

»Du Verräter«, zischte Nathalie.

Aber Jean wirkte nicht beeindruckt. Im Gegenteil. Seine Fältchen um die Augen, die sich vertieften, wenn er grinste, gruben sich nur noch weiter in die Haut ein, seine Augen verengten sich zu Schlitzen, bis sie kaum mehr zu sehen waren. Er amüsierte sich prächtig auf Kosten seiner Freundin und allem Anschein nach auch auf Colins Kosten.

Colin trank einen Schluck, während er überlegte, wie er aus der Sache rauskam, ohne zu wissen, um welche Sache es überhaupt ging. Irgendwie beschlich ihn aber so ein Gefühl. Nathalie war bekannt dafür, gut und gerne mal Kupplerin zu spielen. Leider war sie darin nicht besonders gut. Colin war Single, wenn auch noch nicht lange, aber er war mit der Situation zufrieden, wie sie derzeit war. Seit er aus der gemeinsamen Wohnung ausgezogen und unter diese On-und-off-Geschichte mit seiner Freundin einen endgültigen Schlussstrich gezogen hatte, war ihm weit wohler. Daran wollte er so schnell nichts ändern. Deshalb sagte er: »Nathalie, lass es gut sein. Sie ist sicher toll, sie findet jemanden. Ich werde aber nicht dieser Jemand sein.«

Er ließ seinen Worten ein Lächeln folgen, das Nathalie beschwichtigen sollte. Schließlich stand sie zwischen ihrem verräterischen Partner und ihm auf einsamem Posten. Doch Nathalie fühlte sich bei den beiden Männern einfach zu wohl, um peinlich berührt zu sein und sich zurückzuziehen, was Colin ebenfalls wusste. Es kam, was kommen musste.

»Aber sie würde so gut passen. Sieh sie dir zumindest einmal an. Geh mit ihr essen. Mehr will ich nicht.«

»Ansehen kannst du sie übrigens im Fernsehen, dafür brauchst du dich nicht mit ihr zu treffen.«

»Jean!«, wies Nathalie ihren Partner lachend zurecht.

»Im Fernsehen?«, fragte Colin erstaunt nach.

»Siehst du? Sein Interesse ist jetzt zumindest geweckt. Mehr als du erreicht hast«, rechtfertigte sich Jean, nicht minder grinsend.

»Sie ist Fernsehköchin«, erklärte Jean an Colin gewandt. »Toll ist sie, da muss ich meiner Liebsten recht geben. Und sie ist hübsch, auch wenn sie das selbst nicht so richtig begreifen will.«

»Jetzt ist aber gut!«, schaltete sich Nathalie wieder ein, der die Unterhaltung eine Richtung anzunehmen schien, die ihr nicht passte.

»Ich schwinge hier nur die Werbetrommel für Tessa, das wolltest du doch!«

»Verschwinde in die Küche und kümmere dich um die Paella, den Rest mache ich. Danke, Schatz.« Nathalie hauchte Jean einen Kuss auf die Wange, gab ihm einen Klaps auf den Hintern und schickte ihn damit zurück an den Herd.

Irgendwie waren die Rollen hier vertauscht, ging es Colin nicht das erste Mal durch den Kopf. Das obwohl oder gerade weil er tagsüber der Polizist war und sie als Visagistin arbeitete.

»Also«, setzte Nathalie erneut an, »sagt dir der Name Betty LaCook etwas?«

»Arbeitest du nicht für sie?«

»Mache ich. Hast du die Sendung mal gesehen?«

»Nicht, dass ich wüsste. Betty LaCook klingt übrigens reichlich bescheuert.«

»Und schon habt ihr eine Gemeinsamkeit. Das findet sie

nämlich auch, aber es verkauft sich. Dass du dich weniger für Kochsendungen interessierst, war mir klar, deshalb halten wir es auf dem Level Blind Date. Sie wird froh sein, jemandem zu begegnen, der sie nicht aus dem TV kennt.«

»Ich habe nicht Ja gesagt.«

»Das wirst du noch. Ein Essen, Colin, nur eines!«

»Wozu?«

»Weil ein Mensch essen muss, und das macht mehr Spaß in Gesellschaft.«

»Kocht sie?«

»Bestimmt nicht! Glaubst du, ich lass dich beim ersten Date schon mit ihr alleine bei ihr zu Hause?«

»Beim ersten Date schon alleine lassen? Klingt, als hättest du doch noch weitere Treffen geplant. Ich dachte, es solle bei einem einzigen Essen bleiben.«

»Erbsenzähler.« Nathalie verzog trotzig ihren Mund. »Na gut, dann lass es eben. Sie ist aber ein echter Knaller, dir entgeht was!«

Colin musste unweigerlich lächeln.

»Mhm, das wird ihr gefallen«, kommentierte Nathalie, während sie Colin beobachtete.

»Wie ist sie denn so? Mag sie Hunde?«, gab Colin schließlich seinen Widerstand wenigstens teilweise auf.

»Das mit den Hunden klärst du am besten mit ihr selbst.«

»Also mag sie sie nicht. Das ist durch und durch problematisch, und damit ist die Sache erledigt. Sorry, Nathalie.«

Colin legte der um einen Kopf kleineren Nathalie einen Arm um die Schulter und führte sie zu ihrem eigenen Esstisch, an den von der anderen Seite her Jean herantrat, mit einer riesigen Pfanne in beiden Händen. Jean setzte die Pfanne auf dem Untersetzer in der Mitte des Tisches ab.

»Siehst du, ich sagte, dass die Hundesache eine unüberwindbare Hürde darstellt«, kommentierte Jean, der das Gespräch belauscht zu haben schien.

»Sie ist nicht unüberwindbar. Tessa hat Angst vor Hunden, eine Hündin wie Chiara könnte diese Angst ohne Weiteres beseitigen. Betrachte diese Verabredung einfach als Therapiesitzung. Du hilfst Menschen doch gerne. Da wäre das eine Möglichkeit.«

Colin kam nicht umhin, über Nathalies Eifer zu schmunzeln. Ihre hoffnungsvoll funkelnden, dunklen Augen brachten ihn nicht das erste Mal ins Wanken. Er wusste, dass er später, sobald er mit Chiara wieder alleine war, bereuen würde, was er jetzt im Begriff war zu sagen, dennoch sprach er aus, was ihm auf der Zunge lag: »Na gut. Aber ich bestimme Zeit und Ort.«

Memoiren eines Künstlers
Montag, 28. Februar 2011

»Heute lese ich euch weiter vor, wie ich gestern meine Perle zu uns nach Hause geholt habe.« Ich mache es mir in meinem Sessel gemütlich, nehme das Buch zur Hand, räuspere mich. Dann beginne ich zu lesen:

»Wie war dein Tag, Mutter?«, frage ich, während ich die Arm- und Beinfesseln an der Drehscheibe öffne.

Bevor ich zur Pritsche zurückkehre, mache ich halt an der Vitrine. Das Zuhause meiner lieben Frau Mutter. Ich betrachte sie durch die vom Staub matt gewordenen Scheiben. Sie sieht gut aus. Auch heute noch.

Sie war die Erste, der ich meine neu erlernten Fähigkeiten zeigte. Am eigenen Leib hat sie erfahren dürfen, welche Kunst die Taxidermie ist.

Ich nicke Mutter zu und lasse sie dann wieder alleine auf ihrem Schaukelstuhl in ihrer Lieblingsvitrine.

»So, meine Perle«, sage ich zu dem Leichtgewicht auf der Pritsche. »Dann wollen wir dich mal in Position bringen, ehe du erwachst.«

Ich werfe mir ihren zierlichen Körper über die Schulter. Ich trage sie zu der Drehscheibe hinüber, binde die Arme fest.

Dann streife ich ihr die Stoffturnschuhe ab, lege die Füße an das Glücksrad und zurre die Fesseln fest.

Ich trete einige Schritte zurück.

In der Art, wie sie da hängt, mit den gespreizten Gliedmaßen und dem schulterlangen gewellten Haar erinnert sie mich an da Vincis Hombre de Vitruvio.

Ich verspüre Lust, sie aufzuwecken. Am meisten Spaß

machte das, wenn ich dem lebenden Körper das antue, was ich nach Eintritt des Todes sowieso tue: häuten. Fleisch, Muskeln, Organe entfernen. Säubern. Mit Stopfmaterial befüllen, die Haut wieder darüber spannen. Zusammennähen. Gesicht modellieren.

Die übliche Vorfreude lässt meinen Körper richtiggehend vibrieren.

Ich hole mein scharfes Rüstmesser, setze es oben an ihrem Mittelfinger an und ziehe es bis zum Fingerende hinunter. Sie ist tiefer weg, als ich gedacht habe, denn sie zuckt nicht mit der Wimper.

Nun, dann kann ich ja fortfahren. Ich spreize das dünne Fleisch auseinander, um an den Knochen heranzukommen. Das Blut fließt in Rinnsalen ihren Arm hinunter, tropft auf meine schöne Scheibe, aber das macht nichts. Das verleiht der Scheibe Charakter. Mithilfe des Messers schäle ich den Knochen aus der offenen Wunde heraus.

Jetzt zuckt sie. Na also.

Ich biege den Fingerknochen, erprobe die Fähigkeiten ihrer Gelenke.

Wieder ein Zucken. Diesmal zieht sie die Stirn kraus.

Zufrieden nehme ich mir den nächsten Finger vor. Ein Schnitt, den Knochen herausschälen und ihn ein wenig biegen.

Sie schreit. Es ist ein derart schmerzerfüllter Schrei, wie ich ihn mir nicht habe träumen lassen. Mein Gott, ist sie gut!

Aufgeregt hole ich meine Kamera aus dem Regal neben Mutters Vitrine. Ein paar Fotos in Sepia und Schwarz-Weiß, um meine Memoiren noch ein wenig aufzupeppen.

Ich sehe auf, lecke mir die vom Lesen trocken gewordenen Lippen. Das Buch liegt schwer auf meinem Schoß. Ich streiche an der dicken Seite entlang, blättere sie um. Besehe mir das Foto. Es ist wirklich gut geworden. Ich habe es bedeutend schlechter in Erinnerung. Ich betrachte es kurz, blättere dann wieder zurück zum Text.

»Was denkst du, Mutter, soll ich dir noch mehr vorlesen, oder hast du für heute genug?«

Ich male mir aus, wie ich meine Perle für ihren großen Auftritt zurechtmache. Grazil würde sie sein und wunderschön. Dennoch werden nicht alle mit ihrem Zustand einverstanden sein, selbst wenn die Familie die bis dahin als verschollen geltende Tochter endlich wieder zurückerhält. Sie würden sie sogar in die Arme schließen können. Sie wird die Umarmung aber nicht erwidern. Nicht, weil sie es nicht will, sondern weil sie es nicht mehr kann.

Angehörige vermisster Menschen halten meist an dem irrationalen Glauben fest, die vermisste Person tauche lebendig und wohlbehalten eines Tages irgendwo wieder auf. So ist es bestimmt auch in diesem Fall. Nun, bald würde dieser Glaube wie ein Luftballon zerplatzen. Aber im Grunde ist das gut. Denn nun würden die Angehörigen nach Zeiten der Unsicherheit endlich Gewissheit haben.

Ich sehe auf die Uhr. Es wird allmählich Zeit, aufzubrechen und in das Leben zurückzukehren, das andere als normal bezeichnen. Aber nicht, ohne meiner Perle auf Wiedersehen zu sagen. Ich hieve mich aus dem Sessel. Das Buch rutscht von meinem Schoß und klatscht mit einem dumpfen Geräusch auf den Fußboden. Ich lasse es liegen, gehe zur Kammer. Ich bin kurz davor, einzutreten, als ich es mir anders überlege. Ich drehe mich noch einmal um, hebe das Buch auf, und erst dann gehe ich zu meiner Perle.

Ich betrete die Kammer. Sie liegt gefesselt und hilflos da, reagiert kaum, als ich eintrete.

Ich stelle mich an das Kopfende des Glücksrades. Das aufgeschlagene Buch liegt schwer in meinen Armen. »Wie findest du meine Texte? Ich weiß, du kannst es hören, wenn ich lese, also versuch gar nicht erst, es zu leugnen.«

Erwartungsvoll sehe ich ihr in die Augen. Das Einzige, was ich zurückbekomme, sind in Verzweiflung zusammengezogene Brauen. Ihre Energie, die ihr ihre Angst verliehen hat, ist verpufft. Sie wirkt müde, ihr zuvor noch wilder, fiebriger Blick ist von dem Betäubungsmittel trübe geworden. Einzelne Tränen kullern seitlich über ihre Schläfen und hinterlassen eine salzige Spur auf ihrer Haut, ehe sie in ihrem dunklen Haar verschwinden. Ich trete näher zu ihr, lege das Buch beiseite, streiche ihr mit der Hand über die Stirn. Sie ruckt mit dem Kopf zurück, ihre Augen suchen hektisch nach Rettung, dabei weiß sie längst, dass es aus ihrer Situation keinen Ausweg mehr gibt.

Mit dem Zeigefinger fahre ich in der Mitte ihres nackten Körpers entlang, knapp über dem Rand ihrer Schamhaare vorbei und das linke Bein hinunter. Je näher ich der frischen Naht komme, desto angespannter wird sie. Sie jault, wie ein angeschossener Hund. Und ich weiß genau, wie das klingt.

»Ich werde dir jetzt noch den Rest vorlesen, schließlich ist es auch deine Geschichte. Dann muss ich leider weg. Aber keine Angst, ich werde wiederkommen, und dann werde ich weiter an dir arbeiten. Du wirst meine volle Aufmerksamkeit haben.«

Ich lasse von ihr ab, wende mich dem Buch zu, das aufgeschlagen neben ihr liegt.

Von der Wunde mit dem herausgebogenen Knochen schieße ich eine Nahaufnahme, von ihren entsetzt aufgerissenen Augen ebenfalls, der schmerzerfüllte Gesichtsausdruck bekommt ein weiteres Bild. In Schwarz-Weiß kommen ihre tiefen Falten zwischen den Augen besonders eindrucksvoll zur Geltung. Dann noch ein Ganzkörperfoto, auf dem auch das Rad zu sehen ist. Daraufhin lasse ich die Kamera sinken und lege sie beiseite. Ich will sie ohne die Linse dazwischen betrachten.

»Hallo Perle«, begrüße ich sie, als ihre Schreie zu einem angst- und leidvollen Wimmern abklingen. »Willkommen auf meinem Spielplatz. Wir werden viel Spaß zusammen haben. Beginnen wir damit, herauszufinden, ob du dich zuerst übergibst oder zuerst stirbst«, stelle ich in Aussicht, während ich das Rad anstoße, die Wurfmesser vom Haken nehme und mich in Position bringe.

Das erste Messer, das ich werfe, trifft sie direkt in die Milz.

Dienstag, 1. März 2011
Bei Tessa/13 Tage bis zur Fasnacht

Wie hatte sie sich bloß darauf einlassen können? Warum ließ sie sich von Nati jedes Mal breitschlagen?

Tessa warf noch einen letzten Blick in den Spiegel, zog in Erwägung, das schwarze Fledermausshirt doch noch gegen eine Bluse oder ein Tanktop mit Blazer auszutauschen, verwarf die Idee dann wieder, nur um trotzdem zu ihrem Kleiderschrank zurückzukehren und den Stapel T-Shirts nach etwas Geeigneterem durchzusehen. Letztendlich ließ sie aber von den T-Shirts ab. Sie fragte sich, warum sie sich so verrückt machte, und entschied, dass das luftige Shirt ihre kleinen Pölsterchen am Bauch gut kaschierte, dennoch elegant, aber nicht zu aufgebrezelt aussah. Außerdem ließ es noch Platz für ein gutes Essen, ohne dass sie anschließend aussah wie ein aufgeblasener Luftballon. Kurzum: Ihr Outfit passte zum Anlass.

Obwohl das eigentlich keine Rolle spielte. Sie musste dem Mann nicht gefallen. Sie sagte das Date nur Nathalie zuliebe nicht ab. Tessa betrachtete noch kritisch ihren Hintern in den dunklen Jeans, schlüpfte in ihre ebenfalls schwarzen Pumps, warf ihre Lederjacke über und verließ mit der Handtasche unterm Arm die Wohnung.

Nachdem Nathalie die Wahl der Lokalität doch nicht Tessa überlassen, sondern weshalb auch immer an sich gerissen hatte, hatte sie auch beschlossen, dass dieser Colin sie vor ihrer Wohnung abholen sollte.

Als sie die letzten Stufen zum schmalen Weg durch den kleinen Vorgarten hinunterstieg, fiel ihr bereits der grüne

Jeep älteren Jahrgangs vor dem Haus auf. Ein solches Fahrzeug hatte hier noch selten geparkt.

Tessa hob skeptisch eine Augenbraue, besah sich vorsichtig den Wagen, versuchte unauffällig einen Blick ins Innere zu erhaschen. Es saß niemand am Steuer. Das Auto war leer. Gut, dann war dieses seltsame Monstrum nicht das Auto ihres Dates. Darüber war sie nicht unbedingt traurig, denn es gab schönere Fahrzeuge. Mit einem Hund könnte man sich auch einen dieser schicken und doch preiswerten KIA mit Allradantrieb zulegen oder so etwas Ähnliches. Nicht, dass sie viel von Autos verstand oder großen Wert auf den fahrbaren Untersatz eines potenziellen Partners legte, aber ein bisschen Stil durfte schon sein.

Tessa verließ den Vorgarten durch das schmiedeeiserne Tor, das in den Angeln quietschte, seit sie eingezogen war. Sie hätte längst nicht mehr in der Dreizimmerwohnung in diesem alten Stadthaus ohne Fahrstuhl leben müssen. Seit ihrer unerwarteten Fernsehkarriere konnte sie sich weit Besseres leisten. Nicht so etwas, wie Jürgen es besaß, aber ihr finanzielles Depot reichte inzwischen gut für ein Loft in der Nähe des Aufnahmestudios oder ein kleines Haus. Aber Tessa mochte die ausgetretenen, knarzenden Holzstufen und den Geruch nach Tapeten im Treppenhaus nun mal. Dem Charme der schrägen Böden mit dem Fischgrätmuster in der Diele, dem Schlafzimmer und dem Wohnzimmer und des Schachbretts in der Küche konnte sie sich nicht entziehen. Die sanitären Anlagen waren modernisiert worden, die Küche war ebenfalls erst drei Jahre alt. Was ihres Erachtens in Sachen Wohnkomfort modern sein musste, war modern. Außerdem war die kleine, aber feine Dachterrasse im Giebeldach einfach unschlagbar. Der Ausblick war herrlich. Sie konnte längst nicht über alle Dächer der umliegenden Häuser sehen, aber das beengende Gefühl, das man in den Gassen der Stadt schon mal haben konnte, verflog auf ihrer Terrasse sofort. Ihre Nachbarn waren nette Leute, eine alte Dame, die abends ihr Hörgerät ausschaltete und sich somit auch nie über nächtliche Lärmemissionen beklagte, und eine WG, die sich wegen ihres eigenen Geräuschpegels das Recht, sich zu beschweren, verwirkt hatte. Dessen waren sich die drei Jungs, die tagein, tagaus nichts anderes zu tun schienen, als ihre Joints zu rauchen, bewusst.

Tessa wartete neben den bemoosten Briefkästen. Noch rührte sich nichts.

Aber sie musste nicht lange warten, bis eine zugegeben positiv auffällige Gestalt um die Straßenecke gebogen kam. Nicht, dass er im modernen Sinn gutaussehend gewesen wäre. Er war nicht der gestylte Modeltyp. Er trug einfache Jeans, einen Hoody mit bis knapp unter die Ellbogen hochgekrempelten Ärmeln, die den Blick auf einen Teil seiner kräftigen, behaarten Unterarme freigaben. Sein dunkles, kurzes Haar war unfrisiert, seine Schultern breit. Vor allem aber war er groß. Sicher 1,90, wenn nicht zwei Meter. Doch es waren nicht diese schlaksigen zwei Meter mit gekrümmtem Rücken und schmalem Becken, allerdings war er auch nicht dieser enorm durchtrainierte Muskelpaket-Riese, den man spontan in der Rolle des Türstehers sah. Er war irgendwie einfach ein Typ, den man sich gut in einer Polizeiuniform während der Schlichtung eines Disputs vorstellen konnte, genauso wie in Wanderschuhen und Flanellhemd mit einem Glas Rotwein vor dem knisternden Kamin.

Okay, jetzt sprinten deine Gedanken mit dir davon, reiß

dich zusammen! Du hast keine Ahnung, wer der Typ mit den Händen in den Hosentaschen ist, der immer näher kommt.

Der Jeep gehört ihm. Bestimmt.

Tessa senkte den Blick, als der Fremde seinen hob.

Sie spürte, wie er sie ansah, hatte gerade noch lange genug zu ihm herübergesehen, um festzustellen, dass seine Augen beinahe so dunkel waren wie sein Haar. Bartstoppeln zierten sein ausgeprägtes Kinn.

Himmel, hätte sie kein Date, würde sie sich wünschen, dieser Kerl spräche sie an. Er war im Grunde genommen nicht ihr Typ. Sie bevorzugte die mit modernem Haarschnitt, jene, die bedacht auf ihr Aussehen waren, aber nicht eitel und kleidertechnisch auf dem neuesten Stand. Ein Mann von Welt mit einer Ahnung von Wein und einer Abneigung gegen Bier.

Oder doch nicht? Verstohlen wagte sie einen weiteren Blick zu dem Unbekannten – der doch tatsächlich vor dem Jeep stehen blieb. Er zog die vollere Unterlippe zwischen die Zähne und ein kurzer, scharfer Pfiff hallte durch die Straße, während er ohne aufzusehen den Autoschlüssel aus seiner Hosentasche holte.

Er entriegelte den Wagen, klappte den Kofferraum auf, und just in dem Augenblick sauste ein kräftiger, schwarzbrauner Hund um eben die Straßenecke, von der der Mann gerade gekommen war. Unweigerlich wich Tessa einen Schritt zurück, obwohl das Tier rechtzeitig stoppte und zu seinem Herrchen trottete, wo es sich direkt an seiner Seite auf den Hintern hockte.

»Braves Mädchen«, lobte der Mann mit einem Lächeln in der Stimme. Er kraulte den dunklen Kopf der Hündin und ließ das im Verhältnis zum Kopf riesige Ohr durch die Finger gleiten. Die Hündin kniff genüsslich die Augen zusammen und hechelte zufrieden.

Ein wirklich schönes Tier, ging es Tessa durch den Kopf. Ein Schäferhund, wenn ihr geringes Wissen über Hunde sie nicht trog.

Augenblick. Großer Mann, attraktiv, wenn auch nicht ihr Geschmack, und ein Schäferhund.

Verflucht! Der Jeepfahrer *war* ihr Date. Und er hatte doch tatsächlich seinen Hund mitgebracht. Tessa sah an sich hinunter, musterte ihre Pumps, schaute wieder zu dem Mann in den lässigen Turnschuhen.

Turnschuhe und Hund, Pumps und Clutch. Die Unterschiede zwischen ihnen hätten deutlicher nicht sein können.

Der Mann ging in die Hocke auf Höhe des Hundes, umfasste den schmalen Schädel mit beiden Händen und schien ihm irgendetwas zuzuflüstern. Was es auch war, das Tier erhob sich auf seine vier Beine, setzte sich zu ihrem Schrecken in ihre Richtung in Bewegung.

Der Mann beobachtete den Hund, genauso wie Tessa ihn fixierte. Das Gefühl, dass ihm bei der Sache ähnlich unwohl war wie ihr, beschlich sie.

Faszinierenderweise wirkte die Hündin zurückhaltend, während sie weiter auf Tessa zutrottete. Etwa einen halben Meter vor Tessa blieb sie stehen, neigte den Kopf zur Seite und wirkte, als würde sie die Frau vor sich betrachten und irgendeine Art Signal abwarten.

»Sie heißt Chiara.«

Tessa zog es beim Klang seiner Stimme unweigerlich den Magen zusammen. Ob es daran lag, dass er sie nach diesem Tanz um den heißen Brei endlich ansprach, oder ob der ruhige Tenor seiner Stimme diesen Knoten verursachte, konnte sie nicht zuordnen.

»Chiara«, wiederholte Tessa, ohne aufzusehen.

Die Hündin neigte den Kopf zur anderen Seite.

»Strecken sie die offene Hand mit der Handinnenfläche nach unten aus.«

Warum Tessa auf ihn hörte, konnte sie sich ebenso wenig erklären wie das seltsame Gefühl in ihrer Magengrube. Alles an dieser Situation war neu und überraschend.

Chiara überbrückte die Lücke, brachte ihre Schnauze vorsichtig an Tessas Hand, schnupperte und schob dann ihren Kopf unter Tessas ausgestreckte Finger, bis jene das weiche Fell spürte. Tessa konnte nicht widerstehen. Sie grub ihre Finger in den Pelz und kraulte das Tier.

Ich hasse Hunde. Aber ihre Gedanken wirkten wenig überzeugend. Chiara wedelte mit dem buschigen Schwanz und setzte sich an Tessas Seite, wie sie es zuvor bei ihrem Herrchen getan hatte.

»Dann wäre das also erledigt«, sagte der Mann, während er das ungleiche Paar beobachtete.

»Wie meinen Sie das?«, fragte Tessa nach, ohne mit dem Kraulen aufzuhören.

»Na ja, mir scheint, Chiara hat Sie um den Finger gewickelt und damit Ihre Abneigung gegen Hunde zumindest ein wenig ins Wanken gebracht.«

Tessa hob erstaunt beide ihrer dezent nachgezogenen Augenbrauen. »Nathalie hat Ihnen davon erzählt, und Sie sind trotzdem hier?«

»Es war vielmehr Jean, der den Mund nicht halten konnte. Nathalie hätte ihn daraufhin am liebsten gelyncht.«

Tessa huschte bei dem Gedanken ein Lächeln übers Gesicht. »Kann ich mir vorstellen.«

»Sind Sie hungrig?«, fragte der Mann, der nur den Hund, aber sich selbst nicht vorgestellt hatte.

»Kommt sie mit?«

»Sie bleibt im Auto.«

»Ist das kein Problem?«

»Absolut nicht.«

»Bevor wir essen gehen, sagen Sie, warum ist sie hier?«

»Um herauszufinden, ob ich Sie noch danach fragen soll, mit mir essen zu gehen.«

Das war doch mal erfrischend ehrlich. »Wenn ich Chiara nicht gemocht hätte, was hätten Sie getan?«

»Wenn Chiara Sie nicht gemocht hätte, hätte ich mich in aller Form dafür entschuldigt, dass Sie sich umsonst herausgeputzt haben.«

Herausgeputzt. Müsste das in aller Regel nicht mehr nach Kompliment als nach mangelnder Wertschätzung klingen?

Aber was erwartete sie von einem Mann, der in Hoody und Turnschuhen mit seinem Hund an seiner Seite zu einer Verabredung erschien? Dennoch, dieses ganze Kennenlernen war irgendwie so unkonventionell gewesen, dass es Tessas Neugierde geweckt hatte.

»Ich bin tatsächlich hungrig. Hat Nathalie Ihnen verraten, wo sie reserviert hat? Mir hat sie es nämlich nicht gesagt.«

Memoiren eines Künstlers

Dienstag, 1. März 2011

»Es war einmal ein feengleiches Wesen. Sie war zierlich und klein. So wunderschön und beinahe tot. Die Magie ihres Wesens hat sie nicht vor dem Rad des Lebens schützen können«, sinniere ich weiter. »So hängt sie nun da. Mit aufgeschlitztem Finger, den Knochen freigelegt, übersät mit Stichwunden, zugefügt durch Wurfmesser. Ihr Todeskampf begann nach dem ersten Wurf. Mit dem Messer, das ich zufällig präzise in ihrer Milz platzierte.«

Mein bester Wurf am gestrigen Tag. Damit sie mir nicht zu schnell starb, versorgte ich die Verletzung notdürftig.

Heute übe ich das Zielen auf ihr Auge. Ich verfehle es mehrmals. Die Messer prallen vom Schädelknochen ab, landen klirrend auf dem kalten, schmutzigen Fliesenboden. Aber nicht, ohne anständig blutende Wunden zu hinterlassen. Ihre Schmerzensschreie sind markerschütternd. Sie weint bittere Tränen.

Ich habe genug davon. Sie ist mir zu laut. Sie muss jetzt schweigen. Für immer.

Ich durchquere den Raum, stelle mich hinter einen Tisch mit Rollen und beginne zu schieben.

Die Schreie meiner Perle verstummen. Es ist jetzt totenstill im Raum. Bis auf das leise Quietschen der Räder.

Direkt vor meiner Perle bringe ich den Tisch zum Stehen. Ein Blick in ihre trüben, müden Augen verrät mir, dass sie sich davor fürchtet, was sich unter dem Tuch verbirgt. Voller Vorfreude ziehe ich den fleckigen Stoff vom Tisch.

Sie wirkt verwirrt, als sie die graue Maschine erblickt. Ihr

Blick wandert darüber, bis ihre Augen nervös hin und her huschen. Jetzt dämmert es ihr allmählich.

»Genau, meine Perle, das ist ein Fleischwolf! Ich werde dir jetzt das Fleisch von deinen Knochen abziehen, dann werde ich dich im wörtlichen Sinn zu Hackfleisch verarbeiten. Daraus mache ich eine knusprig leckere Wähe mit Zwiebeln, Lauch, Karotten und Paprika. Servieren werde ich sie am Geburtstag meiner Schwester. Deine Überreste werden nicht in einem dunklen Loch verschwinden. Im Gegenteil. Du bist zu Größerem bestimmt. Siehst du die Vitrine dort?«

Sie sieht nicht auf. Ihre geschwollenen Augenlieder sind kaum einen Spalt geöffnet, ihr Kopf hängt kraftlos auf ihrer Brust. Ich muss nachhelfen. Ich packe sie am Kinn, drücke so fest zu, bis ein leises Stöhnen ihrer Kehle entrinnt. »Sieh sie dir an! Das dort ist meine Mutter. So wirst du aussehen. Vergänglichkeit wird kein Thema mehr sein. Das wünscht ihr jungen Hühner euch doch? Dass ihr nie älter werdet, eure Schönheit nie verblasst. Dieses Geschenk werde ich dir machen. Dafür musst du nichts weiter tun, als sterben.«

Mittwoch, 2. März 2011
Im Kochstudio/12 Tage bis zur Fasnacht

»Er passt nicht zu mir, und was noch besser ist, ich passe nicht zu ihm. Er besitzt zwei Paar Wanderschuhe. Ich habe nicht einmal ein vernünftiges Paar Turnschuhe.«

Tessa schlürfte an ihrem Rivella blau, spuckte den Strohhalm aus, als sich ihre Visagistin von ihrer Wangenpartie zu ihren Lippen vorarbeitete.

»Tessa, erstens, du solltest vor deinen Shows nicht andauernd dieses Rivella trinken, das ruiniert deinen frischen Atem, und die Kohlensäure bringt dich zum Rülpsen. Zweitens: Wanderschuhe kann man kaufen. Von deinem Gehalt kannst du dir sogar vier Paar hervorragende Treter leisten, ohne dass du überhaupt merkst, dass Geld von deiner Kreditkarte abgebucht wurde.«

Tessa zog sich den Latz, der ihr Kostüm vor Make-up-Flecken schützte, aus dem Ausschnitt und stand auf. Mit ihren mörderischen High Heels überragte sie die zierliche Nathalie um einen Kopf. Warum sie sich die Schuhe immer wieder antat, wusste sie eigentlich auch nicht so genau. Es hatte sich irgendwann einfach eingespielt, dass sie am Anfang der Sendung, wenn sie vor laufender Kamera in die Küche trat, aus ihren Schuhen schlüpfte und sich dann mit nackten Füßen hinter den Herd stellte.

»Aber ansonsten war das Date gut?«, griff Nathalie das eigentliche Thema wieder auf. Tessa strich sich das hellblaue Kleid mit den weißen Punkten glatt.

»Überraschend gut, ja. Das Gespräch war stets im Gange, wir haben uns ziemlich gut verstanden. Mit deiner Auswahl des Restaurants hast du ins Schwarze getroffen, auch wenn du nur ihm den Namen verraten hast.«

»Na, siehst du. Hat er dir aus seinem Privatleben erzählt?«

»Wir haben über meinen Vater gesprochen, und als ich gesagt habe, dass er ein kleines Weingut besitzt, durfte ich den Wein aussuchen. Er selbst hat auch ein Paar Anekdoten über seinen Vater zum Besten gegeben, aber von seiner Mutter hat er nicht gesprochen.«

»Kein Wunder.«

»Wie meinst du das?«

»Das sollte er dir eigentlich selbst erzählen, aber egal. Er hat sie verloren, als er zwölf oder dreizehn Jahre alt war, glaube ich. Sein Vater zog dann mit ihm fort und begann ein neues Leben. Colin kam später alleine hierher zurück.«

»Das ist hart. Seinem Vater geht es aber gut, soweit ich weiß? Colin erwähnte jedenfalls, dass er zusammen mit seiner Freundin in Lausanne lebt.«

»So ist es. Eine tolle Frau, übrigens. Lebenslustig und quirlig. Dabei fällt mir ein: Habt ihr auch zusammen gelacht?«

Tessa zupfte die weiße Schleife an ihrer Taille zurecht, nur um Nathalie nicht in die Augen sehen zu müssen. »Ja, haben wir«, gab sie kleinlaut zu und blickte auf.

Nathalie wirkte zufrieden. »Er hat ein tolles Lächeln, nicht wahr?«

Tessa spürte, wie sie errötete. Ja, er hatte ein tolles Lächeln mit vielen Facetten. Vom spitzbübischen Funkeln in den dunklen Augen und dem schelmischen Grinsen bis hin zu einem warmen, ansteckenden Lachen.

Nathalie musterte Tessas Reaktion eingehend und nickte wissend. »Mir war von Anfang an klar, dass dir sein Lächeln gefallen wird. Was habt ihr nach dem Essen unternommen?«

»Wir sind durch die Gassen der Altstadt geschlendert und dann heimgegangen. Getrennt.«

»Gut, gut.«

»Und ich habe beschlossen, dass das nichts werden kann.«

»Nicht gut.«

»Nati, das war klar. Es kann einfach nicht funktionieren.«

»Ihr habt euch gut verstanden, hast du gesagt. Ihr habt gelacht. Er gefällt dir. Du magst seinen Hund. Er ist toll. Mal ehrlich, Tessa, was willst du mehr?«

»Nati, ich weiß auch nicht … Ich muss jetzt los, okay? Sonst wird Egon nervös.«

Nathalie schnaubte verächtlich und bedachte Tessa mit einem tadelnden Blick. »Den Aufnahmeleiter nervös zu machen ist keine gute Idee, sehe ich ein. Ihn als Ausrede für einen schnellen Abgang zu nutzen ist hingegen feige. Nur eins noch!«

Tessa blieb stehen und drehte sich mit fragend gehobener Augenbraue um.

»Noch zwei Treffen. Diesmal dürft ihr auch wirklich selbst bestimmen, wo ihr hingeht. Ich werde mich raushalten. Er bringt einen Vorschlag, den du akzeptieren wirst, ohne zu murren. Im Gegenzug darfst du ihn zu einem Date deiner Wahl entführen, und er wird nichts sagen, versprochen.«

Tessa verdrehte die Augen. »Woher glaubst du, das Recht zu haben, einfach so über uns beide bestimmen zu dürfen?«

»Du magst ihn, auch wenn du es nicht zugibst. Ihr denkt, ihr wärt enorm verschieden, aber ihr seid euch auch sympathisch. Ich glaube nicht, dass ihr euch so voneinander unterscheidet, wie ihr das glaubt. Ich denke vielmehr, wenn ihr beide die Chance wahrnehmt, den anderen und dessen Interessen besser kennenzulernen, könnte euch das Ergebnis überraschen. Seine Vorlieben als Ergänzung zu deinen und umgekehrt. Ihr seid beide nur etwas stur, womit ihr sicher eine Gemeinsamkeit habt.«

Warum auch immer, Tessas Gegenwehr, die ohnehin nicht besonders stark gewesen war, löste sich in Luft auf. »Ist er denn einverstanden mit einem Wiedersehen nach seinen Bedingungen?«

Nathalie lächelte zufrieden. »Er wird, keine Sorge.«

»Waldi, bist du fertig?« Colin trat in das winzige Büro seines ehemaligen Partners ein.

Konrad Waldner, dessen Vorname keiner gekannt hätte, würde er nicht auf den Schriftstücken der Behörde stehen, saß mit auf die Faust gestütztem Kopf an seinem Schreibtisch. Allem Anschein nach war er derart in die Unterlagen vor sich vertieft, dass er das Eintreten von Colin erst nicht bemerkte. Die Schweißperlen auf seiner Glatze glänzten im Licht, das durch das Fenster fiel. Waldi war immer heiß, selbst bei zehn Grad Celsius unter null. Deshalb saß er auch heute mit den wie üblich hochgekrempelten Ärmeln auf seinem schwarzen Drehstuhl, der viel zu klein für seinen massigen Körper wirkte.

Chiara drückte sich an Colin vorbei und trabte auf Waldi zu. Sie stupste mit ihrer feuchten Nase gegen seinen nackten Unterarm. Geduldig wartete sie seine Reaktion ab, die nicht lange auf sich warten ließ. Er räusperte sich, seufzte. Abwesend tätschelte er den Kopf des Hundes. Es fiel ihm augenscheinlich schwer, seinen Blick von den Akten zu lösen.

»Bin fertig«, murmelte er, ohne aufzusehen.

»Dann komm. Wie ich dich kenne, hast du unser Mittagessen vergessen. Überhaupt hast du heute noch nicht daran gedacht, dass der Körper Nahrung braucht, richtig?«

Endlich sah Waldi auf. »Habe ich tatsächlich vergessen.«

»Ich erinnere dich gerne daran. Der Morgen war anstrengend, Chiara hat hart gearbeitet und sich eine Pause verdient. Und ich auch. Also los.«

»Gut, gut. Wohin?«, fragte Waldi, der endlich in der Gegenwart anzukommen schien. Er erhob seinen voluminösen Körper aus dem Stuhl und bewegte seine eindrucksvolle Gestalt zum Ausgang. Wenn man ihn so sah, konnte man nur schwer glauben, dass Waldi die dämliche Gewohnheit hatte, das Essen regelmäßig zu vergessen. Er erinnerte in Größe und Statur an einen Holzfäller, und so bewegte er sich auch. Früher, als er noch auf Streife gegangen war, hatten sich so manche Schwierigkeiten alleine durch seine Anwesenheit geregelt. Waldi wirkte imposant, autoritär und einschüchternd. Dabei war er einer der nettesten und gutmütigsten Menschen, die Colin kannte – trotz seiner Wutausbrüche. Die lagen aber nicht in seiner Natur, sondern in seinem Frust begründet, den Colin sehr gut nachvollziehen konnte.

Früher waren sie im Job wie auch privat unzertrennlich gewesen. Bis zu dem einen Vorfall, der wegweisend für beider Zukunft gewesen war. Die Partnerschaft hatte sich aufgelöst, nicht aber die Freundschaft. Sie waren beruflich getrennte Wege gegangen, das war notwendig gewesen. Privat pflegten sie den Kontakt in steter Regelmäßigkeit.

Die Männer schlenderten dicht gefolgt von Chiara den Korridor hinunter und verließen das Gebäude der Staatsanwaltschaft durch den Vordereingang. »Nebenan?«, fragte Colin mit einem Blick auf das Restaurant direkt neben der Behörde.

»Ne, war ich gestern schon. Wie wär's mit dem Pub?«

»Klingt vernünftig. Chiara, Paddy's?«, fragte Colin seine Schäferhündin, die begann, aufgeregt mit dem Schwanz zu wedeln. »Dachte ich mir. Du magst die rothaarige Kellnerin, ich weiß schon.«

»Ich auch«, grinste Waldi, was Colin mit einem milden Lächeln quittierte.

»Bin wohl überstimmt«, gab er sich geschlagen, ehe er den Schalk beiseiteschob und seine Mine ernst wurde. »Worüber hast du vorhin gebrütet?«

Waldi antwortete nicht sofort. Er ging einige Schritte schweigend neben Colin her, ehe er schwer ausatmete. »Fragst du mich das im Ernst? Du hast die Akte erkannt, oder?«

»Leider ja.«

Waldi nickte. »Erinnerst du dich noch daran?«

»In jeder Einzelheit. Lass sie los, Waldi, wenn nicht irgendein Wunder geschieht, lösen wir den Fall nicht.«

»Wir?«

Colin senkte den Kopf und betrachtete den Asphalt vor sich. »Du.«

»Konntest du sie denn loslassen? Kannst du es einfach akzeptieren, dass dieser Mistkerl ungeschoren davonkommt?«

»Einfach war es nicht, nein. Ich meine, selbst als Vossmann uns voneinander und von allem anderen freigestellt hat, weil wir uns nach Carolinas Tod in Dinge verrannt und in Ermittlungen eingemischt haben, die uns längst nichts mehr angingen, haben wir uns weiter ins Verderben gestürzt. Ich wusste, dass unser Handeln falsch war. Aber erst viel später wurde mir so richtig bewusst, welche Fehler wir machten. Ich konnte nicht mehr umdrehen, also zwang ich mich, nach vorne zu blicken.«

»Wir haben es echt vermasselt, nicht wahr?«, brummte Waldi.

»Haben wir. Wir beide. Aber ich bin froh, dass unsere Freundschaft daran nicht zerbrochen ist.«

»Ich auch. Trotzdem. Das ist jetzt sechs Jahre her, und die Opfer haben noch immer keine Gerechtigkeit erfahren, das kann ich nicht einfach akzeptieren. Diese miese Sau rennt immer noch frei da draußen herum.«

Colin konnte Waldis Frust sehr gut verstehen. Es gab selten einen Tag, an dem er selbst nicht auch an diese grauenhaften Funde von damals dachte. An die jungen Leben, die auf so entsetzliche Weise ausradiert worden waren. An das Elend, das die Angehörigen, vor allem die Eltern, hatten durchmachen müssen.

Eines der Opfer war ihm in besonders grausiger Erinnerung geblieben. Den Gesichtsausdruck der Mutter, als sie, entgegen dem eindringlichen Rat sämtlicher Involvierten, die Leiche ihres Sohnes hatte sehen wollen, würde er niemals vergessen. Während der Vater sich noch vor Ort in ein Spülbecken übergab, wich aus der Mutter sichtbar sämtlicher Lebenswille. Sie wurde von einer Sekunde zur anderen ein Schatten ihrer selbst.

Der ganze Fall war ein einziger Horrorstreifen gewesen, und er war es noch. In einem Gruselfilm nach Drehbuch hätte man die Mutter entweder eingewiesen, oder man hätte ihr die Rolle des Zombies zugedacht.

»Alles in allem drei Tote in drei Tagen, inmitten einer Innenstadt, die in diesen Tagen belebter ist denn je, und keine Spur vom Mörder«, sagte Waldi, als hätte er Colins Gedanken gelesen.

Colins Kopf, den er den ganzen Weg nachdenklich gesenkt hatte, ruckte hoch. Er las in Waldis Gesicht, dass er die letzten Minuten an genau demselben Ort wie er verweilt hatte, dieselbe Geschichte hatte Revue passieren lassen, denselben Gedanken nachhing.

Von wegen er war darüber hinweg, dachte Colin und hätte sich selbst für seine Naivität ohrfeigen können. Die Morde gingen ihm noch immer nah, die Erinnerungen an die Leichen waren nach wie vor wach. Die Bilder gingen ihm heute noch unter die Haut. Colin verzog angeekelt das Gesicht. Schlechter Vergleich, wenn man an einen Gehäuteten dachte. Als wäre das nicht schon schlimm genug gewesen, hatten sie später erfahren, dass Fleisch und Muskeln zwar an der Knochenstruktur belassen worden waren, aber der Oberkörper komplett ausgehöhlt gewesen war. Anstelle der Eingeweide hatte man Stroh gefunden, als hätte jemand versucht, den gehäuteten Toten wortwörtlich auszustopfen. Die beiden anderen Figuren auf den Podesten waren nur Puppen gewesen, wie sich ebenfalls später herausstellte, denn der Hotelmitarbeiter, der nachsehen wollte, was die wild pickenden Raben an der einen der drei Gestalten so anziehend fanden, hütete sich, nach der Entdeckung des Toten die anderen Figuren anzurühren. Er hatte nur dem einen das festgezurrte Kostüm aus der Verschnürung gezogen und war gleich darauf zu seinem Chef gerannt.

Colin war nach wie vor nicht ganz sicher, ob dieser Joseph, der Chef des Hotels, so wenig wusste, wie er damals angegeben hatte. Aber das war Vergangenheit.

»Verzieh das Gesicht nicht so, man könnte meinen, hier drin stinkt's.«

Waldi setzte sich wahllos an einen freien Tisch im Pub.

»Tut es nicht, auch wenn der Appetit sich in den letzten Minuten etwas verflüchtigt hat.«

Colin setzte sich Waldi gegenüber, Chiara legte sich ganz selbstverständlich unter den Tisch.

»Du hast über die Nacht damals nachgedacht, stimmt's?«, fragte Waldi, nachdem er die Karte auf- und wieder zugeklappt hatte. Er wusste, was er wollte, denn er nahm immer dasselbe. Trotzdem öffnete er jedes Mal die Karte, nur um sie ungelesen wieder zu schließen. Ein Ritual, das sinnlos war und er dennoch nicht ablegen konnte.

»Die Akte auf deinem Tisch hat Erinnerungen geweckt«, wich Colin schulterzuckend aus und widmete sich seinerseits der Karte.

»Erzähl mir nichts. Diese Erinnerungen mussten gar nicht erst geweckt werden, die haben sich bei mir genauso wenig schlafen gelegt wie bei dir, auch wenn du gerne das Gegenteil glauben möchtest.«

Colin hielt den Umschlag der Speisekarte fest, ließ ihn auf und ab wippen. Er hatte keine Ahnung, was er gerade las. »Mir ist nach wie vor unerklärlich, wie diese Person mit einer Hebebühne drei kostümierte Figuren, wovon eine eine ausgestopfte Leiche war, auf die Podeste stellen konnte, ohne dass jemand etwas davon bemerkt hätte!« Colin klappte die Karte heftiger als nötig zu.

»Du glaubst Joseph noch immer nicht?«

»Nein.«

»Nun, Joseph ist weg. Er ging nach Indien, arbeitet dort in einem Hotel. Seine Aussage klang doch aber irgendwie plausibel, nicht? Die Statuen kamen nicht rechtzeitig aus der Renovation zurück, figurenlos sollte die Fassade alleine schon der Tradition wegen nicht sein. Der Restaurator rief Joseph an, um ihm anzubieten, einen Ersatz zu stellen, den er gleich selbst auf die Sockel hievte, mit dem eigens organisierten Kran. Er würde auch dafür sorgen, dass die Figuren bereits kostümiert waren, und alles nur, weil er ein schlechtes Gewissen hatte, die Könige nicht rechtzeitig fertiggestellt zu haben.«

»Joseph war im Zugzwang, er brauchte diese Figuren, und

das Angebot kam ihm gelegen, also willigte er ein. Ein Typ tauchte mit einem Kranwagen auf, den Schal weit ins Gesicht gezogen, eine Mütze tief in der Stirn sitzend, gegen die Kälte. Joseph warf einen kurzen Blick auf die drei Figuren, die er mitgebracht hatte, um zu sehen, ob sie auch wirklich etwas taugten. Er fand drei Verkleidete in Verpackungsmaterial eingewickelt vor und segnete das Unterfangen ohne nähere Kontrolle ab.«

»Du weißt noch ziemlich gut Bescheid.«

Colin nickte abwesend. »Leider. Der Typ konnte unbehelligt seine drei Figuren, die wie Schaufensterpuppen auf einem Gestänge festgemacht waren, auf die Sockel setzen und unerkannt auf Nimmerwiedersehen verschwinden. Joseph hatte sich gewundert, weshalb der Typ ohne einen Kommentar abgezischt war, hat aber keinen weiteren Gedanken daran verschwendet. Alles lief glatt, bis die Raben kamen.«

»Die Erkundigung beim Restaurator tat dann den Rest. Die Figuren waren immer wieder seltsamen Attentaten zum Opfer gefallen, die Restauration hatte sich deswegen verzögert. Ein Angebot, Ersatz zu stellen, hatte er nie gemacht.«

»Richtig, die Sabotageakte. Die Farbe, die abperlte oder sich gleich wieder ablöste, der Firnis, der Blasen warf, frisch gestrichene Stellen, die tags darauf wieder abgewischt oder abgeschliffen waren.«

»Es verschwanden auch Werkzeuge und Farbtöpfe. Die Mitarbeiter des Betriebs beschuldigten ihren neuen Kollegen, der kurz nach Stellenantritt nicht mehr zur Arbeit erschien. Dass sie falschlagen, war klar, als wir ihn tot an der Fassade des Hotels fanden. Derjenige welche muss einen Schlüssel zu der Werkstatt gehabt haben, aber die Mitarbeiter konnten wir nicht überführen. Und dass ein Schlüssel kopiert worden war, konnten wir genauso wenig beweisen.«

»An dieser Stelle bist du bei den Akten gerade, stimmt's?«

Waldi nickte. »Es ist frustrierend.«

»Da hast du allerdings recht«, bestätigte Colin, als eine rothaarige Kellnerin mit haufenweise Sommersprossen im Gesicht und auf den Händen ganz selbstverständlich mit einer Schale Wasser an den Tisch trat, die sie auf dem Boden vor Chiaras Schnauze absetzte. Obwohl die Angestellte ebenfalls rotes Haar hatte, war sie nicht die, die die Männer erwartet hatten. Die beiden gaben ihre Bestellungen auf.

»Gibt es sonst etwas Neues, das nicht so deprimierend ist?«, lenkte Waldi das Thema in neue Bahnen, als die Kellnerin wieder gegangen war.

»Nein«, antwortete Colin etwas zu hastig, wie er selbst erkannte. Gedehnter fügte er an: »Alles beim Alten. Und bei dir?«

Waldi kniff die Augen zusammen, wobei seine hohe Stirn, die durch die Glatze noch viel länger wurde, in Falten nach vorne zu rutschen schien. »Oh nein, du lenkst jetzt nicht ab. Diesen Blick kenne ich. Außerdem vergisst du, dass ich Untersuchungsbeamter bin. Ich kann sehen, wenn mir etwas vorgemacht wird. Da ist etwas im Busch. Geht es um deinen Vater? Hast du etwas von ihm gehört? Wann hast du ihn das letzte Mal gesprochen?«

»Mein Vater? Dem geht es gut. Ich habe gestern mit ihm telefoniert. Er lässt dich übrigens grüßen.«

»Danke! Das klingt, als hätte sich euer Verhältnis etwas entspannt. Das ist gut!«

»Entspannt? Nur solange ich dieses gewisse Thema meide.

Sobald ich ihn auf meine Mutter anspreche, macht er immer noch komplett dicht.«

»Kein Wunder. Sie ist damals spurlos verschwunden.«

»Das ist schon ewig her.«

»Und doch kannst auch du nicht loslassen. Oder hast du deine fixe Idee, dass dein Vater dir etwas Wichtiges aus dieser Zeit verheimlicht, begraben?«

Colin atmete tief ein: »Nein.« Er richtete sich auf seinem Stuhl auf. »Nein, habe ich nicht. Damals ist noch etwas vorgefallen, das er mir einfach nicht sagt. Er leugnet das zwar, aber ich glaube ihm nicht. Ich sehe ihm an, dass etwas im Busch ist, jedes Mal, wenn ich das Thema anschneide. Nur habe ich keine Ahnung, was er verschweigt, und schon gar nicht, weshalb.« Colin schüttelte den Kopf, um die trüben Gedanken loszuwerden. »Wolltest du nicht über etwas Erfreulicheres sprechen?«

Waldi deutete ein Nicken an. »Stimmt. Dieser Gesichtsausdruck, den du vorhin hattest, hat also nichts mit deinem Vater zu tun. Dann muss es um eine Frau gehen.«

»Was?« Colin kratzte sich verlegen am Hinterkopf.

»Erwischt.« Waldi nickte wissend. »Wie heißt sie?«

»Okay«, lenkte Colin schließlich ein. »Ja, ich habe da jemanden kennengelernt.«

»Nachdem wir nun die Fasnachtsküchlein vorsichtig aus dem heißen Frittierfett gezogen haben, legen wir sie zum Abkühlen auf ein Gitter. Dasselbe gilt für jene, die die Küchlein nicht frittieren, sondern nur kurz beidseitig bei 180 Grad Celsius in einer weiten, tiefen, beschichteten Pfanne anbraten.«

Tessa wechselte von den im Frittierfett schwimmenden Küchlein zu demjenigen, das sie gleichzeitig in die geheizte Pfanne gelegt hatte. »Aber egal, welche Variante ihr wählt, um die Basler Fasnachtsküchlein zu machen, stellt unter das Gitter, auf dem ihr sie auskühlen lasst, ein Blech oder einen großen Teller, mit Haushaltspapier belegt. So tropfen allfällige Fettreste nicht auf die schöne Anrichte. Wer's noch etwas süßer mag, kann bereits jetzt eine erste Schicht Puderzucker über das fertige Gebäck streuen. Solange die Küchlein noch heiß und fettig sind, löst sich der Puderzucker wunderbar auf. Aber in jedem Fall bestäuben wir diese knusprige Köstlichkeit nach dem Abkühlen. Das ergibt die klassische Optik und dazu noch einen herrlichen Effekt beim Reinbeißen, vor allem, wenn man gleichzeitig durch die Nase ausatmet.« Mit einem Augenzwinkern brach Tessa ein Stückchen eines fertigen Fasnachtsküchleins ab und biss genüsslich hinein. »Mmmh, lecker! Und so kross, als hätte man sie gekauft, nur besser.« Sie leckte sich die mit Puderzucker überzogene Oberlippe ab, um ihre Worte zu unterstreichen, legte dann die abgebrochene Ecke auf einen bereitstehenden Teller, lächelte erneut in die Kamera.

»Ihr wisst ja, wir packen den Esel beim Schwanz, nicht bei

den Ohren. Deshalb wagen wir uns beim nächsten Mal an den Hauptgang. Bevor ich euch verrate, was das sein wird, ist es Zeit, noch etwas ganz anderes an euch hinter den Bildschirmen heranzutragen. Alle kochenden Schriftsteller da draußen, die Ohren gespitzt, denn ich brauche eure Hilfe. Aus nicht mehr nachvollziehbaren Gründen«, Tessa verdrehte sich selbst scheltend die Augen, ihr Lächeln milderte sich aber um keinen Millimeter, »bin ich eine Wette eingegangen. Mir wurde unterstellt, dass ich zwar Kochbücher, aber keinen Roman schreiben könne. Nun, das stimmt! Was aber alles aus einem werden kann, wenn man sich an etwas versucht, das man eigentlich nicht kann, sieht man ja. Ich konnte nicht wirklich kochen, stehe heute aber dennoch hinter meinem eigenen Herd und zaubere mit euch die besten Gerichte. Von diesem Erfolg beflügelt, ließ ich mich dazu verleiten, zu wetten, dass ich auch einen Roman schreiben kann. Da die Regeln, wie dieser Roman letzten Endes entstehen soll, nicht so genau festgelegt wurden, dachte ich, ich ziehe meine treuen Zuschauer mit ins Boot. Darum, ihr Lieben da draußen, mein Aufruf an euch: Habt ihr Texte, habt ihr Ideen für einen Roman? Ja? Dann sendet sie mir an die unten eingeblendete Adresse. Ich persönlich mag Krimis oder Liebesgeschichten. Deshalb sollten die Texte und Ideen bevorzugt in diese Richtung gehen. Vielleicht habt ihr ja auch irgendwo alte Briefe eurer Oma gefunden, die Stoff liefern würden, oder schreibt ihr Tagebuch? Also nicht eines im Stil von heute habe ich Betty LaCook geschaut und ihren Shepherd's Pie nachgekocht, er war nicht übel, könnte aber etwas mehr Pfeffer vertragen … Eher etwas in Richtung Memoiren. Einfach etwas mit mehr Gehalt – ihr wisst schon«, Tessa winkte ab, ihr Lächeln wurde etwas verlegen.

Hat sie Memoiren gesagt? Mein Kopf ruckt hoch. Die Seiten vor mir liegen offen da, der Füllfederhalter ruht auf dem weißen Papier, während ich gebannt auf den Fernseher starre.

Memoiren … Einsendung … Augenblick! Endlich verkündet sie die Wette! Meinen Vorschlag, den ich ins Spiel gebracht habe, angeblich zur Rettung der Sendung. Dabei ist mir die Sendung scheißegal. Sie ist nur Mittel zum Zweck. Und jetzt, da der Wettbewerb endlich eröffnet ist, hätte ich es beinahe verpasst, weil ich mich zu sehr auf das Schreiben konzentriere. Unglaublich …

Ich wechsle den Blick vom Fernseher zurück auf das Buch vor mir.

»Verdammt!«, fluche ich, als ich sehe, was mein Füllfederhalter angerichtet hat. Mit der Spitze auf dem Papier ist die Tinte ausgelaufen und bildet nun einen hässlichen blauen Fleck auf der weißen Seite. Eilig lege ich den Füller beiseite und krame in den Unterlagen, die auf dem Tisch verstreut sind, nach dem Löschpapier. Endlich finde ich es, doch die Tinte ist schon beinahe vollständig vom Papier aufgesogen worden. Dennoch drücke ich das grobfaserige Papier fest auf den Fleck und hoffe, damit das Gröbste entfernen und den Schaden minimieren zu können. Einen Schandfleck in meinen Einträgen kann ich nicht gebrauchen. Sie müssen ordentlich und sauber sein, in meiner schönsten Handschrift.

Jetzt ist es also so weit. Der Stein, den ich ins Rollen gebracht habe, nimmt Tempo auf. Ich muss zugeben, der Umschlag mit meinem Wettbewerbsbeitrag liegt schon längst frankiert neben der Tür. Er muss nur noch bei der Post abgegeben werden.

Ich mag diese Tessa. Nicht, weil ich sie begehre, sondern

weil sie mir von Nutzen ist. Mit ihr als Werkzeug kann ich meinem planlosen Dahinvegetieren ein Ende setzen. Denn mehr ist mein Leben, das nach außen hin als erfüllt bezeichnet wird, nicht. Ihre Kochsendung ist dämlich, aber ich kann einfach nicht anders, als sie anzusehen. Ihretwegen. Sie ist so, so … anders. Nichts Besonderes, nur eben anders. Ich empfinde einen gewissen Stolz dafür, was sie tut. Nicht für das Kochen, sondern für die Aufgabe, die sie für mich erfüllt, ohne dass sie auch nur das Geringste davon weiß. Sie ist meine Verbündete.

Jeder weiß, dass ich mir Betty LaCooks Sendung ansehe und mich von ihren Fleischkreationen inspirieren lasse.

Das aus meiner »Herde« hergestellte Fleisch ist wunderbar geeignet, um den von Betty LaCook eben erwähnten Shepherd's Pie zu zaubern. Er ist gut gewesen. Von den Gästen der Geburtstagsparty meiner Schwester habe ich viele Komplimente dafür erhalten. Das Fleisch habe einen besonders guten Geschmack, es wäre so zart, haben sie gesagt. Wenn die wüssten. Bei diesen Komplimenten musste ich mir mein Lächeln noch nicht einmal aufsetzen, es war einfach da. So wie jetzt.

Ich stecke den Deckel auf den Stift, drehe ihn in der Hand, während ich mich zurücklehne und auf den standardisierten Schlusssatz und das übliche fröhliche Winken warte, das auf den meines Erachtens sehr ungeschickt platzierten Werbeblock folgen würde.

Theresia Lisa Spreu in ihrer Rolle als Betty LaCook wird wieder eingeblendet.

Ich höre ihr kaum mehr zu. Ich kann nur noch daran denken, wie sie den Aufruf zu dieser Wette bald bitter bereuen *würde – und daran, welche Arbeit nun auf mich zukommt. Will ich an die Präzision von vor sechs Jahren anknüpfen, muss ich mich außerordentlich konzentrieren. Ich kann mir keine Fehler leisten, darf keine Spuren hinterlassen, muss darauf bedacht sein, keine Hinweise auf mich selbst zu geben. Die richtigen Rückschlüsse dürfen erst gezogen werden, wenn ich es so will.*

Betty LaCook bringt sich in Position und beendet ihren Beitrag. Gespannt höre ich ihr zu, und warte darauf, die Kopfhörer von den Ohren zu ziehen und mich auf den Weg aus dem Dunkel ins Licht zu machen …

Tessa winkte in die Kamera, bis der Mann daneben einen Daumen hob. Tessa nahm die Hand runter, strich sich die Schürze glatt und atmete tief ein und wieder aus.

»Toll, das war toll! Gut mit der Kamera geflirtet.« Jürgen kam aus seinem stillen Kämmerchen, wie er den Raum nannte, in dem er die Sendung stets ganz alleine, durch seine riesigen Kopfhörer abgeschottet von Umgebungsgeräuschen, auf einem Monitor anschaute. »Tessa?«

Herrje. Sie kannte diese Tonlage. Er würde sie fragen, was sie heute noch tun würde. Dann würde er sie wieder mit irgendeiner verrückten Idee beeindrucken wollen, die darauf hinauslief, dass sie Zeit alleine miteinander verbrachten. Der altbekannte Jürgen war also zurück. Was wohl mit der Platinblonden geschehen sein mochte, die seine Persönlichkeit kürzlich so positiv durcheinandergebracht hatte?

»Tessa, ich möchte etwas Wichtiges mit dir besprechen, hättest du einen Moment Zeit?«

»Kann das nicht warten? Ich möchte mich jetzt gerne umziehen und mich wieder in Tessa verwandeln.«

»Ich muss es dir sagen, ehe mich der Mut verlässt.«

Tessa schluckte. *Bitte nicht …*

»Du und ich, das ist eine wunderbare Partnerschaft …«

»Jürgen, bitte, das hatten wir doch schon, ich …«

»Lass mich ausreden.«

»Tessa! Sieh mal, wen ich hinter den Kulissen gefunden habe!«, löste Nathalie just im richtigen Moment diese Peinlichkeit auf.

Jürgen und Tessa sahen zeitgleich in die Richtung, aus der

Nathalies Stimme kam. Die Scheinwerfer, die nach wie vor grell leuchteten, blendeten Tessa aber sosehr, dass sie nicht erkennen konnte, wer sich neben den dunklen Vorhängen noch befand.

Sie hob schützend eine Hand vor ihr Gesicht, aber das war überhaupt nicht mehr nötig. Aus dem Schatten löste sich eine Gestalt. Anmutig trabte die schwarzbraune Schäferhündin auf Tessa zu.

Obwohl sie es sich nicht erklären konnte, war sie gerührt, dass das Tier, das sie eben erst kennengelernt hatte und vor dessen Gattung sie sich bislang eigentlich gefürchtet hatte, sich vertrauensvoll gegen ihr Bein lehnte und allem Anschein nach darauf wartete, ein paar Streicheleinheiten zur Begrüßung zu erhalten.

Jürgen verharrte mit zum Sprechen aufgeklapptem Mund neben Tessa, sah den Hund an und rang um Worte.

»Wer ist das denn? Tessa, du kannst Hunde nicht leiden, also was macht der hier?«

Tessa lächelte, und diesmal war das Lächeln echt, nicht einstudiert wie zuvor, als die Kamera noch lief, oder so verkrampft, als Jürgen ihr noch irgendein Geständnis machen wollte. Sie senkte die Hand auf den schmalen Kopf der Hündin. Die Finger gruben sich in das weiche Fell. Zufrieden ließ Chiara ihre Zunge aus dem Maul hängen.

»Jürgen, das ist Chiara, die wohl bezauberndste Hündin, deren Bekanntschaft ich je machen durfte.«

»Ach, Chiara? Und zu wem gehört dieses herzerobernde Wesen?«, fragte Jürgen schnippisch.

Tessa hörte auf, Chiara zu streicheln, als hätte sie sich verbrannt. Verflixt, wenn der Hund hier war, konnte Colin nicht weit sein.

»Colin, Chiara gehört zu Colin«, sprang Nathalie helfend ein und schob Colin ins Rampenlicht. Die Männer gaben sich brav die Hand, obwohl sich beide offenkundig unwohl fühlten. Ob es daran lag, dass Colin wahrscheinlich gehört hatte, dass Jürgen Tessa etwas Wichtiges und wohl auch Persönliches anvertrauen wollte? Wahrscheinlich. Dann war da auch noch Nathalie, die ihr einen vorwurfsvollen Blick zuwarf. Kein Wunder, hatte Tessa Nathalie doch im Glauben gelassen, dass sie Colin nicht noch einmal treffen würde. Tja, das war geflunkert gewesen.

»Umziehen, ich muss mich umziehen.« Sie räusperte sich. »Colin, ich bin gleich zurück. Wenn du magst, die Kaffeemaschine in der Showküche hat keinen Strom, aber hinten links gibt es eine kleine Küche, in der nicht die Hälfte der Geräte nur zu Dekozwecken steht. Dort kannst du dich gerne bedienen, während du wartest. Nathalie zeigt dir alles. Bin gleich zurück, versprochen, dann können wir los. Jürgen, wir sehen uns morgen.«

Tessa sah sich in der Runde um. »Ähm, ja, na dann …«, sie räusperte sich und tapste dann mit ihren nackten Füßen und den Schuhen in der Hand eilig in Richtung ihrer Garderobe. Dicht gefolgt von Chiara.

Am Rhein

»Darf ich dich etwas fragen?«, Tessa warf Colin einen vorsichtigen Seitenblick zu. Er reagierte kaum, schaute weiter auf das sich stetig voranschiebende Wasser des dunklen Rheins. Sie hatten sich dafür entschieden, erst noch mit Chiara einen Spaziergang zu unternehmen, ehe sie sich ein Restaurant für das Abendessen aussuchten. Nach den Kochshows hatte Tessa meist entweder Kohldampf oder überhaupt keinen Hunger. Bei Frittiertem fiel der Hunger meist aus, das hätte sie bedenken sollen, ehe sie sich für diesen Abend mit Colin verabredet hatte. Zum zweiten Date. Erstaunlich.

»Was willst du mich fragen?«

Tessa ertappte sich dabei, wie sie ihn verstohlen musterte. Seine selbstbewusste Art zu gehen, sein stoppeliges Kinn, sein kräftiger Nacken. Wie sich wohl der dunkle Flaum seiner Haare anfühlte, die im Genick ausliefen? Sie riss sich zusammen und nahm den Faden wieder auf.

»Ich kenne dich ja kaum, also korrigier mich, wenn ich mich irre, aber du scheinst von Grund auf nicht der lebhafteste Mensch zu sein, von daher erwarte ich keine Luftsprünge. Allerdings wirkst du auf mich gerade extrem nachdenklich und verschlossen. Das war beim ersten Date anders. Vor allem als der Shrimp-Schwanz durch das Lokal flog.«

Zuerst sagte er überhaupt nichts. Tessa zog sich der Magen zusammen. Sie war zu weit gegangen. Nun gut, damit musste sie wohl leben.

»Der Shrimp war aber auch ziemlich witzig.« Ein Mundwinkel verzog sich zu etwas wie einem versuchten Lächeln, kehrte dann aber wieder dahin zurück, wo er vorher gewesen war. »Tut mir leid, dass ich nicht besonders unterhaltsam bin. Der Tag war …«, er brach ab. »Aufwühlend. Vielleicht sollten wir das hier einfach verschieben.« Er rieb sich mit seiner großen Hand über den Nacken, zerzauste eben diese Härchen, die Tessas Fantasie zuvor noch zum Durchbrennen animiert hatten.

Tessa horchte auf, blieb stehen. Er ging noch einige Schritte weiter, ehe er auch zum Stillstand kam.

Tessa reagierte aus einem Impuls heraus, den sie nicht recht zuordnen konnte. »Nein, wir verschieben überhaupt nichts. Aber wir können den Plan ändern. Wenn du keine Lust hast, dich zu unterhalten, schweigen wir uns eben an. Aber das zumindest bei einem guten Glas Wein. Wenn dir danach ist, kannst du mir auch sagen, was dich bedrückt.« Mit entschlossen in die Hüften gestemmten Fäusten stand Tessa auf dem Kiesweg und redete auf Colins Rücken ein. Sie konnte aus seiner Haltung nicht schließen, was er von ihrem Auftritt hielt. Dementsprechend fühlte sie ein nervöses Kribbeln in den Fingerspitzen.

»Du klingst wie meine Mutter«, sagte er endlich und drehte sich zu ihr um. »Ob das gut ist, weiß ich noch nicht, aber da meine Mutter meist recht hatte, werde ich hier und heute etwas völlig Neues tun. Ich werde auf die Stimme meiner Mutter hören, auch wenn genau genommen du es bist und nicht sie. Sie würde sich kringeln vor Lachen, wenn sie mich so reden hören würde.« Colin drehte sich um und zeigte tatsächlich sein umwerfendes verschmitztes Lächeln.

Mit Schrecken stellte Tessa fest, dass ihr Herz kurz stolperte. Beim zweiten Date? Wegen eines Lächelns? Hatte sie denn überhaupt nichts gelernt? Er passte nicht zu ihr! Er war zu ernst, und genau deshalb würde er sich auch niemals mit ihr einlassen. Und weil er sie mit seiner Mutter verglich. Von der er wohlbemerkt in Vergangenheitsform sprach. Er hatte sie relativ früh verloren, hatte Nati gesagt. Das konnte alles bedeuten. Was wohl mit ihr passiert war? Hatte sie ihn einfach verlassen oder war sie gestorben?

Sollte sie Colin jetzt danach fragen, da er das Thema auf sie gebracht hatte?

Tessa entschied, es zu lassen, und lenkte ihre Gedanken mit einem Räuspern zurück in die richtigen Bahnen. »Ich weiß noch nicht, wie ich den Vergleich mit deiner Mutter einordnen soll, darum lass ich ihn mal so stehen. Eigentlich kann ich dir deinen Eindruck nicht verübeln. Dieses Gekoche und das ganze Siebzigerjahre-Hausfrauengetue darum herum macht mich wahrscheinlich tatsächlich langsam zu einem Stiefmütterchen.«

»Meine Mutter hatte nichts Stiefmütterliches.«

»Oh, nein, so meinte ich das nicht.«

»War ein Scherz. So klingt das, wenn ich jemanden hochnehme. Gewöhn dich dran, das geschieht nämlich öfter, als du anscheinend denkst.«

Tessa lächelte erleichtert, nur damit ihr Lächeln gleich darauf gefror.

Gewöhn dich dran.

Das klang irgendwie nicht nach einer Flucht seinerseits. Im Gegenteil!

Hör auf zu stolpern, dummes Herz!

»Gut. Wohin gehen wir also?«, versuchte Tessa unbeschwert die Unterhaltung am Leben zu erhalten und ganz nebenbei ihre Gedanken zum Schweigen zu bringen. Doch der Versuch misslang.

»Können wir vielleicht einfach noch ein wenig an der frischen Luft bleiben?«, fragte Colin beinahe entschuldigend. Die gute Laune von vorhin war nur eine vorüberziehende Wolke gewesen. Tessa schraubte ihren Versuch, Heiterkeit zu verbreiten, zurück.

»Sicher«, antwortete sie und wartete gespannt, was Colin als Nächstes sagen würde. Wieder sah er aufs Wasser. Die glänzenden Lichter der Stadt spiegelten sich auf den dunklen Massen, zeichneten verzerrte Kunstwerke auf die Oberfläche.

Nach einer Weile drehte sich Colin zu ihr um, und begann zu erzählen. »Du willst wissen, was los ist? Du sollst es erfahren. Meine Vergangenheit holte mich heute ein. Der Teil, der alles andere als toll ist. Es war Fasnacht. Natürlich gab es Ärger, Menschen, die sich nicht mehr unter Kontrolle hatten, Pöbler und sonstige Unruhestifter. Aber vorherrschend war der Spaß. Die Atmosphäre war geladen mit dieser einmaligen Stimmung. Durch die Gassen hallten die grellen Klänge der Piccolos und die kräftigen Trommelschläge der Tambouren. Ich liebte es, in dieser Zeit durch die Straßen zu ziehen, mir von jedem Zweiten sagen zu lassen, wie lausig mein Kostüm sei.«

»Du warst in der Uniform unterwegs?« Tessa hörte ihm aufmerksam zu. Sie hatte gemischte Gefühle gegenüber dem, was er erzählte, wusste nicht recht, ob sie wirklich hören wollte, was er zu sagen hatte. Wenn sie ehrlich war, fürchtete sie die Worte in gewisser Weise, denn im Grunde konnte die Erklärung nur unheilvoll sein. Dennoch empfand sie auch eine stille Dankbarkeit darüber, dass er ihr seinen Seelenballast anvertraute.

Colin nickte. »Waldi und ich waren im Einsatz.«

»Waldi?«

»Konrad Waldner. Mein damaliger Partner. Wir waren eingeteilt, einige Schichten während der Fasnachtstage zu übernehmen. Auf der einen Seite hatte ich zwar keine Lust, während der Fasnacht zu arbeiten, wäre ich doch auch lieber in einen Keller, ein schönes, kühles Bier trinken gegangen, auf der anderen Seite war es auch ganz spannend, während dieser Tage als Polizist unterwegs zu sein. Letztendlich meldeten wir uns sogar freiwillig, noch weitere Schichten zu übernehmen, damit noch mehr Kollegen mit ihren Familien ein paar Tage freie Zeit genießen konnten. Eine Entscheidung, die wir später bitter bereuten.«

»Was ist passiert?«

»Wir erhielten einen Funkspruch. Umgehend zum Sevogelbrunnen, lautete die Anweisung.«

»Der bei der Martinskirche?«

»Genau der. Dort trafen wir auf ein älteres Ehepaar. Zutiefst verstört. Ich spürte sofort, dass hier die Welt irgendwie aus den Fugen geraten war. Waldi wusste es auch, das erkannte ich an seinem Blick. Als wir näher kamen, sah das Paar, das sich aneinander festhielt, als könnten sie ohne einander nicht mehr aufrecht stehen, zu uns auf. In ihren Augen glitzerten Tränen. Sie sagten kein Wort. Stumm wiesen sie auf die Lücke zwischen dem Brunnen und der Mauer. Wir traten näher, unsere Blicke folgten der angewiesenen Richtung. Was wir sahen, war eine Schubkarre mit einer Person darin.« Colin biss sich auf die Unterlippe, schien sich zu sammeln. Er sah Tessa nicht an. Er war ganz woanders. Zurück auf dem Kirchplatz. Zurück in den verhängnisvollen Tagen.

»Auf einmal schienen all die bezaubernden, lebhaften Klänge zu verstummen. Für uns war die ganze Stadt plötzlich totenstill.« Abwesend kickte er einen Kieselstein fort. »Waldi forderte Verstärkung an. Ich bekam am Rande mit, dass er auch nach einem Krankenwagen verlangte. Das gehörte zum Prozedere, aber in meinen Ohren klang das in dem Augenblick einfach nur lächerlich. Diese Frau, über die ich mich da beugte, benötigte keinen Sanitäter mehr. Es war entsetzlich zu sehen, wie sie da zusammengesackt in ihrer Schubkarre kauerte, mit weit geöffneten, leuchtend blauen Augen. Rot geschminkte Lippen. Viel zu viel Rouge. Überhaupt viel zu viel Farbe für eine Leiche.« Colin brach ab, schüttelte leicht den Kopf, als wollte er die Erinnerung gleich wieder verscheuchen. »Sie trug ein Waggiskostüm. Die Larve saß noch auf ihrem Kopf. Das Ehepaar hatte sie nur weit genug angehoben, um das Gesicht sehen zu können, als die Person in der Karre nicht auf verbale Kommunikation reagiert hatte. Ein Blick in das starre Puppengesicht hatte ausgereicht. Der Ehemann hatte das Telefon gezückt und die Polizei alarmiert.«

»Was war ihr zugestoßen?«, fragte Tessa ehrlich betroffen. Der Fall kam ihr bekannt vor, sie meinte sich zu erinnern, davon in den Medien gelesen zu haben. Damals hatte sie die Sache schon schlimm gefunden, trotz der örtlichen Nähe war sie aber irgendwie zu weit weg gewesen, als dass sie mehr als Mitleid für die arme Seele und Beileid für die Angehörigen hatte empfinden können. Jetzt mit jemandem zu sprechen, der so unmittelbar an der Angelegenheit beteiligt gewesen war, verlieh allem eine ganz neue, greifbarere Realität.

»Wissen wir bis heute nicht. Wir haben das ganze Programm abgespult. Spurensicherung, Zeugenaufrufe, Zeugenbefragungen, Auswertungen von uns zugespieltem Film- und Fotomaterial, aber nichts. Die Tote war bis obenhin mit

Betäubungs- und Schmerzmitteln vollgepumpt gewesen. Das Schlimmste aber war die Tatsache, dass sie zwar anhand der Messwerte im Blut bewusstlos gewesen sein, aber dennoch noch eine bis zwei Stunden gelebt haben musste, ehe sie von dem Ehepaar gefunden worden war.«

»Voll mit Betäubungs- und Schmerzmitteln?«

»Ja. Damit aber nicht genug. Ihre Beine und ihre Arme …« Colin brach ab, sah wieder auf den Rhein, atmete schwer.

»Was?« Tessa schloss zu Colin auf. Vorsichtig legte sie die Hand auf seine Schulter.

Er drehte sich zu ihr um. »Ihre Beine und ihre Arme«, wiederholte er leise, »man hatte ihre Haut aufgeschnitten. Von der Ferse bis zum Knie, vom Handgelenk bis zur Schulter. Dann wurde die Haut vermutlich bis zu den Gelenken abgezogen, ihr Fleisch von den Knochen gelöst und herausgetrennt. Mit Konservierungsmitteln hatte man die Haut haltbar gemacht und das Fleisch durch cine Mischung aus Modelliermasse und Stroh ersetzt. Dann hatte man die Haut über die formgebende Konstruktion aus dieser Masse gespannt und die Schnittstellen grob wieder zusammengenäht.«

Tessa schluckte kräftig. So detailliert war der Bericht in den Medien bestimmt nicht ausgefallen, an so etwas hätte sie sich erinnert und mit Sicherheit noch lange daran zu beißen gehabt. »Oh, mein Gott«, wisperte sie. »Das wurde ihr angetan, während sie noch am Leben war? Was für ein Mensch tut so etwas?«

»Ich wünschte, ich wüsste es.« Colin bückte sich, hob ein Stück Holz auf und schleuderte es frustriert ins dunkle Wasser. »Aber wenn wir dieses Monster gefunden hätten, weiß ich nicht, was ich mit dem Kerl getan hätte.«

»Ich kann mir nur schwer vorstellen, was für eine Belastung das sein muss. Wie erdrückend muss es sein, mit dem Wissen zu leben, dass dieser Sadist vielleicht noch irgendwo da draußen ist.«

»Eigentlich hätte ich damals wie heute darüberstehen und die Sache nicht zu nahe an mich heranlassen sollen. In der Regel gelingt es mir ganz gut, Distanz zu wahren, aber diese Fälle waren einfach zu viel und ich zu unerfahren, um wirklich mit ihnen umgehen zu können. Inzwischen kann ich ganz gut damit leben, was geschehen ist. Durch den Abteilungswechsel konnte ich Abstand gewinnen, was hilfreich war. Aber es gibt Tage, vor allem wenn ich ins Büro meines damaligen Kollegen eintrete und die Akten eben dieser alten unaufgeklärten Fälle auf seinem Tisch liegen sehe, da kommt alles wieder hoch. So wie heute.«

»Diese Fälle ... Es sind mehrere? Der ähnlichen Art? Oder wie darf ich das verstehen?«

»Es sind drei dieser Art.«

»Sie ereigneten sich alle während der Basler Fasnacht«, wiederholte Tessa, was Colin zu Anfang des Gesprächs festgehalten hatte, und endlich fiel der Groschen. »An jedem Tag wurde eine neue Leiche entdeckt.«

Auf einmal waren alle Erinnerungen an die damalige Fasnacht wieder präsent. Es hatte Aufrufe an die Bevölkerung gegeben. Die Medien hatten berichtet, Reporter hatten der gesuchten Person schnell einen Namen verpasst: der Fasnachtsmörder. Doch die Berichte waren oberflächlich gewesen, die Polizei hatte mit Informationen geknausert. Wie sehr, wurde Tessa erst jetzt bewusst. Die Basler waren bekannt für ihre bissigen Fasnachtssujets und die provokative Umsetzung. Wohl deshalb war bis zum letzten Tag der Fasnacht keine der Meldungen die Schreckensbotschaft gewesen, die eigentlich hinter den Funden steckte. Vielmehr wurde die Meinung vertreten, alles sei nur ein makabrer Fasnachtsstreich, ein mysteriöses Thema, dessen Bedeutung anschließend an die drei Tage in irgendeiner Form aufgelöst würde. Von offizieller Seite her war nichts unternommen worden, um mit dieser Fehleinschätzung aufzuräumen. Das hatte wohl daran gelegen, dass man versucht hatte, die Bevölkerung nicht unnötig aufzuregen oder in Panik zu versetzen, vermutete Tessa nun.

Während der Fasnacht waren viele Menschen auf den Straßen. Nicht auszudenken, was hätte geschehen können, wenn sie ernsthaft geglaubt hätten, ein Mörder treibe sein Unwesen.

»Du warst Teil der Ermittlungen gegen den Fasnachtsmörder?«

»Ich hatte das Pech, immer wieder dazugerufen zu werden.«

»Die Fälle wurden nie aufgeklärt.«

»Nein. Zumindest nicht zufriedenstellend.«

»Dieser Konrad Waldner, so heißt er doch?«

»Waldi, ja.«

»Waldi beschäftigt sich noch immer damit?«

»Allerdings.«

»Aber sind sie inzwischen nicht geschlossen?«

»Hindert ihn nicht daran, die Unterlagen, die er mittlerweile bestimmt Wort für Wort auswendig kennt, immer wieder zu durchforsten, in der Hoffnung, endlich auf das zu stoßen, was bisher fehlte oder übersehen wurde, um den Täter zu überführen. Das ist der Grund, aus dem er jetzt bei den Ermittlern sitzt.«

»Ihr habt eure Partnerschaft wegen dieser Fälle aufgelöst«, stellte Tessa einer Eingebung folgend fest.

Colin nickte. »Es ging nicht mehr. Wir haben uns viel zu sehr in die Sachen reingehängt, waren drauf und dran, unsere Privatleben, Karrieren und in gewisser Weise auch uns selbst zu zerstören. Wir steckten unsere Nasen in Dinge, die einen Streifenpolizisten im Grunde nichts angingen. Unser Vorgesetzter setzte uns ein Ultimatum: Wollten wir eine Karriere bei der Polizei, dann nur getrennt voneinander und jeder in einer neuen Abteilung. Die Wahl der Abteilung blieb uns überlassen. Hätten wir das Angebot nicht akzeptiert, hätten wir unsere Sachen packen können.«

Tessa nickte langsam. »Du bist zur Hundestaffel gegangen. Warum?« Sie hatte bereits ihre Schlüsse gezogen, wollte sie aber von ihm bestätigt haben.

»Na ja, ich mag Hunde. Es schien mir eine gute Alternative.«

»Und die ehrliche Antwort?«

Colin sah sie mit einem Blick an, den sie nicht deuten konnte. Es lag eine traurige Mischung aus Wut, Hilflosigkeit und Schmerz darin.

»Hunde haben die besseren Spürnasen als Menschen. Sie können Dinge und Personen finden, auf deren Fährten wir niemals gekommen wären.«

»Zum Beispiel auf jene flüchtiger Verbrecher?«

»Zum Beispiel.«

Donnerstag, 3. März 2011
In der Stadt/11 Tage bis zur Fasnacht

»Colin, uns wurde ein Notruf, der über die 112 reinkam, weitergeleitet. Jemand meldete, dass er die vermisste Loredana Isliker in der Stadt gesehen hat.«

Jakob stand in der offenen Fahrertür, während Colin gerade mit den frischen Getränken zum Polizeiwagen zurückkehrte, mit dem er und Chiara heute auf Streife waren. Beinahe hätte Colin den aufgefüllten Isolierbecher fallen gelassen.

Er schickte Chiara in ihre Hundebox, donnerte den Kofferraum zu und nahm auf der Beifahrerseite Platz. Kaum hatte er die Tür zugezogen, raste Jakob auch schon los.

»Wo hat man sie gesehen?« Die Müdigkeit, die Colin eben noch zum Gähnen gebracht hatte, war wie weggeblasen.

Es war mitten in der Nacht, die Straßen wie leergefegt. Das orange Blinken der Ampeln spiegelte sich auf dem Asphalt.

»Im Pfluggässlein.«

»War sie allein?«

»Nein. Angeblich befand sie sich in Begleitung eines Mannes.«

»Wonach soll Chiara suchen?«

»Pepe bringt das T-Shirt der Vermissten, das die Eltern uns zur Verfügung gestellt haben.«

Es waren keine fünf Minuten vergangen, als die Männer dort eintrafen, wo angeblich das Mädchen gesehen worden war.

»Wer hat den Notruf abgesetzt?«

»Anonym«, antwortete Jakob knapp. Er parkte den Dienstwagen neben dem eines Kollegen. »Pepe war schnell.«

Sie verloren keine Zeit. Colin stieg aus, holte Chiara aus dem Kofferraum und ließ sie am Shirt schnuppern, das Pepe bereithielt.

Auf einmal gab es kein Halten mehr. Chiara preschte los. Sie bog in eine ruhig gelegene Seitengasse ein. Colin folgte ihr. Er glaubte, seinen Augen nicht trauen zu können, als er sich plötzlich einem Typen mit dunklem Kapuzenpulli gegenübersah. Aufgeschreckt wie eine Schar Tauben stob er davon und verschwand – direkt in die Kanalisation. Ein Mädchen hatte er zwar nicht dabei, aber Chiara folgte dem Mann, also tat Colin das auch. Der schwere Deckel war offen.

»Die Sache wirkt vorbereitet«, schoss es Colin durch den Kopf. Colin konnte sich auf die Schnelle keinen Reim darauf machen. Deswegen von der Verfolgung abzusehen, kam aber nicht infrage.

Er leuchtete mit der Taschenlampe, die er stets dabeihatte, in den finsteren Schacht und wagte dann den Abstieg. Chiara wartete. Sie tänzelte ungeduldig um die Öffnung. Colin versicherte sich, dass er sie ohne Bedenken hinunterspringen lassen konnte, denn die in die Wand getriebenen Steigeisen konnte sie nicht benutzen.

Der Abwasserkanal lag nicht besonders tief unter der Erde. Es war stockfinster und roch nach abgestandenem Wasser und Fäkalien. Doch wenn der Flüchtige Colin in der Finsternis auflauern würde, hätte Chiara längst Laut gegeben.

»Na dann. Los, Chiara, spring!« Die Hündin sprang und landete federnd im Abwasser. Obwohl sich Colin nicht erklären konnte, wie sie in diesem ekelhaften Geruchsmix den

Gejagten ausfindig machen konnte, sprintete sie zielsicher los.

Das unterirdische Kanalsystem war mehrschichtig und verwinkelt. Das Wasser spritzte unter Chiaras Pfoten auf, während sie zielstrebig ihrer Nase folgend durch das unterirdische Basel jagte. Colin hatte reichlich Mühe, ihr zu folgen. Auch wenn er ungefähr wusste, wo unter der Stadt er sich befand, war ihm das Tunnelsystem nicht geheuer.

Auf einmal blieb sie wie angewurzelt stehen. Sie bellte wie wild ein Loch an, durch das die Nacht hineinschimmerte. Es war vergittert.

Colin erreichte Chiara, schob sie beiseite, rüttelte am Gitter. Es rührte sich nicht. Das eingelassene Schloss war verriegelt. Er spähte nach draußen, war sich sicher, dass Chiara sich nicht täuschte: Der Flüchtige war durch diese Öffnung getürmt. Wie auch immer er das angestellt hatte.

Für sie beide war die Verfolgungsjagd hier zu Ende. Und die junge Frau blieb verschwunden.

Memoiren eines Künstlers
Donnerstag, 3. März 2011

Beinahe hätte er mich erwischt. Verdammt, war das knapp! Dieser beschissene Köter war verflucht schnell. So nahe ist mir bisher noch niemand gekommen. Keine Behörde, keine Mitmenschen. Niemand. In all den Jahren nicht. Aber gestern, gestern hätte dieses verfickte Biest beinahe alles zunichtegemacht.

Sie muss verschwinden! Dieser Teufel auf vier Beinen muss verschwinden!

Ich bin wütend. Immer noch. Das habe ich nicht erwartet. Nicht so.

Ich muss mich beruhigen. Sie wird eliminiert. Das gehört zum Plan. Aber sie hat vorher noch eine Aufgabe.

Bloß nichts überstürzen. Denk daran, warum du in der Stadt warst. Warum du dafür gesorgt hast, dass die Polizei dich verfolgt, dass Colin Jagd auf dich macht. Du hast dieses dämliche Mistvieh eigens bestellt, also komm wieder runter.

Erinnere dich, weshalb du das städtische Kanalsystem gewählt hast, um zu fliehen. Dort kennst du dich aus, dort bist du sicher. Dort bewegst du dich blind, aber dieser verblödete Köter dummerweise ebenfalls.

Ich habe herausfinden wollen, was sie draufhat, obwohl ich weiß, was für ein enormes Talent sie besitzt und welch hervorragendes Gespann die beiden abgeben. Dennoch musste ich die Grenzen ausloten, um zu wissen, womit ich es zu tun bekommen werde. Ich habe meine Antwort erhalten, etwas deutlicher, als mir lieb ist. Jetzt muss ich mich in Acht nehmen, ihr aus dem Weg gehen, bis ihre Zeit gekommen ist. Das wird nicht einfach, aber ich werd's packen.

Dieses vermaledeite Biest ist schnell, schlau und gewitzt! Wendig ist sie noch dazu. Erst, als ich mich bis zum Rhein vorgearbeitet und mich durch den engen Abfluss in die dunklen Fluten gequetscht habe, wurde ich sie los. Für das Absperrgitter habe ich mir in weiser Voraussicht vor langer Zeit eine Schlüsselkopie angefertigt.

Die Strömung des Flusses war stark, und draußen ist es noch dunkel gewesen, der Tag war noch nicht angebrochen. Das viele Wasser hat meine Fährte verdeckt, und Colin, durch das Gitter behindert, verlor die Spur.

Im Tauchen bin ich trainiert. Ich kann die Luft bis zu zwei Minuten anhalten. In zwei Minuten kommt man in der Strömung des Rheins ziemlich weit. Als ich mich ungefähr auf der Höhe einer der massigen Brückenpfeiler wähnte, tauchte ich auf und nutzte den Schutz des Pfeilers, um zu sehen, ob ich sie wirklich abhängt hatte. Chiara hätte ich es zugetraut, dass sie mir ins Wasser hinterherspringt. Aber sie passte nicht durch die Stäbe der Absperrung. Der Wind trug ihr kehliges Bellen zu mir herüber. Ich bildete mir ein, dass sie verzweifelt klang, weil sie mich nicht zu fassen bekam. Nachdem dieser Test nun absolviert ist, steht der nächste an:

Ich muss herausfinden, aus welchem Holz dieser Jürgen geschnitzt ist, der immer an Theresias Seite ist. Bald werde ich es erfahren. Sehr bald.

Montag, 7. März 2011
Bei Jürgen/7 Tage bis zur Fasnacht

»Seit deinem Aufruf an deine Zuschauer, dir bei deiner Wette zu helfen, kann ich mich vor Einsendungen kaum mehr retten. Es gab, sagen wir, Besseres und Schlechteres. Ein paar habe ich bereits aussortiert, weil sie absolut unbrauchbar waren. Den Stapel dort habe ich noch nicht gelesen. Dort drüben«, Jürgen deutete mit dem Kugelschreiber auf säuberlich nach Größe aufgeschichtete Kuverts, »liegen die Briefe von gestern und heute, die ich noch nicht geöffnet habe.«

Das war eine Menge, wie Tessa mit gemischten Gefühlen feststellte. Da lag ein Berg Arbeit vor ihr, von dem sie nicht wusste, ob sie sich darüber freuen oder ärgern sollte. Aber es half nichts, sie hatte das Ganze ins Rollen gebracht, und ihr treues Publikum war ihrem Aufruf gefolgt. Wem sollte sie also böse sein? Sie ergab sich der Situation und zog den Stapel ungeöffneter Einsendungen zu sich. Als Erstes schlitzte sie mit dem ebenfalls bereitliegenden Brieföffner alle Umschläge auf. Dann begann sie ein Schreiben nach dem anderen herauszuziehen und zu überfliegen. Was sie nicht nach Kurzem fesselte, blätterte sie bis zum Schluss durch, um zu sehen, ob es besser wurde, wenn nicht, legte sie das Schriftstück beiseite. Eine Taktik, die sie sich früh zurechtgelegt hatte. Einerseits wollte sie nichts ausfiltern, nur weil ihr der Anfang nicht sofort zusagte. Schließlich war es immer möglich, das Steigerungspotenzial da war. Aber alles ganz lesen, war kaum möglich, ansonsten könnte sie ihre Aufgabe nie in kurzer Zeit bewältigen.

Nach rund zwei Stunden und einigen Momenten des Staunens, wie viele durchaus gute Texte dabei waren, wie auch und Augenblicken des Zögerns, ob der Text, den sie gerade las, in die engere Auswahl kommen sollte oder nicht, streckte Tessa ihren Rücken durch und rieb sich die allmählich müder werdenden, ausgetrockneten Augen.

Tessa hatte sich ganz in einen Text vertieft, den sie deswegen mit Jürgen teilte, indem sie ihn vorlas. Sie war beinahe enttäuscht, als der Auszug aus der Geschichte endete. Sie sah auf, blinzelte mehrere Male. »Der hier ist gut, ich war richtig drin. Gefällt mir, und ich würde gerne mehr über diese geheimnisvolle Frau im Wind und den seltsamen Todesfall erfahren.« Erwartungsvoll sah Tessa Jürgen an, die Begeisterung währte aber nur kurz.

»Na ja.« Jürgen griff mit den Fingerspitzen an den rechten Bügel seiner Brille und zog sie in seiner typischen Manier von rechts nach links von der Nase. »Es ist nicht genug. Das klingt wie eine Mischung aus einem Rosamunde-Pilcher-Roman und einer Folge Tatort.«

»Ist doch gut. Beide Formate feiern riesige Erfolge.«

Jürgen legte die Brille auf den staub- und fingerabdruckfreien gläsernen Tisch und rieb sich mit dem Daumen über die Nasenwurzel. »Erfolgreich, weil etabliert. Du stehst am Anfang. Du brauchst einen Kracher.«

»Wir können es aber zur Seite legen, um es eventuell als Element zu verwenden. Oder? Ein Plan von dir war ja immerhin, dass wir das eingesendete Material als einzelne Bausteine für ein ganzes Buch verwenden könnten. Es hat ja niemand gesagt, dass wir auf einem einzelnen Schriftstück den Rest des Romans aufbauen müssen. Richtig?«

Jürgen brachte ein schiefes Lächeln zustande. »Richtig.«

»Gut.« Tessa legte die Papierbögen zur Seite und griff sich das nächste Bündel Umschläge. »Weißt du, Jürgen, das macht irgendwie sogar Spaß. Sollte ich nicht Abschnitte aus dem Buch in meiner Sendung vorlesen, sobald es Fortschritte macht?«

»Mal sehen«, gab Jürgen abwesend zur Antwort, nahm sich seinerseits die nächsten gehefteten Blätter und setzte seine Brille wieder auf.

Tessa, die ihm gegenüber saß, ließ ihren Blick noch einen Moment auf Jürgen ruhen, der das nicht zu bemerken schien. Blind zog sie den Inhalt aus dem obersten, bereits aufgeschlitzten Kuvert.

Mit einem gut gemeinten Kopfschütteln lenkte sie ihre Aufmerksamkeit auf das Schriftstück in ihrer Hand. Sie senkte ihre Augen, wollte mit dem Lesen beginnen, und ließ das Papier mit einem leisen Aufschrei fallen. Es segelte auf den beigen Hochflorteppich.

»Du meine Güte«, flüsterte Tessa, unverwandt das Blatt anstarrend, die Hand aufs hämmernde Herz gelegt.

»Was ist?« Jürgen richtete sich auf dem Sofa auf, musterte Tessa verständnislos. »Du siehst aus, als hättest du einen Geist gesehen.«

»So was in der Art.« Der erste Schreck verflog allmählich, doch wirklich wohl fühlte sich Tessa nicht, als sie erneut nach dem Papier griff und es Jürgen reichte.

Tessa hatte geschriebene Worte erwartet, stattdessen prangte auf dem Blatt ein Bild. Das Bild einer Frau. Genaugenommen die Nahaufnahme ihres Kopfes. Weit geöffnete Augen, die Partie darum herum wirkte einigermaßen normal. Doch der Rest des Gesichts war nur noch ein Skelett. »Das ist Theresia«, stand mit Schreibmaschine geschrieben unter dem Bild. »Sie ist auf einer Sightseeingtour einem Monster in die Hände gefallen.«

»Das ist es!«, rief Jürgen begeistert aus. »Genau das ist die Reaktion, die wir brauchen. Das ist der Einstieg in dein Buch, Tessa! Hervorragend schockierend!«

»Na ja«, kommentierte Tessa, genauso wie Jürgen es zuvor bei ihr getan hatte. »Ganz schön makaber. Außerdem gibt der Schreiber dem Opfer meinen Namen. Das ist unheimlich.«

»Quatsch. Das hat nur Aufmerksamkeit erregen sollen. Ein Fan, der dachte, wenn er deinen Namen nimmt, fühlst du dich vielleicht geehrt oder so was. Ist doch alles nur Show, und dazu eine gute!«

»Ich bin eine Fernsehköchin in Blümchenkleid und Rüschenschürze. Das passt nicht zu mir. Wenn meine Fans das Buch kaufen, angenommen, es wird wirklich eins geben, und so was in die Hände bekommen, flippen die doch aus! Die schalten meine Sendung nie wieder ein.«

»Es wird Diskussionen geben, für Wirbel sorgen, das stimmt, und genau das gibt Publicity!«

Tessa sah Jürgen an, erkannte das Leuchten in seinen Augen, das er immer bekam, wenn er eine seiner Ideen ausbrütete, die zugegeben in aller Regel hervorragend waren.

»Stell dir vor: Wir lassen einfach einen schwarzen Bucheinband anfertigen. Kein Bild auf dem Cover, nur dein Name und der Titel. Alleine das sollte schon seltsam genug anmuten, dass man den Roman näher betrachten möchte. Dann klappt ihn der Interessierte auf, und das Erste, das er sieht, ist dieses Bild mit der passenden Bildunterschrift. Ich würde mehr wissen wollen.«

Tessa betrachtete das Foto. Es war wirklich gut gelungen. Das Gesicht sah überzeugend echt aus. Gerade darum war es auch so erschreckend unheimlich. Sie ließ sich Jürgens Idee durch den Kopf gehen und musste zugeben, sie war gar nicht mal so schlecht. Gab es ein Cover, das mehr wirkte als kein Cover? Der Moment, in dem man das Buch kurz aufschlug, blieb im Gedächtnis haften, wenn man das Bild sah. Der Satz unter dem Bild machte neugierig auf mehr. »Hm … Gut. Aber es passt dennoch nicht zu der Kreation Betty LaCook. Wenn wir das umsetzen, müssen wir das Publikum in gewisser Weise vorwarnen, dass die Geschichte wenig mit rosa Zuckerguss und getupften Kleidchen zu tun hat.«

»Da hast du recht. Ich lass mir was einfallen, und diesen Input da behalten wir in der Pipeline. Was hat dieser kreative Kopf sonst noch geschrieben? Ist der Text auch noch gut?«

Tessa atmete durch, nahm das Foto widerwillig zur Hand. Sie drehte das Blatt hin und her. Aber da war nichts. »Hier steht nur was ich dir vorgelesen habe«, las Tessa laut vor. »Das war's, weiter nichts.« Tessa sah sicherheitshalber noch einmal in den Umschlag, doch der war leer.

»Wie da steht weiter nichts?«

Jürgen sah sie verständnislos an, streckte die Hand aus, und Tessa reichte ihm das Bild.

»Das da ist alles«, sagte sie noch einmal.

»Seltsam. Steht auf dem Umschlag etwas?«

Tessa untersuchte ihn. »Außer Betty LaCooks Adresse steht da nichts, nein.«

»Kein Absender?«

Tessa sah Jürgen an. Ein seltsames Unwohlsein kribbelte in ihrem Magen. »Nein, kein Absender.«

Memoiren eines Künstlers
Montag, 7. März 2011

Vieles habe ich ausprobiert. Den Nervenkitzel fache ich immer wieder mit neuen Ideen an. Mir würde bestimmt noch mehr einfallen, was ich tun kann. Oder ich könnte vergangene Spiele wiederholen. Zum Beispiel könnte ich eine neue Perle für mein Messerwerfspiel suchen. Aber der Gedanke reizt mich nicht mehr so richtig.

Eine Einladung hängt am Steckbrett. Meine verblödete Schwester lädt mich mal wieder zu einem ihrer samstäglichen Indoor-Grillpartys, wie sie ihre spätwinterlichen Anlässe nennt, ein. Sie schafft es in aller Regelmäßigkeit, Nachbarn und Freunde dafür zu begeistern, bei ihr an der runden Edelstahlfeuerstelle mitten in ihrem Wohnzimmer Würste zu grillen und Marshmallows zu rösten. Nur die eigene Familie kann die Begeisterung für dieses Spektakel nicht teilen. Wahrscheinlich der Grund, weshalb sie ständig ihre Nachbarn einlädt.

Auch wenn es mir stinkt, ich füge mich. Nicht, um jemandem einen Gefallen zu tun, sondern weil es sich gehört, an gesellschaftlichen Anlässen den guten Gast zu mimen, wenn man nicht unnötig Aufmerksamkeit auf sich lenken und Gerüchte heraufbeschwören will. Jemand, der sich immer rarmacht, die Einsamkeit sucht, anderen gegenüber ablehnend ist und den höflichen Austausch von Small Talk meidet, gilt als seltsam. Man wird dann zwar gemieden, was ein eindeutiger Vorteil wäre, aber man weckt auch Neugierde, regt die Leute zum Spekulieren an. Das sorgt für eine Form der Aufmerksamkeit, die für mich in Anbetracht meines kleinen

Hobbys gefährlich werden könnte. Deshalb füge ich mich in die üblicherweise praktizierten gesellschaftlichen Riten.

Ich bin immer eingeteilt, eine meiner wundervollen Kreationen aus dem Backofen, wie es meine Schwester so übertrieben nennt, mitzubringen, die sie dann vor versammelter Mannschaft mit ihrer spitzen Stimme voller Stolz anpreist. Bisher hat noch keiner nach der Sorte Fleisch oder Innereien gefragt, die sich in den Pasteten oder in den selbst zubereiteten Blutwürsten befindet.

Es ist immer ein Spaß, zuzusehen, wie genüsslich die Anwesenden die Wurst- und Backwaren vertilgen. Dieses kleine Vergnügen behalte ich mir noch eine Weile bei. Zwar ist das Kribbeln nicht mehr da, aber amüsant bleibt es allemal.

Da die Einladung schon eine Weile am Brett hängt, bin ich diesmal sogar auf die Party vorbereitet. Ich muss nur die Wähe, die ich vor gut einer Woche aus dem abgelösten Fleisch meiner Perle gezaubert habe, aus dem Tiefkühler holen.

Ich halte inne, hänge meinen Gedanken nach. Sie ist nicht wirklich meine Schwester. Nachdem Mutter uns verlassen hat, kamen und gingen die Frauen. Darüber habe ich schon viel geschrieben. Dennoch komme ich zum Schluss, diesem Thema noch einen weiteren Bericht hinzuzufügen. Für meine zukünftigen Leser.

Der Stift fliegt geradezu über das Papier, so schnell fließen die Gedanken.

Technisch gesehen ist sie überhaupt nicht meine Schwester. Ihre Mutter zog nach kurzer Zeit der Bekanntschaft mit meinem Vater bei uns ein. Sie hatte das bei Frauen so verbreitete Helfersyndrom und hing der Illusion nach, diejenige welche zu sein, die uns aus unserem Elend erretten konnte. Abgese-

hen davon, dass sie sich von ihrer eigenen Trauer ablenken wollte, hatte sie doch ihren Ehemann eben erst durch einen Arbeitsunfall verloren. Wahrscheinlich angezogen vom Gedanken, meinen Vater aus seiner passiven Lethargie zu befreien und mir die Mutter zu sein, die fehlte, begann sie kurz nach ihrem Einzug sich ihrer selbst auferlegten Aufgabe zu widmen. Ihre Tochter musste sich gezwungenermaßen in die neue Situation ergeben. Damit hatten wir von Anfang an eine Gemeinsamkeit. Ob es mir passte oder nicht, sie wuchs mir irgendwie ans Herz. Als Kind war sie hilflos und den Launen ihrer Mutter so ausgeliefert, wie ich jenen meines Vaters ausgeliefert war. Also begann ich, sie zu beschützen. Sie vergaß mir das nie. Leider. Es dauerte nicht lange, da fing sie an, mich ihren Bruder zu nennen. Dagegen sträubte ich mich anfangs, schrie sie regelrecht an, damit aufzuhören, doch sie beharrte darauf. Eines Tages erwischte ich mich dann, wie ich sie als meine kleine Schwester vorstellte. Dabei blieb es dann. Ob blutsverwandt oder nicht, sie war ab dem Tag meine Schwester. Als ihre Mutter feststellen musste, dass auch sie, wie schon ihre Vorgängerinnen, meinen Vater nicht davor bewahren konnte, sich selbst zugrunde zu richten, zog sie wieder aus. Meine Schwester nahm sie mit. Obwohl ich ihr deutlich zu spüren gab, dass sie mich, je älter sie wurde, nur noch nervte und ich mir wünschte, dass sie endlich verschwinden würde, hielt sie den Kontakt zu mir.

Auch ich wurde älter, begriff, wer ich war, verstand, was von mir erwartet wurde, und lernte, diesen Erwartungen zu entsprechen, um verbergen zu können, welches Wesen sich eigentlich in meinem Körper verbarg. Ein Versteckspiel, das notwendig war, denn ohne hätte ich meine Fantasien nie so lange unentdeckt ausleben können.

Meine Schwester weiß überhaupt nicht, wie viel Glück sie hat. Sie ist die einzige Person in meinem Leben, die ich zu meiner Verwandtschaft zähle, deren Blut noch durch die Adern fließt.

Nun denn, ich darf mich eigentlich nicht mehr weiter mit diesem Eintrag aufhalten. Ich habe noch viel zu tun. Die Fasnacht steht vor der Tür. Wenn ich für das diesjährige Jubiläum die Show von damals in einer zweiten Auflage zum Besten geben will, muss ich noch einiges vorbereiten. Der Auftakt für mein Theater ist für den kommenden Donnerstag geplant. Da veranstaltet eine alte Dame ihre alljährliche private Vorfasnachtsveranstaltung, und die werde ich ein wenig aufpeppen.

Die Sonne stand tief am eisblauen Himmel. Wo sie noch hinreichte, breitete sich Wärme aus. Dort, wo der Schatten seine Klauen auswarf, fühlte man die Kälte. Ein Vorgeschmack auf das, was die Nacht bringen würde, vor allem, wenn sie sternenklar war.

Colin schaute von seinem Platz auf dem Felsbrocken hoch über dem Tal zu, wie die gelbe Scheibe hinter den gegenüberliegenden Bergen abtauchte. Die Abendstimmung war ihm hier oben die liebste. Die Tagestouristen ließen sich von der urchigen Zahnradbahn oder der winzigen Gondel ins Tal zurückfahren, die wenigen Wochenendbesucher und Feriengäste zogen sich in ihre Wohnungen und Hotelzimmer zurück, um sich für das Abendessen vorzubereiten. Auf dem Berg kehrte allmählich Ruhe ein. Während vom Restaurant zu seiner Rechten der Geruch nach Fritten zu ihm hinüberwehte, stellte sich Colin vor, wie in dem verschlafenen Dorf auf dem Plateau unter ihm nach und nach lockende Düfte aus den Dampfabzügen der großen und kleinen Küchen die frische, kühle Bergluft schwängerten. Colin lief nur schon bei dem Gedanken daran das Wasser im Mund zusammen. Er stand von seinem Platz auf, klopfte sich die Hose ab und setzte sich in Richtung Sessellift in Bewegung. Seine stabilen Schuhe knirschten im Schnee, ein Geräusch, das Colin jedes Mal aufs Neue lächeln ließ. Obwohl die Skisaison hier oben schon bald endete, war der Schnee immer noch passabel, und das Wetter spielte mit. Bisher eine durch und durch gelungene Saison für die Einwohner. Zumindest war Colin bislang nichts anderes zu Ohren gekommen, was erstaunte, war die

Welt hier oben doch sehr klein, ganz im Gegensatz zur Leidenschaft zum Erzählen. Nicht immer war das, was die Leute beredeten oder ungefragt den Touristen gegenüber ausplauderten, besonders gehaltvoll, aber eben das machte einen Teil des Charmes dieses Fleckchens Erde aus.

»Chiara, komm, wir gehen«, rief Colin in den Wind. Er musste nicht lange warten, da sprang die verspielte Hündin hinter einem Felsen hervor und sprintete in geschmeidigen Bewegungen hinter ihrem Herrchen her, bis sie ihn eingeholt hatte. »Gutes Mädchen«, lobte Colin sie und kraulte sie hinter dem Ohr, als sie sich neben ihn gesellte. Zusammen trotteten sie zu dem Sessellift, der sie ins Dorf zurückbrachte.

Hechelnd saß Chiara neben Colin auf der Sesselbahn und ließ sich den Wind um die Schnauze wehen. Sie kannte die Abläufe und rührte sich nicht, bis beide unten ankamen und Colin den Sicherheitsbügel öffnete. Selbst in diesem Augenblick, in dem sie normalerweise längst abgesprungen und Colin voraus den Nachhauseweg angetreten hätte, blieb sie an seiner Seite, bis er abgestiegen war. Auch den restlichen Weg zum Chalet blieb sie so nahe bei ihm, dass er im Gehen mehrfach beinahe über sie gestolpert wäre.

»Es ist nicht nötig, dass du mich bemutterst, Chiara.«

Beim Klang ihres Namens sah sie zu ihm auf, die Zunge seitlich aus dem Mund hängend. Colin musste schmunzeln. Seit einer Woche führte sie sich so auf. Sie spürte es, das wusste Colin. Sie spürte seine Unruhe, seine Bedrücktheit, die er mit sich herumtrug. Das lag zum einen an dem Fall mit der vermissten Loredana Isliker. Die Suche hatte nach wie vor nichts ergeben. Keiner der Hunde konnte ihre Fährte ausmachen. Auch Chiara nicht.

Doch da war noch etwas anderes, das ihm auf der Seele lag,

seit dem Tag, als er mit Waldi essen gewesen war. Seit dem Tag, an dem er sich seit langer Zeit wieder der Erinnerung an die Fasnachtsmorde gestellt hatte. Normalerweise konnte er die Gedanken daran abstreifen wie ein zu eng sitzendes T-Shirt. Diesmal gelang ihm das aber nicht. Ob es damit zusammenhing, dass er sich nach so langer Zeit jemandem anvertraut hatte, und zu allem Übel noch einer völlig Fremden, konnte er nicht mit Sicherheit sagen. Er schloss es aber auch nicht aus. Tessa alias Betty LaCook hatte ihn in einer seltsamen Gefühlslage erwischt. Aber im Gegensatz zu seiner Ex-Freundin hatte Theresia, nein Tessa, nicht energisch abgewinkt, das Gesicht angeekelt verzogen und gesagt: »Bitte, ich möchte diese Schauergeschichten nicht hören. Unsere vier Wände sind ekelfreie Zone, also lass deinen Job vor der Haustür, ja?« Mit einem süffisanten Lächeln hatte sie dann manchmal noch angefügt: »Im Schirmständer ist genügend Platz dafür.«

Es war ihm im Grunde egal gewesen, dass er mit ihr nicht darüber hatte reden können. Er hatte Waldi. Sich mit ihm auszutauschen, hatte für Colin am meisten Sinn ergeben, da Waldi in derselben Lage gewesen war. Er kannte die Widrigkeiten, mit denen sich Colin herumschlug, denn Waldi hatte dieselben Probleme. So hatten sie sich gegenseitig getragen, bis alles geendet und Colin seine Gedanken einfach schubladisiert hatte im trügerischen Glauben, damit sei die Sache erledigt.

Tja, falsch gedacht.

Da reichte ihm eine Person den kleinen Finger, und er griff sich die ganze Hand. Sicher, Tessa hatte danach gefragt, ihn aufgefordert, sich mitzuteilen, dennoch war ihm der Seelenstriptease im Nachhinein unangenehm, um nicht zu sagen peinlich. Er hätte sich jemandem wie Jean anvertrauen können. Jean kannte ihn, er hatte bei den Ermittlungen damals auch mitgewirkt. Mit Jean konnte man solche Dinge besprechen. Selbst Nathalie war geeigneter, über Persönliches zu sprechen, als diese ihm unbekannte Fernsehtrulla.

Nein, stopp.

Colin wies sich selbst in die Schranken. Das hatte Tessa nicht verdient. Sie schien nett zu sein. Hart im Nehmen, denn sie hatte während der ganzen traurigen Story zwar Mitgefühl gezeigt, aber kein Drama veranstaltet. Sie wirkte verständnisvoll, sie hatte ihm nie das Gefühl gegeben, dass sie ihn dafür, dass er heute noch damit zu kämpfen hatte, verachtete. Sie hatte ihn nie dafür verurteilt, dass er ihr das bereits beim zweiten Treffen auf die Nase band. Im Gegenteil. Da war am Ende beider Dates dieser Augenblick vor ihrer Haustür gewesen. Colin zog sich bei der Erinnerung daran der Magen zusammen. Etwas hatte in der Luft gelegen, ganz eindeutig. Er hatte es sich überlegt. Er hatte darüber nachgedacht, in dem Augenblick die Distanz zwischen ihnen zu überbrücken, diese perfekte Gesichtskontur mit seinen Händen zu umschließen, seine Fingerkuppen hinter die süßen Ohrläppchen zu schieben und weiter in ihr Haar, nur um herauszufinden, ob es wirklich so weich war, wie es wirkte. Wie sie wohl aussah, wenn sie morgens erwachte? Sexy zerzaust, oder war sie eine dieser regungslosen Schläferinnen, die sich in derselben Position ins Bett legten, wie sie letztendlich erwachten?

»Himmel!«, zischte Colin leise, um sich wieder auf den richtigen Weg zu bringen. Darüber weiter nachzudenken führte eindeutig zu Fantasien, die nicht gesund sein konnten. »Ich habe es nicht getan. Ich habe mich vor ihrer Haustür für den Rückzug entschieden.«

Chiara schaute zu Colin auf, als hätte er mit ihr und nicht

mit sich selbst gesprochen. Inzwischen waren sie vor der Hütte angelangt. Colin wühlte in der Tasche seiner Funktionshose nach seinem Schlüssel. Eine Region an seinem Körper, die er im Augenblick lieber gemieden hätte. Er hatte dank seiner dämlichen Gedanken die Reaktionen gewisser Körperteile im Augenblick nicht sonderlich gut im Griff.

Colin sperrte die Hütte auf und schlüpfte gefolgt von Chiara ins Innere, ehe jemand die verräterische Beule in seiner Hose entdecken konnte. Aber wer sollte das schon sehen, auf dem Plateau war um die Zeit keine Menschenseele mehr unterwegs. Colin schloss die Tür hinter sich, steckte den Schlüssel ins Schloss. Verriegeln war nicht nötig. Einerseits hatte er Chiara, andererseits drang hier oben niemand in fremdes Eigentum ein. In dem winzigen Eingangsbereich zog er seine Schuhe aus, aber seine Gedanken bekam er nicht still.

Theresia Lisa Spreu war zweifelsohne verflucht anziehend, er konnte sich selbst jetzt, mit all den Kilometern zwischen ihnen, ihre faszinierenden Augen lebhaft in Erinnerung rufen. Die Iris war innen dunkelblau und wurde nach außen immer heller. Dann diese ewig langen Wimpern, faszinierend. Colin sah auf seine schwere, silberne Swatch, das Einzige, was an seinem Outfit nicht so ganz outdoortauglich war.

Es war kurz nach sieben Uhr abends. Er seufzte und beugte sich dem inneren Drang, den er seit einer Woche zu bekämpfen versuchte.

»Wollen doch mal sehen, ob wir sie verpasst haben«, sagte er zu Chiara, als er in der winzigen Hütte die wenigen Meter zur Couch überbrückte, sich die Fernbedienung schnappte und bis zu einer Wiederholung von Tessas Kochshow durchzappte.

Memoiren eines Künstlers

Dienstag, 8. März 2011

Es ist mitten in der Nacht, ich bin müde, finde aber keinen Schlaf. Etwas nagt an mir. Ich habe alle Überraschungen für die kommende Fasnacht bereits geplant, stecke bis zum Hals in den Vorbereitungen, doch irgendwie wabert ein Gedanke in meinem Hinterkopf herum, den ich nicht richtig zu fassen bekomme. Deshalb dachte ich, ich schreibe auf, was in mir vorgeht, vielleicht lichtet sich der Vorhang, und der Plagegeist tritt ins Rampenlicht.

Ich lehne mich zurück, schabe nervös mit meinen Füßen auf dem Boden, klopfe mit dem Stift auf meinen Hinterkopf. Ich hasse dieses Gefühl. Was will mir mein dämliches Gehirn sagen? Ich werfe einen Blick auf meine Bücherwand, und plötzlich sehe ich klar. Ich ereifere mich, weiterzuschreiben.

Jack in the Box! Die Figur, die aus der Schachtel springt, wenn man an der Kurbel dreht! Das war auch eine meiner Ideen. Das habe ich ganz vergessen! Ich habe mir zwar bereits ausgemalt, wo ich die Leichen an der diesjährigen Fasnacht deponieren würde, aber das heißt nicht, dass ich den Plan nicht auch ändern kann. Mein Mädchen, das ich für Mittwoch eingeplant habe, könnte ich auf diese Weise in Szene setzen. Eigentlich will ich sie in einer Toilette eines Fasnachtskellers einschließen. Einem, der nur wenige Toiletten zur Verfügung hat. Ich will sie auf die Toilette schleppen, sodass es aussieht, als würde ich sie stützen, weil sie angeblich zu viel Alkohol intus hat, und sie dann in die Kabine bringen. Ich würde in einem unbeobachteten Moment abhauen und die Tür von außen mit einem Sechskantschlüssel verriegeln.

Wenn sich der Keller füllt und die Gäste ewig auf der Toilette anstehen müssen, würde sich irgendein Gast früher oder später beschweren. Ein Angestellter würde nach dem Rechten sehen, an die Tür klopfen, auf Antwort warten, und wenn diese lange genug nicht erfolgte, würde er die Tür entriegeln und nachsehen, was los war. Er würde mein Mädchen entdecken. Den Kopf in der Toilettenschüssel. Reglos. Das Entsetzen wäre garantiert enorm! Der Aufruhr fantastisch! Bald darauf würden Sirenen heulen, Krankenwagen und Polizei würden vorfahren. Die Bilder an die Szenen von vor sechs Jahren würden vor dem inneren Auge einiger der eintreffenden Einsatzkräfte vorbeiziehen. Und dank des Zettels im Mund der Toten würden dieser Jäger und dieser Waldner auf Platz gerufen …

Das ist der eigentliche Plan gewesen. Aber nun tendiere ich stark dazu, den noch zu ändern. Das Fahrrad besitze ich noch. Die Box, die ich damals selbst gebaut habe, damit ich Platz hatte, um mich darin zu verstecken, könnte ich auf einfache Weise präparieren. Ich male mir bereits aus, wie ich das Fahrrad an einer Ecke stehen lasse, an die Kurbel ein Schild montiere, auf dem steht »Dreh mich!«. Früher oder später würde einer daran drehen, dann würde der Deckel aufspringen und meine Perle herausploppen. Das ist viel besser als die Toilettenidee! Ich muss unbedingt im Internet nach einer Bauanleitung suchen! Bei meiner Perle muss ich wahrscheinlich die Knochen im Rumpf entfernen und durch eine Sprungfeder ersetzen. Das könnte klappen. Ich könnte das aber auch mit einem meiner anderen Kunstwerke machen. Mal sehen. Jedenfalls wäre das dann nicht Jack in the Box, sondern Jacky in the Box – einfach herrlich!

Dienstag, 8. März 2011
Stoos ob Schwyz/6 Tage bis zur Fasnacht

Colin schreckte aus dem Schlaf hoch, öffnete verwirrt blinzelnd die Augen. Er war schweißgebadet, sein Herz schlug wild. Sofort versuchte sein Gedächtnis zuzuordnen, was diese Reaktion seines Körpers und sein plötzliches Erwachen ausgelöst hatte. Er hatte geträumt, und das ziemlich schlecht. Ein Traum, entstanden aus einer alten, tief im Unterbewusstsein weggeschlossenen Erinnerung. Das letzte Bild, das Colin greifen konnte, war ein Mann, der in einem Kostüm in einem sintflutartigen Regenguss stand. Colin setzte sich auf der Couch auf und sah sich um. Er entdeckte Chiara, die neben dem Sofa lag und auf seine Regung hin ebenfalls den Kopf angehoben hatte. Sie blickte ihn fragend an, ließ den Moment wirken, stellte fest, dass es nichts Ungewöhnliches gab, und platzierte daraufhin ihren schmalen Kopf wieder auf den Pfoten.

»Ich bin wohl eingeschlafen«, stellte Colin fest und rieb sich mit der Hand über sein müdes Gesicht. Über den TV-Bildschirm flimmerte irgendeine Talksendung. Colin schnappte das Thema auf und hob die Augenbrauen. »Wie lange habe ich geschlafen, dass ein solcher Mist in der Kiste läuft?« Er sah auf die Uhr. Es war zwei Uhr morgens. Zu früh zum Aufstehen. Eigentlich hätte er nur noch in das winzige Badezimmer, in dem Dusche, Waschbecken und Toilette im Prinzip eine einzige Kabine waren, wechseln müssen, um sich die Zähne zu putzen. Dann hätte er in die frisch gewaschenen Bettlaken sinken können, die anheimelnd auf der Galerie warteten, aber eine innere Unruhe hielt ihn davon ab. Er versuchte sich an den Traum zu erinnern, wollte ihn in allen Details heraufbeschwören, doch Bilder konnte er keine mehr fassen.

Colin stand auf, doch anstatt ins Badezimmer zu gehen, stellte er sich an die Küchenzeile und ließ sich ein Glas eiskaltes Leitungswasser ein. Das kühle Nass, das seine trockene Kehle benetzte und den pelzigen Geschmack in seinem Mund wegspülte, genoss er regelrecht. Colin setzte das Glas ab, drehte sich zum Raum um, verschränkte die Arme, starrte ins Leere. Dann sah er Chiara an. Sie spürte seinen Blick, hob erneut den Kopf und wandte sich ihm zu.

»Raus hier. Ich will raus. Komm Chiara, wir gehen eine Runde. Alte Dämonen vertreiben.«

Als würde sie seine Aussage bestätigen, drang ein winselnder Laut aus ihrer Kehle, ehe sie sich auf alle viere erhob und gefolgt von Colins Blick zur Tür trottete. Ihr Krallen klickten leise auf dem glatten Holzboden.

Ja, sie war etwas ganz Besonderes, dachte Colin, während er beobachtete, wie sie sich geduldig neben die geschlossene Eingangstür setzte und wartete, bis auch er so weit war.

»Du bist etwas ganz Besonderes, weißt du das?«, wiederholte Colin seine Gedanken laut. Noch während er die Worte aussprach, die eigentlich für seine Schäferhündin gedacht waren, schob sich ein anderes Gesicht vor sein inneres Auge, das er resolut wieder verdrängte. Verdammte Tessa Spreu!

Colin öffnete die Tür, spähte hinaus. Die Nacht war trocken und sogar sternenklar.

Er verließ die Hütte, zog die Tür hinter sich zu, steckte die Hände in die Hosentaschen. Während er der Stille lauschte, flachte der innere Sturm bereits etwas ab. Er setzte sein Baseballcap auf, das in der Innentasche der Softshell-Jacke steckte. Auf der Ringstraße, die einmal von seiner Hütte weg um das Dorf herum und zurück zum Haus führte, begann er seinen Spaziergang.

Jetzt, da sich die inneren Wogen glätteten, gab es Platz für die Erinnerung. Colins Magen zog sich zusammen, als die Bilder aus seinem Traum zurückkehrten. Eine tote Frau, festgebunden an der Front eines Fasnachtswagens. Vor ihm ein Mann. Groß, breitschultrig, autoritär. Zumindest war er das gewesen, ehe er festgestellt hatte, dass sein Wagen als Werkzeug für die Umsetzung der kranken Fantasien eines psychopathischen Arschlochs missbraucht worden war. Wie war der Name des Mannes noch mal gewesen? Colin versuchte sich zu erinnern. Irgendetwas mit Auftrieb ... Auf ... Aufwind! Tom Aufwind. Wie es ihm inzwischen wohl ging? Ob sein Haar mittlerweile ganz ergraut war? Und die Wagenclique nannte sich ... *Die Unmoralischen*, genau.

In Gedanken versunken, blieb Colin oben auf dem Hügel vor der kleinen Dorfkirche stehen. Tief atmete er die frische, kühle Bergluft ein. Für diesen einen Augenblick wollte er die düsteren Erinnerungen abschütteln, indem er sich auf die unvergleichliche Aussicht fokussierte. Von hier oben hatte man einen hervorragenden Blick auf das gegenüberliegende Bergmassiv. Der helle Mond tauchte die scharfen Kanten der Felsen in ein silbernes Licht. Was in schwarze Schatten gehüllt war, wirkte vor dem nachtblauen Himmel wie gezeichnet. Chiara schnüffelte die Kirchenwand ab. Er spürte, dass sie da war, und das hatte etwas Tröstliches.

Da waren sie also wieder, seine Albträume. So viele Nächte hatte sein Geist in der intensiven Zeit nach den Vorfällen damit verbracht, die Geschehnisse immer und immer wieder durchzugehen, sie wie ein Film vor seinem inneren Auge abspielen zu lassen.

Sich einigermaßen abgrenzen war ihm erst möglich geworden, als er mit den Hunden zu arbeiten begonnen hatte. Mit dem Einzug von Chiara, diesem schlauen, talentierten, aufgeweckten Vierbeiner, waren allmählich die Träume ausgezogen. Mit den Träumen verabschiedete sich wiederum auch seine Freundin. Jetzt waren die Träume wieder da und mit ihnen eine Frau. Im Gegensatz zu vielen anderen in seinem Berufsstand glaubte Colin noch an den Zufall. Und das war einer. Ein erstaunlich großer, der eine vor einiger Zeit tief begrabene Neugierde auf die Zukunft weckte.

»Oh, Gott«. Tessa befand sich gefühlsmäßig irgendwo zwischen Abscheu, Entsetzen, Ekel und morbider Faszination.

»Was ist?« Jürgen zog die Brille von der Nase und blinzelte ein paarmal kräftig. Dann lehnte er sich auf seinem Stuhl nach vorne und schenkte ihr all seine Aufmerksamkeit.

Sie saßen an Jürgens Esstisch. Jürgen hatte ihr angeboten, die Unterlagen in sein Auto zu verfrachten und zu ihr zu fahren, aber Tessa hatte abgelehnt.

Jürgen hatte die Besprechung spontan einberufen. Am Telefon hatte er irgendwie abgekämpft geklungen. Spontan und abgekämpft. Zwei Worte, die für Jürgens Wortschatz eher außergewöhnlich waren. Als Tessa bei ihm ankam, verstand sie allerdings seine kurze Gleichgewichtsstörung.

Betty LaCook hatte ein Postfach, das Jürgen für sie verwaltete und leerte. Die Post bearbeitete weitestgehend auch er. Manchmal half ihm jemand, die Fanpost zu beantworten, manchmal sortierte er Briefe aus, von denen er glaubte, Tessa sollte sie persönlich sehen. Jürgen bewies ein erstaunliches Feingefühl in diesen Dingen, weshalb Tessa, die sich zu Anfang noch in die Postsendungen eingemischt hatte, mit der Zeit gelernt hatte, sich in diesen Dingen ganz auf ihn zu verlassen. Das war definitiv für beide gut gewesen. Sie hatten sich gerade beim Aussortieren der Fanpost immer wieder in die Haare gekriegt. Wenigstens ein Krisenherd, den sie dank Tessas gewonnenem Vertrauen zu Jürgen auslöschen konnten. Zumindest bis zu der Sache mit diesem vermaledeiten Buch.

Jetzt gab es ausschließlich Einsendungen von Hobbyautoren, die alle sortiert werden mussten. Also hatte er Tessa informiert, die sich sofort auf den Weg gemacht hatte. Bei Jürgen angekommen, hatte sie sich den Karton geschnappt, auf den Tisch gestellt und mit der Arbeit begonnen. Jürgen nahm sie mit seinen eisblauen Augen ins Visier. Tessa wich seinem intensiven Blick aus und konzentrierte sich auf das Papier in ihrer Hand.

»Hör dir das an: *Memoiren eines Künstlers, Donnerstag, 11. November 2010. Vor einigen Tagen erwähnte ich, dass ich einen Plan brauche. Seither habe ich mir intensive Gedanken gemacht, um von meinen Experimenten wegzukommen und ein zusammenpassendes Gebilde zu entwickeln. Hier geht es immerhin um das zehnjährige Jubiläum. Das muss gebührend gefeiert werden, ich wusste bisher nur nicht, wie. Jetzt weiß ich es. Das gibt mir eine gewisse innere Gelassenheit. Diese Zerrissenheit, alles und doch nichts zu tun, ist gewichen. Diese Unwissenheit, was mit sich anfangen, ist fort. Ich habe einen Plan, ein Ziel, und es wird ganz wunderbar.*

Opfer Nummer eins habe ich per Anhalter mitgenommen. Er hat nicht einfach am Straßenrand gestanden und den Daumen hochgehalten. Der Kontakt entstand über eine dieser Carsharing-Plattformen. Eine tolle Sache. Ich habe mir ein Prepaidhandy zugelegt, damit im Internet gestöbert und meine Fahrdienste zur Verfügung gestellt. Ich gab meine geplante Fahrtroute ein, erwähnte, dass ich noch einen Platz im Auto zur Verfügung hätte und somit einen Mitfahrer nach Brugg mitnehmen könnte. Es dauerte zwar nicht lange, bis jemand reagierte, aber es dauerte eine Weile, bis ein passendes Opfer unter den Mitfahrern gewesen war. Eben diese Person gable ich nun auf.

Ein schlaksiger junger Mann mit schlechten Zähnen und

fettigem Haar klemmt sich in meinen billig erstandenen Kleinwagen und lässt sich vom Treffpunkt an der abgelegenen Bushaltestelle nach Brugg fahren. Er redet nicht viel, was mir nur recht ist.

Im Lauf der Fahrt sehe ich auf die Uhr im Armaturenbrett. 11.00 Uhr. Es ist höchste Zeit.

›Stört es dich, wenn wir eine Pause einlegen, damit ich schiffen kann? Es ist echt dringend!‹

Der Bursche zuckt mit den Schultern und sagt dann etwas, das mir die Sache so richtig leicht macht: ›Gute Idee, ich muss auch mal den Lümmel schütteln.‹

Die Ausdrucksweise ist widerlich, aber dieses schmutzige Mundwerk ist ja bald gestopft. Seine Ungepflegtheit kann ich abwaschen. Ein Tier ist schließlich auch nicht astrein in Schuss, wenn ich es auf den Tisch bekomme.

Ich fahre den Wagen abseits der Straße auf einen Waldweg. ›Sorry, aber ich habe keine Lust, von den Bullen beim Wildpinkeln erwischt zu werden. Nicht schon wieder‹, erkläre ich ihm grinsend, und der Typ nickt verständnisvoll.

Als ich anhalte, steigen wir beide aus und bewegen uns in unterschiedliche Richtungen, um dem Geschäft nachzugehen. Er stellt sich mit dem Rücken zu mir an einen Baum unweit vom Wagen entfernt. Beim Ratschen des Reißverschlusses schleich ich mich geduckt zurück. Mit meinem Jagdmesser in der Hand pirsche ich mich an ihn heran.

Bei ihm habe ich kein Interesse daran, ihn lebend mitzunehmen. Mit Tieren spiele ich schließlich auch nicht. Ich quäle sie nicht lange, sondern töte sie sofort. Frauen eignen sich dafür einfach besser! Sie schreien schöner. Wimmern herrlicher. Es ist animierender, wenn Frauen versuchen, die Widerspenstigen, Kämpferischen zu spielen. Das ist wie bei einem guten

Essen. Bereitet man Saltimbocca zu, wäre es zwar eine Option, einfachen Schinken zu verwenden, aber so richtig passen würde es nicht. Rohschinken schmeckt einfach besser.

Als der Kerl bemerkt, dass ich hinter ihm bin, ist es bereits zu spät. Blitzschnell schieße ich auf ihn zu, greife mit einer Hand nach seinem Kinn, das ich gleichzeitig anhebe, um freien Zugang zum Hals zu haben. Mit einer einzigen fließenden Bewegung versenke ich die frisch geschärfte Klinge in seinem Hals, ziehe sie über die Schlagader. Ein überraschter Aufschrei entweicht seiner Kehle, dann gurgelt und hustet er nur noch. Anschließend lasse ich von ihm ab, baue mich neben dem in sich zusammensackenden Körper auf. Das übliche Schauspiel findet statt. Augen im Entsetzen weit aufgerissen, Verständnislosigkeit und Angst spiegeln sich in seinem Blick, der allmählich trübe wird. Die Hand zum Hals gehoben, die Wunde abtastend, als würde diese Geste das Geschehene weniger real machen. Der schmutzig weiße Baumwollstoff des T-Shirts saugt sich mit dunkler Flüssigkeit voll. Der Fleck breitet sich schnell aus, das Blut sprudelt nur so aus der Wunde. Erneut sehe ich auf die Uhr. 11.11 Uhr. Perfekt.

Mitleidig sehe ich auf die sterbende Gestalt hinunter, das Jagdmesser mit der beschmutzten Klinge fest im Griff. ›Hattest du Pläne für deine Zukunft?‹ Er röchelt, während das letzte Leben aus seinem Körper weicht. ›Ja? Nun, ich habe andere für dich.‹

Tessa ließ das Blatt sinken. »Ich weiß nicht, was ich davon halten soll.«

»Steht da noch mehr?«

»Einen kurzen Abschnitt gibt es noch, ja.«

»Lies vor!«

Tessa atmete durch und nahm sich das Papier wieder vor.

»Jetzt ist er hier. Gestorben im Wald, liegt er in der Werkstatt und wartet darauf, vorbereitet zu werden. Zuerst werde ich ihn reinigen müssen. Erst dann kann ich ihn ausnehmen und ausstopfen, um ihn seiner letzten Aufgabe zuzuführen. Er wird brennend auf einem Wagen stehen, umgeben von vielen Zuschauern. Die Bauchhöhle werde ich feuerfest gestalten, damit man sehen kann, dass er präpariert wurde. Und genau dort wird die später eintreffende Polizei einen Zettel finden mit einem einzigen Wort darauf: Jäger.«

Ein seltsames Gefühl stellte sich bei Tessa ein, doch ehe sie sich damit befassen konnte, wurde sie von Jürgen abgelenkt.

»Boah!«, rief dieser lachend aus. »Ein ziemlicher Psycho! Aber die Idee ist gut. Er fasst seine Schandtaten als eine Art Memoiren ab. Du magst mich jetzt vielleicht für einen Irren halten, aber mich interessiert, was geschieht, wenn die Polizei den Zettel im Bauch des Opfers findet.«

»Ist das dein Ernst? So was würdest du lesen?«

»Sicher. Ich besitze nicht nur die schwere Lektüre im Regal vorne im Wohnzimmer. Manchmal muss es auch einfach ein guter Psychothriller sein. Schockiert?«

Tessa entging sein Augenzwinkern keineswegs, und sie lächelte ihn an. »Nein, nur überrascht.«

Es waren durchaus auch weniger blutrünstige, friedvollere, romantischere Texte dabei. Sie waren solide und gut geschrieben. Doch nichts davon war für Jürgen auch nur im Geringsten ausreichend.

Jürgen hatte sich sogar dazu hinreißen lassen, über diese Zeit, in der der Roman entstehen soll, jemanden einzustellen, der sich ausschließlich mit Dankesbriefen beschäftigte. Jeder, aber auch wirklich jeder, egal, wie brauch- oder unbrauchbar der Text war, sollte ein Dankeschön erhalten.

»Wie kommt deine neue Angestellte mit den Danksagungen voran?«, fragte Tessa beiläufig, während sie einen verstohlenen Blick auf die Uhr warf. Es war bereits 22.00 Uhr, und sie war hundemüde. Apropos Hund. Wie es wohl Chiara erging? Und ihrem geheimnisvollen Besitzer? Colins Gesicht tauchte vor Tessas innerem Auge auf, und sie schob es resolut beiseite, blinzelte und sah wieder den Mann vor sich, der ihr gegenübersaß und dessen Wangen spannenderweise mit einem Hauch roter Farbe überzogen waren. »Jürgen? Du wirst rot?«

Jürgen lehnte sich zurück. »Rot? Nein. Es ist warm hier drin, das ist alles. Sie kommt voran«, fügte er schnell hinzu und wechselte das Thema. »Carlos hat sich gemeldet. Er wollte wissen, ob wir ihn sicher nicht bereits als Sieger der Buchwette vorstellen wollen?«

»Jürgen, du lenkst ab, und das passt nicht zu dir. Wen hast du mit der Aufgabe betraut, und warum weichst du mir aus?« Tessa verschränkte die Arme vor der Brust und betrachtete ihn eingehend.

»Niemanden. Du kennst sie nicht. Obwohl …«

»Raus damit, wer ist sie?«

»Sie könnte im Treppenhaus kürzlich deinen Weg gekreuzt haben.«

Tessa war mit einem Mal verwirrt. »Ach was.« Die Blondine, die sie beinahe umgerannt hätte. Es gab sie doch noch? Jürgen traf sich weiter mit ihr? Schlimmer noch: Er hatte ihr einen Job angeboten? Direkte Konkurrenz? Das war neu. Und es kratzte irgendwie an ihrem Ego. War das das einzige Problem? Ihr Ego? Oder war sie eifersüchtig? Auf welche

Art? Als sie noch vor ein paar Tagen von der Blondine erfahren hatte, war nichts dabei gewesen. Jetzt, nach der Erfahrung mit Colin, die irgendwie das Bedürfnis nach einer privaten Neuorientierung geweckt hatte, hatte sich diese Gleichgültigkeit von damals irgendwie in Luft aufgelöst.

Tessa fühlte sich überrumpelt. Sie musste sich erst sortieren, also beschloss sie, Jürgen auch um ihrer selbst willen aus der Situation zu befreien. »Sie muss einfach aufpassen, dass sie kein Dankeschön vergisst«, beendete sie das Thema kurzerhand. »Was hast du Carlos geantwortet?«

»Dass er sich noch wundern wird.«

Memoiren eines Künstlers

Dienstag, 8. März 2011

»Wenn sie tiefgefroren sind, gibt es keine Schweinerei.« Das hat der Tierpräparator, Max, mir als eine der ersten Lektionen mit auf den Weg gegeben. Das ist sowieso eine äußerst brauchbare Lehrstunde gewesen. Mein erstes Tier, das ich jemals präpariert habe, war ein Eichhörnchen. Max hat gesagt, ich solle raus in die Natur. Dort müsse ich beobachten, wie sich die Tiere bewegen, ihre Mimik und Gestik studieren. Das sei wichtig für die spätere Gestaltung der Tierkörper. Außerdem solle ich, wenn ich sowieso durch den Wald streife, die Augen offen halten. Ich würde bestimmt über einen brauchbaren Übungskadaver stolpern.

Gestolpert bin ich allerdings nicht unbedingt darüber. Ich habe meinem Glück eher ein wenig nachgeholfen. Zwar bin ich mir sicher, dass Max bemerkt hat, dass das Eichhörnchen, das ich anschleppte, durch den Schuss aus einer Steinschleuder gestorben ist. Aber er hat nie nachgehakt.

Ich brachte ihm den Kadaver gefroren in einer Kühltasche, und wir begannen parallel zu arbeiten. Er an einem Fuchs, ich an meinem Nager. Er erklärte mir alles, was ich über das Präparieren wissen musste.

Während ich mich an die Anfänge erinnere, schalte ich meine Mix-CD mit klassischer Musik ein. Die Klänge von Beethovens fünfter Symphonie wabern durch den Raum. Ein bisschen komme ich mir wie Dr. Frankenstein vor. Nur erschaffe ich kein Monster, sondern Kunst. Getragen von den treibenden Noten dieser genialen Komposition tanze ich summend durch den Raum. Dreimal drehe ich mich im Kreis, bis ich die Tür zur Kühlkammer erreiche. Ich fühle mich beflügelt wie schon lange nicht mehr.

Mein Plan ist gut. Nein, er ist hervorragend! Ich weiß, dass Betty LaCook meine Einsendungen liest, mit denen ich an ihrem Wettbewerb teilnehme, denn das habe ich mir ausbedingt, als ich den Tipp mit dem Wettbewerb zur Rettung der Sendung platzierte. Da mein Tipp anonym war und bleiben sollte, gab ich an, auf welche Kuverts und Schriftstücke diejenigen achten müssen, die die Beiträge auswerten. Außerdem ist Bedingung, dass Betty LaCook meine Einsendungen persönlich liest. Meine zuverlässige Quelle verriet mir, dass das klappt. Deshalb ist es nun an der Zeit, die weiteren Vorbereitungen zu treffen.

Ich öffne die Tür. Meine Hände wirbeln durch die Luft, schnappen sich den Griff der verchromten Rollbahre. Ehe ich sie aus der Kühlkammer ziehe, höre ich ein jaulendes Geräusch aus dem Nebenraum. Meine Perle ist also wach. Da das heute nicht ihr großer Auftritt ist, sondern der meines Burschen, hat sie nichts zu melden. Ich muss mich auf ihn konzentrieren, da kann ich ihr Geheul nicht gebrauchen. Ich lasse von der Bahre ab, ziehe die Fernbedienung für die Stereoanlage aus meiner Hosentasche und drehe die Lautstärke noch etwas weiter auf. Dann lausche ich. Außer der Musik ist da nichts mehr zu hören. Gut so!

Widerstands- und beinahe lautlos rollen die leichtläufigen Räder der Bahre in die Richtung, die ich bestimme. Das Gewicht des Körpers, der auf der Trage unter dem Tuch verborgen liegt, ist kaum zu spüren. Einem Magier gleich lüfte ich das Tuch. Zum Vorschein kommt ein schlaksiger Kerl mit durchgeschnittener Kehle.

»Na, wie fühlst du dich heute? Etwas unterkühlt?« Ich la-

che über meinen platten Witz. Heute ist mir irgendwie nach Herumalbern. Beethovens Fünfte verklingt und wird durch eine Komposition von Mozart ersetzt. Die treibenden Violinen befeuern mich, und ich greife mit ausholender Geste nach dem Skalpell. Als hätte ich Publikum, verneige ich mich, nicke zu jeder Seite des Raumes, als stünde ich in einer imaginären Oper. Die scharfe Klinge des Skalpells lasse ich im Licht der Deckenleuchte aufblitzen, dann senke ich sie in die bläulich schimmernde Haut des tiefgefrorenen Körpers. Mit der Zeit und Übung habe ich mir meine ganz eigene Schnitttechnik angeeignet. Es haben ein paar Präparate als Übungsobjekte herhalten müssen, bis ich den für mich perfekten Schnitt, um einen Menschen zu häuten, fand.

Mutter ist mir besonders gut gelungen. Max hingegen ist ein Desaster gewesen. Darum habe ich ihn auch nicht mehr. Nach all dem ausgestopften Kleinvieh ist mir klar geworden, dass ich zu Größerem bestimmt bin. Elefanten gibt es in der Gegend leider keine, aber dafür umso mehr Menschen.

Max war mein Versuchsobjekt. Nachdem er mir alles beigebracht hat, ist er für mich nicht mehr von Nutzen gewesen. Als ich ihn einmal gefragt habe, ob er auch Menschen präparieren würde, hat er angeekelt die Nase gerümpft.

»Das geht über den guten Geschmack hinaus«, hat er geantwortet. Verstanden habe ich das nie. Ob jemand seine Miezekatze ausstopfen lässt, weil er sich aus reiner Zuneigung nicht trennen kann, oder ob jemand dasselbe aus denselben Motiven mit einem geliebten Menschen tut; wo liegt da der Unterschied?

Ich ziehe das Skalpell konzentriert über den Brustkorb, der niemals mehr einen Atemzug machen würde. Dank mir.

Vorsichtig löse ich die Haut von Fleisch und Muskeln. Die

Arbeit ist anstrengend und zerrt an meinen Kräften. Einmal mehr wird mir bewusst, dass die Haut des Menschen nicht umsonst das größte Sinnesorgan ist.

Wie viel Zeit verstrichen ist, ehe ich mir eine Pause gönne, weiß ich nicht. Ein sicheres Zeichen dafür, aufzuhören, ist, wenn meine Hand zu zittern beginnt. So wie jetzt. Ich spüre, dass meine Bewegungen eckiger und ungeduldiger werden. In diesen Momenten muss ich die Arbeit einstellen. Erzwinge ich etwas, ruiniere ich mehr, als ich davon profitiere.

Ich lege mein Werkzeug weg, schüttle meine verkrampften Finger aus und betrachte mein Werk. Die Müdigkeitserscheinung kommt genau zum richtigen Zeitpunkt. Die Haut ist vollständig abgezogen, Fett und Fleisch habe ich weitestgehend entfernt. Vor mir präsentiert sich nun ein geschälter menschlicher Körper, bestehend aus mattem, rosafarbenem, von weißen Fasern durchzogenem Gewebe.

Zwischen den Rippenbögen liegen die Organe, die allmählich auftauen. Damit es nicht so weit kommt, muss die Bahre zurück in den Kühlraum. Nur zu gerne hätte ich mich bereits jetzt an das Ausweiden gemacht!

Meine Lieblingsaufgabe bei diesem Teil der Präparation ist das Entfernen des Gehirns. Ich muss mich aber noch ein wenig gedulden. Denn zuerst muss ich die abgezogene Haut haltbar machen. Das Gerben braucht Zeit, deshalb muss ich gleich damit beginnen. Die Innenseite der Haut wird dabei mit nicht jodiertem Salz eingerieben und dann getrocknet. Das dauert ungefähr 24 Stunden und muss womöglich mehrmals wiederholt werden. Bei diesem Präparat ist es jedoch nicht so wichtig, ob die Haut gut getrocknet ist oder nicht. Der Kerl muss nicht wirklich perfekt, geschweige denn lange haltbar sein, deshalb kann ich diesen Vorgang abkürzen. Ganz darauf verzichten, will ich aber dennoch nicht.

Während der Trocknungszeit der Haut kann ich die restliche Arbeit erledigen, ehe ich die Haut dann wieder einweichen und geschmeidig machen muss, um sie über den modellierten Körper ziehen zu können.

In welcher Position die Figur für den Rest ihres Daseins verharren soll, entscheide ich meist, bevor ich mit der Arbeit beginne. In die gewünschte Pose bringe ich sie dann nach der Häutung, um einen Gipsabdruck anzufertigen. Dieser Abdruck ergibt das Negativ des Körpers. Die entstandene Form teile ich in der Mitte, damit ich eine Rück- und eine Vorderseite habe, in die ich später eine Modelliermasse streiche. Dann muss ich das Skelett von allem Verderblichen befreien und gründlich reinigen. Die Knochen verbinde ich anschließend alle miteinander und fixiere sie in der gewünschten Position. Mit Schnüren lasse ich die Knochenmarionette an einem Fleischerhaken im Raum schweben, damit ich die angefertigte Form von hinten und vorne auf das Skelett drücken kann.

Schließt die Form nahtlos, würde später, nachdem ich die Schale von der Masse abgelöst habe, auch die Haut wieder passen und sich einigermaßen problemlos überziehen lassen.

Manche Tierpräparatoren verwenden künstliche Nachbildungen von Tieren, um die Haut darüberzuziehen und dann nur noch die Hohlräume, die entstehen können, auszufüllen.

Ich nicht. Ich baue auf dem Skelett des Toten auf. Es ist immer wieder faszinierend, nach dem Entfernen der Form das Ergebnis zu sehen. Außerdem arbeite ich auch gerne mit Stroh, anstelle der Modelliermasse. Das hat etwas Urtümliches. Ich bilde den Körper dann in einer Mischung aus Stroh und Kleister sowie Strohbündeln ab. Das Endresultat wirkt von der Formgebung her meist weniger realistisch, aber gerade das gefällt mir: Der Mensch wird zu einem Kunstobjekt. Oder ich präpariere sie nicht ganz, sondern nur teilweise und etwas provokativer, indem ich keine Formen anfertige, sondern einfach die Muskel- und Fleischmassen durch Stroh ersetze und die gelöste Haut locker darüber zusammennähe. Ich habe viele Varianten entwickelt, meiner Leidenschaft und Fantasie Ausdruck zu geben. Meist hat das mit der eigentlichen Taxidermie nicht mehr viel zu tun.

Ich atme durch, betrachte meine Hände. Sie sind bereit, weiterzuarbeiten. Ich stelle die inzwischen verstummte Musik wieder ein, stelle mich an das Kopfende der Bahre und lege eine Hand auf die gehäutete Wange. Ohne Augenlider sehen die Augäpfel stets ungewohnt aus. Davon lasse ich mich jedoch nicht beirren, sehe den jungen Mann oder das, was von ihm übrig ist, wohlwollend an.

»Ich schiebe dich jetzt zurück in die Kammer. Wir wollen ja nicht, dass du auftaust, nicht wahr?«

»Ich habe keine Zeit für dieses Chaos in meinem Gefühlsleben.« Tessa wanderte in ihrem Wohnzimmer auf und ab, das inzwischen heiß gelaufene Handy am Ohr. Sie drehte die Sprechmuschel von ihrem Mund weg, strich sich mit Zeigefinger und Daumen die Haare in ihrem Dutt glatt, obwohl sie überhaupt nicht abstanden, und blies ihre Wangen auf. Gleich als sie kurz vor Mitternacht von Jürgen nach Hause gekommen war, hatte sie Nathalie eine SMS geschrieben. Anstatt per SMS zu antworten, hatte Nathalie keine Minute später angerufen, und Tessa hatte Dampf abgelassen.

»Das weiß ich doch. Aber im Grunde ist nie der richtige Zeitpunkt für ein Gefühlschaos. Genau deswegen muss man Gelegenheiten wahrnehmen, wenn sie sich bieten.«

»Ich werde Colin nicht anrufen.«

»Dann lass es. Aber er wird dir nicht aus dem Kopf gehen, solange du versuchst, deine Gedanken an ihn zu ignorieren. Was dir nicht aus dem Kopf geht, braucht Platz. Platz, den du derzeit für anderes dringender benötigen würdest.« Nathalie feuerte die Herleitung ihrer Logik nicht ohne ein gewisses Maß an Stolz durch das Telefon.

Nati wusste, dass sie richtiglag, und das ärgerte Tessa. »Schlussfolgerungen sind total dein Ding, nicht wahr?«, gab sie deshalb bissig zurück.

»Nur, wenn sie richtig sind. RUF IHN AN.«

»Herrje, ich muss Unmengen an Manuskriptauszügen lesen, aus denen ich irgendwie ein Buch basteln soll, dazu muss ich noch eine Kochshow produzieren, in die ich frische Ideen einbauen muss. Die Fasnacht, Leitthema der derzeitigen

Shows, steht zu allem Übel unmittelbar bevor, und ich habe noch keinen Dunst, wie ich die letzte Sendung vor dem großen Lichterlöschen gestalten soll. Ich kann mich nicht auch noch auf Privates konzentrieren!«

»So ist es. Mal abgesehen davon, dass du ein Team hast, das sich über den Inhalt deiner Show den Kopf zerbricht. Genauso, wie du mich hast, die sich auf dein Privatleben konzentriert. Deshalb hör auf mich, wenn ich dir sage: Wenn Jürgen diese Frau wirklich eine vorübergehende Sekretärin engagiert hat, freu dich für ihn und sieh dir an, was sich daraus entwickelt. Glaub mir, du bist nicht eifersüchtig! Du bist nur angesäuert, weil er nach langen, vergeblichen Versuchen, bei dir zu landen, neue Wege geht. Colin ist gut für dich. Deine Intuition scheint das schon zu wissen, sonst würde er dir wohl kaum im Kopf herumschwirren. Du bist neugierig, was mit ihm noch so möglich ist? Dann finde es heraus!«

Tessa und Nathalie beendeten das Gespräch, nachdem sie noch einige Belanglosigkeiten ausgetauscht hatten. Tessa ließ das Telefon auf den schlichten Esstisch segeln, zog den ebenso schlichten Holzstuhl darunter hervor und setzte sich seufzend. Sie fühlte sich ausgelaugt und war durcheinander. Mit den Händen den Kopf umschlossen, die Ellbogen auf der Tischplatte abgesetzt, wog Tessa ab, was sie tun sollte.

Ruf ihn an. Ruf ihn an. Ruf ihn an! Rief ihre innere Stimme, aber ihre Hände rührten sich nicht. Sie war wie blockiert, starrte das dunkle Display des Telefons an und brachte nicht den Mut auf, Colins Nummer zu wählen. Wie ein Teenager, dessen Synapsen und Hormone verrücktspielten.

Was sollte sie ihm sagen?

Während Tessas Gedanken kreisten, ohne einer Lösung auch nur nahezukommen, leuchtete auf einmal der Bildschirm ihres Telefons auf. Tessa zuckte zurück, als wäre ihr Handy ein zum Leben erwachtes Monster.

Colin? Sie wurde sogleich nervös, die Handflächen feucht, obwohl das irrational war. Aber der vernünftige Teil in ihr hatte momentan nicht viel zu melden. Auch wenn sie ahnte, dass es nicht Colin war, war sie dennoch enttäuscht, als sie nach dem Telefon griff und Jürgens Name auf dem Bildschirm stand.

Mist! Sie blickte aus dem Fenster und nahm das Gespräch entgegen.

»Hallo? Hallo?«, kam es vom anderen Ende. Zum wievielten Mal konnte Tessa schlicht nicht sagen.

»Oh, hoppla! Tut mir leid, ich war in Gedanken.« Tessa riss den Blick vom Fenster los und fixierte die langweilig schwarze Tischplatte.

»Und ich dachte schon, es hätte dir die Sprache verschlagen.«

Tessa horchte auf. Sie riss das Telefon vom Kopf weg, während ihr das Blut in den Ohren rauschte. Entsetzt starrte sie auf das hell erleuchtete Display und schluckte schwer. Das am anderen Ende der Leitung war nicht Jürgen. Das war Colin. Sie drückte auf dem Handy herum. Jürgens Name erschien in der Liste der verpassten Anrufer.

Oh, Gott. Sie war so in Gedanken versunken gewesen, dass sie offenkundig nicht einmal bemerkt hatte, dass sie Jürgens Anruf verpasst und stattdessen jenen von Colin angenommen hatte. Was für ein Chaos!

Dazu kam, dass sie Colin schon wieder warten ließ. Sie drückte auf den blauen Balken oben an ihrem Display, der sie zum Anruf zurückbrachte. »Hallo, Colin.«

»Hallo, Tessa.«

Schweigen.

»Tut mir leid, dass ich dich nicht früher angerufen habe. Ich stehe derzeit etwas neben mir.«

»Wem sagst du das.« Tessa ging nicht weiter darauf ein. Erneutes Schweigen.

»Entschuldige, dass ich so spät noch störe.«

»Du störst nicht.«

Wieder brach das Gespräch ab, ehe er sagte: »Ich bin nicht besonders gut darin, mir eine Unterhaltung aus den Fingern zu saugen.«

Tessa musste lächeln. Auf einmal war die Nervosität, die innere Unruhe verflogen. »Na ja, ich würde sagen, dass das schon okay ist, aber ohne Gespräch ist ein Telefonat irgendwie sinnlos.«

Ein leises Schnauben. Ein Schmunzeln? Tessa stellte sich die Fältchen um seinen Mund vor, die erschienen, wenn er lächelte. Sofort wurde ihr warm in der Magengrube.

Verdammt! Sie war in ihn verknallt. Nach zwei Treffen. Man müsste meinen, sie sei aus dem Alter irrationaler Gefühlsausflüge raus, aber wie es aussah, war das ein Irrglaube.

»Stimmt«, meldete sich Colin wieder.

»Hm. Dann versuch ich's mal. Ich könnte dich doch zum Beispiel einfach fragen, warum du mich angerufen hast. Ein Versehen?«

»Schätze nein«, antwortete Colin nach kurzem Zögern.

»Also Absicht. Gut.«

»Gut?«

Flirteten sie etwa miteinander?

»Ja. Ich habe auch mit dem Gedanken gespielt, mich bei dir zu melden.«

»Tatsächlich? Dann hätte ich wohl doch noch etwas warten sollen.« Seine Stimme hatte sich verändert. Er klang beinahe forsch? Herausfordernd?

»Nein. Nein, eigentlich ist es besser so, denn, mal ehrlich, ich weiß nicht, ob ich wirklich den Mut gehabt hätte, zum Hörer zu greifen.«

»Warum nicht?« Jetzt schwang diese tiefe Wärme mit, die in Tessas Magen ein kleines Feuerwerk entfachte.

»Keine Ahnung, bin wohl ein Angsthase. Vielleicht hatte ich aber auch einfach keine Lust, von dir zu hören, dass du mich nicht hören willst.« Oh, Gott, hatte sie das eben wirklich gesagt? Tessa biss sich auf ihre verräterische Zunge, während sie angespannt auf seine Reaktion wartete.

Wieder dieses leise Schnauben, das sie nur zu gerne als Schmunzeln eingestuft hätte. »Eigentlich dachte ich, wir wären zu verschieden. Aber irgendwie scheint Nathalie einen guten Riecher bewiesen zu haben.«

Tessa konnte nicht glauben, was sie da hörte. Ein Grinsen breitete sich auf ihrem Gesicht aus. Sie jubelte innerlich. »Zumindest scheinen wir uns nicht ganz unsympathisch zu sein.«

Tessa wusste, dass er ihrer Antwort das Strahlen, das er auf ihr Gesicht gezaubert hatte, anhörte. Aber das war jetzt egal. Er mochte sie. Er flirtete. Mit ihr!

»Wie läuft es mit deiner Buchwette?«

Versuchte er nun doch eine Unterhaltung zu beginnen?

Auf einmal erschien alles, was vorher langweilig und frustrierend gewesen war, in einem anderen Licht. Der warme Gelbschimmer ihrer Stehlampe in der Ecke des Esszimmers, die weißen Vorhänge, ihre liebevoll gestaltete Dekoration, die Möbel im Landhausstil, all das strahlte eine Wärme aus, die der sexy Typ am Telefon vervollständigte. Zeit also, sich zu entspannen.

Tessa schob ihren Stuhl zurück, zog einen zweiten unter dem Holztisch hervor, legte ihre Füße auf das graue Stuhlkissen und lehnte sich zurück. »Nun, wie soll ich sagen, es ist kompliziert.«

»Das bedeutet?«

Sie hatte ihm mit ihrer Wortwahl eine Chance eingeräumt, sich zurückzuziehen. Er hätte sich mit einem einfachen »aha« oder »tut mir leid« aus der Unterhaltung stehlen und das Gespräch beenden können, aber er fragte nach. Tessas Ohren wurden rot vor Freude.

»Ich fand die Idee von Anfang an schlecht. Jürgen hat aber darauf bestanden, die Wette durchzuziehen. In der Regel hat er ein Gespür für die richtigen Entscheidungen, zumindest in beruflicher Hinsicht. Aber ich glaube, bei diesem Projekt haben wir uns in die Nesseln gesetzt.«

»In beruflicher Hinsicht? Dann hat er privat kein gutes Händchen?«

»Ehrlich gesagt, kann ich das nicht beantworten. Er hat eine ganze Weile versucht, mir den Hof zu machen.«

»Auf das Risiko hin, etwas zu offensiv zu sein: An Jürgens Wahl im Privatleben ist grundsätzlich nichts auszusetzen. Im Augenblick bin ich aber versucht zu sagen, dass ich froh bin, wenn er privat bisher nicht den gewünschten Erfolg erzielt hat.«

Nun erröteten auch noch Tessas Wangen. Seit wann war es so heiß hier drin?

»Warum denkst du, ihr hättet euch mit der Buchwette in die Nesseln gesetzt? Kommt ihr nicht voran?«

Colin ließ Tessa keine Zeit, auf seine Aussage einzugehen,

was ihr eigentlich ganz recht war. Sie hätte nicht gewusst, wie sie reagieren sollte.

Sie sortierte ihre Gedanken und schob die verwirrenden Gefühle beiseite. Obwohl er am Tag der Verkündung der Wette am Ende der Aufzeichnung der Sendung bei ihr im Studio gewesen war und von der Wette wusste, begann sie von Anfang an zu erklären. »Weil ich mich weigerte, ein Buch zu schreiben, weil ich in dieser Richtung ziemlich talentfrei bin, hielt Jürgen es für eine gute Idee, mein Publikum miteinzubeziehen. Also habe ich in meiner Sendung einen Aufruf gestartet.«

»Das habe ich mitbekommen.«

»Genau, du warst ja da.« Wieder wurde Tessa warm, als hätte sie einen Single Malt auf ex getrunken. Sie musste sich räuspern, um ihre plötzlich trockene Kehle frei zu bekommen. »Jedenfalls wurden wir ab diesem Augenblick mit Einsendungen überhäuft. Wir lesen sie, werten sic aus. Es ist gutes Material dabei. Aber ich habe keinen Schimmer, was ich damit anfangen soll. Wie soll ich mich für etwas entscheiden? Wie bekommen wir diese Fetzen unterschiedlicher Geschichten zusammen? Was für eine Art Geschichte soll es werden?«

»Ihr seid euch noch nicht einmal darüber einig geworden, was das für ein Buch werden soll?«

»Nun, nein.«

»Ihr habt also im Grunde keinen Plan.«

»Nein. Auch etwas, das überhaupt nicht nach Jürgen klingt.«

»Gut, vielleicht hat er schon immer so gearbeitet, aber du merkst das erst jetzt, da du ihn besser kennst und viel früher in seine Aufgabenbereiche miteinbezogen wirst, als es in der Vergangenheit der Fall war.«

Das klang plausibel. »Daran habe ich noch nicht gedacht. Beruhigt mich aber nicht besonders. So betrachtet hatte ich nur pures Glück, dass aus meiner Karriere vom Nobody zur Fernsehköchin etwas geworden ist.«

»Was zum Beispiel schicken euch diese Hobbyautoren? Liebesgeschichten? Krimis? Illustrationen für Kinderbücher?«

Tessa lachte leise. »Nein. Aber …« Bei der Erinnerung, die sich auf einmal in den Vordergrund drängte, wich der warme Nebel, den Colin um sie gehüllt hatte.

»Was aber?«

Er klang plötzlich angespannt. Tessa spürte, dass sie soeben einen Eindruck vom Polizisten in ihm bekam. Colin schien etwas schneller auf der Hut zu sein als andere Menschen. Sollte sie ihm dennoch von dem Bild erzählen, das sie erhalten hatte? Oder von den grausigen Texten, die Jürgen so spannend fand? Oder würde Colin womöglich mehr dahinter sehen, sobald der Ermittler geweckt war, der in ihm schlummerte?

Ihre Vorurteile der Polizei gegenüber brannten mit ihr durch, und sie wusste es. An ihrer zwiespältigen Meinung Gesetzeshütern gegenüber war alleine ihr Onkel schuld. Der Bruder ihres Vaters war Polizist gewesen. Zwar nur ein Dorfpolizist, aber dafür umso aufgeblasener. Er war ein strenger Mann gewesen, stets darauf bedacht, dass die Gesetze in seinem Dorf eingehalten wurden. Es war aber nicht immer ganz klar, von welchen Gesetzen die Rede war; von denen des Landes oder von seinen eigenen. Abends, wenn er seine Uniform ablegte, war er eigentlich ein netter Kerl, solange er gute Laune hatte.

Aber Colin war nicht ihr Onkel. Deshalb fackelte Tessa nicht mehr lange und erzählte Colin von dem Foto.

»Das Gesicht einer Frau war abgebildet?«

»Ja, ein dummer Streich, mehr nicht.« Tessa wollte nicht länger darüber sprechen. »Ansonsten erhalten wir schöne Texte, aus denen sich ein gutes, romantisches Buch mit einer soliden Liebesgeschichte basteln ließe. Ich könnte mir gut vorstellen, sie irgendwie zusammenzusetzen. Jürgen sieht das aber etwas anders. Er fährt total auf einen Text ab, den ich heute ausgepackt habe. Ein ziemliches Psychoding, aufgebaut wie eine Art Memoiren. So nennt er es auch, er betitelt seine Texte mit *Memoiren eines Künstlers*. Schon irgendwie spannend, aber erstens weiß ich nicht, womit ich das zusammensetzen und zu einem Buch vervollständigen soll, zweitens kann ich meinen Zuschauern und Fans das nicht zumuten.«

Tessa verstummte. Colin hatte seit Längerem nichts mehr von sich hören lassen. Sie war sich nicht sicher, ob er überhaupt noch zuhörte. »Colin, bist du noch dran?«

»Memoiren eines Künstlers?«, fragte Colin nach. Er klang seltsam. »Du kannst mir nicht zufällig einen Auszug davon wiedergeben?«

Das plötzliche Interesse an dem Beitrag machte Tessa stutzig. »Na ja, es stand da so etwas von einem Killer, der einem Typen, den er per Anhalter mitgenommen hat, den Hals aufschlitzte oder so ähnlich. Dann hat er die Leiche eingepackt, um sie später auszustopfen und mit einer Nachricht auf einen Wagen zu stellen, den er anzünden wollte. Einfach ziemlich abgedreht und nicht weiter der Rede wert.«

»Was für eine Nachricht?« Colin sprang nicht auf das Ausweichmanöver an, was Tessa irgendwie nervös machte.

»Ähm, warte, es war, glaube ich, nur ein Wort.« All die wild durcheinanderwirbelnden Gedanken und Gefühle der vergangenen Stunden erschwerten es ihr, sich den Text wieder vor Augen zu führen. Abgesehen davon, dass ihr der Inhalt im Detail nicht wichtig genug gewesen war, um ihn sich wörtlich zu merken. »Ein Beruf oder auch ein Nachname … Zimmermann … Nein. Koch? Quatsch.« Sie überlegte weiter, wunderte sich selbst über ihr mangelndes Erinnerungsvermögen. »Bauer?«, versuchte sie es noch einmal, in der Hoffnung, Colin würde diesem traurigen Ratespiel ein Ende bereiten, indem er das Interesse verlor. Aber diesen Gefallen tat er ihr nicht; im Gegenteil. Er überraschte sie, indem er aus dem Nichts das richtige Wort nannte: »Jäger.«

Mittwoch, 9. März 2011
Im Kochstudio/5 Tage bis zur Fasnacht

Tessa war durcheinander. Nachdem sie Colin gestern von der Einsendung erzählt hatte, hatte er sie aus heiterem Himmel einfach abgewürgt. Sie konnte nicht verstehen, was geschehen war. Hatte sie etwas Falsches gesagt? Weiter darüber nachgrübelnd widmete sie sich wieder dem Teig, den sie für die anstehende Sendung vorbereitete. Gedankenversunken knetete sie die klebrige Masse und teilte sie dann in zwei Schüsseln auf.

»Was geschieht eigentlich mit all dem Essen, das du vorbereitest?«

Tessa fuhr vor Schreck zusammen. Sie stand mit dem Rücken zur Tür und hatte nicht bemerkt, dass jemand eingetreten war. Sie drehte sich um.

Da stand er, in voller Größe: Colin. Zu seinen Füßen Chiara, seine treue Begleiterin.

Tessa musste derart verstört dreingeblickt haben, dass er sich zu einer Entschuldigung genötigt sah, bevor er eine anständige Begrüßung formulierte. »Tut mir leid, dass ich unser Gespräch gestern so schnell beendet habe.«

»Du hast das gemerkt?«

Er steckte seine Hände in die Jeanstaschen und besaß den Anstand, etwas verlegen zu wirken.

»Arbeitest du auch mal?«, fragte Tessa, während sie seine Aufmachung musterte. Sie hatte ihn noch nie in seiner Uniform gesehen, obwohl sie sich schon zu den unmöglichsten Zeiten begegnet waren.

»Kommt vor, ja. Heute Morgen waren Chiara und ich beim Training, heute Abend haben wir Schicht.«

»Verstehe.« Unangenehmes Schweigen drohte zu entstehen, was Tessa verhindern wollte. »Willst du mir verraten, weshalb du hier bist? Ich habe nämlich nicht besonders viel Zeit, ich stecke geraden mitten in den Vorbereitungen für meine nächste Sendung.«

»Das kann ich sehen. Gehört das Abknabbern der Teigreste von Fingern auch dazu?«, fragte Colin mit einem versöhnlichen Lächeln.

Tessa errötete prompt. Er hatte sie tatsächlich erwischt, wie sie einem ihrer Laster nachgegeben hatte. »Ja. Genauso wie das Ablecken der Rührkelle nach der Fertigstellung des Kuchenteigs. Ich muss schließlich probieren, was ich zubereite.«

»Verstehe. Und das Mehl an deiner Schläfe? Gehört das zum neuen Make-up?«

Unweigerlich strich sich Tessa mit dem Handrücken über die Stirn. Sie erkannte an seinem schiefen Grinsen, dass sie sich dank ihrer verklebten Hände nur noch mehr mit Mehl und Teig beschmiert hatte, anstatt den Fleck wegzuwischen.

Colin trat auf sie zu, zog eine Hand aus seiner Hosentasche und streckte sie nach ihr aus. Tessa blieb beinahe das Herz stehen. Doch auf halbem Weg hielt er inne. Die Hand hing in der Luft. Anstatt ihr das Mehl aus dem Gesicht zu wischen, sagte er nur: »Du hast da noch mehr.« Dann ließ er die Hand sinken, und Tessas Stimmung schloss sich der Hand an. So schnell, wie die Hoffnung auf eine Berührung von ihm in ihr aufgeflackert war, so groß war die Enttäuschung, dass er sich nicht weiter vorgewagt hatte. Hinzu kam ihre Verärgerung, dass sie sich derart zu ihm hingezogen fühlte. Sie gab sich

Träumereien hin, die nicht aus dem echten Leben, sondern aus einem kitschigen Roman stammten.

Sie musste der Situation ein Ende setzen und ihn dann aus ihrem Leben streichen. Also wandte sie sich von ihm ab und drehte den Wasserhahn auf. Über das Rauschen des Wassers fragte sie ihn so neutral wie möglich: »Colin, was willst du hier?«

»Ich möchte dich bitten, mir den Text, von dem du mir gestern erzählt hast, auszuhändigen.«

Tessa hörte auf, sich den Teig von den Händen zu reiben, und drehte ihren Kopf so weit, dass sie ihn sehen konnte. »Warum?« Sie sah ihm an, dass er abwog, was er ihr mitteilen sollte und was nicht. »Raus mit der Sprache. Warum?«

»Nicht hier«, antwortete er schließlich.

»Wir sind alleine, Colin. Es hört niemand mit.«

»Wasch dich, dann setzen wir uns. In Ordnung?«

Das klang Tessa alles zu ernst. Was war hier los? Was wollte Colin mit dem Text? Woher kam dieses Interesse daran? Sie tat, wie geheißen. Rieb sich die Hände trocken und ging hinüber zur den sechs Tischen, die in der Mitte des Raumes zu einem großen zusammengeschoben worden waren. Während Tessa sich ans obere Ende setzte, zog Colin den Stuhl zu ihrer Rechten unter der Platte hervor.

»Du hast am vergangenen Mittwoch gesagt, dass du dich an den Fasnachtsmörder erinnerst?«, begann er ohne weitere Umschweife.

Als wäre sie vom Blitz getroffen worden, sauste bei dieser Frage ein unangenehmes Kribbeln durch ihre Nervenbahnen. »Ja. Nach unserer Unterhaltung am Rhein ist die Erinnerung lebendiger denn je.« Angespannt wartete sie Colins weitere Erklärung ab.

»Es gibt da etwas, das in diesem Zusammenhang nie an die Öffentlichkeit gedrungen ist.«

»Das wäre?«

»Die Polizei erhielt wenige Tage nach der Fasnacht per Post drei Umschläge. In den Umschlägen befanden sich jeweils drei Schriftstücke, in denen stand, wie die Taten vorbereitet und umgesetzt worden waren. Die Leiche auf dem Sockel des Hotels *Les Trois Rois*, die Tote in der Schubkarre und die Figur am Kopf des Waggiswagens.«

»Oh, Gott … Sag bloß …«

Colin atmete schwer ein. »Alle Berichte begannen mit den Worten *Memoiren eines Künstlers*. Aus der Sicht des Täters erhielt der Leser die Taten geschildert.«

»Nein!«

»Doch. Aber an dem, von dem du mir erzählt hast, ist etwas neu.«

»Ach ja? Was denn?«

»Der Schreiber erwähnt meinen Namen.«

Memoiren eines Künstlers

Mittwoch, 9. März 2011

Betty LaCooks heutige Sendung war nicht besonders gut. Sie wirkte angespannt und nicht so heiter wie üblich. Woran das liegen mochte? Vielleicht an meiner Post? Der Gedanke gefällt mir, aber ich kann ihm nicht weiter nachhängen. Die nächste Auserwählte muss vorbereitet werden. Ehe ich mich um sie kümmere, muss ich meine weinerliche Gefangene ruhigstellen. Ich habe ihre Verwertung so weit wie möglich hinausgezögert. Es war nett, etwas halbwegs Lebendiges um sich zu haben. Aber jetzt nervt sie nur noch.

Sie vegetiert nun schon seit über einer Woche in der Kammer vor sich hin. Sie ist zäh, das muss man ihr lassen. Ich hätte nicht gedacht, dass sie so lange durchhält. Ich verfolge die Nachrichten, halte mich auf dem Laufenden, was die Suche nach ihr anbelangt. Die Polizei tappt bisher im Dunkeln. Immer wieder blenden die Fernsehkameras die Suchtrupps ein. Nicht selten wird dieses eine Arschloch, das mich zu einer Tat gezwungen hat, die ich ihm niemals vergeben werde, gefilmt: Colin Jäger. Er hat stets seine Hündin dabei. Sie ist ein aufgewecktes Tier, vor dem ich mich in Acht nehmen muss. Wie sehr, habe ich vor Kurzem ausgetestet. Sie ist mir in der Kanalisation beunruhigend nahe gekommen …

Sogar in der Zeitung sind die verpixelten Gesichtszüge des Duos zu erkennen gewesen. Bildunterschrift: Sie geben die Hoffnung nicht auf.

Oh, wie heldenhaft!

Ein leises Knacken ist zwischen meinen Fingern zu vernehmen. Der Füllfederhalter hält dem Druck, den ich auf ihn ausübe, nicht mehr lange stand. Ich knirsche zudem mit den Zähnen, wie ich feststelle. Das Geräusch wirkt wie ein Weckruf. Ich drohe, mich in meiner Wut zu verlieren. Dieser Dreckskerl versetzt mich jedes Mal aufs Neue in Rage!

Doch mit der Erkenntnis kommt die Ruhe. Ich wechsle den Füller von der einen in die andere Hand und zurück. Das mache ich, bis ich mich beherrscht genug fühle, um weiterzuschreiben. Jäger ist Teil der Suchaktion der Vermissten, die ich hier bei mir habe. Meine Perle. Ich zeige ihr die Aufnahmen und die Zeitungsartikel im Zusammenhang mit der Suche nach ihr. Ich habe ihr auch Jäger gezeigt und ihr erklärt, wer er ist. Sie ist eine Verbündete geworden. Eine Mitwisserin. Außerdem halte ich alle da draußen zum Narren. Denn ich bin der Einzige, der weiß, dass sie noch lebt. Die Außenwelt habe ich bewusst im Ungewissen gelassen.

Aber genug von dem Mädchen in der Kammer. Jetzt will ich noch ein letztes Mal prüfen, ob mein Junge auch wirklich bereit für seinen Einsatz ist. Die letzten Fotos muss ich auch noch schießen.

Seine Haut ist gut getrocknet, ich habe sie bereits wieder geschmeidig machen und ihm überziehen können. Das ist nicht ganz so anstrengend wie das Abziehen gewesen, aber dennoch schweißtreibend. Ich habe mich dafür entschieden, den Körper nur bis zu den Oberschenkeln mit Modelliermasse nachzugießen. Die Beine habe ich mit Strohgebinden geformt, obwohl das mehr Zeit kostete. Ich brauchte sehr viel Stroh, aber es ist den Aufwand wert gewesen. Seine drahtige Beinstruktur nachzustellen, hat Spaß gemacht. Die Rekonstruktion seines Gesichts um den penibel gesäuberten Schädel ging mir besonders leicht von der Hand. Der Abguss war gut ge-

lungen, die Struktur der Gesichtszüge war sauber definiert gewesen.

Das ist nicht immer so. Gerade das Gesicht stellt eine besondere Herausforderung bei der Nachbildung dar. Den persönlichkeitstypischen Ausdruck naturgetreu nachzubilden, das braucht ein gutes Auge und eine ruhige Hand.

Ich lehne mich zurück, hebe die soeben verfasste Seite an und überfliege sie noch einmal. Dann erhebe ich mich. Zum x-ten Mal gehe ich zur Kammer. Unzählige Male habe ich die Tür nun schon aufgezogen. Dieses Mal ist eines der letzten.

Der Lichtschein fällt auf ihre Beine. Ich ziehe die Kamera, die ich bei mir habe, weil ich den fertigen jungen Mann noch ablichten will, aus der Hülle. Ich halte sie in den Raum, drücke den Auslöser. Der Blitz zuckt durch die Kammer, erhellt für einen Wimpernschlag, was darin verborgen liegt.

Sie ächzt. In dem Raum riecht es nach Urin und fauligem Fleisch. Es ist höchste Zeit, zu beenden, was ich begonnen habe.

»Mädchen, mach dich bereit, dich aus dieser Welt zu verabschieden.«

Waldi ließ das Papier sinken.

»Was denkst du darüber?«, fragte Colin, der sich lässig an den Aktenschrank lehnte. Direkt nachdem er das verlangte Schriftstück von Tessa erhalten und den Protest von diesem arrogant wirkenden Jürgen ignoriert hatte, hatte er sich in sein Auto gesetzt und die Zeilen überflogen. Mit jedem gelesenen Wort stieg die Anspannung. Als er den Text durchhatte, startete er den Motor und fuhr, ohne sich anzukündigen, zu Waldi. Heute war Waldis freier Abend, er würde also zu Hause sein.

Waldi hatte einst mit seiner Ehefrau Kassandra ausgehandelt, einen Abend in der Woche für sich ganz alleine haben zu können. Er brauchte diese Auszeiten, um einfach nichts zu tun und nichts sehen und hören zu müssen, wofür er sich nicht selbst entschied. Sie gestand ihm diese Freizeit zu. Im Gegenzug trat sie dem Jodlerverein bei, der sich Mittwochabends traf und bei dem sie seit Langem gerne mitgewirkt hätte, aber Skrupel hatte, ihm etwas davon zu sagen.

Es war nicht einfach für Kassandra, mit einem Mann wie Waldi zusammen zu sein, das war Colin vollkommen klar, und deshalb bewunderte er sie. Er selbst hatte Waldis Wandel von einem sorglosen zu einem ernsten und in sich gekehrten, teilweise auch jähzornigen Mann hautnah miterlebt. Colin wusste, woran das lag. Er selbst wäre beinahe auch nicht mehr aus diesem gefährlichen Strudel herausgekommen.

Sie beide hatten den Fasnachtsmörder zu sehr an sich herangelassen, hatten die nötige Distanz nicht gewahrt und die Rechnung dafür bezahlt.

Während Colin keine Wahl gehabt hatte, ob er weiterhin mit Waldi ein Gespann sein wollte, hatte Kassandra sehr wohl die Freiheit gehabt, sich zu entscheiden. Sie blieb. Sie unterstützte ihren Ehemann, wo es nur ging. Dennoch konnte sie die Wut, die dieses bestialische Monster in Waldi hervorrief, nicht eindämmen. Natürlich nicht. Denn, als hätten sich die beiden jungen Polizisten, die sie damals waren, nicht sowieso schon zu weit aus dem Fenster gelehnt, fand diese Bestie mit der Zeit auch noch Spaß daran, sie persönlich zu attackieren.

»Das ist doch nicht möglich, oder?«, holte Waldi Colin aus seinen Gedanken.

»Es ist …« Colin brach ab. Er fand keine Worte dafür, was er empfand. Im Grunde konnte er kaum mehr einen klaren Gedanken fassen.

»Das da hat diese TV-Köchin bekommen, mit der du dich triffst?«

»Ich treffe mich nicht wirklich mit ihr.« Er wusste, dass das nicht das Thema war, aber irgendwie verspürte er das Verlangen, vom Eigentlichen abzulenken.

»Gut. Denn ich werde sie befragen, und ich werde nicht aufhören, ehe ich weiß, was ich wissen will. Da kann ich es nicht brauchen, dass ein Liebestoller mich stört«, pöbelte Waldi Colin an, ohne dass jener etwas getan hätte. Waldis Nacken errötete, gleich würde die Glatze folgen, und Waldi würde ausrasten. Colin erkannte die Anzeichen nur zu gut.

Da war es also wieder. Das Untier, das dieser mörderische Bastard aus Waldi gemacht hat. »Waldi, komm runter.« Colin war ruhig. Er hatte keine Angst vor seinem ehemaligen Partner. Er kannte ihn.

»Ich will nicht runterkommen«, zischte er zwischen zusammengebissenen Zähnen hervor. Er versuchte, die Beherrschung zu bewahren, wie lange das gut ging, konnte Colin nicht einschätzen. Dennoch blieb er, wo er war.

»Du brauchst Tessa nicht in die Mangel zu nehmen. Sie hat keine Ahnung. Das kannst du mir glauben, und das weißt du. Lass sie in Ruhe, ja?«

»Nein!«

Colin stützte sich mit beiden Händen auf der Tischplatte ab, hinter der Waldi saß, und sah ihm direkt in die Augen. Beide waren wütend, beide wussten genau, dass sie diese Wut im Augenblick auf den andern projizierten, weil eben nur der da war. Der Ursprung lag ganz woanders, und das wiederum wussten sie ebenso gut.

»Du lässt sie in Ruhe, Waldi, verstanden?«

Für eine gefühlte Ewigkeit war es still im Raum, nur das leise Surren der Luftpumpe im Aquarium neben Waldis Tisch war zu vernehmen.

»Also doch liebestoll.« Der finstere Schatten, der Waldis Augen verdunkelte, lüftete sich wie Nebelschwaden über dem Wasser.

Colin ließ erleichtert die Schultern sinken. Schon einmal hatte er Waldi seine Faust ins Gesicht gerammt, um ihn zur Besinnung zu bringen, als dieser die Beherrschung verloren hatte. Er würde es jederzeit wieder tun, war aber froh, dass es diesmal nicht nötig war.

Colin stieß sich von dem Tisch ab und betrachtete nachdenklich die Fische im Wasser. »Ich bin genauso wütend, Waldi. Aber wir können nicht jedes Mal aufeinander losgehen, wenn die Erinnerung übermächtig wird.«

»Ich weiß.« Waldi stieß frustriert die Luft aus. »Ich weiß. Aber sie fehlt mir. Immer noch.«

»Mir auch«, gab Colin offen zu, dem es bei dem Gedanken

an den Vorfall vor sechs Jahren und an die Zeit danach noch immer das Herz abschnürte. »Glaub mir, mir auch. Ich mache mir heute noch Vorwürfe, weil ich sie nicht retten konnte.«

»Wir. Wir konnten sie nicht retten. Sie war immerhin meine Schwester.«

»Und meine Freundin.«

»Vor allem aber war sie Polizistin. Wir sind es nicht, die uns Vorwürfe machen müssen. Wir tragen keine Schuld an ihrem Tod. Sondern er. Nur er allein hat sie auf dem Gewissen. So lange will ich dieses Mistschwein schon haben, seinen Hals zwischen meine Finger kriegen und zudrücken, bis die Adern in seinen Augen platzen. Aber ich bekomme ihn nicht zu fassen. Mit dem Blut meiner Schwester an den Händen ist er einfach von der Bildfläche verschwunden. Jetzt kriege ich endlich meine zweite Chance.«

»Du glaubst also auch, dass er es ist, der das geschrieben hat?«

»Ich glaube es nicht nur, ich weiß es. Dieser Hurensohn ist wieder da.«

Donnerstag, 10. März 2011
Bei Tessa/4 Tage bis zur Fasnacht

»Ich bin nicht glücklich damit, dass du ihm den Text überlassen hast.« Jürgen stand mit verschränkten Armen in der Tür zu Tessas Badezimmer. Sein Blick war ein einziger Tadel.

»Ich weiß. Aber ich hatte meine Gründe.«

»Die du mir nicht verrätst. Was ist das mit diesem Colin? Seit er auf der Bildfläche aufgetaucht ist, hast du dich verändert, und nicht gerade positiv.«

Tessa, die damit beschäftigt war, ihr Schminktäschchen zu bestücken, sah zu Jürgen auf. »Das ist Blödsinn, Jürgen«, sagte sie ruhig, spürte aber irgendwie, dass er vielleicht nicht ganz unrecht hatte. Eine charakterliche Veränderung hatte sie zwar nicht durchlebt, so viel Einfluss hatte die kurze Bekanntschaft nicht auf sie, und mehr war das mit Colin nicht. Dennoch, etwas in der Beziehung zu Jürgen war anders geworden. Und das ging ihm gegen den Strich.

Auf einmal dämmerte es ihr. »Du kannst es nicht ertragen, dass ich dir widerspreche und bei meiner Meinung bleibe, nicht wahr? Bisher hast du dir meine Ideen angehört, aber eigentlich immer alles so gedreht, dass wir es am Schluss auf deine Art gemacht haben.«

Jürgen blieb regungslos in der Tür stehen. Seine Mimik gab keinen Aufschluss darüber, ob sie ins Schwarze getroffen hatte oder nicht, aber sie wusste, dass sie richtiglag. Er liebte es, die Kontrolle zu haben, und sah den Einfluss auf sie bereits schwinden und die Welt, die er um sie herum aufgebaut hatte, in sich zusammenbrechen. Er konnte überreagieren und sehr dramatisch werden, wenn ihm die Kontrolle entglitt. Das brachte sie zum Lächeln.

Sie zog den Reißverschluss des kleinen Etuis zu, warf einen letzten Blick in den Spiegel, zwirbelte die Strähne, die sie aus ihrem Dutt gezogen hatte, noch einmal um den Finger, sodass die Locke richtig saß, und wandte sich dann Jürgen zu. Mit sanftem Blick und einem tiefen Gefühl der Zuneigung legte sie ihm die Hand auf die Wange. »Du musst nicht immer auf mich aufpassen. Du liegst in der Regel richtig, wenn es um Geschäfte geht. Auf menschlicher Basis kann ich aber sehr gut mit deinen Instinkten mithalten, weißt du? Ich bin erwachsen, ich kann meine eigenen Entscheidungen treffen, aber ich schätze es, wenn du versuchst, mich zu beschützen.«

»Ich weiß, dass du erwachsen bist«, antwortete Jürgen und griff prompt nach dem Handgelenk der Hand, die auf seiner Wange lag. Seine blauen Augen verdunkelten sich.

Auf einmal wurde sich Tessa bewusst, wie nahe ihr Gesicht seinem war, wie warm sich seine Haut anfühlte.

»Ich weiß, dass du erwachsen bist«, wiederholte er mit tiefer, rauer Stimme.

Tessas Haut kribbelte. Sie schluckte schwer. Sie wusste, dass sie die Berührung beenden musste, sonst würde geschehen, was sie so lange zu vermeiden versucht hatte.

»Jürgen …«, hauchte sie, doch da war es zu spät.

Der Kuss ging ihr durch Mark und Bein. Seine kontrollierte Strenge wich einer leidenschaftlichen Hitze. Er legte die Hand um ihre Hüfte und zog sie resolut an sich. Eine Geste, die ihr Blut zum Kochen brachte. Welche Frau wollte denn nicht erobert werden? Ihre benebelten Sinne konnten kaum mehr einen klaren Gedanken fassen. Verdammt, war das gut.

Er. Er war gut. Er schmeckte wunderbar. Die Hitze war herrlich, aber …

Das Gefühl war falsch. Sie spürte seine glatte Haut unter den Fingern, die kantige Struktur seines Gesichts. Sie streifte das Gestell seiner Brille.

Meine Güte …

Die Wogen des ungestümen Verlangens brachen wie Bauklötze in sich zusammen. Tessa zog sich zurück, sah das Feuer, das nach wie vor loderte, in seinen Augen – in seinen blauen Augen.

Meine Güte!, dachte sie wieder, als ihr klar wurde, in welche Richtung ihre Fantasie sie führte. Sie wünschte keine glatte Haut, keine kantigen Formen. Sie wollte unter den Fingerspitzen Bartstoppeln, weiche Gesichtszüge und ein ausgeprägtes Kinn fühlen, wollte sich in braunen Augen verlieren, durch dunkles Haar fahren.

Kurz gesagt: Sie wünschte sich, diesen Augenblick mit Colin erlebt zu haben.

Scheiße!

Obwohl sie Colin kaum kannte, hatte sie irgendwie das Gefühl, sie würde ihn zu wenig fordern. Er fand sie nett, sicher. Anziehend vielleicht auch. Aber mit der Zeit womöglich zu langweilig.

Was hatte Nati in einer schwachen Sekunde über ihn gesagt? Die letzte ernste Beziehung hatte er mit einer Polizistin geführt? Eine Polizistin. Das klang tough. Eigenständig. Selbstbewusst. Resolut. Sie war bestimmt wunderschön gewesen und verdammt sexy in ihrer Uniform. Nein, da konnte die fremdgesteuerte Fernsehköchin Betty LaCook in ihrem Petticoat nicht mithalten. Tessa hatte erwartet, dass etwas kaputtgehen könnte, wenn sie sich Jürgen hingab, wenn auch nur für einmal. Sie hatte recht behalten, nur die Richtung, die das miese Gefühl, das sie jetzt hatte, einschlug, war unerwartet.

»Jürgen, wir sollten gehen«, sagte sie und hoffte, dass er ihre Verwirrung nicht missverstehen würde. Aber sie musste sich nicht sorgen, auf sein Ego und seinen Sinn für Pünktlichkeit war Verlass.

Er zog die Hand, die noch immer auf ihrer Hüfte ruhte, fort. An der Stelle wurde es unangenehm kalt. Warum war sie auf einmal so extrem sensibel?

Sie beobachtete, wie er sein Hemd und sein Jackett zurechtzupfte, und tat es ihm mit ihrem Kleid nach. Dann zwang sie sich zu einem Lächeln. »Gut so?«, fragte sie.

Er musterte ihr Gesicht. »Nein, warte.« Er richtete ihr Haarband. »Und hier, hier ist noch etwas Lippenstift, der da nicht hingehört.« Er legte den Daumen an ihren Mundwinkel, wischte mehr schlecht als recht darüber, verweilte cinen kurzen Moment und rieb ihr dann hauchzart über die Lippen. »Wunderschön«, murmelte er, während er mit dem Blick an ihrem Mund hängen blieb. »Du weißt nicht einmal, wie wunderschön du bist.«

Ihr Magen zog sich nervös zusammen. Nicht schon wieder. Entschlossen griff sie nach seinem Handgelenk und sah ihn fest an. »Wir müssen gehen, Jürgen, sonst kommen wir zu spät zu Ladys Vorfasnachtsevent. Das wäre ein gefundenes Fressen für Carlos.«

»Richtig.« Jürgen ließ von ihr ab. Er konnte es nicht riskieren, zu einer Wohltätigkeitsveranstaltung zu spät zu erscheinen. Schon gar nicht, wenn dort Tessas größter und überaus erfolgreicher Konkurrent Carlos zugegen war. Er war geradezu besessen davon, jeden Fauxpas in Tessas Verhalten zu finden, damit er sie dann bei jeder Gelegenheit daran erinnern konnte.

Jürgen blinzelte und war von einer Sekunde auf die andere wieder ganz der Geschäftsmann. »Nun denn, bist du bereit, dich Carlos zu stellen?«

Nein. »Ja.«

»Gut, dann los.«

»In Ordnung, der Junge wurde im heimischen Garten zuletzt gesehen. Seine Mutter sagte, er wollte seine Schwester, Loredana Isliker suchen, die, wie ihr alle wisst, seit zwei Wochen vermisst wird. Nach Aussage seiner Eltern wird er magisch von dem Wald hinter diesem Feld angezogen. Dort ist euer Suchgebiet.« Der Einsatzleiter deutete auf Colin und seine Kollegen. Chiara saß hechelnd an seiner Seite. Beide trugen ihre Uniformen. Chiara eine blaue Weste, Colin die schweren, dunklen Schuhe und die sperrige Jacke.

»Bevor ihr loslegt«, wandte sich der Einsatzleiter erneut an den Trupp, »ich weiß, einige von euch sind auch an der Suche nach Loredana beteiligt. Ich weiß auch, dass ihr den Jungen deshalb umso verbissener finden wollt. Aber übertreibt es nicht, okay?«

Colin fühlte das gewohnte Kribbeln in den Fingerspitzen: Adrenalin, das durch seine Adern pumpte. Sobald er Chiara das T-Shirt, das die Eltern des vermissten Jungen der Polizei überlassen hatten, vor die Nase hielt, würde sie nicht mehr zu bremsen sein. Dann musste er auf der Hut sein, um ihr einigermaßen auf den Fersen bleiben zu können. Er mochte seine Arbeit. Allerdings jagte er lieber Verbrecher als vermisste Kinder. Vorfälle mit Kindern konnte er nicht ausstehen, umso weniger, wenn sie Geschwister bereits Vermisster waren. Es sei denn, er konnte sie unversehrt zurückbringen. Aber das wusste man im Vorfeld leider nie.

Colin musste an die Schwester denken, die sie noch immer nicht gefunden hatten. Zwei Wochen war ihr Verschwinden jetzt her, und noch immer gab es nicht den Hauch einer Spur über ihren Verbleib. Er war bereits so weit gewesen, zu hoffen, dass sie doch wenigstens ihre Leiche fänden, um Gewissheit zu haben. Das war grausam, aber im Endeffekt besser, als sich ewig an dieses Fünkchen Hoffnung, dass sie eines Tages unversehrt zurückkehrte, zu klammern.

Das Vielversprechendste war noch die Verfolgungsjagd von vor ein paar Tagen gewesen, doch auch die hatte sie weder dem Täter noch dem Opfer näher gebracht.

Aber das war jetzt zweitrangig. Auch wenn ihm diese gescheiterte Verfolgungsjagd auf der Seele lag, galt es heute, in einem stockdunklen Wald einen vermissten Zehnjährigen zu finden, der auf eigene Faust nach seiner verschwundenen Schwester suchen wollte. Den Gedanken, der sich Colin aufdrängte, seit er vom Verschwinden des Jungen gehört hatte, versuchte er zu ignorieren: War es Zufall, dass der Junge nun auch verschwunden war? Hatten die Eltern etwas ausgefressen, dass ein Entführer es auf ihre Kinder absah?

Nein. Er musste positiv an die Sache herangehen.

Colin atmete durch. Sie würden den Jungen finden. Sie mussten einfach. Er brauchte dieses Erfolgserlebnis, und zwar dringend.

»Na gut, Leute, es geht los!«, erfolgte schließlich das Kommando, und die Truppe setzte sich in Bewegung.

Memoiren eines Künstlers

Donnerstag, 10. März 2011

»Sagen Sie, kommen Sie da auch mal wieder raus?« Es poltert an der Tür zu meiner WC-Kabine. Hastig klappe ich das kleinere Notizbuch zu, das ich immer bei mir trage, um auch unterwegs meine Gedanken niederschreiben zu können, und stecke es in mein Jackett. Zu Hause reiße ich dann die Einträge heraus und klebe sie in die großen Bücher.

Das Gepolter wird ungeduldiger.

Ich verspüre das dringende Bedürfnis, den Typen, der mich aus der Toilette klopft, anzuschreien und ihm klarzumachen, dass diese Kabine nicht die einzige in dem Waschraum ist, doch ich verhalte mich still. Denn das Letzte, was ich hier darf, ist auffallen. Ich ziehe meine Larve über, betätige die Klospülung, obwohl ich die Toilette überhaupt nicht benutzt habe, und schließe die Kabine auf. Davor steht der Kerl, der im Hintergrund die Fäden für dieses Fest zieht. Mit zusammengekniffenen Augen sieht er mich an.

»Wusste ich doch, dass ich Sie hier habe reingehen sehen. Dachten wohl, Sie könnten sich vor der Arbeit drücken! Tja, falsch gedacht. Und jetzt vorwärts. Ladys Gäste sind durstig.«

Ich gebe mich beschämt und drücke mich mit gesenktem Kopf an ihm vorbei. Ja, die Gäste auf Ladys Party wollen konsumieren. Sie fordern Lebensmittel, Alkohol und Unterhaltung. Von mir werden sie aber nicht verköstigt, sondern vor allem unterhalten. Das weiß dieser aufgeblasene Arsch aber nicht. Niemand weiß das. Niemand, außer mir.

»Betty LaCook, na sieh einer an. Sie sehen toll aus!«, säuselte Carlos mit einem falschen Lächeln, das seine gebleichten Zähne zeigte. Er nahm Tessas Hand und hauchte einen Kuss auf den Handrücken. Tessa hätte sie ihm am liebsten entrissen und sich vor Ekel geschüttelt, aber sie beherrschte sich. Mehr noch, sie bemühte sich um Höflichkeit.

»Carlos, welche Freude, dich zu sehen. Du siehst …« Sie zögerte. Viele Bezeichnungen für sein Aussehen lagen ihr auf der Zunge, keine davon wurde ihm gerecht und keine davon hätte Jürgen gutgeheißen, also wählte sie etwas Unverfängliches. »… gut gelaunt aus.«

Er löste sich von ihrer Hand und hob überrascht eine Augenbraue. »Schön, dass Sie es bemerkt haben! Ich habe auch allen Grund dazu!«

»Tatsächlich?«, fragte Tessa mit angestrengtem Lächeln.

»Aber ja! Ich eröffne bald ein neues Restaurant, meine neue TV-Show wird umwerfend werden, und ich habe eine Wette am Laufen, die ich nicht verlieren kann.« Carlos' Grinsen erinnerte an jenes der Grinsekatze aus *Alice im Wunderland*.

Tessa behielt ihr Lächeln bei, wenn auch alles in ihr »Arschloch!« schrie.

»Ist ja nett, Carlos. Wir würden gerne weiterplaudern, aber wir haben noch einige andere Gäste zu begrüßen«, übernahm Jürgen das Gespräch, legte seinen Arm um Tessas Hüfte und schob sie mit sanftem Druck weiter.

»Wie konntest du dich nur auf eine solch absurde Wette

mit diesem schmierigen Aasfresser einlassen?«, zischte Tessa, als sie sich außer Hörweite von Carlos wähnte.

»Wenn du die Wette gewinnst, ist ihm endlich sein monströses Mundwerk gestopft, wenigstens kurz. Ihn schert es nicht, ob die Leute ihn mögen, solange sie lieben, was er tut, und das ist nun mal leider der Fall. Aber es gibt genug Menschen, die gerne sehen würden, dass ihm jemand wenigstens einmal Paroli bietet. Wärst du diese Person, wäre das doch ganz wunderbar und nebenbei sehr förderlich für deinen Ruf und deine Karriere. Wenn Carlos etwas Gutes mit sich bringt, dann ist es die Tatsache, dass er Aufmerksamkeit auf sich zieht. Von diesem Rummel dürfen wir getrost auch ein bisschen profitieren, meinst du nicht?«

In diesem Licht hatte sie die Sache noch nie betrachtet. So hatte sie Jürgen auch noch nie reden gehört. Er, eine hinterlistige Ader? Natürlich hatte er die, sonst wäre er nie so weit gekommen. Aber offenkundig zugegeben, dass er jemanden nicht leiden konnte und ihm gerne eins auswischen würde, hatte er noch nie. Er trug stets eine Maske der Selbstkontrolle zur Schau, die nur selten leichte Risse bekam. Auf einmal wurde Tessa bewusst, in welchen Situationen und wegen wem er seine perfektionierte Selbstbeherrschung manchmal verlor: ihretwegen.

Ehe sie weiter darüber nachdenken konnte, fühlte sie wieder diesen leichten Druck gegen die Hüfte, der ihr bedeutete, weiterzugehen. »Unsere Gastgeberin auf zehn Uhr.«

Tessa sah nach links und entdeckte die Lady. Heute ganz ohne dramatischen Auftritt? Was war los? War sie krank, oder waren Jürgen und Tessa einfach zu spät auf der Party erschienen?

Tessa bekam keine Gelegenheit, Lady danach zu fragen.

Denn die alte Dame mit dem violettgrauen Haar sah in die Runde ihrer Gäste und klatschte in die Hände. Das Geräusch war im Gegensatz zum Geplauder der Gäste nicht besonders laut, dennoch ließ es die zahlreichen Anwesenden sofort verstummen.

»Meine Lieben, schön, dass Sie so zahlreich erschienen sind. Heute ist wieder ein besonderer Abend. Wie Sie wissen, steht der Auftakt zur diesjährigen Basler Fasnacht unmittelbar vor der Tür. Um genau zu sein am kommenden Montagmorgen um exakt vier Uhr. Der Anlass, weshalb Sie jedes Jahr zu dieser ganz privaten Vorfasnachtsveranstaltung in mein bescheidenes Heim eingeladen werden. Selbstverständlich verbunden mit einem guten Zweck, den Sie zwischen Champagner und Häppchen doch bitte nicht vergessen möchten.« Ihr spitzer Mund verformte sich zu einem süffisanten Lächeln, wobei ihre Wangenknochen stark hervortraten. »Ich wünsche mir, dass Sie den heutigen Abend genießen. Er entstand dieses Mal mit der Hilfe eines äußerst charmanten, allseits beliebten und geschätzten Herrn. Ein Meister in seinem Fach. Ein Visionär.« Sie legte eine Pause ein, suchte die Runde mit ihren bunt geschminkten Augen ab. Als sie fand, wen sie gesucht hatte, erhellte sich ihr Blick. »Ah, da versteckst du dich! Bitte, ihr Lieben, einen herzlichen Applaus für unseren Carlos!«

Tessa hätte den Champagner, den sie dem vorbeigehenden Kellner vom Tablett genommen hatte, beinahe wieder ausgespuckt. Sie würgte ihn hinunter und schüttete sich sogleich den Rest des Glasinhalts hinterher. »Allseits beliebt? Hat er die vertrocknete Schnepfe gevögelt, oder warum ist sie ihm so zugetan?«, murmelte Tessa in ihr Glas, doch Jürgen, der direkt neben ihr stand, hörte ihren bissigen Kommentar sehr wohl.

»Tessa! Beherrsch dich! Was ist denn los mit dir?«

»'tschuldigung, ist mir so rausgerutscht.« Sie hatte keine Ahnung, was mit ihr los war. Bisher hatte sie sich zu solch kindischen Kommentaren nie hinreißen lassen. Vielleicht war's der Champagner, der aus ihr sprach. Sie hatte den Gedanken kaum zu Ende gebracht, da erschien an ihrer Seite erneut ein Kellner, der ein Tablett balancierte. Er blieb auf ihrer Höhe stehen, trat noch einen Schritt näher, als würde er sie dazu verführen wollen, noch ein Glas zu nehmen. Als spürte er, wie sie danach gierte, sich diesen Affentanz erträglich zu trinken. Sie musterte den Mann. Wie jedes Jahr hatte Lady ihr Servicepersonal in Kostüme gesteckt und sie sich Larven überziehen lassen. Das verlieh dem Anlass eher einen Hauch von venezianischem Maskenball als von Basler Fasnacht, aber das war Tessa im Grunde ziemlich egal. Sie lächelte den Maskierten von der Seite an und tauschte ihr leeres Glas gegen ein volles. Die perlende Flüssigkeit wirkte einfach zu verlockend.

»Danke, Sie sind meine Rettung«, flüsterte sie dem Kellner augenzwinkernd zu und fragte sich gleichzeitig, wie er wohl unter seiner Larve aussehen mochte. Womöglich war es überhaupt kein Mann, sondern eine Frau?

Der Kellner entfernte sich mit einer leichten Verbeugung. Erheitert über dieses kleine Zwischenspiel trank Tessa einen weiteren großen Schluck, ehe sie ihre Aufmerksamkeit wieder auf Lady richtete.

Memoiren eines Künstlers

Donnerstag, 10. März auf Freitag, 11. März 2011

Es ist einfach, dem versoffenen Angestellten der Lady – was für ein bekloppter Name – weiszumachen, dass der Böögg, der auf dem Holzhaufen thronte, defekt ist.

Der Mann kann sich kaum auf den Füßen halten. Lallend, mit der Schnapsflasche in der rechten Hand, bringt er sich irgendwie auf seine Beine. Der erste Schritt endet schon beinahe in einem Desaster. Er muss sich mit vier weiteren selbst davor bewahren, mit der Nase voran im Matsch zu landen.

Er darf mich keinesfalls berühren, auch nicht zufällig. Wer weiß, was von mir an seiner Jacke zurückbleiben würde.

Schwankend trottet er in die Stallungen hinter mir. Die Schiebetür lässt er offen, sodass ich ihm noch dabei zusehen kann, wie er sich auf einen der Strohballen fallen lässt, die für die drei Pferde in den Boxen daneben gedacht sind. Gleich darauf ist ein lautes Schnarchen zu vernehmen. Ich schiebe behutsam die Stalltür zu, ziehe die Kapuze meines Umhangs tiefer ins Gesicht und bemühe mich, den humpelnden Gang meines inzwischen schlafenden Gesprächspartners zu imitieren. So schleich ich mich zu dem Holzstapel auf dem Wagen. Das Haus zu meiner Rechten behalte ich im Blick. Es tritt immer mal wieder jemand auf die große Terrasse. Doch niemand scheint sich dafür zu interessieren, was auf dem Rasen passiert. Alle sind derart mit den Festivitäten beschäftigt, dass ich ungestört arbeiten kann. Sicher, was ich tue, ist riskant, jederzeit könnte ich entdeckt werden. Aber grundsätzlich gehe ich nach dem Prinzip vor: je selbstverständlicher meine Anwesenheit wirkt, desto unauffälliger bin ich.

Ich ziehe meine Schubkarre zu dem Wagen und klettere hinauf. Dort löse ich die schneemannähnliche Figur und ersetze sie durch meine eigene Puppe. Zum Glück sind die Präparate nicht mehr ganz so schwer wie die Körper, die sie einst waren.

Als Letztes prüfe ich noch die Vorrichtung, mittels der die Holzscheite aus der Ferne entzündet werden, gieße hier und da noch etwas Brandbeschleuniger über den Wagen, dann mache mich wieder aus dem Staub. Meine hölzerne Schubkarre lasse ich dort. Sie wird ebenfalls den Flammen zum Opfer fallen.

Nachdem alles vorbereitet ist, mische ich mich wieder unter die Gästeschar. Es kommt mir sehr gelegen, dass Lady ihre Kellner dazu genötigt hat, sich Larven überzuziehen. So kann ich mich mitten unter die Leute mischen, ohne erkannt zu werden.

Ich komme Theresia so nahe, dass ich ihr Parfüm riechen kann. Ein Duft, der irgendwie nicht zu ihr passt. Er ist zu blumig, zu aufdringlich.

Sie bemerkt mich nicht. Obwohl sie das Glas von meinem Tablett nimmt und mir dankend zulächelt. Die Hälfte des Inhalts stürzt sie in einem Zug hinunter. Sie ahnt nicht annähernd, wer ihr den Champagner serviert!

Kein Wort hatte Tessa von Ladys Rede mitbekommen, während alle anderen gebannt auf die alte Dame blickten. Tessa zuckte mit den Schultern und setzte das Glas erneut an ihre Lippen. Anscheinend kam Lady zu einem Ende, denn die nächsten Worte kündigten einen weiteren Programmpunkt des Abends an. Hoffentlich den letzten!

»Und nun bitte ich Sie alle, sich nach draußen auf die Terrasse zu begeben. Im Garten wartet eine kleine Überraschung auf Sie«, forderte Lady mit großer Geste auf und ging ihren Gästen gleich voraus durch die hohen, gläsernen Türen, deren Flügel soeben von zwei Angestellten hinter ihr geöffnet wurden. Die Schar folgte ihr wie Lemminge.

Das neugierige Publikum versammelte sich auf der großen Terrasse. Manche ließen sich nicht durch den Wechsel der Räumlichkeiten irritieren. Sie schnatterten einfach weiter wie die Gänse, hoben ihre Gläser und prosteten sich zu. Andere spähten neugierig in die Dunkelheit. So wie Tessa. Sie konnte die ihr bereits bekannten Strukturen des weitläufigen Gartens, den sie eher als Park bezeichnen würde, in der Dunkelheit ausmachen. Sie wollte etwas Ungewöhnliches finden, einen Fremdkörper. Irgendetwas, das Aufschluss gab über die angekündigte Überraschung.

Lange musste Tessa nicht suchen. Genau genommen sprang es dem Betrachter sogar förmlich ins Auge. In einigen Metern Entfernung ragte etwas in die Höhe, das da nicht hingehörte. Es war passend zur Symmetrie der Gartenanlage zentriert aufgestellt worden, dennoch wirkte es fehl am Platz.

Der Teil des Gartens hinter dem Haus war weitestgehend

gleichmäßig gearbeitet. Was rechts stand, stand auch links. So rahmten abwechselnd Steinsäulen und edle Pappeln zwei Kieswege, die entlang einer länglichen Rasenfläche verliefen. Wie groß das Grundstück wirklich war, konnte man kaum erahnen, wenn man das Haus von vorne betrachtete.

Tessa fühlte sich ein wenig an die Gärten von Versailles erinnert. Natürlich war das Grundstück längst nicht so ausladend wie der Schlosspark in Frankreich, aber jener hatte bestimmt Modell für diesen hier gestanden.

»Was ist das?«, flüsterte Tessa Jürgen über die Schulter zu.

Er drängte sich an jemandem, den Tessa nicht kannte, vorbei und stellte sich neben sie. Jürgen blinzelte, kniff die Augen zusammen, doch im Zwielicht erkannte auch er nicht mehr als dunkle Umrisse.

»Sieht irgendwie aus wie …« Er stutzte, schien seinen Eindruck zu überdenken. »Wie ein Scheiterhaufen.« Es war mehr eine Frage als eine Feststellung.

»Den Eindruck habe ich auch. Was sie wohl wieder geplant hat?«

»Wir werden es gleich erfahren.«

Tessa folgte seinem Blick. Erstaunt riss sie die Augen auf. »Was soll denn das sein?«

Vor den geschliffenen Granitsäulen, die eine Art Trennung zwischen der Terrasse und dem direkt davor abfallenden Rasen darstellten, erhob sich auf einmal eine Plattform in die Lüfte.

Wenn Tessa Magier im Fernsehen sah, die ihre Assistentinnen auf wundersame Weise schweben ließen, stellte sie sich meist eine solche Konstruktion vor, die unter dem Körper der fliegenden Damen und einem wehenden Tuch verborgen lag. Nur war die einzige Parallele von diesem Schauspiel zur

Schönheit der Magie das Tuch. Auf der Plattform stand die gedrungene, rundliche Lady. Mit ihrem perfekt hochgesteckten violetten Haar. Ihr Schmuck glitzerte im Schein der dezenten Terrassenbeleuchtung.

»Liebe Gäste, an diesem heutigen Abend möchte ich ein ganz besonderes Spektakel präsentieren. Ich habe mir in diesem Jahr etwas Gewagteres gewünscht als die letzten Jahre, und dank der Hilfe von unserem lieben Carlos habe ich meinen Wunsch umsetzen können.« Es folgte wieder dieses süffisante Lächeln, das Tessa mit Skepsis aufnahm. Sie wusste von ehemaligen Bediensteten, wenn etwas an der Inszenierung nicht klappte, würde sich Lady vor den Kulissen nichts anmerken lassen, während hinter dem Vorhang Angestellte gefeuert würden, dass sich die Balken bogen. »In diesem Jahr möchte ich die Basler Fasnacht in Form eines Querschnitts durch verschiedene Schweizer Bräuche einleiten. Wir beginnen bei unseren Nachbarn in Liestal. Ihr Brauch ist der Chienbäse. Dann reisen wir gegen den Uhrzeigersinn durch die einzelnen Kantone der Schweiz, aus denen ich jeweils mein liebstes Brauchtum gepflückt habe, bis wir schließlich in Basel enden und diese Rundreise mit einer furiosen musikalischen Darbietung beenden.«

»Nette Idee. Wusste aber nicht, dass die Kantone der Schweiz im Kreis angeordnet sind.«

Diesmal pfiff Jürgen Tessa nicht zurück. Im Gegenteil; er setzte noch eins drauf. »Die Brauchtümer von sechsundzwanzig Kantonen? Das könnte eine Weile dauern. Ich hole uns noch etwas zu trinken.«

Tessa grinste, während Jürgen sich wegdrehte. Sie spürte, wie er noch kurz innehielt, als Lady mit Unterstützung ihrer Hebebühne auf die Erde zurückkehrte und in ihrem Rücken zwei Scheinwerfer entflammten. Lady verschwand im Schatten, und die Aufmerksamkeit der Leute verlagerte sich auf das, was dahinter lag. Das unförmige Etwas, das wie eine Art Scheiterhaufen anmutete, war in Wahrheit eine Karre mit einer beachtlichen Ladung gebundenem Holz darauf. Wie von Geisterhand fing das Holz auf einmal Feuer.

»Das soll wohl ein Feuerwagen vom Chienbäse darstellen«, flüsterte Tessa.

»Sieht so aus. Ich bin zurück, wenn der Böögg brennt.«

Da griff Tessa blind nach seinem Handgelenk.

»Was ist?«, fragte Jürgen erstaunt.

Starr blickte Tessa geradeaus auf das soeben entfachte Feuer. Ein Raunen ging durch die Menge, Nervosität wurde spürbar.

»Könnte sein, dass du früher auf deine Kosten kommst als geahnt.«

Chiara kannte kein Halten mehr. In ihrer spielerischen Art ging sie motiviert ihrer Aufgabe nach. Mit Colin im Schlepptau zog sie über das Feld davon, in das angrenzende Waldstück hinein. Ein T-Shirt des vermissten Jungen hatte ihr den nötigen Antrieb verliehen. Nachdem sie daran geschnüffelt hatte, hatten sich ihre Muskeln merklich angespannt. Mit aufmerksam aufgerichteten Ohren hatte sie nur noch auf Colins Befehl gewartet. »Such ihn, Chiara, los, such!«

Seither waren sie unterwegs. Wie lange schon? Eine Stunde? Zwei? Er wusste es nicht genau. Aber es war auch egal. Erst wenn Chiara ausgepowert oder erfolgreich war, würden sie aufhören. Wo konnte der Junge bloß sein? Der Wald war verhältnismäßig klein, aber dicht. Es war dunkel und das Gelände daher noch tückischer als tagsüber. Es war gut möglich, dass der Junge irgendwo gestolpert war, sich verletzt hatte und deshalb nicht mehr nach Hause fand.

Sein Funkgerät knisterte. Hoffentlich gute Nachrichten.

»Schon was gefunden?«, ertönte die knatternde Stimme des Einsatzleiters.

Colin griff nach dem Gerät, das an seiner Ausrüstung befestigt war. »Sektor 1C, Fehlanzeige.«

Die Meldungen aus den anderen Sektoren waren nicht besser.

Keine Spur von dem Kleinen. Wo könnte er nur stecken? So weit hatte er sich sicher nicht von zu Hause weggetraut. Oder? Vielleicht wusste er nicht, wie weit er sich entfernt hatte. Wer sich verirrte, konnte Glück haben und die richtige Richtung für eine Rettung wählen, oder er konnte Pech haben, sich den falschen Weg aussuchen und so nur noch tiefer in die Misere hineingeraten. Oder es war etwas ganz anderes geschehen.

Bitte nicht! Ihn schauderte bei dem Gedanken daran, was dem Burschen alles zugestoßen sein könnte.

Colin schob die Gedanken beiseite. Sie würden den Jungen finden. Punkt.

Er kämpfte sich durch das Unterholz, den Lichtkegel der Taschenlampe immer vor sich herschwenkend. Er hörte Chiaras Hecheln, spürte ihren nach wie vor unverminderten Zug, den sie auf die Hundeleine ausübte. Sie kannte keine Hoffnungslosigkeit, kein Aufgeben. Sie kannte nur ihre Aufgabe, der sie sich voll und ganz widmete. Sie folgte ihren Instinkten. Eine gute Eigenschaft. Denken konnte so manches zerstören. Vor lauter Denken und Reden überhörten die Menschen gerne ihre Urinstinkte.

Colin wich einem tief hängenden Ast aus, bückte sich unter einem anderen hindurch, kletterte über einen gefällten, faulenden Baumstamm. Der Waldboden war feucht, der Geruch des Laubes schwer. Die Luft war kühl, die Atemwölkchen tauchten in immer kürzeren Abständen vor seinem Gesicht auf. Er spürte das leichte Brennen in seinen Wangen – ein Resultat des Kampfes seines Körpers gegen die Kälte –, fühlte gleichzeitig, wie sein Oberkörper in der vielschichtigen Kleidung schwitzte.

Solange das Adrenalin durch seine Adern pumpte und die Anspannung anhielt, blieb er wach und aufmerksam, doch er wusste, dass allmählich die Müdigkeit Einzug hielt.

Colin trat auf einen Ast, der knackend zerbrach. Er schaute auf. Rund um ihn herum huschten die Kegel der Taschenlampen der anderen Suchenden gespenstisch durch den dunklen Wald. Er lauschte den Geräuschen seiner Kollegen. Das Klimpern der Verschlüsse der Hundeleinen, das Hecheln der Tiere, das Rascheln und Knacken unter den Füßen des stetig vorwärts marschierenden Suchtrupps.

Hoffentlich war der Junge nicht mit zu viel Fantasie gesegnet. Sonst würde er sich womöglich vor all den unheimlichen Lichtern und Schattengestalten verstecken. Dieser Gedanke führte Colin unweigerlich zu einem anderen: Wollte er überhaupt gefunden werden?

Er hatte die Befürchtung kaum zu Ende gedacht, da verstärkte sich auf einmal der Zug auf der Leine in seiner Hand. Colin warf einen Blick auf Chiara. Die Muskeln des eleganten Tieres waren bis aufs Letzte angespannt. Die Hinterläufe richtiggehend in die Erde stemmend, um ihren hindernden Klotz mit sich zu ziehen, strebte sie voran. Colin versuchte Chiara so gut es ging zu folgen. Er verkürzte die Leine, bis er auf ihrer Höhe war, dann, mit einer einzigen Daumenbewegung, war der Haken, der Chiara an ihn fesselte gelöst. Sie stob davon und war im nächsten Moment in der Dunkelheit verschwunden. Colin konnte die Richtung, die sie eingeschlagen hatte, nur erahnen. Aber sie würde ihn wissen lassen, wo sie war.

Er ging weiter, lauschte. Dann, endlich, hörte er es: das Bellen seiner Hündin. Gleichwohl befreiend wie auch besorgniserregend. Was würde er vorfinden, wenn er bei ihr war?

Sie bellte erneut. Ein spitzes, hohes Bellen. Sie hatte ihn gefunden. Und er lebte. Erleichtert strebte Colin voran, Chiaras Lauten folgend. Wäre er tot oder leblos, wäre Chiaras Bellen tiefer, kehliger. Darauf war sie trainiert.

Colin musste sich einen Hügel hocharbeiten. Der Pfad war

schmal und die Erde feucht. Er musste aufpassen, nicht auszurutschen. Zu allem Elend begann es auch noch zu regnen. An den Bäumen, deren Wipfel in unerreichbaren Höhen in den dunklen, wolkenverhangenen Himmel ragten, gab es keine Blätter, die Schutz vor den schweren Tropfen geboten hätten.

Das Regenwasser suchte sich einen Weg durch Colins Haar, rann über die Kopfhaut und erreichte die Stirn, von wo es störend in die Augen tropfte. Ungeduldig wischte sich Colin mit der Hand übers Gesicht. Seine Nase triefte, unter seiner Weste war er verschwitzt, und langsam ging ihm die Puste aus. Ehe er es aber überhaupt wagte, an eine heiße Dusche zu denken, wollte er den Jungen finden, sich höchstpersönlich vergewissern, dass er wohlauf war.

Oben auf der Anhöhe angekommen, sah sich Colin mit einem Holzstapel konfrontiert. Er stoppte abrupt, ließ den Kegel der Taschenlampe darübergleiten.

Chiara? Wo steckst du?

Es war auf einmal viel zu ruhig.

Colin horchte in den Wald. Das Prasseln des Regens vermischte sich mit den Geräuschen seiner Kollegen. Sie waren auf dem Weg zu ihm, denn er hatte einen Funkspruch abgesetzt, nachdem Chiara Laut gegeben hatte. Gut.

»Chiara!«, rief Colin nun besorgt in die Dunkelheit.

Nichts. Nervosität stieg in ihm auf.

»Chiara, Mädchen, wo steckst du?«

Immer noch nichts.

Oder doch? War das ein Winseln? Ohne weiter darüber nachzudenken, spurtete Colin in die Richtung, aus der das Geräusch gekommen war. Irgendein Geäst peitschte in sein Gesicht, aber er ließ sich nicht ablenken. Er hastete die steile

Böschung hinunter. Irgendwie erinnerte ihn das Tal, auf das er zusteuerte, an ein ausgetrocknetes Bachbett. Mehr als einmal musste er sich abstützen, Halt an einer aus der Erde ragenden Wurzel suchen.

Wahrscheinlich stand er vor Dreck, aber es war ihm egal. Immer wieder horchte er, rief nach seiner Hündin. Ein Knurren, ein Winseln, ein kaum wahrnehmbares Jaulen zeigten ihm die Richtung an.

Himmel, was ist bei dir los, Kleine?

Er war so versessen darauf, Chiara zu finden, dass er einen Strunk übersah. Er stolperte darüber, konnte sich aber auf den Beinen halten. Laut fluchend drehte Colin sich kurz um, nur um sogleich weiterzulaufen. Doch dann blieb er wie vom Blitz getroffen stehen. Im nächsten Augenblick schoss er auf den Strunk zu, ließ sich neben ihn auf die Knie fallen.

»Meine Güte«, flüsterte er, als er mit zittriger Hand den Schmutz von seinem Hindernis rieb.

Das war kein Strunk. Das war ein über und über mit Dreck und Matsch bedeckter Junge. Endlos erschöpft, unterkühlt und verängstigt.

»Hey, Kleiner, kannst du mich hören? Alles klar bei dir? Mein Name ist Colin. Ich bin hier, um dir zu helfen, du brauchst keine Angst zu haben. Okay?« Der Junge wimmerte. Dem Wimmern seines Hundes so ähnlich, dass Colin das Herz in die Hose rutschte. Wo war Chiara?

Colin schlüpfte aus seiner Jacke. »Komm schon, du kannst hier nicht so zusammengekauert rumliegen. Setz dich auf.«

Mit einiger Mühe und Colins Hilfe richtete sich der Junge ohne Gegenwehr auf. Er konnte kaum seine Augen offen halten.

Colin legte ihm die Jacke um die Schultern. Sie war so groß, dass der Junge beinahe vollständig darin verschwand. Colin kniete nur noch mit einem T-Shirt bekleidet vor dem Burschen, dem es durch die Wärme der Jacke sogleich etwas besser zu gehen schien.

Die Kälte, die sich in seine Knochen schlich, spürte er kaum. Sie wurde überdeckt von der Sorge um Chiara.

Da hörte er sie.

Colin riss den Kopf herum, in die Richtung, aus der das Geräusch kam. Kritisch beäugte er die Umgebung. Aber da war nichts außer Erde, Laub und Holz.

»Die Höhle«, wisperte der Junge auf einmal schwach.

Colin sah ihm in sein abgekämpftes Gesichtchen.

»Ich bin stecken geblieben, und der Hund hat mich herausgezogen.«

»Welche Höhle, Junge?«

»Sie liegt hinter den Steinen dort.« Mit Mühe hob der Junge seine Hand und deutete auf einen Punkt hinter Colin.

»Wo ist der Hund jetzt?«

»Ich glaube, noch in der Höhle. Als ich draußen war, ist der Hund noch mal rein. Ich weiß nicht, warum. Dann ist die Höhle eingestürzt. Es war so eng, ich hatte solche Angst.«

»Ich weiß, mein Kleiner, ich weiß. Jetzt bist du aber in Sicherheit. Trotzdem muss ich dich kurz alleine lassen. Der Hund gehört mir, ich muss ihn unbedingt befreien, verstehst du?«

Der Junge nickte schwach. »Ich wollte ihn ausgraben, aber ich hatte keine Kraft, da wollte ich Hilfe holen, aber ich wusste nicht, wo.« Seine dünne Stimme brach, das Kinn begann heftig zu zittern.

Auch wenn es Colin unter den Nägeln brannte, Chiara aus der Falle zu holen, konnte er dieses verzweifelte Häufchen

Elend nicht einfach so sitzen lassen. Er zog ihn tröstend in seine Arme. »Alles wird gut. Keine Sorge. Chiara ist ein cleveres Mädchen. Sie buddelt sich bestenfalls selbst einen Weg in die Freiheit. Du hast getan, was du konntest, danke.«

Colin spürte an seiner Brust, wie der Junge von tiefen Schluchzern geschüttelt wurde. »Ist schon gut, lass es raus. Du bist in Sicherheit, alles wird gut.«

Das Schluchzen dauerte nur kurz an. Allmählich flachte es ab und machte den Geräuschen in der Ferne Platz. Stimmen hallten durch den Wald, hier und da war das Jaulen und Bellen anderer Hunde zu hören. Colin hatte sich weiter von dem vorgegebenen Raster, das sie hätten durchsuchen sollen, entfernt, als er sich bewusst gewesen war, ansonsten hätten seine Kollegen ihn eher ausfindig gemacht.

Lichtstreifen der starken Taschenlampen drangen durch die Bäume, tauchten das Dickicht in gespenstisches Licht.

Der Erste, der zwischen zwei Baumstämmen hervortrat, war Alex mit seiner Labradorhündin Mimmi. Erst jetzt, da sich die Erleichterung breitmachte, spürte Colin, wie angespannt er gewesen war.

»Ich habe sie!«, rief Alex in den Wald, ohne jemanden direkt anzusprechen. Dieselbe Info verbreitete er noch über Funk, während Mimmi sich alle Mühe gab, auf Colin zuzustürmen, doch Alex hielt sie eisern zurück. »Gutes Mädchen, Mimmi, du hast sie gefunden!«, sagte Alex an den Hund gewandt und tätschelte sie an der Flanke. Erst jetzt wurde sie etwas ruhiger.

»Du siehst schrecklich aus.«

»Danke«, gab Colin trocken zurück. »Ich habe den Jungen hier, ich glaube, er ist eingeschlafen.«

»Ich seh's. Seine Eltern sollten gleich kommen, sie haben

es sich nicht nehmen lassen, bei der Suche in unserer Nähe zu bleiben.«

»Das habt ihr zugelassen?«

»Manchmal werden die härtesten Typen weich.« Alex schaute sich mit in die Ausrüstung eingehakten Daumen um. Nachdenklich auf seinem Kaugummi kauend fragte er dann: »Wo ist Chiara?«

Colin sah zu ihm auf. »Der Junge sagte, er sei in einer Höhle hinter den Steinen dort stecken geblieben.« Colin deutete die vage Richtung mit einem Kopfnicken an, weil er den Jungen nicht unnötig bewegen wollte, jetzt, da er eingehüllt in seiner Jacke endlich zur Ruhe gekommen war. »Chiara habe ihn rausgeholt, sei dann aber noch mal rein. Weiß der Teufel, weshalb. Dann sei die Höhle eingestürzt.«

Alex riss entsetzte die Augen auf. »Sie ist noch da drin?«

Colin nickte niedergeschlagen.

Alex zögerte keine Sekunde. Er kniete sich neben Mimmi auf die nasse Erde, brachte seinen Kopf ganz nahe zu ihrem. Die Hand am Verschluss der Leine, gab er ihr den eindringlichen Befehl: »Mimmi, finde Chiara. Chiara, finde sie!«

Beinahe gleichzeitig löste er den hellen Labrador von der Leine. Das Klicken des Widerhakens reichte als Startsignal aus. Mimmi schoss direkt zu dem Steinhaufen und verschwand dahinter.

»Danke«, sagte Colin gepresst.

»Ist doch klar. Sie wird sie finden.«

Colin deutete ein Nicken an. Er musste seine Sorge nicht verbergen, denn er wusste, dass es seinen Kollegen mit ihren Hunden ebenso erging. Ob man es wollte oder nicht, die Vierbeiner waren genauso Kollegen, Freunde und Familienmitglieder wie die Menschen. Sie wuchsen einem ans Herz, das war unvermeidbar.

Mehr Angehörige des Suchtrupps brachen durch das Gestrüpp.

Über diesem Lärm würde er Mimmi nicht hören können, wenn sie Laut gab, sollte sie Chiara finden. Das machte Colin nervös.

Alex schien Colins Unruhe zu spüren. »Gib mir den Jungen und sieh zu, dass Mimmi sich nicht unnötig schmutzig macht, wenn sie deine Chiara ausbuddelt.«

Colin dachte nicht lange über das Angebot nach. Alex übernahm das Kind, und Colin rappelte sich auf. Seine Glieder waren steif vom langen Sitzen, seine Arme waren taub vor Kälte und Nässe.

Alex hatte die Beschützerrolle kaum übernommen, da ließ sich eine spitze Frauenstimme vernehmen. »Oh, mein Gott! Mein Junge, mein lieber, kleiner Junge!« Die Mutter des Kindes stolperte auf Alex zu, und ehe er es sich versah, wurde ihm das Kind aus den Armen gerissen. Sie drückte den durchnässten Blondschopf so fest gegen ihre Brust, dass Colin befürchtete, er könnte ersticken. Der Junge blinzelte, war für einen Moment völlig überfordert. Doch als er realisierte, dass er in den schützenden Armen seiner Mutter lag, war die Erschöpfung vergessen, und die Tränen brachen sich endgültig Bahn.

Colin beobachtete die Wiedervereinigung, und für einen kurzen Augenblick stellten sich die übliche Zufriedenheit und der Stolz ein, Empfindungen, die sich einstellten, wenn er einen Job erfolgreich erledigt hatte. Aber das Gefühl war nicht von Dauer. Er trat den Rückzug an, was in dem Trubel kaum jemandem auffiel. Angespannt lauschte er in die Stille.

Er meinte Mimmis Winseln zu erkennen, während er sich weiter vorwärtsbewegte. Im nächsten Augenblick fand er sich dem besagten Steinhaufen gegenüber. In der Erde klaffte ein Loch, das mehr einem Fuchsbau als einer Höhle glich.

»Kein Wunder, dass der Junge stecken geblieben ist«, ging es Colin durch den Kopf.

Vor dem Loch häufte sich frisch aufgewühlte Erde. Doch weit und breit war kein Hund zu sehen. Mimmi hatte alle Arbeit geleistet, und allem Anschein nach waren jetzt beide Hunde in der Höhle.

Angespannt lauschte Colin. Wartete. Eine gefühlte Ewigkeit verging. Dann, endlich, die Erlösung.

Eine schmutzige Schnauze tauchte im Loch auf, und im nächsten Moment krabbelte Mimmi heraus.

Als die zweite Schnauze folgte, hätte Colin am liebsten geheult. Er ging in die Hocke, und da sprang ihn die vollkommen verdreckte Chiara auch schon schwanzwedelnd an. Das Gleichgewicht konnte er ob der stürmischen Begrüßung nicht mehr halten. Er kippte nach hinten und landete ausgestreckt im Dreck, während Chiara sein Gesicht ableckte.

In jeder anderen Situation hätte er den stürmischen Hund zurechtgewiesen. Dieses eine Mal ließ er sie gewähren, denn er konnte ihre überschäumende Freude über das Wiedersehen sehr gut nachvollziehen. Colin versenkte seine Finger in ihrem fleckigen Fell, kraulte sie am Hals, strich ihr über die langen Ohren. »Hallo, Mädchen! Meine Güte, du hast mir ja Sorgen gemacht!«

Erst als Alex neben Colin auftauchte, zog er den schweren Hund von seiner Brust und richtete sich auf.

Mimmi stand brav hechelnd neben ihrem Herrchen und

schien sich dem Ausdruck in ihrem hübschen Gesicht nach zu urteilen, zu wundern, was da vor sich ging.

»Sie hat sie also gefunden?«

»Sieht danach aus.«

»Na, dann können wir ja jetzt zum hässlichen Teil unserer Jobs übergehen: dem Schreiben des Einsatzberichts.«

Colin verzog sein Gesicht, als hätte ihm jemand Schmerzen zugefügt. Er wollte sich bereits ergeben und aufstehen, als sein Handy klingelte. Er zog das Telefon aus der Tasche und staunte nicht schlecht, als er den Namen auf dem Display las.

»Alex, ich komme gleich, aber da muss ich rangehen.«

Alex nickte und wandte sich widerwillig ab. Während Colin Mimmi nachsah, wie sie Alex treuherzig folgte, nahm er den Anruf entgegen.

»Waldi? Was ist los?«

»Du musst sofort kommen.«

»Waldi, ich kann jetzt nicht. Ich bin mitten in einem Einsatz.«

»Es ist wichtig.«

»Das hier auch. Ich kann hier nicht weg. Ich muss noch Bericht erstatten. Außerdem braucht Chiara Ruhe und ich auch.« Colin sah auf seine Hündin hinunter, die sich an sein Bein lehnte, die Zunge hing ihr aus dem Mund, die Augen waren schwer. Als sie ihren Namen hörte, spitzte sie dennoch ihre Ohren und hob den Blick, was Colin zum Lächeln brachte.

»Das duldet keinen Aufschub«, entgegnete Waldi mit einer Vehemenz, die Colin aufhorchen ließ. Mit jedem weiteren Wort spannten sich seine müden Muskeln mehr an.

»Das gibt's doch nicht«, raunte er ungläubig, während er

Waldis Bericht lauschte. Als dieser geendet hatte, war die Müdigkeit vergessen. »Bin gleich da.«

Colin wusste, dass er einen Fehler beging, wenn er sich nicht bei der Truppe abmeldete. Dennoch kehrte er den Einsatzkräften den Rücken, umrundete den Ort, an dem er den Jungen gefunden hatte, und schlug den Weg aus dem Wald hinaus ein.

Freitag, 11. März 2011
Einsatz auf Ladys Party/3 Tage bis zur Fasnacht

Das Telefon klingelte erneut, Colin drückte den Anrufer ein weiteres Mal weg. Er versuchte, sein nagendes Gewissen zu ignorieren, das war aber nicht so einfach. Waldi hatte ihn an einen Ort gerufen, an dem er im Augenblick absolut nichts verloren hatte. Er hatte seinen eigentlichen Einsatzort verlassen, ohne sich abzumelden, um dem Ruf eines Mannes zu folgen, der vom Gedanken besessen war, den Mord an seiner Schwester zu rächen. Colin fühlte sich stark an die Situation vor einigen Jahren zurückversetzt.

Warum tat er das schon wieder? Warum ließ er sich dazu überreden, obwohl er wusste, dass er seinen Job riskierte. Schon wieder. Beim letzten Mal hatte man die Strafe für sein eigenmächtiges Handeln human ausfallen lassen. Letzten Endes war ihm der Abteilungswechsel sogar entgegengekommen.

Colin schaute in den Rückspiegel. Dort im Kofferraum saß Chiara in ihrer Box und gähnte. Sie drehte den Kopf, sah ihn über ihre Schulter hinweg an, als hätte sie seinen Blick gespürt. Der Ausdruck in ihren Augen wirkte derart treuherzig, dass er lächeln musste. Ja, er hätte es schlimmer treffen können. Er mochte diesen Hund. Die Arbeit mit ihm machte Spaß. Dennoch setzte er sie aufs Spiel. Diesmal wäre es endgültig. Wurde es seinen Vorgesetzten zu bunt, flöge er ohne Wenn und Aber aus dem Polizeikorps.

Das Handy begann erneut zu surren. Colin griff danach und machte es aus. Das Telefon verstummte, genauso wie sein Funkgerät verstummt war, welches er, nachdem er ihm den

Stecker gezogen hatte, achtlos auf den Rücksitz geworfen hatte.

Colin wusste, dass er das Ziel gleich erreichte, bevor das Anwesen in Sichtweite war. Blau zuckten die Lichter der Einsatzfahrzeuge am Horizont. Das nervöse Blinken huschte in regelmäßigen Abständen über die Bäume, beleuchtete den Erdboden.

Besser als jeder Wegweiser!

Colin bog in die Einfahrt ein. Ungehindert konnte er bis vor den Haupteingang fahren, wo er seinen Jeep parkte und ausstieg. Chiara ließ er vorläufig zurück. Er war sich nicht sicher, ob ihre Dienste gebraucht wurden, deshalb gab er ihr Zeit, zur Ruhe zu kommen. Schließlich hatte sie heute bereits ganze Arbeit geleistet.

Er trug vom vorherigen Einsatz noch den Teil seiner Uniform, den er nicht im Wald gelassen hatte. Auf dem Rücksitz fand er noch ein Hemd, das er sich überzog und das ihn ebenfalls als Polizisten auswies. Deshalb fragte niemand nach, als er sich durch die wartenden Menschen schob.

Die Villa war beeindruckend. Sie war elegant, glich einem Museum. Das war auch der Grund, aus dem Colin in einem solchen Haus nicht leben könnte, wenn es auch unbestreitbar schön war. Er mochte es heimeliger, wärmer, gemütlicher.

Colin sah sich um, entdeckte die Flügeltür zum Garten, die Waldi ihm am Telefon beschrieben hatte. Ohne zu zögern und ohne auf die Fragen einiger neugieriger Anwesender zu achten, passierte er den Durchgang und fand sich auf einer riesigen Terrasse wieder, die der Auftakt zu einem pompösen Garten war.

In einigen Metern Entfernung sah er auf dem durch die Polizei mit Flutlichtern gut ausgeleuchteten Areal eine seltsame Konstruktion. Direkt daneben entdeckte er Waldi. Zielsicher steuerte er auf seinen ehemaligen Partner zu. Seine Haltung gefiel Colin nicht. Waldis Kopf war gesenkt, seine Schultern leicht eingefallen, eine Hand steckte in der Hosentasche, die andere lag an seinem Kinn. Mit dem Zeigefinger tippte er im Sekundentakt dagegen. Was Colin am meisten Sorge bereitete: Waldi blinzelte nicht. Das war ein eindeutiges Zeichen dafür, dass es ernst war.

»Was ist hier passiert?«, fragte sich Colin unweigerlich, als er im Augenwinkel eine Bewegung wahrnahm. Irgendwo in seinem Innern versetzte ihm ein längst vergessenes Gefühl einen Stich, noch bevor er registrierte, woher, oder eher, von wem die Bewegung herrührte.

Die vielen Menschen hatte er nur als Masse wahrgenommen, weil sein Augenmerk bei diesem Auftrag nicht direkt auf ihnen lag. Ungewöhnliches hätte er dennoch bemerkt, das wusste er aus Erfahrung. Ungewöhnliches, wie diese eine Person: Theresia Lisa Spreu.

Was genau an ihr seine Aufmerksamkeit erregte, wusste er nicht. Ihre für diesen Anlass seltsame Aufmachung vielleicht. Während alle anderen Gäste mit ihren klassisch eleganten Abendroben eine Einheit bildeten, stach ihr Petticoat ins Auge. Sie steckte in ihrer Rolle, war bestimmt als Betty La-Cook zu dieser Veranstaltung geladen worden. Demnach dürfte sie wohl passend hergerichtet sein. Irgendetwas sagte ihm aber, dass es nicht ihre auffällige Kleiderwahl war, die seinen Blick anzog. Es war sie selbst. Sie alleine. Ihre Ausstrahlung, ihre Haltung. Ihr Blick, der auf ihm ruhte. Sie hatte ihn entdeckt und sah ihn direkt an.

Er nickte ihr kurz zu, überquerte die Terrasse und nahm die breite Treppe in den Garten, ehe sie ihn aufhalten konnte.

Obwohl sie keine Anstalten gemacht hatte, auf ihn zuzugehen. Vielmehr war er es, der sich zusammenreißen musste, sie nicht anzusprechen.

Um ihr was zu sagen?

Er wäre in ihrer Nähe verunsichert wie ein pubertierender Schuljunge. Dabei hatten sie keine Berührungspunkte. Das wurde ihm in diesem Moment wieder wunderbar vor Augen geführt. Sie war ein Gast bei diesem Fest. Wahrscheinlich war das Teil ihres Lebens als TV-Sternchen. Sie war gezwungen, sich an solchen extravaganten Veranstaltungen zu zeigen.

Nein, das wäre nichts für ihn.

Er trat an Waldis Seite, schüttelte die ablenkenden Gedanken ab.

»Du solltest blinzeln, sonst trocknen deine Augen aus.«

Im ersten Moment kam keine Reaktion, dann, auf einmal, erwachte Waldi aus seiner Starre. »Er ist zurück. Es besteht kein Zweifel mehr.«

Colin besah sich das seltsame Konstrukt. Es roch verbrannt und sah auch so aus. Irgendwie lag aber nicht nur der übliche Geruch nach Holz in der Luft. Unterschwellig roch es süßlicher. Als hätte jemand ein Spanferkel gegrillt. Colin trat näher und wich unweigerlich wieder einen Schritt zurück.

»Verfluchte Scheiße!« Das, was Colin zuerst nur als dicke Holzscheite eingestuft hatte, war kein Holz.

Oben auf der verkohlten Karre, zwischen den massiven, von Brandblasen übersäten Holzscheiten fand sich der verbrannte Körper eines Menschen.

Unweigerlich erinnerte sich Colin an die Worte aus dem Text, den Tessa ihm gegeben hatte. *Er wird brennend auf einem Wagen stehen, umgeben von vielen Zuschauern. Er wird nicht komplett ausbrennen. Die Bauchhöhle werde ich feu-*

erfest gestalten, damit man sehen kann, dass er präpariert wurde.

Ihn schauderte, als er auf den Wagen kletterte und auf Bauchhöhe den Leichnam abtastete. Waldi hielt ihn nicht auf.

Am liebsten hätte Colin sich übergeben, als sein Finger plötzlich zwischen Fleischresten einsank. Er bewegte ihn, weitete die entdeckte Öffnung. Widerwillig schob er auch die anderen Finger hinein, drückte den Schnitt auseinander.

Colin fühlte den Gegenstand, ehe er ihn sah. Er klemmte ihn zwischen den Fingern ein, holte ihn aus dem Körper raus. Es war ein nasser, dunkler Lappen, gefaltet wie ein Umschlag. Colin öffnete ihn und zog ein laminiertes Stück Papier heraus.

Und genau dort wird die später eintreffende Polizei einen Zettel finden mit einem einzigen Wort darauf: Jäger.

Auf der ihm zugewandten Seite stand nichts. Colin drehte den Zettel um. Er war nicht wirklich überrascht, als er seinen Nachnamen las: Jäger

Memoiren eines Künstlers

Freitag, 11. März 2011

Da sitze ich nun. In sicherer Entfernung zu dem Treiben, verborgen hinter der säuberlich gestutzten Thuja-Hecke habe ich es mir in Ladys Vogelgarten an dem antiken Steintisch gemütlich gemacht.

Das Vogelbad unter der Trauerweide sieht im Sommer bestimmt entzückend aus. Die bunten Rosen, die hier in der warmen Jahreszeit blühen, ziehen sicherlich eine Menge Schmetterlinge an. Den zurückgeschnittenen Halmen nach zu urteilen, wachsen auch prächtige Lavendelbüsche. Eine hübsche Vorstellung, die ich mit mir nach Hause nehme.

Inzwischen ist die Polizei da, ein Krankenwagen hat sich eingefunden, und die Feuerwehr ist ebenfalls vor Ort. Als könnte die noch etwas tun! Alles war sauber abgebrannt. Dem Toten am Pranger konnte längst keiner mehr helfen!

Die Partygäste werden noch so lange an Ort und Stelle verharren müssen, bis alle Personalien aufgenommen sind und vielleicht auch eine erste kurze Befragung stattgefunden hat. Das ist überhaupt nicht in deren Sinn. Aber das schert mich nicht.

Niemand wird hilfreiche Infos liefern können. Alle waren sie zu sehr mit sich selbst beschäftigt gewesen oder zu betrunken.

Ich will nachsehen, was Konrad Waldner treibt. Er war einer der Ersten beim abgebrannten Toten. Viel getan hat er bisher nicht. Nur gestarrt. Vielleicht ist er in eine Art Schockstarre verfallen.

Etwas anderes interessiert mich aber weit mehr: Ich habe

am Tatort einen Hinweis hinterlassen, und ich will wissen, ob der, für den er bestimmt ist, ihn schon gefunden hat.

Die Nacht ist inzwischen weit fortgeschritten, der Morgen des Freitags graut bald. Ich brauche unbedingt ein paar Stunden Schlaf, ehe ich weitermachen kann. Doch zuvor will ich wissen, was jenseits der Hecke vor sich geht. Mit meinem Stift drücke ich die Äste der dichten Thuja nach unten. Durch das kleine Guckloch, das sich bildet, kann ich das Wichtigste sehen: meinen Wagen und wer sich dort aufhält. Beinahe fällt mir vor Aufregung der Stift aus der Hand.

Er ist da! Colin steht beleuchtet von den Flutlichtern auf dem Wagen und hält einen Zettel in der Hand. Er sieht aus, als stünde er auf einer Bühne und probe für ein Theaterstück.

So ein Mist! Ich habe den Moment verpasst, in dem er ihn aus dem Bauch holte! Immerhin kann ich sehen, wie er den Zettel dreht, kurz zögert. Dann hält er ihn hoch, damit Waldi ihn auch lesen kann.

Die Männer sehen sich an, wissen offenkundig aber nicht, was sie damit anfangen sollen. Dennoch würden sie die Brücke zwischen damals und heute schlagen, dafür habe ich ihnen genug Hinweise geliefert.

Obwohl ich zu gerne zugesehen hätte, was weiter geschieht, ist mir klar, dass ich allmählich hier wegmuss. Bald würde auch dieser Bereich des Gartens untersucht werden.

Nach den schmutzigen Schuhen und dem abgekämpften Gesichtsausdruck zu schließen, kommt Colin direkt von einem anderen Einsatz. Das bedeutet, dass er Chiara dabeihat, einmal abgesehen davon, dass er ohne seinen Hund sowieso nirgends hingeht. Wahrscheinlich ist sie im Auto. Erst recht ein Grund, schnell zu verschwinden, denn lässt er sie erst einmal aus dem Wagen, wird es eng. Dank der Aktion im Kanal kennt das Vieh meinen Geruch. Ich kann es nicht riskieren, noch in der Nähe zu sein, wenn sie Witterung aufnimmt.

Ich muss mich am besten sofort dazu durchringen, den Blick abzuwenden, aus dem Garten zu schleichen, weg vom Grundstück und mich in den Untergrund zurückzuziehen. Dennoch verharre ich leichtsinnigerweise an Ort und Stelle …

»Es ist genau wie in dem Schreiben, das Tessa bekommen hat.« Colin kletterte von dem Wagen hinunter, stellte sich vor seinen ehemaligen Kollegen. »Hast du absichtlich auf mich gewartet, um den Zettel rauszuholen?«

»Ich habe nicht mehr daran gedacht.«

Colin sah Waldi ungläubig an. »Blödsinn. Du warst wie gelähmt von den Erinnerungen!«

Waldi lenkte ab. »Die Spurensicherung hätte den Toten untersuchen sollen. Nicht ich und auch nicht du.«

»Stimmt, und zwar gleich, nachdem du entdeckt hattest, was du hier vor dir hast, und nicht erst Stunden später. Außerdem hast du mich nicht aufgehalten, als ich gerade eben da oben war und mich an dem Toten zu schaffen gemacht habe. Allerdings weißt du so gut wie ich, dass es hier keine Spuren geben wird. Nur absichtlich deponierte Hinweise.« Colin atmete durch. »Lassen wir das. Was war hier los?«

Anscheinend froh über den Themenwechsel fasste Waldi die Geschehnisse, die bisher bekannt waren, knapp zusammen. Er wirkte aber dennoch nicht, als wäre er bei der Sache. Seine Gedanken waren irgendwo anders. »Eine kleine Vorführung durch die einzelnen Fasnachtsbräuche aller sechsundzwanzig Kantone der Schweiz begann und endete mit diesem Desaster, und zwar vor ein paar Stunden.«

»Okay. Und das da«, Colin deutete mit dem Daumen auf den verbrannten Wagen hinter sich, »hätte was darstellen soll?«

»Chienbäse Liestal kombiniert mit Sechseläuten Zürich.«

Colin hob staunend seine Augenbrauen und wechselte den

Blick kurz zu der verbrannten Ware und dann wieder zu Waldi. »Weiter.«

»Lady hat eine Party veranstaltet, und diese Vorführung hätte der furiose Auftakt sein sollen. Anders als geplant entzündete sich aber nicht nur der Holzhaufen, sondern gleich die ganze Karre. Als dann auch der feuerfangende Schneemann anstatt zweier Kugeln Gliedmaßen und Körper hatte, brach nach einer kurzen Phase des Staunens das Chaos aus.«

»Irgendwelche Zeugen?«

»Alle und doch niemand.«

»Kryptisch.«

»Es standen alle Gäste auf der Terrasse und verfolgten die Show. Sie werden noch befragt. Aber gesehen, wie dieser Aufbau zustande kam, hat nach momentaner Kenntnis niemand.«

»Tatsache? Und hier hat niemand aufgepasst, dass keiner die Show sabotiert?«

»Doch. Ein Angestellter, den man schlafend im Stroh gefunden hat. Er war sternhagelvoll. Auch jetzt ist er noch nicht nüchtern, aber zumindest einigermaßen ansprechbar. Er ist noch nicht einmal wach geworden, als die Kavallerie mit Sirenen und großem Tamtam angerauscht kam.«

»Der hat also nichts mitgekriegt?«

»Er erinnert sich nicht. Jetzt ist er am Boden zerstört, weil das seine letzte Chance war, sich zu beweisen. Lady hat ihm gestern das Ultimatum gestellt. Hätte er beweisen können, dass sein übermäßiger Alkoholkonsum keinen Einfluss auf seine Arbeit hat, hätte er seinen Job behalten können. Nun, wie man sieht, konnte er sich nicht beweisen und hat vorhin vor aller Augen von seiner äußerst hysterischen Chefin die Quittung erhalten.«

»Das ist bitter, klingt aber ganz so, als hätten Lady und er schon früher Differenzen gehabt.«

»Du spielst darauf an, dass er ein Verdächtiger sein könnte?«

»Der Hauptverdächtige. Immerhin war er nach jetzigem Wissensstand der Einzige in der Nähe des Wagens. Seine Aufgabe war es, darauf aufzupassen. Da bietet sich ein Racheakt gegen die verhasste Chefin irgendwie an. Findest du nicht?«

»War auch mein erster Gedanke. Doch der Schnelltest auf Alkohol, den der Arzt gemacht hat, ergab fast drei Promille. Der Typ ist jetzt noch besoffen, und er macht irgendwie nicht den Anschein, dass er zu solch einer Tat fähig wäre.«

»Wo ist er jetzt?«

»Im Krankenhaus zur Blutabnahme, um den exakten Alkoholwert festzustellen.«

»Drei Promille. Das ist eine ganze Menge. Sich einen solchen Rausch anzusaufen braucht etwas Zeit«, überlegte Colin laut.

»Davon kann man ausgehen. Es sei denn, der Fusel war stark und er hat ihn innerhalb kürzester Zeit reingeschüttet. Zum Beispiel, um sein schlechtes Gewissen wegen seines Vorhabens zu ertränken.«

»Wissen wir denn schon, wer das Opfer ist?«

»Noch nicht. Es ist nicht mehr viel übrig. Die Zähne werden wohl zur Identifikation herhalten müssen.« Es entstand eine kurze Pause. Dann fragte Waldi: »Hast du Chiara dabei?«

»Ja. Warum?«

»Könnte sie uns helfen, das Gelände abzusuchen? Vielleicht stößt sie auf etwas.«

»Sie ist darauf abgerichtet, Menschen zu finden.«

»Genau das soll sie tun. Hinter dem Wagen stand eine zweite Karre. Lady beharrt darauf, dass die nicht zu ihrem Plan gehört. Vielleicht nimmt Chiara eine Fährte auf.«

»Nicht so einfach, wenn hier alles verkohlt ist und nach Feuer riecht, aber ich werde sie holen.« Colin wollte gehen, zögerte dann aber. »Waldi?«

»Ja?«

»Bist du zufällig hier, oder wurdest du zu diesem Einsatz gerufen? Offiziell, meine ich.«

Waldi antwortete nicht gleich.

»Waldi?«

Das erste Mal seit Beginn des Gesprächs sah Waldi nicht einfach nur durch Colin hindurch oder an ihm vorbei, sondern fasste ihn wirklich ins Auge.

»Ja, wurde ich«, kam die Antwort, in der unterschwellige Wut mitschwang.

»Warum bin ich hier?«, fragte Colin, obwohl es offensichtlich war. Aber er wollte es hören. Von Waldi. »Und sag jetzt nicht wegen Chiara. Es gibt noch andere gute Spürhunde bei der Polizei.«

Colin spürte Waldis Widerstand. Seinen inneren Kampf. Es ging ihm ganz ähnlich. Er wollte nicht wahrhaben, wollte nicht richtigliegen mit seinem Verdacht, weshalb Waldi ihn hinzugezogen hatte, trotz der überdeutlichen Hinweise. Am Telefon hatte Waldi nur wiederholt, was er gesagt hat, als er den Text gesehen hatte: »Er ist zurück.«

Eigentlich reichte das als Erklärung aus. Aber Colin wollte, dass Waldi die ganze grässliche Wahrheit aussprach, damit es realer, greifbarer wurde. Das war wichtig. Nicht für den Fall, sondern für sie beide.

»Weil das, was du da oben siehst, nicht einfach ein kleines Grillfest ist.«

Colin presste die Kiefer aufeinander. »Sag es.«

»Weshalb? Du weißt sehr genau, was wir vor uns haben.«

»Weiß ich. Aber ich will es von dir hören.«

»Nachdem die Spurensicherung festgestellt hat, was diese Figur da oben ist, haben sie mich angerufen, und ich habe verlangt, dich von deiner Suchaktion abzuziehen und hierherzubestellen. Wir sind hier, weil wir die Akten kennen, weil wir damals schon dabei waren.«

»Wer hat die Spuren hier gesichert? Renzo?«

»Wer sonst weiß noch, wie sehr wir uns damals aus dem Fenster lehnten?«

Colin ließ Waldi dennoch nicht vom Haken. Er redete nach wie vor um den heißen Brei herum. »Waldi, sprich es aus. Du tanzt um die Tatsache herum wie eine Katze um die Mausefalle.«

Colin sah Waldi an, wie sehr es ihm widerstrebte, die Sache beim Namen zu nennen. Es beschwor einfach zu viele Erinnerungen herauf. Es wurde etwas zum Leben erweckt, das im Grunde besser vergessen blieb. Mit diesem Fund bekam Waldi womöglich die Chance, die Ermittlungen endlich wieder offiziell zu führen, die ihm seit Jahren schlaflose Nächte bereiteten. Er bekam die Gelegenheit, denn Fall vielleicht abzuschließen. Beruflich wie auch privat. Doch wenn das Phantom auf einmal zum Leben erwachte, war das beängstigend. Davor war auch ein Bär, wie Waldi einer war, nicht gefeit.

Colin war nicht wohl in seiner Haut. Aber er hatte sich schon länger mit dem Loslassen der Vergangenheit auseinandergesetzt als Waldi. »Waldi, was steht da oben?«

»Ein Mensch«, rang Waldi sich endlich durch. »Dort oben steht ein ausgestopftes, abgefackeltes menschliches Wesen.«

Endlich war es ausgesprochen. Colin nickte Waldi zu und machte sich daran, Chiara zu holen.

»Was ist denn los?« Tessa hielt Colin auf halbem Weg zum Auto auf. Sie wirkte verstört. Kein Wunder, nach alledem, was sie gesehen hatte. Eine Erklärung hatte es bisher auch noch nicht gegeben.

Colin fühlte sich seltsam. Er hätte nicht gedacht, ihr jemals in offizieller Mission gegenüberzustehen. Diesen Jürgen bei ihr zu sehen, wie er ihr den Arm um die Schultern gelegt hatte, sorgte ebenfalls nicht unbedingt für Freude. Die Geste hätte wohl schützend aussehen sollen, doch auf Colin wirkte sie besitzergreifend.

»Das kann ich dir noch nicht sagen«, antwortete Colin wahrheitsgemäß.

»Was heißt das, Sie können es uns nicht sagen?«, schaltete sich Jürgen ein. Seine Stimme war fordernd, er war es eindeutig nicht gewohnt, dass ihm die Antworten auf Fragen verweigert wurden. Aber da musste er durch.

Colin ignorierte ihn und fragte stattdessen an Tessa gewandt: »Hat schon jemand eure Aussage aufgenommen?«

Tessa schüttelte den Kopf.

»Verstehe. Nur noch ein wenig Geduld, okay? Es wird euch bestimmt bald jemand befragen.«

»Befragen? Die können aber nicht mehr Antworten erwarten, als sie uns zu geben bereit sind«, konterte Jürgen.

Colin nahm seine Schultern etwas weiter zurück, hakte bewusst seine Daumen in seinen Hosenbund ein, machte sich damit optisch größer und breiter. Dieser Jürgen ging ihm auf den Geist. Natürlich wusste Colin, dass Jürgen einfach nur ein unangenehmer Wadenbeißer war, der, wohl durch die Situation und die Erlebnisse nervös geworden, überreagierte.

Bei all den Schulungen, die er im Lauf seines Polizeidienstes hatte absolvieren müssen, war ihm der Umgang mit Menschen beigebracht worden. Die klassische Funktionsweise von Opfern und Tätern kombiniert mit den verschiedenen Charakterzügen der einzelnen Menschen. So gab es reuige Täter, aufmüpfige Typen, Halbstarke, die es besser wussten, und die trotzige Sorte, die sich die vermeintliche Blöße nicht geben wollte, sich ihre Einsicht und ihr Wissen um das Fehlverhalten anmerken zu lassen. Es gab die Rebellen und solche, die entgegen jeder Vernunft und jeden gesunden Menschenverstand davon überzeugt waren, dass sie nichts Unrechtes taten. Das waren auch die, die das Gesetz als unfair und stumpfsinnig empfanden, sobald über sie selbst Recht gesprochen wurde. Im Gegenzug gingen sie richtiggehend in Schadenfreude auf, wenn sich der Arm des Gesetzes ihre Gegner griff. Dieser Sorte konnte man noch lange versuchen beizubringen, dass das Zusammenleben zwischen Menschen Regeln brauchte, die jeder befolgen musste. Ein Umstand, der auch ihnen zugutekäme. Sich das bewusst zu machen, dazu waren diese Leute aber nicht fähig. Sie sahen den Fehler generell bei den anderen. Beim System, beim Nachbarn, beim Ex-Partner, sogar beim Verkäufer im Supermarkt. Nur nicht bei sich selbst. Sie waren nicht wirklich gefährlich. Sie waren das Sinnbild für den Ausspruch: Hunde, die bellen, beißen nicht. Sie kosteten einfach unnötig Zeit und eine Menge Nerven. Da waren die Skrupellosen ein anderes Kaliber. Sie hatten keine Scham, gingen sprichwörtlich bewusst über Leichen, wenn es ihrem Zweck diente. Sie wussten, dass sie nicht nach dem Gesetz handelten, und nahmen die drohende Strafe bewusst in Kauf. Diese Verbrecher waren aber auch meistens clever genug, sich nicht erwischen zu lassen. Doch dann gab es noch ganz andere Exemplare. Die, vor der sich jeder in Acht nehmen sollte, vor denen sich aber dennoch niemand schützen konnte. Die, in deren Fänge man meist ganz unbewusst und ahnungslos geriet. Die, die in ihrer eigenen Welt lebten, ihre eigene Realität für bare Münze nahmen. Die ernsthaft kranken Menschen. Und genau mit dieser Spezies hatten sie es hier wahrscheinlich zu tun. Deswegen konnte Colin keine Rücksicht darauf nehmen, welcher Art Opfer Jürgen angehörte. Denn auch davon gab es einige. Doch hier ging es nicht um ihn.

»Kannst du mir zumindest irgendetwas verraten?«, fragte Tessa vorsichtig.

»Kommt darauf an was du wissen willst.«

»War da eine Nachricht in …« Tessa zögerte, schien den richtigen Ausdruck zu suchen, »in dem Ding da unten?«

Jürgen sah sie überrascht an. Colin wog kurz ab, wie er reagieren sollte. Sie hatte also die Verbindung zwischen dem Geschehenen und dem Wettbewerbsbeitrag hergestellt. Daran war er wohl nicht ganz unschuldig, hatte er ihr doch davon erzählt, dass sie bei den Morden vor sechs Jahren ebenfalls Schriftstücke erhalten hatten, in denen die Taten beschrieben worden waren. Allerdings erst, nachdem sie stattgefunden hatten.

Colin nickte, womit Tessa nur noch besorgter wirkte. »Stand dein Na…« Sie brach ab, begann von Neuem. »Stand das Wort drauf?«

Erneut nickte Colin.

Tessa holte langsam Luft, verarbeitete die Information. »Tust du mir einen Gefallen?«

Jeden, hätte er am liebsten geantwortet. Stattdessen sagte er: »Ich kann es versuchen.«

»Pass bitte auf dich auf.« Das Flehen in ihren Augen verlieh den Worten noch mehr Gewicht.

Colin ließ die Bitte unkommentiert und trat den Rückzug an. »Ich werde an anderer Stelle gebraucht. Es wird sich jemand um die Aufnahme eurer Aussagen kümmern.«

Was war bloß los mit ihm? Er kannte diese Frau kaum. Er wusste nur, dass sie eigentlich keine Gemeinsamkeiten hatten. Aber sie war etwas Besonderes, hatte etwas Reizvolles. Sie brachte ihn aus dem Gleichgewicht, ob er es wollte oder nicht.

Colin schüttelte den Kopf, um diese Gedanken loszuwerden, rieb sich über das müde Gesicht. Er brauchte Schlaf. Das war alles. Oder Ablenkung durch konzentriertes Arbeiten weit weg von dieser Frau, die da in ihrem weit ausgestellten Rock, der eigentlich lächerlich hätte aussehen müssen, auf der Terrasse stand. Sie wirkte verkleidet. Er wusste, dass diese Aufmachung zu ihrer Figur Betty LaCook gehörte. Welches Jahrzehnt stellte sie dar? Die Fünfziger? Das war so unpassend. Und so verdammt sexy. Wie sie wohl in einem richtigen Abendkleid aussah? Oder besser noch ohne Kleidung?

Colin kam an seinem Wagen an, stützte sich mit beiden Händen daran ab und starrte auf seine Füße. »Du hattest eindeutig zu lange keinen Sex mehr«, murmelte er zu sich selbst und öffnete dann den Kofferraum, in dem Chiara geduldig in ihrer Hundebox auf ihn wartete.

Tessa sah Colin nach, wie er um das Haus von dannen zog. Die Verabschiedung, so abrupt und unterkühlt, war irgendwie seltsam gewesen. Dieser Mann war seltsam.

Seltsam? Oder eher geheimnisvoll?

Gut aussehend. Die Uniform machte ihn gleich noch ein wenig attraktiver.

Herrliches Klischeedenken, liebe Tessa.

»Was ist?« Jürgen betrachtete Tessa interessiert. »Bereust du, dass er weg ist, oder warum siehst du ihm immer noch nach, obwohl er längst um die Ecke gebogen ist?«

Tessa blinzelte. Sie begriff erst jetzt, dass Colin aus ihrem Sichtfeld getreten war. Reue? Nein. Das war nicht, was sie fühlte. Bedauern traf es eher. Sie wünschte, er käme wieder. Wünschte, sie könnte diese unnahbare Fassade durchbrechen. Aber wünschten sich das nicht alle Frauen? Sie war nicht die Erste, kaum die Einzige und nicht die Letzte, die dem Reiz, den geheimnisvolle – oder ehrlicher – komplizierte Männer ausstrahlten, erlagen. Und kompliziert waren sie, diese schweigsamen Typen. Nie erfuhr man, was in ihnen vorging. Sich einzubilden, man wäre der Schlüssel zu dieser Panzertür, brachte nur Probleme. Tessas Vernunft wusste es besser. Jetzt mussten nur noch diese vermaledeiten Schmetterlinge im Bauch Wind von der Weisheit der Vernunft bekommen.

»Im Ernst, was ist los?«

»Nichts. Warum?«, log Tessa, während sie spürte, wie die errötenden Wangen sie verrieten.

»Du hast in den letzten Minuten geschwiegen, aber dein Gesicht hat Bände gesprochen. Ich verstehe diese seltsame Gesichtsgymnastik nur nicht.«

Ehe sie irgendeine dünne Erklärung suchen musste, schob sich ein Schatten vor das grelle Scheinwerferlicht, in dem Tessa und Jürgen standen. Beide sahen zu dem Mann auf, der für den Schattenwurf verantwortlich war.

Tessa schluckte. Jetzt wünschte sie sich wirklich, Colin käme zurück.

»Konrad Waldner, Polizei Basel-Stadt. Ich hätte da ein paar Fragen an Sie«, stellte sich die massige Gestalt vor.

Diesmal hatte Jürgen keinen trotzigen Protest auf den Lippen, wie Tessa feststellte.

»Ich brauche Ihre Aussage darüber, was sich heute hier ereignet hat und was Sie gesehen haben. Ist Ihnen etwas oder jemand Ungewöhnliches aufgefallen?«

»Nein.« Jürgen hatte sich wieder gefangen. Waldner bewegte sich nicht. Nur seine Augen wanderten langsam zu Jürgen. Das war irgendwie unheimlich.

»Zu Ihnen komme ich noch.«

Die Augen kehrten zurück zu Tessa. Ihr wurde mulmig zumute, die Worte sprudelten unter dem autoritären Blick nur so aus ihr heraus. »Wir kamen gegen 21 Uhr hier an, machten die Runde, begrüßten, wen wir kannten. Ich trank den einen oder anderen Champagner.«

Waldner hob eine Augenbraue, was Tessa veranlasste, sich zu erklären. »Diese Feste sind mir nicht geheuer, wissen Sie. Ich trinke sie mir deshalb gerne ein wenig amüsanter.«

»Ungewöhnliche Vorfälle bis dahin?«

»Außer, dass ich mich mit Carlos unterhalten musste, nicht, nein.«

»Carlos?«

»Ähm, ja. Der Typ …«, Tessa suchte die Menge ab. Sie benötigte eine Weile, ehe sie Carlos entdeckte. Er stand abseits neben einer Säule im Schatten und starrte vor sich hin. Er wirkte beinahe lethargisch. »Der dort drüben, neben der Säule.«

»Großmaul und Koch von Beruf und Auslöser einer netten kleinen Wette, die mich ganz irre macht.« Tessa biss sich auf die Lippen. So viel hatte sie nicht ausplaudern wollen. Vor allem, da es diesen Waldner wahrscheinlich überhaupt nicht interessierte, wie sie und Carlos sich verstanden. Oder doch? Sie wusste es nicht. Sie wusste genau genommen überhaupt nichts. Dieser fünftürige Kleiderschrank vor ihr machte sie dermaßen nervös, dass sie keinen klaren Gedanken fassen konnte, was sie zu unüberlegtem Plappern animierte. Eine Gewohnheit, die Jürgen ihr eigentlich weitestgehend abtrainiert hatte, damit sie zum Beispiel in Interviews nicht dauernd über die Stränge schlug und Leute mit Infos fütterte, nach denen sie überhaupt nicht gefragt hatten. Anscheinend gab es aber Situationen, in denen sie noch immer in alte Muster verfiel. Diese hier zum Beispiel. Daran trug mit Sicherheit auch ihre Müdigkeit Schuld.

»Was für eine Wette?«

»Es geht um ein Buch, das ich schreiben soll. Carlos meinte, das brächte ich nicht fertig. Ich bin da ganz seiner Meinung. Jürgen entschied dennoch, dass das eine wunderbare Herausforderung wäre, die man zu einer Wette machen könnte.«

»Jürgen?«

Tessa deutete mit dem Daumen auf den Mann neben sich, der mit zusammengebissenen Zähnen, bemüht, nichts zu sagen, zuhörte.

»Verstehe. Wie haben Sie diese Wette angepackt?«

»Warum interessiert er sich so für die Wette?«, fragte sich Tessa verwundert, doch dann ging ihr ein Licht auf: Konrad Waldner. Waldi. Dieser Bär von einem Mann war Colins ehemaliger Kollege. Colin hatte ihm bestimmt das Schriftstück gezeigt, das er von ihr bekommen hatte.

Waldi wusste ganz genau, wer sie war. »Mein Gott«, entwich es Tessa, als ihr auf einmal noch etwas ganz anderes bewusstwurde. Die Details wie die in den Texten, die Colin unbedingt von ihr hatte haben wollen, die seltsame Figur auf dem verbrannten Wagen, das Polizeiaufgebot, Colins und Waldners Anwesenheit hatten Tessa zu einigen richtigen Rückschlüssen geführt, aber bislang war ihr die gesamte Tragweite nicht klar gewesen. Jetzt fiel es ihr wie Schuppen von den Augen. Tessas Gedanken überschlugen sich.

War das möglich? War es wirklich möglich? War sie soeben Zeugin eines erneuten Anschlags des Fasnachtsmörders geworden?

Tessa fing Waldis Blick auf. Es wirkte, als würde er noch immer genau gleich unnachgiebig und finster schauen, doch sie glaubte, in seinen Augen ein Flackern entdeckt zu haben. Sie fühlte sich, als lese er ihre Gedanken. Vielleicht tat er das gewissermaßen auch, denn sie war noch nie gut darin gewesen, zu verbergen, was ihr durch den Kopf ging. Ihr Gesicht sprach Bände, die Waldi, ganz im Gegensatz zu Jürgen, auf unheimliche Weise verstehen konnte. Tessas Herz pochte nervös. Nicht diese aufregende Nervosität, die sie empfand, wenn Colin in ihrer Nähe war. Es war vielmehr eine Art unheilvolle Vorahnung. Hier braute sich ein Gewitter zusammen, und sie saß inmitten dieses Sturmes fest. Einer dämlichen Wette wegen. Am liebsten hätte Tessa Reißaus genommen.

Wie hatte es so weit kommen können?

So weit? Wie weit war es denn gekommen?

Im Grunde hatte keiner hier wirklich eine Ahnung, was vor sich ging. Aber es war nur eine Frage der Zeit, bis jemand klar formulierte, was Sache war. Womöglich äußerte sich der Mörder selbst dazu.

»Sobald wir eine weitere Einsendung dieser Art erhalten, werde ich sie Ihnen aushändigen, und ich werde darum besorgt sein, dass alle anderen Beiträge, die seit meinem Aufruf bis heute bei uns eingetroffen sind, durchforstet werden, um sicherzugehen, dass bis jetzt nichts dergleichen bei uns einging, das unter Umständen übersehen wurde«, hörte sie sich sagen, ehe sie wirklich einen klaren Gedanken gefasst hatte.

Ein Nicken. Kaum merklich, aber es war da. Dann entfernte sich Konrad Waldner ohne ein weiteres Wort.

»Was hat das denn zu bedeuten? Was für eine Art Polizist soll dieser Waldner bitte sein? Das war doch keine Befragung! An meiner Aussage hat er kein Interesse?«

»Bist du beleidigt, weil er nicht mit dir sprechen wollte? Sei doch froh, dass er sich nicht für dich interessiert«, murmelte Tessa abwesend, während sie sich von Jürgen wegdrehte und Waldi nachsah.

»Nichts dergleichen bei uns einging? Wovon hast du da eigentlich gesprochen?«

Tessa beobachtete, wie Waldner in steifen Bewegungen zu der verbrannten Karre zurückmarschierte. Sein Rücken war bolzengerade, seine breiten Schultern gingen in eckigen Bewegungen mit seinen Schritten mit. Er wirkte irgendwie … Auf gewisse Weise … verunsichert. So absurd es sich anhören mochte.

Hinter der Karre tauchte eine dunkle Schäferhündin auf. Schwer damit beschäftigt, schnüffelnd das Gebiet abzusuchen.

Tessa entdeckte Colin unweit neben dem Vierbeiner. Er war ganz vertieft darin, Chiara bei der Arbeit zuzusehen. Als Waldner sich ihm näherte, nahm Colin ihn ins Visier. Dann sah er zu ihr hinüber. Einen Augenblick lang schauten sie sich einfach an. Waldner folgte kurz Colins Blick, sah in Tessas Richtung, dann richtete er das Wort an Colin, und der Moment war vorüber. Worüber sie sprachen, konnte sie nicht verstehen, dafür waren die Männer zu weit weg.

Währenddessen durchkämmte Chiara scheinbar planlos, aber mit wedelndem Schwanz weiter das Gelände.

»Braucht es für dieses riesige Grundstück nicht mehr Hunde?«, überlegte Tessa. Vielleicht würde sie Colin das eines Tages fragen. Vielleicht auch nicht. Sicher war: Er wusste, wie er seinen Job zu erledigen hatte.

»Hallo? Würdest du bitte meine Fragen beantworten und mich hier nicht einfach so stehen lassen?«

Jürgen klang ernsthaft angesäuert. Kein Wunder, sie waren beide übermüdet, der Abend hatte eine belastende Wende genommen, und die Nacht war definitiv nicht so gelaufen wie geplant. Inzwischen graute der Morgen, und sie standen noch immer auf der Terrasse von Ladys riesigem Haus.

Wie viele Stunden war sie nun schon hier? Sie hatte keine Ahnung.

Erst jetzt merkte Tessa, wie sie fröstelte. Es war schweinekalt hier draußen, der Wind blies ihr unter ihr Kleid, und die dünnen Strümpfe vermochten nicht dagegen anzukommen. Zwar trug sie ihre dicke Daunenjacke, doch auch die hielt der Kälte nicht ewig stand. Sowieso nicht, wenn ihr Körper sie aus lauter Müdigkeit nicht mehr warm halten wollte.

»Und, was ist jetzt?«

Jürgen konnte ganz schön aufsässig sein. Tessa rieb sich ihre trockenen Augen und rief sich in Erinnerung, dass er es ganz und gar nicht mochte, wenn er nicht über alles informiert war, was um ihn herum vor sich ging. Schon gar nicht, wenn es Tessa betraf. Ihre Aussage Waldi gegenüber musste auf ihn ziemlich kryptisch gewirkt haben, denn Colin hatte in Jürgens Abwesenheit mit ihr über die Texte gesprochen, die der Fasnachtsmörder nach den Morden der Polizei übermittelt hatte. Jürgen hatte davon keine Ahnung, und es war für den Augenblick wahrscheinlich besser, wenn das so blieb.

»Willst du mir jetzt vielleicht erklären, was du diesem Waldner versprochen hast? Es scheint, als wüsstest du mehr als ich.«

Tessa löste sich aus ihrer Beobachtung und wandte sich wieder Jürgen zu. Sie war ausgelaugt. Das Adrenalin, das durch die ganze Aufregung ausgeschüttet worden war, ebbte ab. Nur die Anspannung ließ nicht nach. Im Gegenteil, sie bereitete ihr stechende Kopfschmerzen. »Bei Gelegenheit, Jürgen. Lass uns sehen, ob wir nicht allmählich nach Hause können, ja? Es ist schon verdammt lange her, seit ich das letzte Mal ein Bett gesehen habe.« Sie hakte sich bei ihm unter und zog ihn mit sich zu dem Polizisten, der ihnen am nächsten stand und nicht so aussah, als wäre er im Augenblick beschäftigt.

Jürgen ließ sich widerstrebend mitziehen. Kurz bevor sie den Polizisten erreichten, übertönte auf einmal ein lautes Bellen alle anderen Geräusche. Sofort blieben Tessa und Jürgen stehen. Genauso, wie die weiteren Anwesenden auch in ihren Bewegungen innezuhalten schienen. Die Aufmerksamkeit aller richtete sich mit einem Schlag auf die Schäferhündin im Garten, die zielstrebig in Richtung einer grünen Hecke davonstob.

Memoiren eines Künstlers

Freitag, 11. März 2011

Schon wieder dieser verfluchte Köter! Sie ist besser, als jeder Hund, dem ich jemals begegnet bin. Gut, ich dürfte nicht mehr hier sein. Es ist aber einfach zu reizvoll, abzuwarten, wie nahe mir die Polizei kommen wird. Ein Beamter nähert sich mir bis auf einen Meter. Ohne, dass er es auch nur ahnt. Er geht wieder, und ich lache mir ins Fäustchen. Anders als bei dem Hund. Jetzt, da die Schäferhündin ins Spiel kommt, weiß ich, dass ich sofort die Beine in die Hand nehmen sollte, trotzdem will ich wissen, ob sie meine Witterung unter den von mir geschaffenen Umständen aufnehmen kann.

Sie weiß bestimmt noch, wer ich bin, kennt meine Geruchsspur von der Verfolgungsjagd, die für mich im Rhein geendet hat.

Die Bestätigung, dass ich mit dieser Annahme richtigliege, bekomme ich schneller, als mir lieb ist. Ich beobachte, wie Waldner und Jäger den besoffenen Angestellten, der auf den Wagen hätte aufpassen müssen, zu dem Köter schleppen. Angespannt warte ich ab. Auf einmal geht der Hund los wie ein gespannter Pfeil.

Ich habe den Mann nicht berührt. Oder doch? Nein. Ich bin mir sicher, dass ich ihn nicht angefasst habe. Aber die Tüte, in der die Flasche steckt, die er in den Händen hält. Diese Erkenntnis trifft mich wie ein Blitz, und genauso schnell laufe ich los. Ich rase zu meinem Fluchttunnel. Stemme den Gullydeckel auf und lasse mich in das dunkle Loch gleiten. Absichtlich wähle ich den Abwasserkanal. Je mehr strenge Gerüche meine eigene Duftnote übertönen, desto eher verunsi-

chere ich die Hündin. Wenn ich davonkomme, würden die Polizisten nicht verstehen, weshalb der Kläffer einen solchen Affentanz veranstaltet hat. Sie würden dem Säufer die Schuld in die Schuhe schieben, aber nicht begreifen, was es mit Chiaras plötzlicher Jagd auf sich hat.

Wenn ich entwische.

Der verdammte Schachtdeckel ist schwer. Ich klammere mich an die Leiter, die in die Kanalisation führt, und stemme ihn mit aller Kraft zurück an seinen Platz. Endlich schließt sich das Loch über mir. Der Kanal liegt dunkel und still unter mir. Ich erlaube mir, kurz auszuatmen, als ich ein leises Klackern über mir höre. Erschrocken fahre ich zusammen.

Krallen. So klingen Krallen auf Asphalt.

Eines der Löcher verdunkelt sich. Ich spüre einen Lufthauch an der Stirn. Beinahe hätte ich vor Schreck die Leiter losgelassen. Ich umfasse die Sprosse fester, halte gespannt den Atem an. Verharre ruhig.

Dieser verdammte Köter hat mich gefunden! Er ist genau über mir. Ich könnte Chiaras Pfote berühren.

Sie beginnt zu scharren. Das Kratzen auf der gusseisernen Abdeckung macht mich wahnsinnig. Es klingt, als würde jemand mit den Fingernägeln über eine Wandtafel schaben. Das Mistvieh glaubt, es kann die Schachtabdeckung wie einen Haufen Erde einfach wegbuddeln. Aber das kann sie nicht. Gott sei Dank kann sie das nicht. Ich spüre das Grinsen, das sich auf meinen Lippen ausbreitet und das mir sogleich wieder entgleitet, denn ich höre, wie sich schnell schwere Schritte nähern. Ich vernehme keuchenden Atem und von der Anstrengung des Spurtes abgehackte Stimmen. Ich erkenne sie beide. Der, der noch am wenigsten erschöpft klingt, ist Colin. Der, der nach Luft ringend antwortet, ist Waldi. Seine tiefe Stimme, in der immer, wenn er den Mund aufmacht, unterschwellig eine Drohung mitschwingt, verrät ihn.

Sie haben mich und mein Versteck gleich erreicht. Höchste Zeit, abzutauchen. Amüsiert von der Tatsache, dass sie keine Ahnung davon haben, wie nahe sie mir gekommen sind, verziehe ich mich in meine dunklen Kanäle.

Zum Glück können Hunde keine Leitern hinunterklettern!

»Hey, holt mal jemand etwas, um den Deckel hier aufzustemmen? Beeilt euch!« Colins Müdigkeit war wie weggeblasen. Chiara schien ebenfalls wieder voll bei der Sache zu sein. Mit gespitzten Ohren stand sie neben dem Einstieg zur Kanalisation. Sie schaute ihn aus ihren braunen Augen erwartungsvoll an. Ihr ging es nicht schnell genug, sie drehte eine Runde um die Öffnung, beschnupperte sie, kläffte kurz. Sie trieb alle zur Eile an. Sie wollte, was er auch wollte. In dieses verdammte Loch hinein. »Komm schon, Waldi, hilf mir, den Deckel anzuheben.«

Waldi ließ sich nicht zweimal bitten. Noch außer Atem steckte er je zwei Finger in zwei Löcher der Abdeckung, während Colin es ihm bei zwei anderen Löchern nachmachte.

»Auf drei«, wies Colin an und begann zu zählen. »Eins, zwei, drei!«

Ächzend hoben die Männer das Gewicht an und hievten es so weit zur Seite, dass die Öffnung breit genug war, damit Colin hindurchpasste. Ohne zu zögern, schlüpfte er in das dunkle Loch. Chiara trat nervös von einem Bein auf das andere. Winselnd sah sie ihrem Herrchen zu, wie es abtauchte. Auch wenn sie den Eindruck machte, als wäre sie am liebsten hinterhergesprungen, blieb sie an Ort und Stelle.

Nur ein schmaler Streifen Licht drang von außen in die Kanalisation. Ein düsteres Grau war alles, was ihm geboten wurde. Colin machte sich bewusst, dass er sich, wie bereits vor einigen Tagen, in größte Gefahr begab. Wenn tatsächlich der Gesuchte hierhin geflohen war, könnte er noch in der Nähe sein. Er könnte sich in den Schatten und Winkeln verbergen und ihn jeden Augenblick aus dem Nichts angreifen. Auch dieses Mal verließ sich Colin auf Chiara, die ihm angezeigt hätte, wenn Unheil drohen würde. Dennoch, solange Colin an dieser Leiter hing, war er ein einfaches Ziel. Wehrlos obendrein. Denn bei einem geschickt ausgeführten Angriff hätte er keine Chance, rechtzeitig zu seiner Waffe zu greifen oder sich sonst wie zu verteidigen.

Colin kletterte die Leiter zügig hinunter. Die letzten Sprossen ließ er aus und sprang. Wasser spritzte auf, als seine schweren Schuhe auf den Boden aufkamen. Er horchte aufmerksam, doch nichts war zu hören. Vorsichtshalber stellte er sich mit dem Rücken zur Wand, zückte Waffe und Taschenlampe. Er leuchtete in einem Halbkreis den Kanal ab. Bewegte sich an der Wand entlang vorwärts, bis zur nächsten Ecke. Er wappnete sich, atmete durch und bog ab. Doch finden konnte er nichts und niemanden.

Noch bevor er seine Umgebung ganz gesichert hatte, wusste er bereits, dass er alleine war. Der Flüchtige war getürmt. Colin ließ die Waffe sinken, kehrte zum Einstieg zurück. Inzwischen warf das Tageslicht einen kreisrunden Schein in den Kanal – man hatte die Schachtabdeckung vollständig zurückgeschoben.

Chiara ließ ein hohes Kläffen verlauten, gleich darauf konnte Colin die Umrisse ihrer Schnauze erkennen, die sie tief in das Loch streckte.

Lächelnd schüttelte er den Kopf. Wäre sie nicht so verdammt gehorsam, wäre sie längst gesprungen. Nur war dieser Schacht zu tief, das Verletzungsrisiko zu hoch. Deshalb musste eine andere Lösung her.

»Komm, Mädchen, spring!« Er streckte die Arme aus, und Chiara folgte dem Befehl. Colin fing sie sicher auf und setzte sie ab. Sie schnüffelte aufgeregt, suchte alles ab. Doch das Wasser stand hier höher, die Luft war noch muffiger als bei ihrem letzten Ausflug in die Kanalisation.

Daher musste Chiara die Aktion bereits nach kurzer Zeit unverrichteter Dinge abbrechen. Sie hatte die Spur verloren.

»Hier ist nichts«, rief Colin nach oben. »Ich komme rauf.«

»Sicher? Chiara hat auch nichts?«, fragte Waldi. Die Enttäuschung war ihm deutlich anzuhören.

»Nein. Es stinkt hier unten dermaßen, dass selbst ihre feine Nase den Flüchtigen nicht mehr orten kann.«

»Wenn du es sagst.«

»Hilfst du mir mit Chiara?«

»Klar. Wie?«

»Klettere zur Hälfte runter, schlinge einen Arm um eine der Stiegen, aber so, dass du sie mit beiden Armen greifen kannst. Dann reiche ich sie dir hoch. Wir sollten auf diese Weise genug Distanz überbrücken können, damit sie es rausschafft.«

»Alles klar.« Waldi kletterte ebenfalls in das Loch und tat wie geheißen. Dank seiner Körpergröße und der kräftigen Statur war seine Aufgabe schnell erledigt.

Waldi kletterte dicht gefolgt von Colin aus der Öffnung. Als Colin sich auf die Straße hievte und sich vor Waldi aufrichtete, rümpfte dieser die Nase. »Gott, wie lange warst du da unten? Ein paar Minuten? Du riechst, als hättest du dich im Abwasser gewälzt!«

»Ach, komm schon, das bildest du dir ein. Das bin nicht ich. Du warst selbst da unten. Dir hängt der Gestank in der Nase.«

Waldi zog seine Nase kraus, betrachtete kritisch Colins

schmutzige Füße und Chiaras verdreckte Pfoten. »Wenn du es sagst.«

»Was soll das hier werden?«, schaltete sich auf einmal eine dritte Stimme ins Geschehen ein.

Colin und Waldi drehten sich zu dem Mann um, der kopfschüttelnd auf sie zukam. Colin musterte den jungen Beamten, der aussah, als wäre er frisch von der Polizeischule. »Wer ist das?«

Waldi holte entnervt Luft. »Das? Das ist unser neuester Zuwachs.«

»Du scheinst von ihm nicht besonders begeistert zu sein. Das Gesicht kommt mir irgendwie bekannt vor, kann das sein?«

»Das liegt wohl an der familiären Ähnlichkeit.«

Auf Colins fragenden Blick hin setzte Waldi zu einer Erklärung an. »Er ist nicht nervig, weil er neu ist. Er ist störend, weil er Eds Sohn ist.«

»Ed? Der Polizeikommandant?«

»Exakt.«

»Warum kenn ich ihn dann nicht?«

»Nicht deine Abteilung. Oder noch nicht. Er hat es sich zur Aufgabe gemacht, seine Nase in sämtliche Abteilungen und Aufgabengebiete zu stecken und für Aufregung und Unmut zu sorgen. Er fühlt sich wohl dazu berufen, Ordnung zu schaffen, ohne aber zu begreifen, dass er die Zusammenhänge, die dafür sorgen, dass es eben ist, wie es ist, nicht versteht.«

»Und sein Papi unterstützt ihn und ist mächtig stolz auf die Einsatzbereitschaft seines Söhnchens?«

»So ist es.«

»Er weiß aber, dass der Sohnemann noch grün hinter den Ohren ist und keinen blassen Schimmer von gar nichts hat?«

»Weiß er.«

»Und er lässt ihn dennoch gewähren?«

»Lässt er.«

»Warum?«

»Weil er seinen Enthusiasmus nicht untergraben will. Er wird die Zusammenhänge noch begreifen lernen, aber man soll ihm seine Freiheiten lassen, die Dinge selbst zu entdecken.«

»Augenblick, das ist die Erziehungsmethode unseres Kommandanten? Lasst den Kindern sämtliche Freiheiten, dann lernen sie von selbst? Ich hätte mir von jemandem wie ihm eigentlich eher die klassische Erziehungsweise gewünscht. Nicht alles durchgehen lassen und auch mal durchgreifen, wenn das Kind komplett neben die Spur gerät.«

»So erziehst du Chiara, so verhält sich Ed bei der Arbeit, aber geht's um die eigene Familie, ist alles ganz anders.«

»Ich wiederhole: Was ist hier los?«

»Wichtigtuer«, hustete Colin hinter vorgehaltener Hand, was Waldi immerhin ein Grinsen entlockte.

»Meine Hündin ist auf eine Spur gestoßen, der wir gefolgt sind.«

»Ja, das hat man gesehen und gehört.«

»Gut, dann ist ja alles klar. Ich werde jemanden von der Spurensicherung herholen.«

Waldi setzte sich in Bewegung. Während er ging, nahm der Grünschnabel Colin ins Visier. »Von wem, denken Sie, ist die Spur, die Ihr Hund gewittert hat?«

»Vom Täter«, antwortete Colin knapp.

»Dieser Verdacht rührt woher?«

Colin wusste nicht, ob er lachen oder weinen sollte. Er stand hier, direkt neben Chiara. Alle hatten mitbekommen, wie sie Alarm geschlagen hatte. Dennoch stand dieser Schnösel vor ihm und fragte, woher dieser Verdacht kam. »Wie war ihr Name noch gleich?«

»Kerstholz.«

Colin hätte dem Mann zugetraut, dass er sich mit vollem Dienstgrad vorstellte, und war einigermaßen erstaunt, dass er nur den Nachnamen nannte. Aber wahrscheinlich sollte der in Anbetracht der Position seines Vaters mehr Eindruck schinden als der Dienstgrad eines Schulabgängers. Colin nickte zur Bestätigung, dass er verstanden hatte. »Sie haben noch nie mit einem Polizeihund zusammengearbeitet, oder?«

»Nein«, gab der Dreikäsehoch steif zu. »Mir geht es auch nicht darum, die Arbeit Ihres Tieres anzuzweifeln, falls Sie das denken«, erklärte Kerstholz gerade, als Waldi wieder dazustieß. »Ich bin lediglich einigermaßen erstaunt darüber, dass die Reaktion des Hundes bei Ihnen beiden gleich die Annahme auslöst, dass der Urheber dieses Schlamassels geflohen ist, und das auch noch in die Kanalisation.«

»Chiara. Das Tier, der Hund, heißt Chiara.«, merkte Colin gereizt an. Er hatte keine Ahnung, weshalb dieser Typ ihn soseh r verärgern konnte. Er hatte ihn bis gerade eben ja nicht einmal gekannt.

»Chiara hat mit ihrem Scharren klar den Weg angezeigt.«

»Verstehe. Und was macht Sie so sicher, dass es der Weg eines fliehenden Täters ist, den sie angezeigt hat?«, hakte Kerstholz neugierig nach.

Colin spürte ein fieses Kribbeln im Nacken. Dieser Schnösel war keineswegs so auf dem Holzweg, wie Colin und Waldi es gerne hätten. Eine Erkenntnis, die Colin schlagartig milder stimmte. »Auffällig ist, dass ich vor wenigen Tagen dank Chiara schon einmal einem Flüchtigen in die Kanalisation folgen musste. Der Hinweis auf ihn kam per anonymen Anruf, und er stand im Zusammenhang mit der vermissten Loredana Isliker.«

»Interessanter Zufall. Sie denken, es ist derselbe Täter?«

»Liegt nahe. Sicher sein kann ich nicht.«

Kerstholz wurde auf einmal bleich. »Augenblick. Dann ist das da auf dem Wagen womöglich die vermisste Loredana?«

»Nein. Das auf dem Wagen ist – war – männlich.«

Die Farbe kehrte überraschend schnell wieder in Kerstholz' Gesicht zurück. Er akzeptierte Colins Antwort, ohne genauer nachzufragen, woher er das so genau wusste. »Verstehe.« Kerstholz nickte nachdenklich. »Woran hat Chiara gerochen, ehe sie wie eine Wilde losgerannt ist?«

»An der Schnapsnase«, antwortete Waldi durch zusammengebissene Zähne. Auch er wusste, dass der Naseweis sie dabei ertappt hatte, wie sie bereitwillig voreilige Schlüsse gezogen hatten. Genauso wie Kerstholz wusste, dass er zu einer goldenen Chance gekommen war, den beiden Alteingesessenen, die sich zugegebenermaßen überheblich verhalten hatten, das Maul zu stopfen.

»Meier. Die Schnapsnase heißt Gerald Meier.« Colin musste beinahe grinsen. Im Grunde reagierte der Junge nicht einmal so übel auf die Situation. Das verdiente eine gewisse Anerkennung, was Colin Kerstholz aber sicher nicht auf die Nase binden würde. Noch nicht. Der Nachwuchs würde seine Sporen zuerst abverdienen müssen, aber er war auf einem guten Weg, wenn er so weitermachte. »Herr Meier ist ein Verdächtiger. Ich werde ihn jetzt verhaften lassen, wenn Sie nichts dagegen haben, Herr Waldner.«

Ehe Waldi einen neuen unüberlegten Schuss gegen seinen jüngeren Kollegen abfeuern konnte, ergriff Colin das Wort. »Sie gehen davon aus, dass nicht der Täter auf diesem Weg geflohen ist, sondern dass der Täter womöglich aus dieser Richtung zum Tatort kam, wo er sich noch immer aufhält.«

»Das wäre doch immerhin wahrscheinlich. Ihre Hündin hat nach dem Beschnuppern von Herrn Meier eine Spur aufgenommen. Ich nehme an, Sie gingen davon aus, dass der Täter Herrn Meier berührte oder etwas in der Art.«

Colin deutete ein Nicken an.

»Weit hergeholt, finden Sie nicht? Liegt es nicht näher, dass Herr Meier, der sowieso mit dem Präparieren des Wagens für das Fest betraut war, die kleine Überraschung dort oben deponiert hat? Er kennt den Ort, die Begeben- und Gewohnheiten. Ob er auch etwas mit dem Ableben des verwendeten Menschen zu tun hat, gilt es noch festzustellen.«

»Was hat der Typ im Kanal gemacht? Warum soll er sich von hier kommend auf das Grundstück begeben? Ein Grundstück, auf dem er arbeitet. Welches Motiv hat er für eine solche Tat?«

»Er könnte den Leichnam hier in der Kanalisation verborgen haben.« Colin schnappte Waldis wütenden Blick auf und zuckte entschuldigend die Schultern.

»Zum Beispiel. Oder seinen Schnaps. Lady hat ihm verboten, sich weiter zu besaufen. Bei einem Verstoß gegen diese Auflage drohte ihm die fristlose Kündigung.«

»Er hat seinen Schnaps in der Kanalisation gebunkert? Er hätte sich auch einfach neuen kaufen können, wenn der alte leer war.«

»Man kannte ihn hier im Dorf sicherlich, und jemand hätte ihn wohl bei Lady verpetzt, wenn er ihn erwischt hätte.«

»Der Junge denkt schnell«, ging es Colin durch den Kopf. »Das Motiv? Wollte er Lady eins auswischen? Einen netten Abgang inszenieren, indem er ihr das Fest so richtig schön versaut?«

»Warum nicht?«

»Weil die Leiche auf dem Wagen nicht zu euren netten Thesen passt«, platzte es aus Waldi heraus.

»Warum nicht?«, fragte Kerstholz neugierig.

Waldi trat einen Schritt auf den Jüngeren zu und beugte sich zu ihm hinunter, sah ihm direkt in die Augen. »Das, mein Junge, geht dich nichts an«, zischte Waldi, als er sich sicher war, Kerstholz' ganze Aufmerksamkeit zu haben. Dann richtete er sich wieder zu seiner vollen Größe auf, ging an ihm vorbei und zurück zum Tatort.

»Das hat er nicht verdient, und das weißt du.« Colin trat an Waldis Seite. Der beeindruckend große Mann mit den breiten Schultern wirkte müde und eingefallen.

Im Basler Zoo oder, wie ihn die Bevölkerung gerne nannte, im Zolli gab es viele Gehege, doch Colin wusste, wo er Waldi suchen musste: im Aquarium, bei den Pinguinen.

»Kerstholz? Doch, hat er. Er ist ein arroganter, aufgeblasener Wichtigtuer, wie du selbst so treffend festgehalten hast.«

»Mag sein, aber seine Schlussfolgerungen waren richtig.«

»Chiara hat die Spur des Täters aufgenommen. Des fliehenden Täters. Nicht die des anwesenden Trunkenbolds«, presste Waldi gleichermaßen überzeugt wie verärgert hervor.

»Das war auch mein erster Gedanke. Doch im Grunde hat sie nur einen Geruch aufgenommen, den sie wiedererkannt hat, nichts weiter. Ob die Fährte vom Täter stammte, wissen wir nicht mit Sicherheit.«

»Tun wir. Wir beide wissen es, Colin«, sagte Waldi eindringlich und drehte sich von den quirligen Pinguinen ab in Colins Richtung. »Als du die Leiche gesehen hast, hast du dasselbe gedacht wie ich, und wir liegen richtig.«

»Ich habe dasselbe gedacht, ja. Dennoch bedeutet das nicht, dass wir richtigliegen und Kerstholz falsch. Er weiß nicht alles, deshalb kann er unsere Ansicht nicht nachvollziehen. Aber unserer Überzeugung wegen dürfen wir nicht außer Acht lassen, dass es andere Möglichkeiten gibt. Nicht schon wieder.«

»Die Hinweise sind überdeutlich! Der Fasnachtsmörder

ist zurück, und er saß vor ein paar Stunden direkt vor unserer Nase. Meier, dieser Säufer, ist nicht der Täter. Er hat den Wagen vielleicht präpariert. Aber die Inszenierung der Show mit der Leiche stammt nicht von ihm. Dazu ist der Typ nicht clever genug. Er hat sich schon viel zu viele Hirnzellen weggesoffen, um einen solche Coup zu landen. Glaubst du, dieser gerissene Schweinehund, der ungestraft davonkam, selbst nachdem er meine Schwester umgenietet hat, taucht wieder auf und lässt sich dann einfach so mir nichts, dir nichts festnehmen? Komm schon!«, rief Waldi getragen von seinem Frust etwas zu laut aus. Kinder wie auch Eltern drehten sich neugierig zu den beiden Polizisten um.

»Jetzt komm wieder runter. Ed Kerstholz' Sohn weiß nichts von der Auferstehung des Fasnachtsmörders, und die Leute hier drin müssen das auch nicht wissen«, flüsterte Colin beschwichtigend.

Waldi rieb sich frustriert über das Gesicht und drehte sich wieder zu dem vollverglasten Becken um. Einer der Pinguine tauchte erstaunlich flink direkt an der Scheibe entlang und schoss im nächsten Moment behände aus dem Wasser, nur um sich gleich darauf in ungelenkem Watschelgang auf dem künstlich angelegten Eis davonzumachen.

Wesentlich ruhiger fragte Waldi: »Du siehst die Sache wie ich, oder?«

»Das tue ich. Sonst hätte ich dir den Tagebucheintrag, den Tessa erhalten hat, nicht gezeigt. Ich sehe auch ein, weshalb du Kerstholz nichts davon sagen wolltest. Er ist hier und heute nicht die richtige Ansprechperson. Er wird sowieso zu seinem Papi rennen und uns verpetzen. In diesem Rahmen muss er Ed nicht gleich noch auf die Nase binden, dass wir das Geschehene dem Fasnachtsmörder in die Schuhe schieben, sonst sind wir suspendiert, bevor die Sache richtig begonnen hat. Denn im Gegensatz zu Ed Junior, der die Geschichte womöglich nicht kennt, erinnert sich Ed Senior ganz bestimmt daran.« Colin verschränkte seine Arme vor der Brust und atmete schwer aus. »Ich denke auch, dass dieser Meier nicht für das Schauspiel verantwortlich ist, und ich glaube, Chiara hat an Meier etwas gerochen, das sie auf die Spur des Täters brachte und nicht auf diejenige, die Meier beim Kommen hinterlassen hat. Die Inszenierung der Figur auf dem Wagen passt zum damaligen Muster des Fasnachtsmörders. Wir haben den Kerl nie gefasst, also kann es gut sein, dass er zurück ist. Wir haben einen Tagebucheintrag, der dieses Mal das Ereignis voraussagt und nicht nacherzählt, sowie eine ausgestopfte Leiche kurz vor Fasnachtsbeginn. Glaubt man dem Eintrag, wurde das Opfer just zum offiziellen Beginn der Karnevalszeit, am 11.11., 11.11 Uhr, getötet. All das weist so deutlich wie ein Leuchtpfeil auf die alte Geschichte hin, als dass man die Zusammenhänge ignorieren könnte. Deshalb brauchen wir einen Plan. Wir müssen über diesen Verdacht informieren, um Schlimmeres zu verhindern. Vor allem auch, um die Ermittlungen in die richtige Richtung zu lenken.«

»Diese Ermittlungen werden wir führen, dann gehen sie schon in die richtige Richtung«, sagte Waldi grimmig.

»Dazu werden wir niemals die Erlaubnis erhalten.«

»Wer sagt denn, dass wir um Erlaubnis fragen?«

»Ich sage das. Waldi, keine Alleingänge. Das ging beim letzten Mal schon gewaltig in die Hose. Wir informieren Rick. Er hat uns damals schon geglaubt und sich für uns eingesetzt. Hätten wir vor sechs Jahren über unseren Plan, raus auf das Fabrikgelände zu fahren, informiert und uns anschließend an

Carolinas Ermordung mit unserer Einmischung zurückgehalten, wie er es von uns verlangt hat, wäre er nicht gezwungen gewesen, uns zu trennen. Wir waren wie Pitbulls. Haben uns in die Sache verbissen und nicht mehr losgelassen. Er musste etwas unternehmen, auch wenn er grundsätzlich auf unserer Seite war.«

»Rick? Unser ehemaliger Vorgesetzter soll uns helfen?«

»Wir müssen es versuchen.«

»Und wenn wir ihm davon erzählen und er uns nicht unterstützt? Dann hat er ein Auge auf uns, womit wir in unserer Arbeit behindert würden.«

»Dann müssen wir ihm ein Angebot unterbreiten, damit er uns auch ohne seine Unterstützung gewähren lässt.«

»Woran denkst du?«

»Wir bieten ihm an, dass er die Reißleine ziehen kann, wann immer er es für nötig erachtet.«

»Au ja,« höhnte Waldi, »das wird ihn auf jeden Fall überzeugen.«

»Wir werden die fristlose Kündigung aussprechen, wenn Rick von der Option Gebrauch macht.«

Waldis spöttischer Gesichtsausdruck wurde starr. Dann blinzelte er, trat von einem Bein auf das andere. »Das ist mal ein Angebot.«

»Wir haben nicht mehr lange Zeit. Wenn für diesen Psychopathen die Fasnacht erneut im Mittelpunkt seiner Taten stehen soll …«

»… sind wir unter Umständen in ungefähr einer Woche arbeitslos.« Waldi starrte durch die von Handabdrücken fleckige Scheibe auf die Pinguine. Doch es waren kaum die lustigen Frackträger, die er vor sich sah. »Wenn die Runde macht, weswegen wir unsere Jobs an den Nagel gehängt haben, werden wir nur schwer woanders unterkommen. Kassandra wird darüber sicher nicht glücklich sein.«

»Unter Umständen ist aber alles halb so wild. Bedenke, dass man dich bestellt hat, nachdem die Leiche entdeckt worden ist, und dann kam ich dazu. Im Grunde wollen die doch, dass wir den Fall bearbeiten. Wir dürfen es eben nur nicht wieder so bunt treiben.«

»Ist klar. Aber er hat Carolina ermordet.«

»Das hat er.«

»Sie war meine Schwester!«

»Höchste Zeit also, es ihm heimzuzahlen.«

Memoiren eines Künstlers

Freitag, 11. März 2011

Die Spielfiguren sind auf dem Spielfeld. Zeit also, das nächste Kapitel aufzuschlagen. Carolina habe ich vor sechs Jahren verloren. Auf üble Weise. Ich bin fest entschlossen, mich dafür zu rächen. Pünktlich zum zehnjährigen Jubiläum unseres Kennenlernens.

Damals habe ich getan, was ich tun musste. Ich habe einen Fehler begangen und jenen behoben, auch wenn es mich schmerzte. Auch heute verspüre ich diese unbändige Wut noch so intensiv wie damals, wenn ich zurückdenke. Ihr Fehler war es gewesen, sich für dieses Arschloch zu entscheiden.

Colin Jäger. Der verschlossene Typ mit dem großen Herzen. So hat sie ihn mir einst mit verträumtem Blick beschrieben. Dass sie sich verliebt hat, hat sie mir im Geheimen anvertraut. Dabei habe ich mir solche Mühe gegeben. Mit allen Mitteln habe ich sie davon zu überzeugen versucht, dass ich der Richtige für sie war. Ich habe Talente, die niemand sonst besitzt. Ich habe Hobbys, denen kein anderer das Wasser reichen kann. Ich habe einen Beruf, der an Besonderheiten nicht zu übertreffen ist. Ich bin ein Künstler. Erfolgreich, talentiert und außergewöhnlich. Wie außergewöhnlich hätte ich anfangs noch verschweigen müssen. Schließlich war die schöne Carolina immer noch eine Polizistin wie Konrad Waldner, ihr bulliger Bruder. Beide standen sie im Dienste des Rechts. Meine Kunst überschreitet aber so manches Mal die Grenzen dessen, was im Gesetzbuch festgelegt ist. Hin und wieder sprenge ich auch den Rahmen der allgemeinen Moralvorstellungen. Dennoch ist das, was ich tat – was ich tue – Kunst.

Mit der Kunst ist es so eine Sache. Sie ist meist nicht auf Anhieb verständlich. Was dahintersteckt, welche Aussagekraft die Werke besitzen, bleibt dem Betrachter im ersten Moment gerne verborgen. Manche werden die Werke nie verstehen, andere begreifen mit der Zeit. So hätte auch Carolina irgendwann verstanden. Irgendwann hätte sie die Botschaft, den tieferen Sinn, die starke Seele meiner Schöpfungen verstanden. Sie hätte begriffen, dass ihr Beruf, sich um das Einhalten von Gesetzen zu kümmern, um das Funktionieren des Zusammenlebens der Gesellschaft zu gewährleisten, keineswegs im Widerspruch zu meiner Arbeit stand. Im Grunde huldigte ich ihrer Arbeit als Polizistin mit meinen Werken.

Mir ist klar, dass die Menschen an der Art und Weise Anstoß nehmen. Dass sie in erster Linie Mord und Schändung erkennen. Deshalb bleibe ich auch anonym. Doch was sie verkennen ist, dass sie Teil des gesamten Kunstobjektes sind. Denn sie tun, was ich verlange, und vollenden damit das Werk: Sie sind entsetzt über die angebliche Grausamkeit, können aber dennoch nicht wegsehen. Sie sind der Rahmen des Bildes, das entsteht, wenn meine Modelle entdeckt werden, nachdem ich sie heimlich positioniert habe. Meine Figuren alleine sind schön. Aber erst die Entrüstung und der Schrecken nach deren Entdeckung machen sie perfekt. Denn mal ehrlich, erst durch die Aufmerksamkeit des Publikums entsteht wahre Kunst. Wie viele inzwischen weltberühmte Künstler mussten erst provozieren, ehe man sie ernst nahm? Bis man ihre Namen kannte?

Eben.

Genau so hätte ich es der schönen Carolina erklärt, wenn die Zeit gekommen wäre. Sie hätte es verstanden. Sie war klug. Aber anscheinend nicht ganz so klug, wie ich sie eingeschätzt hatte. Denn sie entschied sich nicht für mich.

Mutter tat das auch. Sie wies mich ab, als ich ein Kind war, entschied sich für ein anderes Leben. In den Jahren bemühten sich viele um mich, doch keine war es würdig, meine Zuneigung zu erhalten. Ich realisierte bald, dass es keinen Ersatz für eine Mutter gab, aber wohl für eine weibliche Bezugsperson. Es dauerte einige Jahre, bis die eine Frau in mein Leben trat, der ich erlaubte, sich um mich zu kümmern. Da der Teenager in mir gerade so richtig mit mir durchbrannte, wollte ich alles von ihr. Die Vertraute, die Mutterfigur, die Geliebte. Im Nachhinein kann ich ein bisschen verstehen, dass sie meine Annäherungsversuche zurückwies. Ich ging zu weit, als ich sie küssen wollte. Aber die Hormone fuhren mit mir Achterbahn. Das hätte sie verstehen müssen, hatte sie doch als Lehrerin oft mit Teenagern zu tun. Sie hätte es gut sein lassen können, dann wäre alles in Ordnung gewesen. Aber sie meldete mich beim Rektor und wollte dann das Land verlassen und damit auch mich. Mich hätte sie zurückgelassen, wohingegen sie ihre Familie mitgenommen hätte. Ihren Ehemann und ihren grässlichen Sohn.

Eine perfekte kleine Familie stellten sie dar. Aber der Plan ging nicht auf. Die Perfektion bekam Risse, als die ach so gute und beliebte Lehrerin eines Tages spurlos verschwand. Spurlos? Ja. Verschwunden? Nicht wirklich. Ich führte sie lediglich auf den richtigen Pfad und geleitete sie dorthin, wo sie hingehörte: nach Hause. Zu mir.

Im Grunde war ich der Idiot. Bei der Frau Lehrerin genauso wie bei Carolina. Ich habe ihnen die freie Wahl gelassen und verloren. Das wird mir nicht mehr passieren. Der Plan ist es, Konkurrenz zu beseitigen.

Schon einmal versuchte ich, Colin aus dem Weg zu schaffen, was missglückte, wenn auch nur knapp. Stattdessen musste ich Carolina opfern. Es ist an der Zeit, mein Missgeschick von damals zu korrigieren und in die Zukunft zu blicken.

So manches Mal frage ich mich, ob er an mich denkt, wenn er vor dem Spiegel steht und die nette kleine Schusswunde sieht, mit der ich ihn brandmarkte?

Ich klappe mein Buch zu. In meinem Heim ist es kühl und unfreundlich. Das fällt mir zum ersten Mal seit Langem auf. Aber das ist mir egal. Nur der strenge Geruch, der stört mich. Ich muss duschen. So kann ich mich in der Welt da draußen keinesfalls blicken lassen. Der Schmutz der Kanalisation, durch die ich geflohen bin, klebt noch an mir.

Erneut war es knapp. Doch wieder habe ich es gepackt. Das unterirdische Tunnelsystem ist mit all den wenig genutzten oder gar stillgelegten Armen eine große Hilfe bei der Umsetzung all meiner Pläne. So still und heimlich wie die Kanalratten kann ich mich unter den Füßen all der Ahnungslosen frei bewegen, ohne entdeckt zu werden.

Auf meinem Weg zur Dusche komme ich an der verschlossenen Kammer vorbei. Ich öffne sie einen Spaltbreit und horche hinein. Es ist mucksmäuschenstill.

»Meine Perle? Du tust doch nicht nur so, als ob du schlafen würdest, oder? Das wäre ziemlich dumm von dir.«

Ich erhalte keine Antwort, aber sie ist wach. Sie gibt sich alle Mühe, flach zu atmen, doch es gelingt ihr nicht. Ihre Angst vor mir und dem, was ich mit ihr mache, macht ihre Pläne zunichte. Sie denkt wohl, wenn sie sich tot stellt, lasse ich sie in Ruhe. Falsch gedacht. Ich schalte das Licht ein. Es ist grell. Für sie, die tagelang nur Dunkelheit erlebt hat, ist das plötzliche Entflammen der Deckenlampe eine einzige

Qual. Sie kann nicht anders, sie zuckt zusammen. Zumindest so weit die Fesseln es zulassen.

»Du bist wach? Schön! Dann merk dir meine Worte, meine Perle: Das Ende deiner Qualen steht kurz bevor. Die Zeit, dich endgültig in ein Kunstwerk zu verwandeln, naht.« Ein Gefühl der Vorfreude macht sich breit. »Bin gleich zurück, meine Perle. Ich muss nur kurz duschen, dann kümmere ich mich um dich. Zuerst werde ich dir die restliche Haut abziehen, dann werde ich dich von den verderblichen Überresten befreien. Du wirst das nicht überleben. Aber ich versichere dir, wenn ich mit dir fertig bin, wirst du besser aussehen als je zuvor. Das wird wundervoll!«

Ich ziehe die Tür wieder zu und beginne, mich auf dem Weg in mein spärlich eingerichtetes Badezimmer auszuziehen.

Ich habe nur noch zwei Tage, um meine letzte Figur vorzubereiten. Meine Perle ist dazu bestimmt, vakuumiert in einer ganz besonderen Holzkiste zu liegen.

Ihre Mitstreiterin besitze ich schon seit sechs Jahren. Es bricht mir das Herz, sie herzugeben, doch sie fungiert als ganz besondere Überraschung für Colin. Auch Mutter wird eine wichtige, im wahrsten Sinn des Wortes wegweisende Rolle im großen Finale übernehmen.

Mögen sie alle in Frieden ruhen.

»Ich habe keine Ahnung, wie ihr darauf kommt, dass ich euch helfen könnte.« Richard Vossmann war ein eins achtzig großer Kerl, dessen Hemd über dem Ansatz eines Bäuchleins spannte, das er sich zur Feier der Schwangerschaft seiner Ehefrau zugelegt hatte. Er stemmte die Fäuste auf seinen Schreibtisch, und sein Blick wanderte von Colin zu Waldi und zurück. »Das ist nicht mein Fall. Ich habe euch auch nicht dorthingeschickt.«

Colin kniff die Augen zusammen und betrachtete Vossmanns Augenbraue. Es war inzwischen später Nachmittag, das Licht im Büro war entsprechend dämmrig, und Colin hatte noch kein Auge zugetan, dennoch konnte er das leichte Zucken der Braue in Richtung Nase und zurück erkennen. Eine verräterische Angewohnheit. »Du versuchst noch immer, uns einen Bären aufzubinden? Wann lernst du endlich, dass du damit keinen Erfolg haben wirst? Sei ehrlich; du warst es, der dafür gesorgt hat, dass Waldi auf Ladys Gelände erschien. Wie ist das abgelaufen?«

Rick stieß sich von seinem Tisch ab, fuhr sich durchs Haar, das seit seinem dreiundzwanzigsten Lebensjahr grau war, und über die Bartstoppeln. Am Kinn ließ er seine Hand ruhen, als stützte er den Kopf darauf ab. »Na gut. Aber ich war's nicht allein, Renzo rief mich an, sofort als er erfahren hatte, dass die Leiche in Ladys Garten nach ersten Untersuchungen der Kriminaltechniker womöglich ein ausgestopfter Toter war.«

»Wie konnten die das so schnell herausfinden?«

»Um die Beine waren Strohbündel gewickelt, die das Feuer

weitestgehend überstanden hatten. Das verwendete Material wurde vermutlich mit Flammenschutzmittel getränkt. Es war beinahe so, als wünschte der Täter, dass die Polizei ganz schnell auf das Ausstopfen kam.«

»Da überschlagen sich doch glatt meine Gedanken.« Colin, dem die Nackenhaare zu Berge standen, erwähnte die Botschaft im Bauch des Toten noch nicht.

»Meine auch«, gab Waldi zu.

»So war es auch bei mir. Aber wir dürfen keine voreiligen Schlüsse ziehen. Ich habe dafür gesorgt, dass man dich holt, Waldi, damit du dir das Ganze ansiehst, weil mir spontan dieser verfluchte Scheißkerl eingefallen ist, der vor sechs Jahren die ganze Fasnacht durcheinandergebracht hat. Da ihr nun beide vor mir steht, nehme ich an, ihr seid auf denselben Gedanken gekommen.«

»In der Tat. Parallelen zu den damaligen Fällen sind definitiv vorhanden.« Colin räusperte sich. Er versuchte, die Geschichte sachlich anzugehen, auch wenn es ihm nicht leichtfiel. »Es gibt noch etwas anderes, das die Annahme, der Fasnachtsmörder sei zurückgekehrt, stützt.« Colin zog aus der Gesäßtasche seiner Hose ein zerknülltes Stück Papier heraus, faltete es auseinander und legte es vor Vossmann auf den Tisch. »Das ist ein Schriftstück, ähnlich denen, die wir damals nach den Taten bekommen haben. Da wird der Vorfall in Ladys Garten beschrieben. Außerdem weist es auf eine Notiz im Bauch des Toten hin, auf dem das Wort *Jäger* steht.«

Verdutzt starrte Rick auf das Papier. »Das ist nicht das Original, oder?«

»Nein, das habe ich den Kriminaltechnikern gegeben, damit sie eventuelle Spuren sichern können«, gab Waldi zu.

»Wann?«

»Gestern«, antwortete er kleinlaut.

Vossmann hob seine Augenbraue. »Gestern wussten wir noch nichts von der Leiche auf dem Wagen.«

»Das ist richtig.«

»Was hattet ihr beiden vor? Wolltet ihr wieder über alle Köpfe hinweg ein Phantom jagen?«

»Er ist kein Phantom. Komm schon, wären wir mit diesem Stück Papier aufgetaucht und hätten den Fall wieder aufrollen wollen, hätte uns jeder weggeschickt und verlangt, dass wir die Sache doch endlich ruhen lassen sollten. Es konnte ja keiner ahnen, dass gleich darauf eine passende Leiche auftaucht. Auch die Notiz war da«, erklärte Colin nüchtern.

»Mit dem Wort Jäger darauf?«, fragte Vossmann.

Colin nickte.

»Ist das womöglich eine Anspielung auf die Rolle der Ermittler, die praktisch die Jäger für den Gesuchten sind?«

»Denke ich nicht, nein.«

Jetzt war es an Vossmann, zu nicken. »Ich auch nicht wirklich. Der Beruf ist wohl auch nicht gemeint. Vielmehr dein Nachname?«

»Davon gehe ich aus, ja.«

»Wer auch immer er ist, er ist auf jeden Fall echt und sehr real«, schaltete sich Waldi ein. »Er scheint zumindest die Fälle mit den Fasnachtsmorden in einer Weise zu kennen, wie sie niemand sonst kennt, der nicht an den Ermittlungen beteiligt war. Denn sonst wäre dieser Text nicht aufgetaucht. Das gibt mir ehrlich zu denken.«

»Man hätte euch weggeschickt, ja«, bestätigte Vossmann Waldis Aussage. »Das könnte ich auch jetzt noch machen. Ihr seid eindeutig befangen, persönlich zu sehr involviert. Ein No-Go.«

»Wissen wir. Darum habe ich ein Angebot, das du nicht ausschlagen kannst: Lass uns an dem Fall arbeiten, und wenn du denkst, wir übertreiben es komplett, reichen wir die Kündigung ein. Ohne Wenn und Aber.« Waldi präsentierte Colins Vorschlag schnell, als befürchte er, er würde es sich anders überlegen, wenn er es nicht in einem Fluss aussprach.

Wieder schaute Vossmann verblüfft in die Runde. »Ihr zwei seid wirklich ein seltsames Gespann.«

Trotzdem wirkte Vossmann keineswegs, als würde er Colin und Waldi zum Däumchendrehen nach Hause schicken wollen. Stattdessen klinkte er sich in die Überlegungen mit ein, ohne weiter auf Waldis Vorschlag einzugehen. »Im zeitlichen Ablauf gibt es einen Fehler. Der von damals hat uns die Texte erst nach den Morden zugespielt. Also haben wir es vielleicht doch mit einem Trittbrettfahrer zu tun.«

Ehe sich jemand dazu äußern konnte, öffnete sich hinter Colin und Waldi die Tür. Ein schmalschultriger Mann mit viel zu langen Armen betrat den Raum. Sein braunes Haar lichtete sich bereits am Hinterkopf, seine Brille war nicht mehr ganz zeitgemäß. Er wirkte verschüchtert, aber nur bis zu dem Augenblick, in dem er die Tür schloss und das Wort ergriff. »Dr. Balmer. Vielleicht kennen Sie mich noch. Guten Tag, die Herren.«

Jetzt war es an Waldi und Colin, erstaunt dreinzublicken. »Sicher kenne ich Sie noch«, sagte Colin und streckte dem Doktor die Hand entgegen. Dieser ergriff sie und hielt sie fest.

»Wie das? Sie sind doch nie zu den vereinbarten Therapiesitzungen gekommen.« Dr. Balmers braune Knopfaugen blitzten.

Colin räusperte sich, entzog Dr. Balmer die Hand und wich Waldis vorwurfsvollem Blick aus. Er hatte ihm nie davon erzählt, dass er die Sitzungen, an denen sie beide nach den traumatischen Ereignissen vor sechs Jahren hätten teilnehmen sollen, geschwänzt hatte.

Vossmann lenkte die Aufmerksamkeit zurück auf das eigentliche Thema. »Nachdem ihr zwei mir euren Besuch angekündigt habt, habe ich Dr. Balmer dazugebeten. Er kommt etwas später, weil er noch einen Patienten hatte, der seine angeordneten Sitzungen anscheinend wahrnimmt.« Colin senkte schuldbewusst den Blick, Vossmann fuhr fort, als hätte er ihn nicht gerade eben gemaßregelt. »Danke, dass Sie so spontan Zeit hatten.«

»Wenn sich's einrichten lässt, jederzeit. Also, klären Sie mich auf.«

Vossmann verschwendete keine Zeit. »Nun, Sie erinnern sich an die Fasnachtsmorde?«

Dr. Balmer nickte. »Tue ich.«

»Auch an das psychologische Profil, das man basierend auf Mutmaßungen von dem Täter erstellt hat?«

Dr. Balmer nickte erneut. »Ich habe dabei geholfen, so gut es ging. Aber der Täter lieferte uns nicht viel. Es war schwer, aus ein paar menschlichen Puppen und später, nachdem der Mist schon passiert war, aus eingesendeten Texten herauszulesen, welche Komplexe er hatte, was ihn antrieb. Eine allgemeine Diagnose ließ sich erarbeiten, die half aber keineswegs, ihn zu stellen. Er war zweifelsohne clever, vorsichtig, umsichtig, und er hat eindrücklich bewiesen, dass es möglich war, schlauer als die Polizei zu sein. Und das hat nichts damit zu tun, dass ein paar junge Hitzköpfe sich dazu berufen fühlten, ihn zu fassen.«

»Nun gut, lassen wir das so stehen.« Vossmann griff nach dem Papier auf seinem Schreibtisch und reichte es Dr. Balmer, der den Arm zwischen Colin und Waldi durchstrecken musste, um danach greifen zu können, denn er stand noch immer direkt vor der Eingangstür.

»Was ist das?«, fragte er, während er seine Brille richtete.

Keiner antwortete, denn das war nicht nötig. An Dr. Balmers Gesichtsausdruck konnte man ablesen, was in ihm vorging. Zuerst kniff er ungläubig die Augen zusammen, dann riss er sie einigermaßen erstaunt auf, schließlich hob er den Kopf und starrte fassungslos in die Runde. »Das ist nicht das, was ich denke, oder?«

»Was denken Sie denn?« Vossmann wollte dem Mann nichts in den Mund legen, auch wenn ihm klar sein musste, dass Dr. Balmer spontan zur selben Schlussfolgerung gekommen war wie die anderen Anwesenden.

»Woher haben Sie das?«

»Von einer«, Colin zögerte, »Freundin.«

»Das muss ich genauer wissen, das ist Ihnen klar?«, sagte Dr. Balmer an Colin gewandt.

»Ist mir klar. Aber zuerst will ich wissen, was Sie denken.«

»Die Schrift, der Wortlaut, die Ausdrucksweise. Dieses Dokument sieht den Texten, die wir vor sechs Jahren wahrscheinlich von diesem Fasnachtsmörder erhalten haben, zum Verwechseln ähnlich. Wie alt ist es?«

»Wissen wir noch nicht. Das Labor arbeitet daran.«

»Vielleicht ist es noch ein Auszug von damals?«

»Damals geschrieben und heute erst umgesetzt? In jedem Fall ist es keine Nachahmung von einem damaligen Fund, denn den Brennenden auf der Karre gab's vor sechs Jahren nicht.«

»Vielleicht hat er den Toten damals präpariert und erst

heute präsentiert. Das wäre beunruhigend, denn dann hätte der Typ noch mehr ausgefressen, als uns bekannt ist.«

»Er hat neu angefangen, vorausgesetzt, es ist kein Nachahmer«, schaltete sich Waldi ein. »Es ist doch seltsam, dass ausgerechnet vor einigen Tagen in der Post einer Fernsehköchin, die aufrief, ihr mittels eigener Textideen bei der Erstellung eines Romans zu helfen, dieses Schriftstück auftaucht.«

»Woraufhin kurz danach eine ausgestopfte Leiche inszeniert auf einer privaten Vorfasnachtsveranstaltung entdeckt wird. Abgesehen davon gibt er uns ein Datum. Er schreibt genau, wann er es getan hat: am 11.11.2010, um 11.11 Uhr. Beginn des ganzen Fasnachtstrubels«, beendete Colin Waldis Bericht.

»Wenn er das von langer Hand plant, hätte er seinen Auszug auch vordatieren können oder das Datum im Text auslassen können, bis er wusste, wann er aktiv werden würde.«

»Auch möglich«, stimmte Colin zu.

»Lasst mich das erst einmal verdauen, bitte. Gedanken ordnen, Sie verstehen schon.« Dr. Balmer nahm die Brille ab und rieb sich die Nasenwurzel. »Na gut, Betty LaCook hat dieses Schriftstück erhalten?«

»Woher …?« Alle Anwesenden staunten nicht schlecht, doch nur Colin setzte zu der Frage an.

»Woher ich weiß, dass es hier um sie geht? Wegen meiner Tochter. Keine Ahnung, wieso, aber sie liebt ihre Sendungen, verpasst keine einzige. Dank dem Aufruf zur Unterstützung ist sie ganz wild darauf, eine Geschichte zu schreiben, die sie ihr schicken will«, erklärte Dr. Balmer schulterzuckend.

Colin konnte sich ein Lächeln nicht verkneifen. Er kannte diese Frau kaum, wusste aber um ihre seltsame Anziehung, weil er sie am eigenen Leib erlebte. Er empfand einen gewissen Stolz auf Tessa, als er Dr. Balmers Erklärung hörte, was lächerlich war, denn um das Anrecht auf solche Empfindungen zu haben, stand er ihr nicht annähernd nah genug.

»Gut. Die letzten Vorfälle liegen sechs Jahre zurück. Während dieser Zeit haben wir von dem Kerl nichts mehr gehört und nichts mehr gesehen. Gefasst haben wir ihn nie, also ist er abgetaucht. Ein Täter, der mit solcher Liebe zum Detail handelt, versessen darauf, dass seine Werke gefunden werden und ihnen Beachtung geschenkt wird, hört nicht einfach auf zu morden. Meist sind das Menschen, die diese Aufmerksamkeit brauchen. Er kann sich zurückziehen, ja. Aber nur kurz. Keinesfalls für sechs Jahre. Ähnliche Fälle aus anderen Kantonen sind uns in dieser Zeit nicht bekannt?«

Vossmann dachte kurz nach, sah fragend von Waldi zu Colin, die beide verneinten. »Nicht, dass wir wüssten.«

»Da müsste man vielleicht genauer hinsehen, sich mit den Kollegen kurzschließen. Unter Umständen war er während der genannten Zeitspanne ruhiger, aber nicht inaktiv. Das beantwortet aber nicht die Frage, warum er zurückgekehrt ist. Hierher, an einen seiner alten Austragungsorte, an denen er es nach unserem Wissen am wildesten getrieben hat.« Dr. Balmer zog die Augenbrauen zusammen, was seinem Gesicht eine pädagogische Strenge verlieh. »Im Grunde stellt sich vorläufig nur die eine Frage: Warum jetzt?«

»Gut, also, was war damals los, kurz bevor er untertauchte?« Dr. Balmer setzte sich an den Kopf des Sitzungstisches. Colin, Waldi und Dr. Balmer hatten von Vossmanns kleinem Büro in einen größeren Besprechungsraum gewechselt, in dem alle einen Sitzplatz und vor allem Getränke und Schreibutensilien zur Verfügung hatten. Vossmann selbst musste einen anderen Termin wahrnehmen und konnte deshalb nicht am weiteren Gespräch teilnehmen.

Colin pustete in den heißen Kaffee und trank vorsichtig einen Schluck. Das Aroma und die Wärme des Getränks waren wohltuend. Er spürte, wie ihm die Müdigkeit in den Knochen saß und sehnte sich danach, in Chiaras Position zu sein: Sie schlummerte friedlich auf einer Decke in der Ecke des Raumes. Er hatte den Zimmerwechsel zum Anlass genommen, sie aus der Hundebox im Auto zu befreien. Ehe er zu den anderen zurückgekehrt war, hatte er ihren Napf, den er immer im Wagen mit sich führte, mit Wasser gefüllt und neben sie gestellt. Nach ein paar kräftigen Zügen hatte sie ihren dunklen Kopf mit den riesigen Ohren mit einem Geräusch, das wie ein Seufzen klang, auf ihre Pfoten gebettet und war weggedöst.

Waldi folgte Colins Blick und sah aus, als beneide er die Hündin genauso, wie Colin es tat. Aber es half nichts. Dr. Balmer wiederholte seine Frage, als keiner der beiden Männer Anstalten machte, ihm zu antworten. »Es ist Zeit, die alten Schubladen zu öffnen. Was war damals los?«

»Willst du anfangen oder soll ich?«, fragte Colin, den Widerstand aufgebend.

Waldis Gesichtsausdruck wurde düster. »Sie kennen die Berichte. Sollten Sie etwas vergessen haben, lesen Sie es nach«, blaffte er den Psychiater an, anstatt die Geschichte zu erzählen.

Dr. Balmer reagierte nicht auf die Provokation. Ruhig antwortete er: »Ja, ich kenne die Akten, und das meiste kann ich mir auch noch in Erinnerung rufen.« Seine Hände ruhten übereinandergelegt auf dem Tisch, aus seinen Augen sprach nichts als Neutralität. »Dennoch bitte ich Sie hier und jetzt, mir noch einmal zu erzählen, was damals passierte, kurz bevor der Verdächtige abtauchte. Eine Akte zu lesen ist nicht dasselbe, wie den Bericht über einen Vorfall von Beteiligten zu hören. Das hat eine ganz andere Energie.«

»Eine andere Energie? Die ist wichtig, um der Ursache allen Übels, nämlich diesem Arschloch, das meine Schwester auf dem Gewissen hat, auf den Grund zu gehen? Um die Frage beantworten zu können, warum er ausgerechnet jetzt, nach sechs Jahren, wieder bei uns in der Umgebung zuschlägt?«

»Vielleicht«, gab Dr. Balmer schlicht zurück. »In schriftlichen Dokumenten stehen trockene Fakten. Es wird festgelegt, dass sie wichtig sind. Emotionen können aber Sichtweisen verändern. Die Geschehnisse von einer Seite beleuchten, die vielleicht einen neuen Gedankenanstoß liefert, der helfen kann. Vielleicht.«

»Damals, als ich Stunden um Stunden in Ihrem Sessel verbracht habe, um über die Vorfälle hinwegzukommen, haben Sie das nie gesagt.«

»Nein. Damals war mit seinem Verschwinden auch nicht wichtig, was heute mit seinem erneuten Auftauchen von Bedeutung sein kann.«

»Ich denke, wir haben's kapiert.« Colin setzte diesem zeitraubenden und sinnlosen Tanz um den heißen Brei ein Ende. »Meine Version haben Sie noch nicht gehört. Waldis schon. Also erzähle ich.«

Dr. Balmer wechselte den Blick von Waldi zu Colin. »Ist mir recht. Sie haben den Mann damals verfolgt, zusammen mit Ihrem Kollegen Konrad Waldner und dessen Schwester Carolina Waldner sowie ihrem Rüden …«

»Rufus. Ihr Diensthund hieß Rufus«, beantwortete Colin die unausgesprochene Frage.

Dr. Balmer nickte. »Rufus. Wie kam es zu der Verfolgungsjagd?«

Colin musste den alten Ärger, der plötzlich wieder in ihm hochkochte, mit seiner ganzen Willenskraft hinunterschlucken. Ihm war nicht klar gewesen, dass dieser elende Mix aus Trauer und Wut unter einer gut verschlossen geglaubten Narbe noch immer brodelte. Eine dünne Erdschicht über kochender Lava, mehr war die Barriere, die er zwischen sich und seinen Verletzungen vergangener Tage errichtet hatte, nicht. Bitter, wenn man das nach so langer Zeit begriff.

»Alles in Ordnung?« Dr. Balmer beobachtete Colin ganz genau.

»Ja. Nein.« Colin schüttelte den Kopf, dann sah er zu Dr. Balmer auf. »Ist wohl an der Zeit, meine damals versäumten Sitzungen in einer einzigen nachzuholen.«

Colin lehnte sich zurück, schloss die Augen, versetzte sich sechs Jahre in die Vergangenheit und begann zu erzählen, wie er damals zusammen mit Waldi in die Wohnung eines der Opfer gegangen war, dort auf eine Visitenkarte eines angeblichen Reiseveranstalters gestoßen war, einen Termin vereinbart hatte und auf eigene Faust mit Waldi und dessen

Schwester Carolina losgezogen war, um den Typen genauer unter die Lupe zu nehmen. Ein Unterfangen, das für Carolina tödlich endete.

Als Colin seine Ausführungen beendet hatte, starrte er auf seine Handflächen. Es fühlte sich an, als hätte er Carolina eben erst mit diesen Händen zu retten versucht – nachdem er sie durch pure Überheblichkeit überhaupt erst in diese Situation gebracht hatte. Er hatte sie auf dem Gewissen. Die Schuldgefühle kehrten mit einer Wucht zurück, die ihn dankbar machten, dass er bereits saß.

Im Raum war es still. Niemand rührte sich, beinahe, als müssten die Anwesenden das Gehörte auch erst verarbeiten, obwohl sie die Geschichte eigentlich kannten. Aus Protokollen, aus Berichten. Die Berichte hatten niemanden kaltgelassen, aber die Buchstaben auf dem Papier weckten nur einen Bruchteil der Empfindungen, die Colins Erzählung heraufbeschwor.

Carolinas wunderschönes Gesicht verschwamm vor Colins Augen. Er kauerte nicht mehr auf der Plattform vor dem Fabrikgebäude, er war zurück in dem spärlich eingerichteten Raum der Staatsanwaltschaft. Er sah auf, schaute in das betroffene Gesicht von Dr. Balmer. Waldi wagte er nicht anzusehen.

»Verflucht«, brach es aus Dr. Balmer heraus, ehe er die Brille anhob und sich die Augen rieb. Als er die Brille wieder auf die Nase schob, war sein Gesichtsausdruck wieder neutral, er wirkte gesammelt. »Den Berichten zufolge hat Carolina Waldner tatsächlich einen Schuss abgefeuert. Das Projektil wurde nicht gefunden. Demnach muss es im Körper des Täters stecken geblieben sein. Der Täter konnte fliehen, die Analyse der Projektile, die Sie, Carolina und Rufus getroffen haben, konnten nie mit einer Schusswaffe in Verbindung gebracht werden. Bis heute nicht. Blutspuren, die nicht von einem von Ihnen stammten, fanden sich nicht, was darauf hindeutet, dass der Täter entweder geistesgegenwärtig die Blutung gestillt hat, was eine beachtliche Leistung ist, immerhin war er auf der Flucht, oder aber, die Kugel hat seinen Körper nie verlassen und versiegelte so die Wunde. Weitere Spuren fanden sich keine. Auch die Hundestaffel verlor die Fährte bereits nach wenigen Metern«, fasste Dr. Balmer abschließend kurz zusammen. »Der Täter verschwand spurlos. Bis heute.«

Unbewusst fasste Colin sich an die Schulter. An die Stelle, an der das Projektil des Schützen eingedrungen war. Er war für immer gezeichnet. Dieser Mistkerl hatte ihn gebrandmarkt. Es war ihm sowieso nicht möglich, jemals ganz zu vergessen, aber es gab inzwischen Tage, an denen er nicht schon nach dem Erwachen an das Geschehene dachte. Dank des kleinen Souvenirs wurde die Erinnerung aber spätestens beim Duschen wachgerufen. Eigentlich war das gut so, denn er hatte es nicht besser verdient!

»Ihr hättet uns die Dienstmarken nehmen sollen. Ich verstehe heute noch nicht, warum wir nach alledem nicht fristlos entlassen wurden.«

Dr. Balmers Mundwinkel zuckten. »Glauben Sie mir, Ihre Kündigung war bereits getippt.«

Verständnislos sah Colin auf. »Tatsächlich? Warum sitze ich dann noch hier?«

»Vossmann. Er hat wie ein Stier um euch gekämpft und gewonnen. Ohne, dass ihr es gewusst habt, standet ihr auf der Abschussliste. Der Abteilungswechsel war ein Kompromiss, den die hohen Tiere dank Vossmanns Fürsprache widerwillig akzeptierten. Unter der Bedingung, dass ihr beim geringsten Verstoß sofort rausfliegen würdet, und Vossmann gleich mit.«

»Vossmann hat seinen Job für uns riskiert? Aber warum? Er hat nie auch nur ein Wort darüber verloren!« Colin war fassungslos.

»Aus gutem Grund. Sie wollen seine Beweggründe wissen? Dann fragen Sie ihn.«

»Welche Argumente konnte er vorbringen, die uns nach diesem Mist den Job sicherten?«

»Fragen Sie Vossmann«, wiederholte Dr. Balmer. »Wir sind aus anderen Gründen hier zusammengekommen. Wichtigeren Gründen.«

Colin nickte. »Ein Mörder taucht aus der Versenkung auf und keiner weiß, warum.«

»Sie hat es gewusst«, meldete sich Waldi das erste Mal, seit Colin seinen Bericht beendet hatte, zu Wort.

»Wie bitte?«, fragte Dr. Balmer, doch Waldi ignorierte ihn und wandte sich an Colin.

»Carolina. Du machst dir Vorwürfe, genauso wie ich es tue. Ich hätte niemals zulassen dürfen, dass sie mitkommt, dass du sie für diese beschissene Idee, in die Fabrik zu fahren, gewinnen kannst.«

»Sie wäre nicht mitgekommen, hätte ich sie nicht belogen.«

»Du Idiot. Glaubst du wirklich, meine Schwester war so dumm oder blind? Sie wusste, dass wir in diesem Moment auf eigene Faust ermittelten und die Aktion nicht von oben abgesegnet war. Trotzdem oder gerade deswegen kam sie mit. Sie wollte uns beschützen, stattdessen hätten wir sie beschützen müssen. Wir hätten sie raushalten sollen. Aber das hätte sie sowieso nicht zugelassen. Sie wäre mitgekommen, ob wir es gewollt hätten oder nicht. Hättest du sie nicht gefragt, und hätte sie dennoch Wind von unseren Plänen bekommen, hätte sie sich aufgedrängt. Du hast sie gekannt. So war sie eben.«

Colin senkte den Blick. »Ja, so war sie. Trotzdem …«

»Ja, ich weiß. Und wenn wir sie hätten festketten müssen, wir hätten sie nicht mitgehen lassen dürfen. Ich verstehe schon. Aber du sollst zumindest von dieser absurden Vorstellung wegkommen, deine Lüge hätte sie überhaupt erst in diese Lage gebracht. Sie glaubte dir keine Sekunde. Viel eher war sie beleidigt, weil du versucht hast, sie für so dämlich zu verkaufen. Dabei war sie klüger als wir beide zusammen.«

Colin schnaubte. Ein zärtliches Lächeln huschte über seine Mundwinkel. »Ja, das war sie.«

Dr. Balmer beobachtete zufrieden, wie die beiden Männer eine Art neuen Frieden schlossen. Freunde waren sie trotz der Ereignisse immer geblieben, was ihn einigermaßen erstaunt hatte, nun war ihm auch klar, weshalb: Waldi hatte Colin nie auch nur im Geringsten die Schuld am Tod seiner Schwester gegeben. Er sah die Verantwortung dafür bei sich und in gewisser Weise auch bei seiner Schwester selbst, weil sie entgegen aller Vernunft so veranlagt war, die beiden wahrscheinlich liebsten Männer in ihrem Leben zu unterstützen. Hätte Waldi Colin die Schuld zugeschoben, wären sie beide wohl nicht mehr gut aufeinander zu sprechen. Sie hätten sich viel eher die Köpfe eingeschlagen und wären beide definitiv nicht mehr bei der Polizei. Aber das war ein anderes Thema.

»Nach allem, was ich hier gehört und in den alten Akten gelesen habe, irritieren mich damals wie heute vor allem die seltsamen Aussagen des Mörders auf Ihre Frage nach dem Warum.« Dr. Balmer richtete seine Aufmerksamkeit auf Colin, stieß sich von der Wand ab, an der er sich angelehnt hatte, nachdem er aufgestanden war, und kehrte zurück an den Tisch. »Der Täter nannte Dinge wie imponieren. Konkurrenz aus dem Weg schaffen. Er wollte Sie als unfähig und unwürdig darstellen. Dann, als er Carolina auf dem Dach sah, wechselte seine Stimmung. Aus der, wie ich es einschätze, überlegenen Art wurde auf einmal Wut. Carolinas Auftauchen passte nicht in seine Vorstellung, die er sich von den Abläufen gemacht hatte. Mehr noch: Seine Reaktion auf ihre Anwesenheit lässt darauf schließen, dass er explizit nicht sie dabeihaben wollte. Es erscheint mir, als hätte jeder andere seine Pläne durcheinanderbringen können, es hätte ihn kaltgelassen. Aber Carolina ließ ihn nicht kalt, was mich zum Schluss bringt, dass er sie überhaupt nicht umbringen wollte. Es war reine Notwendigkeit aus der Situation heraus.«

Colin sackte in sich zusammen. Er zog seine Schlüsse, konnte aber kaum glauben, was der Psychiater andeutete. »Augenblick. Ich habe bereits geahnt, dass mein Anruf dem Typen nicht ungelegen kam. Denn er erkannte seine Möglichkeit, mich aus dem Weg zu räumen. Ich ging aber immer davon aus, dass Waldi und ich ihm irgendwie lästig wurden, weil wir nach jeder seiner Aktionen vor Ort waren und darum ersuchten, Teil der Ermittlungen zu werden. Ich kann es im Augenblick nicht richtig begreifen, aber ich glaube, Sie wollen mir gerade ein ganz anderes Motiv glaubhaft machen, richtig?«

»Es ist nur eine Theorie.«

»Sprechen Sie sie bitte aus, ich verstehe es nämlich nicht«, schaltete sich Waldi ein.

»Ich denke, der Täter sah Colin weniger als ernst zu nehmenden Gegner, sondern mehr als direkten Konkurrenten.«

»Konkurrent? Worin denn? Colin ermordete keine Menschen, darin mussten sie also nicht gegeneinander in den Wettstreit treten …« Dann fiel bei Waldi der Groschen sichtlich. Die Augen weiteten sich, Waldi warf sich in seinem Stuhl zurück. »Dieses verfluchte Arschloch hat es auf meine Schwester abgesehen? Wollen Sie das damit sagen?«

Dr. Balmer nickte schlicht und ließ Waldi seine Erkenntnis kurz verdauen.

»Das ist doch nicht wahr! Kann das sein? Wenn ja, wie konnte ich das all die Jahre übersehen?«

»Es gibt Dinge, auf die kommt man einfach nicht von alleine. Wollen Sie wissen, was ich denke?«

»Unbedingt, ja!«, bestätigte Waldi in einem Eifer, der Colin staunen ließ.

»Der Täter hat die Morde begangen, um Ihrer Schwester zu imponieren, vielleicht auch, um sie in die Ermittlungen einzubeziehen, immerhin war sie bei der Hundestaffel, die durchaus früher oder später hätte eingesetzt werden können. Er wollte auf sich aufmerksam machen, was ja glückte. Aber Ihre Schwester interessierte sich nicht so für ihn, wie er es gerne gehabt hätte. Sie hatte leider auf Colin ein Auge geworfen, was Colin zum Konkurrenten machte, der ausgelöscht werden musste. Der Plan ging schief, Colin überlebte. Wahrscheinlich sah der Täter in Carolinas Handeln einen Verrat, also tötete er sie. Carolina verletzte ihn, weshalb er floh, ohne dass er Colin hätte beseitigen können. Er tauchte unter und leckte seine Wunden. Er blieb verschwunden, weil er selbst auch einen Verlust erlitten hatte. Er trauerte um Carolina. Wahrscheinlich ist er nicht ohne Untaten ausgekommen, aber sie waren nicht mehr so ausgeprägt wie die Fasnachtsmorde. Colin zu ermorden brachte ihm keinen Mehrwert, entsprechend ließ er ihn am Leben. Irgendwie teilten die beiden nun ein Schicksal, denn beide verloren die Frau, die sie begehrten. Das verbindet, so absurd es klingt.«

»Und warum kehrt er jetzt zurück?«

Dr. Balmer stützte sich mit den flachen Händen auf dem Tisch ab, fixierte Colin: »In welcher Beziehung stehen Sie zu Betty LaCook?«

»Das glaubt Balmer doch nicht im Ernst?« Colin rieb sich mit dem Handtuch das schweißnasse Gesicht ab. Nach den vergangenen Stunden war ihm keineswegs danach, einfach nach Hause zu gehen und sich hinzulegen, obwohl er schon seit einer gefühlten Ewigkeit auf den Beinen war. Er hätte Ruhe dringend nötig. Aber wer konnte nach alledem schon daran denken, sich auszuruhen? Die Füße hochlegen und Däumchen drehen, während draußen ein Psychopath seine Spielchen trieb, das ging nicht. Dann noch diese Vergangenheitsaufbereitungskiste. Colin fühlte sich, als hätte man vergrabene Gefühle und Erinnerungen gepackt, weißer und roter Wäsche gleich in dieselbe Waschmaschine geworfen und auf der höchsten Umdrehungszahl geschleudert. Sein heutiges Dasein war die weiße Wäsche, sein damaliges die rote. Das Ergebnis dieser wilden Fahrt in der Wäschetrommel: Sein hart erarbeitetes heutiges Wesen fühlte sich durchgeschüttelt und verfärbt. Also war er mit Waldi ins Fitnessstudio gegangen, um sich auszupowern.

Er reduzierte die Geschwindigkeit des Laufbands, bis er in einen leicht trabenden Schritt verfiel. Waldi saß auf dem Butterfly und stemmte seine Gewichte – seine Art, sich abzureagieren. Waldi öffnete die Arme, die Gewichte sanken auf die anderen. Er ließ das Fitnessgerät los und beugte sich nach vorne. Von unten herauf sah er Colin an. »Doch, ich denke, das ist Balmers Ernst.«

Colin drückte den Knopf, joggte weiter, bis das Band unter seinen Füßen zum Stillstand kam. Er stützte sich auf den Griffen des Laufbandes ab. Mit gesenktem Kopf gönnte er sich einen Moment Pause. »Dann bist du derselben Meinung? Der Mörder ist zurück, weil ich mich mit Tessa getroffen habe?« Colin blickte seitlich unter seinem Arm hindurch und sah Waldi direkt in die Augen.

»Nun, ich habe Balmers Aussage ein wenig anders interpretiert«, entgegnete Waldi. »Ich denke, dass der Mörder zurückgekehrt ist, weil er selbst ein Auge auf Tessa geworfen hat.«

Colin drehte sich beinahe der Magen um. Er hatte nach dem heutigen Gespräch mit Balmer im Grunde ähnliche Schlüsse gezogen, wahrhaben wollte er es aber nicht. »Das würde bedeuten, dass Tessa in Gefahr ist.«

»Nicht direkt. Bedenke, Carolina ließ er auch in Ruhe, solange sie sich nicht einmischte.«

Ausgelaugt lehnte Colin sich mit dem Rücken gegen die gepolsterten Griffe des Trainingsgeräts. »Und dass ich mich mit ihr getroffen habe, meinst du, das bringt sie in Gefahr?«

»Wenn er davon schon weiß, wäre es nicht auszuschließen. Allerdings hat er sie bisher nicht angegriffen oder bedroht. Das lässt hoffen.«

»Das stimmt so nicht ganz.«

Beide Männer drehten sich wie vom Donner gerührt zum Eingang des Fitnessraums um. Colin bekam weiche Knie. Da stand sie, in voller Größe, aus Fleisch und Blut: Tessa.

Wie viel hatte sie gehört?

»Tessa –«, setzte Colin an, doch sie unterbrach ihn.

»Ich habe noch vor diesem seltsamen Text ein Bild erhalten. Ich weiß nicht, ob es mit dieser Sache, die hier vorgeht, zusammenhängt, aber nachdem, was ich soeben gehört habe, könnte ich es mir vorstellen.«

»Was für ein Bild?«, fragte Waldi. Er klang atemlos, obwohl er nicht mehr trainierte.

»Das Foto eines Schädels, der meinen Namen trägt.«

Es wurde still im Raum. Nur noch der regelmäßige Ausstoß des Atems der Frau, die im Nebenraum Gewichte stemmte, war zu hören. Sie trug riesige Kopfhörer und war in ihrer eigenen Welt. Bis auf sie waren sie alleine in dem Fitnessstudio.

»Wir brauchen das Foto«, durchbrach Waldi die Stille.

»Bekommt ihr«, erwiderte Tessa knapp.

Colin musterte sie. »Du bist wohl kaum hier, um uns zu belauschen, oder?«

Er klang gereizter als beabsichtigt. Er musste sich sammeln und ausruhen, unbedingt.

Tessa schien ihm seine Stimmung nicht übel zu nehmen. »Bin ich nicht, nein.«

»Wie hast du uns hier gefunden?«

»Ich habe versucht, dich anzurufen, doch du hast nicht geantwortet, also bin ich zur Staatsanwaltschaft gegangen, weil ich Herrn Waldner dort vermutete, da er in Bezug auf die Leiche in Ladys Garten ermittelt. Soweit ich weiß, sitzen die Ermittler im Gebäude der Staatsanwaltschaft. Ein Mann hat mich abgefangen, noch bevor ich durch die Tür war. Er hat mich sofort erkannt, aus dem Fernsehen, wie er sagte.«

Waldi und Colin wechselten einen vielsagenden Blick. »Dr. Balmer, nehme ich an?«

»So hat er sich vorgestellt.«

»Und warum hast du uns gesucht?«

Tessa sah auf ihre Hände, in der sie eine schwarz getupfte Papiertüte hielt.

»Du hast uns Gebäck mitgebracht?«, fragte Colin baff.

»Nicht ganz.« Tessa trat zögerlich näher und übergab Colin die Tüte. Während er sie entgegennahm, erklärte sie: »Ich habe einmal gehört, dass Beweise nicht wie im Fernsehen in Plastiktüten gesteckt werden sollten, da sie wegen des Kondenswassers ruiniert werden könnten. Papiertüten wären besser.« Verlegen zuckte sie mit den Schultern.

Colin schmunzelte unweigerlich, was erstaunlich guttat. Doch das Grinsen gefror, als er die Tüte aufrollte und der Blick auf den Inhalt frei wurde. In der fröhlich gepunkteten Papiertasche lag ein Umschlag. Die Handschrift, mit der er beschriftet war, war unverkennbar. Es standen drei Worte darauf: Theresia Lisa Spreu.

»Ich fand ihn, als ich von Ladys Party nach Hause kam. Er klebte an meiner Wohnungstür.«

Memoiren eines Künstlers
Freitag, 11. März 2011

Den Umschlag an Theresias Wohnungstür zu befestigen ist ein Leichtes gewesen. Ich habe bei einer Nachbarin geklingelt, mich als Paketboten, der nur was in den Eingang stellen will, vorgestellt, und schon war ich im Haus.

Den Text und damit den nächsten Teil ihrer Story trage ich schon längere Zeit bei mir. Während ich das erste Präparat auf dem Wagen in Ladys Garten drapierte, während ich den Beamten bei der Untersuchung des Gartens zusah, ja selbst als ich auf der Party den Kellner mimte und Theresia dank des Champagners auf meinem Tablett so nahekam, dass ich ihr Parfüm riechen konnte, trug ich den Brief bei mir. Am liebsten hätte ich ihn ihr in die Handtasche fallen lassen, während sie sich mit diesem Jürgen über die Buchwette unterhielt. Wenn ich diesem Impuls nachgegeben hätte, hätte sie gewusst, dass ich auf der Party gewesen bin, dass ich mich ganz in ihrer Nähe aufgehalten habe. Das hätte sie vielleicht verschreckt. Sie ist noch nicht so weit, zu erfahren, dass ich selten weit von ihr weg bin. Außerdem würde es die Schnüffler noch viel aufmerksamer und vorsichtiger machen, als sie es sowieso schon sind. Nicht, dass ich mich deswegen sorge. Aber unnötig provozieren muss man dennoch nicht. Also habe ich den Brief in der Innentasche meines Jacketts direkt hinter meinem kleinen Notizbuch belassen.

Jedes Mal, wenn ich mir das Papier vorstelle, das ich ganz nah am Herzen hüte, schnellt mein Puls in freudiger Erregung in die Höhe.

Es gibt inzwischen keinen Zweifel mehr daran, dass sie den anderen Text erhalten und der Polizei weitergegeben hat. So zielstrebig, wie Colin den Zettel aus der Bauchhöhle meines Burschen gezogen hat, wusste er über den Inhalt Bescheid. Ich sendete meine Beiträge anfangs als Einschreiben, um auf sie aufmerksam zu machen, aber an die Postfachadresse, die immer im Fernsehen eingeblendet wird, um nicht allzu sehr aufzufallen. Je weiter die Zeit voranschreitet, desto mehr rücke ich mich ins Zentrum.

Eine meiner Leichen habe ich an den Mann gebracht. Die Behörden wissen nun von meiner Existenz, meiner Rückkehr. Also gibt es keinen Grund mehr, in allen anderen Bereichen hinter dem Berg zu halten. Ich taste mich Schritt für Schritt ins Rampenlicht, gebe den Bullen mehr und mehr Futter, natürlich ohne meine Identität preiszugeben. Wer ich bin, geht sie nichts an. Es ging sie schon vor sechs Jahren nichts an. Damals, als sie mich zwangen, meine Auserwählte kaltblütig zu erschießen.

Ich bin so enttäuscht gewesen. Enttäuscht darüber, dass sie sich für ihn entschieden hat, dass sie sich einmischte, als ich eigentlich einen Konkurrenten habe loswerden wollen. Dass sie ihren Mistköter auf mich angesetzt und mir mit gezogener Waffe gedroht hat! Sie wollte mich töten. Also tötete ich sie und ihr Mistvieh gleich mit.

Ich hätte den Bruder und den Geliebten auch um die Ecke bringen müssen, aber ich musste fliehen.

Verstört und schwach war ich. Nicht, weil sie mich tatsächlich angeschossen hat, obwohl ich erst nicht daran geglaubt habe, dass sie wirklich den Abzug bedienen würde. Sondern, weil sie mich gezwungen hat, sie zu töten. Ich hätte alles für sie getan, dachte, sie wäre meine Gefährtin, wenn ich nur die Chance bekäme, sie ein klein wenig zurechtzustutzen. Aber dann die Überraschung. Sie brachte mich in eine peinliche, unangenehme Situation, die ich ihr nie verzeihen werde. Sie hat mich erkannt, das weiß ich. Ich habe es an ihrem ungläubigen und gleichermaßen entsetzten Gesichtsausdruck gesehen. Mir wurde klar, sie würde mich verraten. An diesen Colin. An all die anderen. Es brach mir das Herz.

Ich konnte nicht zulassen, dass sie mich verpfeift. Also traf ich eine folgenschwere Entscheidung. Entweder sie oder ich.

Carolina. Wir wären eine schönes Paar gewesen …

Über das leichenblasse Gesicht in meiner Erinnerung schiebt sich ein anderes.

Ja, jetzt bist du dran, liebe Theresia.

Obwohl ich es eigentlich nicht direkt auf sie abgesehen habe. Sie ist nur der Lockvogel. Aber ist der Plan erst einmal erfolgreich über die Bühne gegangen, wäre sie eine wunderbare Trophäe, die mich stets an meinen Erfolg erinnern würde.

Ganz nebenbei ist sie die bessere Gesellschaft für Mutter. Sie hat eher die Qualitäten, die sie schätzt. Carolinas Verwegenheit ist in Mutters Augen nicht das Richtige für mich gewesen. Aber wie so oft, habe ich nicht hören wollen. Nicht wahr, Mutter?

Ich hebe den Kopf, lege den Stift weg, verschränke die Arme vor dem aufgeschlagenen Buch und betrachte meine Mutter.

Ich sehe sie in der Vitrine sitzen, auf ihrem gemütlichen Stuhl. Mit ihrem wissenden Ausdruck auf dem zart geschminkten Gesicht.

»Siehst gut aus, Mutter. Gefällt dir deine Gesellschaft? Nein? Ich weiß. Ich will dich bloß ein wenig ärgern.«

Ich stehe auf, schlendere zu der Vitrine. Zu meinen beiden

Lieblingsfrauen. Vor der Vitrine bleibe ich stehen, betrachte meine Mitbewohnerinnen.

Dunkelblau wäre ihre Farbe gewesen. Aber ich wollte unbedingt dieses rosa Kleid, denn es war eines von Mutters alten Kleidern. Sie hat es gerne getragen. Vor allem im Sommer. Während sie mit ihrem altmodischen siebengängigen Fahrrad am Schatten spendenden Waldrand entlang über den holprigen Weg heimwärts fuhr.

Sie trug es auch an dem Tag, als sie ihr Zuhause nie erreichte …

Genug von Mutter.

Ich öffne die Tür des Schaukastens, lege meine Hand auf die mit dunklem Rouge geschminkte Wange des Präparats, das seit sechs Jahren neben Mutter ausharrt. Zärtlich hauche ich einen Kuss auf ihren Hals direkt unter dem Ohrläppchen. Ich bin ganz angetan von diesem intimen Moment. Gerührt flüstere ich in dieses wundervoll zierliche Ohr: »Meine Geliebte. Meine Schöne. Meine Carolina.«

Memoiren eines Künstlers

Während der Fasnacht 2011

Zugegeben, ich bin ein wenig nervös. Ich habe mir mit diesem Präparat besonders viel Mühe gegeben. Das, obwohl es eigentlich niemand so richtig zu sehen bekommt. Zumindest nicht im ersten Moment.

Ich schiebe die beiden Bretter, die zu dem Wagen mit dem hölzernen Aufbau führen, zurecht, bis sie den richtigen Abstand zueinander haben. Zufrieden mit meiner Arbeit, wende ich mich der Schubkarre hinter mir zu. Ich schiebe sie unter den Sockel des Präparats, hebe es an und rolle es zu der gebastelten Rampe. Vorsichtig sorge ich dafür, dass die Karre mitsamt Ladung unbeschadet auf dem Wagen ankommt.

Der hölzerne Rahmen, den ich auf dem Wagen aufgebaut habe, ist gerade breit genug, dass ich bequem mit der Karre hineinfahren und das Exponat an der richtigen Stelle absetzen kann. Im Rhythmus einer klassischen Komposition, deren Namen mir partout nicht einfallen will, binde ich meiner präparierten Leiche einen rauen Strick um die zarte Kehle. Das lose Ende werfe ich mir über die Schulter. Mit meiner Nagelpistole um meine Hüfte geschnallt, erklimme ich als Nächstes die Leiter. Oben angekommen, lege ich das Seil über den Querbalken und ziehe. Ich ziehe, bis der leblose Körper in der Luft baumelt. Dann zurre ich das Seil fest. Danach beginne ich, eine robuste Leinwand, wie sie Maler für ihre Gemälde verwenden, an dem stabilen Holzrahmen festzutackern. Ich habe den Stoff absichtlich weiß gelassen. Der Betrachter soll durch nichts abgelenkt werden.

Nachdem der letzte Nagel mit unglaublicher Geschwin-

digkeit aus der Pistole geschossen kommt und tief im Holz versunken ist, klettere ich die Leiter vorsichtig wieder hinunter. Ich betrachte mein Präparat, wie es da in diesem von mir erschaffenen Raum aus Leinwand und Holzstützen hängt. Zufrieden nicke ich, ehe ich mit den Vorbereitungen fortfahre.

So unsichtbar wie möglich binde ich noch die Füße meines haltbar gemachten Menschen fest, damit er nicht ins Schwingen kommt, sobald sich der Wagen in Bewegung setzt.

Letztendlich klappe ich die Leiter zusammen, lege sie auf die Schubkarre, auf der ich das Präparat in die Konstruktion gefahren habe, und schiebe beides von dem Wagen hinunter. Erneut setze ich meine Nagelpistole an, um die schmale Öffnung, durch die ich in den Aufbau hinein- und wieder hinausgekommen bin, von außen zu verschließen.

Einen letzten Blick werfe ich noch auf meine Figur. Mein Präparat. Mein Werk.

Es ist wundervoll. Ein Kunstwerk.

»Tschüss, mein Goldstück!«, flüstere ich ehrfurchtsvoll, lege den letzten Fetzen Leinwand auf den hölzernen Rahmen, setze die Nagelpistole an und feuere.

Endlich ist diese überdimensionierte Lampe fertig. Ich trete mehrere Schritte zurück. Betrachte sie. Sie ist schlicht, und in dem fahlen Licht ist die Genialität darin kaum zu erkennen. Perfekt.

Ich kontrolliere die Räder des Wagens, auf dem das Gebilde steht, vergewissere mich, dass die Gewinde gut geschmiert sind, damit ich die Karre reibungslos ziehen kann. Der Clou kommt aber erst jetzt. Als letzten Schliff greife ich zur Farbe. Mit großen Lettern schreibe ich auf die Leinwand: »Der Mord an der Gesellschaft«.

In diesem Jahr steht die Fasnacht unter dem Sujet »Adieu

Gesellschaft, hello Community«. Ein wunderbares Motto. Für meine Pläne ist es beinahe zu perfekt, um wahr zu sein. Obwohl manche der Fasnachtscliquen das Sujet nicht ganz so interpretieren dürften, wie ich es tue.

Als Nächstes ziehe ich mein Kostüm über, mache mich auf den Weg in die Stadt. Auf dem Münsterplatz suche ich mir den perfekten Ort für meine Kreation aus.

Ich stelle mich neben ein paar Touristen, die fleißig Fotos schießen. Sie begutachten mein Werk, diskutieren es. Sie staunen geradezu, wie echt es aussieht und wie provokant es ist. Ich ahme schweigend ihre Bewegungen nach. Die Frau zieht etwas verschüchtert den Kopf ein. Wahrscheinlich denkt sie, ich will ihr Räppli in den Kragen ihres Mantels stopfen, nur weil ich aussehe, wie ein Waggis. Sie grinst mich oder eher die Augen meiner Larve an und zieht dann mit ihren beiden Begleitern weiter.

Mein Kunstwerk stößt auf Bewunderung. Denn auch die nächsten zwei, diesmal zwei Männer, bleiben mit tiefen Furchen zwischen den Brauen davor stehen. Sie sagen nichts. Sie betrachten es nur, nicken, heben die dunkelbraunen Bierflaschen, die sie bei sich tragen, zum Mund, leeren sie bis zur Hälfte und ziehen weiter.

Das macht Spaß. Ich werde hier ausharren. Meinen Weißwein durch meinen Strohhalm trinken und warten. Warten, bis der erste Passant richtig ins Stutzen gerät. Bis jemand sich wundert. Bis die ersten Fragen auftauchen und letztendlich zu einem Lauffeuer des Entsetzens werden.

Ich werde da sein. Und zusehen. Wahrnehmen wird mich allerdings niemand.

Waldi ließ die Kopie des Briefes sinken. Das Original hatten sie dem kriminaltechnischen Labor zur Untersuchung übergeben, gleich nachdem Tessa ihn Colin und ihm im Fitnessstudio ausgehändigt hatte.

Erneut standen sie versammelt in Vossmanns Büro. Colin hatte ihn gleich nach Tessas Erklärung kontaktiert. Er war wild entschlossen, ohne einen Vorgesetzten als Verbündeten nichts mehr zu unternehmen und auch keine Informationen mehr zu unterschlagen, egal, wie unnütz sie wirken mochten.

Diesmal war der Platz in dem eh schon beengten Büro noch etwas enger, denn Tessa hatte darauf bestanden, zu der Lagebesprechung mitzukommen. Obwohl ihr Beisein eigentlich nicht den regulären Abläufen entsprach, gewährte Colin ihr den Wunsch und bezog sie mit ein. Waldi hatte er nicht lange von dieser Idee überzeugen müssen und Vossmann seltsamerweise auch nicht. Sie war eine Schlüsselfigur, also konnte ihre Anwesenheit nicht schaden. Außerdem war sie so in Sicherheit. Solange sie hier bei ihnen war, konnte ihr nichts zustoßen.

Colin wusste, dass es absurd war, so zu denken. Wer auch immer der Typ war, er würde Tessa nicht einfach beseitigen. Woran er das festmachte, wusste er nicht genau, aber bislang hatte dieser Mistkerl alles inszenieren müssen. Jemanden einfach verschwinden lassen, war nicht sein Ding. Oder doch? Das Verschwindenlassen ohne Aufhebens; doch, das ganz genau war seine Art. Darum, wie die Opfer wieder auftauchten, machte er jeweils ein großes Tamtam. Tessa zu sich zu holen stand aber wohl noch nicht auf seiner To-do-Liste, sonst stünde sie längst nicht mehr hier neben ihm. Aber sie war eine Frau der Öffentlichkeit. Wenn er Aufmerksamkeit wollte, dann bekäme er sie, wenn er sich Tessa schnappte.

Das waren für Colins Geschmack zu viele Wenn und Aber,

die nur zu einem Resultat führten: Besser, Tessa war in seiner Nähe. In seiner und in der von Waldi, natürlich. Sie konnten für ihre Sicherheit sorgen. Dieses Mal würden sie ihren Job richtig machen. Tessa würde ihm nicht einfach genommen wie damals Carolina.

Colin schüttelte den Kopf, um die Gedanken loszuwerden, die eine falsche Richtung einzuschlagen drohten.

Betretenes Schweigen erfüllte den kleinen Raum.

Tessa räusperte sich schließlich, sah von einem Gesicht zum anderen. »Ehrlich, ich bin verwirrt«, sagte sie vorsichtig. »Ich verstehe nicht, was das soll. Ist das nur eine Geschichte? Ist das ein Scherz, den ich übrigens nicht lustig finde, oder ist das ein Bericht über eine Tat, die der Schreiber begangen hat?«

»Eher begehen wird.« Vossmann stützte sich mit den Ellbogen auf der hohen Rückenlehne seines Bürostuhls ab. »Die Fasnacht steht erst bevor. Er will den Text während der Fasnacht 2011 geschrieben haben, also in der Zukunft, und er erwähnt das diesjährige Sujet. Es sagt uns aber niemand, dass das auch wirklich zutrifft. Fakt ist, wenn er den Text erst kürzlich verfasst hat, könnte er natürlich über etwas geschrieben haben, das in der Vergangenheit liegt, und es mit Informationen gespickt haben, die aktuell sind.«

»Es wurde bereits eine Leiche auf einem Wagen gefunden, aber die war verbrannt und stand in Ladys Garten, nicht auf dem Münsterplatz. Dieser Fund entsprach exakt dem Eintrag, der uns kürzlich zugespielt wurde, wie wir alle wissen. Im Augenblick steht auch nichts anderes Außergewöhnliches auf dem Münsterplatz, zu dem sich seine Kreation hinzugesellen könnte.«

»Nein, bis jetzt nicht. Erst nach dem Cortège am Fasnachtsmontag bis zum nächsten Cortège am Mittwoch wird der Münsterplatz zum Open-Air-Museum«, schaltete sich Colin ein.

»Genau«, bestätigte Waldi.

Tessa sog entsetzt die Luft ein, als sie erkannte, worauf die Männer hinauswollten. »Die Laternenausstellung.« Ihre Knie wurden weich, aber sie zwang sich, stark zu bleiben. »Der Aufbau, von dem in dem Schreiben die Rede ist, die stabile Leinwand, das Exponat ... Wer auch immer mir dieses Schreiben zukommen ließ, hat eine Laterne gebastelt!«

»Eine Laterne, die er anlässlich der Laternenausstellung der Basler Fasnacht auszustellen gedenkt«, ergänzte Colin.

»An der kommenden Fasnacht.« Tessa kombinierte, was die anderen bereits begriffen hatten, wollte es aber nicht wahrhaben. »Aber das ist doch absurd. Vielleicht ist ja der mit diesen Briefen wirklich nur ein einfacher Autor, der mir bei meinem Buch unter die Arme greifen will. Ein sehr kreativer Autor, der zugegebenermaßen eine sehr abartige Fantasie hat. Aber trotzdem ...« Tessa sah in die Gesichter jedes Einzelnen und erkannte, dass nicht nur sie ganz und gar nicht an diese soeben ausgesprochene Theorie glaubte. Niemand in diesem Raum glaubte daran, dass es sich bei den Briefen einfach nur um einen Fan handelte, der die Sache mit dem Buch etwas zu intensiv an die Hand nahm.

»Okay, ich glaub's ja selbst nicht. Trotzdem, angenommen, er will tatsächlich eine Laterne auf der Ausstellung präsentieren, warum verrät er uns seinen Plan im Vorfeld? So seid ihr doch vorbereitet. Ihr wisst, wann er wo ist, und ihr wisst im Grunde sogar, wie seine Lampe aussehen wird. So ist es doch ein Leichtes, ihn zur Strecke zu bringen.«

»Wir wissen aber nicht, wie er aussieht. Er trägt ein Kostüm. Er gibt uns sogar preis, welches. Nur gibt es an der Basler Fasnacht Waggis wie Sand am Meer. Dann hat er noch die Larve auf, und schon geht er nicht identifizierbar in der Menge unter.«

Tessa legte die Stirn in Falten. »Ich möchte mich ja nicht zu weit aus dem Fenster lehnen, aber müsste nicht nur der eine oder andere Polizist unauffällig ein Auge darauf haben, wenn die Cliquen damit beginnen, die Laternen beim Münster aufzustellen? Das beschriebene Konstrukt müsste ziemlich groß sein. Da dürft es schwer sein, unauffällig auf dem Platz vorzufahren.«

Colin konnte ein leichtes Grinsen nicht unterdrücken. Touché. »Wir müssen es versuchen. Aber es würde mich nicht wundern, wenn er das nicht auch eingeplant hätte.«

»Auch wieder wahr«, gab Tessa zu.

»Mich beschäftigt noch etwas anderes«, meldete sich Waldi zu Wort. Seine Kiefermuskeln waren angespannt. Ein eindeutiges Zeichen, dass er innerlich raste vor Wut. Das konnte nur bedeuten, dass sich seine Gedanken um bedrohtes Leben drehten, überlegte Colin und verstand im selben Augenblick: Es ging um ein Leben – um ein bereits ausgelöschtes.

»Er hat etwas in die Laterne gehängt«, setzte Waldi verkrampft um Beherrschung ringend fort, »und ich will nicht hoffen, dass es ist, was ich glaube.«

»Ich denke, genau das ist es, Waldi. Eine präparierte Leiche«, sagte Colin.

»Alles in Ordnung?«, fragte Tessa, nachdem Waldi, Colin und sie selbst aus der Besprechung entlassen worden waren. Vossmann hatte Colin und Waldi angewiesen, sich endlich ein paar Stunden Schlaf zu gönnen, da sie im Augenblick sowieso nichts weiter tun konnten, als abzuwarten. Das kriminaltechnische Labor arbeitete an den Briefen, die Spurensicherung brachte die verkohlte Leiche, den Wagen und die anderen Spuren erst zur Untersuchung ins Labor, Ladys betrunkener Angestellter wurde von Eds Sohn verhört, den Waldi seit der Begegnung beim Gullydeckel nur noch Schnösel nannte, und bis die Partygäste und das Servicepersonal allesamt ihre Aussagen abgegeben hatten, würde es ebenfalls eine Weile dauern. Colin konnte einzig die alten Akten im Vergleich zu den neuen Ereignissen nochmals wälzen und über alles nachbrüten, bis ihm der Schädel rauchte. Das konnte er aber auch zu Hause erledigen. Dort könnte er zeitgleich auch etwas Sinnvolles tun, wie zum Beispiel seine Hündin füttern. Sie hatte in den vergangenen Stunden unter seiner Zerstreutheit gelitten. Auch wenn sie es ihm nicht nachtragen würde, würde er es wiedergutmachen.

Ergab sich etwas, würde man ihn anrufen. Kam kein unerwarteter Einsatz, hatte er morgen frei. Bei dem Gedanken schrie alles in ihm danach, nach Hause zu fahren und sich endlich, endlich hinzulegen.

»Colin?«

Colin sah auf und erwischte direkt Tessas Augen. Er blieb an ihrem besorgten Blick hängen. Unfähig, sich abzuwenden. Meine Güte, war er müde!

»Ja«, brachte er schließlich heraus. »Ja, es geht mir gut. Den Umständen entsprechend zumindest.«

»So siehst du auch aus. Ich bringe dich nach Hause. Wo steht dein Auto?«

Entgeistert sah Colin sie an. »Wie bitte?«

»Du siehst beschissen aus, auf gut Deutsch gesagt. Du solltest den Rat deines Vorgesetzten befolgen und schlafen gehen. Wenigstens ein paar Stunden.«

»Er ist nicht mein …«, unterbrach Colin, Tessa überlegte es sich dann aber anders. »Egal. Woher weiß ich, ob du besser fährst als ich in müdem Zustand?«

»Lass es drauf ankommen«, erwiderte sie trocken, was ihm ein müdes Lächeln und den Schlüssel seines Jeeps entlockte.

Samstag, 12. März 2011
Auf dem Weg nach Schwyz/2 Tag bis zur Fasnacht

»Ich tue das Richtige, oder?« Tessa nahm die Ausfahrt und verließ die Autobahn.

»Wie bereits mehrfach in den unzähligen Telefonaten erwähnt: ja, tust du.« Nathalie war nicht genervt, auch wenn ihre Aussage es vermuten ließ. Sie bestätigte geduldig, dass Tessa die richtige Entscheidung getroffen hatte. Gleich nachdem sie am Vortag bei Colin weggefahren war, hatte sie Nathalie einen Überraschungsbesuch abgestattet. Jean hatte gearbeitet, also hatte Tessa Nati alleine in der Wohnung angetroffen, was diese glatt ausnutzte. Eine Flasche Wein und viel gutes Zusprechen später hatte Tessa Nathalies Wohnung verlassen, mit dem festen Entschluss im Gepäck, Colins Einladung zu folgen.

»Gut. Denn ich frag mich ehrlich, was ich hier eigentlich in diesem viel zu großen Auto, auf diesen viel zu schmalen Wegen zu suchen habe. Ich war schon mal da oben. Da ist nichts außer vier Häusern, ebenso vielen Restaurants und noch mal so vielen Skipisten. Ich komm da nicht weg, wenn etwas sein sollte, weißt du?«

»Du bist mit einem Polizisten auf dem Stoos, nicht mit Freddy Krueger an der Elm Street.«

»Aber seltsame Anwandlungen hat er schon. Er hat wohl eine harte Vergangenheit, aber alle Launen damit zu erklären? Ich weiß nicht, ob ich einer Beziehung mit so jemand Verschlossenem und Wankelmütigem gewachsen wäre.«

»Tessa, wir reden hier doch vom selben Colin, den ich dir vorgestellt habe, oder?«

»Ja.«

»Eben. Der ist nicht verschlossen, er ist zurückhaltend, prescht in den meisten Fällen nicht einfach kopflos vor. Das ist nichts Schlechtes, das ist sogar etwas sehr Gutes und ein toller Ausgleich zu deiner manchmal etwas unüberlegten Art, zu handeln. Außerdem ist er wirklich, wirklich in Ordnung. Er war bloß müde.«

»Wovon denn? Zu viel wandern?«, gab Tessa spöttisch zurück. »Ich habe die ganze Nacht auf dieser entsetzlichen Party verbringen müssen, bis ich endlich nach Hause konnte, und dann musste ich gleich wieder weg, nur um mich bei der Staatsanwaltschaft in einer Unterredung mit einem hohen Tier namens Vossmann wiederzufinden. Colin hingegen tauchte erst gegen Morgen auf Ladys Grundstück auf.«

»Liebe Tessa, ich glaube, dir fehlen ein paar Infos. Auch Jean kam erst gegen Morgen nach Hause, weißt du? Er war die ganze Nacht im Einsatz, um einen vermissten Jungen zu suchen.«

Tessas Herz setzte einen Schlag aus. »Lieber Gott, hat er ihn gefunden?«

»Nicht er, Colin. Oder besser Chiara.«

Tessa trat auf die Bremse, der Wagen kam mit einem Ruck zum Stehen. Mitten auf der Straße. »Colin hat in derselben Nacht, in der Ladys Party stattfand, ein vermisstes Kind gesucht?«

»Und gefunden. Ja. Jean war auch an der Suche beteiligt, aber in einem anderen Trupp. Er hat die beiden nur kurz getroffen. Colin hätte bei dieser Suche beinahe Chiara verloren.«

Konzentriert Nathalie zuhörend, sah Tessa in den Rückspiegel. Ein Postauto erschien und verschwand dann hinter der nächsten Kurve. Gleich würde es auf sie treffen. Im wahrsten Sinn, so wie sie an unübersichtlicher Stelle mitten auf der Straße stand.

Tessa legte den Gang ein und fuhr den klotzigen Jeep die letzten Meter zum Parkplatz. »Was meinst du mit, er hätte Chiara beinahe verloren? Ist sie ihm weggelaufen?« Tessa konnte sich das bei der treuen Seele kaum vorstellen, aber man konnte ja nie wissen.

»Nein. Der Junge hat sich in einem Fuchsbau verkrochen und ist stecken geblieben. Chiara hat ihn ausgegraben, wobei der Bau irgendwie eingestürzt sein muss. Der Junge kam raus, Chiara blieb drinnen gefangen.«

»Oh, nein!« Tessa lauschte gebannt Natis Bericht. »Und was geschah dann? Sie ist draußen und wohlauf, ich habe sie gesehen. Aber wie kam sie frei?«

»Ein vierbeiniger Kollege hat sie rausgeholt. Colin blieb bei dem Jungen, kümmerte sich um ihn, aber er muss sich entsetzliche Sorgen gemacht haben. Das hat sich natürlich alles in Windeseile herumgesprochen. Auch die Tatsache, dass Colin nach einem Telefonanruf einfach klammheimlich aus dem Wald verschwand.«

»Klammheimlich? Er hat sich nicht abgemeldet? Da wird er wohl auch noch Ärger kriegen, oder?«

»Na ja, nachdem Waldi dafür gesorgt hat, dass er Colin offiziell als Unterstützung in Ladys Fall heranziehen durfte, wurde er für sein plötzliches Verschwinden quasi nachträglich entschuldigt.«

»Ach herrje. Ich hatte ja keine Ahnung …«

»Tessa, Colin hat zwar eine Vergangenheit, aber er hat auch einen Weg gefunden, mit ihr zu leben. Sein Verhalten war vielleicht seltsam. Aber die Einzige, die das mit seiner Geschichte verbindet, bist du. Der Mann war, was er sagte: einfach nur hundemüde. Er konnte wahrscheinlich keinen klaren Gedanken mehr fassen. Kein Wunder, nachdem er weit über vierundzwanzig Stunden wach und im Einsatz war.«

»Jetzt habe ich ein schlechtes Gewissen, weil ich so schlecht von ihm gedacht habe. Dabei ist er eigentlich ein Held. Er hat immerhin einem Kind das Leben gerettet.«

»Konntest du ja nicht wissen. Aber behalt's in Erinnerung, solltest du wieder an ihm zweifeln. Und jetzt geh, deine Gondel fährt sonst ohne dich.«

Sie hatte recht, stellte Tessa mit einem Blick auf die Uhr fest. Sie hatte noch fünf Minuten, ehe die kleine, klapprige Gondel ihre Fahrt in Richtung Bergstation in Angriff nahm. Sie steckte ihr Handy in die Jackentasche, griff auf dem Beifahrersitz nach ihrer Jacke und stieg aus dem Wagen. Das Bluetooth-Headset, das Jürgen ihr geschenkt hatte, saß bombenfest an ihrem Ohr, trotzdem war sie zu beschäftigt mit dem Hantieren, als dass sie das Gespräch hätte weiterführen können.

»Gut, bin wieder da.«

»Du hast ein Headset, damit kann man freihändig sprechen, das ist der Witz der Sache.«

»Ich weiß, aber im Auto den Clown machen und gleichzeitig reden geht nun Mal nicht. Aber jetzt«, Tessa hievte den neu gekauften Rucksack aus dem Kofferraum des Jeeps und schlug die Heckklappe zu.

»Alles dabei? Wanderschuhe? Skischuhe? Warme Klamotten? Was Kuschliges für den Kamin und was Aufregendes für danach?«

»Halt die Klappe!«, wies Tessa ihre Freundin verlegen lächelnd zurecht. »Ich melde mich.«

»Viel Spaß!«, hörte Tessa Nathalie noch rufen, ehe sie sie wegdrückte.

Tessa schulterte ihr Gepäck, erklomm die Stufen bis zur Gondel. Sie atmete noch einmal tief durch. Vor Aufregung zitternd, betrat sie die Gondel. Direkt hinter ihr schloss sich die Tür mit einem deutlichen Klacken.

Jetzt gab es kein Zurück mehr.

Memoiren eines Künstlers
Samstag, 12. März 2011

Das klappt ja wie am Schnürchen. Ich habe in die Wege geleitet, dass sie sich begegnen. Ich habe darauf gezählt, dass sie sich zumindest mögen. Dass es aber gleich so knistert, ist ein willkommener Zufall, der mich innerlich zum Kochen bringt. Nicht, weil es Theresia ist, der er nachsteigt. Nein, sie ist mir egal. Sie ist Mittel zum Zweck. Es geht um ihn. Seine Art, wie er sie umwirbt. Manipuliert. Sie um seinen Finger wickelt. Sie wird zu Wachs in seinen Händen. Merkt nicht, wie er sie beeinflusst, sie auf seine Seite zieht. Das weckt in mir ein Bedürfnis, mich einzumischen. Mich ihr ebenfalls aufzudrängen, obwohl ich sie überhaupt nicht begehre. Diese Macht, die er über mich hat, kotzt mich an. Ich bin der mit der Macht. Das sollte ihm nach meiner kleinen Kostprobe auf Ladys Party eigentlich klar sein. Es war so fulminant. So eindrücklich. So bleibend!

Aber dann kommt er und sülzt Theresia voll mit seinem leidenden Blick, seiner herzzerreißenden Vergangenheit. Wie immer drängt er sich in den Vordergrund und verdrängt mich trotz all meiner Bemühungen in den Hintergrund.

Dabei habe ich ein Recht darauf, dass man auch mich sieht. Meine Vergangenheit. Meinen Willen. Meine Bedürfnisse und meine Zukunft.

Ich schreibe diese Zeilen, während ich auf die Zahnradbahn warte. Ich muss sie hier schreiben, auch wenn das Risiko groß ist, dass jemand mitliest. Viele Tagestouristen wollen auf den Berg. Ski fahren, spazieren gehen, Spaß haben. Ich habe andere Gründe. Ich gönne mir viel Spaß, sorge dafür, dass mein Leben ein wenig anders abläuft als das vieler anderer Menschen. Ich sehe zu, dass die meiste Zeit ein Genuss ist und nur wenige Momente ärgerlich sind. So wie dieser hier.

Zwei Tage habe ich an Wut verschwendet. Das ist eindeutig zu viel. Aber er provoziert mich. Jedes Mal. Immer, wenn er auf der Bildfläche erscheint, könnte ich ihn … Aber nein. Ich zeige ihm, wer der Stärkere ist. Auf meine Weise.

Ein Kind guckt neugierig auf mein Gekritzel. Ich höre mit dem Schreiben auf, ehe die Mutter aufmerksam wird. Ich halte den Stift viel zu fest, ich zerreiße das Papier beinahe, so stark drücke ich die Mine auf das Blatt. Das Buch halte ich fest umklammert. Alles in allem muss ich auf die Anwesenden einen verdächtig gestörten Eindruck machen. Das passt nicht zwischen diese heitere Stimmung, die klappernden Skistöcke, das Gelächter und Gepolter der Menschen in Skischuhen. Sonnencreme wird ausgetauscht, es riecht nach Lippenbalsam. Jemand sucht sein Abonnement, ein anderer stellt fest, dass er seine Sonnenbrille im Auto gelassen hat.

Ich denke nur ans Töten. Ich will diesen miesen Störenfried aus dem Weg haben. Jetzt, nicht später. Aber die Zeit wird kommen. Ich muss mich nur gedulden! Wie würde Mutter sagen? Meine in ihrer Vitrine ausharrende Mutter? »Sohn, es klingt abgedroschen, aber es ist wahr: Vorfreude ist die schönste Freude. Koste sie aus, denn es ist alles viel zu schnell vorbei, auch wenn es sich zu Beginn nicht so anfühlen mag.«

Sie hat recht. Wie meistens.

Die Schiebetür, die den Weg zur Zahnradbahn freigibt, öffnet sich. Bewegung kommt in die Menschenmenge, die sich ungeduldig in die winzigen Abteile der Bahn schiebt.

Ich muss meinen Bericht hier abschließen, das Buch zuklappen und wegpacken, damit ich noch ein Plätzchen ergat-

tern kann. Es ist höchste Zeit, dass ich auf den Berg komme, denn ich will endlich sehen, was er mit ihr vorhat, wie weit er geht und was sie zulässt.

Wird er sie umgarnen, ihr Honig ums Maul schmieren? Werden sie sich vielleicht sogar küssen, und noch mehr? Ich hoffe es. Denn je näher sie sich kommen, je stärker die Bindung zwischen ihnen wird, desto mehr schmerzt es ihn, wenn er sie verliert!

Vielleicht bietet sich ja die Gelegenheit, sie ihm gleich hier oben zu stehlen? Ich könnte den Plan sausen lassen und sofort zum Finale übergehen! Es juckt mich in den Fingern.

Nein. Nein. Nein. Ich darf nichts überstürzen. Ich darf nichts überstürzen. Ich darf nichts überstürzen …

Ich werde dieses Mantra wiederholen, bis ich auf dem Plateau bin, und wahrscheinlich sogar, bis ich wieder zurück bin. Nur um sicherzustellen, dass meine Hände nicht ohne die Erlaubnis meiner Vernunft eine Dummheit begehen.

»Schreiben Sie ein Buch?«, fragt mich ein Mann mit wachen braunen Augen, Bartschatten und dunklem, vollem Haar im Plauderton.

Ich zucke leicht zusammen, da ich trotzdem, obwohl ich mich auf die Möglichkeit, angesprochen zu werden, in Gedanken vorbereitet habe, überrascht bin.

Nein, du blödes Arschloch, ich schreibe meine Memoiren, und wenn du deine neugierige Nase nicht aus meinen Angelegenheiten raus hältst, könntest du der Nächste sein, der darin vorkommt!, denke ich, während ich meinen Mund zu einem lange trainierten, natürlich lockeren Lächeln verziehe. Ich klappe das Buch betont gelassen zu, stecke den Stift in die dafür vorgesehene lederne Vorrichtung und stopfe es in meinen kleinen Rucksack, an dem auch die Schneeschuhe bau-

meln. Die Gehstöcke sind auf der Seite mit einem Gurt fixiert. Ist man mit passender Ausrüstung für eine Winteraktivität unterwegs, ist das nicht nur unauffälliger, es ist auch praktisch. Denn die Schneeschuhe können durchaus nützlich werden.

»Erwischt!«, sage ich, während ich den Rucksack schultere und mich knapp hinter dem Mann mit allen anderen in die Bahn zwänge. Die Menschenmassen verteilen sich auf die einzelnen Kabinen. Ich gehe an dem Mann vorbei, ganz nach oben in die vorderste Kabine, in der gleich auch die Begleitperson der Bergbahnen seinen Platz einnehmen wird. In der Hoffnung, den Jüngeren abzuhängen, der sich sicherlich weiter unten zwischen die Skischuhe, Rucksäcke, Ski und Menschen quetscht.

Weit gefehlt. Der Typ kommt mir nach. »Ich fahr auch am liebsten in der vordersten Kabine mit. So komm ich hier vor allen anderen wieder raus und quasi direkt auf die Piste.«

Ich lächle ihm zu, nicke. Antwort gebe ich ihm keine.

»Wovon handelt Ihr Buch? Ich habe nicht wirklich mitgelesen, aber dennoch kam ich nicht umhin, ein paar Worte aufzuschnappen. Klingt interessant. Die Ichperspektive gefällt mir. Scheint, als könnten Sie sich ganz gut in den Typen hineinversetzen, von dem Sie da schreiben.«

Er hat mein Schweigen falsch gedeutet.

»Halt die Klappe, halt die Klappe, halt die Klappe!«, schreie ich ihn innerlich an. Mein Lächeln droht zu verkrampfen, also sehe ich zu Boden, kreise mit meinem Kiefer, als gleiche ich dank der raschen Höhenfahrt den Ohrendruck aus, dabei entspanne ich meine Muskulatur. Als ich aufsehe, habe ich die Kontrolle über meine Gesichtszüge zurückgewonnen.

Der Typ ist zu neugierig. Ist er neugierig genug, erzählt er jemandem von dem, was er gelesen hat. Dass er einem Autor begegnet ist oder sonst was. Obwohl er aus dem, was er weiß, keine Verbindung zu dem Großen und Ganzen, das dahintersteckt, knüpfen kann, ist er doch auf mich aufmerksam geworden. Das ist riskant. Es braucht manchmal nur einen winzig kleinen, dummen Zufall, und er kann mich aufgrund dessen, was er gesehen hat, auffliegen lassen. Das ist nicht gut. Ganz und gar nicht. Allerdings müsste er mich in den nächsten vier bis fünf Tagen ans Messer liefern können. Dafür müsste man mich erst einmal finden, und das ist anhand seines Wissens nicht innerhalb dieser kurzen Frist möglich.

Kann ich ihn also am Leben lassen, oder soll er einem kleinen Unfall zum Opfer fallen? Ich muss die Risiken abwägen. Noch immer lächelnd, sehe ich ihn mir an. Er mag meinen musternden Blick wohl nicht besonders, denn irgendwie scheint er sich in meiner Gegenwart auf einmal unwohl zu fühlen.

Ich lächle mein Gegenüber unbeirrt weiter an, während ich mir überlege: »Überlebst du, oder stirbst du heute?«

»Was denkst du, kommt sie?«, fragte Waldi am anderen Ende der Leitung, während Colin gespannt und auch angespannt auf die kleine, in die Jahre gekommene Seilbahn hinuntersah und beobachtete wie sie allmählich dem Ziel näher kam. Sie baumelte leicht in einer Windböe. Die Sonne zeigte sich bereits am Himmel, es versprach ein herrlicher Tag zu werden. Das lotste viele Tagestouristen auf die wenigen Pisten. Für das kleine Dorf war das gut, für ihn eher anstrengend. Denn irgendwie hatte er ein dummes Gefühl in der Magengegend. Fast so, als würde er beobachtet.

Und wenn es so war? Wenn dieser Hurensohn Tessa im Auge behielt und wusste, dass er sie hierher eingeladen hatte? Spionierte er ihnen nach, oder frönte er einfach seinem Hobby: dem Ermorden von Menschen? War es überhaupt das, was er tat? Welches Ziel verfolgte er diesmal? War es überhaupt der Mörder, den sie vermuteten? Der von damals? Oder waren sie alle völlig auf dem Holzweg, und ein neuer Wahnsinniger trieb sein Unwesen? Ein Trittbrettfahrer? Colin rieb sich übers Gesicht. Er hasste es, wenn er nicht wusste, womit er es zu tun hatte. Welche Fragen er stellen musste, welche Antworten er brauchte. Wenn er keinen Ansatz hatte, um das Problem zu lösen. Das machte ihn hilflos, und dieses Gefühl war elend. Als triebe er irgendwo schwerelos im All umher, ohne Aussicht auf Rettung.

»Colin? Tagträume? Ist sie drin oder nicht?«

Colin blinzelte. Er hielt das Telefon ans Ohr, kraulte Chiara am Kopf, starrte die Gondel an, aber alles ging unbewusst vonstatten. Er war mit den Gedanken ganz woanders gewesen. »Ich weiß es noch nicht. Die Gondel ist gerade angekommen. Warte.« Colin blickte gebannt auf den schmalen Ausgang. Zwei Männer überwanden das Drehkreuz. Sie trugen Ski bei sich, hatten Helme auf und verdunkelte Brillen. Sofort war Colin auf der Hut. Aber Chiara ließ sich ungerührt weiter kraulen. Die Männer gingen an ihnen vorbei, beachteten sie überhaupt nicht. Eine Frau mit einem Kind folgte.

Wäre es möglich, dass die gesuchte Person eine Frau war? Warum eigentlich nicht? Darüber hatte er noch nie nachgedacht. Er war nach den Erlebnissen damals und den Texten immer davon ausgegangen, es mit einem Mann zu tun zu haben. Doch so richtig gesehen hatte er die gejagte Person eigentlich nie. Wendig war sie gewesen, in dicke Kleidung gehüllt, die Figur nicht wirklich erkennbar, das Gesicht schon gar nicht. Die Stimme? Er hatte sie im Ohr, als wäre es gestern gewesen. Ihn schauderte. Tief? Ja. Aber sagte das etwas über das Geschlecht aus? Im Grunde nicht.

Ein Fluchen und eine verlegen klingende Entschuldigung lenkten ihn ab. Eine mit einem großen Rucksack ausgestattete Person drückte sich ungeschickt durch das Drehkreuz. Der Rucksack blieb mit einem der unzähligen Gurte hängen, und sie kippte rückwärts.

»Sie ist da«, stellte Colin fest. Ganz nebenbei erkannte er auch, dass er breit grinste. Chiara gab einen kläffenden Laut von sich und wedelte mit dem Schwanz.

»Du hörst dich an, als würdest du grinsen. Was hat sie angestellt? Egal. Erzähl's mir, wenn ihr zurück seid. Aber nimm die Sache ein wenig ernst, ja? Bereite sie behutsam darauf vor, dass sie womöglich ins Visier eines Mörders geraten ist. Das ist schwere Kost.«

»Waldi?«

»Ja?«

»Halt die Klappe. Ich mach das schon.«

»Ja, ich weiß, aber –«

Colin unterbrach die Leitung, ehe Waldi seinen weiteren Einwand ausformulieren konnte. Es war nicht so, dass Colin nicht wusste, wie ernst die Sache war. Er hatte nur einfach im Augenblick keine Lust, daran zu denken. Er konnte gerade noch das Handy wegstecken, da purzelte ihm Tessa geradezu in die Arme.

»Einen Tag oder eine Woche?«

Verdutzt sah Tessa zu ihm auf.

»Nach deinem Gepäck zu urteilen, bleibst du eine Woche. Ich dachte eher daran, morgen zurückzufahren. Nach unserer Unterhaltung, die wir heute zweifelsohne noch führen müssen, wirst du vielleicht heute schon nach Hause wollen.«

Tessa rappelte sich auf, strich die unter der Mütze hervorlugenden Haare aus dem Gesicht. Ihre Nase lief, und ein Auge tränte so stark, dass sich Teile ihrer Wimperntusche darunter verteilten.

»Bin ich verschmiert? Habe ich Rotz an der Nase?«, fragte sie und suchte seinen Blick.

»Nein, warum?«

»Weil du mich anstarrst, als wäre ich grün im Gesicht.«

»Bist du nicht. Dein Auge tränt, und deine Nase läuft.«

»Die Kälte. Hast du ein Taschentuch? Ich komme nicht dran, ist irgendwo in meinem Wochengepäck.«

Er schmunzelte. Seine gelöste Stimmung schien sich auch auf Chiara zu übertragen, denn auf einmal zischte sie ab und begann sich in dem meterhohen Schnee am Rande des Weges zu wälzen.

»Was ist denn mit ihr los?«

»Scheint, als genieße sie die Auszeit. Kein Wunder, sie war nötig.«

»Für Chiara? Glaube ich, sie hatte eine anstrengende Woche, wie ich hörte.«

»Nicht nur sie. Auch ich habe eine Pause dringend nötig, auch wenn ich sie mir eigentlich nicht leisten kann. Aber ruhe ich meinen Denkapparat nicht ein wenig aus, nützt er mir nichts.« Er ging bewusst nicht auf Tessas Anspielung mit der harten Woche ein. Colin wusste nicht, was sie alles erfahren hatte, aber hatte noch keine Lust, sich wieder aus der herrlichen Sonne, die ihm hier auf dem Plateau den Nacken wärmte, in die dunklen Abgründe zu stürzen, die im Tal, unter dem Nebelmeer, auf ihn lauerten. Der Morgenstreich rückte unaufhaltsam näher, und sie hatten nicht den Hauch einer Spur. Sie konnten nur hoffen, dass die zusätzlichen Einsatzkräfte, die ausnahmsweise Waldi koordinierte, abschreckend wirkten oder dass sie etwas fanden, bevor das Schlimmste eintrat. Allerdings war Colin sich sicher: Der Typ hatte alles schon genauestens vorbereitet. Die Opfer waren tot und präpariert. Wahrscheinlich ausgestopft. Bereit, um zur Schau gestellt zu werden, wie Tierkadaver. Wahrscheinlich in der Laterne verbaut, wie er es angekündigt hatte. Er wartete nur noch auf seinen Einsatz. Wenn das Licht auf seiner Bühne ausging. Wenn traditionsgemäß sämtliche Lichter der Stadt von Sonntag auf Montag pünktlich um vier Uhr morgens gelöscht wurden und die Basler Fasnacht begann. Dann begann für ihn seine ganz eigene Art des bunten Treibens.

Ob er dieses Handwerk erlernt hatte, um seine toten Haustiere haltbar zu machen? Machte er seine Lieblingsopfer haltbar wie andere ihre Lieblingstiere?

»Hey, was ist los?« Tessa stupste ihn an der Schulter.

»Nichts. Ich bin mit den Gedanken nur etwas abgedriftet.« Er warf einen Blick auf ihren Rucksack. »Willst du den da den ganzen Tag mit dir rumschleppen? Oder sollen wir ihn in der Wohnung unterstellen?«

»In der Wohnung? Du hast hier eine Wohnung?«

»Habe ich. Sie ist klein, aber für Chiara und mich ist sie ausreichend. Eine oder zwei Personen mehr finden auch immer ein Plätzchen, obwohl ich in den seltensten Fällen jemanden hierher einlade.« Die Worte waren gesagt, ehe er realisierte, was sie bedeuteten. Sie sagte nichts, aber er fing ihren Blick auf. Ein verlegenes Lächeln umspielte ihre Lippen. Er hatte ihr indirekt erklärt, dass sie eine Ausnahme war, weil er sie hierher eingeladen hatte. Zwar war er müde und ausgelaugt gewesen, also war die Einladung in einem schwachen Augenblick ausgesprochen worden. Dennoch war er nicht so unzurechnungsfähig gewesen, dass sie nicht irgendwie gewollt gewesen war. Wenn das hier nicht funktionierte, konnte er sich darauf berufen, im Augenblick nicht ganz er selbst zu sein, weshalb er Dinge tat oder sagte, die seiner eigentlichen Persönlichkeit nicht entsprachen. Eine legitime Ausflucht, wenn er denn eine brauchte. Sie würde das als Entschuldigung akzeptieren. Im Moment sah es allerdings nicht danach aus, als müsste er auf diese Waffe zurückgreifen. Vielmehr wollte er wissen, was sich unter dieser dicken Skijacke verbarg. Die Silhouette kannte er bereits von den engen Petticoats, die sie in der Regel trug. Aber im Showbiz wurde einiges kaschiert, gepusht und mit Ablenkungs- und Täuschungsmanövern gearbeitet. Er spürte das Kribbeln in seinen Händen, während er sie verstohlen von der Seite musterte. Die Jeans saß gut. Sowieso standen ihr Jeans ziemlich gut. Das hatte er bei der ersten Begegnung bereits bemerkt. Die hübsche Rundung ihres Hinterns und die langen, muskulösen Beine kamen gut zur Geltung. Die schweren Schuhe verbargen zu seinem Bedauern die bezaubernden Fesseln und die wohlgeformten, nackten Füße, die sie normalerweise in ihren Shows zur Schau trug. Als Markenzeichen, nahm er an. Plötzlich drehte sie sich zu ihm um. Er war vertieft in seine Betrachtung zwei Schritte zurückgefallen, stellte er beschämt fest.

»Wo lang?«

Sie waren an der Kreuzung angekommen. Überall lag Schnee. Sämtliche Wege waren zu Skipisten und Traversen geworden.

»Geradeaus«, antwortete er, wobei er sich innerlich gleichzeitig zurechtwies.

Beherrsch dich, Mann! Zu lange keinen anständigen Sex mehr, und schon denkst du wie ein unreifer Teenager.

Gut, es war auch nicht einfach, an etwas anderes zu denken, wenn diese Frau, deren zerzaustes Haar so sexy unter ihrer Mütze hervorlugte, hier direkt vor ihm in der Sonne stand. Die Realität schien fern zu sein. Es wäre so einfach, sich hier oben zu verschanzen und den Rest der Welt zu ignorieren. Ob Ausflucht oder ein ehrliches Gefühl der Zuneigung ihr gegenüber, das war ihm im Moment egal. Doch da die Welt sich weiterdrehte, würde der Augenblick der Wahrheit kommen, und dieser herrlich unbeschwerte Augenblick würde zwangsläufig ein Ende finden.

Colin stieß die Tür zu der kleinen Hütte auf. »Willkommen in meinem Reich.«

Er ließ Tessa zuerst eintreten. Sie blieb im Eingang stehen, sah sich um.

»Es ist wohl nicht gerade das, was du gewohnt bist, was?«

Tessa begann sich aus den Trägern ihres Rucksacks zu schälen. Er griff nach dem Gepäck und half ihr. Als er das Gewicht alleine trug, fragte er sich unweigerlich, was sie alles eingepackt hatte.

»Was denkst du, was ich gewohnt bin? Wie schätzt du mich ein?«

Die Frage war unerwartet. »Na ja, überall Deko. Hell. Geordnet. Hochwertiger.«

Sie steckte die Hände in die hinteren Taschen ihrer Jeans, trat einige Schritte weiter in den Raum ein, sog tief die Luft in der Hütte ein. Er schnupperte. Es roch nach Holz. Kaminfeuer. Harz. Winter.

»Es ist toll. So heimelig.«

Im Ernst?

»Dein Rucksack, er sieht ziemlich neu aus.«

Sie drehte sich um, sah ihn offen an. »Das ist er. Ich habe mir auch Wanderschuhe gekauft. Das erste Mal in meinem ganzen Leben, dass ich mir selbst ein Paar Wanderschuhe gekauft habe. Das klingt sicherlich irritierend für einen Mann wie dich.«

»Einen Mann wie mich?«

»Naturverbunden. Bodenständig. Sportlich. Besitzer eines ausgelassenen Hundes und einer Hütte in den Bergen. Jeepfahrer, aber nicht irgendein Jeep. Ein alter Jeep.«

»Das klingt ja furchtbar!« Colin musste schmunzeln. »Abschreckend. Unattraktiv, vor allem für eine Frau wie dich.«

»Dachte ich anfangs auch. Jetzt habe ich einen Rucksack und Wanderschuhe und mag deinen Hund, obwohl ich dachte, Hunde zu hassen.«

»Deine Narbe am Handgelenk?«

»Gut beobachtet.« Ihr Blick wanderte zur Küchenzeile, blieb dort hängen. »Eine Frau wie ich«, murmelte sie. »Ich weiß schon, wie ich wirke. Davon ist so vieles einstudiert, dass ich manchmal selbst Mühe habe, zu unterscheiden, wo Betty LaCook aufhört und wo Tessa beginnt. Also sei auf der Hut, ich bin womöglich ganz anders, als du vermutest.«

Dieser lebendige Blick, diese leuchtenden Augen, dieses herausfordernde Lächeln. Er schluckte. Seit wann war es so heiß hier drin? Er wollte dem Drang nicht weiter widerstehen, wollte die letzte Distanz überbrücken. Endlich diese weichen Lippen schmecken.

Sie war offensiv. Hatte einen Rucksack gekauft. So banal das klang, aber für sie dürfte das eine Veränderung in ihrem bisherigen Leben darstellen. Eine Veränderung, die er bewirkte. Sie bemühte sich nicht einmal, das zu verhehlen. Eigentlich ein Grund, auf die Bremse zu treten, das Weite zu suchen. Stattdessen wollte er das Gaspedal durchdrücken und auf sie zupreschen, bis es knallte, und zwar so richtig. Heiß. Eng. Leidenschaftlich.

Er riss sich von ihr los. Die Atmosphäre, die Stimmung, es war zu gefährlich. Er musste sich mit aller Gewalt in Erinnerung rufen, dass sie sich im Grunde von ihm fernhalten musste. Der einzige Grund, aus dem sie hier war, war, dass sie die Wahrheit erfahren musste. Die ganze Wahrheit. Das war seine Aufgabe. Nichts weiter. Er rieb sich mit der Hand über den Nacken.

»Du hast also von Chiaras harter Woche gehört?«, wechselte er das Thema abrupt, und die Stimmung kühlte sich von einer Sekunde auf die andere merklich ab.

»Ja, habe ich. Vor allem von einer Nacht.« Sie spielte mit.

Brüskierte sich nicht über den gewählten Notausstieg aus der brenzligen Situation.

»Von wem?«

»Wer es mir erzählt hat? Jean hat es Nati erzählt und Nati mir.«

Er nickte nachdenklich. »Dann weißt du auch, dass der Junge der Bruder einer Vermissten war, die wir seit fast zwei Wochen suchen?«

»Nein, das hat sie mir nicht gesagt. Das ist ja furchtbar! Die armen Eltern!«

»Allerdings. Aber den Jungen haben sie wieder, das Mädchen fehlt nach wie vor. Ein ziemlich elendes Gefühl.« Colin sah auf seine Füße, schwieg einen Moment betreten, dann sah er wieder zu ihr auf. »Hat Nati dir auch etwas über meine Mutter oder Carolina verraten?«

Tessa schluckte. »Über Carolina weiß ich nichts. Nati sagte, dass du kürzlich eine On-off-Beziehung beendet hast. Außerdem bekam ich mit, dass deine Mutter verschwand, als du noch sehr jung warst. Details erzählte sie mir aber keine.«

»Verstehe. Weißt du, ich habe irgendwie nicht besonders viel Glück mit Frauen.« Er lächelte verlegen. Aber es war ein trauriges Lächeln. »Meine Mutter verschwand spurlos, als ich noch ein Teenager war, das stimmt. Die Polizei wollte meinem Vater und mir weismachen, dass sie uns verlassen hätte, doch das glaubten wir keine Sekunde. Wir versuchten es zu erklären, doch die Ermittler hörten nicht zu. Sie spulten ihr Programm ab, fanden keine Hinweise auf ein Gewaltverbrechen und schlossen den Fall ab. Selbst als wir erzählten, dass es an der Schule, an der meine Mutter Lehrerin war, einen Vorfall mit einem ihrer Schützlinge gegeben hatte, woraufhin meine Eltern beschlossen, wegzuziehen und neu anzufangen, und das kurz bevor sie verschwand, stießen wir auf taube Ohren. Stattdessen erklärte mir ein Polizist, meine Mutter habe sich wohl dazu entschieden, alleine wegzugehen. Meinem Vater platzte der Kragen, und wir zogen in einer Nacht-und-Nebel-Aktion aus unserem Haus aus. Er blickte nicht mehr zurück. Ich schon. Ich machte eine Lehre und ging zur Polizeischule. In der Uniform kehrte ich in die Stadt zurück, mit dem Ziel, meine Arbeit besser zu erledigen, als es die Polizisten im Fall meiner Mutter getan hatten. Inzwischen weiß ich, dass das ein ambitioniertes Ziel war und im Nachhinein betrachtet ziemlich naiv. Zu Beginn meiner Karriere besorgte ich mir alle alten Akten, wollte wissen, was in der Schule vorgefallen war, da mein Vater sich bis heute darüber ausschweigt. Bis auf eine handgeschriebene Notiz in den Ermittlungsakten im Fall meiner Mutter konnte ich über die Sache in der Schule aber nichts mehr herausfinden. Die Schule hatte die Unterlagen über den Vorfall bereits vernichtet.«

»Was stand in der Notiz?«, fragte Tessa interessiert nach.

»Nicht viel. Annäherungsversuch, Lehrerin meldete den Schüler beim Rektor. Das war alles. Über den Verbleib meiner Mutter konnte ich auch nicht mehr in Erfahrung bringen als die Ermittler von damals. Sie ist und bleibt verschwunden. Ich bin sicher, mein Vater hat damals noch andere Dinge erfahren oder gesehen, die er mir bis heute verschweigt. Aber ich komme nicht an ihn ran.« Colin fuhr sich fahrig durchs Haar. »Es tut mir leid. Ich will dich eigentlich nicht damit belasten, aber es ist mir wichtig, dass du weißt, mit wem du es zu tun hast. So verstehst du vielleicht besser, was ich dir als Nächstes erzählen werde. Es geht um den Grund, weshalb ich mich seit den seltsamen Vorfällen der vergangenen Tage um deine Sicherheit sorge und weshalb du dich besser von mir fernhältst, sobald wir wieder zurück im Tal sind. Hier oben, so hoffe ich, ist es für dich nicht gefährlich, mit mir gesehen zu werden.«

Tessa schüttelte verwirrt den Kopf. »Colin, ich versteh nicht …«

»Ich weiß. Darum erkläre ich es dir. Die Ermittlungen rund um den Fasnachtsmörder vor sechs Jahren führten durch mein kopfloses Handeln letztendlich zum Tod meiner Kollegin und Freundin. Ihr Name war Carolina. Der Täter hat sie erschossen. Inzwischen vermuten wir, dass er das getan hat, weil sie sich für mich entschieden hat.«

Tessa stand Colin mit offenem Mund gegenüber, unfähig, irgendetwas zu entgegnen.

»Das macht sprachlos, verstehe ich. Ich erzähl dir alles, wenn du möchtest.«

Tessa erwachte aus der Starre, fand ihre Sprache wieder: »Weiß Nathalie davon?«

»Ja.«

»Und sie hat mich dir trotzdem vorgestellt?« Tessa wusste, dass sie Colin mit diesen Worten angriff, aber sie konnte nicht anders.

»Ja. Und was mich angeht, bin ich nach wie vor froh darüber, auch wenn du mich nach unserer Unterhaltung zum Teufel jagen wirst. Ich entschuldige mich dafür, dass ich dich in Gefahr gebracht habe. Glaube mir, damit habe ich nicht gerechnet.«

Tessa kniff die Augen zusammen, versuchte, den Mann vor sich einzuordnen. Nathalie vertraute ihm und glaubte an ihn, sonst hätte sie sie nie mit ihm bekannt gemacht. »In Ordnung.

Gehen wir eine Runde? Ich denke, frische Luft könnte uns guttun.«

Sonntag, 13. März 2011
Bei Nati/Ein Tag bis zur Fasnacht

»Er hat dir alles erzählt? Also alles, alles?« Nati konnte es kaum glauben. Sie saß an ihrem Esstisch, das übliche Glas Wein vor der Nase, und sah Tessa aus großen Augen verwundert an.

»Ich denke schon, ja. Wenn es nicht alles war, will ich nicht wissen, was er sonst noch mit sich rumschleppt. Das ist echt harter Tobak und ziemlich schwer zu verdauen, für ihn genauso wie für mich.«

»Aber du bist nicht am gleichen Abend zurückgekommen. Du hast dort übernachtet.«

Tessa trank einen Schluck des schweren Rotweins, gab es auf, von einem Fuß auf den anderen zu treten, und setzte sich auf ihren angestammten Platz an Natis Tisch. »Vorweg: Ich bin böse auf dich, weil du mir ein solches Wrack von Mann andrehen willst.«

»Akzeptiere ich, denn das ist dein gutes Recht. Trotzdem, du bist gestern nicht nach Hause gekommen.«

»Wir haben die Zeit vergessen. Ich wusste schon, dass irgendwann die letzte Gondel ins Tal fährt, aber ich wollte ihn nicht unterbrechen, indem ich auf die Uhr sehe, und ihm so vermittle, dass er sich doch bitte mit seiner Beichte beeilen soll.«

Nati grinste wissend. »Natürlich, das war der einzige Grund.«

Tessa verbarg ihr Lächeln, das sich verräterisch auf ihren Lippen ausbreitete, hinter dem Weinglas. »Wir haben einen ausgedehnten Spaziergang gemacht, sind in seine Hütte zurückgekehrt und haben weitergeredet. Als klar war, dass ich die letzte Bahn ins Tal verpasst habe, entschloss ich mich, etwas zu kochen. Das Geschäft hatte geschlossen, und was er an Vorräten dahatte, forderte meine Kochkünste zwar heraus, aber letztendlich konnte ich doch ein einigermaßen vernünftiges Mahl zubereiten. Es blieb mir nichts anderes übrig, als zu bleiben«, ergänzte Tessa schulterzuckend.

»Soso! Ich hoffe, ihr hattet es schön kuschelig!« Nathalie kicherte, dann wurde sie ernst. »Jean hat nie viel über das gesprochen, was damals geschehen ist. Er war auch an den Ermittlungen beteiligt gewesen, und die Geschehnisse haben ihn hart getroffen, wie die anderen Kollegen auch. Wir hatten uns kurz vorher auf einer Party seiner Schwester kennengelernt, wir verstanden uns gut, doch auf einmal herrschte seinerseits Funkstille. Ich dachte schon, es wäre vorbei, bevor es mit uns richtig anfing, aber ich irrte mich. Plötzlich stand Jean vor meiner Tür und ging nie wieder fort. Erst nach und nach habe ich erfahren, dass er sich wegen der Morde und allem, was damit einherging, nicht mehr gemeldet hatte. Ich habe ihn immer wieder ermutigt, über das Erlebte zu reden, um es besser zu verarbeiten. Er hat aber stets gesagt, wenn er die Türschwelle zu unserer Wohnung überschreitet, will er nicht mehr über seinen Job nachdenken. Ich hab's akzeptiert. Auch wenn es schwer war, die Albträume, die er nachts hatte, zu ignorieren. Er hat im Schlaf geredet. Zwar unzusammenhängend, dennoch waren seine Worte teilweise verstörend. Er hat von ausgestopften Leichen, gehäuteten Körpern, präpariert für die Ewigkeit gesprochen. Ich hatte natürlich in den Zeitungen von den Funden während der Fasnacht gelesen, doch wirkte das nicht halb so entsetzlich, als wenn dein eigener Partner des Nachts neben dir liegt und quasi davon erzählt.«

»Davon wusste ich ja überhaupt nichts.«

»Ich wollte eben nicht, dass Jean erfährt, wie er alles verarbeitet, was er tagsüber erlebt hat, auch nicht durch Zufall oder auf Umwegen. Also habe ich niemandem davon erzählt. Eines Tages hörten dann die Träume plötzlich auf. Er hat's irgendwie überwunden, aber ich weiß nicht, wie. Er hat alles mit sich selbst ausgemacht. Carolinas Tod hat bei Colin, Waldi und Jean ein ziemliches Loch hinterlassen. Ich glaube, was alle Beteiligten am meisten belastet, ist, dass sie den Fall nie lösen konnten. Dieser Mistkerl kam einfach mit allem davon.«

»Das waren auch in etwa Colins Worte.«

»Du hast anscheinend ganz schön Eindruck auf ihn gemacht. So offen spricht er normalerweise wirklich nicht, wenn er jemanden erst kurz kennt.«

»Es geht weniger um den Eindruck, den ich bei ihm hinterlassen habe. Vielmehr geht es darum, dass er mich möglichst detailliert informieren wollte, um mich zu schützen.«

Nati hatte nach dem Wein gegriffen, um ihr Glas erneut zu füllen, setzte die Flasche aber unverrichteter Dinge wieder ab. »Dich schützen?«

Tessa nickte. »Es ist alles sehr verwirrend, ich konnte selbst noch nicht wirklich alle Informationen zu einem zusammenhängenden Bild aufreihen, also entschuldige, wenn meine Erklärung ein Wirrwarr ist.«

Nati war es sichtlich nicht mehr wohl in ihrer Haut. »Brauche ich mehr Wein?«

»Wahrscheinlich eher den Kräuter.«

»Steht griffbereit in der Vitrine. Schieß los.«

»Also dann. Es gibt im Grunde zwei Geschichten. Ich beginne mal mit meiner. Du weißt doch von der Buchwette, die ich am Laufen habe?«

»Das ist zu viel.« Nati stand auf und holte nicht den Appenzeller, sondern den Scotch aus der Vitrine und goss sich einen doppelten ein. »Ich kann den Gedanken, der sich langsam anschleicht, kaum begreifen, geschweige denn ausdrücken, trotzdem versuche ich es mal: Der Täter, der vor sechs Jahren gewütet hat, ist zurück. Er macht dich auf sich aufmerksam, indem er dich anhand der TV-Wette anschreibt. Gleichzeitig bandelst du mit Colin an, der vor sechs Jahren mit Carolina liiert war. Gemäß Dr. Balmer war der Täter ebenfalls an Carolina interessiert, weshalb er Colin aus dem Weg räumen wollte, was schiefging und letztendlich Carolina das Leben kostete. Wenn nun also der Täter erneut eine Bedrohung in Colin sieht, weil er wieder auf dieselbe Frau steht, ist Colins Leben in Gefahr.«

»Nach langem Hin-und-her-Überlegen, kam ich zum selben Schluss. Nur ist Colin das egal. Er will mich auf Distanz halten, um nicht eine ähnliche Situation zu provozieren, wie sie damals durch die Verkettung ungeplanter Umstände entstand. Damit will er mich aus der Schusslinie bringen.«

»Ich erkenn dich kaum wieder«, stellte Nati auf einmal fest. »Du magst ihn. Sehr sogar. Deshalb willst du dich auch von ihm fernhalten. Aber das kannst du nicht, stimmt's? Ich glaube, ich verstehe, worauf das hinausläuft.«

Schuldbewusst sah Tessa Nati an. »Nein, kann ich nicht, und das hat nichts mit Gefühlen zu tun. Wenn dieses Arschloch tatsächlich darauf abzielt, meine Aufmerksamkeit zu gewinnen, dann soll er sie bekommen. Vielleicht kommt er dann aus seinem Loch gekrochen. Vielleicht kann man ihm dann endlich das Handwerk legen.«

»Hast du den Mut dazu? Ich hätte ihn nicht!«

»Ich weiß nicht, ob ich tapfer genug bin, aber ich muss es doch wenigstens versuchen, oder nicht?«

»Tu, was du für das Beste hältst. Wie willst du ihn aus der Reserve locken?«

»Ich dachte, ich gebe ihm seine fünf Minuten Ruhm in meiner Sendung. Ich spreche seine außergewöhnlichen Einsendungen an, schmiere ihm Honig ums Maul, erkläre, dass mich der Mensch hinter dem Geschriebenen interessiert, äußere meinen Wunsch, mich mit ihm persönlich zu treffen.«

»Das ist keine üble Idee. Wenn er deine Aufmerksamkeit will, bekommt er sie auf diese Weise. Gleichzeitig lenkst du ihn von Colin ab, indem du dein Interesse bekundest. Es gibt nur einen Haken: Er ist der Fasnachtsmörder, wenn er es denn ist. Die Fasnacht beginnt heute. Deine nächste Sendung ist aber erst am kommenden Donnerstag. Also nach der Basler Fasnacht.«

»Ich dachte an eine Sondersendung am Montagmittag. Außer ihm muss ja keiner einschalten, und er wird von der Sondersendung sicher Wind bekommen, auch wenn alles äußerst kurzfristig ist.«

»Was sagt Jürgen dazu? Kann er das umsetzen?«

»Er weiß es noch nicht.«

»Tessa!«

»Ich weiß, ich hätte erst mit ihm sprechen müssen, aber ich habe ihn heute noch nicht erreicht. Es ist ein Notfall. Ich helfe der Polizei, einen Mörder zu fassen. Da kann er überhaupt nicht Nein sagen und muss seine ewig angepriesenen guten Beziehungen spielen lassen.«

»Na gut. Ich bin dabei.«

»Du?«

»Sicher. Oder wer soll sonst Haare und Make-up machen? Wenn ich streike, siehst du nicht fernsehtauglich aus. Also brauchst du mich. Ist Colin mit dem Plan einverstanden? Wie hat er auf den Vorschlag reagiert?«

»Er war perplex. Hat mir erklärt, dass er es verstehen würde, wenn ich Zeit bräuchte, alles zu verdauen. Er hat mich auch gefragt, ob mir das alles denn keine Angst einjagen würde. Ich würde so gefasst wirken, als beträfe mich die Geschichte überhaupt nicht.«

»Was hast du geantwortet?«

»Natürlich habe ich Angst. Dieser Psycho war bei mir. Bei mir zu Hause. Er hat eine Nachricht an meine Tür geklebt! Das ist mehr als beängstigend! Aber ich bin auch schon sehr lange im Showbiz tätig. Mein Leben ist im Grunde eine einzige Show. Ich bin es gewohnt, auszublenden, was ausgeblendet werden muss, um Haltung zu wahren und eine Rolle zu spielen.«

»Du hast ihm gesagt, dein Leben sei ein einziges Rollenspiel? Das war nicht besonders förderlich für deine Beziehung zu ihm, schätze ich.«

»Das ist derzeit nicht mein Hauptproblem, Nati. Außerdem habe ich mich dazu hinreißen lassen, meine Aussage zu relativieren. Ich habe ihm schon den Hinweis gegeben, dass ich seit Kurzem das Gefühl habe, zu mir selbst zurückzufinden, woran er nicht ganz unschuldig ist.«

Nati lächelte zufrieden. »Gut gemacht. Er hat sich daraufhin nicht gleich in einem imaginären Schneckenhaus verkrochen und wurde dir gegenüber abweisend?«

»Nein.«

»Positives Zeichen. Sehr gut. Dumm nur, dass ihr das nicht weiter vertiefen könnt, weil ein Mörder einen Keil zwischen euch treibt. Weißt du, was ich nicht verstehe?«

»Was?«

»Aus welchem Antrieb handelt der Mörder? Was bezweckt der Kerl? Mal angenommen, dieser miese Hund ist nicht einfach ein Psychopath, der gerne Gott spielt und mit Vorliebe die Polizei an der Nase herumführt. Angenommen, Dr. Balmers Eindruck ist korrekt und der Mörder hat eine Obsession für Carolina entwickelt. Wo auch immer er ihr begegnet ist. Sie war Polizistin, vielleicht hat sie ihn einmal kontrolliert oder was weiß ich. Jedenfalls hat er sich in sie verguckt, und erst dann kam Colin als Störfaktor? Oder hat der Kerl es auf das abgesehen, was Colin begehrt?«

Darüber musste Tessa erst nachdenken. »Colin war doch nicht sechs Jahre lang Single. Als du mich ihm vorstellen wolltest, hast du erwähnt, dass er so ein On-off-Ding eben erst beendet hatte. Soweit ich weiß, gab es in den vergangenen sechs Jahren aber keine vergleichbaren Vorfälle.«

»Weiß der Geier, warum er die Finger von ihr ließ. Sie war auch nichts Besonderes. Carolina und du hingegen schon. So gesehen stellt sich die Frage, worauf er hinauswill? Ist es Zufall, dass Colin und er denselben Geschmack zu haben scheinen, oder ist es etwas Persönliches zwischen ihm und Colin. Was war zuerst da? Das Huhn oder das Ei?«

»Und, hast du dich gut amüsiert?« Waldi saß an seinem Schreibtisch in seinem winzigen Büro. Er sah abgekämpft aus. Dunkle Schatten lagen unter seinen vor Erschöpfung glänzenden Augen. Die Falte zwischen den Brauen, die im Normalfall kaum zu sehen war, hatte sich in eine Furche verwandelt. Ein Anblick, der Colin stark an schlaflose Zeiten von vor sechs Jahren erinnerte.

»Schlaflose Nacht?«, fragte Colin überflüssigerweise.

»Es hatten nicht alle das Glück, der Beschützerrolle in einem warmen Bett in den Bergen nachzukommen. Wohl noch angekuschelt an das attraktive Opfer?« Die Müdigkeit wurde durch ein amüsiertes Aufblitzen in Waldis Augen kurzzeitig verdrängt.

»Kein Kuscheln. Kontaktverbot.« Colin zog sich der Magen zusammen. Wie lange würde er Tessa meiden müssen? Jetzt, da er sie nicht mehr einfach nach Lust und Laune treffen konnte, wollte er sie sehen, mehr denn je. Er war verknallt. Und wie. Trotz des ganzen Seelenstriptease – der sie entgegen seiner Befürchtung und zu seiner Verwunderung nicht abgeschreckt hat.

»Scheiße, du siehst aus wie ein Glücksbärchi, wenn du so verliebt grinst. Keine Panik, du wirst noch genug Gelegenheit bekommen, Betty LaCook um den Finger zu wickeln. Sie werden wir nicht verlieren. Keinesfalls. Als Dankeschön muss sie mich und Kassandra aber zum Essen einladen. Am besten sollte sie den ganzen Haufen Polizisten, die letztendlich ihretwegen an dem Fall auf Hochtouren arbeiten, bekochen.«

»Sie soll kochen? Könnt ihr haben. Ich kann sie als Köchin nur empfehlen.« Colin biss sich auf die Unterlippe, als er die Packung mit den Tucs auf Waldis Tisch entdeckte. Seine Mahlzeit, wenn er sonst nicht zum Essen kam. »Das war ziemlich unfair, hm?«

»Kann man so sagen. Du hast dich von ihr bekochen lassen und lässt uns hier schmoren? So gehen Freunde heutzutage also miteinander um, nett!«

»Entschuldige. Themenwechsel, sonst beginnt mir der Magen gleich wieder zu knurren, und ich bin inzwischen nicht mehr in der Lage, normales Essen zu verspeisen, nachdem ich Tessas Küche gekostet habe.«

»So, jetzt reicht's aber!« Waldi grinste breit, seine Schultern sackten entspannt ein Stück nach unten. Ziel erreicht.

»Okay, okay. Dann erzähl mir, was ihr rausgefunden habt. Deine Zuversicht, dass uns Tessa nicht abhandenkommen wird, stimmt mich positiv.«

»Mach dir keine Hoffnungen. Ich weigere mich einfach, sie an diesen Hurensohn zu verlieren. Mit den Ermittlungsergebnissen hat das leider nicht besonders viel zu tun.«

Colins Mut sank in den Keller. »Wir haben nichts?«

»Nichts Hilfreiches. Wir können das eine oder andere wohl ausschließen, sind aber deswegen keinen Schritt weiter.«

»Was könnt ihr ausschließen?«

»Der besoffene Angestellte hat keine Ahnung. Als er in der Ausnüchterungszelle, in die wir ihn brachten, endlich erwachte, konnte er sich nicht einmal erinnern, zur Arbeit gegangen zu sein. Er hat sich quasi ins Koma gesoffen. Der Arzt ist überrascht, dass er überhaupt noch lebt. Der Alkoholgehalt in seinem Blut hätte ihn eigentlich töten müssen. Was aber interessant ist, er hatte nicht reinen Alkohol intus. Die Flasche, aus der er trank, hat man auch untersucht. Darin war ein Gemisch aus Brennsprit und Wodka. Er stritt vehement ab, diese Flasche zu kennen. Ich zeigte ihm eine andere, die ebenfalls in der Scheune, ganz in der Nähe seines Schlafplatzes gefunden worden war. Die kannte er und gab zu, dass es seine war. Die Untersuchung der unbekannten Flasche ergab leider keine Ergebnisse. Keine Fingerabdrücke, keine DNA, nichts.«

»Die Gäste und Angestellten im Haus haben wir zwar noch nicht durch, aber bisher keine Auffälligkeiten. Er wird wahrscheinlich sowieso vor unserem Eintreffen abgehauen sein.«

»Chiara hat ihn gewittert. Er war noch da, hielt sich aber natürlich verborgen und nicht mehr unter den Gästen auf, wenn er überhaupt jemals dort war.«

»Chiara könnte ebenso gut den geheimen Vorrat von dem Stallburschen gewittert haben. Sie hat zuvor ihn beschnüffelt, kurz darauf preschte sie los. Ich habe den Mann gefragt, und er bestätigte, seine Flaschen jeweils an der Leiter unter dem Kanaldeckel aufgehängt zu haben, damit Lady sie nicht auf dem Grundstück fand.«

»Chiara hat den Mörder aufgespürt, nicht den Vorrat des Alkis«, beharrte Colin.

»Mag sein. Es bringt uns aber nicht weiter.«

Das stimmte allerdings. Colin atmete frustriert aus. »Diesen Jürgen habt ihr auch schon vorgeladen?«

»Durch die Mangel genommen und wieder entlassen.«

»Hätte er vor dem Eintreffen bei der Veranstaltung nicht genug Zeit gehabt, alles zu inszenieren? Womöglich hat er einen Partner?«

»Vor allem hat er ein Alibi, das deine Tessa bestätigen kann«, verkürzte Waldi Colins Spekulationen.

»Ach ja?« Colin wollte möglichst neutral wirken, was ihm nicht gelang. Waldi kannte seine Angewohnheit, die Augen zusammenzukneifen, wenn er bluffte. Die Bewegung war kaum merklich, und man musste wissen, wohin man blicken musste, damit man den Bluff erkannte. Er zog nicht die Stirn zusammen, er hob die unteren Lider etwas an, worauf die dadurch entstehenden feinen Falten unter dem Wimpernkranz hinwiesen. Waldi hatte ihn einst darüber aufgeklärt, damit er sich beim Jassen nicht andauernd verriet. Solange sie zusammen spielten, machte sich Waldi dieses Wissen um Colins Tick zu beider Nutzen. Spielten sie gegeneinander, verwendete er es natürlich auch gegen ihn, was ihm regelmäßig den Sieg einbrachte.

»Du bluffst. Es stinkt dir, dass er ein Alibi hat, das mit Tessa im Zusammenhang steht. Dir wird gleich noch etwas wärmer ums Herz. Sie hätten die Veranstaltung beinahe sausen lassen, wegen eines ziemlich heißen Kusses. Aber er hätte der Sache ein Ende bereitet, weil der Termin wichtig für ihre Karriere gewesen sei. Sehen und gesehen werden, du verstehst?«

Colins Kiefer begann zu arbeiten. »Ja, verstehe.«

»Tut mir leid. Deine neue Freundin scheint zweispurig zu fahren.«

»Sie ist nicht meine neue Freundin und sie fährt nicht zweispurig, denn dafür hätte zwischen uns etwas laufen müssen. Da war aber nichts. Du musst dir also keine Sorgen um mich machen«, ergänzte er, nicht ohne einen gewissen Spott in der Stimme.

»Aber wir können nicht ausschließen, dass er die Briefe geschrieben und ihr untergejubelt hat. Wir können bei niemandem ausschließen, dass er oder sie Briefe verfasst hat. Kranke Fantasien verborgen hinter normalen Gesichtern laufen erstaunlich viele rum. Deswegen kann ich aber noch niemanden festnehmen. Es gab Gäste, die haben zugegeben, Betty LaCook bei dem Roman helfen zu wollen, weshalb sie ihr Post übermittelten. Wir verlangten von allen Kopien, und sämtliche Befragten mussten uns neben DNA-Proben auch Handschriftenproben abgeben. Mehr konnten wir nicht tun.«

»Hast ja recht. Es ist nur so unbefriedigend!« Colin sah auf die Uhr. »Die Fasnacht geht in wenigen Stunden los. Ich will nicht noch mehr Leichen finden. Mir reichen die von damals.«

»Mir auch. Aber Tessa erwähnte ein Foto eines Schädels, das sie uns noch aushändigen wird. Wenn das ebenfalls zu unserem Fall gehört, würde es mich nicht wundern, wenn der Rest inklusive Schädel irgendwo auch noch auftauchen würde. Zusätzlich haben wir eine ziemlich präzise Aufzeichnung über eine Tote in einer Laterne. Es wird sich kaum vermeiden lassen, dass wir die finden, die er uns geben will.«

»Es sei denn, wir finden ihn vorher. Wer sagt uns, dass die Befragten die Texte an uns übermitteln, die sie auch Tessa geschickt haben?«

»Niemand. Aber mehr, womit wir arbeiten können, haben wir im Augenblick einfach nicht. Eins ist mir allerdings aufgefallen, als dieser Jürgen hier war. Er sagte, dass er zwei der Einsendungen am Postschalter hatte abholen müssen, weil sie als Einschreiben frankiert gewesen waren. Er sucht die besagten Schreiben oder zumindest die Postquittungen raus.«

»Angenommen, die stammen von unserem Mörder, dann will er sicherstellen, dass seine Post angekommen ist. So behält er die Kontrolle, dass seine Briefe abgeholt wurden, und das ohne sich aus dem Haus zu wagen. Zudem erweckt ein Einschreiben mehr Aufmerksamkeit und wird entweder aus Prinzip nicht geöffnet, was bei einem einigermaßen seriösen Geschäftsmann nicht der Fall sein dürfte, oder das Einschreiben wird erst recht gelesen und ihm so mehr Aufmerksamkeit geschenkt. Es geht auf die Weise nicht in den Massen unter. Das ist clever.«

»Aber er muss es an einer Poststelle aufgeben, und die ist auf der Historie des Einschreibens vermerkt.«

»Das wird er bedacht haben. Er hat sicher keine kleine Poststelle gewählt, sondern eine große, in der er anonym bleibt, und eine, die nicht in der Nähe seines permanenten Aufenthaltsortes liegt, den er ja haben muss, wenn er eine Art Werkstatt betreibt, um Menschen auszustopfen. So was wird er kaum auf Achse erledigen. Dafür braucht er Räume. Material, das er lagern muss.«

»Womit jedes Gebäude in der gesamten Welt infrage kommt.«

»So in der Art. Ich verstehe schon, was du sagen willst. Wir können anhand dieser Infos keinen Radius festlegen, in dem wir ihn finden. Wie sieht's mit den Einsatzkräften während der Basler Fasnacht aus?«

»Alles verdoppelt und verdreifacht. Alles, was da ist, ist im Einsatz. Vorwiegend natürlich zivil. Wir wollen ihn ja nicht verschrecken, sondern ertappen.«

»Gut. Die Hunde?«

»Sind bereit und warten nur auf den Startschuss.«

»Gab es heute Nachmittag schon Patrouillen?«

»Gab es. Soweit wir das feststellen konnten, waren beim Laterneneinpfeifen nur die eigentlichen Cliquen unterwegs.

Sie transportierten ihre Laternen zu den Kellern ohne Zwischenfälle oder Auffälligkeiten. Keine sah aus, als hätte jemand einen menschlichen Körper darin verarbeitet. Es fielen auch keine Einzelpersonen mit Laternen auf. Zwar stand schon mal der eine oder andere alleine vor einer Lampe, aber die Aufbauten zeigten keine Auffälligkeiten.«

»Na, dann ist ja alles klar. Wie hast du dich mit Kerstholz verstanden? Hat er seinen Kopf noch?«

Waldi zog eine Augenbraue hoch. »Hat er. Sag's niemandem, aber der Schnösel stellte sich gar nicht so übel an.«

»Keine Sorge, dein Geheimnis ist bei mir sicher.« Colin grinste. Dann wurde er wieder ernst. »Ich werde mir mal Tessa ein wenig zur Brust nehmen. Ich will mehr über diesen Jürgen wissen.«

»Und über ihre Beziehung?«, neckte Waldi.

»Sehr witzig.« Colin wandte sich zur Tür, öffnete sie, hielt inne, drehte sich noch einmal zu seinem ehemaligen Partner um.

»Ich bin froh, dass wir diese Sache gemeinsam angehen können. Noch immer wütend, aber reifer. Weniger verbissen. Nach dem anfänglichen Gefühlschaos irgendwie gelassener. Ergibt das einen Sinn?«

Waldi nickte. »Wir haben die Sache damals zusammen begonnen, wir werden sie heute zusammen beenden.«

Montag, 14. März 2011
In der Innenstadt/30 Minuten bis zur Basler Fasnacht

Inzwischen war es halb vier Uhr morgens. Die Anspannung stieg merklich. Colin hielt sich im Hintergrund, denn der Täter kannte ihn, kannte sein Gesicht. Dennoch konnte er nicht ganz darauf verzichten, die Szenerie zu beobachten. Die Stadt füllte sich. Die Stimmung der Menschen war ausgelassen. Zwischen den Zuschauern tummelten sich Kostümierte, die mit unter den Arm geklemmten Larven durch die Straßen hasteten. Die teuren Trommeln auf die Rücken geschnallt, gesellten sich die Tambouren zu ihren Freunden, lachten, schwatzten. Wenn die wüssten. Colin erkannte einige Kollegen. Sie verhielten sich einigermaßen unauffällig, versuchten sich in das bunte Treiben einzuordnen. Colin war sich nicht sicher, ob er ihnen ihre Anspannung ansah, weil er davon wusste oder weil sie sie tatsächlich nicht ganz verbergen konnten. Der Kontrast war auch außerordentlich groß. Die Menschen waren viel aufgeweckter, fröhlicher als sonst, während die Kollegen wesentlich bedrückter und unruhiger waren. Es lag etwas in der Luft, egal, von welcher Seite man es betrachtete. Colin musste sich trotz seiner eigenen inneren Unruhe ein Gähnen verkneifen. Ein weiterer langer Tag lag hinter ihm, es würden sicherlich noch drei folgen. Er verlagerte sein Gewicht, lehnte sich gegen den Fensterrahmen. Von seinem Posten im obersten Stock des Puppenhausmuseums hatte er einen perfekten Überblick über eine der zentralen Schnittstellen des Morgenstreichs: den Barfüsserplatz.

Er sah auf die Uhr. 03.45 Uhr. Das nervöse Kribbeln in seiner Magengrube wuchs. In fünfzehn Minuten würden sämtliche Lichter der Innenstadt gelöscht; der Startschuss für die diesjährige Basler Fasnacht. Hoffentlich gab es keine Zwischenfälle. Jetzt, da er alleine hier oben im Dunkeln stand, überkamen ihn Zweifel. Die Zuversicht, die er nach dem Gespräch mit Waldi empfunden hatte, war wie weggeblasen, die alten Bilder kehrten zurück. Er löste den Blick vom Platz unter sich, ließ ihn in Richtung Rhein schweifen. Dorthin, wo vor sechs Jahren alles begonnen hatte. Am Eingang des Hotels *Les Trois Rois*. Er konnte das elegante Gebäude von hier aus nicht sehen, aber sein inneres Auge zeichnete es detailgetreu nach. Es war ihm ins Gedächtnis gebrannt wie kein anderes Bauwerk.

Er schüttelte das Bild ab, konzentrierte sich wieder auf seine Aufgabe. Womöglich überkamen ihn auch Zweifel, weil er das Gespräch mit Tessa nicht verdauen konnte. Er hatte sie noch am Nachmittag wegen Jürgen befragt. Ihre anfängliche Freude über das schnelle Wiedersehen hatte sich in Luft aufgelöst. Sie erzählte davon, dass er ihr seit Jahren den Hof machte, und gab zu, dass vor Ladys Party tatsächlich ein Kuss stattgefunden hatte. Eigentlich nicht weiter verwunderlich. Sie arbeiteten schon sehr lange zusammen, und ihm war klar gewesen, dass Jürgen über Tessa wachte wie eine Henne über ihre Eier. Sie verwechselte womöglich seinen Kontrolldrang mit tieferer Zuneigung. Jürgen erging es unter Umständen nicht anders. Colin wollte nicht weiter darüber nachgrübeln. Dass ihn das so aus der Bahn warf, störte Colin weit mehr als die eigentliche Tatsache, dass zwischen Tessa und Jürgen etwas gelaufen war. Er streckte seinen Rücken, sah auf die Uhr, die ihm bei der Ablenkung seiner Gedanken zu Hilfe eilte. Es schlug just in diesem Augenblick vier Uhr. Auf die Sekunde genau erloschen sämtliche Lichter der Innenstadt, und die Cliquen, die an unterschiedlichen Ecken der Stadt ihre Routen durch die Menge zu absolvieren begannen, spielten denselben Marsch. Die straffen Klänge der Piccolos und Trommeln hallten durch die Gassen, prallten von Mauern ab, schwirrten wie Magie durch die Luft. Als einzige Lichtquellen erleuchteten die Kopflaternen der Teilnehmer den finsteren Morgen. Und die großen Lampen, die sich im Rhythmus der Träger durch die Menge schoben.

Colin verdrängte die nostalgischen Gefühle, die diese Tradition jedes Jahr in ihm hervorrief, und erinnerte sich an seine Aufgabe. Jede Laterne, die vorbeizog betrachtete er genau. Doch es war keine dabei, die auf die Beschreibung aus dem Tagebucheintrag passte.

Wo versteckst du dich, du verdammter Mistkerl? Was hast du vor? Du wirst dir deinen Auftritt keinesfalls nehmen lassen. Ich weiß, du bist hier!

Die Mitarbeiter der Polizei hatten innerhalb kürzester Zeit die Fanpost gesichtet, die Tessa erhalten hatte. Es war kein anderer verdächtiger Text dabei gewesen. Nichts, was seinem Geschriebenen glich. Würde er tatsächlich darauf verzichten, am Fasnachtsmontag eine Überraschung zu platzieren? Oder würden sie wieder durch Zufall ein Opfer finden und den passenden Eintrag, wie damals, erst nach der Fasnacht erhalten? Einer vor der Fasnacht, einer nach der Fasnacht? Vor sechs Jahren kamen alle nach der Fasnacht. Er war so verflucht unstet! So konnten sie kein Muster erkennen, keine Linie. Dennoch agierte er nicht willkürlich. Er war gestört, aber nicht irre. Er war clever, beherrscht, spielte gerne Spielchen, änderte die Regeln nach Lust und Laune. Was ihn noch viel schwerer fassbar machte. Er flutschte durch sämtliche Finger, wie ein glitschiger Fisch.

Wo zum Teufel steckst du?

Mit zusammengekniffenen Augen musterte Colin die Menschen auf dem Platz unter sich, als könnte er erkennen, was er zuvor noch nicht gesehen hatte. Das war im Grunde unmöglich, denn die Straßenbeleuchtung war aus, und so würde es auch bleiben, bis der Tag anbrach.

Colins Funkgerät knisterte.

»Was entdeckt?« Es war Waldis Stimme, die Colins Gedanken störte.

»Nichts Besonderes, nein. Bei euch?«

»Überall dasselbe. Alles bewegt sich im normalen Rahmen.«

»Eigentlich eine gute Nachricht.«

»In der Regel schon. Aber nicht in diesem Fall, nicht heute.«

Nein. Nicht in diesem Fall. Es war ruhig. Zu ruhig.

Memoiren eines Künstlers
Montag, 14. März 2011

Ziemlich faszinierend, wie sich die Polizei bemüht, unauffällig zu sein, doch genau dieser Anstrengung wegen kann ich die zivilen Bullen von und die Zivilisten auseinanderhalten. Im Grunde sind sie nur nicht vom normalen Volk zu unterscheiden, wenn sie frei haben. Aber heute hat kein Bulle frei. Alle sind sie unterwegs. Alle meinetwegen. Welche Ehre. Sie erwarten einen fulminanten Auftakt von mir. Sie erwarten meine Laterne. Sie werden sie bekommen. Aber nicht jetzt. Im Moment bin ich nur darauf aus, mich unter die Menge zu mischen, das Treiben zu beobachten und mich zu amüsieren. Das liebe ich an der Fasnacht. Ich kann mich unbemerkt durch die Massen bewegen. Bleibe anonym. Falle nicht auf. Nicht einmal jetzt, da ich ohne mein übliches Kostüm unterwegs bin. Das wird später am Tag nicht mehr möglich sein. Denn dann habe ich ein Paket abzuliefern.

Es gibt keine bessere Tarnung als ein Haufen bis zur Unkenntlichkeit kostümierter Menschen. Alt und Jung, Frau und Mann gut eingepackt, Gesicht und Haar unter einer massigen Larve verborgen, kann man sie kaum mehr voneinander unterscheiden. In den schmalen Gassen der Stadt werde ich mich austoben. Dort, wo einzelne Figuren mit ihren Instrumenten einsame Runden drehen. So ein einsamer Geist werde auch ich sein. Sie sind einfach herrlich, diese Tage.

Aus reinem Jux schiebe ich mich durch eine Gruppe Jugendlicher und remple prompt einen Mann und eine Frau an. Aufgeschreckt und auf der Hut sehen sie mich an. Ich entschuldige mich brav, ziehe weiter. Sie lassen mich. Senken die in Anspannung kurzzeitig hochgezogenen Schultern wieder. Mensch, sind die nervös. Bullen. Idioten. Wenn die wüssten. Nur ein einziger Griff und sie hätten ihren Täter gefasst. Zufrieden in mich hineingrinsend, bahne ich mir einen Weg durch die Menschen. Das Wetter meint es gut mit der Basler Fasnacht. Der Regen hat im Lauf der Nacht nachgelassen, bis er ganz versiegte. Das hat mehr Menschen zu dieser unchristlichen Zeit aus ihren Häusern gelockt. Mehr Tarnung für mich. Gemäß Wetterbericht bleibt es ab sofort trocken, und teilweise soll sogar die Sonne scheinen. Perfekt. Noch einmal erlaube ich mir einen scheuen Rempler gegen einen Polizisten, den ich an einer Ecke entdecke. Er muckt auf. Seine Hand fährt verdächtig schnell zu seiner Hüfte. Was er wohl unter dem hässlichen Mantel bei sich trägt?, überlege ich mir spöttisch. Einen nervösen Finger hat der Kerl. Er greift zur Waffe, weil ihn jemand streift? Das kann ins Auge gehen! Unter den wachsamen Augen des Mannes gebe ich mich betrunken, torkle um die nächsten Besucher, als wären sie Verkehrshütchen. Aus dem Augenwinkel sehe ich, wie der Mann die Hand langsam wieder sinken lässt. Gott, das könnte ich den ganzen Morgen tun – dieses Ausleben meiner ganz eigenen Auffassung von Narrenfreiheit. Doch das geht nicht. Es ist Zeit, zur Tat zu schreiten.

Bei der Staatsanwaltschaft
Tag 1 der Basler Fasnacht

Am Montagnachmittag kam dann der lange erwartete Alarm. Colin war gerade eben in die Staatsanwaltschaft zurückgekehrt, um sich und Chiara eine Pause zu gönnen, nachdem er seinen Posten im Museum verlassen hatte und stundenlang mit ihr in der Stadt patrouilliert war. Er hatte die Hoffnung gehabt, sie würde die Geruchsspur des Täters ausmachen, bisher ohne Erfolg. Um sich etwas auszuruhen, machte er es sich in Waldis Büro gemütlich. Was so viel bedeutete wie: Er saß auf einem ungemütlichen Plastikstuhl, die Füße auf Waldis Tisch gelegt, die Arme hinter dem Kopf verschränkt. Er döste gerade weg, als die Tür aufgerissen wurde. Colin schreckte hoch, war sofort hellwach. »Was?«

Eine Frau mit keck geschnittenem schwarzem Bob stand nach Luft ringend in der Tür. »Sie müssen kommen, sofort, und nehmen Sie Chiara mit.«

Chiara, die sich unter Waldis Tisch verzogen hatte, war aufgesprungen und hatte Stellung neben Colin bezogen, als ahnte sie bereits, dass es Arbeit für sie gab.

»Was ist denn los?«, fragte Colin von nervöser Aufregung erfasst.

Während sie im Laufschritt den Korridor passierten, erklärte die Frau, deren Gesicht Colin zwar kannte, aber deren Namen ihm ums Verrecken nicht einfallen wollte, was geschehen war. »Nachdem der Cortège bereits begonnen hatte, fand eine der Patrouillen einen wagenähnlichen Aufbau. Dekoriert, aber nicht im Einsatz. Keine Larve und auch keine

Menschen in der Nähe. Nichts, was darauf hindeutete, dass jemand das Gefährt demnächst in Betrieb nehmen würde.«

»Ja, und?«

»Jemand kam um die Ecke, kostümiert. Als er die Polizei sah, ergriff er die Flucht.«

Colins Kiefermuskeln spannten sich unweigerlich an, obwohl das im Grunde genauso gut nichts bedeuten konnte. Im Gegenzug konnte es auch alles bedeuten. Die Bilder von einer Nacht vor sechs Jahren, die vor seinem inneren Auge vorbeizogen, versuchte er zu ignorieren, während er der Polizistin durch die Tür ins Freie folgte.

Herbert, ihr Nachname war Herbert. Jenny. Der Groschen fiel. Jenny Herbert. Sie hatte sich als Praktikantin in der Hundestaffel versucht, entschied sich aber dagegen, weil sie feststellen musste, dass sie eine Hundeallergie hatte. Schlechte Voraussetzung für eine gute Zusammenarbeit zwischen Mensch und Tier.

»Wo war das?«

»Hinter dem Leonhardsschulhaus, auf dem Fahrradparkplatz.«

»Waldner?«

»Ist ebenfalls informiert und unterwegs.«

Ins Auto zu steigen lohnte sich kaum. Die besagte Stelle lag unweit hinter der Staatsanwaltschaft, wo Colin die Füße eben erst hochgelegt hatte. Zwar war Colin gut trainiert, die nötige Kondition, um mit seiner Hündin mitzuhalten, war vorhanden, dennoch kam er trotz des neuerlichen Kälteeinbruchs ganz schön ins Schwitzen, als die weit jüngere Polizistin das Tempo vorgab.

Sie eilten am Pub vorbei, die Treppe hoch, jagten um die Ecke, und ehe Colin es sich versah, stand er hinter einem für die Situation skurrilen Aufbau, den Chiara bereits fleißig mit ihrer hervorragenden Nase absuchte.

»Ein verdammter Sarg?« Im Gegensatz zu Colin war Waldi mit dem Auto vorgefahren. Er schlug die Tür des Wagens zu.

»Das ist doch ein Witz! Ist was drin?«

Colin schüttelte den Kopf. »Bisher wurde das Ding noch nicht geöffnet.«

Waldi nickte. »Du bist gerannt?«

»Täte auch dir mal wieder gut«, antwortete Colin etwas außer Atem und mit in die Hüften gestemmten Händen. Von null auf hundert ohne Vorwarnung hatte es in sich.

»Nur nicht frech werden, ja. Chiara scheint zu wissen, was wir wollen«, wechselte Waldi das Thema mit einem Blick auf die arbeitende Hundedame.

»Sie braucht keine langen Befehle, um zu wissen, was zu tun ist. Wenn er eine Geruchsspur hinterlassen hat, die sie in irgendeine Himmelsrichtung wiedererkennt, lässt sie uns das wissen. Ob es dann aber der Geruch ist, den sie aus Ladys

Garten kennt oder ob sie einfach irgendjemanden ausmacht, der mit dem Wagen im Zusammenhang steht, bleibt offen. In dem Sarg scheint aber nichts Besonderes drin zu sein, sonst hätte sie längst Alarm geschlagen.«

»Dann machen wir ihn auf.«

»Willst du nicht auf die Spurensicherung warten?«

»Keine Zeit, zu warten. Wenn das ein Fehlalarm ist, muss ich es sofort wissen, damit wir uns nicht länger damit aufhalten. Wenn es kein Fehlalarm ist, will ich es ebenfalls wissen, damit wir keine Zeit verlieren.«

Das ergab Sinn. Colin hörte das straffe Klatschen der Gummihandschuhe, die Waldi sich überzog. Obwohl Chiara nichts Ungewöhnliches zu riechen schien, waren beide Männer nervös.

Waldi griff entschlossen nach dem Deckel, warf noch einen kurzen Blick auf die junge Polizistin. Sie hob die Hände und zeigte an, dass sie sich nicht einmischen würde. Waldi nickte ihr zu, lenkte seine Aufmerksamkeit wieder auf den Sargdeckel. Er zögerte, ehe er ihn zurückschlug. Was würden sie vorfinden? Nichts? Bonbons, die dem Publikum am Wegrand verteilt würden? Oder doch das, was sie nicht zu finden hofften? War eine tote Person in dem Sarg verborgen? Gehäutet? Doch wenn dem so war, warum roch Chiara nichts?

Colin hielt den Atem an.

Waldi öffnete den Deckel. Das Scharnier gab nach, und er landete krachend auf dem Beton. Das kam so unerwartet, dass alle zurückschreckten, selbst der Hund.

Was zum Vorschein kam, überraschte.

Es war ein Mensch. Zumindest eine menschliche Gestalt, eingewickelt in Klarsichtfolie. Ihre Augen waren offen. Blicklos waren sie gen Himmel gerichtet.

»Ich … Was ist das?«

»Ich habe keine Ahnung«, gab Waldi zu. Er betrachtete das Etwas genauer. »Es sieht aus wie eine Puppe. Der Kopf ist definitiv nicht echt.« Waldis musternder Blick wanderte vom Kopf abwärts. Colins Blick blieb am Kopf hängen.

»Diese Puppenaugen sind unheimlich. So dunkel.« Er zögerte. »Irgendwie erinnern sie mich an etwas.« Er betrachtete das dunkle Haar. Echt oder nicht? Es sah echt aus. Verpackt in Folie war das aber kaum mit Sicherheit festzustellen.

»Kein Wunder, dass Chiara nichts gerochen hat. Das Ding ist geradezu vakuumverpackt«, hörte Colin Waldi sagen, was ihn aus der Betrachtung des Puppengesichts riss.

»Sie kommt mir bekannt vor«, murmelte Colin. »Das alles kommt mir irgendwie bekannt vor.«

Waldi stockte. »Wie meinst du das?«

»Diese Figur, dieser Sarg. Der Stoff darin.« Colin trat näher an den Aufbau des Wagens heran, ging in die Hocke. Sofort gesellte sich Chiara an seine Seite.

Colin nahm die über dem Bauch gekreuzten Hände der Figur in Augenschein. Erfasst von einer unangenehmen Nervosität erhob er sich, ging zum Deckel des hölzernen Sargs. Er berührte ihn nicht, ließ den Finger nur über eine Stelle an der unteren Ecke schweben. Den Knoten, der sich in seiner Magengrube bildete, konnte er nur schwer ignorieren.

Waldi beobachtete ihn, während er sich erneut erhob, schwer schluckte, ihn ansah. »Jetzt rück schon raus mit der Sprache! Was siehst du, was ich übersehe?«

»Das in dem Sarg ist vielleicht nicht echt. Aber der Sarg selbst ist es.«

Waldi hob fragend eine Augenbraue. »Ich schnall's nicht. Hilf mir.«

»Erkennst du die Ähnlichkeit der Puppe im Sarg nicht? Ihre feinen Finger, der goldene Ring darum?«

Waldi blickte auf die Figur, dann wieder zu Colin. Colin konnte ihm ansehen, dass ihm ein unaussprechlicher Gedanke kam, er sich aber weigerte, ihn zu begreifen. »Das sagst du mir gerade nicht wirklich, oder?«

Colin nickte langsam. »Doch, tue ich. Das ist Carolinas Sarg.«

Memoiren eines Künstlers
Montag, 14. März 2011

Die weiterführende Bedeutung von Colins Annahme prasselt allem Anschein nach so schnell auf den armen Konrad Waldner ein, dass er sich doch glatt an der Außenmauer des vor wenigen Tagen frisch gestrichenen Schulhauses übergibt. Ich glaube, ich muss gleich platzen! Bedauerlicherweise muss ich mich wegdrehen, damit mich niemand hört, denn ein leises Prusten habe ich nicht verhindern können. Es brach einfach so aus mir heraus. So köstlich amüsiert habe ich mich schon sehr lange nicht mehr, auch wenn ich regelmäßig etwas zu meiner Unterhaltung unternehme. Aber das Präparieren von Körpern und das Spielen mit meinen Schätzen kommen nicht im Geringsten an diese komödiantische Darstellung heran!

Ich stehe im Keller des Altersheims, wo die verspiegelten Fenster einen Blick nach außen, aber nicht nach innen zulassen. Eigentlich habe ich vorgegeben, meine betagte Tante Else besuchen zu wollen. Eine Dame, die tatsächlich im Altersheim wohnt, denn ich setze mich seit geraumer Zeit immer wieder zu ihr, wenn sie draußen vor dem Heim ihre Zigarette pafft. Sie sitzt immer zu denselben Tageszeiten dort. Morgens um zehn und nachmittags um vier. Else hat ihrer Pflegerin von unseren Schwätzchen erzählt, das hat sie mir verraten. Was sie nicht geahnt hat: Sie hat damit genau das getan, was ich von ihr gewollt habe. Denn so erhielt ich ungehinderten Zutritt zum Heim und damit zu meinem Beobachtungsposten im Keller, von dem mir Else berichtet hat. Sie scheint ganz gut über ihr Altersheim Bescheid zu wissen, was sie zu einer hervorragenden Verbündeten gemacht hat. Und so stehe ich nun hier und beobachte unbemerkt von der Schnüffelnase dieses hässlichen Köters die Geschehnisse. Bald muss ich wieder verschwinden, was ich etwas bedaure. Aber ich kann nicht riskieren, dass man hier im Heim negativ auf mich aufmerksam wird.

Ich kann nicht zur Vordertür hinausgehen, denn weht der Wind in die falsche Richtung, wird Chiara mich wittern, und noch einmal eine solche Verfolgungsjagd wie vor ein paar Tagen, als ich nur haarscharf und dank meiner vorausschauenden Planung entkommen bin, will ich nicht riskieren. Sowieso nicht jetzt, da die ganze Stadt nur so von Menschen wimmelt. Ich plane, das Altersheim durch die Hintertür zu verlassen, meine in dem Altpapiercontainer hinterm Haus deponierte Larve überzuziehen und in der Menge unterzutauchen. Aber vorher gönne ich mir noch ein paar Minuten Spaß.

Ich stütze mein Kinn auf die Handfläche auf und mustere Colins Reaktion. Irgendwie sieht auch er grün im Gesicht aus, doch im Gegensatz zu Waldi kann er sich beherrschen. Himmel, wie werden sie erst reagieren, wenn sie die weiteren Überraschungen entdecken, die ich für sie vorbereitet habe?

Der Auftritt der Spurensicherung, das orangefarbene Absperrband und das Gewimmel von Polizisten erregte Aufmerksamkeit, die Colin kaum ertragen konnte. Passanten glotzten, manche blieben stehen, zückten ihre Handys, schossen Fotos. Fragen, Annahmen und Mutmaßungen wurden im Flüsterton ausgetauscht. Zwei Frauen tuschelten miteinander, zeigten auf den Sarg, schlugen sich die Hände vor den Mund und schüttelten betrübt den Kopf.

Das war zu viel. Colin musste sich wegdrehen.

Die Reaktionen waren nur natürlich, er war sie gewohnt. In der Regel machten sie ihm nichts aus. Auch wenn er dieses Laben an Unheil und Ergötzen an fremdem Leid nicht wirklich nachvollziehen konnte. Aber er wusste, dass die Menschen eben so waren. Sie waren von Natur aus neugierig und scharf auf Katastrophen. Dann konnten sie sich entsetzen und echauffieren. Anstatt, dass sie einfach zufrieden waren, dass ihnen nichts dergleichen widerfahren war, und für die, denen Leid geschah, nützliche Dienste leisteten oder, wenn sie nichts Schlaues beizutragen hatten, weitergingen und ihre gekünstelte Empörung mitnahmen.

Ja, in der Regel machten sie ihm nichts aus … Heute schon. Denn heute betraf es ihn persönlich. Er war nicht der Typ, der nah am Wasser gebaut hatte, es brauchte schon einiges, um ihm eine Träne zu entlocken.

Zum Beispiel diesen Albtraum hier. Er hätte wegen dieser ohnmächtigen Wut, die sich wie ein Orkan in seinem Innern zusammenbraute, losheulen können.

»Wie kommst du darauf, dass es ihr Sarg ist?« Waldi hatte nach einer gefühlten Ewigkeit seine Stimme wiedergefunden.

Nachdem er sich übergeben hatte, hatte er einfach angelehnt an die Wand dagesessen, ins Leere gestarrt und schweigend auf die Spurensicherung gewartet.

»Ich war dabei, als ihr ihn ausgesucht habt.«

»Ja, und?«

»Ihr habt das Ausstellungsstück gewählt, weil es euch perfekt erschien.« Colin richtete den Blick auf den hölzernen Sarg, fasste den roten Samt ins Auge, mit dem er ausstaffiert war. »Als du und deine Eltern sich um den Papierkram gekümmert haben, habe ich in der unteren Ecke unter dem Stoff mit meinem Autoschlüssel einen Stern ins Holz geritzt.«

Waldi würgte erneut, stützte den Kopf in die Hände und atmete durch. Dieses Mal konnte er bei sich behalten, was sich einen Weg in seinen Rachen bahnen wollte. »Das hast du vorhin nachgesehen?«, brachte er mühsam hervor. »Wie bist du darauf gekommen? Ich habe ihn nicht wiedererkannt.«

»Es war nicht direkt der Sarg, der mich darauf gebracht hat, nachzusehen. Es war der goldene Ring am Finger der Figur.«

»Nein, sag es nicht, bitte.«

Waldi wirkte gebrochen und sackte immer weiter in sich zusammen, aber Colin schonte ihn nicht. »Ich habe ihr den Ring geschenkt.«

»Das wusste ich nicht. Ist mir nie aufgefallen.«

»Du hast ihn nicht beachtet, und ich habe es dir nicht gesagt. Ich dachte, du würdest mir dann schon den Marsch blasen, wenn er dir ins Auge fiele. Abgesehen davon, trug sie ihn nicht immer an der Hand. Die meiste Zeit fädelte sie ihn an ihrer Halskette ein. Jedenfalls habe ich deine Mutter gefragt, ob sie ihn tragen darf, wenn sie beerdigt wird. Ich bekam die Erlaubnis, und der Bestatter kümmerte sich um den Rest.«

»Du weißt, was das bedeutet.« In Waldis Augen glitzerten die Tränen. Kein Wunder. Seine Schwester war ermordet worden. Der Täter nie gefasst. Vor sechs Jahren hatte er sie beerdigt, versuchte seither irgendwie Frieden zu finden, und nun sah er sich mit ihrem Sarg konfrontiert. Das kam so unerwartet wie ein Schlag ins Gesicht.

Colin konnte die Tragweite dieses Fundes nur erahnen. Er wollte sich überhaupt nicht ausmalen, was noch auf sie warten könnte. Er nickte langsam, sah Waldi fest in die Augen. »Wann hast du das letzte Mal Carolinas Grab besucht?«

Auf dem Friedhof

Ausgestattet mit einer Schaufel standen die Männer nur wenige Minuten später auf dem Friedhof, auf dem Carolina Waldner beerdigt worden war. Das Grab war gut gepflegt, die Pflanzen frisch, der Granit des Grabsteins zeigte keine Anzeichen von Moos oder sonstigen Ablagerungen. Waldi hatte es sich zur Aufgabe gemacht, sich um das Grab seiner Schwester zu kümmern, nachdem ihm seine Mutter anvertraut hatte, dass sie die Kraft dazu nicht aufbringen konnte. Ihre Trauer saß so tief, dass sie seit der Beerdigung nicht mehr auf dem Friedhof gewesen war. Weder auf diesem noch auf anderen. Colin holte aus, um die Schaufel in die Erde zu rammen, doch Waldi hielt ihn auf. »Nein. Lass mich.«

Colin wehrte sich nicht. Er übergab die Schaufel kommentarlos, ließ sie aber nicht sofort los. Stattdessen fixierte er Waldi. »Du kannst mich nicht beschützen. Wir stecken gemeinsam drin, auch wenn du das Grab aushebst.«

Waldi riss Colin die Schaufel aus der Hand. Ohne ein Wort über das zu verlieren, was er vorhatte, begann er zu graben. Der erste Stich landete direkt in der Mitte der frisch gepflanzten Erika. Ein Mann, der vor einem Grab einige Reihen weiter oben hockte, spähte neugierig über seine Schulter. Er beobachtete die Männer, rührte sich aber nicht vom Fleck. Wahrscheinlich war es ganz gut, dass sie die Uniformen trugen. So wirkte das Unterfangen auf Unwissende offiziell. Waldi wirkte, als legte er all seine aufgestaute Wut in das Wegschippen der Erde. Sein Kopf bekam eine ungesund rote Farbe, er schwitzte aus allen Poren.

Dann ein dumpfes Geräusch.

Colin konnte die Verwirrung nicht verbergen. Wenn Carolinas Sarg hinter dem Schulhaus in der Stadt stand, was war dann in ihrem Grab? Hatte dieser Mistkerl ihren Sarg etwa einfach nachgebaut? Aber woher wusste er von dem Stern? Das konnte nur jemand wissen, der damals im Bestattungsinstitut dabei gewesen war. Es sei denn, er hatte den Sarg geklaut und sie wurde unbemerkt in einem anderen bestattet. Oder er hatte sie einfach nach der Beerdigung umgebettet. Wie hatte er sich Zugang zu ihrem Grab verschafft, ohne aufzufallen? Ein Mitarbeiter des Friedhofs hätte Zugang. Sie mussten die Mitarbeiterliste von damals checken. Unbedingt. Oder er war nachts einfach auf dem Friedhof aufgetaucht und hatte sie ausgegraben und das Grab wieder zugeschüttet. Gleich nach der Beerdigung war es noch nicht bepflanzt gewesen, die Erde war noch locker. Nachts kontrollierte keiner den Friedhof. Colins neu gewonnener Mut sank wieder.

Waldi grub weiter, war darauf aus, eine Holzkiste in der Länge einer Leiche freizulegen. Doch dort, wo die Beine hätten sein müssen, war nichts weiter als schmutzig brauner Erdboden. Außer Puste trieb er die Schaufel hektisch weiter in den Boden. Links, rechts, vorne, hinten. Dann lag die Box frei. Sie war nicht größer als eine Weinkiste. »Dieses Schwein, dieses verdammte Schwein!«

Colin stockte der Atem. *Was hat er mir ihr gemacht? Was ist mit Carolina geschehen? Hat er sie verbrannt? Oder hat er …* »Nein, oh, nein, das hat er nicht getan. Das darf nicht sein. Bitte sag mir, dass in der Kiste Asche liegt.«

Waldi holte die verdreckte Truhe heraus. Die Bretter waren zugenagelt. Colin machte kurzen Prozess. Er nahm Waldi die Schaufel aus der Hand, schob sie unter eines der Bretter und stemmte es auf. Die Männer sahen in die schwarze Öffnung, die sich präsentierte, und erstarrten.

In der Kiste war nichts. Nichts, außer einem Stück Papier. Es war in einen Gefrierbeutel eingepackt, geschützt vor Wind und Wetter. Auf dem Papier stand ein einziges Wort. *Jäger.* Colin wollte danach greifen, die Tüte aufreißen, den Inhalt lesen. Ihm war jedoch klar, dass er damit Spuren vernichten könnte. Er musste behutsam mit diesem potenziellen Beweismittel umgehen. Die nötige Ruhe, die er dafür brauchte, konnte er aber nicht aufbringen. Jeder Muskel, jeder Nerv in seinem Körper vibrierte.

»Er hat sie«, presste Waldi zwischen zusammengebissenen Zähnen hervor. »Dieses miese Schwein hat sich Carolina geholt! Er hat sie einfach ausgebuddelt und mitgenommen!« Waldi packte die Schaufel und schleuderte sie gegen den Grabstein, wo sie laut krachend abprallte und in das Loch fiel, in dem Waldi immer noch stand. Der gestandene Mann war am Ende.

Colin fühlte sich nicht besser. Ihm wurde der Brustkorb auf einmal unerträglich eng. Fest stemmte er seine Hände in die Hüften, umklammerte den Stoff seiner Jacke, um wenigstens die Illusion von ein wenig Halt heraufzubeschwören. Am liebsten hätte er laut geschrien.

»Was denkst du, was er mit ihr angestellt hat?«, fragte Waldi aufgebracht, obwohl er die Antwort im Grunde genau kannte.

»Ich denke, er …«, die Worte wollten Colin kaum über die Lippen kommen, so verstörend war der Gedanke. Er atmete tief ein und versuchte es erneut. »Ich denke, er hat sie zu sich geholt. Vor sechs Jahren. Und sie dann ausgestopft, um sie für immer behalten zu können.«

Innerlich betete Colin inständig darum, dass dieser Perverse nichts anderes mit ihr angestellt hatte …

»Ach herrje«, war alles, was Rick Vossmann zu sagen hatte, als er auf dem Friedhof ankam und das Durcheinander sah. Er musterte Colin und Waldi, blieb mit dem Blick an den verdreckten Schuhen und den von Erde verkrusteten Händen hängen. »Als mir mitgeteilt wurde, dass ihr den Tatort in der Stadt überstürzt verlassen habt, wollte ich mir nicht ausmalen, wohin ihr gegangen seid. Jetzt weiß ich, wieso ich es lieber nicht gewusst hätte.«

»Bevor Sie sich ein Urteil bilden, sehen Sie sich an, was wir gefunden haben. Haben Sie die Spurensicherung mitgebracht?«

»Nur Eren, wie Sie beide es verlangt haben.«

»Gut. Mehr Leute sollen hier auch nicht herumtrampeln.«

»Na ja, zerstören könnten sie jedenfalls kaum mehr was«, kommentierte Rick sarkastisch. »Also, was ist passiert? Wie kommt ihr auf den Gedanken, ein Grab auszuheben?«

»Nicht irgendein Grab. Hier wurde meine Schwester Carolina vor sechs Jahren beerdigt. Wir waren dabei, wir haben es miterlebt. Nur ist es so, dass sie nicht besonders lange in Frieden ruhen durfte.«

»Was soll das heißen?«

»Kurz nach der Beerdigung muss sie wieder ausgegraben worden sein.«

Als Vossmann darauf nichts erwiderte, ergriff Colin das Wort. »Bis auf eine Weinkiste ist das Grab leer. Der Sarg und die Leiche sind weg. Zumindest einen Teil von dem, was hier fehlt, haben wir heute wiedergefunden.«

Vossmann legte nachdenklich seine Hand über den Mund.

Augenscheinlich gefiel ihm nicht, was er da hörte. »Lasst mich raten, der Sarg in der Basler Innenstadt?«

Colin nickte bedeutungsschwer. »Nur die Leiche fehlt noch.«

Vossmann versuchte eins und eins zusammenzuzählen, doch das war nicht ganz einfach. »Was ist in der Kiste?«

»Ein Brief in einem Gefrierbeutel«, antwortete Waldi, und Colin ergänzte: »Auf dem mein Nachname steht.«

Vossmann riss die Augen auf, nahm seine Brille von der Nase, atmete schwer aus. »Dann hatte Balmer wohl recht. Das hier ist persönlich.«

Ein schlaksig wirkender Typ mit Rastas trat in dem Augenblick zu der Gruppe. »Ihr habt mich bestellt?«

»Eren, ja. Könntest du hier mal deines Amtes walten, und zwar möglichst schnell? Wir müssen wissen, was in der Nachricht steht, die in der Kiste liegt.«

»Na klar.« Eren hinterfragte nichts. Das tat er nie. Deshalb war er Waldis erste Wahl gewesen. Während Eren sich in seiner üblich lässigen Art an die Arbeit machte, nutzte Vossmann den Moment, um sich über die weiteren Erkenntnisse in Bezug auf den Sarg in der Stadt zu informieren. Er setzte die Brille wieder auf, straffte den Rücken. »Wenn ihr beide den Sarg so gut kennt, dann hätte ich da mal eine Frage. War er schon immer mit Aluminium ausgekleidet?«

»Aluminium?«, fragte Waldi erstaunt. »Nein, natürlich nicht. Colin, du hast den Stern gesucht, ist dir Aluminium aufgefallen?«

»Nein. Wie ist das möglich?«

»Eine Doppelwand.« Vossmann blickte auf das Erdloch, hinter dem der Grabstein aus Granit stand. »Jetzt ergibt es auch einen Sinn, dass die äußeren Holzpaneele des Sarges so sauber waren und die zweite Schicht so schmutzig. Die zweite Schicht war der Originalsarg, die Außenwand war frisch drübergezogen worden. Er hat das Original wohl mit Alu verkleidet und den Sarg dann mit neuem Holz eingerahmt.«

»Aber warum?«

»Keine Ahnung. Ich verstehe auch nicht, weshalb die Puppe fest mit Zellophan umwickelt worden ist.«

»Alu und Zellophan. Beides Dinge, mit denen man etwas frisch hält«, überlegte Waldi laut.

»Oder etwas geruchsneutral verpackt«, ergänzte Colin. »Chiara hat den Sarg beschnuppert, aber nicht angeschlagen. In der Kiste lag immerhin einmal eine Leiche, was das in Zellophan ist, ist noch nicht klar. Aber menschliche Geruchsspuren hätten da definitiv noch vorhanden sein müssen.«

»Das wäre eine Erklärung. Es roch zudem stark nach Chemikalien und Lavendel, was unter den Umständen darauf hindeutet, dass der Sarg intensiv behandelt wurde. Womöglich, um eine feine Spürnase in die Irre zu führen«, gab Vossmann zu.

»Haben wir schon etwas über den Flüchtigen?«, fragte Colin nach.

»Haben wir. Karl und Heinz haben ihn geschnappt. Er ist in Haft, aber glaubt mir, er ist es nicht. Der Typ hatte eine verdächtige Menge Gras im Gepäck und ist deshalb geflohen. Er war einfach zur falschen Zeit am falschen Ort.«

»Vielleicht eine Masche?« Colin musste sich zwingen, ruhig zu bleiben.

»Nein. Der war so zugedröhnt, der konnte keinen klaren Gedanken mehr fassen, außer vor der Polizei zu fliehen. Er sagte aus, dass er die ganze Zeit über mit seinen Freunden unterwegs gewesen war, von gestern Mittag bis zu den zehn

Minuten, während er sich von der Gruppe trennte, um sich am Turnhallengebäude zu erleichtern. Wir konnten seine Kumpels auf ihren Handys erreichen, sie trabten alle schuldbewusst und bekifft oder besoffen an. Der Militärdienst, der noch nicht weit hinter den Jungs liegt, hat alle Arbeit geleistet. Ohne dass jemand den Befehl gegeben hätte, haben sie sich in Reih und Glied aufgestellt. Alle haben mit hängenden Schultern dasselbe ausgesagt. Ihren Gesichtern nach zu urteilen, haben sie wohl gehofft, dass wir nicht auf ihren Graskonsum zu sprechen kommen, wenn sie kooperieren.«

»Ich will mit ihm reden«, knurrte Waldi, doch Vossmann hob beschwichtigend die Hand. »Ehrlich, vertraut mir, er ist es nicht. Du wirst mit ihm reden können, aber nicht, wenn du mit der Waffe im Anschlag ins Verhör stürmst, verstanden?«

Colin legte Waldi die Hand auf die Schulter. »Er hat recht. Du siehst wirklich aus, als würdest du gleich Amok laufen. So bringt das nichts. Befragt ihn jemand weiter, oder habt ihr schon aufgegeben?«, fragte Colin an Vossmann gewandt.

Vossmann richtete sich zu seiner vollen Größe auf. »Nein, Colin, wir geben nicht auf. Nicht dieses Mal. Nicht noch einmal.«

»Darf ich euch kurz unterbrechen?«, mischte sich Eren ein. Zwischen den behandschuhten Fingern baumelte der Gefrierbeutel. Als er sich der Aufmerksamkeit der Männer sicher war, nahm er je einen Rand des Beutels und zog ihn sorgfältig auf. Dann holte er eine Pinzette aus seinem Utensilienkoffer, die er mit ruhiger Hand in den Beutel steckte und nach dem Stück Papier griff.

Vor Spannung hielten Colin, Waldi und auch Vossmann den Atem an.

»Ich will keine Spuren verwischen oder fremde Spuren an diesem Schriftstück haben, solange ich es nicht richtig untersuchen konnte. Aber ich gehe davon aus, dass ihr den Inhalt kennen wollt, und zwar möglichst sofort.« Es war eine rhetorische Frage, weshalb er die Antwort nicht abwartete. Gewissenhaft legte er den Beutel beiseite, zauberte eine zweite Pinzette hervor und faltete mit den beiden Gerätschaften das Papier auseinander. Die Nerven waren zum Zerreißen gespannt, als die wenigen Worte sichtbar wurden. Waldi wollte instinktiv nach dem Dokument greifen, doch Eren wich mit einem tadelnden »Na, na!« zurück. »Es wird nicht angefasst. Ich behalte es in meinen Armverlängerungen, ihr lest es«, erinnerte Eren.

Eren wendete das Papier umständlich und hielt es vor seinem Körper hoch, damit die drei ihm gegenüber Versammelten den Text lesen konnten. Colin trat einen Schritt vor, ließ die Hände aber in den Taschen. Das Papier war an einer Seite ausgefranst, die anderen waren intakt. Es sah aus, als hätte es jemand aus einem Buch gerissen.

»Ich habe sie begehrt«, las Colin laut vor. »Ich wollte sie haben. Sie war mein. Sie wendete sich gegen mich. Zwang mich, zu tun, was ich tat. Sie wurde mir genommen. Durch deine Schuld. Du hast sie von mir weggerissen. Jetzt habe ich sie mir zurückgeholt. Für immer.«

»Ihr habt Carolinas Sarg gefunden? Mitten in der Stadt?« Tessas Atem ging stoßweise. Sie war aufgesprungen, drückte ihre Hand gegen die Brust.

Colin saß auf der Kante ihres Sofas, hatte Mühe, wach zu bleiben. Doch anstatt die von Vossmann verordnete Pause zu machen, hatte er es nach dem Verlassen des Friedhofs als seine Pflicht empfunden, bei Tessa vorbeizusehen und sie zu informieren, trotz des selbst auferlegten Kontaktverbots.

Vor allem hatte er aber wissen wollen, ob sie noch da war. Er war unendlich erleichtert gewesen, als er ihre Stimme am Telefon gehört hatte.

»Du bist müde«, stellte sie nüchtern fest. Sie ließ die Hand sinken und setzte sich neben ihn, bettete die Hände in den Schoß. »Ich verstehe nicht, wie das Verschwinden von Carolinas Leiche mit den Auszügen und Briefen an mich zusammenhängt. Was hat er mit mir vor? Hat er überhaupt was vor? Oder nutzt er mich und diese beknackte Wette einfach als Kanal, um auf sich aufmerksam zu machen? Um alte, wohl unvergessene Geschichten wieder aufleben zu lassen und euch so richtig ans Bein zu pinkeln? Ich meine, vielleicht hat er es nicht auf mich abgesehen. Vielleicht wollte er euch schon lange vorführen, aber ihm kam in den vergangenen sechs Jahren nichts so gelegen wie die Wette und mein Aufruf an mein Publikum.«

Colin rieb sich übers Gesicht, atmete tief ein und schwer wieder aus. In der Zeit begann Tessa ganz nebenbei Chiaras Kopf zu streicheln, die mit heraushängender Zunge neben ihr Stellung bezogen hatte.

»Weißt du was?«

»Nein, was?«

»Das kam mir noch nicht einmal in den Sinn. Du könntest richtigliegen. Sein Fokus liegt auf Carolina. Gott, ich *hoffe*, dass du richtigliegst!«

Die Inbrunst, mit der er die Worte aussprach, ließ Tessa aufhorchen. So etwas konnte man sich doch nicht wirklich ernsthaft wünschen? Vorgeführt zu werden von einem Mörder, der einen geliebten Menschen auf dem Gewissen hatte. Vorsichtig fragte sie: »Weshalb?«

»Weil du dann außer Gefahr wärst«, antwortete er, ohne zu zögern. Müde, aber aufmerksam sah er sie an.

»Du machst dir ernsthafte Sorgen um mich. Dabei kennst du mich doch kaum.«

»Ich glaube, ich habe in der kurzen Zeit einen Eindruck von dir erhalten, der ehrlicher ist als das Gesicht, das du so manch anderen zeigst. Du bist stärker, eigenständiger, abenteuerlustiger und mutiger, als du denkst, und ich glaube, das wird dir durch all das hier erst richtig bewusst.«

Sie konnte nicht mehr. Wollte nicht mehr. Sie gab es auf, sich zu wehren. Mit Vernunft wegzureden, was da war. Sie wollte einfach dem Bedürfnis nachgeben, ob vernünftig oder nicht.

Aber er war schneller. Er beugte sich vor, und ehe sie es sich versah, lagen seine Lippen auf ihren. So warm, so weich, so unglaublich gut.

Obwohl unter der sanften, beinahe scheuen Berührung eine heiße Energie schlummerte, blieb der Kuss doch unschuldig.

Seine Fingerspitzen ruhten noch hinter ihren Ohren, sie

konnte seinen Atem noch spüren, weigerte sich für köstliche Sekunden, die Augen zu öffnen und den Zauber zu verscheuchen. Sie leckte sich die Lippen, konnte ihn noch schmecken. Ihre Lider bewegten sich widerwillig, verträumt sah sie ihn an. Sein Blick war so verschleiert, wie sie ihren eigenen vermutete.

»Du bist müde«, wiederholte sie flüsternd. »Du kannst hierbleiben. Gönn dir eine Pause. Betrachte es als Schutzauftrag.«

Er hob die Augenbraue. Fragend. Doch in seinem Blick lag eine Dankbarkeit, die ausdrückte, wie sehr er sich nach einer kurzen Ruhephase sehnte, die er am allerbesten jetzt sofort begann. »Solange ihr beide hier seid, wird mir nichts geschehen. Also bist du streng genommen noch immer im Dienst und vernachlässigst nichts, du schichtest deine Prioritäten nur etwas um.« Sie appellierte an sein Pflichtgefühl, mehr aus einer Eingebung heraus als aus einer bewussten Entscheidung, wie sie feststellte.

Er lehnte sich mit einem schiefen Lächeln ohne ein Wort dankbar in das weiche, breite Sofa zurück, sank in die Kissen und schloss die Augen.

Tessa wollte aufstehen, eine Decke holen und ihn dann alleine lassen, aber er hielt sie auf. Mit geschlossenen Augen griff er nach ihrem Handgelenk der Hand, mit der sie sich zum Aufstehen abstützen wollte. Mit der anderen Hand klopfte er gegen seine Schulter. »Komm her«, murmelte er schläfrig. »Nur für einen Augenblick.«

Als spürte er ihr Zögern, ergänzte er: »Bitte.«

Nun schmolz auch der letzte winzige Rest Gegenwehr dahin. Sie zog die Beine auf das Sofa und kuschelte sich an seine Schulter.

Gott, wie gut er roch!

»Danke.«

Die regelmäßige Bewegung in seiner Brust verriet ihr, dass er weggenickt war, gleich nachdem er ihr den Arm um die Hüfte geschlungen hatte. Sie legte ihre flache Hand auf die Höhe seines Herzens und lauschte dem stetigen Pochen. Chiara ließ sich am Fußende nieder. Auch sie war erschöpft und hatte eine Pause nötig.

Ein tiefer, zufriedener Seufzer, dann war auch sie eingeschlafen.

Bis Colins Telefon klingelte.

Dienstag, 15. März 2011
Bei der Staatsanwaltschaft/Tag 2 der Basler Fasnacht

Der kurze Schlaf hatte nicht ausgereicht, das Manko aufzuheben. Mit einem doppelten Espresso in der Hand stand Colin wieder in Vossmanns Büro. Waldi daneben. Er sah nicht besser aus, als Colin sich fühlte. Die Sorgenfalten auf seiner Stirn warfen richtiggehend Schatten, so tief wirkten sie. Auch Tessa war wieder mit von der Partie. Sie hätte sich um nichts in der Welt davon abhalten lassen, mitzukommen. Colin hatte die Kraft nicht aufgebracht, sich zu wehren. Es wäre nur wieder wichtige Zeit gewesen, die sie verschwendet hätten, also hatte er sie mitgenommen.

»Die Zeit reichte nicht aus, eine detaillierte Analyse durchzuführen, aber wir nehmen, was wir kriegen können«, begann Vossmann seinen Bericht. »Das hier kam vorhin aus dem Labor.« Er legte den Anwesenden eine handgeschriebene Notiz vor. Colin griff danach, versuchte das Gekrakel zu entziffern, während Vossmann weitersprach. Er wirkte nervös, seine Bewegungen waren fahrig. Das passte nicht zu ihm, ging es Colin durch den Kopf, als er die Notiz ungelesen an Waldi weiterreichte.

»Rick, erklären Sie uns, was hier los ist?«

»Sie haben die Figur im Sarg aus dem Zellophan ausgepackt. Sie roch faulig. Das Labor machte sich daran, weitere Untersuchungen durchzuführen. Das da in dem Sarg war keine Puppe.«

Colin konnte beobachten, wie Waldi in sich zusammensackte. »War es …« Er musste sich sammeln, drückte die Faust in den Bauch. »War es meine Schwester?«

»Nein.«

Die Erleichterung richtete Waldi umgehend wieder auf.

Colin rief sich das Gesicht in Erinnerung. Die Augen. Den Mund. Das waren unmöglich reale Gesichtszüge gewesen, straff umwickeltes Zellophan hin oder her. »Die Augen waren aber eindeutig die einer Puppe. Auch der Rest des Gesichts wirkte zwar natürlich, aber nicht wie Haut, eher wie Porzellan oder Plastik. Es war alles so …« Colin suchte nach Worten. »Wie aus einem Guss.«

Vossmanns Lippen wurden immer dünner. »Gut beobachtet. Augen und Gesicht waren künstlich angefertigt worden. Das Labor hat ein Röntgenbild gemacht, um zu sehen, ob in der äußeren Hülle noch etwas drin ist.«

»Und?«, fragte Colin, während sich eine düstere Ahnung anschlich.

»Wir haben es mit einem Körper einer Frau, zwischen zwanzig und dreißig Jahren zu tun. Etwa einen Meter sechzig groß. Ihr Körper wurde bis unter den Brustkorb mit einem Verfahren namens Taxidermie haltbar gemacht. Vom Bauch abwärts bis zu den Knien bestand sie noch aus menschlichem Fleisch, nicht verwest, gefroren. Zumindest noch bis vor Kurzem. In dem Zellophan taute sie langsam auf, daher der Geruch beim Auspacken.«

»Chiara hat deshalb nichts gerochen, weil sie gefroren war?«

»Und weil der Sarg gut gedämmt war, denkbar, ja. Die Struktur des Körpers blieb allerdings von Kopf bis Fuß dieselbe. Will heißen: Es ist das komplette Skelett der Frau verarbeitet worden.«

»Augenblick, ich kann nicht folgen«, schaltete sich Tessa

ein. »Bedeutet das, jemand hat aus einem menschlichen Wesen zum Teil eine Puppe gebastelt?«

»So sieht es aus.«

Tessa erbleichte, lehnte sich an einem der Aktenschränke an.

Colin hätte sich gerne um sie gekümmert, aber er musste etwas loswerden, das keinen Aufschub duldete. »Ich denke, ich weiß, was das Ziel der Aktion war.«

»Ach ja?« Waldi sah ihn neugierig an.

»Es war zwar nicht Carolina in dem Sarg, aber die Tote war ihr ziemlich detailgetreu nachempfunden worden. Dunkles, straff nach hinten gebundenes Haar, die dunklen Augen, der Schwung der Lippen, sogar das Muttermal über ihrem Brustbein war da.«

»Da hat einer Frankenstein gespielt«, wisperte Tessa, rutschte an dem Schrank hinunter und legte den Kopf auf die Knie, womit sie alle Aufmerksamkeit auf sich zog. Chiara, die bisher still unter Vossmanns Tisch gelegen hatte, stand auf und trottete zu ihr, stupste sie an. Tessa hob den Kopf. »Ich bin da, keine Sorge, Chiara.« Dann sah sie zu den Männern auf. »Wer war sie?«

»Für eine eindeutige Identifikation hat die Zeit nicht ausgereicht«, ergriff Vossmann wieder das Wort. »Wir konnten aber auf die Schnelle anhand der Schädelstruktur mittels Computer ein vorläufiges Bild erstellen, wie die Person ungefähr ausgesehen haben muss. Colin, das wird dir nicht gefallen.«

Vossmann zückte ein Bild, hielt es hoch.

Tessa japste nach Luft. »Oh, nein … Das ist die Vermisste aus dem Fernsehen!«

Colin presste die Lippen fest zusammen, ehe er mit der Faust gegen einen der Aktenschränke boxte.

Tessa schreckte zurück. »Das ist das Mädchen, deren Bruder du im Wald gefunden hast?«, fragte sie vorsichtig.

»Ja. Loredana Isliker. Ich war mit Chiara an der Suche beteiligt«, brachte Colin angestrengt beherrscht zwischen zusammengebissenen Zähnen hervor. »Tagelang haben wir nach ihr gesucht, und die ganze Zeit war sie in den Fängen dieses miesen Schweins!«

Tessa begann auf einmal, in ihrer Handtasche zu kramen. »Apropos Foto.« Sie zog ihr Mobiltelefon heraus und stand auf. Sie entsperrte das Display, tippte sich zu den Mitteilungen durch. Währenddessen erklärte sie: »Ich habe euch doch gesagt, dass eine der Einsendungen für den Wettbewerb ein Foto war, das meinen Namen trug. Der abgebildete Kopf war teilweise blanker Schädel, teilweise Gesicht.« Tessa tippte erneut auf ihr Handy, drehte dann das Display den Anwesenden zu.

»Kurz bevor wir hier ankamen, hat Jürgen mir ein Foto des Originalbildes geschickt.«

Alle starrten das Bild an, niemand sagte etwas.

»Ihr wolltet das Foto sehen, da ist es«, ergänzte Tessa kleinlaut, weil alle schwiegen.

Colin nahm Tessa das Handy aus der Hand, betrachtete das Foto. »Wer ist sie?«

»Lila Holler.«

Als hätte jemand den Feueralarm betätigt, ruckten alle Köpfe in die Richtung, aus der der Name kam. Ungläubig starrten die Anwesenden Konrad Waldner an. Langsam ließ Colin die Hand sinken. »Woher weißt du das?«

»Carolina und Rufus sind an der großflächigen Suche nach

ihr beteiligt gewesen. Ich glaube, man hat sie bis heute nicht gefunden.«

»Warte, willst du mir gerade weismachen, dass du sämtliche Fälle, in die Carolina jemals involviert gewesen war, durchforstet hast?«

»Ich habe nach Hinweisen gesucht!«

Waldi stand mit in die Hosentaschen gesteckten Händen im Raum, wirkte beschämt. Colin rieb sich das stoppelige Kinn.

»Warten Sie«, meldete sich Tessa zu Wort. »Sie haben alle alten Akten durchforstet, um vielleicht einen Hinweis auf den Mörder Ihrer Schwester zu finden?«

Waldi zuckte die Schultern. »Ich hatte sechs Jahre Zeit.«

»Aber du wusstest damals doch nicht, dass sie die Schlüsselfigur war. Was brachte dich also darauf, dass ihr Mörder schon früher mit ihr in Berührung gekommen sein könnte?«, wunderte sich Colin.

»Gar nichts. Ich habe die alten Akten nicht systematisch nach dem Verdacht durchsucht, dass sie ihrem Mörder bereits begegnet sein könnte. Ich war ebenso dem Irrglauben verfallen, dass sie ein zufälliges Opfer war. Ihre alten Akten sah ich mir an, weil es schlicht nichts anderes mehr gab, das ich hätte tun können. Die Untersuchungen, die unmittelbar mit ihrem Versterben zusammenhingen, hatte ich bis ins Detail studiert. Vorwärts und rückwärts und wieder von vorne. Ich fand nichts und verzweifelte allmählich. Ich habe alles durchforstet, was mit meiner Schwester in Zusammenhang stand. Auch zu Hause. Ich konnte nicht damit leben, dass sie ein ungeklärter Fall werden sollte. Nicht sie. Das hat sie nicht verdient.«

»Deshalb suchen Sie bis heute. Das ist irgendwie traurig und aufbauend zugleich. Sie geben die Hoffnung nicht auf.«

»Niemals.«

»Dann sollten wir die Akten noch mal genau unter diesem neuen Gesichtspunkt durchsehen«, schlug Colin vor.

Waldi löste den Blick von Tessa, die in ihm irgendeinen Nerv getroffen zu haben schien, denn er wirkte auf einmal, als wäre etwas in ihm ins Reine gekommen.

»Dr. Balmer meinte, der Mörder hätte womöglich ein Auge auf Carolina geworfen«, begann Colin den Gedankengang, der zu seinem Vorschlag führte, zu verdeutlichen. »Nach allem, was wir inzwischen entdeckt haben, ist das die Untertreibung des Jahrhunderts. Der Täter scheint von ihr besessen gewesen zu sein. Wenn dem so ist, wenn dieses Mistschwein sich in sie verliebt hatte und sie aus der Situation heraus töten musste und überhaupt nicht umbringen wollte, dann könnte er schon früher ihre Nähe gesucht haben.«

»Ich habe in den Unterlagen nichts in die Richtung gefunden.«

»Du hast auch noch nicht wirklich gewusst, dass du danach suchst.«

Waldi nickte langsam. »Du hast recht. Aber es sind so viele! Alle durchzusehen kostet Zeit, die wir nicht haben.«

»Warum nicht?«, schaltete sich Tessa ein. »Im Grunde haben wir alle Zeit der Welt. Denn wenn ich das richtig verstanden habe, hat er seine Opfer bereits gesammelt. Die sind also vermutlich schon tot. Wir müssen einfach zusehen, dass wir ihn schnappen, ehe er erneut mordet. Das wird er derzeit aber nicht tun, da er zu beschäftigt damit ist, uns auf Trab zu halten.«

»Sie hat Profilerqualitäten.« Vossmann legte den Telefonhörer auf, zu dem er gegriffen hatte, um alles Notwendige in die Wege zu leiten, nachdem Waldi die Frau auf Tessas Foto als eine seit längerem Vermisste identifiziert hatte. In seiner Stimme schwang Anerkennung mit.

Tessa sah ihn verlegen an. »Na ja, ist es nicht so?«

»Doch, ist es«, bestätigte Colin, und an Waldi gerichtet ergänzte er: »Du hast sämtliche Akten bestimmt noch bei dir, stimmt's?«

Waldi nickte schuldbewusst. »Zu Hause.«

Vossmann hob eine seiner grauen Brauen. »Ich habe nicht gehört, dass Sie Akten aus unseren Archiven mit nach Hause genommen und sie nie zurückgebracht haben.«

»Dann hören Sie auch nicht, dass wir uns sofort auf den Weg zu Waldi machen und sie aufgrund unseres neuen Wissens nochmals durchsehen.«

»Habe ich auch nicht gehört, nein. Aber rufen Sie mich an, wenn Sie etwas finden.«

»Ich hatte noch eine andere Idee«, meinte Tessa, ehe alle den Raum verlassen konnten. »Ich habe eine Sondersendung gemacht.«

»Eine Sondersendung? Mit welchem Thema?«

»Die Buchwette. Ich habe den Texten, die er mir zukommen ließ, öffentliche Aufmerksamkeit geschenkt«, gestand Tessa. »Ich habe dazu aufgerufen, dass dieser hervorragende Schreiber mit den grandiosen Ideen sich unbedingt melden soll, damit wir gemeinsam weiter an dem Buch arbeiten können. Ihn gebeten, aus der Anonymität ins Rampenlicht zu rücken. Ich habe gehofft, er wäre empfänglich für Schmeicheleien und mein Schwärmen.«

»Du spielst den Lockvogel? Ohne das mit mir abzusprechen? Wann hast du das gemacht?« Colin war deutlich anzumerken, dass ihm der Gedanke nicht schmeckte.

»Gleich nachdem ich vom Stoos zurückkam. Es tut mir leid, dass ich es dir nicht gesagt habe, aber ich habe befürchtet, du würdest es mir ausreden wollen, und auf diese Diskussionen hatte ich keine Lust, zumal die Zeit drängt.«

»Und dann verheimlichst du mir dein Vorgehen einfach? Regelst du solche Dinge immer so?« Der Vorwurf saß.

»Nein, tue ich nicht. Es sei denn, die Situation fordert es. Jürgen habe ich es gesagt, ihn um seine Hilfe gebeten. Er war auch nicht besonders erfreut, ließ sich aber davon überzeugen, dass die Aktion hilfreich sein könnte. Er hat sich die Argumente angehört, die ich vorbringen konnte, weil er nicht so tief in der Sache drinsteckt wie gewisse andere hier im Raum.«

»Wissen Sie was? Die Idee war gut«, meldete sich Vossmann zu Wort, ehe Colin etwas auf Tessas Seitenhieb erwidern konnte.

Colin fuhr zu ihm herum. »Das meinen Sie nicht ernst? Das war unvernünftig und viel zu gefährlich!«

»Das denke ich auch. Dennoch könnte es nützlich sein.« Vossmann stand hinter seinem Schreibtisch und tippte sich nachdenklich mit dem Finger gegen die Unterlippe. »Haben Sie live ausgestrahlt oder eine Aufnahme angefertigt?«

»Nathalie, Jürgen und ich waren alleine im Studio. Wir wollten es so professionell wie möglich gestalten, damit sich nicht der Verdacht aufdrängt, dass der Aufruf eine Falle sein könnte. Die Kamera bedienen war kein Problem für Jürgen. Mit der restlichen Technik, die es zum Beispiel für eine Liveschaltung braucht, waren wir alle drei nicht vertraut, also haben wir es bei der Aufzeichnung einer kurzen Videobotschaft belassen.«

»Verstehe. Was haben Sie mit der Aufzeichnung angestellt?«

»Wir haben sie auf all meine Social-Media-Kanäle hochgeladen.«

»Gut, gut. Dann bekommt er es bestimmt mit, und Sie haben sich nicht in die Schusslinie gebracht, da Sie nicht live sendeten. In Ordnung. Aber keine solchen Alleingänge mehr, verstanden?«

»Versprochen.«

»Sobald sich etwas aufgrund dieses Aufrufes tut, will ich es wissen. In der Zwischenzeit weicht Colin nicht von Ihrer Seite.« Vossmann fasste beide ins Auge. »Das meine ich ernst. Bis wir nicht sicher sein können, was noch alles auf uns zukommt, will ich, dass Sie, Tessa, sich zu keiner Zeit von Colins Seite wegbewegen. Chiara wird ebenfalls auf Sie aufpassen.« Als Vossmann Colins und Waldis Blicke auffing, ergänzte er: »Ich habe euch auf dem Friedhof gesagt, dass ich nicht aufgebe. Ich will keine zweite Carolina. Diesmal will ich ein Happy End.«

Memoiren eines Künstlers

Dienstag, 15. März 2011

Ich weiß, dass intensiv nach mir Ausschau gehalten wird. Nur wissen die nicht, dass sie mich suchen. Klingt seltsam, trifft den Nagel aber auf den Kopf. Probeweise nähere ich mich dem Münsterplatz. Es ist Fasnachtsdienstag, die Pfeifer und Trommler machen den Guggenmusiken Platz, indem sie die Straßen räumen und sich in die Gassen zurückziehen, wo sie in kleineren Gruppierungen weiter musizieren.

Der Kinderumzug ist vorbei, die Macht über den Fasnachtsdienstag wird von den kleinen Nachwuchsfasnächtlern den melodiösen Guggenmusiken übergeben. Dennoch sind noch immer mehr Kinder unterwegs als an den anderen beiden Fasnachtstagen. Entweder sind sie aufgedreht von den vielen Bonbons, die sie sich während des ganzen Tages in den Mund gestopft haben, oder sie schlummern friedlich inmitten des Krachs der Menge. Manche liegen in ihren Kinderwagen, so unnatürlich verdreht, dass ich mich manches Mal frage, wie das bequem sein kann, andere lehnen mit den kleinen Köpfchen an den Schultern der Eltern, wo sie mit schiefen, halb offenen Mündern die Kostüme vollsabbern. Ich habe nichts übrig für diese unbeholfenen Wesen, auch wenn ich selbst einst eines gewesen bin. Sie gehen mir auf den Geist. Sie sind ungehorsam, disziplinlos, laut, fordernd, unkontrolliert. Darüber können die knuffigen Kostüme, in die die Eltern sie steckten, auch nicht hinwegtäuschen.

Eine Familie, die für meine Abneigung hätte Vorbild stehen können, kommt an mir vorüber. Das Mädchen in dem dunkelroten Pierrot winkt mir fröhlich zu. Sie wirkt noch hell-

wach, scheint in mir einen Artgenossen zu erkennen, trägt sie doch dieselbe Kleidung. Ich winke zurück, um nicht unhöflich zu wirken oder negativ aufzufallen. Ein nur unwesentlich jüngerer Bursche hängt schlaff auf dem Arm des dunkelhaarigen Mannes, der mit dem weißen Rüschenkragen seines Kostüms einfach lächerlich aussieht. Die Frau, die sich an einem kleinen Rucksack zu schaffen macht, ruft nach dem Mädchen, das mir gegenüber stehen geblieben ist. Die Kleine grinst mich an und hüpft davon, dass ihr Haar nur so wippt. Zugegeben, das Mädchen ist hübsch. Ganz die Mutter. Ein Gedanke, den ich nicht hätte denken dürfen.

Sofort zuckt es in meinen Fingern. Wie sie wohl wäre? Wie sie sich an meiner Drehscheibe wohl machen würde? Dort würde diese Aura entspannter Zuversicht wohl beim ersten Wurf meines Messers zerplatzen wie ein Ballon.

Nichts da. Konzentrier dich!

Die Mutter gibt dem Dunkelhaarigen einen Kuss. Die Kleine schließt zu ihnen auf, ergreift die Hand ihrer Mutter. Die Familie zieht weiter. Ohne auch nur im Geringsten zu ahnen, wer ich bin oder was ich denke. Ohne auch nur zu vermuten, wie nahe sie im Grunde an Tod und Verderben vorbeigelaufen sind. Dass diese Frau unbeschadet an mir vorübergehen und damit einem hässlichen Schicksal für sie und ihre Familie davonspazieren kann, verdankt sie einzig und alleine mir. Ich entschied, dass sie leben darf.

Was für ein Gefühl. Die Macht durchströmt mich, dass es unter meiner Haut nur so kribbelt. Ich komme mir vor wie ein Superheld.

Nun, ein Kostüm trage ich ja bereits, wenn auch kein besonders heroisches.

Ein leises Kichern entschlüpft mir, und ich stelle fest, dass ich wohl mit dem Wein aufhören sollte. Ich werde albern. Das ist nicht gut. Ich brauche alle meine Sinne, muss bei klarem Verstand sein.

Ich spaziere am Basler Münster vorbei, grüße mit einer Handbewegung den starren St. Georg, der seit jeher an der Front des nach ihm benannten Münsterturms den Drachen mit seiner Lanze durchbohrt. Aus kurzer Distanz betrachte ich all die leuchtenden Laternen, die in Reih und Glied auf dem Platz aufgestellt worden sind. Es sieht schon gut aus, wie sich all die Kunstwerke vor dem Nachthimmel und zwischen den historischen Bauten abheben. Mein eigenes Original, meine Laterne, hätte gut dazugepasst. Doch wenn ich mich so umsehe, muss ich erkennen, dass ich sie nicht holen kann. Überall stehen ungewöhnlich angespannte Männer und Frauen herum. Die Haltung verrät sie, die Bewegungen, selbst die Zivilkleidung schreit förmlich: Ich bin Polizist!

Sie sind überall. Meine liebe Tessa, du hast den Brief an deiner Wohnungstür also der Polizei übergeben, besser noch: du hast ihn wahrscheinlich Colin gegeben!

Du machst mich stolz, Tessa. Du meisterst deine Aufgaben hervorragend, folgst meiner leitenden Hand wie ein zahmes Hündchen.

Colin hatte Carolinas Sarg erkannt, das konnte ich von meinem Versteck im Altersheim beobachten. Das bedeutet, auch diese Untersuchungen laufen auf Hochtouren. Bevor ich hierhergekommen bin, war ich kurz auf dem Friedhof an Carolinas Grab. Eine Schande, wie man mit ihrer letzten Ruhestätte umgegangen ist. Obwohl sie schon lange nicht mehr darin gelegen hat. Das Grab ist laienhaft ausgehoben worden. Demnach sind sie dort gewesen. Sie wissen, oder ah-

nen zumindest, dass ich Carolina bei mir habe. Aber sie wissen nicht, wer ich bin.

Ich kann mir ein Lächeln nicht verkneifen, während ich mich weiter anonym durch die Menge schiebe.

Die Blicke der Zivilpolizisten folgen mir. Ich kann sie sehen und spüren. Doch sie suchen nicht nach mir. Sie suchen nach einer männlichen Person in einem Waggiskostüm. Das habe ich sie immerhin glauben lassen. Blöd aber auch, dass ich heute eine Larve mit Filzhütchen, eine weiße Hose und eine ebenfalls weiße Jacke trage, auf der auf der Höhe der Druckknöpfe schwarze Bommel aufgenäht sind. Ein Kostüm, das allgemein als Pierrot bekannt ist.

Mit meinem Rucksack verschwinde ich in Richtung Pfalz. Dort sind weniger Leute, es ist dunkler, und im Schatten des Münsters finde ich Schutz vor allzu neugierigen Blicken. Ich lege meinen Rucksack ab, öffne den Reißverschluss, hole eine kleine, mit einer Leinwand bespannte Holzkonstruktion heraus.

Ich zünde das Licht im Innern an, sehe mich nochmals um. Versichere mich, dass niemand zusieht, der nicht zusehen soll.

Dann wage ich mich aus dem Schutz des Sandsteingebäudes, setze die Laterne auf der Mauer, die den Kiesplatz umgibt, ab und verschwinde schleunigst die Treppe hinunter in Richtung Rhein und Fähranlegestelle.

Das Timing ist perfekt. Die kleine Fähre legt an, ich bezahle den Fährmann und setze mich mit ausgestreckten Beinen auf die Holzbank. Von dort aus habe ich einen wunderbaren Blick auf meine kleine Laterne, die hoch über mir thront. Im Hintergrund das beeindruckende Münster.

Ein wundervoller Anblick, den ich gerne länger genossen

hätte. Aber ich muss nach Hause, denn ich muss unbedingt telefonieren.

Waldi musste einen anderen Fall, der ebenfalls vorangetrieben werden musste, delegieren. Das verschaffte Colin Zeit, kurz durchzuatmen. Während er an seinem Auto lehnte, noch nicht bereit, loszufahren und bei Waldi die Akten von Carolinas alten Fällen durchzusehen, lag Chiara hinten in der Hundebox und döste.

Das Glimmen der Zigarette in seiner Hand verstärkte sich, als er daran zog, tief inhalierte, um dann den blauen Dunst langsam wieder auszustoßen. Er beobachtete, wie sich der Rauch in der kühlen Luft kräuselte. Es war das erste Mal seit vier Jahren, dass er sich eine Zigarette angesteckt hatte.

»Schlechte Angewohnheit.« Tessa trat zu ihm und reichte ihm einen der zwei Becher Kaffee, die sie sich von Waldi hatte organisieren lassen.

»Danke.« Colin nahm den Pappbecher entgegen, pustete und trank einen Schluck, ehe er die Zigarette wieder zum Mund führte und den Geschmacksmix aus Tabak und Kaffee genoss. »Ich habe vor vier Jahren aufgehört.«

»Das seh ich.« Tessa lehnte sich neben Colin an den Jeep, nahm ihm die Zigarette aus der Hand und zog daran. »Ich vor drei.«

Colin lächelte sie von der Seite an. »Das seh ich«, echote er.

Sie behielt den Rauch in der Lunge, gab ihm die Zigarette zurück und blies ihn erst dann aus. »Wann hast du damit angefangen?«

»Als eine missratene Laune der Natur mir meine Aussicht auf Glück genommen hat.«

»Theatralisch. Du sprichst von Carolinas Mörder?«

Colin nickte, warf die heruntergebrannte Zigarette auf den Boden und zündete sich eine neue an, noch während er die alte austrat. »Ich habe nicht vor, wieder damit anzufangen, aber ich muss meine Hände beschäftigen, solange ich sie nicht um die Kehle dieses Arschlochs legen und zudrücken kann.«

»Das würdest du nicht tun. Egal, wie wütend du bist. Bei Waldi wäre ich mir da allerdings nicht so sicher.« Tessa griff erneut nach Colins Zigarette. Diesmal zog sie zweimal daran, ehe sie sie ihm zurückgab. »Sag mir, wie finden wir dieses Monster?«

»Ich weiß es nicht«, gab Colin frustriert zu. »Wir können nur hoffen, dass er einen Fehler macht oder bereits gemacht hat. Dass die Auswertungen der Kriminaltechniker etwas ergeben, dass die Spurensicherung etwas findet.«

»Das ist eine ziemliche Geduldsprobe«, gab Tessa zu.

»Wem sagst du das. Ich warte im Grunde seit sechs Jahren darauf, diesen Kerl in die Finger zu kriegen.«

Tessa stieß sich von dem Auto ab, stellte sich Colin gegenüber. »Frustrierend. Aber könntest du dennoch versuchen, mal wieder zu lächeln? Das hat mir gefallen, als wir in den Bergen waren. Weit weg von alledem.«

Colin kniff die Augen zusammen, musterte Tessas Gesicht. »Du bist unglaublich, weißt du das?«

»Das sagt man mir öfter, und inzwischen denke ich, glaube ich es sogar. Wenigstens ein bisschen.« Sie verzog einen Mundwinkel zu einem schiefen Grinsen.

»Wie schaffst du das?«

»Wie schaffe ich was?«

»Du stehst hier inmitten einer für dich ungewissen Situation, zwischen Ermittlungen, Leichen und verkorksten Bullen, und trotzdem lächelst du.«

»Ich kann nicht anders. Wenn ich mein Lachen verliere, weiß ich nicht, was die Situation, die du eben geschildert hast, mit mir anstellt. Ich unterschätze die Sache nicht, falls das dein Eindruck ist. Tatsächlich habe ich schreckliche Angst, ich mache mir Sorgen. Inständig wünsche ich mir, dass dieser schlechte Film endet. Dass irgendwo irgendjemand ›cut‹ ruft und alles vorüber ist, wie an den Tagen, an denen ich im Studio die Sendung drehe. Aber irgendetwas in mir möchte wiederum auch nicht, dass das alles hier aufhört, so unlogisch, egoistisch und grausam das auch klingen mag.« Sie sah ihn an, legte so viel Bedeutung in ihren Blick, wie sie nur konnte. Ihre Botschaft schien anzukommen.

Seine Stimme war auf einmal rau, belegt, heiser, als er fragte: »Warum soll es nicht aufhören?«

»Teile davon müssen vorübergehen, und zwar schnell. Zum Beispiel die Grausamkeiten. Der Mistkerl, der dir und Waldi so viel Schmerz zugefügt hat, soll vom Erdball verschwinden.«

»Und was ist es, was nicht aufhören soll?«

Sie trat einen Schritt näher an ihn heran, er beobachtete jede ihrer Bewegungen. »Wenn dieser Albtraum ein Ende nimmt, dann endet auch deine Aufgabe, auf mich aufzupassen.« Sie schluckte, senkte über ihr Eingeständnis den Blick. »Seit ich dich kenne, geschieht etwas mit mir, das ich nicht beschreiben kann. Du weckst eine Seite, eine Stärke in mir, die ich bisher nicht gekannte habe, die eher unterdrückt als gefördert wurde«, ergänzte sie kleinlaut.

Er vermutete, dass sie unterdrückt von Jürgen damit meinte. Colin antwortete nicht. Sah sie nur mit seinen dunklen Augen an.

»Tut mir leid, das ist unpassend und klingt wohl ziemlich

erdrückend, sowieso jetzt, da du wieder so intensiv mit Carolina konfrontiert bist.« Sie trat den Rückzug an, machte sich daran, ins Gebäude zurückzukehren.

Colin setzte den Kaffeebecher auf dem Autodach ab, ließ die Zigarette fallen, holte sie auf halbem Weg ein. Ehe sie sichs versah, hatte er ihr den Arm um die Hüfte geschlungen und sie zu sich umgedreht. Mit der freien Hand lenkte er sanft ihren Kopf. Er zwang sie mit leichtem Druck, zu ihm aufzusehen, ehe er sie küsste. Mit einer Mischung aus Leidenschaft, Wärme und Sicherheit.

»Denk nicht, dass ich dich mit ihr verwechsle. Ich weiß sehr genau, wer du bist, welche Fähigkeiten in dir schlummern. Du schaffst es, verschüttete Eigenschaften wachzurufen, die ich längst verloren glaubte«, flüsterte er noch an ihrem Mund. »Auch ich habe Angst. Ich will, dass der Wahnsinn aufhört, aber nicht, wenn es bedeutet, dass das hier, dass das zwischen uns ein Ende nimmt.«

»Tut es nicht.« Tessa schluckte. »Tut es nicht«, wiederholte sie und küsste ihn erneut.

Viel zu schnell löste er sich von ihr, strich mit beiden Händen über ihr Haar, ihr Gesicht, als könnte er nicht glauben, dass sie real war. Dann nickte er. Das Verschleierte in seinem Blick wich einer festen Entschlossenheit. »Wenn das so ist, kaufen wir uns dieses Mistschwein.«

Als hätte dieser Satz einen Impuls gegeben, klingelte Colins Telefon. Er ließ Tessa nicht los, als er danach griff. Bei einem Blick auf das Display legte er die Stirn in Falten. »Das ist meine Nachbarin«, erklärte er Tessa, obwohl sie nicht danach gefragt hatte.

Von einer plötzlichen Unruhe ergriffen, nahm er das Gespräch entgegen »Charlotte? Was ist denn los?«

»Colin, du bist nicht zufällig gerade bei dir zu Hause im Garten, oder?«

»Wie bitte? Nein, ich bin bei der Arbeit.«

»Verstehe. Dann solltest du dringend nach Hause kommen.«

»Ich kann hier nicht einfach weg, Charlotte.«

»Auch nicht, wenn ich dir sage, dass eine zwielichtige Gestalt um dein Haus schleicht?«

Waldi fuhr seinen silbernen Škoda in die Einfahrt eines hübschen Hauses mit dunkler Holzverkleidung. Tessa betrachtete das zweistöckige Gebäude durch die Windschutzscheibe. Die Schindeln waren bis unters Dach schräg übereinandergelegt worden, neben den Hauptbau grenzte ein flacher Anbau mit einer großen Terrasse obendrauf, alles eingebettet in einen gut gepflegten, mit haufenweise Sträuchern gesäumten Garten. Die Garage, vor der Waldi das Auto abstellte, befand sich auf der anderen Seite und hatte ein Giebeldach, das eine Miniaturausgabe desjenigen des Hauses war. Alles in allem wirkte alles sehr harmonisch, warm und wohnlich. So ganz anders als die Atmosphäre im Auto.

Kein Wort hatte Waldi während der Fahrt gesprochen. Er wirkte angespannt und gleichzeitig abgekämpft. Er war nicht glücklich darüber gewesen, dass Colin sich alleine auf den Weg zu seinem Haus gemacht hatte, um dem Hinweis seiner Nachbarin nachzugehen. Tessa auch nicht. Gut, ganz alleine war Colin ja nicht, er hatte Chiara bei sich, die gut auf ihn aufpassen würde. Aber man konnte ja nie wissen.

Es war seltsam, dass gerade jetzt jemand um Colins Haus schlich, keiner wusste so recht, was er davon halten sollte. War es ein dummer Zufall? Ein harmloser Streich eines Jugendlichen? Ein Einbrecher? Die Einbildung der Nachbarin? Oder steckte mehr dahinter? War *er* es, der bei Colin etwas suchte?

Nach kurzer Diskussion hatten Colin und Waldi beschlossen, keine Streife hinzuschicken, keine unnötige Aufmerksamkeit zu erregen. Er musste selbst und alleine nachsehen, was los war, damit im Fall der Fälle nicht jemand, der weniger sensibilisiert auf die Ereignisse der vergangenen Tage war, unter Umständen falsch auf die angetroffene Situation reagierte. Was das auch immer heißen mochte.

Also war sie hier bei Waldi, um Carolinas alte Fälle mit dem neuen Wissen durchzusehen, auch vor dem Hintergrund, dass Carolinas Mörder sie in die Sache verwickelt hatte, ohne durchblicken zu lassen, was für eine Rolle sie genau spielte. Ein Gedanke, der Tessa nicht mehr losließ, seit sie davon erfahren hatte. Sie konnte die größere Bedeutung dahinter nicht sehen, was sie wahnsinnig machte. Der Mörder war in Carolina verliebt gewesen. Er hatte wahrscheinlich ihre Nähe gesucht.

Die Beifahrertür wurde aufgerissen, und Waldi erschien neben ihr. »Wollen sie hierbleiben, oder steigen Sie aus und helfen mir?«

Tessa blinzelte verwirrt. »Ähm, nein, klar, ich komme mit rein.« Sie sammelte zerstreut ihre Jacke und ihre Handtasche zusammen, ließ das Handy, das sie in der Hoffnung, Colin würde sich melden und Entwarnung geben, die ganze Zeit in den Händen gehalten hatte, in die Tasche gleiten.

Tessa stieg aus, Waldi schlug die Beifahrertür hinter ihr zu und forderte sie auf, ihm zu folgen. Sie betrat das Haus durch eine elegant geschwungene Holztür mit schmalen Sichtfenstern.

»Meine Frau ist nicht zu Hause, also machen Sie sich keine Gedanken, wo Sie Ihr Zeug hinlegen. In der Küche können Sie sich bedienen, wenn Sie Durst haben. Die Akten sind in meinem Büro im Untergeschoss. Ich zeige Ihnen, wo.«

Waldi ging mit steifen Schritten voraus, auf eine offene Treppe mit Holzgeländer zu. Tessa erwischte ihn, wie er für den Bruchteil einer Sekunde einen geradezu sehnsüchtigen Blick nach oben warf. Ob dort das Schlafzimmer war?

Er stieg die Treppe hinunter, Tessa folgte ihm. Vor einem Raum, den Tessa als alten Bunker erkannte, blieb er stehen. Die Tür zum Raum stand offen. Auf dem Boden lagen große Kieselsteine verteilt. An der hinteren Wand standen Weinregale, und an der Wand daneben brummte ein Tiefkühler, an dem ein Zettel mit einer Liste von Nahrungsmitteln und Daten befestigt war. Wahrscheinlich die gefrorenen Produkte und die Tage, an denen sie eingefroren worden waren. Nach Waldis Aussage darüber, dass sie ihre Sachen hinlegen konnte, wo sie wollte, da seine Frau nicht da war, war dieser Tiefkühler ein weiteres Indiz dafür, dass seine Frau äußerst gut sortiert war und die Ordnung liebte.

Tessa trat mit einem gewissen Unbehagen in den Bunker und sah, was sich hier drin noch verbarg. Neben dem Tiefkühler stapelten sich mindestens zehn Kisten. Manche quollen richtiggehend über.

»Sind sie das?«

Waldi, der hinter ihr eingetreten war, schüttelte den Kopf. Er schob sich an Tessa vorbei und öffnete den Deckel des obersten Kartons. Er beförderte einen Ordner zutage, gab ihn Tessa in die Hand. »Das da sind die Akten.«

Verständnislos klappte Tessa den Ordner auf. Sie fand darin mehrere Plastikhüllen mit silbern schimmernden CDs. Weiter hinten fand sie auch USB-Sticks.

»Digitalisierung heißt das Zauberwort. Ich hätte kaum sämtliche Fälle aus dem Archiv mitgehen lassen können, ohne dass jemand Fragen gestellt hätte. Also habe ich alle Akten, die nicht gescannt worden waren oder auch nie gescannt werden würden, zumindest nicht in den nächsten Monaten, in meiner Freizeit selbst digitalisiert und mir einen Ordner angelegt.«

Tessa nickte anerkennend. »Dann brauchen wir einen Computer.«

»Steht im Zimmer nebenan.«

Sie wog den Ordner in ihren Händen, ahnte, welche Arbeit drinsteckte und bekam ein Gefühl dafür, wie viel auf sie wartete. War das nicht ein Fass ohne Boden? Sie schielte auf die anderen Kartons. Auf jedem einzelnen las sie den einen Namen: Carolina.

»Was ist in den anderen Kartons drin?« Tessa deutete mit dem Kinn darauf.

»Das sind private Sachen meiner Schwester. Alles, was von ihr übrig ist.«

Ein ganzes Leben in ein paar Kartons? Auf einmal schienen es überhaupt nicht mehr so viele zu sein. Tessa versuchte, sich von der plötzlichen Niedergeschlagenheit, die sie bei dem Anblick übermannte, nicht unterkriegen zu lassen. Sie hatte eine Aufgabe, die sie motiviert angehen wollte. Carolina und all die anderen hatten es verdient, Ruhe in der Wahrheit zu finden. »Gut, dann lassen Sie uns anfangen.«

Im angrenzenden Arbeitszimmer setzte sich Tessa gegenüber von Waldi an den breiten Arbeitstisch. Ihr stellte er seinen Laptop zur Verfügung, er selbst startete den Stand-PC. Tessa wollte die erste CD ins Laufwerk einschieben, aber Waldi hielt sie auf. »Das ist nicht nötig.«

Verständnislos sah Tessa Waldi an. »Ein Hinweis auf Lila Holler, eine Frau, die vor Jahren verschwunden ist, taucht heute, ausgerechnet jetzt, da die Fasnachtsmorde wieder aktuell sind, wieder auf. Wir gehen inzwischen davon aus, dass er dieses Opfer damals hat verschwinden lassen, um vor allem

Carolinas Aufmerksamkeit zu erregen. Lila konnte er nicht mehr einsetzen, da meine Schwester ungeplant verstarb.«

»Meinen Sie etwa, er hat die gesammelten Toten irgendwo gut aufbewahrt, um sie bei Bedarf wieder einsetzen zu können, um neue Aufmerksamkeit zu erregen?« Tessa schauderte.

»Gut möglich, aber darauf will ich nicht hinaus. Folgen wir Dr. Balmers Idee, dass der Mörder in Carolina verliebt gewesen ist und ihre Nähe und Aufmerksamkeit somit wahrscheinlich schon viel früher gesucht hat, schlage ich vor, wir durchforsten die Fälle mit Carolinas Beteiligung nach Namen, die sich wiederholen. Menschen, die in mehreren Fällen mit ihr zusammengearbeitet haben.«

»Verstehe. Werde ich da nicht vor allem auf Namen von Polizisten und anderen Arbeitskollegen stoßen?«, fragte Tessa vorsichtig.

»Doch. Mitarbeiter des Labors, Vorgesetzte und so weiter. Carolina und Rufus waren spezialisiert auf die Personensuche. In diesem Segment braucht es meist auch die Hilfe Freiwilliger. Diese Helfer werden gelistet.«

Tessa musterte Waldi. »Sie denken, es ist einer von denen, stimmt's?«

»Ich ziehe keine voreiligen Schlüsse.«

»Schon klar.« Tessa griff nach der Maus. »Also, wie durchforste ich die Namen, wenn ich die Fallakten nicht in das CD-Laufwerk einschieben muss?« Noch während Tessa fragte, kam ihr ein Gedanke. »Sie haben bereits Listen mit den Namen von sämtlichen Beteiligten aus all den Fällen erstellt?«

»Die Akten sind auf der Festplatte gespeichert. Sie finden die Dateien im Ordner …«

»… Carolina.« Tessa klickte das Icon auf dem Bildschirm

bereits an, und der Ordner öffnete sich. »Alle Achtung, da steckt einiges an Arbeit drin.«

»Ich hatte sechs Jahre Zeit.« Waldis Stimme war belegt. Er und Tessa wechselten einen kurzen Blick, der mehr sagte, als es Worte zu tun vermocht hätten.

Sie räusperte sich. »Wie weiter?«

»Ich schätze, wir beginnen in Anbetracht der Situation am besten mit den ungeklärten Fällen über vermisste Personen.«

»Ergibt Sinn.«

»Wir arbeiten mit der Suchfunktion. Öffnen Sie die Namensliste, kopieren Sie die Namen in die Suchfunktion und lassen Sie dann den PC arbeiten.«

»Suchfunktion? Also die hier?« Tessa klickte ein Suchfeld an, drehte den Laptop zu Waldi, damit er einen Blick darauf werfen konnte.

»Genau.«

Während Tessa den Laptop zu sich zurückdrehte und mit der Arbeit begann, fragte sie: »Gibt es auch Fotos in diesen Akten? Ich meine, Bilder von Einsätzen oder so? Vielleicht wäre darauf ja auch wiederholt jemand zu sehen?«

»Sie sehen wohl gerne Krimis, wie?«

Tessa zog schuldbewusst den Kopf ein und deutete Waldis Bemerkung als ein Nein. Keine Fotos mit Schaulustigen oder etwas, das die Zusammenarbeit zwischen Zivilbevölkerung und Behörden dokumentierte. »Pressefotos?«

»Gibt es sicher. Aber nicht in diesen Akten. Pressebilder müssten neu organisiert und ausgewertet werden. So viel Zeit haben wir nicht.«

Tessa zog die Lippen zwischen die Zähne. »Verstehe. Ihre Schwester hat viel mit Verbrechern zu tun gehabt. Meinen Sie, sie ist vielleicht einfach jemandem auf den Schlips getreten?«

Waldi schüttelte den Kopf. »Diese Option habe ich bis ins Detail durchgeackert und nichts gefunden. Deshalb steckte ich ja in dieser verfluchten Sackgasse.«

Tessa drückte die Enter-Taste. »So, die Suche läuft. Nehmen wir uns jetzt die Kisten mit Carolinas alten Sachen vor?«

Waldi sah fragend auf.

»Ich bin zwar weder Psychologe noch Polizist, aber ich war auch schon unglücklich verliebt und wollte die Aufmerksamkeit eines Jungen gewinnen. Man ist durchaus zu unvernünftigen Handlungen fähig, wenn auch nicht unbedingt in diesem Ausmaß. So habe ich meinem Schwarm damals Angelhaken gekauft, weil ich wusste, dass er gerne Fischen ging, und habe sie ihm mit einem kurzen Brief zugeschickt. Vielleicht hat der Täter ursprünglich auch auf harmlosere Weise versucht, Carolinas Aufmerksamkeit zu erregen, ehe er zu den drastischen Mitteln griff, weil er erfolglos blieb? Er wollte sie womöglich anfangs auf privatem Weg und ganz normal beeindrucken.« Beim Wort normal zeichnete Tessa mit den Fingern Anführungszeichen in die Luft.

»Daran habe ich bisher noch nie gedacht.«

»Sie hatten bislang auch keinen Anlass dazu.«

»So hat er vielleicht unbewusst Anhaltspunkte auf seine Identität geliefert, die er natürlich bewusst zu vermeiden begann, als er es im ganz großen Stil mit der Polizei aufnahm.«

»Womöglich hat er nicht geahnt, dass er irgendwann derart mit den Behörden Katz und Maus spielen würde, sodass die Notwendigkeit, keine Spuren zu hinterlassen, überhaupt nicht bestand.«

»Sie sind echt gut. Wenn Sie mal die Schnauze voll haben vom Kochen und eine neue Karriere anstreben wollen, melden Sie sich bei mir.« Waldi schob seinen Stuhl zurück und stand auf. »Dann wollen wir uns mal durch die Habe meiner Schwester wühlen.« Doch der neue Wind flachte bereits nach dem Öffnen des ersten Kartons wieder ab. Er zog ein Buch heraus, das Tessa als Fotoalbum erkannte. Ein Schatten unendlicher Traurigkeit huschte über Waldis Gesicht.

Vielleicht war das mit dem Durchsuchen der privaten Sachen doch keine so gute Idee gewesen.

Colin stellte seinen Jeep zwei Straßen entfernt von seinem Haus ab. Sollte der Streuner noch da sein, wollte er ihn nicht durch seine Ankunft aufscheuchen.

Tessa hatte er bei Waldi zurückgelassen. Er konnte ihre Lippen noch immer schmecken, ihre Haut noch immer riechen. Ihr Haar unter den Händen spüren, ihr verzücktes Lächeln noch sehen, das sie ihm unbewusst gleich nach dem Kuss geschenkt hatte. Vorerst reichten ihm diese kleinen Geschenke, die sie ihm gemacht hatte. Er hatte dadurch erstaunlich an Energie gewonnen, war geradezu beflügelt. Wenn sie das bereits mit einem Kuss bewirken konnte, was geschah dann mit ihm, wenn er sie in sein Bett holte? Er würde dem auf den Grund gehen. In nicht allzu ferner Zukunft. Zuerst musste er aber herausfinden, was auf seinem Grundstück los war.

Chiara war ausgebildet worden, Personen zu finden. So wie den Jungen, den sie in dem Fuchsbau entdeckt hatte. Sie konnte Fährten folgen und anzeigen, wenn sie gefunden hatte, was von ihr gefordert worden war. Das war ihr Steckenpferd. Für andere Fälle wie Drogenfahndung, Flüchtige jagen und was sonst noch auf dem Programm der Polizei stand wurden andere Hunde von anderen Polizisten ausgebildet.

Die Verfolgungsjagd durch die Kanalisation vor einigen Tagen war so nicht geplant gewesen. Sie hätte Loredana ausfindig machen sollen, nicht einen Flüchtigen jagen. Aber manchmal war die Grenze eben fließend. Oder ihr Einsatz war unumgänglich, wie in Ladys Garten. Deshalb hatte sie auch all die anderen Fertigkeiten erlernt, und sie übten sie immer wieder zusammen. Das Problem dabei war, dass sie das, was über ihren Job hinausging, nicht in der gleichen Perfektion ausführen konnte wie ihre eigentliche Aufgabe. Die Fehlerquote war außerhalb ihrer Königsdisziplin erhöht. Trotzdem vertraute Colin in jedem Bereich auf ihre feine Spürnase und ihre außergewöhnlichen Talente. Es war ähnlich wie beim Menschen: Multitasking war möglich, aber sobald man mehrere Dinge auf einmal tat, sich auf zwei Dinge gleichzeitig konzentrieren musste, war man im Grunde nicht mehr in der Lage, beide Aufgaben mit der nötigen Perfektion zu erledigen. Beides war am Ende getan, aber meist eben gerademal ausreichend. Das war in seinem und Chiaras Job nicht genug.

Er öffnete den Kofferraum und die Hundebox. Gab ihr das Zeichen, aus dem Auto zu springen. Colin wählte nicht den Weg, der direkt zu seinem Haus führte, sondern den Spazierweg, der sich, geschützt von einer Hecke, an den anderen Grundstücken entlangschlängelte. Obwohl die immergrünen Thujen einen guten Sichtschutz boten, ging er geduckt, Chiara dicht an seiner Seite. Auf Höhe seines Hauses blieb er stehen, drückte die Äste der Pflanzen auseinander, spähte auf sein Grundstück. Er kam sich selbst vor wie ein Eindringling, wie er dastand und das Haus beschattete, das eigentlich sein Eigentum war.

Im Garten rührte sich nichts.

Chiara verhielt sich ruhig.

Zumindest anfangs. Plötzlich wurde sie von einer verspielten Nervosität ergriffen. Etwas hatte ihre Aufmerksamkeit geweckt, sie musste etwas gewittert haben.

Sie gab ein leises Knurren von sich. Das tat sie nur, wenn sie in bekannter Umgebung etwas als bedrohlich empfand.

Wenn wirklich jemand in Colins Garten war und dieser Jemand Chiara gehört hatte, musste er jetzt schnell handeln.

Tatsächlich bewegte sich etwas auf der anderen Seite der Hecke. Eine Gestalt huschte an der Hausmauer entlang. Der erste Gedanke, der Colin durch den Kopf schoss, war: Warum reagierte der Lichtsensor nicht, den er im Garten angebracht hatte?

Colin dachte nicht weiter nach. »Chiara, fass!« Während die Hündin lospreschte, sprang Colin zwischen den Hecken über den tiefen Zaun.

Der Schatten zögerte vor Überraschung. Es war nur der Bruchteil einer Sekunde, aber es reichte aus. Colin schloss zu ihm auf. Der andere setzte seine Flucht fort, doch es war zu spät. Colin war schneller. Mit einem gekonnten Sprung hechtete Colin auf den Fremden zu, packte ihn an der Schulter, riss ihn zu Boden. Colin legte sein gesamtes Gewicht auf den Körper unter ihm, drückte ihm den Arm in den Nacken, sodass sein Gesicht in den Rasen gepresst wurde. Ächzen, stöhnen und wehren nutzte nichts, Colin behielt den Fremden eisern unter Kontrolle.

Mit Mühe drehte dieser den Kopf. »Verflucht noch mal«, keuchte er, »ich kriege keine Luft! Lassen Sie mich los!« Unter größter Anstrengung fügte er noch an: »Und halten Sie diesen wahnsinnig gewordenen Köter von mir fern!«

Chiara hatte mit gespreizten Vorderläufen Stellung neben Colin bezogen, bleckte die Zähne und bellte dem Gefassten ins Gesicht. Ihr Speichel traf ihn auf die Brillengläser, benetzte sein Gesicht.

Brillengläser. Diese Stimme. Colin stutzte, ließ aber nicht locker. Im Nachbarhaus ging das Licht an. Der Lärm musste Charlotte zum zweiten Mal an diesem Abend aus dem Bett geholt haben. Sie arbeitete im Schichtdienst und ging darum früh schlafen, damit sie genug Erholung bekam. Nicht so heute.

Fahl fiel das Licht aus dem gegenüberliegenden Haus auf das platt gedrückte Gesicht des Mannes, den Colin überwältigt hatte. Colins Augen weiteten sich. »Was zum Teufel haben Sie hier verloren?«

»Können wir aufstehen?« Es war kaum mehr als ein Krächzen.

Colin ging von dem Mann runter, stand auf, ließ ihn aber nicht los. Er riss ihn mit sich auf die Füße, traute ihm keine Sekunde.

»Colin, alles in Ordnung?« Charlotte stand im offenen Fenster ihres Hauses und sah besorgt aus. Ihre Stimme kam kaum gegen Chiaras Bellen an. Colin hielt den Mann weiter fest, nickte Charlotte zu, versuchte zuversichtlich zu wirken.

»Chiara, ruhig!« Chiara hörte auf zu bellen.

»Ja. Alles in Ordnung, danke Charlotte, danke auch für deinen Anruf. Es handelt sich zum Glück nur um ein Missverständnis«, versuchte Colin seine skeptisch wirkende Nachbarin zu beschwichtigen. Doch als legte es Chiara darauf an, ihn Lügen zu strafen, begann sie erneut zu bellen.

»Schhht!«, befahl Colin scharf. Sie verstummte, aber nicht komplett. Ein leises, bedrohliches Knurren zeigte Colin deutlich an, dass etwas nicht stimmte. Doch er kam nicht darauf, was es sein könnte.

Charlotte zögerte, zog sich dann aber sichtlich widerwillig zurück. Colin harrte aus, bis das Klicken des Fensterriegels zu hören war, der Vorhang zugezogen und letztlich auch das Licht im Zimmer der Nachbarin gelöscht wurde.

»Okay, nun zu Ihnen«, zischte Colin in das Ohr des Mannes vor ihm, dem er den Arm auf den Rücken gedreht hatte, um ihn möglichst bewegungsunfähig zu halten. »Was suchen Sie in meinem Garten?«

»Theresia«, antwortete der andere prompt. »Ich suche Theresia.«

Colin war verblüfft. »Bitte was?«

»Er hat gesagt, ich fände sie hier.«

»Wer hat das gesagt?«

»Der Anrufer.«

»Welcher Anrufer?«

»Können Sie mich nicht loslassen, damit wir reden können?« Der Mann klang kläglich. Sein Gesicht war schmutzig, seine Brille verrutscht, wahrscheinlich, weil sie sich verbogen hatte, während sein Gesicht von Colin in den Rasen gedrückt worden war.

Colin sah zu Chiara, die noch immer mit gebleckten Zähnen auf den Menschen starrte, den sie als Gefahr betrachtete. Immerhin bellte sie nicht mehr.

Sie würde sich beruhigen, wenn Colin den Mann losließ und er ihn nicht länger als Eindringling behandelte. Ein ungebetener Gast blieb er jedoch.

Colin ließ von ihm ab, Chiara entspannte sich. Erleichtert atmete der Mann auf, rieb sich die Handgelenke, als hätte er Handschellen getragen. Wohl ein Reflex, der sich durch viele Filme ins Unterbewusstsein geschlichen hatte.

»Also, Jürgen, so heißen Sie doch?«

Jürgen nickte.

»In Ordnung. Erzählen Sie mir, wer Sie angerufen hat und was der Anrufer gesagt hat. Was hat Sie veranlasst, in meinem Garten aufzutauchen?«

Chiara begann an Jürgen zu schnuppern, was ihm sichtlich unangenehm war. Colin behielt sie genau im Auge.

»Ich weiß nicht, wer mich angerufen hat, er hat seinen Namen nicht gesagt.«

Colin stellten sich die Nackenhaare auf. »Kannten Sie die Nummer?«

»Unbekannt.«

Was wird hier gespielt?

»Okay, noch mal, der Anrufer sagte, Tessa sei hier? Das dürfte kaum ausreichen, dass Sie auf meinem Grundstück herumschnüffeln. Also, was noch?«

»Ich wusste nicht, dass es Ihr Grundstück ist, sonst wäre ich kaum hergekommen«, antwortete Jürgen mit einem vorsichtigen Blick auf Chiara.

»Was hat er noch gesagt?«, verlangte Colin mit Nachdruck zu wissen.

»Tessa würde hier festgehalten. Er hat mich erpresst. Sagte, wenn ich nicht käme und ihn treffe, töte er sie.«

»Wozu hätten Sie ihn treffen sollen?«

»Lösegeld.«

»Warum haben Sie uns nicht angerufen?«

»Er hat es mir untersagt.«

»Scheiß schlechter Film!«, ging es Colin durch den Kopf. Nach außen blieb er ruhig. »Haben Sie das Geld beschafft?«

»Ja, es ist im Auto.«

»Sie haben Tessa nicht versucht anzurufen?«

»Er sagte, ich könne mir das sparen, er hätte ihr Telefon und würde sie zwingen zu sagen, was ich hören wollte.«

»Also ließen Sie es sein?«

»Nein. Ich hab's versucht, aber sie ging nicht ran.«

»Wann erhielten Sie den anonymen Anruf?«

»Vor einer Dreiviertelstunde vielleicht?«

»Kein Wunder, dass Sie Tessa nicht erreicht haben, sie war die ganze Zeit bei uns.«

»Bei Ihnen? Sie ist also in Sicherheit?«

»Ja, ist sie.«

Zumindest war sie das, ehe ich gegangen bin, um zu meinem Haus zu fahren.

Colin wurde von einem nervösen Kribbeln erfasst. War sie noch in Sicherheit? War er einem beschissenen Ablenkungsmanöver auf den Leim gegangen? Er zückte sein Telefon, wählte erst ihre Nummer. Als niemand ranging, wählte er Waldis Nummer. Auch dort meldete sich keiner.

»Verflucht! Ich muss zurück in die Stadt. Sofort.«

»Was ist los?«, fragte Jürgen besorgt.

»Das weiß ich noch nicht.« Er sah zu Chiara, die noch immer ein reges Interesse an Jürgen zeigte. Einem dumpfen Gefühl folgend, fragte er noch: »Kann ich das Lösegeld sehen?«

Jürgen stutzte. »Sicher.«

Gemeinsam gingen sie auf Jürgens dunklen Mercedes zu. Er zog den Funkschlüssel aus der Hosentasche. Da begann Chiara erneut zu bellen. Sie stürmte zu dem Wagen, schnüffelte, blieb schwanzwedelnd beim Kofferraum stehen.

Wortlos nahm Colin Jürgen den Schlüssel aus der Hand. Er entriegelte das Schloss mit der Fernsteuerung, öffnete den automatischen Kofferraumdeckel. Die Heckklappe glitt lautlos auf. Chiara stellte sich auf die Hinterbeine, stützte sich auf der Stoßstange ab. Colin sah Jürgen warnend an, ging zu dem Auto. Er lobte Chiara, während er in das Innere des Mercedes sah.

Colin fühlte das vertraute Kribbeln, das ihm die Härchen

an seinen Armen zu Berge stehen ließ. Er drehte den Kopf, sah Jürgen an, erwartete eine Erklärung. Eine Reaktion. Irgendetwas. Doch Jürgen glotzte nur fragend zurück.

»Sie wollen nichts zum Inhalt Ihres Kofferraumes sagen?«

Jürgen legte die Stirn in Falten, trat näher, warf ebenfalls einen vorsichtigen Blick in sein Auto. Wie vom Blitz getroffen taumelte er zurück, denn der Inhalt schaute ihm aus geschwungen gemalten Augen entgegen.

Colin beobachtete ihn, versuchte, seine Reaktion einzuordnen. Gespielt oder echt? Wenn er schauspielerte, war er verdammt gut, das musste man ihm lassen. Von dem toughen Kerl, den er in seiner Businesswelt darstellte, und von jenem, den er heraushängen ließ, wenn er Tessa wie seine Marionette steuerte, war jedenfalls nicht mehr viel übrig.

»Das gehört mir nicht«, stotterte er.

»Die Larve liegt in Ihrem Auto. Und dann ist es ausgerechnet noch eine Waggislarve!«

»Ich habe keine Ahnung, wie das Ding in mein Auto kommt! Ich habe mit Fasnacht nichts am Hut!«, beteuerte er händeringend.

»Das Problem ist nicht zwingend, dass Sie ein Kostüm in Ihrem Wagen haben. Das Problem ist, dass Chiara auf Sie und das Kostüm reagiert hat. Sie hat etwas gerochen, das sie kennt und mit einem Suchauftrag koppelt.«

»Ich habe keine Ahnung, wovon Sie sprechen! Sie wissen, dass man die Schließmechanismen moderner Autos ganz einfach knacken kann. Man muss nur das Funksignal abfangen, und schon kann man sich Zugriff auf das Fahrzeug verschaffen.«

»Ja, weiß ich. Sie vermuten also, jemand hat Ihnen aufgelauert, das Signal kopiert und das Kostüm in Ihr Auto geschmuggelt? Ist das Geld noch drin?«

Jürgen zuckte leicht zusammen. »Das Geld«, murmelte er und hastete zurück zum Kofferraum. Er wollte gerade nach der dunklen Sporttasche in der hinteren Ecke greifen, als Colin ihn zurückhielt.

»Nichts anfassen«, mahnte er. »Sie haben das Geld in die Sporttasche dort gepackt?«

Jürgen nickte.

»Und als Sie es in den Kofferraum legten, waren das Kostüm und die Larve noch nicht da?«

Verständnislos schüttelte Jürgen den Kopf.

»Wollen Sie mir damit sagen, jemand hat Ihr Auto geknackt, um ein Kostüm in den Kofferraum zu legen, hat aber das Geld, das sich in der Sporttasche in der Ecke desselben Kofferraums befindet, nicht an sich genommen?«

Memoiren eines Künstlers

Dienstag, 15. März 2011

Da das Ziel meiner neuerlichen Pläne näherkommt, denke ich häufiger an die Anfänge zurück.

Begonnen habe ich mit den Entführungen. Ich nutzte meinen Einfluss, damit Carolina und Rufus bei der Suche nach den Vermissten eingesetzt wurden. Sie verzeichnete Erfolge in einigen der Ermittlungen, zu denen sie und ihr Köter Rufus überhaupt nur dank mir hinzugezogen worden waren. Doch es half nichts. Also ergriff ich härtere Maßnahmen. Manche meiner Entführungsopfer behielt ich, andere nicht.

Lange hatte ich darüber nachgedacht, welches pompöse Schauspiel ich für Carolina aufführen könnte. Da kam mir die Basler Fasnacht in den Sinn. Sie war perfekt. Viele verkleidete Menschen, die Gesichter mit Larven verdeckt. Ich konnte mich dort frei und unbemerkt bewegen. Damit war die Basis geschaffen, den Rest arbeitete ich minutiös aus.

Erstaunlich, was aus Verzweiflung entstehen kann.

Ich wollte unbedingt, dass Carolina beeindruckt war, dass sie mich sah, zu mir hielt, doch all meine Bemühungen waren umsonst gewesen. Sie hätte es wertschätzen müssen, aber Fehlanzeige. Stattdessen bezeichnete sie den Täter als Monster. Ich, ein Monster! Sie verkannte komplett die Kunst, die Cleverness, die Leidenschaft. Die Präparate machte ich nur für sie. Geschenke, die sie nicht zu würdigen wusste.

Letzten Endes gingen meine Pläne irgendwie trotzdem auf. Ich wurde nicht geschnappt, und Carolina bekam ich auch. Zwar nicht ganz so, wie ich es gewollt hatte, aber immerhin.

Inzwischen bin ich über Carolina hinweg und kann meine

damaligen Taten in einem anderen Licht betrachten. Erst jetzt erkenne ich, wie genial Idee und Umsetzung tatsächlich gewesen sind.

Die erste Begegnung mit Carolina liegt mittlerweile zehn Jahre zurück. Meiner Mutter begegnete ich erst, als ich ein Teenager war. Sie hat mich als Baby bei Vater zurückgelassen. Sie hat meine ganze Jugend verpasst. Dafür durfte sie dann jede Sekunde meiner Zukunft miterleben. Es ist jetzt zwanzig Jahre her, seit ich sie das erste Mal traf. Sehnsüchtig habe ich auf dieses Jubiläumsjahr gewartet.

Zu Beginn wusste ich noch nicht, was ich mit diesem Jahr anfangen sollte. Ich hatte eigentlich nur eine einzige große Inszenierung gewollt. Einmalig und nie wieder erreicht ist die Aufmerksamkeit, die ich vor sechs Jahren mit meinen Leichen an der Basler Fasnacht erhalten habe. Ein Meisterstück. War es eine Neuauflage wert? Wenn ja, dann musste es etwas Neues sein. Diese neu interpretierten Reproduktionen von erfolgreichen Klassikern konnte ich schon bei Filmen nicht ausstehen. Schlechte Fortsetzungen noch weniger. Ich konnte den Reiz verstehen, an alte Erfolge anknüpfen zu wollen, aber ich wusste, dass ein zweiter Teil meist nur noch wie eine Verzweiflungstat wirkte. Seichte Höhepunkte, eine Story, die etwa so viel Fleisch am Knochen hatte wie ein ausgehungerter Straßenköter. Das durfte mir nicht passieren. Das würde mir nicht passieren.

Deshalb dachte ich lange darüber nach.

Ich wollte wieder an der Fasnacht aktiv werden. Unbedingt. Der Gedanke, dass alle sich fragen würden, warum gerade jetzt, reizte mich. Sie sollten meine Handschrift erkennen. Und der Schuldige, der, der dafür verantwortlich war, dass ich dieses Jubiläum überhaupt in großem Rahmen ehren musste, musste bluten.

Dieses Mal sollte es nicht um eine Frau gehen. Sondern um ihn, und er sollte es wissen. Er sollte wissen, dass es persönlich war. Um diese Botschaft zu vermitteln, reichte es nicht aus, einfach nur unbekannte Gesichter während des bunten Treibens zu deponieren.

Bei meinen Grübeleien war mein Blick auf die Vitrine gefallen, in der zwei Frauen mit starren Puppenaugen in meine Richtung sahen. Da wurde mir auf einmal klar, was ich zu tun hatte. Nur, wie? Sollte ich einfach eine Figur zu Fasnachtsbeginn irgendwo hinterlassen, so wie damals? Das hätte sicher einen herrlichen Effekt gehabt, aber es wäre zu wenig subtil gewesen. Zu viel, zu schnell. Nein. Ich wollte kein Fast Food, ich wollte einen guten Braten. Ich wollte aus dem rohen Stück Fleisch mit Geduld, Zeit und der allmählichen Zugabe von Kräutern und Zwiebeln ein herrliches Geschmacksfeuerwerk zaubern, wobei Timing das Wichtigste war. Zwar konnte man kaum abwarten, bis er endlich fertig war, aber die Mühe lohnte sich jedes Mal. Ja, genauso musste das ablaufen.

Ich machte mich daran, mein Rezept, das nichts mit Essen zu tun hatte, zu notieren. Eine Analogie, die mich auf die Idee brachte, wie und wo ich meinen Plan beginnen könnte. Ich brauchte ein Opfer. Und durch meinen Vergleich mit einer Mahlzeit klärte sich die Frage nach dem Wer fast von selbst. Tut mir leid, Tessa. Aber du mit deiner lächerlichen Literatursendung Schrägstrich Kochshow eignetest dich einfach perfekt für meine Pläne!

Ich hätte vor Freude, wie gut das passte, platzen können.

Alles klappte wie am Schnürchen. Irgendwie beinahe scha-

de, so einfach war es gewesen. Von Anfang an hatte ich nur die richtigen Personen anrufen müssen. Zuerst diesen Carlos. Ein überheblicher Typ, aber nützlich. Seine Arroganz war sein Schwachpunkt, den ich für mich ausnutzte. Ich wies ihn an, eine Wette zur Rettung des schlecht laufenden Literaturteils von Betty LaCooks Show »Kochende Literatur« vorzuschlagen. Meiner Meinung nach hätte auch der Name der Sendung geändert werden müssen, aber das war eine andere Geschichte.

Tessa, der kochende Teil der Sendung, funktionierte gut. Sie kam beim Publikum an, das wusste ich. Sogar ich sah sie mir regelmäßig an. Sie war einfach so herrlich altbacken, mit einem Hauch Moderne. Das Kreieren von Betty LaCook war eine völlig neue Interpretation des Trends, alte Dinge aufzupeppen. Man gestaltete aus Theresia quasi ein Vintage-Produkt. Clever. Aber alles nutzte nichts, wenn der Literaturteil nicht gerettet werden konnte. Dann würde die Sendung abgesetzt, und alles wäre aus. Der gut funktionierende Teil musste also den schlecht laufenden Sendungsbestandteil retten.

Modern waren diese Sendungen nach dem Wettkampfprinzip. Mein Konzept war deshalb einfach: Spanne ehrgeizige Männer beider Lager für deine Pläne ein. Typen, die Erfolg über alles stellten und deshalb wenig fragten, solange am Ende die Bilanz stimmte. Also trichterte ich Carlos ein, er könne die Show retten, was gute Publicity gab. Natürlich gab ich meine Identität nicht preis. Carlos wurde neugierig, hörte zu. Ich schlug vor, dass er Tessa, den Zuschauermagnet, öffentlich zu einer Wette herausfordern solle. Sie solle das Publikum auffordern, ihr beim Schreiben eines Romans zu helfen, schließlich sei sie Teil einer Literatursendung, da wäre es doch nur passend, wenn sie sich auch in den Literaturteil mit einbringen würde. Mit ihrer gewinnenden Art ergebe das sicher einen vielseitigen positiven Effekt, und wenn die Zuschauerzahlen am Ende wieder stimmten, wäre Carlos der Held. Wer aus Tessas Lager sicher ein offenes Ohr für diese Idee hätte, sei bestimmt dieser Jürgen. Der solle es aber als seine Idee verkaufen, damit man ihm auch zuhörte und Tessa nicht gleich streikte. Carlos wollte noch wissen, weshalb ich mich zuerst an ihn gewandt und die Anfrage nicht bei Tessas Leuten direkt platziert hätte, woraufhin ich ihm das Einzige antwortete, von dem ich wusste, dass er es fressen würde: Kam die Idee von ihm, wäre er der uneingeschränkte Held. Käme die Idee aus dem anderen Lager, hätte er nur reagiert, was den heroischen Effekt geschmälert hätte.

Carlos war ganz angetan, das konnte ich ihm anhören, auch wenn er sich zurückhaltend gab. Er fragte, was ich davon hätte, und ich meinte nur: eine gute Sendung. Dabei wollte ich einfach eine Plattform. Eine Plattform, um Aufmerksamkeit zu erregen und Unruhe zu stiften. Denn ich wäre einer der Ersten, die einen Wettbewerbsbeitrag einsenden würden. Genau genommen ein Foto und dann einen meiner Texte.

Genauso habe ich es geplant, und genau so geschieht es jetzt.

Ich öffne die Augen. Ja, so habe ich es geplant, so geschieht es jetzt. Ich fühle einen Stich beim Gedanken, dass bald alles vorbei sein würde, was ich so lange ausgetüftelt habe. Aber das ist der Lauf der Dinge. Das Finale ist eingeleitet. Die Zündschnüre brennen, die Explosion steht bevor.

Als Waldis Telefon klingelte, schreckten er und Tessa gleichermaßen auf. Während er sich so in die Erinnerungen vertieft hatte, die die alten Sachen seiner Schwester heraufbeschworen, war sie auf dem aufgeschlagenen Tagebuch eingeschlafen. Er hatte sie nicht geweckt, obwohl er ihr am Tisch direkt gegenübersaß.

Gleichzeitig lief noch immer die PC-Suche nach Namenswiederholungen. Gab es einen Treffer, listeten sie neben dem Namen die jeweilige Fallnummer auf.

Sie waren mit der Suche in den ungelösten Fällen vermisster Personen fast durch, ehe Tessa, während sie parallel dazu Carolinas Tagebücher durchsah, eingeschlafen war.

»Ich bin wach!«, entschlüpfte es ihr spontan.

Anstatt darauf zu reagieren, griff Waldi zum klingelnden Telefon. Indes betrachtete Tessa die neue Namensliste, die sich anhand der Suche ergeben hatte. Tessa konnte tatsächlich ein Muster erkennen. Es gab in der Tat nur wenige, die an allen Fällen beteiligt gewesen waren, in denen auch Carolina aufgeboten worden war. Die meisten hatten über die Jahre nur an einem oder maximal dreien mitgearbeitet. Was sie vor allem erstaunte, war die Menge involvierter Menschen.

Es war ihr bislang nicht bewusst gewesen, welcher Apparat in manchen Situation tatsächlich in Bewegung gesetzt wurde, nur um eine Person zu finden.

Was nun? Wurden diese Leute vorgeladen und befragt? Ihre Vorgeschichte geprüft, ihre Leben durchleuchtet? Wieder kam in Tessa das Gefühl auf, dass das alles irgendwie zu lange dauerte, zu wenig Substanz hatte. Ein zeitfressender

Strohhalm, an den man sich zu klammern versuchte. Aber irgendwo musste man ja neu ansetzen, wenn alles andere im Sand verlaufen war.

»Wir kommen«, hörte Tessa Waldi sagen, ehe er auflegte und sich gleichzeitig erhob. »Senden Sie die Liste an diese E-Mail-Adressen.« Er notierte etwas auf einem Zettel und reichte ihn ihr. Sie tat wie geheißen, und er schien dasselbe mit seinen Listen zu tun, denn er hackte wie wild auf seine Tastatur ein. Dann kam er um den Tisch herum, klappte das Tagebuch, auf dem sie gelegen hatte, zu und klemmte es unter den Arm. »Das nehmen wir mit und die anderen drei auch.« Als sie sich nicht rührte, hielt er in der Bewegung inne, sah sie an. »Kommen Sie?«

Ehe sie sichs versah, fand sich Tessa in Waldis Auto wieder, in voller Fahrt in Richtung Innenstadt. Den Laptop hatte sie brummend zurückgelassen, Waldi hatte noch nicht einmal die Lichter im Haus gelöscht. Es ging alles dermaßen schnell, dass sie keine Möglichkeit gehabt hatte, sich zu erkundigen, was eigentlich los war. Es schien aber in jedem Fall dringend zu sein. Sie wagte nicht, nachzufragen, weshalb er so raste oder wohin sie fuhren. Sie schätzte, dass es zurück zur Staatsanwaltschaft ging, womit sie richtiglag, wie sie wenige Kilometer später mit einem Blick aus dem Seitenfenster feststellen konnte. Während das Tor zum Hof sich langsam zurückschob und die Einfahrt freigab, trommelte Waldi einen ungeduldigen Rhythmus auf dem Lenkrad.

Kaum im Innenhof angelangt, wurde die Beifahrertür geöffnet. Zu ihrer Überraschung hieß Colin sie willkommen. »Du, hier? Was war bei deinem Haus?«

»Siehst du gleich. Folgt mir.«

Kalt. Ernst. Unfreundlich. Angespannt. Tessa war nicht

mehr wohl in ihrer Haut. In solchen Momenten fühlte sie sich wie ein Hase. Sobald sie Probleme und Bedrohung roch, wollte sie einfach nur schnellstmöglich fliehen, selbst wenn sie dafür Haken schlagen musste, um ihre Verfolger abzuhängen.

Colin führte sie in einen winzigen, sterilen Raum. Ein Tisch, vier Stühle. Davon war einer besetzt.

Tessa staunte nicht schlecht, als sie die Person darauf erkannte. »Jürgen?«

Sie bemerkte sein angeschwollenes Gesicht, das sich bläulich verfärbende Auge. Tessa eilte zu ihm, ging neben ihm in die Hocke. Griff nach seiner Hand, wollte im Reflex über sein geschundenes Gesicht streichen, als könnte sie es heilen oder ungeschehen machen, was ihm zugestoßen war. Sie hielt sich zurück. Wahrscheinlich schmerzte ihn ihre Berührung mehr, als sie ihm helfen würde. »Was ist passiert?«

»Ich habe ihn erwischt, wie er um mein Haus geschlichen ist«, antwortete Colin an Jürgens Stelle.

Tessa war überfordert. »Was? Aber … Ich verstehe kein Wort. Was hast du denn dort gesucht?«

Jürgen antwortete nicht. Er war nur noch ein verletztes Häufchen Elend.

»Dich. Das sagt er zumindest«, ergriff erneut Colin das Wort.

Tessa richtete sich auf. Spürte auf einmal eine Welle der Wut. »Augenblick.« Sie fasste Colin ins Auge. »Du hast ihn so zugerichtet?«

»Ich habe ihn nicht erkannt, bis er mit dem Gesicht auf dem Boden lag. Da war es zu spät. Außerdem hat er sich auf meinem Grundstück herumgetrieben. Bis meine Nachbarin sich animiert fühlt, mich über seltsame Ereignisse zu informieren, braucht es in der Regel einiges. Nun, sie hat mich informiert, als sie Jürgen um mein Haus schleichen sah.«

»Aber das ist kein Grund für das hier!« Außer sich zeigte sie auf Jürgens zerschlagenes Gesicht.

»Stopp!«, schaltete sich Waldi ein. »Wir haben im Augenblick wirklich andere Probleme. Colin?«

Tessa biss die Zähne zusammen.

Colin begann zu erklären, was vor seinem Haus los gewesen war und was er in Jürgens Auto vorgefunden hatte. Außerdem erläuterte er Jürgens Reaktion auf alles.

Tessa war fassungslos. »Colin, verdächtigst du gerade Jürgen, für all diese Morde verantwortlich zu sein? Erklärst du mir allen Ernstes, dass er ein verschlagener, psychopathischer Verbrecher sein soll?«

»Ich habe mit Dr. Balmer gesprochen, ihn gefragt, welche charakterlichen Eigenschaften unser Mörder aller Voraussicht nach mitbringt. Dein Jürgen passt ins Profil«, antwortete Colin kühl.

»Mein Jürgen. Ich seh schon. Ich kenne ihn schon so lange. Das ist unmöglich. Er ist nicht der Richtige.«

»Es muss jemand sein, der sich jahrelang unauffällig unter seinen Mitmenschen bewegen kann, sich in keiner Weise verdächtig macht. Trifft zu«, konterte Colin.

»Er hat dich angerufen, sagt er, gleich nachdem er kontaktiert wurde, mit dem Hinweis, dich in meinem Haus zu finden, und der Aufforderung, Lösegeld dorthin zu bringen. Was sagt dein Handy? Hat er dich angerufen?«

»Keine Ahnung! Ich habe das Handy in meiner Handtasche in seinem Haus gelassen«, sie zeigte mit ausgestrecktem Arm auf Waldi. »Kann schon sein, dass er mich angerufen hat. Ist das wichtig?«

»Es hilft ihm, glaubwürdiger zu werden«, erklärte Waldi, der auf einmal in diesem Spiel »lieber Bulle, böser Bulle« die Rolle des netten Polizisten übernommen zu haben schien. Er baute sich neben Tessa auf. »Colin? Das ist kaum alles, oder?«

»Nein. Ich wollte die Sache mit dem angeblichen Lösegeld, das er in seinem Kofferraum herumchauffierte, prüfen. Ich öffnete den Kofferraum und fand das.« Colin legte sein Mobiltelefon gut sichtbar für alle auf den Tisch. Auf dem Display war ein Bild des Kofferrauminhalts zu sehen.

Tessa japste erschrocken. »Jürgen? Was macht diese Larve in deinem Wagen?«

Jürgen legte den Kopf in den Nacken, schloss die Augen. »Zum tausendsten Mal, ich weiß es nicht!«

»Er behauptet, jemand hätte sein Auto geknackt. Den Funk seines Schlüssels abgefangen, das sei ganz leicht.«

»Woher weiß der so was?«, fragte Waldi an Colin gerichtet.

»Wie er darauf kommt, ist mir egal. Stutzig macht mich, dass er sich prompt mit dieser Aussage verteidigt hat. Es wirkte so einstudiert.«

»Und damit verdächtig.«

»Genau. Verdächtig ist auch, dass Sie«, Colin stützte sich gegenüber von Jürgen auf der Tischplatte ab, fixierte seinen Verdächtigen, »ein Motiv haben.« Jürgen wollte widersprechen, doch Colin schnitt ihm das Wort ab. »Sie haben diese Buchwette gepusht, Sie haben alles gesteuert. Sie leeren das Postfach, Sie sortieren die Post, Sie haben dafür gesorgt, dass Tessa den Tagebucheintrag liest. Sie sind es, der seit geraumer Zeit in Tessa verliebt ist. Gefühle, die Tessa nicht erwidert. Sie konnten sie bisher ungestört kontrollieren, lenken, um sie buhlen, konnten so die Hoffnung aufrechterhalten, sie würde sich irgendwann für Sie entscheiden. Dann kam ich. Tessa begann, Ihnen zu entgleiten. Als Antwort darauf starteten Sie den kläglichen Versuch, ihre Gunst und Aufmerksamkeit mit diesen irrwitzigen Szenarien zurückzugewinnen. Sie begannen für Ihre kranke Show Ihr Horrorkabinett zu plündern, das Sie vor sechs Jahren anlegten. Doch schon damals konnten Sie Ihre Angebetete auf diese Art nicht gewinnen, und heute gelingt Ihnen das genauso wenig. Frustrierend nicht?«

»Das ist doch absoluter Blödsinn! Mir wird hier Unaussprechliches unterstellt!«, rief Jürgen empört aus.

»Ach, kommen Sie, Sie versuchten auf andere Weise an Tessa festzuhalten. Als das keine Früchte trug, fühlten Sie sich in alte Zeiten versetzt und verfielen in alte Muster. Sie haben den Kontakt zu Tessa gesucht. Wann war das? Etwa vor fünf Jahren? Wann tauchte die erste Leiche auf? Als Sie merkten, dass ich eine Konkurrenz darstelle?«

»Stell dich nicht wichtiger dar, als du bist!«, entfuhr es Tessa. »Er hat den Kontakt doch nicht bewusst gesucht, er kam einfach nur in die Kantine, um zu essen! Übrigens ein Grund, weshalb er gleich erwähnte, dass Autos, die per Funk geöffnet werden können, ganz leicht zu klauen sind, ist, dass ihm sein Porsche auf diese Weise gestohlen wurde«, sagte Tessa, die sich wieder einigermaßen im Griff hatte. Sie hatte hinter ihm Stellung bezogen, unterstrich damit, auf welcher Seite sie stand, und stärkte ihm den Rücken. Sie sah Colin direkt an. Kurz blitzte eine Emotion in seinen Augen auf. Verletztheit? Tessa wusste es nicht, und Colin ließ sich nichts weiter anmerken.

»Kalkül. Teil des Plans.«

»Wenn er ein kaltblütiger Mörder ist, was hat er deiner Meinung nach bei deinem Haus gesucht?«

»Vor sechs Jahren hat schon einmal ein liebestoller Psycho

versucht, mich umzubringen. Warum sollte das heute anders sein?«

Tessa schüttelte ungläubig den Kopf. »Das ist doch absurd! Bist du überhaupt befugt für solche Befragungen? Darfst du das, was hier abgezogen wird, überhaupt tun?«, fuhr sie Colin ungehalten an.

»Er vielleicht nicht, aber ich«, antwortete Waldi an Colins Stelle. Damit war das Thema vom Tisch.

Tessas Rückhalt schien bei Jürgen bereits Wirkung zu zeigen. Er wurde mutig, seine Augen leuchteten herausfordernd. Er lehnte sich vor. »Ihre Theorie ist schön und gut. Nur hat sie eine Lücke«, sagte Jürgen, besonnen, geradezu überheblich. Eben so, wie Colin ihn im Fernsehstudio kennengelernt hatte.

»Eine Lücke? Und welche soll das Ihrer Ansicht nach sein?«

Ein siegessicheres Grinsen breitete sich auf Jürgens Gesicht aus. »Lägen Sie richtig, würde das bedeuten, dass ich die Frau, die Sie ansprechen, die, die ich vor sechs Jahren umworben haben soll, auch kenne. Doch ich habe absolut keine Ahnung, von wem Sie reden.«

Colin griff schweigend nach seinem Handy, wischte zweimal darüber und legte es Jürgen erneut vor. Auf dem Display war eine hübsche Dunkelhaarige zu erkennen. »Von ihr. Ich spreche von ihr.«

Jürgen reagierte darauf, wie es niemand im Raum erwartet hätte. Er stellte nur eine einzige, kurze Frage: »Carolina?«

Memoiren eines Künstlers

Dienstag, 15. März 2011

Die Polizei braucht eine ganze Weile, bis sie auf die Laterne aufmerksam wird. Ich erreiche das andere Rheinufer, entschließe, nochmals zurückzufahren. Dem Fährmann gegenüber tue ich so, als wäre ich einfach nur ein Fasnächtler, der sich einen Spaß aus der Überfahrt macht. Ich sitze ruhig auf meinem Platz, winke den neuen Fahrgästen zu, die sich, wie üblich durch meine Anwesenheit verunsichert, setzen, mich vorsichtig mustern. Ein paar Halbstarke tun, als würde ich sie nicht beeindrucken, verlangen eine Gabe, die ich ihnen nicht geben kann und auch nicht geben will. Aufdringliche Typen, wie sie es sind, strafe ich mit Ignoranz. Außerdem habe ich Besseres zu tun. Keiner sieht, wohin ich hinter meiner Larve blicke.

Immer wieder tauchen Schatten hinter der Laterne auf. Umrisse, beleuchtet von dem hellen Licht darin. Doch niemand weist die Unförmigkeit einer Uniform auf oder reagiert wie ein patrouillierender Zivilbulle. Dabei sind nicht wenige unterwegs, und ich bin überzeugt, sie wissen, worauf sie achten müssen.

Ich beginne mich schon über so viel Blindheit der Behörden zu ärgern, als ein erneuter Schatten hinter der Laterne stehen bleibt. Schmal, klein. Als die Person den Kopf zur Seite dreht, erkenne ich schemenhaft einen Pferdeschwanz. Ihre Hand hebt sich, greift zu etwas knapp oberhalb ihrer Brust. Ihr Kopf senkt sich.

Gespannt halte ich den Atem an, während die Fähre lautlos weiter und immer weiter Richtung Steg gleitet.

Die Person oben an der Pfalz streckt die Hand aus, winkt. Jemand tritt zu ihr. Größer, breiter. Dann raubt mir der steil abfallende Fels die Sicht.

Als die Fähre anlegt, muss ich mich zwingen, nicht gleich von Bord zu springen. Das hätte verdächtig wirken können. Erst lasse ich die Deppen aussteigen, gefolgt von zweien, die weder Finger noch Lippen voneinander lassen können. Dann komme ich. Ich verneige mich vor dem Fährmann, danke ihm so für die Überfahrt.

Beschwingt hüpfe ich von Bord. Meine Holzschuhe klappern auf dem glatten Stein. Ich schiele nach oben, doch ich kann noch immer nichts sehen.

So schnell, wie es geht, erklimme ich die ausgetretenen Stufen zurück zum Münsterplatz. Oben angekommen, ist bereits einiges los. Der Pferdeschwanz entpuppt sich als Polizistin. Das, was sie oberhalb der Brust trägt, ist ein Funkgerät. Der andere Umriss ist ein Mann in normaler Kleidung, der nun seine Marke zur Schau stellt. Er steht mit dem Rücken zu der Frau, schirmt sie ab. Sie hat sich Latexhandschuhe übergezogen und versucht, möglichst ohne Schaden zu verursachen, ans Innere der Laterne heranzukommen.

Ich gehe weiter, nicht aber, ohne sie zu beobachten.

Auf einmal spüre ich einen Blick auf mir ruhen. Der Mann hat mich ins Visier genommen und beobachtet mich genau. Das ist nicht gut. Er kann nicht wissen, dass er zwischen all den anderen Fasnächtlern tatsächlich den Richtigen ins Auge gefasst hat, aber ich erkenne, dass er nur auf den richtigen Augenblick wartet, auf irgendeine Regung meinerseits, die ihm Anlass gibt, mich genauer zu kontrollieren.

Oder er wägt einfach ab, ob er seine Kollegin, die an der Laterne arbeitet, kurz alleine lassen kann.

Ein Gefühl sagt mir, dass es Letzteres ist. Außerdem vermute ich, dass er sich dafür entscheiden würde, mich genauer unter die Lupe zu nehmen.

Ich muss weg, aber möglichst unauffällig. Die Bullen sind überall. Er kann mich ohne Weiteres auch von einem Kollegen auseinandernehmen lassen. Ich hänge mich einer Gruppe Teenager an, die zu ihrer eigenen Musik, die aus den Handys dröhnt, tanzend den Platz überquert. Ich kopiere ihre Bewegungen, was sie lustig finden. Sie nehmen mich in ihren Kreis auf, womit ich fürs Erste in Deckung bin, aber noch lange nicht sicher.

Ehe ich um eine Ecke biege, sehe ich noch, wie die Polizistin dem anderen auf die Schulter tippt und ihm ein Stück Papier gibt.

Sie hat das Bild mit der Notiz in der Laterne gefunden. Nun ist der Mann für eine Weile beschäftigt und damit von mir abgelenkt.

Das ist gut. Es bedeutet aber auch, dass ich mich beeilen muss.

»Er kennt sie!«, rief Colin aus. Sie standen im Korridor vor dem Raum, in dem Jürgen nach wie vor saß.

Waldi versuchte ihn zu beruhigen. »Das ist schon möglich. Wir müssen die Verbindung zwischen den beiden auf jeden Fall prüfen, aber zieh keine voreiligen Schlüsse!«

Tessa fühlte sich klein. Ihr war kalt. Sie war erschöpft. Müde. Ausgelaugt. Kopfschmerzen schlichen sich an. Alles war ihr zu viel. Jeder, dem sie bisher vertraut hatte, hatte in den vergangenen Stunden eine Seite von sich gezeigt, die sie verstörte. »Ich brauche Luft. Bitte, kann ich raus? Nur raus in den Hof, weiter will ich nicht. Ist das okay?«

Colin sah sie kaum an, die Kluft zwischen ihr und ihm hätte trotz der wenigen Meter Distanz nicht größer sein können. Hilfe suchend wandte sie sich an Waldi. »Okay?«

Waldi nickte. »War wohl ganz schön viel.«

»Danke. Kann ich Ihren Autoschlüssel haben?«

»Meinen Autoschlüssel?«, fragte er skeptisch.

»Ja. Ich habe meine Handtasche in Ihrem Wagen gelassen und würde sie gerne holen. Ich brauche dringend ein paar Kopfschmerztabletten und mein Handy, damit ich prüfen kann, ob zumindest Jürgens Aussage stimmt, dass er versucht hat, mich anzurufen.«

»Sie versprechen aber, nicht davonzurasen, ja?« Es war ein schwacher Versuch, die Anspannung mit einem Witz zu lockern.

Tessa konnte sich ein knappes Lächeln abringen. »Keine Sorge. Ich bin zu verwirrt, als dass ich wüsste, wohin ich fahren sollte. Da kann ich genauso gut hierbleiben.« Sie war schon dabei, sich zu entfernen, als ihr noch etwas anderes einfiel. »Colin?«, fragte sie vorsichtig.

»Ja?«

Da war sie wieder, die warme Stimme, die zuvor so anders, so fies geklungen hatte. Konnte er diesen ekelhaften Mann, der er gegenüber Jürgen gewesen war, auf Knopfdruck ein- und wieder ausschalten? »Hast du Chiara auch dabei?«

»Sie ist in Waldis Büro«, antwortete er, ohne zu zögern.

»Danke«, flüsterte sie. Auf einmal brannten ihr Tränen in den Augen, ihr Hals war zugeschnürt, das Atmen fiel ihr schwer. Das fühlte sich verdächtig nach einem Nervenzusammenbruch an. Sie brauchte Sauerstoff, dringend!

Tessa verzichtete auf den Besuch bei Chiara, von dem sie sich etwas Trost erhofft hätte, und flog geradezu zum Abstellplatz, auf dem Waldis Auto geparkt war. Sie riss die Tür auf, bemerkte, dass an dem Schlüssel noch ein Batch hing. Es war der fürs Tor. Sie könnte einfach in den Wagen steigen, den Motor anlassen und vor all dem fliehen. Doch wohin? Zuerst nach Hause. Was hätte sie davon? Überhaupt nichts. Also lehnte sie sich ins Auto, holte ihre Handtasche heraus und schlug frustriert die Tür zu.

Sie ging weiter in den Hof. Sie hatte kein Gefühl mehr für die Zeit. Die fasnächtlichen Klänge, die in Fetzen über die Mauern herüberwehten, schienen aus einer anderen Galaxie zu stammen.

Sie atmete die kühle Luft tief ein, wurde aber das Gefühl der Bedrängnis nicht los. Hier war es zu eng. Sie war eingesperrt. Eine Maus in der Falle. Tessa zog das Handy aus ihrer Tasche und musste mehrmals blinzeln. Seit sie das letzte Mal einen Blick darauf geworfen hatte, hatte sich einiges getan.

Mehrere Nachrichten waren eingegangen. Mailboxnachrichten, E-Mails, SMS.

Während Tessa den Bildschirm entsperrte, dachte sie über die Vorwürfe nach, die Colin Jürgen um die Ohren gehauen hatte. Tatsächlich war Jürgen während der Auswertung der Texte für das Buch Feuer und Flamme gewesen für das schockierende Foto und den brutalen Bericht. Aber ob seine Begeisterung wirklich daherrührte, dass er derjenige war, der diese Zeilen verfasst, dieses Foto geschossen hatte? Hatte sie sich so in seiner Person, seinem Charakter getäuscht?

Tessa überlegte weiter, der Bildschirm wurde wieder dunkel. So, wie ihre Gedanken. Die erste Leiche tauchte auf, als Tessa sich weiter von Jürgen zu distanzieren begann. Wegen Colin.

»Mein Gott.« Sie schloss die Augen, drückte sich die Faust in den Magen, um die plötzliche Übelkeit zu unterdrücken.

Nein. Auch wenn die zeitliche Übereinstimmung nicht passender hätte sein können, so war es unmöglich, dass Jürgen ein psychopathischer Mörder war. Ein Kontrollfreak? Ja. Ein Egomane? Na gut. Ehrgeizig? Auf jeden Fall. Ein Perfektionist? Sicher. An ihr interessiert? Wahrscheinlich. Aber ein kaltblütiger Mörder? Niemals!

Sie verspürte das dringende Bedürfnis, zurück in Waldis Haus zu fahren und in Carolinas Unterlagen weiter nach des Rätsels Lösung zu suchen.

Um Jürgen zu entlasten. Oder ihn zu belasten?

Inzwischen war ihr das schon fast egal, Hauptsache, dieser Horror fand ein rasches Ende. Nach Zerstreuung lechzend, entsperrte sie erneut ihr Handy. Sie scrollte die Meldungen durch, bis ganz nach unten, und begann dann, jene, die sie als wichtig oder interessant empfand, nach und nach zu öffnen und zu lesen.

In ihrer Anruferliste entdeckte sie einen Anruf einer Handynummer, die sie nicht kannte. Gleich darunter fand sich ein Anruf von Jürgen. Das musste der Anruf sein, den Jürgen Colin gegenüber erwähnt hatte. Er hatte ihr keine Nachricht auf ihre Mailbox gesprochen. Sie tippte die E-Mails an. Dort fand sie eine SMS von Jürgens Handy. »Tessa, sieh dir an, was ich per E-Mail als Antwort auf deinen Videoaufruf erhalten habe. Tessa, halt dich fern von ihm, bitte. Versuche irgendwie da wegzukommen und komm zu mir. Wir finden eine Lösung. Tessa, ich mache mir große Sorgen, bitte melde dich sofort, wenn du das alles gelesen hast!«

Unter der SMS war ein Foto eingegangen, auf dem ein Text abgebildet war. Mit zittrigen Händen tippte sie das Foto an, um es zu vergrößern und besser lesen zu können. Bereits bei den ersten zwei Worten stockte ihr das Herz. Der Text begann mit Memoiren eines Künstlers.

Sie wollte bereits wieder ins Gebäude stürmen, Colin und Waldi zeigen, was sie erhalten hatte, doch dann erinnerte sie sich daran, das Jürgen dort oben als Verdächtiger festgehalten wurde, und daran, was er in seiner SMS geschrieben hatte. Er hatte sie vor etwas warnen wollen, hatte sich Sorgen gemacht. Bevor sie jemanden informierte, wollte sie dieser Sorge auf den Grund gehen.

Tessa zog ihre Jacke fester um sich und las weiter.

Im Hof der Staatsanwaltschaft
Memoiren eines Künstlers
Donnerstag, 24. März 2005

Eine wunderbare Geschichte, die ich da konstruiert habe. Alles passt erstaunlich gut zusammen, sogar Teile, die ich so überhaupt nicht vorgesehen habe.

Carolina will mich nicht mehr haben. Sie sagt, ich sei zu anhänglich, sie brauche ihren Freiraum. Außerdem ist es ihr unangenehm, dass ich mit ihrem Bruder befreundet bin. Doch so einfach lasse ich mich nicht abfertigen. Ich behalte sie im Auge. Es war enttäuschend, als ich dahinterkam, dass sie sich mit jemand anderem trifft. Sie muss begreifen, dass das so nicht geht. Sie gehört mir. Wenn ich sie nicht haben kann, darf sie keiner haben. Das muss ich ihr beibringen, auch wenn die Lektion hässlich enden kann. So finde ich mich also in der Fabrikhalle wieder. Sie und ihren Bruder im Schlepptau. Praktisch, denn sie würde sich nicht davon abhalten lassen, sich einzumischen.

Es ist alles Fake. Ich gehe in die Halle, aber sonst ist niemand dort. Ich steige die von altem Schmutz und Staub verklebte Treppe hoch und warte. Die Instruktion, dass sie sich nach einer gewissen Zeit übers Dach anpirschen soll, stammt von mir. Natürlich folgt sie der Anweisung. Wie geplant, taucht sie in meinem Blickfeld auf, ich mime den Flüchtigen, klettere durch das zerborstene Fenster zu meiner Linken. Sehe nach innen, damit sie das Gefühl erhält, dass mir jemand folgt. Dabei bin ich derjenige, der mir hätte folgen müssen. Nur weiß sie das nicht, denn sie kann mich unter der Kapuze nicht erkennen. Und wenn doch, folgt sie mir dennoch, denn sie wird mich zur Rede stellen wollen. Ein amüsantes Spiel, das aufgeht.

Ich fliehe über die Außentreppe, Carolina jagt mir nach.

Das Metall hallt unter meinen hastigen Schritten. Ich nehme genau den Weg, den ich mir zuvor zurechtgelegt habe. Sie holt rasch auf. Gut so, denn darauf lege ich es an. Die Distanz verkürzen, damit sie das Gefühl bekommt, mich stellen zu können.

Die letzten Treppenstufen überspringe ich, schlüpfe ins Gebäudeinnere.

Zugegeben, das Timing ist nicht ganz perfekt. Ich habe ihre Fitness doch ein wenig unterschätzt. Die des alten Rufus auch.

Kaum habe ich mich in dem dunklen Raum in Position gebracht, erscheint der Köter in der Fensteröffnung. Meine Waffe schussbereit, ziele ich und feuere. Ich hole das Tier aus der Luft. Im Sprung trifft ihn die Kugel ins Herz. Jaulend landet er auf dem Gitter. Ich höre Carolina, bevor ich sie sehe. Ihr leidvoller Aufschrei trifft mich doch tatsächlich an einer Stelle, an der ich mein Gewissen vermute. Ihre schlanke Silhouette schiebt sich vor die Öffnung, da fliegt mir ohne Warnung auch schon das Projektil um die Ohren. Sie erwischt mich an der Schulter. Für den Bruchteil einer Sekunde bin ich perplex. Doch die Verletzung ist nicht weiter schlimm. Ganz im Gegensatz zu der, die ich ihr zufüge.

Ich feuere meine Waffe ab. Beinahe sofort quillt das Blut aus der Wunde aus ihrem Hals.

Ich eile wieder nach oben, aufs Dach. Renne dieselbe Strecke erneut hinunter. Als ich auf der Gittertreppe ankomme, entdecke ich Waldi unten auf der Straße. Er sieht nach oben. Sein Blick so tot wie es die beiden Körper auf dem Zwischen-

boden bald sein werden. Ich wechsle die Rolle, stürme zu den verblutenden Körpern. Ziehe Carolina in meine Arme.

Viel spielen muss ich nicht. Ich leide tatsächlich. Sie zu töten ist eine meiner schwersten Entscheidungen gewesen. Aber notwendig. »Tut mir leid, Liebling, ich hätte es mir anders gewünscht«, flüstere ich ihr ins Ohr.

Für Waldi, der unten alles beobachtet und den Notruf absetzt, macht es den Anschein, als hätte ich einen Verbrecher verfolgt, während sich Carolina ins Geschehen einmischte, was tödlich für sie endete. Ich kam zu spät, um sie zu retten und trauere nun um ihren Verlust. Eine Trauer, die wir teilen werden.

Er wird darüber nachdenken, welche Selbstvorwürfe ich mir mache, und mich nicht verurteilen. Im Gegenteil, die Folgen, die dieser Vorfall nach sich ziehen wird, werden wir gemeinsam ausstehen und akzeptieren.

Ich werde mein Leben weiterleben, bis eine neue Frau kommt, die es wert ist, meine Zuneigung zu gewinnen.

Aus den Lungen der sterbenden Frau in meinen Armen dringt ein leises Gurgeln. Ich sehe in ihre Augen. Unglauben, Entsetzen und Leid spiegeln sich darin, während sie den letzten Atemzug tut. »Colin, du?«, röchelt sie, dann sackt ihr Kopf zur Seite weg.

»Ja, ich«, wispere ich und drücke sie an mich.

Tessa fühlte sich, als hätte man sie mit einem Eisportionierer Kugel für Kugel ausgehöhlt. Woher sollte sie wissen, was sie noch glauben konnte und was nicht? Sie hatte Colin kennengelernt. Er war doch kein Ungetüm! Nichts an ihm wirkte grausam, nichts deutete darauf hin, dass er ein mordendes Monster war.

In den vergangenen Tagen war schon einiges über Tessas Vorstellungsvermögen hinausgegangen, aber das sprengte auch die letzten Grenzen.

Die erste Reaktion war das dringende Bedürfnis, wegzulaufen. Weg von alledem, nach Hause gehen, die Augen schließen und fest daran glauben, dass sich alles als entsetzlicher Albtraum entpuppte, wenn sie die Augen wieder öffnete. Doch wie kam sie unbemerkt hier raus? Sie befand sich in einer videoüberwachten Anlage. Überall waren Polizisten, an das Gebäude angeschlossen war ein Gefängnis. Sie wusste, dass es eine Kontrolle am Eingang gab, mit Metalldetektor und allem anderen Schnickschnack. Sie hatte diese Prüfung nicht über sich ergehen lassen müssen, weil sie mit Waldi hergefahren und durch das große Tor in der Einfahrt gekommen war. Das Tor, zu dem sie den Schlüssel hatte. Sie zog Waldis Autoschlüssel aus der Jeanstasche. Verlockend baumelte der Batch zum Tor am Anhänger. Vielleicht …?

Nein. Nein! Tessa, du denkst darüber nach, einem Polizisten das Auto zu klauen!

Ehe sie es sich verkneifen konnte, entfuhr ihr ein verzweifelter Seufzer.

Dr. Balmer soll geäußert haben, dass der Täter vordergründig ein normales Leben führte. Dennoch konnte Tessa nicht glauben, dass Jürgen ein Mörder war. Colin war auch keiner. Aber bei beiden sah es danach aus. Wie sollte sie also reagieren? Sie musste mit jemandem sprechen. Sie konnte nicht einfach abhauen, wie Jürgen es ihr in seiner Nachricht empfahl.

Tessa wählte die einzige Nummer, die ihr in ihrer misslichen Lage in den Sinn kam. Als der Angerufene nach dem zweiten Klingeln abhob, atmete sie erleichtert auf.

»Ich habe Probleme«, platzte es aus ihr heraus. »Mächtige Probleme! Und ich weiß nicht, wem ich trauen kann. Ich weiß, das klingt verrückt, aber so ist es nun mal.«

»Tessa, jetzt beruhige dich. Was ist denn los?«

»Ich kann dir das nicht so einfach erklären.«

»Okay, wo bist du denn?«

»Bei der Staatsanwaltschaft. Draußen. Aber ich muss bald wieder rein, denke ich. Colin ist drin genauso wie Waldi und auch Jürgen. Colin hat Jürgen entsetzlich zugerichtet!«

»Ich bin nicht weit von dir weg, genaugenommen nur in einer anderen Etage. Ich bin gleich da, Tessa.«

Tessa ließ das Telefon sinken, starrte das beleuchtete Display an, als würden die fehlenden Antworten nur durch ihr Wunschdenken plötzlich darauf erscheinen. Aber das Licht des Displays wurde erst schwach, dann dunkel, ohne Antworten geliefert zu haben.

Was hatte man ihr alles verschwiegen? Sie hatte Colin vertraut, sie hatte ihn an sich herangelassen. Sie hatte verdammt noch mal Gefühle für ihn entwickelt und seinetwegen beschissene Wanderschuhe gekauft!

Sie presste die Handflächen gegen ihr Gesicht. Sie waren eiskalt. Schon zu lange hatte sie mangelnd bekleidet draußen in der Kälte gestanden, doch das war ihr kleinstes Problem. Im Augenblick genoss sie die Kühle ihrer Handballen auf den geschlossenen Augenlidern.

»Tessa?«

Ihr Kopf ruckte hoch, abwehrend behielt sie die Hände oben, bereit, mit ihrem Telefon, an das sie sich klammerte, den Notruf zu wählen. Doch wer würde kommen? Die Polizei?

Sie lachte freudlos über diese Ironie.

»Tessa? Bist du okay?« Jean stand in Uniform vor ihr. Sie war nicht auf den Gedanken gekommen, dass er Dienst haben könnte.

»Nein, bin ich nicht. Hier, lies das«, sagte sie matt. Sie entsperrte den Bildschirm und rief den Text erneut auf. Dann reichte sie Jean das Handy. »Jürgen hat mir diese Nachricht zukommen lassen. Anscheinend hat er sie auf die E-Mail-Adresse von Betty LaCook erhalten, als Reaktion auf die Videobotschaft, die ich ins Netz gestellt habe, um den Täter aus der Reserve zu locken. Ich weiß zwar nicht, was ich erwartet habe, aber dass er tatsächlich reagiert und dann noch so etwas kommt, damit habe ich keinesfalls gerechnet.«

Jean nahm ihr behutsam das Handy aus der Hand und begann zu lesen. Tessa versuchte etwas aus seinem Gesichtsausdruck abzuleiten, aber Jean hatte sein Pokerface aufgesetzt.

»Das kann nur ein schlechter Witz sein. Ich kenne Colin schon fast mein ganzes Leben lang. Das hat bestimmt jemand anderes geschrieben.« Jean zögerte, ehe er ergänzte: »Jemand, der weiß, dass Colin eine Schussverletzung an der Schulter hat …«

»Wer? Wer weiß das? Und wer weiß Colins Namen und kennt gleichzeitig seine Rolle in dem Spiel?«

»Jürgen selbst?«

»Jetzt belastest du ihn auch noch? Das gibt es doch nicht! Jürgen ist kein Mörder. Wirklich nicht. Wir arbeiten schon lange eng zusammen, er hatte überhaupt keine Zeit, so etwas zu planen und umzusetzen!«, rief sie aufgebracht aus.

»Okay, ganz ruhig. Ist ja gut. Hier, trink erstmal einen Schluck.« Jean reichte Tessa eine kleine Flasche Wasser, die er bei sich trug.

Tessa nahm die Flasche entgegen, öffnete den Schraubdeckel und schnüffelte daran.

Jean bemerkte das und sah sie fragend an.

»Ich hatte gehofft, dass nicht nur Wasser drin ist«, erklärte sie verlegen, als sie seinen Blick auffing.

»Was hast du erwartet?«

»Wodka.«

»Du magst keinen Wodka.«

»Tu ich auch nicht, aber er ist so klar wie Wasser und wäre deshalb nicht weiter aufgefallen.«

»Na ja, in aller Regel brauche ich bei der Arbeit keinen Wodka, daher ist nur Wasser drin. Es hilft aber trotzdem, wenigstens ein bisschen, glaub mir.«

Tessa setzte die Flasche an und trank ein paar Schlucke.

Jean lächelte zufrieden. »Gut. Dann kümmern wir uns mal um deine Probleme. Als Erstes nehmen wir dich aus der Schusslinie.«

Jean kramte in seiner Hosentasche und führte kurz darauf einen Autoschlüssel zutage. Er reichte ihn Tessa.

»Das ist der Schlüssel zu Transporter 33. Das sind unsere Kastenwagen, die hast du sicher auch schon gesehen.«

»Hab ich.«

»Gut. Steig nicht in die Fahrerkabine, sondern hinten ein, dann bleibst du unsichtbarer. So wird dir keiner Fragen stellen, sollte jemand zufällig vorbeikommen. Ich komme dann gleich zu dir und bringe dich hier raus.«

»Und was machst du in der Zwischenzeit?«

»Mit den richtigen Leuten reden.«

Tessa sah Jean bekümmert an.

»Tessa, ich kümmere mich um das hier, okay?«, er deutete auf ihr Handy. »Wir finden raus, wer tatsächlich Dreck am

Stecken hat und wer nicht. Solange tauchst du am besten unter. Ist die Frage erste einmal geklärt, kannst du wieder aufatmen.«

»Das wäre schön. Was, wenn du da drin Colin oder Waldi begegnest? Oder Vossmann? Und die dir Fragen über meinen Verbleib stellen?«

»Du denkst zu viel. Lass mich nur machen.«

»Ich will nur nicht, dass du in Schwierigkeiten gerätst.«

»Werde ich nicht, vertrau mir. Aber um dich zu beruhigen: Ich werde dich verleugnen, wenn ich einem der Truppe begegne. Ich werde sagen, du seist zur Toilette gegangen und seither hätte ich dich nicht mehr gesehen. Das klingt glaubwürdig, auch wenn sie uns hier im Hof beobachtet haben sollten. Also komm, gehen wir rein und lassen dich verschwinden.«

»Ich will wissen, woher er sie kennt.«

»Dann frag ihn.«

Colin tigerte vor der geschlossenen Tür, hinter der Jürgen festsaß, auf und ab.

Waldi stand mit verschränkten Armen an die Wand angelehnt und sah Colin zu. »Du bist etwas zu nervös für meinen Geschmack. Ich werde ihn fragen, und du siehst nach Tessa, bevor sie mit meinem Auto türmt.«

»Das würde sie nicht tun.«

»Wie lange machst du diesen Job schon?«, fragte Waldi anstelle einer Antwort.

»Lange genug, um zu wissen, dass Menschen in außergewöhnlichen Situationen unerwartet handeln.«

»Na, also. Geh. Ich werde diesen Jürgen ein wenig unterhalten.«

Colin nickte Waldi zu, der den Türgriff zu Jürgens Gefängnis bereits hinunterdrückte. Noch beim Öffnen hörte Colin, wie Waldi mit strengem Tonfall sagte: »So, Pause beendet. Nun will ich wissen, woher Sie Carolina kennen.«

Dann schloss sich die Tür hinter Waldi, und Colin bekam nichts mehr mit.

Er musste seine ganze Willenskraft aufbringen, um nicht sein Ohr an das Türblatt zu drücken, um auch noch die Antwort zu belauschen.

»Konzentrier dich«, mahnte er sich selbst und warf einen Blick aus dem Fenster in den Innenhof. Er blinzelte, sah erneut hin.

Dort, wo zuvor noch Tessa gestanden hatte, war niemand mehr.

Wahrscheinlich war sie auf dem Weg nach oben. Er würde ihr bestimmt entgegenlaufen, wenn er sie jetzt suchte, überlegte er, doch sein Gefühl sagte ihm etwas anderes. Vorhin hatte sie ihr Handy in der Hand gehabt. Das Display hatte ihr Gesicht genug beleuchtet, um von hier oben aus erkennen zu können, dass das, was sie gelesen hatte, aufwühlend gewesen war.

Dann hatte sie telefoniert, kurz darauf war jemand an sie herangetreten. Von der Statur und dem Gang her war es womöglich Jean gewesen, der mit ihr sprach. Das war gar nicht schlecht. Wahrscheinlich würden sie ihm jeden Moment zusammen gegenüberstehen.

Trotzdem wandte sich Colin vom Fenster ab und setzte sich in Bewegung. Es konnte ja nicht schaden, ihnen entgegenzugehen.

Doch mit jedem Schritt wurde Colins schlechtes Gefühl lauter. Irgendetwas stimmte hier nicht. Nur was? Er kam im Hof an, rief Tessas Namen. Niemand antwortete.

Obwohl er niemanden hatte wegfahren sehen, vergewisserte er sich, dass Waldis Auto noch auf seinem Platz stand. Er fand den Wagen unverschlossen vor. Er öffnete alle Türen.

In der Hoffnung, was zu finden? Tessa, wie sie sich unter dem Fahrersitz zusammenkauerte? Danach schlug er die Tür frustriert zu.

Trotzdem kontrollierte er auch den Kofferraum. Dort entdeckte er eine Tasche. Der oberste Gegenstand sprang ihm geradezu ins Auge. Eine Erinnerung flammte auf.

»Du hast aber viele Bücher!«

»Ich lese gerne.« Carolina zuckte mit den Schultern, als wollte sie sich dafür entschuldigen. Colin fühlte ihren Blick im Nacken, als er an ihrem zimmerlangen Bücherregal entlangschlenderte, hier und da eins herauszog, um es genauer zu betrachten. Als er Hemingways Der Mann und das Meer in Händen hielt, sah er überrascht auf und nickte anerkennend. »Ein Klassiker, zwischen all diesen Romantikschmökern.«

»Nur zur Tarnung.« Sie lächelte ihn an.

Ein umwerfendes Lächeln.

Er wollte dieses verfluchte Buch überhaupt nicht in Händen halten, sondern sie. Aber er hielt sich zurück, gab sich weiter interessiert an ihrer Sammlung. Er entdeckte ein Exemplar, das keinen Rückentitel hatte, und zog es heraus, betrachtete es neugierig.

»Oh! Ähm, das nicht.« Auf einmal stand sie neben ihm, nahm ihm das Buch aus der Hand. Dort, wo sie seine Finger streifte, begann seine Haut zu kribbeln.

Er ließ sie gewähren, musterte sie aber fragend. Sie stellte das Buch behutsam zurück. »Das ist mein Tagebuch oder eher so etwas wie meine Memoiren. Streng geheim«, erklärte sie verlegen. Obwohl er natürlich wusste, dass das nicht ging, hegte Colin das Bedürfnis, den Hauch von Röte, den ihre Wangen annahmen, mit seinen Fingern wegzuwischen.

Die Erinnerung verschwamm, und Colin wurde aus der warmen Bibliothek in die kalte Realität zurückgeholt. Seine Fingerspitzen berührten das Buch in der Tasche in Waldis Kofferraum, so sanft, als wäre es Carolinas gerötete Wange.

Das Buch. Ihr Tagebuch. Überhaupt die Bücher. War Carolinas Leseleidenschaft für den Täter ausschlaggebend gewesen, sich Tessa ihrer Buchwette wegen als Instrument für seine neuen Mordpläne auszusuchen?

Nein. Zu dünn. Außerdem hätte er keine Zeit gehabt, das alles komplett durchdacht in der kurzen Zeit seit Veröffentlichung der Buchwette und dem Beginn der Fasnacht vorzubereiten. Es sei denn, er wäre die Idee hinter der Wette. Der Gedanke blitzte so unerwartet auf, dass er Colin innehalten ließ.

Was, wenn der Täter dafür gesorgt hatte, dass die Wette abgeschlossen wurde, weil er sie und damit Tessa als Instrument für seinen Plan benötigte? Ergab das einen Sinn? War das stichhaltig genug? Um so eine große Show veranstalten zu können, brauchte es ein verdammt gutes Motiv. Nur welches? Worauf zielte dieser Mistkerl ab?

Das war Colin noch nicht klar, aber er würde es herausfinden. Und zwar sofort. Denn der, der die Wette in die Wege geleitet hatte, saß oben in einem Raum mit Waldi.

Colin schnappte sich die Tasche mit den Tagebüchern und weiteren Dokumenten darin, schlug den Kofferraum zu und eilte zurück ins Gebäude. Unterwegs fragte er jeden, den er traf, ob er Tessa gesehen hatte, doch Fehlanzeige.

Als er eine Ecke zu schnell nahm, wäre er beinahe mit Jean zusammengeprallt.

»Colin! Um Himmels willen!«, rief Jean überrascht aus. Aus Reflex hatte er die Arme ausgestreckt und Colin bei den Schultern gepackt.

Colin war nicht weniger überrascht. »Scheiße, Mann! Was machst du denn hier?«

»Arbeiten wie du, nehme ich an.« Jean ließ die Hände sinken.

Colin atmete durch. »Natürlich. Ach, da du gerade hier bist, hast du im Hof mit Tessa gesprochen?«

»Ja, warum?«

»Weißt du, wo sie nach eurem Gespräch hin ist?«

»Sie sagte was von Toilette.«

»Toilette«, wiederholte Colin nachdenklich. »Das wird es sein.«

»Wieso? Was ist?«

»Ich kann sie nirgends finden.«

»Sie taucht sicher gleich wieder auf, keine Sorge. Du wirkst nervös und müde. Gönn dir mal eine Pause.«

»Ja«, antwortete Colin nicht überzeugt. »Pause klingt gut. Am liebsten würde ich mich neben Chiara hinlegen.«

»Wo ist sie eigentlich?«

»In Waldis Büro. Sie schlummert wahrscheinlich friedlich.«

»Täte dir auch gut. Obwohl, da fällt mir ein, hast du schon von der L…« Jean kam nicht dazu, den Satz zu beenden. Immer noch an der Ecke stehend, wurde Colin von einer Polizistin angerempelt.

»Du meine Güte!«, rief sie aus, die Hände zur Entschuldigung angehoben. Ihre Wangen waren gerötet, ihr Atem ging schnell, die Augen glänzten vor Eifer. Sie riss sie noch etwas weiter auf, als sie erkannte, wen sie angerempelt hatte.

»Oh! Sie suche ich! Warum gehen Sie denn nicht an Ihr Handy?«

Colin blinzelte verdutzt. »Mich? Mein Telefon … Ich war in einer Besprechung.« Eine bessere Erklärung fiel ihm nicht ein, und im Grunde stimmte sie ja, auch wenn er mehr in einer Befragung als in einer Besprechung gewesen war, doch das brauchte sie unter den gegebenen Umständen nicht zu wissen.

»Wie dem auch sei, wir haben etwas gefunden. Auf dem Münsterplatz.«

»Die Laterne?« Colins Fingerspitzen begannen nervös zu kribbeln.

»Ja. Also nein, nicht direkt. Es ist eine Laterne, aber im Miniaturformat. Sie stand, nein, steht auf der Pfalz.«

»Und was verbindet sie mit dem Fall und mit mir?«

»Na ja, Sie sind ja quasi der Fall.«

»Wie bitte?«

»Es wurde eine kleine Strohpuppe in der Laterne aufgehängt und ein Foto mit einer Notiz auf der Rückseite beigelegt.«

Colin sah die junge Polizistin an, wartete ab, was sie noch zu sagen hatte, doch er ahnte es bereits. Seine Anspannung wuchs, und die Tagebücher in der Tasche schienen auf einmal Tonnen zu wiegen. »Was war auf dem Foto abgebildet?«

»Eine weiße Laterne. Sie wirkte lebensgroß. Darin erkennbar ist die dunkle Silhouette in der Form eines menschlichen Körpers.«

»Verstehe. Wie lautet die Nachricht auf der Rückseite?«

»Es ist nicht direkt eine Nachricht. Da steht Ihr Name.«

An einem anderen Ort

Wo bin ich?

Tessa versuchte, die Augen zu öffnen, dennoch konnte sie nichts sehen.

Hatte sie die Augen überhaupt offen?

Sie konzentrierte sich, was ihr schwerfiel. Die pochenden Kopfschmerzen verschlangen jeden vernünftigen Gedanken.

Beweg dich. Arme, Beine. Irgendwie wollte ihr aber nichts gehorchen. Ein Anflug von Panik drohte sie zu übermannen, aber sobald sie ihr nachgab, im Begriff war, irrational um sich zu schlagen, jagte der stechende Schmerz durch ihren Schädel, und das Bedürfnis ebbte ab. Einmal abgesehen davon, dass die Versuche, sich zu bewegen, sowieso misslangen.

Konnte sie zumindest die Finger bewegen?

Sie versuchte es, wusste aber nicht, ob es ihr gelang. Es war, als könnte ihr Gehirn ihr die Info nicht mehr senden. Erneut leckte Panik an ihr. Tessa drängte sie zurück.

Ich träume.

Das musste es sein. Aber aus Träumen wachte man doch auf, wenn sie zu beängstigend wurden. Warum schlief sie also noch immer?

Weil ich nicht schlafe. Ich bin wach. Meine Augen sind offen, da bin ich mir fast sicher. Dennoch kann ich nichts sehen. Es ist demnach stockfinster hier. Hier. Wo ist hier? Wo bin ich eigentlich, und weshalb bin ich da?

Nichts. Keine Antwort. Einfach nur dumpfe Leere. Der Fetzen einer Erinnerung blitzte vor ihrem inneren Auge auf, aber fassen konnte sie ihn nicht. In ihrem schmerzenden Kopf war es so schwarz wie in ihrer Umgebung.

Es rumpelte. Sie hüpfte ungewollt auf und ab, stieß sich die Stirn.

War sie in Bewegung?

Das war eine Frage, mit der ihr Gehirn etwas anfangen konnte. Auf einmal fühlte sie die Vibration an ihrem ganzen Körper. Ja, sie war in Bewegung.

Sie lauschte. Ein tiefes, regelmäßiges Brummen. Zwischendurch ein Klicken, das auf das Ruckeln folgte, das ihren Körper durchschüttelte.

Schalten, Gas geben, bremsen meldeten ihre trägen Gedanken, die allmählich munterer wurden. Worin und wohin war Sie unterwegs? Und vor allem, wer fuhr?

Die Fingerspitzen begannen endlich zu tasten. Ihre Lebensgeister schienen zurückzukehren.

Rau. Spröde. Holz.

Eine Kiste.

Sie japste. Ruckte vor Entsetzen hoch und stieß sich die Stirn prompt erneut.

Scharf sog sie die Luft ein, legte den Kopf wieder zurück.

Den Kopf zurücklegen.

Sie lag. Horizontal. In einer Kiste.

Scheiße noch eins, was ging hier vor?

»Wir haben ein Problem.« Colin platzte ohne anzuklopfen in den Raum, in dem Waldi noch immer Jürgen durch die Mangel drehte. Waldi sah überrascht auf.

»Nicht nur eines, wie mir scheint«, gab er zur Antwort und hielt ein Handy hoch, das er in der Hand hielt. Colin legte die Stirn in Falten, trat ganz in den Raum ein. »Wie meinst du das? Was hast du herausgefunden?«

»Meine tote Schwester verschickt Nachrichten aus dem Jenseits.«

Colin blieb stehen, sah Jürgen an. Egal, was Waldi mit ihm gemacht hatte, es war nur noch ein Schatten des überheblichen Kerls übrig.

»Wie darf ich das verstehen?«, fragte Colin und lenkte seine Aufmerksamkeit wieder auf Waldi. »Das besprechen wir besser unter vier Augen.« Waldi und Colin verließen den Raum.

»Dieser Jürgen ist entweder verdammt viel schlauer als wir alle zusammen, oder er ist auch nur eine Schachfigur in diesem irrwitzigen Spiel. Meine Schwester ist seit einem Jahr Mitglied auf einer Dating-Plattform und trat so mit Jürgen, der auf derselben Plattform angemeldet ist, in Kontakt. Sie schrieben eine Weile hin und her, zu einem Treffen kam es aber nie. Kein Wunder, denn meine Schwester ist seit sechs Jahren tot.«

Colin dämmerte, worauf Waldi hinauswollte. »Daher kennt er Carolina.«

»So macht es zumindest den Anschein, ja. Schleierhaft ist, warum dieser Account in Carolinas Namen kreiert wurde und weshalb der Kontakt zu Jürgen aufgebaut wurde. Selbst wenn er die Fäden selbst zieht, wovon ich nicht ausgehe, ist das sehr seltsam. Da ich sein Handy schon mal hatte, prüfte ich auch die ausgehenden Anrufe. Jemand hat ihn mit unterdrückter Nummer angerufen. Das Gespräch wurde von Jürgen entgegengenommen. Gleich darauf rief er Tessa an. Die Gesprächsdauer lässt darauf schließen, dass er sie nicht persönlich erreichte, sondern die Mailbox. Oder er rief sie an und legte wieder auf, als sie den Anruf entgegennahm, was aber keinen Sinn ergeben würde. Die Anrufe fanden rund eine Stunde bevor du von deiner Nachbarin nach Hause bestellt wurdest statt. Der zeitliche Ablauf würde somit auch aufgehen. Jürgens Aussage kann also als glaubwürdig eingestuft werden. Abgesehen davon, wäre er kaum auf Dating-Plattformen unterwegs und dort vor einem Jahr mit Carolina in Verbindung getreten, wenn er derjenige wäre, der sie vor sechs Jahren ermordet hat.«

»Das könnte aber auch geschickt eingefädelte Irreführung sein. Oder er ist so abgedreht, dass er sich eine Onlineversion von ihr schafft, weil er nicht damit klarkommt, dass es sie real nicht mehr gibt.«

»Inzwischen gibt es nichts mehr, das ich nicht für möglich halte, dennoch denke ich nicht, dass das unser Mann ist. Es gibt da nämlich noch ein weiteres Problem.«

»Das wäre?«

»Es steckt nicht seine SIM-Karte in dem Handy.«

Colin traute seinen Ohren nicht. »Was? Wie ist das möglich? Woher weißt du das?«

»Ich habe seine Handynummer verlangt, die er mir diktierte. Als er mir freiwillig sein Handy aushändigte, rief ich probeweise von seinem auf meines an, und die Nummer, die auf meinem Display erschien, war eine andere.«

»Er hat gelogen«, schlussfolgerte Colin.

»Dachte ich auch. Ich hab's kurz prüfen lassen. Sein Vertrag lautet auf die Nummer, die er mir gegeben hat.«

»Zweitnummer mit Prepaid-SIM?«

»Möglich. Warum schleicht er dann aber mit dieser SIM im Handy um dein Haus herum? Unser Täter ist nicht unvorsichtig, offensichtliches Ums-Haus-herum-Schleichen passt nicht zu ihm.«

Colin rieb sich mit der Hand übers Gesicht. »Es ist zum Verzweifeln!«

»Ist es. Wir behalten ihn vorerst hier. Aber wir brauchen in wenigen Stunden einen dringenden Tatverdacht, sonst müssen wir ihn gehen lassen. Wir müssen die Sache klären, jetzt oder nie.«

»Dann machen wir am besten gleich weiter.« Dem Einfall folgend, den Colin eben erst gehabt hatte, kehrte er ins Zimmer zurück und fragte Jürgen ohne Umschweife: »Wie kamen Sie auf die Idee mit dieser Wette?«

»Ist mir eingefallen.«

»Jürgen, das ist ein echt beschissener Zeitpunkt, um mich anzulügen. Wir versuchen hier einen Mörder zu fassen, und wenn Sie nicht mit der Sprache rausrücken, machen Sie sich umso verdächtiger. Es ist ja nicht so, als könnten Sie etwas verlieren, wenn Sie erzählen, wie Sie wirklich auf die Wette gekommen sind, oder etwa doch?«

Waldi ließ Colin gewähren, hörte zu, wartete ab, wo die Frage hinführte.

Jürgen erwachte aus seiner Lethargie, funkelte Colin wütend an. »Doch. Ich kann Tessa verlieren, wenn ich ausgerechnet Ihnen gegenüber zugebe, dass die Idee überhaupt nicht von mir ist!«

Im ersten Augenblick verschlug es Colin die Sprache. Der Anblick von Carolinas Tagebuch hatte ihn überhaupt erst darauf gebracht, beinahe so, als hätte sie ihn mit unsichtbarer Hand gelenkt. Er glaubte nicht an solch übernatürliche Phänomene, spürte aber dennoch, wie sich ihm die feinen Nackenhärchen aufrichteten.

»Dann ist es also wahr.«

Und was bedeutet das nun?

»Wer hat Sie auf die Idee gebracht, Jürgen?«, fragte Colin.

Jürgen ließ die Schultern hängen. »Carlos.«

»Tessas Konkurrent?«

Jürgen nickte. »Er rief mich an und stellte diese Idee als Versuch, die Sendung zu retten, vor. Das hätte seinen Heiligenschein noch heller leuchten lassen und brachte beiden Lagern mehr Publicity ein. Ich war einverstanden, denn der Gedanke war wirklich interessant, aber er war eben nicht von mir. Das konnte ich Tessa gegenüber nicht eingestehen. Also habe ich sie belogen, was den Ursprung der Wette anging. Carlos segnete das sogar ab, er meinte, ich könnte die Idee Tessa gegenüber ruhig als die meine verkaufen, um sie zu beeindrucken.«

»Er war so großzügig und ließ Sie sich mit seinen Lorbeeren schmücken?«

»Na ja, ja. Es hat mich selbst überrascht, denn er zeichnet sich nicht gerade durch sein gönnerhaftes Verhalten aus.«

Colin und Waldi wechselten einen kurzen Blick. »Danke, Jürgen«, beendete Waldi Colins Befragung. Er ging zur Tür, verließ den Raum erneut und bedeutete Colin mit einem Kopfnicken, ihm zu folgen. Colin zog die Tür hinter sich zu, damit Jürgen nichts vom unvermeidlichen Gespräch mitbekam.

»Wir haben diesen Carlos durchleuchtet. Er ist ein Arschloch, aber als Mörder haben wir ihn nicht auf dem Radar.«

Colin stemmte die Hände in die Hüften. »Vier Dinge: Die Sache mit Jürgens Handy könnte stimmen. Wo hat er sein Handy hervorgeholt, als du es verlangt hast?«

»Äußere Jackentasche.«

»Es könnte also sein, dass es ihm jemand stahl, die SIM ersetzte und dann wieder in seine Tasche zurücksteckte. Irgendwo in einer Bar zum Beispiel. Jedenfalls würde die dadurch entstandene Berührung des Täters mit Jürgens Kleidung Chiaras Reaktion auf ihn erklären.«

Waldi nickte. »Wäre eine Erklärung. Zweitens?«

»Sie haben die Miniatur einer Laterne auf dem Münsterplatz gefunden. Darin befand sich eine erhängte Strohpuppe in der Größe eines Playmobil-Männchens. Der Figur lag ein Foto mit einer Notiz darauf bei.«

»Lass mich raten: mit deinem Namen drauf.«

»Genau. Auf dem Foto ist zudem eine vermutlich mannshohe Laterne abgebildet, in der die Silhouette eines menschlichen Körpers zu erkennen ist.«

»Verdammt. Hat er uns an der Nase herumgeführt, oder wartet irgendwo tatsächlich eine Version der lebensechten Laterne auf uns?«

»Ich weiß es nicht. Bis jetzt haben wir noch nichts gefunden, und der Tag ist beinahe um.«

»Wir müssen abwarten. Drittens?«

»Ich kann Tessa nicht finden.«

»Toilette?«

»Hat Jean auch gesagt. Da wäre sie nun aber schon ziemlich lange drin. Ich werde Chiara nach ihr suchen lassen.«

»Ist mein Auto noch da?«

»Als ich das letzte Mal nachgesehen habe, war es da, ja.«

»Deshalb also die Tasche, die du mit dir rumschleppst?« Waldi sah auf den Gurt, der Colin diagonal über seiner Brust spannte.

Colin sah an sich hinunter, als bemerke er erst jetzt, dass er die ganze Zeit über die Tasche mit Carolinas Tagebüchern mit sich herumgetragen hatte. »Die habe ich ganz vergessen. Ich habe die Tagebücher in deinem Auto gesehen und mitgenommen. Wir müssen sie durchsehen.«

»Das ist fünftens. Was war viertens?«

»Carlos. Ich will wissen, ob die Wette seine Idee war oder ob noch jemand anderes dahintersteckt. Wenn jemand anderes die Fäden gezogen hat, will ich wissen, wie und wann er mit Carlos in Kontakt getreten ist. Jürgen hat ihn mit seinem Geständnis von der Randfigur zum Hauptdarsteller befördert.«

An einem anderen Ort

Die Welt bewegt sich. Sie dreht sich. Mir ist übel. Das Licht ist zu hell. Ich will die Dunkelheit zurück. Ich will etwas sagen, doch was meinen Mund verlässt, ist nicht verständlich.

Inzwischen hatte Tessa verstanden, dass sie in einer Art Box lag, die mit einem Fahrzeug irgendwohin transportiert worden war. Als das Schaukeln aufhörte, hörte sie ein Klicken, wie wenn ein Schloss entriegelt wurde. Gleich darauf stahlen sich helle Lichtstreifen durch Ritzen in ihr Gefängnis. Es roch nach Tannenharz.

Tessa konnte ihn hören. Seine Gegenwart spüren, ihn aber nicht sehen.

Trotz des Lichtes konnte sie nur tanzende Schatten erkennen. Sowieso tat ihr die plötzliche Helligkeit in den Augen weh.

Auf einmal ruckelte es erneut. Ein schleifendes Geräusch folgte. Tessa, nein, ihre Kiste wurde gezogen.

Sie kämpfte verbissen darum, nicht in Panik zu geraten. Sich nicht auszumalen, was das alles zu bedeuten hatte oder was mit ihr geschehen würde. Trotzdem zeichnete ihre benebelte Fantasie bunte Bilder davon, wie sie jemand aufschneiden, ausstopfen, kostümieren und an der Fasnacht ausstellen würde.

Dann brach sie durch, die Panik. Unkoordiniert schrie sie, schlug um sich, kratzte an den Wänden der Box. Da wurde es auf einen Schlag ganz hell. Das gleißende Licht direkt über ihr blendete sie so sehr, dass sie sofort verstummte. Als wäre sie ein Vogel, dem man des Nachts ein Tuch über den Käfig legte, damit er schwieg.

Eine Silhouette schob sich in ihr Blickfeld. Tessa kniff die Augen fest zusammen, konnte aber dennoch nur den Umriss erkennen. Trotzdem beschlich sie das ungute Gefühl, diesen undefinierbaren Schatten zu kennen.

Eine ruhige Stimme redete auf sie ein. »Ganz ruhig. Gleich wird's besser. Ich wusste, dass du gut geeignet bist. Ich hätte gerne noch etwas länger mit dir gespielt, aber wir haben zu wenig Zeit. Dennoch werde ich meine Freude an dir haben, so wie du toben kannst!«

Er schien sich tatsächlich diebisch zu freuen. Tessa wurde erneut von Entsetzen gepackt. Doch bevor sie die Fassung ein weiteres Mal verlieren konnte, fühlte sie, wie er ihren Arm anhob. Tessa versuchte hinzusehen, konnte ihren Kopf aber kaum bewegen. Der Schmerz war unerträglich.

Irgendetwas steckte er in ihren Arm. Es fühlte sich an, als stäche sie eine Hornisse, die ihr Gift seelenruhig in sie hineinpumpte.

Sie konnte noch denken, sich aber nicht mehr rühren. Tessas Augenlider flatterten. Obwohl sie wach bleiben wollte, fielen ihr die Augen zu, und es wurde wieder dunkel. Das war schön.

Chiara schnüffelte wie eine Verrückte die Räumlichkeiten der Staatsanwaltschaft ab. Sie war hoch konzentriert und extrem schnell. Dennoch dauerte Colin die Suche zu lange.

Mangels anderer Optionen hatte er ihr das Tagebuch, auf dem Tessa gemäß Waldi eingeschlafen war, gegeben, um daran zu riechen. Für Chiaras feine Nase war das ausreichend gewesen. Sie hatte die Fährte im Handumdrehen aufgenommen.

Wo steckt Tessa?

Er hatte sich überhaupt nicht erst die Mühe gemacht, die kleine Laterne, die auf dem Münsterplatz gefunden worden war, persönlich zu begutachten. Colin hatte sich Fotos schicken lassen, hatte Anweisung gegeben, die Gaffer im Auge zu behalten, vor allem jene mit Larve, die besonderes Interesse zu zeigen schienen. Sich auffällig verhaltende Personen sollten sofort angehalten und gemeldet werden. Das war alles, was er tun konnte.

Auch von dem Foto mit der Notiz hatte er sich ein Bild schicken lassen. Das was er sah, war zwar alarmierend, aber ergab ebenfalls keine wirklichen Hinweise.

Chiara verfolgte die gewitterte Spur von Stockwerk zu Stockwerk, bis sie in der Tiefgarage ankamen, was Colin einigermaßen erstaunte. Chiara eilte zu den Transportern und setzte sich vor einen der Parkplätze. Der Parkplatz war leer.

»Das ist jetzt nicht dein Ernst, Chiara. Sie wird doch nicht einen Transporter geklaut haben! Wie hätte sie an den Schlüssel herankommen sollen, während sie Waldis Autoschlüssel bereits hatte, sein Auto aber noch da ist?«, dachte Colin laut nach.

Indem ihr jemand geholfen hat.

Aber wer?

Colins Nervenbahnen begannen zu vibrieren, als es ihm klar wurde. »Jean.«

Colin sprintete zurück nach oben, zückte währenddessen sein Handy und wählte Jeans Nummer. Er nahm den Anruf nicht entgegen. Colins Gedanken überschlugen sich. Obwohl er seinen langjährigen Freund überhaupt nicht in das Puzzle einfügen wollte, passten die Teilchen auf einmal erschreckend gut zusammen.

Colin, Jean, Waldi und Carolina, alle waren im selben Jahrgang auf der Polizeischule gewesen. Sie hatten sich dort kennengelernt und viel Zeit zusammen verbracht. Colin musste sich nicht einmal bemühen, die Erinnerungen fielen ihm geradezu in den Schoß. Es hatte so viele Situationen gegeben, während derer Colin hätte begreifen müssen, dass er nicht der Einzige gewesen war, der an Carolina Interesse gezeigt hatte. Jean hatte ihr im Grunde dauernd den Hof gemacht, doch sie entschied sich letztendlich für Colin.

Colin hatte sich gefreut, als Jean Nathalie begegnete und in ihr eine Partnerin fand.

Mein Gott, die arme Nathalie!

Nein, so durfte er nicht denken. Bevor er Jean nicht in die Finger bekam, war alles nur Spekulation und eine grausame Unterstellung.

Abrupt blieb Colin stehen. Er zog das Tagebuch aus dem Gurt, in das er es gesteckt hatte, nachdem Chiara daran gerochen hatte, und begann, darin zu blättern. Er überflog die

Seiten, blieb kurz bei einem Eintrag hängen, stellte fest, dass er keine nützlichen Infos enthielt, und blätterte weiter.

Er legte das Buch neben sich ab, um die Hände für sein Telefon frei zu haben. Er wählte Waldis Nummer. Doch auch er nahm den Anruf nicht entgegen.

Was war hier los?

Colin arbeitete sich zum nächsten Eintrag vor, drückte sich gleichzeitig durch die Kontakte und wählte eine weitere Nummer. Es klingelte. Er wartete, verdrängte Carolinas Stimme aus seinem Kopf, während er ihre Worte las:

Er kam heute wieder zu mir nach Hause, brachte Blumen mit. Ich kann mir nicht helfen. So lieb er auch ist, ich hab ein Auge auf jemand anderes geworfen. Dummerweise auf seinen besten Freund. Das ist eine verfluchte Zwickmühle. Sie sind alle beide meine Freunde, sogar mein überfürsorglicher Bruder hat sich zu einem echten Kumpel gemausert. Ich will niemanden verletzen und ich will auch nicht, dass es ausgerechnet meinetwegen zwischen den Jungs zum Zerwürfnis kommt. Ich konnte mich noch nicht dazu durchringen, JP die Wahrheit zu sagen. Irgendwann werde ich das aber tun müssen, denn ich weiß nicht, wie lange ich mich noch gegen meine Gefühle für Colin sperren kann.

Colin.

Eigentlich ein komischer Kerl. Er drängt sich nicht auf. Das ist zwar nett, aber durch die Zurückhaltung war es schwer für mich, herauszufinden, ob er dasselbe für mich empfindet wie ich für ihn. Dann gab es diesen einen Moment. Ich kam gerade vom Dienst, fuhr in meine Garage. Er schlüpfte durch das automatische Tor, ehe es sich ganz schloss, und passte mich ab, als ich ausstieg. Ich erschrak beinahe zu Tode, als er auf einmal in dem schummrigen Licht vor mir stand, mich packte und küsste, als gäbe es kein Morgen.

Gott, bekam ich weiche Knie!

Ab diesem Moment war nichts mehr, wie es vorher war. Vordergründig war er nach wie vor der stille Typ mit dem großen Herzen. Wenn die anderen anwesend waren, ließ er sich bis auf ein paar intensive Blicke nicht anmerken, was privat zwischen uns lief. Mir ist klar, dass er JP genauso schützen wollte wie ich, aber irgendwann müssen wir das zwischen uns zu erkennen geben! Das dachte ich zumindest. Aber es nisteten sich bald schon Zweifel ein, ob Colin wirklich der Typ Mann war, den ich brauche. Im beruflichen Alltag ist er das, und wie. Doch privat wirkt er wie verwandelt. Es war rührend, wie er sich bemüht hat, mich beruflich weiterzubringen. Dank seines Einflusses konnte ich viele Erfolge verbuchen, Rufus und ich sind ein gefeiertes Team. Seinetwegen. Dafür war ich ihm dankbar, aber es wurde mir auch unangenehm. Auch sonst, privat, bei mir zu Hause, ist er irgendwie nicht derselbe. Nicht so zärtlich, eher schroff. Ob das daran lag, dass er vom Beruf nicht abschalten konnte? Ich weiß es nicht. Er spricht nicht darüber. Ich werde ihm sagen müssen, dass mir sein Verhalten irgendwie zu aufdringlich ist. Mal sehen, wie er darauf reagiert. Wenn ich ihn unter seinen Kollegen erwische, mit Waldi oder JP, und ihn in dieser Laune sprechen kann, wird er es verstehen. Wenn ich es zu Hause tun muss, fernab der beruflichen Routine, weiß ich nicht, was er sagen wird. Ich kann es schlicht nicht einschätzen, denn er ist ein Mann mit zwei Gesichtern.

»Hallooooooooo!« Colin zuckte zusammen, so tief war er in Carolinas Zeilen versunken gewesen. Er wusste nicht, wie lange Marina schon am anderen Ende der Leitung auf seine Reaktion wartete.

»Marina! Tut mir schrecklich leid, ich war total in Gedanken!« Das war die Untertreibung des Jahrhunderts. Er war in einer komplett anderen Welt gewesen.

»Ja, das habe ich mir gedacht. Ich kenne dich, mein Junge, denk dran! Das ist auch der einzige Grund, weshalb ich nicht aufgelegt, sondern gewartet habe. Was möchtest du wissen, Colin?«

Marina fackelte in der Regel nicht lange. Nach dreißig Jahren bei der Staatsanwaltschaft stand sie kurz vor der Pensionierung. Sie kannte alles und jeden, konnte sich überall Zugriff verschaffen, was sie ausnutzte, sofern sie es für richtig erachtete. Auf Colin war sie schon immer besonders gut zu sprechen gewesen, was er sich nun zum ersten Mal zunutze machen wollte. Er musste erfahren, wo der Transporter abgeblieben war.

Die Pforte war videoüberwacht. Wenn jemand mit einem Transporter weggefahren war, war es aufgezeichnet worden. Noch während Colin sich das klarmachte, ahnte er, dass es so einfach nicht sein würde. Das passte nicht zu den gut durchdachten Spielchen eines Mörders, der sechs Jahre lang unerkannt geblieben war.

»Ich brauche Hilfe.«

»Ich bin ganz Ohr.«

»Ich muss wissen, ob jemand in den vergangenen Stunden mit einem Transporter weggefahren ist.«

»Machst du Witze?«, fragte Marina völlig unerwartet.

»Nein, im Gegenteil, es ist sehr wichtig«, antwortete Colin verdutzt. »Ich muss das wissen. Du weißt doch, woran ich arbeite, oder?«

»Ja, natürlich! Darum frage ich ja!«

Und dann sagte sie etwas, das Colin komplett aus dem Gleichgewicht brachte.

»Du bist weggefahren!«

Als Waldi zurückrief, hatte sich Colin noch nicht wieder gefangen. Er schaute sich die Aufnahmen der Kamera wieder und wieder an und konnte nicht glauben, was er sah. Das Tor glitt zurück. Einer der Transporter fuhr durch die Porte. Am Steuer saß der Statur nach ein Mann. Ein Mann mit einer Waggislarve auf dem Kopf.

Marina war ihm zufällig in der Tiefgarage begegnet, als er die Larve aus dem Kofferraum eines schwarzen Mercedes geholt und sie übergezogen hatte. Sie hatte Alarm schlagen wollen, doch dann hatte sich der Mann umgedreht und die Larve ein Stückchen angehoben, dass sie einen Blick auf sein Gesicht erhaschen konnte.

»Gehört alles zum Plan«, hatte er ihr gesagt, und sie hatte ihn gewähren lassen.

Marina schwor bei ihrem Leben, dass es Colin gewesen war, der vor ihr gestanden hatte. Ansonsten hätte sie ihn keinesfalls gewähren lassen.

Das glaubte Colin ihr aufs Wort. Doch der Rest klang wie ein schlechtes Märchen.

In sich zusammengesunken saß Colin vor dem Bildschirm und klickte die Kamerabilder vor und zurück. Außer struppigem Basthaar auf einem Kopf aus Pappmaschee war nichts zu erkennen.

Ein Schatten schob sich über ihn. Colin bemerkte es, sah aber nicht auf, als er sagte: »Ich habe den schwarzen Mercedes da runtergefahren. Es war Jürgens Mietwagen. Ich habe darin die Larve entdeckt und sie dort gelassen. Nun sehe ich, wie sich eben diese Larve aus dem Gebäude entfernt! Ich sehe es, aber ich verstehe es nicht!«

Waldi legte Colin die Hand auf die Schulter. Die Geste hatte etwas Väterliches. »Colin?«, fragte Waldi behutsam. »Lass die Maus los und sieh mich an.«

Colin ließ los, blickte aber nicht zu Waldi, der sich neben ihm aufgebaut hatte, auf. Waldi verstärkte den Druck auf Colins Schulter. »Dreh mir jetzt bloß nicht durch, okay? Marina hat mir erzählt, was passiert ist. Das ist verstörend, aber ich brauche dich bei Verstand, kapiert?«

Colin reagierte nicht auf Waldis Ansage. »Tessa ist verschwunden. Ich kann sie nicht finden! Er hat sie geholt. Nur, wie ist das möglich? Wie kann er sie mir unter der Nase wegschnappen?«, murmelte er vor sich hin.

»Colin, verdammt noch mal, ich werde dir deine Visage polieren, wenn du jetzt nicht sofort wieder zu dir kommst!« Waldi schien zu bemerken, dass er mit der freundlichen Art nicht weiterkam. »So kannst du Tessa nicht retten, also konzentrier dich!«

Colin nickte langsam und hob den Kopf, blickte endlich zu Waldi auf. Die Erleichterung stand Waldi ins Gesicht geschrieben. Colin erhob sich und richtete sich bewusst zu seiner vollen Größe auf. »In Ordnung. Ich bin da.«

Und um die restlichen Zweifel zu zerstreuen, die Waldi an seiner Zurechnungsfähigkeit hegen konnte, fragte er: »Was hast du über Carlos herausgefunden?«

Waldi ging ohne Umschweife darauf ein. »Carlos ist ein Weichei. Ich habe ihm gedroht, ihm seine Restaurants dichtzumachen, egal, mit welchen Mitteln, und sofort rückte er mit der Sprache raus. Weder er noch Jürgen hatten die Idee zur Wette. Carlos erhielt ebenfalls einen Anruf von einem Unbekannten, der ihm den Vorschlag unterbreitete. Carlos hat den Köder geschluckt, hat es mit Jürgen besprochen, und die Sache war geritzt. Nur können wir nicht zurückverfolgen, wer der anonyme Anrufer war.«

»Aber wir können herausfinden, über welchen Sendemast der Anruf abgewickelt wurde, und zumindest die Umgebung, aus der er angerufen hat, eingrenzen.«

»Überlass das mir. Ich lasse der Sache nachgehen, obwohl ich denke, dass der Typ sich sicherlich weit weg von seinem Nest befunden hat, als er die Anrufe erledigte.«

»Ich habe inzwischen einen Verdacht, wer der *Typ*«, Colin zeichnete mit den Fingern Anführungsstriche in die Luft, »sein könnte.«

»Tatsächlich?«

»Es könnte Jean sein.«

Waldi stockte in der Bewegung. »Jean? Unser Jean?«

Colin nickte, zog stumm das Tagebuch, das er keine Sekunde aus den Händen gegeben hatte, hervor, und schlug die Seite auf, die ihn mehr verwirrte als irgendetwas jemals zuvor.

»Jean hat vorhin im Hof mit Tessa gesprochen, seither ist sie verschwunden. Ich habe versucht, ihn telefonisch zu erreichen, aber er nimmt nicht ab. Dann habe ich das hier entdeckt.« Colin zeigte Waldi den Tagebucheintrag seiner Schwester. »Er stellte Carolina nach, wusstest du das?«

Waldi war sichtlich vor den Kopf gestoßen. »Nein, wusste ich nicht«, grummelte er und überflog Carolinas Worte. Dann klappt er das Buch zu. »JP. Jean-Paul. Besser bekannt als Jean. Verfluchte Scheiße! Colin, hast du Chiara nach Jean suchen lassen?«

Colin hätte sich ohrfeigen können. Er war so von dem

eingenommen gewesen, was Marina gesagt hatte, dass er überhaupt nicht auf die Idee gekommen war, Chiara auf Jean anzusetzen. »Nein. Ich Idiot!«

»Er hat in seinem Spind sicher ein Kleidungsstück liegen.«

»Der Spind ist abgeschlossen.«

»Nicht mehr lange. Ich bring dir was, das du Chiara zum Schnüffeln geben kannst.«

»Brauchst du nicht, ich komme mit.«

Memoiren eines Künstlers

Mittwoch, 16. März 2011

Sie bringt die Kiste ganz schön ins Schwanken, stelle ich fest, als ich sie aus dem Transporter ziehe und über den Boden schleife. Um ihr noch eine Dosis Beruhigungsmittel zu verpassen, muss ich die Box öffnen. Da kneift sie lichtscheu die Augen zusammen, blinzelt verwirrt.

Ich kam problemlos aus dem ach so abgesicherten Gebäude der Staatsanwaltschaft raus. Ich war froh, dass mich Marina in Ruhe ließ und ich ihr nichts antun musste. Ich hatte die Larve nicht ganz angehoben. So verbarg der Schattenwurf die Teile meines Gesichts, an denen sie hätte erkennen können, dass ich nicht der war, für den sie mich hielt.

Inzwischen hat Colin bestimmt bemerkt, dass Tessa nicht mehr da ist, und arbeitet die Überwachungsbilder der Kameras durch. Zu gerne sähe ich sein Gesicht, wenn er sieht, wie der Transporter unaufhaltsam durch das Tor fährt, mit einem Waggis am Steuer.

Marina wird in ihrem Glauben, dass Colin durch das Tor fährt, bestimmt für zusätzliche Verwirrung sorgen. Wie gerne hätte ich Mäuschen gespielt! Meine Aufgabe liegt aber woanders.

Ich sperre Tessa, die wieder ruhig schlummert, ein. Ich kann es kaum erwarten, mich an ihren Beinen zu schaffen zu machen. Sie aufzuschneiden, zu hören, wie sie schreien und wimmern kann. Ihre kleine Panikattacke von vorhin ist eine vielversprechende Kostprobe darauf gewesen, was noch so alles in ihr steckt.

Noch nicht, mahne ich mich. Zuerst muss ich den Wegweiser positionieren.

Ich rechne ungefähr eine Stunde Zeit ein. Ich ziehe mich um, hocke mich auf den Roller mit dem Anhänger und fahre zurück in die Stadt.

Während der Fahrtwind durch die Ritze zwischen meinem Visier und dem Helm in mein Gesicht pfeift, wächst die Vorfreude ins Unermessliche, aber auch der Abschiedsschmerz beginnt zu nagen.

Ich habe meine hübsche Idee mit Jacky in the Box etwas modifizieren müssen, aber im Grunde ist sie gut umzusetzen gewesen. Ich habe den Körper halbieren, die Haut abziehen und die leere Hülle mit etwas Stopfmaterial befüllen müssen. Im Oberkörper noch eine Sprungfeder montiert und jene an die überdimensionierte Mechanik der Box angeschlossen, schon ist's erledigt gewesen. Einfach, aber effektvoll. Den Kasten zimmerte ich aus Spanplatten, strich ihn in einem warmen Gelb und montierte die Anhängerkupplung.

So bin ich nun unterwegs.

In der Stadt angekommen, stelle ich den Roller etwas abseits ab. Den Rest gehe ich zu Fuß.

Während ich meinen Wagen durch die Gassen ziehe, teste ich die Aufmerksamkeit, die ich damit errege. »Kann ich mal drehen?«, höre ich einen Halbstarken rufen, kaum bin ich losmarschiert. Obwohl seine Reaktion genau die war, die ich mir gewünscht habe, ignoriere ich ihn. Hier ist zu wenig los. Wenn die Box aufspringt, muss ich mich unauffällig verdrücken können, und das gelingt am einfachsten zwischen vielen Menschen. Ich ziehe den Wagen vorbei an einer belebten Eckkneipe. Vor dem Gebäude daneben stelle ich ihn ab.

Keine zwei Minuten später will schon der Nächste an der Kurbel drehen.

Ich mustere den Kerl. Er ist schlaksig, wirkt, als hätte er schon das eine oder andere Bier getankt, seine Stimmung ist ausgelassen. Er hat sich aus einer Gruppe mit zwei Frauen und zwei weiteren Typen gelöst, die gegenüber mit Kostümierten plaudern.

Aus der Kneipe kommt eine weitere Frau, steuert mit zwei Jägermeistern in der Hand auf den Burschen zu. Sie fordert ihn auf, den Schnaps zu trinken, legt ihm den Arm um die Schulter und prostet ihm und auch mir zu. Ich beobachte die beiden schweigend.

Sie scheinen perfekt.

Ich stoße mich von der Wand ab, schiebe mich zwischen die beiden Schnapstrinker und präsentiere mit einer ausladenden Handbewegung meinen Wagen mit der großen, verlockend wirkenden Kurbel.

Die Frau grinst mich an. »Das ist deiner?«

Ich nicke heftig, sodass das Kunsthaar nur so wippt.

»Mit einer Kurbel?« Sie scheint neugierig, aber auch zurückhaltend.

Ich nehme sie bei der Hand, führe sie zu dem Drehgriff. Deute eine Drehbewegung an. Unsicher lächelnd sieht sie zu ihrem Begleiter. Der grinst nur breit.

»Was meinst du, was da rauskommt?«, fragt sie zögerlich lachend.

»Dreh, dann wirst du es erfahren!«

Sie sträubt sich, sieht Hilfe suchend zu den anderen ihrer Gruppe, die sich von den Fasnächtlern verabschieden und ebenfalls zu meinem Wagen stoßen.

»Sie soll drehen, aber sie traut sich nicht«, erklärt der

Schmale den anderen. Während sie weiter rätseln, tippe ich der Frau auf die Schulter, zeige auf mich, forme die Hand so, als halte ich ein Glas, und gebe ihr zu verstehen, dass ich in der Zwischenzeit in der Beiz ein Bier trinken gehe.

Eine Guggenmusik kündigt sich an. Die rhythmischen Töne werden lauter, je näher sie kommen, was die Aufmerksamkeit der Menschen vor der Kneipe zerstreut. Das erlaubt mir wiederum, unsichtbar zu werden.

Von den anderen befeuert, beginnt die Brünette dann auch endlich zu drehen.

Ihr Blick ist Gold wert. Sie wirkt angespannt, und doch kann sie es kaum erwarten, bis die Box aufpoppt, der Schreckmoment vorüber ist. Sie glaubt wohl, sie ahnt, was in der Box lauert. Aber sie hat nicht die leiseste Vorstellung.

Eine Umdrehung. Zwei. Drei.

Rückwärts entferne ich mich.

Vier. Fünf.

Ich biege gerade um die Ecke, als ich den entsetzten Aufschrei höre. Es ist immer wieder faszinierend, wie nahe lebendige Freude und ängstliche Ungewissheit beieinanderliegen.

Mittwoch, 16. März 2011
Bei der Staatsanwaltschaft/Tag 3 der Basler Fasnacht

Auf dem Weg in die Garderoben begann Waldis Handy zu klingeln. Er nahm den Anruf entgegen. Während er lauschte, wurde er immer langsamer, bis er stehen blieb. Colin, der Waldi einige Schritte voraus war, sah sich um, bedeutete Waldi, sich wieder in Bewegung zu setzen.

Waldi wedelte abwehrend mit der Hand.

Colin stutzte. Stumm formulierte er: »Tessa?«

Waldi legte auf, schüttelte den Kopf. »Nein, schlimmer.«

Colin sah Waldi mit zusammengezogenen Augenbrauen fragend an.

»Colin, wir müssen die Sache mit dem Spind vorerst auf Eis legen. Es gibt da etwas, das du dir ansehen musst. Aber ich muss dich warnen. Es ist …« Waldi zögerte, rang um die richtigen Worte, fand sie aber nicht. »Ich weiß nicht, wie ich es dir sagen soll. Am besten, wir brechen einfach auf.«

Colin las etwas in seinen Augen. Etwas, das er nicht mehr gesehen hatte, seit dem Tag, an dem sie Carolina beerdigen mussten. Es war ein ehrliches, tief empfundenes Mitgefühl.

Colin rührte sich nicht vom Fleck. »Waldi, was ist los? Wer war das am Telefon?«

»Ich kann's dir nicht sagen. Wirklich nicht. Du musst es sehen, und nimm Chiara mit.«

Colin fühlte ein unangenehmes Kribbeln im Nacken, als stünde der Tod persönlich hinter ihm. Er versuchte das Gefühl abzuschütteln, doch es gelang ihm nicht. Colin stand auf, pfiff Chiara zu sich, die die ganze Zeit ruhig neben ihm ausgeharrt hatte, und folgte Waldi durch die Gänge der Staatsanwaltschaft zu dessen Auto. »Wohin fahren wir?«

Waldi schwieg.

»Waldi, ihr habt etwas gefunden, richtig? Und es steht wieder mit mir im Zusammenhang, sonst wärst du nicht so seltsam. Raus mit der Sprache, was erwartet mich?«

Waldi schwieg weiter.

Colin wusste, wann er bei Waldi nicht mehr weiterkam. In solchen Situationen musste er sich überlegen, ob es sinnvoll war, weiter auf eine Antwort zu beharren, oder ob man besser einfach abwartete. Colin entschied sich für Letzteres.

Waldi verringerte das Tempo, bog in eine Straße ein. Die blauen Lichter der Einsatzwagen zuckten nervös über die umliegenden Hausfassaden. Entsetzte Menschen hatten sich hinter Absperrbändern eingefunden. Kameras blitzten, und eine beachtliche Menge Beamter ging eifrig ihrer Arbeit nach. Das geschäftige Treiben erinnerte an einen Ameisenhaufen.

Colin fühlte sich sechs Jahre zurückversetzt. An den Fasnachtsmittwoch, an dem ein Fasnachtswagen für Aufsehen gesorgt hatte, weil die Galionsfigur auf einmal keine Puppe, sondern ein echter menschlicher Körper gewesen war.

»Was hat uns der Kerl hinterlassen?«, fragte Colin, bereit, das Auto zu verlassen.

»Colin, vorweg: Vossmann ist dagegen, dass ich dich hierher mitgenommen habe, also versau es nicht, okay? Lass Chiara ihre Arbeit machen. Weil sie den Geruch des Täters vermutlich kennt, war sie das einzige Argument, das Vossmann überzeugen konnte. Er konnte Chiara nicht haben, wenn er dich nicht auch dazuholt. Versprich mir, dass du dich beherrschen wirst.«

»Waldi, ich …«

»Du wirst es noch früh genug verstehen«, unterbrach Waldi, ohne zu wissen, was Colin eigentlich hatte fragen wollen. Doch seine Antwort traf ins Schwarze. »Versprich es mir einfach«, verlangte Waldi noch einmal mit Nachdruck.

»Okay. Versprochen. Wollen wir?« Colin war begierig darauf, das große Geheimnis zu lüften und endlich in Erfahrung zu bringen, worum Waldi ein solches Theater machte.

»Eins noch. Das da draußen könnte das entscheidende Argument sein, um deinen Vater endlich davon zu überzeugen, dir die ganze Wahrheit zu erzählen. Bitte denk daran, wenn du es siehst.«

Waldi öffnete die Fahrertür und stieg aus. Colin tat es ihm nach und befreite Chiara aus dem Kofferraum. An der Seite seines ehemaligen Partners bahnte er sich einen Weg durch die Leute.

Colin versuchte, eine düstere Ahnung niederzukämpfen.

Konnte es sein?

Er holte tief Luft, als er sich unter dem Absperrband durchbückte.

Der Fundort war mit einem weißen Zelt verdeckt, um ihn vor sensationslustigen Blicken abzuschotten.

Waldi blieb vor dem Zelt stehen. »Bereit?«, fragte er Colin, der vorsichtig nickte. »In Ordnung. Denk daran, was du mir versprochen hast«, mahnte er noch einmal, dann klappte er die Plane zur Seite.

Colin trat in das Zelt ein.

Der Anblick, der sich ihm bot, tötete mit einem Schlag sämtliche Empfindungen ab. Colin fand sich einem Kasten gegenüber, der mit einer Drehkurbel ausgestattet war. Der Deckel der Box war offen, aus der Box ragte eine Figur auf einer Sprungfeder heraus. Auf dem Kopf trug sie eine Narrenkappe. Die kleinen Glöckchen bimmelten bei jedem Lufthauch und jeder Berührung durch Eren, der die Spuren sicherte.

Doch Colin nahm Eren überhaupt nicht richtig wahr. Er hatte nur Augen für das Gesicht der Figur.

Es war jung und schön. Bis auf die glasigen Puppenaugen wirkte es erstaunlich lebendig. Der Ausdruck erinnerte an ein warmes Lächeln.

Colin trat noch einen Schritt näher heran, hob die Hand, streckte einen Finger aus, berührte die helle Haut aber nicht. »Ich hatte recht«, flüsterte er mit erstickter Stimme. »Sie hat uns nicht verlassen. Er hat sie uns genommen.«

Colin ließ seine Hand wieder sinken, versuchte, zu begreifen, was schlicht unbegreiflich war. Nach zwanzig Jahren der Ungewissheit wusste er endlich, was aus seiner Mutter geworden war.

»Colin? Wie kommst du klar?« Waldi war nicht von Colins Seite gewichen, während Eren in seiner üblichen Art seiner Arbeit weiter nachging und ignorierte, was rundherum geschah.

»Das da vor mir ist meine seit zwanzig Jahren verschollene Mutter. Oder zumindest das, was von ihr übrig ist. Was denkst du, wie ich klarkomme?«

»Nicht besonders gut, nehme ich an. Dennoch muss ich dich bitten, Chiara ihre Arbeit machen zu lassen.«

Colin nickte schwach. »Natürlich, du hast recht.«

»Wir wissen nicht, wie viel Zeit Tessa bleibt. Loredana hat er ein paar Tage behalten. Darauf können wir uns aber nicht verlassen, weil wir nicht wissen, was er mit Tessa vorhat. Siehst du dich imstande, deinen Job auszuführen, oder soll ich dich ablösen lassen?«

»Nein. Ich mache das. Ich will dieses miese Schwein haben. Er schuldet mir nämlich noch einige Antworten.«

»Das dachte ich mir.«

Colin drehte sich ganz bewusst von dem zu einem überdimensionierten Spielzeug verarbeiteten Frauenkörper ab und sah Waldi fest in die Augen. »Danke, dass du mich das machen lässt. Die Sache scheint immer persönlicher zu werden, weshalb ich hier im Grunde nichts mehr verloren habe.«

»Solange du dich im Griff hast, hast du meine Rückendeckung.«

»Das weiß ich zu schätzen.« Colin atmete durch. »Eren?«

Plötzlich angesprochen, drehte sich Eren überrascht um, was seine Rastas zum Wippen brachte. »Ja?«

»Kann Chiara hier ein bisschen herumschnüffeln?«

Eren sah sich kurz um, zuckte dann sorglos mit den Schultern. »Klar. Ich bin hier soweit durch. Wollt ihr vorher noch wissen, welche Infos ich bisher gesammelt habe?«

»Bitte«, bestätigte Waldi, und Eren legte ohne Umschweife los: »Die Frau hier scheint ziemlich lange ausgestopft gewesen zu sein. Ihre Haut ist gut gepflegt, aber sie weist an den Unterarmen einige trockene Stellen und Risse auf. Außerdem habe ich auf der Innenseite Reste einer Masse gefunden, die ich spontan als Modelliermasse einstufen würde. Die Details kriegt ihr dann später.«

»Verstehe. Danke.« Colin musste sich zusammennehmen. Er hatte gute Lust, auf etwas einzudreschen. Aber das wollte er sich für die Visage dieses Mistkerls sparen, der seine Mutter entführt und vermutlich während all der Jahre ausgestopft zu Hause aufbewahrt hatte. Die blanke Vorstellung machte Colin rasend. Doch im Augenblick hatte er eine andere Aufgabe. Die frische Energie, die ihm diese ungefilterte Wut verlieh, nutzend, ging er neben Chiara in die Hocke. Er legte seine Hand zwischen ihre großen Ohren, kraulte sie.

»Okay, Mädchen, du kennst den Geruch, den wir suchen, also hol ihn dir. Such, Chiara!«

Sofort spannten sich die Muskeln der Hündin an, und sie begann, aufgeregt den Wagen zu beschnüffeln, die Sprungfeder, bis hinauf zu dem Oberkörper, in dem die Feder fixiert war. Die Vorderbeine auf dem Wagenrand abgestellt, kam ihre Schnauze in die Nähe der Wange der Frau. Mehr brauchte Chiara nicht. Sie stieß sich von dem Rand ab und verließ das Zelt auf demselben Weg, auf dem sie es betreten hatte. Doch anstatt eine Fährte zu wittern und ihr zu folgen, blieb sie stehen, streckte die schwarze Nase in den Wind, drehte sich einmal um sich selbst und jagte dann plötzlich zielsicher auf die Menschen zu, die am Absperrband standen.

Colin konnte nur einen einzigen Gedanken fassen: Der Mistkerl war noch hier!

Aufgescheucht wie ein Schwarm Enten stoben die Schaulustigen auseinander, als Chiara auf sie zurannte. Colin eilte ihr nach, versuchte angestrengt, jemanden in der Menge ausfindig zu machen, der die Flucht ergriff, Anstalten machte, sich zu verstecken oder sich sonst wie außergewöhnlich auffällig verhielt, doch er konnte nichts dergleichen entdecken.

Einmal mehr musste er sich einfach auf Chiaras Sinne verlassen.

Sie enttäuschte ihn nicht.

Als er weiter die Straße hinuntersah, entdeckte er eine Gestalt, die anscheinend ohne Hektik durch eine Gruppe Menschen lief. Sie trug ein Kostüm und eine Larve. Was Colins Interesse aber viel mehr weckte, war die Tatsache, dass sie dem ganzen Trubel den Rücken zukehrte, ohne sich auch nur ein einziges Mal neugierig umzudrehen oder umzusehen. Dieses Wegsehen wirkte so verkrampft, dass es verdächtig war. Dennoch gab Colin nicht seinem ersten Impuls nach, der ihn dazu verleiten wollte, der Person kopflos hinterherzujagen. Er beobachtete stattdessen Chiaras Reaktion, die in diesem Augenblick dank ihres Instinkts und des Trainings überlegter handelte als er.

Tatsächlich schien die Hundedame denselben Menschen ins Visier genommen zu haben, denn nachdem er die Gruppe passiert hatte, war sonst niemand mehr zu sehen, dem sie hätte nachjagen können, dennoch verringerte sie ihr Tempo nicht.

Endlich warf die Person einen kurzen Blick über die Schulter zurück.

Chiara hatte beinahe zu ihr aufgeschlossen, was der Verfolgte bemerkte. Im Schein der Straßenlaterne wirkte es so, als zuckte er, kurz bevor er seine aufgesetzte Ruhe verlor, leicht zusammen.

Chiaras Anblick schien den Fluchttrieb entfacht zu haben. Auf einmal rannte der Gejagte los. Er war verflucht schnell. Chiara allerdings auch. Nur wenige Sekunden des Zögerns würden ihr den nötigen Vorteil verschaffen.

Colin dachte fieberhaft nach, wie er diese Verzögerung provozieren könnte, und hatte einen Einfall. »Jean!«, rief er, so laut es seine Lungen während des Rennens zuließen. »Jean! Bleib stehen! Es ist vorbei!«

Doch es tat sich nichts. Colin konnte nicht einmal erkennen, ob der Flüchtige gezögert hatte. Hatte er sich geirrt? War es überhaupt nicht Jean? Oder war Jean einfach so gedrillt, dass er sich durch nichts ablenken ließ, das ihn verraten könnte?

Der Kostümierte jagte um eine Ecke, Chiara hinterher.

Colin war nur Sekunden hinter ihr, verlor sie lediglich kurz aus den Augen, doch es reichte aus. Ein Knall ähnlich einem Schuss hallte durch die Gasse.

Die Erinnerung an Rufus und Carolina, das damit verbundene Gefühl, schnürte Colin ohne Vorwarnung die Kehle zu. Er konnte kaum noch atmen, geschweige denn klar denken, als er selbst um die Ecke bog.

Da sah er sie. Vor allem aber hörte er sie. Sie stand neben einem offenen Gullydeckel und bellte, was ihre Stimmbänder hergaben.

Erleichtert, sie bei bester Gesundheit vorzufinden, stellte Colin sich neben sie, sah nach unten. Er war kurz davor, sich in die Dunkelheit des Kanals zu stürzen, als ihm ein Geräusch auffiel, das nicht von unten kam.

Es knallte erneut, dann heulte ein Motor. Colin streckte sich und konnte bis zu einer Straße sehen, die in der Regel viel befahren wurde. Er erkannte gerade noch die Bremslichter eines davonfahrenden Rollers. Ihm wurde klar, dass der vermeintliche Schuss eine Fehlzündung gewesen war, und bei einem genauen Blick auf Chiara realisierte er, dass sie nicht in das Loch vor ihr bellte, sondern in Richtung des davonfahrenden Fahrzeuges.

»Er ist auf einem Roller geflohen«, erklärte Colin Waldi, dem er seinen Standort durchgegeben hatte. Colin wollte nicht mehr zurück an den Fundort. Alleine schon den Anblick des Zelts, das als Sichtschutz aufgestellt worden war, konnte er nicht ertragen.

»Auf einem Roller? Warum dann der Kanaldeckel?«

»Weil das in der Regel der Weg ist, auf dem er unauffällig

in der Stadt ein- und ausgeht. Er mischt sich kostümiert unters Volk, bewegt sich unter unseren Füßen durch die Kanalisation. Er ist eine Ratte. Clever und flink. Aber er hat einen Schwachpunkt.«

»Der wäre?«

»Er fürchtet sich vor Chiara.«

»Denkst du?«

»Ich hab's heute an seiner Reaktion erkannt. Er hat sich umgedreht, war überrascht, sie hinter sich zu sehen. Erst dann hat er die Flucht ergriffen.«

»Was hättest du getan, wenn du von einem Polizeihund verfolgt würdest?«

»Klar. Aber nach allem, was wir nun wissen, gibt er gerne Tipps per Telefon, steuert seine Spielfiguren mittels anonymer Anrufe, richtig?«

»Worauf willst du hinaus?«

»Der Anruf, der vor ein paar Tagen in der Zentrale einging, dass ein Typ gesehen wurde, der ein Mädchen dabeihatte, das Loredana glich, du erinnerst dich?«

»Ja, kurz bevor du ihren Bruder im Wald hast suchen müssen.«

»Genau. Nur Chiara und ich wurden dorthin geschickt. Es gab eine Verfolgungsjagd, und sie endete …«, Colin ließ das Ende des Satzes absichtlich in der Luft hängen.

»In der Kanalisation.«

»Genau.«

»Deine Theorie?«

»Ein Mädchen hatte der Flüchtige damals nicht dabei, entgegen der Aussage des Anrufers. Ich denke, der Typ hat selbst angerufen, und die Aktion war ein Testlauf für Chiara. Er wollte herausfinden, wie gut sie ist.«

»Lass ich mal so stehen. Die Sache mit der Kanalisation scheint interessant. Wer kennt sich da unten aus?«

»Jemand, der eine Lehre beim Tiefbauamt Basel gemacht hat.«

»Du hast jemand Bestimmtes im Sinn?«, fragte Waldi bedrückt.

»Du doch auch.«

Waldi holte tief Luft. Der Name kam ihm nur schwer über die Lippen. »Jean.«

Colin nickte. »Jeder muss eine Lehre absolvieren, ehe er oder sie zur Polizeischule zugelassen wird. Es ist doch ein erstaunlicher Zufall, dass ausgerechnet Jean beim Tiefbauamt war. Außerdem ist er seit dem Gespräch mit Tessa im Innenhof respektive unserer kurzen Begegnung im Korridor nicht mehr auffindbar, wie du weißt. Oder ist er inzwischen aufgetaucht?«

Waldi schüttelte betrübt den Kopf. »Nein, nicht soweit ich weiß.«

»Siehst du? Als ich nach Tessa gesucht habe, sagte er, sie sei auf der Toilette. Er ist unser Freund und Kollege, arbeitet an den meisten unserer Fälle mit und war demnach stets bestens informiert. Auch in privater Hinsicht. Nathalie hat mich mit Tessa bekannt gemacht. Es würde mich in Anbetracht dieser neuen Situation nicht wundern, wenn Jean ihr diesen Floh ins Ohr gesetzt hätte.«

»Himmel, Colin, du sagst es doch selbst: Er ist unser Freund!«

»Und damit perfekt getarnt.« Colin ließ sich nicht beirren. »Er führt ein ganz normales Leben, in einer ganz normalen Beziehung.«

»Die arme Nathalie.«

»Allerdings«, gab Colin auf einmal gedanklich abwesend zur Antwort. »Er hat Chiara gemieden.«

»Was?«

»Es könnte Einbildung sein. In letzter Zeit gab es zwar kaum noch Momente, in denen er und Chiara Berührungspunkte hatten, dennoch … Wenn ich im Nachhinein so darüber nachdenke, wirkt es beinahe so, als sei er Chiara aus dem Weg gegangen, seit wir das erste Mal vermutet haben, dass sie den Täter gewittert hat.«

»Okay, warte. Ehe ich die Nachricht von der Toten in der Box erhalten habe ...«

»Von meiner Mutter«, unterbrach Colin.

»Wie bitte?«

»Bitte sag nicht die Tote in der Box. Sie war immerhin meine Mutter. Elies. Das war ihr Name.«

»Gut«, lenkte Waldi ein. »Ehe ich von Elies hörte, wollten wir aus Jeans Spind ein Kleidungsstück holen. Das werden wir nun nachholen, um Chiaras Reaktion darauf zu testen. Ergibt das Sinn?«

»Sie soll quasi den Täter identifizieren, wie bei einer Gegenüberstellung?«

»So in der Art.«

»Können wir versuchen. Was nutzt uns das?«

»Dann wissen wir, an welche Türen wir klopfen müssen, um herauszufinden, ob Jean irgendwo ein Haus, eine alte Scheune oder von mir aus einen Bunker hat, den er als Werkstatt benutzt.«

»Ja, gut. Und ich werde mit meinem Vater sprechen. Er muss von mir erfahren, dass endlich die Leiche meiner Mutter aufgetaucht ist. Außerdem will ich von ihm wissen, ob ich wirklich sein einziges Kind bin.«

Waldis Kopf ruckte hoch. »Bitte was? Wie kommst du denn jetzt darauf?«

»Marina ist überzeugt, mich in der Tiefgarage gesehen zu haben. Mein Vater verheimlicht mir seit dem Verschwinden meiner Mutter etwas. Heute ist ausgerechnet meine Mutter als Präparat des Fasnachtsmörders wieder aufgetaucht. Bei so vielen Pfeilen, die plötzlich auf meine Familie deuten, muss ich meinem Vater ein paar Fragen stellen, auch wenn sie unangenehm sind.«

Waldi blinzelte, als wäre ihm der Zusammenhang erst jetzt klar geworden. »Heilige Scheiße!«

»Wenn du richtigliegst und du nicht das einzige Kind deiner Eltern bist, würde das ja bedeuten, dass unsere Elies dort drüben möglicherweise nicht einfach nur deine Mutter ist.«

Colin nickte schwach. »Sondern auch die des Täters.«

»Was Jean zu deinem Bruder macht«, komplettierte Waldi die Überlegung.

»Ein Bruder, von dem ich nichts wusste, der sich als mein Kumpel in mein Leben schlich, während er meine Mutter und meine Freundin auf dem Gewissen hat und mir nun auch Tessa zu nehmen versucht. Er ist somit allem Anschein nach darauf erpicht, mir meine Existenz zur Hölle zu machen.«

»Aber warum? Was hast du getan? Du wusstest ja nicht einmal, dass es ihn gibt! Ich meine, wer entführt seine eigene Mutter, ermordet sie und stopft sie dann aus?«

»Ich hoffe, darauf kann mir mein Vater eine Antwort geben.«

Memoiren eines Künstlers

Donnerstag, 17. März 2011

»Na, wie geht es dir?« Ich schiebe die Tür zur Kammer auf. Der beißende Geruch nach Urin und fauligem Fleisch schlägt mir entgegen. »Entschuldige die intensive Geruchsnote. Deine Vorgängerin hatte reichlich Mühe, ihre Körperfunktionen unter Kontrolle zu behalten.«

In der Box rührt sich nichts. Kein Scharren, kein Kratzen, keine Atemgeräusche.

»Du wirst dich doch nicht bereits aus der Welt der Lebenden verabschiedet haben, liebe Tessa? Das wäre sehr enttäuschend!«

Ich ziehe das Kostümoberteil über den Kopf, streife mir die Hose ab und werfe alles in eine Ecke. Das Zeug erinnert mich an die Flucht, die mir nur knapp geglückt ist, und daran will ich nicht mehr erinnert werden. Ich muss in die Zukunft schauen, nicht an der Vergangenheit nagen.

Diese Chiara ist ein bemerkenswertes Tier. Hätte ich meinen Scooter nicht gehabt, ich weiß nicht, ob ich dieses Mal entkommen wäre. Sie wäre mir ohne zu zögern in die Kanalisation nachgesprungen, da bin ich mir sicher. Dann hätte ich nur hoffen können, dass sie sich beim Sprung verletzte. Ich hätte den Kampf mit ihr aufnehmen können, doch das hätte in jedem Fall Spuren hinterlassen. Der Roller ist meine einzige Rettung gewesen. Ich fühlte mich zwar nicht wohl dabei, mich dem ganzen Polizeiaufgebot, das wie ein Schwarm Mücken durch die Stadt schwirrte, schutzlos auszuliefern, aber mir blieb keine Wahl.

Ich ziehe einen Schutzanzug über und gehe in die Kammer.

Der Geruch ist wirklich unangenehm. Bevor ich die Box raushole, will ich aber wissen, ob sie sich tot stellt oder tot ist. Ich öffne den Deckel, sehe hinein.

Sie liegt reglos da. Der Kopf ist zur Seite gekippt, die Augen sind geschlossen. Habe ich ihr eine zu hohe Dosis Betäubungsmittel verpasst? Nein, unmöglich!

Besorgt sehe ich an ihr hinunter. Ihre Fingernägel sind allesamt bis weit über das Nagelbett eingerissen und abgebrochen. Von den Kabelbindern um ihre Gelenke ragen nur noch die langen Enden heraus, so tief haben sie sich in ihr Fleisch eingeschnitten. Alles ist voller Blut.

Sie hat einen Kampf um ihre Freiheit geführt, bis ihre Kräfte sie verlassen haben.

Ich fühle ihren Puls. Er ist nach wie vor da, wenn auch nicht mehr so kräftig. Aber das ist okay, solange sie mir jetzt noch ein bisschen Spaß bringt. Ob sie stirbt, während ich sie bearbeite oder nicht, spielt keine Rolle. Ich habe für beide Fälle Pläne geschmiedet.

Ich ziehe die Bahre aus der Kammer, hole den Tisch mit meinen sterilen und frisch geschärften Werkzeugen heran. Auch wenn die Zeit knapp ist, gönne ich mir die letzten paar Minuten meiner üblichen Routine. Ich greife zu der Fernbedienung, die ebenfalls auf dem Arbeitstisch liegt, und stelle meine Musik ein. Während die klassischen Kompositionen an Fahrt aufnehmen, greife ich nach meinem Skalpell und beginne meine Arbeit.

Ich setze die Klinge an Theresia Lisa Spreus, alias Betty LaCooks, rechtem Knöchel an. Während ich den Schnitt ausführe, das tiefrote Blut aus der frischen Wunde quillt, beginnt ihr Knöchel zu zucken. Sie kommt zu sich, währenddessen ich daran arbeite, aus ihr ein Präparat zu fertigen. Es ist genauso, wie es sein soll.

Während ich die Haut weiter aufschneide, beginnt sie erst leise zu wimmern. Ich erwarte, dass sich diese Laute zu einem schmerzerfüllten Schrei steigern, doch das passiert nicht. Zwar weichen Geräusche aus ihrem Mund, doch über der Musik kann ich sie nicht richtig einordnen. Ich lasse von ihren Beinen ab, gehe an das Kopfende der Bahre. Ich begreife, dass sie etwas sagt. Ich beuge mich hinunter, um sie besser verstehen zu können. Die Worte sind wie im Delirium gesprochen, aber dennoch verständlich. Sie stellt mir eine Frage. Sie wiederholt es, wieder und wieder wie ein Gebet: »Colin, warum tust du mir das an?«

Ich muss meine ganze Beherrschung aufbringen, um ihr nicht einfach das Skalpell in meiner Hand wieder und wieder tief in ihren Brustkorb zu rammen, um ihr ein für alle Mal einzubläuen, dass es nicht immer nur um ihn geht!

Donnerstag, 17. März 2011
Bei der Staatsanwaltschaft

Colins Handy klingelte Sturm. So lange gab es in dem Fall keine Ergebnisse, und von einer Sekunde auf die andere schienen alle eine Lösung bereitzuhalten.

Er konnte die anderen Anrufe aber nicht entgegennehmen, obwohl es ihn unter den Nägeln brannte, zu erfahren, was einerseits Waldi und andererseits Eren von ihm wollten. Doch jetzt musste er erst mit seinem Vater sprechen.

Colin hatte beschlossen, ihn per Videotelefonie zu kontaktieren. Hinfahren wäre die bessere Variante gewesen, aber auch die zeitintensivste. Dennoch musste er seinem Vater in die Augen sehen können, wenn er etwas aus ihm herausbringen wollte.

Sein Vater hielt seine alte, verschrammte Tasse in den faltigen Händen, die er einst von seiner Frau geschenkt bekommen hatte. Mit ernster Miene saß er ihm quasi gegenüber, im Hintergrund sein Arbeitszimmer, das unordentlich war, wie eh und je.

Schweren Herzens berichtete Colin davon, dass er heute seiner Mutter gegenübergestanden hatte. Er ließ nichts aus. Auch nicht, dass sie im Prinzip nur noch eine Hülle aus Haut gewesen war, die man auf eine Sprungfeder montiert hatte. Colin konnte sehen, wie etwas in seinem Vater zerbrach. Er hatte Elies nie aufgegeben. Bis heute. Colin war sich schon lange bewusst, dass im Grunde genau diese Haltung ihn jeweils zum Gedanken veranlasste, eine vermisste Person lieber tot aufzufinden als überhaupt nicht.

»Paps?« Endlich hatte er ihn soweit, dass er sein Schweigen

brach. Sein Vater war im Begriff, seine ganz persönliche Büchse der Pandora zu öffnen.

»Du hast gewonnen. Oh, Gott, Colin, ich hatte so sehr gehofft, dass du es nie erfahren würdest, und jetzt erfährst du es aufgrund dieser Abscheulichkeit.« Seine Stimme brach. »Oh, Elies! Es ist alles meine Schuld!«

»Warte, Paps, jetzt nicht den Kopf verlieren! Was hätte ich nie erfahren sollen?«

Das faltige Gesicht wirkte auf einmal noch älter. »Colin, ich bin und bleibe dein Vater, und ich liebe dich. Du musst das wissen, bevor ich dir die Wahrheit erzähle.«

Colin wurde schummrig. »Das kann ja nur eines bedeuten. Wenn du es nicht aussprichst, tu ich es.«

»Nein. Ich hätte dich schon viel früher aufklären müssen, zumindest über einen Teil der ganzen Misere. Biologisch betrachtet bin ich nicht dein Vater.«

Colin sackte in seinen Stuhl zurück, als hätte ihn ein Rammbock getroffen. »Du … Damit habe ich nicht gerechnet. Ich dachte eher … Was ist passiert?«

»Ich habe deine Mutter kennengelernt, kurz nachdem sie dich geboren hatte. Wir fanden schnell einen Draht zueinander, weshalb sie mir auch bald anvertraute, dass du eigentlich keinen Vater hast, weil sie nach einem One-Night-Stand schwanger wurde. Sie wusste, wie dumm das gewesen war, bereute es aber keine Sekunde, dich behalten zu haben. Wir verliebten uns und heirateten, bauten uns ein Leben auf. Sie verwirklichte ihren Traum und wurde Lehrerin, ich verwirklichte meinen und erkannte dich als meinen Sohn an. Alles war gut. Bis zu dem Tag, als ihre Vergangenheit sie einholte. Nach einem Sommer vor zwanzig Jahren stellte der Rektor Elies einen frisch zugezogenen Vater vor, der seinen Sohn in ihrer Klasse einschulen lassen wollte. Zuerst hatte sie den Mann nicht erkannt, doch den jungen Burschen erkannte sie wohl. Vor ihr stand ihr eigener Sohn mit dessen Vater. An diesem Abend kam sie völlig aufgelöst nach Hause und sagte endlich, was damals, als wir uns kennenlernten, wirklich geschehen war. Es gab nie eine Party. Deine Mutter war mit einem Mann zusammen, hatte mit ihm zwei Söhne. Wie es eben so geschieht, lebten sie sich auseinander. Sie erfuhr, dass er ihr immer wieder untreu gewesen war, also zog sie einen Schlussstrich. Als sie ihm sagte, dass sie sich trennen wolle, stritten sie sich. Er verließ das Haus, kehrte aber reumütig wenige Stunden später zurück. Sie konnten letztendlich vernünftig miteinander reden. Obwohl sie nicht verheiratet waren, wollte Elies alles sauber regeln. Die Aufteilung ihres Hab und Gutes besprachen sie noch am selben Abend. Am nächsten Morgen ging sie zur Arbeit und als sie abends nach Hause kam, war das Haus zur Hälfte leer geräumt. Genauso wie die Bankkonten. Er hatte alles so umgesetzt, wie sie es am Abend zuvor vereinbart hatten, bis auf etwas: deinen Bruder. Euer Vater hinterließ eine Notiz auf seinem Bett mit den Worten: *Auch von unseren Kindern steht mir die Hälfte zu.*«

Colin hatte das Gefühl, die Geschichte eines anderen zu hören. Das konnte unmöglich seine eigene Vergangenheit sein, die ihm hier erzählt wurde. »Dann habe ich also einen Bruder.«

»Ja, du hast einen Bruder.«

»Mir wird schwindlig.«

»Mir ging es genauso. Jedes Mal aufs Neue. Willst du den Rest auch hören?«

Colin biss die Zähne fest zusammen, um nicht wie ein Turm aus Bauklötzen zusammenzubrechen. Dann nickte er.

»Der Mann verschwand spurlos mit dem Kind. Niemand konnte die beiden mehr ausfindig machen, und als er dann freiwillig wieder auf der Bildfläche erschien, kommentierte er die Vorwürfe nicht. Elies wusste nicht, welche Geschichten dem Jungen aufgetischt worden waren. Sie hatte keine Ahnung, ob er wusste, dass sie seine Mutter war. Ohne diese Infos und nach all den Jahren ohne sie hielt sie es für besser, einfach als Lehrerin für ihn da zu sein, bis ihr eine bessere Lösung einfiel. Ehe sie den Jungen mit in die komplizierten Verhältnisse einbeziehen wollte, wollte sie die Sache zwischen den Erwachsenen klären. Sie kümmerte sich rührend um ihn, selbst dann noch, als er durch sein Verhalten äußerst negativ aufzufallen begann.«

»Er verhielt sich auffällig?«

»Ja. Zuerst war er auffällig introvertiert. Da er über das, was ihn beschäftigte, nicht sprach, legte sie ihm nahe, was ihn bewegt aufzuschreiben.«

Colin horchte auf, unterbrach seinen Vater aber nicht.

»Sein Sozialverhalten besserte sich, bis er einen Rückfall in die umkehrte Richtung hatte. Er versuchte sie zu küssen, was sie dem Rektor meldete.«

»Was geschah dann?«

»Sie verschwand. Genauso spurlos wie ihr damaliger Mann. Den Rest kennst du.«

»Hast du das der Polizei erzählt, als sie nach Mama suchten?«

»Habe ich. Sie gingen diesem Hinweis nach, aber ob er oder sein Sohn etwas damit zu tun hatten oder nicht, konnte ihnen nicht nachgewiesen werden.«

»Wie heißt mein Bruder?«

»Sie taufte ihn Ronny.«

»Nicht Jean?«

»Nein, deine Mutter hatte einen Hang zu schottischen Namen.«

»Sieht so aus. War er in der Schule unter einem anderen Namen angemeldet?«

»Nicht, dass ich wüsste. Colin, es tut mir alles so schrecklich leid!«

»Ich weiß, Paps, mir auch. Ich komme vorbei, wenn dieser Wahnsinn hier vorüber ist, versprochen. Dann bereden wir alles in Ruhe.«

Elies hatte ihn nicht Jean getauft. Das musste nichts bedeuten. Als sein Vater mit ihm abgetaucht war, hatte er sicherlich auch die Namen geändert, um nicht aufgespürt werden zu können.

Sein Vater und damit auch mein Vater.

Colin versuchte die Informationen zu verarbeiten. Seine Gedanken rasten, legten dann aber einen Vollstopp ein. Aufgeregt richtete er sich auf seinem Stuhl auf. »Paps?«

»Ja?«

»Du weißt nicht zufällig, wo Mama früher mit …«, Colin zögerte, er wusste nicht, wie er den Mann bezeichnen sollte, der sein Vater sein sollte, während er gerade mit seinem Paps sprach. »Weißt du, wo Mama mit ihrem ersten Partner gelebt hat?«

»Weiß ich.«

Colins Kopf ruckte hoch. Ein Wirbel von Gefühlen vermochte die dicke Wolke, die sich über ihn gelegt hatte, seit er die Überreste seiner Mutter vor der Kneipe gefunden hatte, zu lichten.

»Hast du die Adresse irgendwie griffbereit?«

»Griffbereit nicht, aber ich weiß, wo ich suchen muss. Ich

schicke sie dir in fünf Minuten per SMS. Hilft dir das irgendwie weiter?«

»Paps, und wie das hilft! Danke. Ich melde mich!«, verabschiedete sich Colin und drückte den Anruf weg. »Jetzt hab ich dich! Endlich hab ich dich!«

Während Colin aus dem Zimmer stürmte, in das er sich zurückgezogen hatte, um den Anruf in Ruhe tätigen zu können, zückte er sein Handy. Das Display zeigte vier Anrufe in Abwesenheit von Waldi an und drei von Eren.

Erens Anruf konnte nur bedeuten, dass er an Elies' Leiche noch etwas gefunden hatte. Waldi hingegen hatte sich Chiara ausgeliehen, um mittels eines Kleidungsstücks aus Jeans Spind ihre Reaktion zu testen und nach ihm zu suchen.

Colin wog ab, wen er zuerst kontaktieren sollte. Er entschied sich, Waldi als Ersten zurückzurufen. Womöglich wusste dieser bereits Bescheid, was Eren zu berichten hatte.

Waldi klang gehetzt, als er nach dem ersten Freizeichen abhob. »Du lässt dir ja Zeit! Chiara dreht hier unten durch!«

»Wo unten?«

»Tiefgarage. Bei den Transportern. Du solltest runterkommen.«

Also doch! Chiara hatte schon Tessas Spur zu den Transportern verfolgt und nun auch Jeans Fährte. Das konnte kein Zufall sein. »Wo ist Chiara stehen geblieben?«

»Wie meinst du das?«

»Vor welchem Transporter oder vor welchem Parkfeld?«

»Vor dem leeren.«

Wie beim letzten Mal. »Chiara hat auch Tessas Spur dorthin verfolgt. Glaub es mir oder nicht, aber Jean ist unser Mann, und ich weiß, wo wir ihn finden!«

»Du …« Waldi brach ab. »Du weißt, wo er ist?«

Colins Handy meldete den Eingang einer SMS. »Ja, weiß ich. Just in diesem Moment kam die SMS meines Vaters mit der Adresse. Ich erklär's dir später. Jetzt muss ich aber los. Ich komme Chiara abholen.«

»Moment, du gehst da nicht alleine hin!«

»Und ob ich das mache. Ich kann nicht riskieren, dass wir ihn aufscheuchen, wenn wir mit dem ganzen Fuhrpark antraben.«

»Keine Alleingänge mehr, du erinnerst dich?«

»Ich muss. Ich mache die Vorhut, checke die Lage. Du bringst dich in Position und greifst ein, wenn ich grünes Licht gebe.«

»Colin, das ist nicht gut.«

»Waldi, ich habe keine Zeit für Diskussionen! Der Kerl ist mein Bruder. Es ist eine persönliche Sache zwischen ihm und mir. Ich muss das alleine machen, und zwar schnell. Ich weiß nicht, wie viel Zeit Tessa noch hat.«

Waldi gab den Widerstand auf. »Du weißt aber schon, dass du im Begriff bist, genau das zu tun, was er will?«

»Ja.«

»Okay. Aber bevor du gehst, will ich, dass du etwas prüfst.«

»Was?«

Colin kam in der Tiefgarage an und war einigermaßen überrascht, Eren zu sehen. Er beendete den unnütz gewordenen Anruf und gab der nach wie vor bellenden Chiara den Befehl, still zu sein, womit sie sogleich verstummte. Als er Waldi gegenüberstand, fragte er erneut: »Was soll ich prüfen?«

»Da du hier bist, kann Eren es dir gleich selbst sagen.

Eren?«, übergab Waldi dem Mann das Wort, der mit einem Beutel in der Hand neben ihn trat.

»Nachdem ihr vom Fundort der Sprungfederfrau weg wart, habe ich in ihrer Mundhöhle das hier gefunden.«

Colin ignorierte den Spitznamen, den Eren seiner Mutter gab, denn Eren hatte keine Ahnung, wer die Frau gewesen war. »Was steht drauf?«

»Für mich sieht es aus wie Koordinaten.«

»Koordinaten?« Colin betrachtete das Beweisstück in Erens behandschuhter Hand. Er sah die Aneinanderreihung von Nummern und musste Eren zustimmen. Das waren Koordinaten. Weiter unten auf dem Papier stand aber noch etwas anderes. Eine persönliche Nachricht für Colin.

»Findet der Jäger sein Opfer?«, las Colin die Worte laut vor und sah bedeutungsschwanger zu Waldi. Dann zückte er sein Handy. »Wie ich dir am Telefon schon sagte, hat mir mein Vater die Adresse geschickt. Wollen mal sehen, ob die mit den Koordinaten übereinstimmt.« Er rief seine Navigations-App auf und tippte die Koordinaten im Startfeld und die Adresse, die ihm sein Vater geschickt hatte, im Zielfeld ein. Eine Stecknadel markierte die beiden Punkte. Sie lagen weit auseinander.

»Verdammt!« Enttäuscht ließ Colin sein Handy sinken.

»Bevor du aufgibst: Die Nachricht lautet: ›Findet der Jäger sein Opfer?‹ Obwohl ich nicht weiß, was du mit deinem Vater besprochen hast, kann es doch sein, dass der Mörder dir die Koordinaten gegeben hat, an denen du Tessa findest, während die Adresse, die du hast, seinen Unterschlupf markiert. Er geht bestimmt nicht davon aus, dass er die Sache nicht überlebt. Deshalb gibt er uns wohl kaum den Standort seiner Werkstatt bekannt, sondern viel eher den Ort, an dem er dich voraussichtlich in die ewigen Jagdgründe schicken will.«

»Könnte stimmen. Gut. Neuer Plan: Ich gehe dahin und finde es raus. Du gehst zu der Adresse, die mir mein Vater gegeben hat. Es ist das Haus, in dem meine Mutter und anscheinend auch ich früher lebten.«

Waldi sah ihn besorgt an und schien schweren Herzens einen Entschluss zu fassen. »In Ordnung. Geh. Ich regle den Rest. Aber ich will von dir wissen, wenn du den Standort änderst oder die Zeit zum Eingreifen gekommen ist. Ist das klar?«

»Ist klar.« Colin rief Chiara, die sofort antrabte. Er nickte Waldi und Eren zu und machte sich auf den Weg, seinen Bruder kennenzulernen.

Inzwischen bereute Colin, dass er nach dem Intermezzo bei seinem Haus mit Jürgens Wagen hierhergefahren war und nicht mit seinem Jeep. Dennoch mussten die Optionen, die ihm blieben, genügen.

Er pfiff darauf, dass die Spuren an dem dunklen Mercedes noch nicht gesichert worden waren, zog den Schlüssel, den er nach wie vor bei sich trug, aus der Tasche und öffnete den Wagen. Zuerst sah er in den Kofferraum.

Die Larve war tatsächlich fort. Wie erwartet. Der Wagen verriegelte sich eigenständig nach einer gewissen Zeit. Um die Larve aus dem Kofferraum zu entfernen, brauchte man also in jedem Fall einen Schlüssel. Oder eben, wie Jürgen es bereits erklärt hatte, das abgefangene und auf einem Rohling gespeicherte Funksignal.

Colin schlug den Deckel zu, ging zur Fahrertür und öffnete sie. Er befahl Chiara, sich in den Fußraum vor dem Hintersitz zu legen. Sie drückte sich an ihm vorbei, kletterte über den Fahrersitz nach hinten und legte sich gehorsam hin.

»Halt dich fest, mein Mädchen, wir werden eine ziemlich rasante Fahrt hinlegen.«

Colin stieg ein und startete den Motor. Einen Vorteil hatte dieses Auto. Es war sportlicher und leichter. Außerdem hatte es mehr Pferdestärken. Er konnte damit weit schneller am Ziel sein als mit seinem Jeep.

Waldi hatte nicht lange gebraucht, ein paar Leute zu finden, die ihn an die angegebene Adresse begleiteten. Er wollte keine Zeit verlieren, indem er einen Einsatz bis ins Detail koordinierte, auch wenn er wusste, dass sich das rächen könnte.

Sein Ziel war nicht annähernd so weit entfernt wie Colins, was gut war, denn so konnte er nach erfolgtem Einsatz seinem Freund zu Hilfe eilen.

Während Waldi den Anweisungen des Navigationsgerätes folgte, rätselte er, wie weit Colin inzwischen gekommen sein mochte. Er war zweifelsohne viel zu schnell unterwegs und würde in dieser sternenlosen Nacht sicherlich nur die Hälfte der üblichen Anfahrtszeit benötigen.

Colin hatte ihm zwar nichts gesagt, doch Waldi hatte durchaus erkannt, wo die Koordinaten lagen, die der Täter hinterlassen hatte. Sie führten direkt auf den Stoos. Dorthin, wo Colin sein Ferienchalet besaß. Über die Hintergründe dieser Wahl konnte er nur spekulieren.

Aber nicht jetzt. Jetzt hatte er anderes vor.

Rund einen Kilometer vor dem Ziel stellte Waldi den Wagen ab. Den Rest des Weges wollte er zu Fuß gehen. Er betrachtete die Umgebung, in der er sich befand, durch die Windschutzscheibe. Auf einem Feldweg parkte er. Links und rechts war nichts als Wiese. Vor ihm ragten dunkle Bäume in den wolkenverhangenen Nachthimmel. Eine ziemlich einsame Gegend. Perfekt für einen Psychopathen, um sich unbemerkt auszutoben.

Waldi stieg aus dem Wagen. Die anderen taten es ihm gleich. Er wies sie mit einem Handzeichen an, ruhig zu sein und ihm zu folgen.

Sie bewegten sich so geräuschlos wie eben möglich durch den Wald vorwärts. Unter den Füßen knisterte das trockene Laub, über ihnen heulte eine Eule.

Nach knappen zehn Minuten Fußmarsch lichteten sich die Bäume. In einer Senke stand ein Haus, umgeben von einer Mauer. Hinter den Fenstern brannte kein Licht, in der Einfahrt stand kein Fahrzeug.

Waldi musterte des Haus. Es wirkte trist und heruntergewirtschaftet. Eine Kulisse aus einem schlechten Horrorstreifen.

Waldi bedeutete den Männern, sich weiter vorwärts zu bewegen. Sie teilten sich auf. Während Waldi das Gelände mit einem Mann als Rückendeckung über die Einfahrt betrat, gingen die anderen hinten herum.

Die Waffe im Anschlag, suchte er hinter der Mauer Deckung. Er versicherte sich, dass auf der Zufahrt niemand lauerte, dann schlich er um die Mauer herum und in geduckter Haltung den gekiesten Weg entlang. Die Gummisohlen knirschten auf den Steinchen, im Gebüsch rechts raschelte es. Aber niemand sprang daraus hervor.

Waldi war aufs höchste Maß angespannt, konzentrierte sich auf jede Bewegung. Beim Haus angekommen, drückte er sich neben der Eingangstür an die Wand. Probeweise bewegte er den Türknauf, doch die Tür gab nicht nach. Er wagte sich zum Fenster vor, spähte hinein. Seine Augen hatten sich zwar an die Dunkelheit gewöhnt, dennoch konnte er in der Finsternis hinter dem Glas nichts erkennen. Er zog die Taschenlampe aus dem Gurt und leuchtete ins Innere. Der Raum war leer.

Waldi schob sich im Schutz der Mauer zum nächsten Fenster, wiederholte den Vorgang mit demselben Ergebnis: leer. Auf der rechten Seite des Hauses entdeckte Waldi eine Treppe, die nach unten führte.

Er schaute um die Ecke und zuckte sofort zurück. Ein grelles Licht entflammte und erleuchtete die Umgebung.

Mit klopfendem Herzen wartete er, lauschte auf ein Geräusch, eine Regung. Als nichts geschah, wagte er einen weiteren Blick. Er konnte nichts entdecken, außer einem Sensor unter der Lampe, die über dem Eingang zum Keller angebracht war.

Waldi atmete durch, stieg die Treppe hinunter bis zu der schäbigen Tür mit dem eingelassenen Fenster. Auch hier drehte er am Griff. Sie war ebenfalls abgeschlossen.

Waldi kehrte um, ging zurück zum hohen Fenster neben dem Haupteingang. Dort angekommen, trat er kurzerhand die Scheibe ein. Die Scherben, die im Rahmen hängen blieben, kickte er ebenfalls weg.

Mit weiterhin schussbereiter Waffe kletterte er durch die entstandene Öffnung ins Haus. Es war ihm egal, dass er sich soeben des Einbruchs schuldig machte. Colin war sich sicher, dass diese Adresse zum Täter führte. Er vertraute Colin auch ohne Erklärung, sonst wäre er nicht hier. Abgesehen davon, sagte ihm sein eigenes Bauchgefühl, dass er am richtigen Ort war.

Also machte er weiter.

Er arbeitete sich Meter für Meter voran, durchforstete die Räume.

Keines der Zimmer war möbliert. Der Boden war schmutzig. Er hinterließ im Dreck gut sichtbare Fußspuren. Überall lag Staub. Spinnweben hingen von der Decke. Insgesamt erinnerte alles an ein gruseliges Horrorhaus.

Waldi wollte sich nicht vorstellen, dass Colin und seine Mutter in dieser unheimlichen Umgebung gelebt haben sollten. Vielleicht war es einst ganz wohnlich und warm gewesen, solange Leben darin geherrscht hatte. Doch das war vor langer Zeit ausgezogen.

Zumindest auf dieser Etage. Waldi fand den Zugang zum Keller unter der Treppe, die in die obere Etage führte. Er wies den Beamten, der ihm schon die ganze Zeit wie ein Schatten folgte, an, sich zu vergewissern, dass keine Gefahr von oben drohte.

Der Mann zog ab, auch wenn Waldi wusste, dass sein Gehorsam mit einem gewissen Widerwillen verbunden war. Keiner sollte hier alleine herumstreunen. Man wusste nicht, wer oder was hinter der nächsten Ecke lauerte.

Dennoch arbeitete sich Waldi ohne seine Deckung weiter vorwärts. Auch die Tür unter der Treppe war abgeschlossen. Aber das Türblatt wirkte dünn, das Schloss instabil. Er schaffte eine Beinlänge Distanz zwischen sich und dem Holz und trat versuchsweise auf Höhe des Schlosses dagegen. Das Knacken war Zeichen genug. Waldi trat noch einmal zu. Dieses Mal mit aller Kraft. Das Schloss brach aus der Tür, das morsche Holz schwang auf und knallte an die Wand dahinter.

Waldi war auf der Hut, als er neben dem Durchgang nach einem Lichtschalter tastete. Er fand ihn, doch es rührte sich nichts. Zögerlich stieg er die Treppe hinunter, leuchtete den Raum mit der Taschenlampe ab.

Der schmale Lichtstreifen glitt über vielerlei Formen.

Ein Waschbecken. Ein Stuhl. Ein Schreibtisch. Alles einfach gehalten, aber sauber.

Dann fiel der Strahl auf eine Bücherwand.

Waldi erschauderte noch bevor er fähig war, seinen Fund zu verstehen.

Die Memoiren.

Als er begriff, was er nach all der Zeit tatsächlich endlich entdeckt hatte, wurden ihm die Knie weich. Er blieb standhaft, ließ das Licht weiterschweifen. Es streifte eine offene Glastür.

Die Tür einer Vitrine. Darin stand ein Schaukelstuhl. Ein schwarzer Stoff lag auf der Sitzfläche und reichte bis zum Boden. Dunkle Schuhspitzen blitzten darunter hervor. Er leuchtete erneut zum Anfang des Stoffs und hätte sich beinahe übergeben. Der Stuhl war besetzt, denn der Stoff war ein Rock, und es steckte ein halber Mensch darin.

Der Rest von Colins Mutter, schoss es ihm durch den Kopf. Mit Sicherheit hatte er es mit einem Präparat zu tun, dennoch reichte die Vorstellung, dass das die Hälfte eines einst lebendigen Menschen war, aus, um ihn aus der Fassung zu bringen.

Er ließ die Taschenlampe sinken, stützte sich am Geländer ab und fixierte den am Boden entstandenen Lichtkreis. Durch den Mund atmete er tief ein und wieder aus, bis sich die Galle aus der Speiseröhre zurückgezogen hatte. Dann leuchtete Waldi erneut in den Raum. Er ließ die Stelle mit der Vitrine bewusst aus, richtete das Licht direkt auf die Wand daneben und verlor im wahrsten Sinn des Wortes den Boden unter den Füßen.

Seine Beine wollten ihn nicht mehr tragen, er knickte einfach weg, rutschte eine Stufe hinunter und blieb dort sitzen, wo er landete.

Obwohl er angestrengt um Luft in der plötzlich viel zu eng sitzenden Weste rang, ließen ihn seine geschärften Sinne nicht im Stich. Er schloss die Hand fest um die Waffe und fuhr herum, als er hinter sich ein leises Knacken vernahm.

Der Lauf zielte direkt auf ein Gesicht.

Auf das seines Kollegen. Der hob sofort abwehrend die Hände. »Ich bin's. Alles gesichert, niemand ist hier. Was ist bei dir passiert?«

Erleichtert ließ Waldi die Pistole sinken. Die Taschenlampe war ihm bei seinem Sturz aus der Hand gerutscht. Auf dem Treppenabsatz war sie liegen geblieben. Als würde sie ihn verhöhnen wollen, beleuchtete der Strahl das, was ihn derart aus dem Gleichgewicht gebracht hatte. Waldi deutete in dieselbe Richtung.

»Das ist passiert.«

»Ach du grüne Neune! Ist das echt?«

Waldi konnte dem anderen nicht verübeln, dass er fragte. Er hatte damals noch nicht in ihrem Polizeikorps gearbeitet. »Das? Ja, das ist echt. Das ist eine echte Laterne, mit dem echten, menschlichen Körper einer Frau darin, wie du durch den mit klarem Plastik bespannten Teil der Lampe erkennen kannst«, erklärte er seinem Kollegen. »Und weißt du was noch? Sie ist vor sechs Jahren ermordet und vermutlich nach ihrer Beerdigung exhumiert und für die Ewigkeit präpariert worden.«

»Woher weißt du das? Kennst du sie etwa?«

»Ja, ich kenne sie. Ihr Name ist Carolina. Sie ist meine Schwester.«

21. Juni 2011
Epilog

»Ich gratuliere! Ihnen beiden! Sie haben die Wette definitiv zu Recht gewonnen.« Carlos schüttelte erst Jürgen, dann Tessa die Hand. »Ich hätte nicht gedacht, dass Sie zu so etwas in der Lage sind.« Er reichte Tessa das Buch, das er unter den Arm geklemmt hatte. »Wenn Sie es signieren würden?«

»Sicher.« Tessa umfasste den Stift, den sie schon während des ganzen Abends zwischen ihren Fingern hin und her wandern ließ, und unterzeichnete auf der leeren Seite, die Carlos für sie aufgeschlagen hatte.

Sie hatte bereits unzählige Bücher signiert, gelächelt und Fragen beantwortet. Viele wollten von den beiden wissen, wie sie es fertiggebracht hatten, so schnell aus der Wette ein fertiges Buch zu gestalten. Andere interessierten sich dafür, ob es diesen Colin aus dem Buch in Wirklichkeit gab. Wieder andere wollten wissen, ob und mit wem sie liiert war.

Tessa antwortete stets, wie sie es mit Jürgen besprochen hatte: Die Wette war von Anfang an Teil des Konzepts gewesen, deshalb konnte alles zügig umgesetzt werden. Colin war tatsächlich ein Bekannter, aber von Tessas Freundin Nathalie, nicht von ihr. Ob liiert oder nicht, blieb Privatsache. Das sagte sie mit einem Zwinkern und einem geheimnisvollen Lächeln.

»Was wird nun? Ich habe gehört, Sie geben die Sendung auf, womit sie eingestampft wird?«

»Das ist richtig, ja. Ich folge endlich meinem Traum und eröffne ein kleines Café.«

»Schade. Sie haben Talent.« Zum ersten Mal klang etwas,

das Carlos sagte, echt. »Falls Sie irgendwann etwas anderes suchen, melden Sie sich.« Mit diesen Worten zog er davon.

Tessa sah ihm verblüfft nach. Schloss dann kurz die Augen. Das Brennen hinter den Lidern weckte ihr Verlangen, sich draußen auf Ladys Terrasse hinzusetzen, den lauen Sommerabend zu genießen und sich von dem ganzen Theater um die Buchvernissage eine kurze Auszeit zu gönnen.

»Ich bin müde«, flüsterte sie Jürgen ins Ohr. »Ich gehe mal kurz raus, ja?«

Jürgen nickte. »Sicher. Ich halte dir den Rücken frei. Komm wieder, wenn du so weit bist.«

»Danke.« Tessa trat den Rückzug an. Sie schätzte es, dass sich das Verhältnis zwischen ihr und Jürgen während dieser intensiven Zeit, die hinter ihnen lag, so positiv entwickelt hatte. Er hatte gelernt, sie als gleichwertigen Partner zu akzeptieren und nicht mehr nur als Schützling zu sehen.

Tessa verließ den Saal durch eine der Flügeltüren. Tief atmete sie die frische Luft ein, die ihr der warme Sommerabend ins Gesicht wehte. Sie suchte sich eine Bank aus, die etwas abseits stand, und setzte sich. Gedankenverloren sah sie auf den Garten vor sich. Malte sich eine Szene in ihrem Buch aus, in der genau dieser Ort als Kulisse für einen brennenden Wagen diente. Ein Wagen mit einer Leiche obendrauf anstelle eines Bööggs.

Sie war Teil des Festes gewesen, und Colin, Mitdarsteller im Buch, war der Ermittler gewesen, an den sie ihr Herz verloren hatte, zumindest bis zu dem Moment, in dem sein Gesicht für das Gute und das Böse gleichermaßen stand. Zum Glück war alles nur ein Buch.

Tessa lachte leise auf. Sie rieb sich abwesend über ihre Wade, fühlte die feinen Wölbungen, die sich vom Knöchel bis zur

Kniekehle über beide Waden zogen. Sie wirkten beinahe so, als hätte jemand ihre Haut grob zusammengenäht.

Während sie den Arm nach ihrem Knöchel ausstreckte, rutschte das locker sitzende Armband nach vorn und gab den Blick auf eine vernarbte Stelle an ihrem Handgelenk frei. Ja, es war nur ein Buch mit einer fast frei erfundenen Geschichte.

»Darf ich mich dazusetzen?«

Die warme Stimme holte sie aus ihren Gedanken. Sie sah nicht auf, nickte nur knapp.

»Du bist hier«, stellte sie fest.

»Ich war ziemlich erstaunt, eine Einladung zu erhalten.«

»Das war Jürgens Idee.«

»Tatsächlich? Umso erstaunlicher.«

»Du bist Teil des Buches.«

»Der böse Teil.«

»Nein«, sagte sie und sah ihn von der Seite an. »Nein, du bist der gute Teil.«

»Irgendwie schon, aber mein Gesicht steht auch für das Schlechte. Selbst ich kann mich morgens kaum im Spiegel ansehen, ohne nicht auch ihn zu sehen.« Er klang gequält.

»Warum bist du dann hier? Was hast du dir von diesem Abend erhofft?«

»Keine Ahnung. Ich habe heute meine Mutter beerdigt und auch Carolina noch einmal ihrer letzten Ruhestätte übergeben. Ich schätze, ich bin gerade dabei, die Dinge zu regeln, um in die Zukunft blicken zu können. Dazu gehört auch, dich um deine Vergebung zu bitten.«

»Vergebung? Es gibt nichts zu vergeben. Du hast mich gerettet. Genauso wie Chiara. Apropos Chiara, wie geht es ihr?«

»Gut. Sie erholt sich.«

»Ich möchte sie wiedersehen.«

»Ist das dein Ernst?« Endlich sah Colin von dem Punkt, den er vor seinen Füßen fixiert hatte, auf und sah sie an.

»Und ob ich sie sehen möchte«, erwiderte sie überzeugt, und leiser fügte sie an: »Sie fehlt mir und du auch.«

Colin sagte nichts, rückte aber näher. Er streckte vorsichtig die Hand nach ihrer Wange aus. Als sie nicht zurückwich, berührte er ihr Gesicht, lenkte behutsam ihren Kopf. »Sieh mich an«, forderte er sie sanft auf. »Kannst du das trotz all der Wunden, die er dir zugefügt hat?«

»Ja, kann ich.« Sie zitterte vor Nervosität, aber es war ein angenehmes Gefühl. »Und ob ich das kann«, hauchte sie, während sie ihrerseits näher an ihn heranrückte.

»Du bist unglaublich«, flüsterte Colin an ihren Lippen.

»Jetzt küss mich endlich, Colin Jäger, ehe ich es mir anders überlege.«

Er gab ihrer ungeduldigen Bitte nach, legte seine Lippen auf ihre. Sie erschauderte in seinen Armen, holte sich mehr. Mehr Leidenschaft, mehr Wärme, mehr von ihm.

Tessa hatte viel früher einen Entschluss gefasst, in dem sie sich dank dieses Kusses bestärkt fühlte: Die Vergangenheit hatte in ihrer Zukunft nichts verloren. Es war Zeit, ein ganz neues Kapitel aufzuschlagen.